ullstein

ERIC VAN LUSTBADER ist Autor zahlreicher *New York Times*-Bestseller und wurde von Robert Ludlum's Estate ausgewählt, dessen Bourne-Reihe fortzuführen. Er lebt mit seiner Frau auf Long Island.

ERIC VAN LUSTBADER

DAS NEMESIS-MANIFEST

THRILLER

Aus dem Englischen
von Barbara Ostrop

Ullstein

Besuchen Sie uns im Internet:
www.ullstein.de

Deutsche Erstausgabe im Ullstein Taschenbuch
1. Auflage Februar 2022

Die amerikanische Originalausgabe erschien 2020 unter dem Titel:
The Nemesis Manifesto (Forge)
Umschlaggestaltung: zero-media.net, München
Titelabbildung: © FinePic®, München (Himmel, Hubschrauber);
Alamy Stock Photo/ © Daniel Lange (Gebäude); © Stephen Mulcahey / arcangel images (Frau)
Gesetzt aus der Quadraat Pro powered by pepyrus.com
Druck und Bindearbeiten: CPI books GmbH, Leck
ISBN 978-3-548-06462-8

Prolog

Moskau, Russische Föderation

Oktober

»Ich bin anderer Meinung.«

»Natürlich.«

General Boyko betrachtete Gorgonov skeptisch. Dann wandte er seine Aufmerksamkeit dem Rothirsch zu, der mit bebenden Flanken einen letzten Moment verharrte, um gleich von der Lichtung in den dichten Kiefernwald zu flüchten. Boyko drückte mit dem Zeigefinger den Abzug der Saiga durch. Der Schuss erwischte den Hirsch von der Seite und schleuderte ihn einen halben Meter durch die Luft. Die Augen des Tiers verdrehten sich, und seine Hinterläufe zuckten, als wollte es sich mit einem letzten Sprung retten. Blut spritzte auf den jungfräulichen Schnee.

»Du bist immer anderer Meinung als ich«, fuhr der General fort, während sie beide hinter der Deckung hervorkamen.

Gorgonov betrachtete die Waffe des Generals; es sah Boyko ähnlich, ein Jagdflintenmodell zu verwenden, das auf einer Kalaschnikow basierte. »Aber doch nicht immer.«

Die beiden alten Schulfreunde, jeder mit einer komplizierten Vergangenheit, traten aus dem Schutz der Kiefern hervor auf die von Blut befleckte Lichtung.

»Über diese Agentin kann es keine Meinungsverschiedenheiten geben«, erklärte Boyko, ohne die Antwort seines Freundes zu beachten.

»Na ja.« Gorgonov zuckte mit den Schultern.

Boyko blieb unvermittelt stehen und wandte sich seinem Freund zu. »Anton Recidivich, diese Frau stellt seit vielen Jahren eine gefährliche Bedrohung für die Föderation dar. Sie hat uns bei jeder Gelegenheit einen Strich durch die Rechnung gemacht und so viele von unseren Agenten ausradiert, dass es sich kaum mehr zählen lässt. Sicher, es hat eine ganze Weile gedauert, bis ich glauben konnte, dass eine Agentin, eine Frau, so erfolgreich sein kann. Anfangs dachte ich sogar, es gäbe sie gar nicht, das sei nur amerikanische *dezinformatsiya*. Aber das war absurd; nicht einmal die Amerikaner sind so blöd. Dann glaubte ich, sie wäre die Tarnidentität für einen Killer, der im Geheimen operiert. Aber als ich mit eigenen Augen gesehen habe, welches Gemetzel sie am Rand von Sankt Petersburg angerichtet hat, war ich von ihrer Existenz überzeugt. Also: Wie könnte das Ziel, sie umgehend zu eliminieren, zwischen uns zur Diskussion stehen?«

»Zum einen gehörst du zum GRU und ich zum SVR«, erwiderte Gorgonov. »Unser Modus Operandi unterscheidet sich.« Er stapfte durch den Schnee zu dem Rothirsch, der reglos auf der Seite lag. Seine Augen waren glasig. Gorgonov starrte in diese Augen, als versuchte er, das Mysterium des Todes zu ergründen. »Und zum anderen habe ich eine bessere Idee.«

Der General stieß ein bellendes Lachen aus. »Das behauptest du immer.« Er war ein kleiner, untersetzter Mann, o-beinig und mit mächtigem Brustkorb. Mit seiner gerissenen Art und seiner Körperkraft hatte er es mühelos geschafft, seine Kameraden in der Schule und an der Universität zu unterjochen. Sein kantiges Gesicht wies die kraterähnlichen Spuren einer in der Jugend durchlittenen Akne auf. Vielleicht war das der Grund, weshalb er einen mächtigen, an Stalin erinnernden Schnauzbart trug. Sein silbergraues Haar war auf die altbewährte militärische Weise stoppelkurz geschnitten. Seine Ohren waren äffisch klein und saßen merkwürdig tief am Schädel. Seine Augen waren schwarz, von dicken Brauen überwölbt und gaben nichts preis.

»Ich habe immer recht.« Im Gegensatz zu Boyko war Gorgonov in der Schule ein Fechter gewesen – Degen und Säbel –, und ein verdammt guter. Er war über einen Kopf größer als Boyko und wesentlich schlanker. Um sich als Fechter auszuzeichnen, brauchte man die gleichen Eigenschaften wie ein eleganter Tänzer: Beweglichkeit, Gewandtheit, Tempo und Gleichgewicht. Jeden Tag stand Gorgonov pünktlich um fünf Uhr früh für eine Stunde Tai-Chi auf, dann folgte eine Stunde Qigong. »Und in diesem Fall, mein lieber Yuri Fyodorovich, gilt das ganz besonders. Als Mann des Militärs hast du gelernt, linear zu denken. Warum sonst würdest du weiterhin dieselben Nicknames – APT 28 und Fancy Bear – für deine Hackeridentitäten verwenden? Jeder weiß, dass der GRU dahintersteckt.«

»Nein.« Gorgonov klopfte eine türkische Zigarette aus der Schachtel, zündete sie an und sog einen Zug tief in die Lunge ein. Der Rauch schoss zu seinen Nasenlöchern hinaus und vernebelte kurz die Sicht auf den geschossenen Hirsch. »Ich habe lang und angestrengt über die Frage nachgedacht, Yuri. Diese Person erfordert eine andere Herangehensweise.«

»Welche Möglichkeit besteht denn noch, außer sie zu eliminieren?«, fragte Boyko gereizt.

»Mein lieber alter Freund, versuche, die Situation einmal aus einem anderen Blickwinkel zu betrachten.«

Der General vollführte mit der Hand eine heftige Bewegung, als durchschnitte er die Luft. »Sie stellt schon zu lange eine Gefahr für uns dar.«

»Aber was, wenn sie keine Gefahr mehr wäre? Was, wenn sie zu einem unschätzbar wertvollen Werkzeug würde?«

Boyko zog finster die Augenbrauen zusammen. »Ist das Tabak, was du da rauchst, oder eine amerikanische psychedelische Droge?«

Nun war Gorgonov mit Lachen an der Reihe. »Ich stehe mit beiden Beinen fest auf dem Boden, das kann ich dir versichern.«

»Wovon redest du dann, zum Teufel?«

»Du erinnerst dich doch an Lyudmila Alexeyevna Shokova.«

Knurrend antwortete Boyko: »Diese Verräterin von …«

»Komm schon, Yuri, was auch immer Shokova war oder nicht war, spielt hier keine Rolle.«

»Da bin ich vollkommen anderer Meinung. Sie war eine der beiden einzigen weiblichen Apparatschiks im Politbüro. Aber sie hat eine unglaubliche Machtfülle angehäuft. Tatsächlich war das beispiellos. Auf jeder Hierarchieebene hat sie ihre Befugnisse überschritten. Und dann flog ihre Freundschaft mit dieser amerikanischen Agentin Evan Ryder auf.«

Seine Stoeger-3 000-Selbstladeflinte in die Armbeuge geklemmt, warf Gorgonov Boyko einen durchdringenden Blick zu. »Tja, nun ist Shokova weg – nach allem, was meine Netzwerke sagen, hat sie sich praktisch in Luft aufgelöst. Vielleicht ist sie sogar tot, aber egal. Was mich dagegen weiterhin interessiert, ist Shokovas enge Freundschaft mit Evan Ryder.«

Die Hand des Generals schoss nach vorn. Er nahm Gorgonov die Zigarette weg, hielt sie sich unter die Nase und schnüffelte an ihrer Aschespitze. »Wieso?«, fragte er. »Wie du gerade erläutert hast, ist diese bedauerliche Shokova-Episode aus und vorbei.«

Gorgonovs Gelächter hallte durch den Wald. »Siehst du, nichts als Tabak.« Er tat die Unterstellung des Generals, er könnte high sein, mit einer Handbewegung ab. »Aber die Sache ist ja die:

Wir können vermuten, dass Shokova und Evan Ryder viele Geheimnisse miteinander geteilt haben.«

»Und was soll uns das jetzt nützen?«

»Dieses Wissen macht Evan Ryder zu einer noch größeren Gefahr. Wer weiß, wie viel Shokova ihr über die gegenwärtigen und künftigen Pläne des Kremls berichtet hat.«

»Na gut. Dann eliminieren wir Ryder so schnell wie möglich.«

»So spricht ein wahrer Offizier«, knurrte Gorgonov. »Das haben schon einige versucht, alle ohne Erfolg.«

»Das, woran sie gescheitert sind, wird uns gelingen«, erklärte Boyko.

»Vielleicht, vielleicht auch nicht.« Gorgonov hob seinen schlanken Zeigefinger. »Aber was, wenn wir unsere eigene Shokova erschaffen würden – oder in diesem Fall, unseren eigenen Shokov?«

Boyko blinzelte, als hätte Gorgonov ihm mit einer Taschenlampe ins Gesicht geleuchtet. »Wovon sprichst du?«

Gorgonov blies sich in die frostkalten Hände. »Wir sollten in die Datscha zurückkehren. Ich lasse den Hirsch von meinen Leuten abhäuten und zerteilen.« Er grinste. »Zum Abendessen gibt es frisches Steak, blutig gebraten, genau wie du es magst. Und Wein direkt aus meinem Fasslager.«

Über ihnen kehrten die Vögel in die Baumwipfel zurück, von denen sie durch den Schuss erschreckt aufgeflogen waren. Schneeflocken fielen auf die Kiefern nieder, und die Zweige senkten sich unter ihrem Gewicht.

Ein düsteres indigoblaues Dämmerlicht hatte sich herabgesenkt und dem eisblauen Nachmittag den Todesstoß versetzt.

Gorgonov und Boyko saßen zu Tisch, vor sich Servierplatten voll Hirschsteak, so blutig wie vom Gastgeber versprochen, Pelmeni – die Teigkrapfen mit der Hackfleischfüllung glänzten von geschmolzener Butter und dufteten nach Lorbeer –, ein Leib Pumpernickel und das allgegenwärtige Kohlgemüse in einer wässrigen Tomatensoße, die mit ihrer Namensvetterin im südlichen Italien nichts gemein hatte.

Die Männer bedienten sich und schaufelten sich riesige Portionen in den Mund wie damals, als sie gemeinsam studiert hatten. Obwohl sie inzwischen in den mittleren Jahren angekommen waren, hatte ihr Appetit noch nicht nachgelassen. Sie aßen überwiegend schweigend, und die einzigen Geräusche waren das Klappern von Besteck auf Porzellan und das Gluckern des Côte de Beaune, wenn er aus den beiden Karaffen in der Tischmitte in Wassergläser eingeschenkt wurde. Hin und wieder tauschten sie sich mit einem maschinengewehrähnlichen Wortschwall über ihre Ehefrauen und derzeitigen Geliebten aus oder über äußerst lukrative, schwarz abgewickelte Geschäfte.

Erst als sie den Hauptgang beendet hatten und neben Tellern mit Süßigkeiten, darunter die von Gorgonov innig geliebten Snickers-Riegel, weitere Weinflaschen auf dem Tisch standen, kehrte das Gespräch zu dem Thema zurück, das sie im Wald angeschnitten hatten.

»Na gut.« Die Hände über dem Bauch gefaltet, lehnte der General sich zurück. »Ich habe noch eine Stunde, bevor wieder die Pflicht ruft. Lass mich dein Märchen hören.« Sein Gesicht hatte einen blasierten Ausdruck, der Gorgonov gar nicht gefiel.

Gorgonov stand auf und schenkte sich konzentriert zwei Finger hoch Sliwowitz ein. Den Rücken zu Boyko gekehrt, leerte er das Glas halb. Dann streckte er die Hand aus und schob eine 8-Spur-Kassette in einen uralten Pioneer-H-R99-Kassettenspieler, schloss die Augen und lauschte, sich leicht zum Rhythmus wiegend, den ersten Takten von Fleetwood Macs »Go Your Own Way«. »Magst du diesen Song genauso gern wie ich?«

Boyko antwortete nicht.

Schließlich kehrte Gorgonov zum Tisch zurück und setzte sich seinem Gast gegenüber. »Die amerikanische Rockgruppe Fleetwood Mac war die Lieblingsgruppe der Shokova.«

»Interessant«, sagte Boyko in einem Tonfall, der klarmachte, dass ihn das absolut nicht interessierte.

»Ich habe ein bisschen recherchiert.« Gorgonov stellte einen Karton, der mit einem Stempel als Eigentum des SVR gekennzeichnet und mit dem russischen Äquivalent für streng vertraulich beschriftet war, auf den Tisch. Er klopfte auf den Deckel des Kartons. »Hier drinnen befindet sich alles, was ich in Shokovas Datscha eingesammelt habe. Nun, abgesehen von dem 8-Spur-Kassettenspieler und den Musikkassetten.«

»Schrott«, meinte der General geringschätzig.

Gorgonov machte sich nicht die Mühe, Boyko direkt zu antworten. »Einiges von dem, was ich gefunden habe, hat mich überrascht. Nicht diese Kassette; Shokova hat amerikanische Rockmusik geliebt. Aber wie sich bei der Durchsicht ihrer Papiere und Tagebücher zeigte, war sie anscheinend eine Frau von starken moralischen Grundsätzen.«

»In der heutigen Welt spielt Moral keine Rolle, und schon gar nicht hier in der Föderation.«

»Möglich«, erwiderte Gorgonov. »Aber das war nun mal Shokovas Haltung.«

»Dann wurde sie im falschen Staat und im falschen Jahrhundert geboren. Sie hat ihr Mutterland verraten.«

Ein gequältes Lächeln trat auf Gorgonovs Lippen. »Das stimmt.« Er holte eine Akte des SVR hervor, schlug sie auf und drehte sie um, damit Boyko das Foto sehen konnte, das auf der obersten Seite lag.

Mit gefurchter Stirn zog der General die Akte zu sich heran. »Wer ist das?«

»Mit das Wichtigste, was ich bei meiner Recherche erfahren habe, ist, dass Lyudmila Alexeyevna Shokova einen Bruder hatte, Arkady Illyich Shokov. Arkady und seine Frau kamen ums Leben, als ihre Kinder noch ganz klein waren.«

Boyko blickte auf. »Gewiss. Sie hatte eine Familie, genau wie du und ich. Und sie alle sind in der Akte des SVR versammelt.«

»Das sollte man meinen«, antwortete Gorgonov. »Aber so ist es nicht. Keines von Arkadys Kindern taucht in Shokovas SVR-Akte auf. Und sie fehlen auch in allen anderen Akten, in denen sie eine Rolle spielt.«

Boykos raupenähnliche Augenbrauen berührten sich fast. »Wie kann das sein? Da habt ihr offensichtlich versagt.«

»Hör mal, deine Leute besitzen nicht mal eine Akte über sie.« Gorgonov wollte nicht in diesem Stil weitermachen, obgleich er das durchaus hätte tun können; er hatte keine Lust auf einen weiteren Weitpinkelwettbewerb mit dem GRU. »Nein, General. Lyudmila Alexeyevna hat dafür gesorgt, dass alle Aufzeichnungen über diese Kinder aus den Unterlagen entfernt wurden. Da bin ich mir sicher.«

»Shokova hat sie versteckt?«

»Es hat den Anschein.«

Die Furche in Boykos Stirn wurde tiefer. »Aber warum?«

»Das wissen allein die Götter. Über die Tochter haben wir gar keine Informationen.« Gorgonov zuckte mit den Schultern. »Und Lyudmila Alexeyevnas Neffe Vasily Shokov ist tot. Ums Leben gekommen, als er sich einer Festnahme widersetzte.«

»Dann …?«

»Ah ja, hier siehst du Vasily Shokov. Allerdings meinen Vasily Shokov.«

Es dauerte einen Augenblick, bis Boyko begriff. Gorgonov konnte beinahe sehen, wie ihm ein Licht aufging.

»Okay, dieser Mann gehört also zu deinen Leuten.«

Gorgonov nickte. »Peter Limas ist etwas ganz Besonderes.« Gorgonov nahm die Akte wieder an sich. »Er lebt im Westen und ist Unternehmer. Zusammen mit einem Partner führt er eine Firma für Cybersicherheit. Wenn das kein Ding ist.«

»Ein Unternehmer?« Boyko machte große Augen. »Ihr schickt einen Unternehmer los, um sich bei Evan Ryder einzuschmeicheln?«

»Wer wäre besser geeignet?«

»Zum Beispiel ein echter Spion.«

»Einen von uns würde Ryder auf hundert Meter Entfernung riechen – wie schon viele Male zuvor. Wie du selbst sagtest, wir haben sie immer wieder unterschätzt, einfach weil sie eine Frau ist. Wir konnten nicht glauben, dass der Schaden, den sie uns zugefügt hat, wirklich auf ihr Konto ging, wir hielten es einfach nicht für möglich, dass eine Frau so gerissen und gefährlich sein kann – ein Todesengel für unsere Agenten.« Er seufzte. »Nein, jemand, der den Geheimdienst nicht kennt, ist hier genau der Richtige für uns. Und das Beste ist, dass Limas bereits eingeschleust ist. Er hat eine Geschichte, die jeder Überprüfung standhalten wird.«

»Der Plan ist verrückt. Wie ich bereits vermutet hatte.« Mit erhobener Hand gebot Boyko seinem Freund, der bereits zu einer Entgegnung ansetzte, Einhalt. »Aber schön, sagen wir einmal, ihr macht mit diesem Plan weiter, und sagen wir auch noch, dass es eurem Mann gelingt, sich mit Ryder anzufreunden. Und dann?«

»Dann bleibt er ihr Freund – genauso, wie Lyudmila Alexeyevna ihre Freundin war. Er füttert Ryder mit Informationen, die ihre Handlungen beeinflussen, genauso, wie Lyudmila Alexeyevna es getan hat. Nur werden es diesmal unsere Informationen sein.«

»*Dezinformatsiya.*«

Gorgonov nickte. »Genau.«

Boyko ließ sich das eine Weile durch den Kopf gehen. »Go Your Own Way« endete, und »Songbird« begann. Gorgonov schaute den General an. Anscheinend würde Boyko das Gespräch nicht auf Brady Thompson bringen, den Elefanten im Raum, und Gorgonov würde das ebenfalls schön bleiben lassen.

Boyko schob seinen Stuhl zurück und ging zur Toilette. Sobald er sich eingeschlossen hatte, nahm er sein Handy heraus und schickte seinem Adjutanten eine Nachricht. Er gab einen Namen ein und tippte im Anschluss: SOFORT AUF DIE TODESLISTE SETZEN.

Er pinkelte lang und zufriedenstellend, wusch sich die Hände und kehrte an den Tisch zurück, wo Gorgonov ihn erwartete.

»Also«, sagte Boyko, nachdem er sich gesetzt hatte.

Gorgonov legte den Kopf schief. »Also was?«

»Wollen wir Evan Ryder jetzt also tot sehen oder nicht?«

»Komm mir hier nicht in die Quere«, erwiderte Gorgonov scharf.

Der General breitete die Hände aus, um zu zeigen, dass er nichts zu verbergen hatte. »Ich muss jetzt los.« Er stand auf. »Danke für deine Gastfreundschaft, Anton Recidivich.«

»Es war mir wie immer ein Vergnügen, General.« Gorgonov erhob sich ebenfalls. »Meine Leute haben das Hirschfleisch auf Eis gelegt und eingepackt. Es erwartet dich in deinem Wagen.«

»Und das Geweih«, warf Boyko ein. »Vergiss das Geweih nicht.«

»Ich vergesse nichts«, antwortete Gorgonov.

• • •

Während die Internet-Recherche-Agentur in Sankt Petersburg, die vom Souverän die Aufgabe erhalten hatte, sowohl Pro-Kreml-Propaganda als auch *dezinformatsiya* zu verbreiten, immer wieder ihre Büros wechselte, seit sie im Jahr 2015 durch einen Artikel im New York Times Magazine »aufgeflogen« war, war im Gegensatz dazu der Stützpunkt der Hackergruppen ACT 28 und Fancy Bear ein so gut gehütetes Geheimnis, dass abgesehen von einer speziellen Operationsgruppe im GRU nur der Souverän genau wusste, wo er sich befand. Selbst Gorgonov kannte diesen Ort nicht, was ihn aber zu Boykos beständiger Verärgerung nicht zu stören schien.

Boykos Einheit war in einer ehemaligen Synagoge untergebracht, die der GRU vor einigen Jahren »befreit« hatte. Von den ursprünglichen Nutzern des Gebäudes war nichts geblieben als die verblasste Erinnerung an einen Prozess wegen Hochverrats, der blitzschnell gekommen und gleich vorbei gewesen war. Von den Angeklagten, falls man dieses Wort verwenden durfte, wurde nie wieder etwas gehört. Es war, als hätten sie nie existiert. Nachforschungen ihrer Familienmitglieder erwiesen sich als fruchtlos und am Ende sogar als ein wenig gefährlich.

Das Gebäude lag am inneren Rand der Moskau umschließenden Ringstraße, am Westrand der Stadt in einer Gegend voller Gaswerke und Ölraffinerien. Die Luft war Tag und Nacht dunstig und verschmutzt. Oft war es, als rieselten schwarze Schneeflocken von den riesigen Fabrikschloten herab, die sich wie Reißzähne in den trüben Himmel bohrten. Auf dem Boden lag Asche und bedeckte die Schneereste, die sich hier und da noch zwischen kackbraunem Matsch in den verstopften Rinnsteinen häuften. Je weniger man über den Gestank sagte, desto besser.

Drinnen sah es jedoch ganz anders aus; dafür hatte Boyko gesorgt. Obgleich er durch und durch Soldat war, hatte der General es gern bequem. Als junger Rekrut hatte er bei den Einsätzen genug Unannehmlichkeiten erduldet. Unter seiner regen Anleitung hatte die vom Militär gestellte Renovierungsmannschaft das jüdische Gotteshaus gut gelaunt in eine sichere Zufluchtsstätte verwandelt, von der aus das handverlesene Team des Generals *dezinformatsiya* ins amerikanische Internet schmuggelte, die wesentlich raffinierter waren als alles, was die Jungs in Petersburg sich ausdachten. Sein eigenes Büro war zwar klein, genoss aber den Vorteil, den Raum einzunehmen, in dem die Juden ihre heiligen Schriftrollen aufbewahrt hatten. Es roch noch danach: eine angenehme Mischung aus Stoff, Alter, Papier und religiösem Staub, die nach Boykos Erfahrung so unverwechselbar war wie der Geruch von Bibliotheken, Zahnarztpraxen oder der Wohnung seiner Mutter.

Als er das Gebäude betrat, schüttelte er die feuchte graue Asche ab wie ein Hund, der aus dem Regen kommt, und schlüpfte aus seinem knöchellangen Wintermantel. Das nagende Gefühl von Unruhe, das ihn seit der Rückfahrt von Gorgonovs Datscha begleitet hatte, konnte er jedoch nicht loswerden.

Das Großraumbüro war in den gedämpften Schein indirekter Beleuchtung getaucht, und das konstante Brummen des Antiüberwachungs-Perimeterschutzes war wie das ferne Summen von Honigbienen. Was durchaus passte, da das Büro einem Bienenstock voll elektronischer Aktivität ähnelte. Vierundzwanzig Workstations, vierundzwanzig hochgetunte Laptops und vierundzwanzig junge Männer, die über das blau flackernde Licht ihrer Bildschirme gebeugt Software bearbeiteten, Netzbots programmierten, in den sozialen Netzwerken herumtrollten oder Fotos, GIFs und Kurzvideos mit Photoshop veränderten. Sie erschufen »Nachrichten« aus spinnwebzarten Strängen, so flüchtig wie ein Traum, aber glaubhaft für die wenigen Stunden, die nötig waren, um große Aufregung auszulösen, Brände zu stiften oder die Flammen einer Terrortat anzuheizen, bevor sie wie Seifenblasen zerplatzten. Doch das war nicht die einzige Aufgabe von Boykos Legion von Online-Provokateuren. Man nehme zum Beispiel Nemesis, seinen bedeutendsten Kunden. Dessen Projekte waren wichtiger als alle anderen; sie sollten nicht flüchtig sein, sondern lange nachhallen und die immer größer werdende Kluft in der amerikanischen Psyche noch vertiefen. Nemesis' Mission war das Hauptgeschäft von Boyko, genau die *dezinformatsiya*, auf die der Souverän zählte und auf die Boyko spezialisiert war.

Sammy nahm dem General den Mantel ab und begleitete ihn in sein Büro, wo ihn an seinem Schreibtisch eine Kanne Kaffee und eine eiskalte Flasche Wodka erwarteten. Sammy war natürlich nicht der richtige Name des Mannes, der eigentlich Semyon hieß. Alle Männer, die hier arbeiteten, hatten englische Namen bekommen, die ihren russischen Namen grob entsprachen. Aus Timur wurde Timmy, aus Oleg Ollie, aus Pyotr Peter und so weiter. Diese Amerikanisierung hatte Boyko sich überlegt, damit die Männer auf ihr Zielpublikum konzentriert blieben. Er ließ täglich einen Stapel amerikanischer Zeitungen einfliegen; zwar waren diese auch online zugänglich, doch er wollte, dass seine Leute ein Gefühl dafür bekamen, die Papierausgaben in den Händen zu halten, mit allem Drum und Dran, mit Werbung, dem Leitartikel und den Fotos, die teilweise sonderbar und schlüpfrig waren. Amerika, dachte Boyko verächtlich, stolz darauf, zum Niedergang des Landes beizutragen.

»Setz dich, Sammy«, sagte er zu seinem Adjutanten. »Ich habe ein Problem, das gelöst werden muss.«

In diesem Augenblick vibrierte sein persönliches Handy. Ein Blick darauf zeigte ihm, dass man ihm das Symbol einer Uhr ohne Zeiger geschickt hatte. Er entschuldigte sich und verließ das Gebäude. Drinnen war jeder Quadratzentimeter elektronisch überwacht und gesichert. Er wechselte zu einem Wegwerfhandy und drückte auf die einzige Nummer, die in der Kontaktliste gespeichert war. Er hörte das Wählgeräusch und dann einen hohlen Klang in der Verbindung, der anzeigte, dass sie vor jeder Art von äußerer Einmischung geschützt war. Er vernahm die Stimme, hörte zu, sagte: »Betrachten Sie es als erledigt«, und drückte auf Auflegen. Dann nahm er die SIM-Karte aus dem Gerät und zertrat sie mit dem Absatz auf einem Stein.

Nach drinnen zurückgekehrt, ging er zu seinem Schreibtisch, wo Sammy ihn so geduldig erwartete wie ein treuer Hund seinen Herrn. Sammy, ein Mittzwanziger mit sandfarbenem Haar und wenig bemerkenswerten Gesichtszügen, aber einem bemerkenswerten Verstand, hatte im GRU den Rang eines Hauptmanns inne, auch wenn im Inneren des Gebäudes niemand mit seinem Rang angesprochen wurde. Der hoch aufgeschossene und etwas schlaksige junge Mann ließ sich Boyko gegenüber auf einem Stuhl nieder. Anders als seinem Chef war ihm unangenehm bewusst, dass er in dem Raum saß, in dem die Juden ihre heiligen Schriftrollen aufbewahrt hatten; bei diesem Gedanken juckte ihm immer der Schädel. Er wünschte inständig, der General hätte einen anderen Ort als Stützpunkt gewählt. Andererseits liebte er das Untergeschoss, das entkernt und zu einem Restaurant im amerikanischen Stil umgebaut worden war, in dem tagsüber Hotdogs, Hamburger, Fritten und dergleichen serviert wurden und abends Ribeye- und Porterhousesteaks, Folienkartoffeln, Rahmspinat und Caesar-Salat. Daneben lag ein Kino, in dem an drei Abenden pro Woche die neuesten Hollywoodstreifen liefen. Erscheinen war Pflicht, und öffentlich beschwerte sich keiner, aber insgeheim empfand Sammy nur Verachtung dafür, wie Hollywood sich ganz offensichtlich an den chinesischen Markt heranschmiss.

»Das Problem?«, fragte Sammy.

»Ist gelöst«, antwortete Boyko, der sich setzte. »Heute ist mir eine neue Idee gekommen. Ich habe sie im Kopf gedreht und gewendet, und jetzt wirst du sie mit deinem Team umsetzen.« Er schenkte sich einen Kaffee ein, versetzte ihn mit Wodka und trank einen großen Schluck. »Ab heute werden APT 28 und Fancy Bear eingemottet.« Ihm kam gar nicht der Gedanke, dass die Idee von Gorgonov stammte; in seiner Vorstellung war sie allein ihm selbst entsprungen.

Sammy blinzelte. »Chef?«

Boyko strahlte. »Schau nicht so verstört, Sammy. Ich löse die Einheit nicht auf. Ganz im Gegenteil.« Er beugte sich vor, die Ellbogen auf die Schreibtischplatte gestützt. »Aber mir ist klar geworden, dass wir beide Accounts schon länger einsetzen, als gut ist.«

»Ich dachte, es wäre uns ganz recht, dass man im Westen von uns weiß. Ich dachte, das verliehe uns – wie soll ich es ausdrücken? – etwas Arrogantes.«

»So war es auch. Bis heute.« Boyko leerte seinen Kaffee mit Schuss. »Ab heute beginnen wir eine neue Phase in unserem Cyberkrieg gegen die Vereinigten Staaten. Unsere Initiative war ursprünglich dazu gedacht, alle Wahrheiten zu zersetzen und einen verwirrenden Schwarm alternativer Wahrheiten zu erzeugen, die bei Randgruppen Anklang finden würden. Die Leute glauben das, was ihren Vorurteilen am meisten entspricht. Dieses Ziel haben wir erreicht. Aber das war nur Phase eins. Ich möchte, dass all das ausgelöscht wird, als hätte es nie existiert. Wie steht es mit der neusten Generation von Bots?«

Sammy tätigte einen internen Anruf, redete leise ins Handy und hörte dann zu. »Sie sind mit den Tests beinahe durch«, berichtete er.

Diese Bots waren mit KI ausgestattet. Sie konnten Spamfilter, Captchas, Anti-Malware-Programme und dergleichen umgehen. »Ausgezeichnet«, erwiderte Boyko. »Bis wann sind sie einsatzbereit?«

Erneut telefonierte Sammy mit dem IT-Team. »In fünf Stunden, höchstens sechs.«

»Sag ihnen, dass sie drei Stunden haben und keine Sekunde länger. Sonst wird ihre Einheit umgehend gesäubert.« Der General sah auf die Uhr, während Sammy seinen Befehl per Telefon weitergab. »Bis heute um vierzehn Uhr möchte ich die Bots installiert sehen – eine ganze Armee«, fuhr er fort. »Sie sollen darauf programmiert werden, mehrere Millionen neue IP-Adressen zu generieren, von denen aus wir unsere *dezinformatsiya* in Umlauf bringen werden.«

Sammy nickte. »Jawohl, Chef. Und dann?«

»Dann nutzen wir den neuen Netzbot – nennen wir ihn Soul Searcher –, um Benjamin Butler anzugreifen«, antwortete General Boyko. »Du hast noch nie von ihm gehört, stimmt's? Das gilt auch für neunundneunzig Prozent des GRU und des FSB. Doch tatsächlich führt er die geheimsten Operationen für das amerikanische Verteidigungsministerium durch – sehr intelligent, sehr fähig. Als Jude ist er außerdem auch verwundbar. Wir halten uns an das Motto der Schafe, die unsere Zielgruppe sind: »Dummheit ist Macht«, und hängen Butler faschistische und sozialistische Parolen an. Den Unterschied begreift unsere Zielgruppe ohnehin nicht. Wir doxen ihn als unmoralischen Menschen, Sicherheitsrisiko und geheimen Homosexuellen und beschuldigen ihn all dessen, was wir sonst noch in unserem Arsenal böswilliger Absichten haben.« Doxing war ein Terminus aus dem Internetbereich, er stand für eine Methode, durch Social Engineering schädliche Informationen – aufgedeckte Geheimnisse, oft auch Unwahrheiten – über eine Person in Umlauf zu bringen.

»Und warum nehmen wir gerade diesen Benjamin Butler aufs Korn? Er ist ein Jude, aber ist er auch Zionist?«

»Meines Wissens nicht, aber vielleicht lassen wir ihn auch als einen von dieser Bande dastehen!«, erwiderte Boyko heiter. »Wir erschaffen ein falsches Narrativ und verdrehen es zu einer Verschwörungstheorie; nichts liebt unser Zielpublikum mehr als Verschwörungstheorien – daran heften die Leute sich fest wie Pilotfische an Haie.« Boyko lehnte sich mit hinter dem Kopf verschränkten Händen zurück. Er handelte diametral entgegengesetzt zu Gorgonovs Wünschen, und darum ging es ihm gerade. »Der eigentliche Grund, weshalb wir ihn aufs Korn nehmen, ist jedoch, dass er gut mit Evan Ryder befreundet ist.« Gorgonovs Plan war jämmerlich. Boyko wollte Evan Ryder tot sehen. Punkt. »Er ist der Köder, den wir benutzen werden, um Ryder zu fangen und zu töten.«

Erster Teil

Dezember

Zwei Raben

1

Evan Ryder hasste Washington. Wie Hollywood wurde es von Gier und Angst regiert. Der Gestank hektischer Selbsterhaltung war wie ein Smog, der sich niemals hob, nicht einmal an den schönsten Frühlingstagen, und der die Luft innerhalb des Beltway verdarb. Trotzdem war die Hauptstadt der Ort, den sie am ehesten eine Heimat genannt hätte. Für eine Frau, die ihr Zuhause und die Menschen, mit denen sie es geteilt hatte, nie wiederfinden würde, war Washingtons hauchdünne Fassade der Achtbarkeit wohl ein Medikament, das sie von Zeit zu Zeit schlucken musste, um sich an die heuchlerische Natur des Menschengeschlechts zu erinnern und an all das Schlimme, das daraus erwuchs. Der Kampf gegen dieses Schlimme und diese Heuchelei verlieh ihrem Leben seinen Sinn. Auf dem Weg durch das morgendliche Gedränge der Angestellten, die zu ihren Arbeitsplätzen in den unterschiedlichen dünkelhaften Ministerien und Ämtern eilten, überlegte sie wie so oft, dass ganz Washington wie Narziss in einen Spiegel starrte und sein eigenes Bild bewunderte, statt sich um die schwierigen Regierungsgeschäfte zu kümmern.

Dennoch war sie jetzt hier im Stadtviertel Foggy Bottom und schwamm gegen eine Welle von ferngesteuerten Drohnen an – oder vielmehr gegen Anzugträger, die mit leerem Blick in ihre Handys sprachen. Sie glitt zwischen ihnen hindurch wie ein

Hauch, wie ein Gespenst. Ihr dichtes schwarzes Haar war zum Pferdeschwanz zurückgebunden, und sie trug eine schwarze Hose, einen Kaschmirpullover, der farblich zu ihren Augen passte – braun gefleckt wie die eines Grauwolfs –, eine taillenlange schwarze Lederjacke und Stiefeletten mit Stahlkappe, die sie in Portugal für sich hatte anfertigen lassen. Sie hatte einen breiten Mund und eine sportliche Figur, kräftig in den Schultern und schmal in den Hüften. In Restaurants wurde sie manchmal, wenn die Gäste betrunken waren, mit Emily Blunt verwechselt oder, wenn sie noch betrunkener waren, mit Katy Perry. Aber nur manchmal. Normalerweise schenkte ihr keiner die geringste Aufmerksamkeit.

Sie war hier, weil Benjamin Butler sie darum gebeten hatte. Butler war vielleicht der einzige Mensch in Washington, der auf Anhieb ihre Aufmerksamkeit wecken konnte; seine Informationen und Aufträge sorgten dafür, dass sie im Dienst aktiv blieb und tat, was sie tun wollte und tun musste. Evan und Butler hatten vor einigen Jahren als Agenten zusammengearbeitet, und seit diesen Tagen hatten sie eine komplexe Geschichte und waren sich sehr vertraut. Inzwischen war Butler der Leiter eines Geheimdiensts und Evans Chef. Als eingefleischte Agentin hatte sie damit keine Probleme. Butler war einer der einzigen beiden lebenden Menschen, denen Evan vertraute; die Handvoll anderer war inzwischen tot.

Butler und Evan arbeiteten für das Verteidigungsministerium – in einer Abteilung für schwarze Operationen, deren Budget aus einer von mehreren geheimen Kassen des Pentagons stammte, die der Kontrolle des Kongresses entzogen waren. Wer Butlers Chef war, konnte Evan nicht sagen; sie wusste nur, dass dieser Jemand in der Hackordnung des Verteidigungsministeriums sehr hoch oben angesiedelt war. Allein schon aus diesem

Grund hätte man Butler in der Gemeinschaft der Geheimdienstleute fürchten müssen. In Verbindung mit seiner starken Persönlichkeit, seinem unbezähmbaren Geist und seiner unheimlichen Fähigkeit, die schwarzen Schafe zu erschnüffeln, wie tief sie sich auch in der Herde verkrochen haben mochten, hätte eigentlich jeder in der Welt der Spionageabwehr in Angst und Schrecken vor ihm leben sollen. Dass dem nicht so war, hatte einen einfachen Grund: Im Gegensatz zu seinen anderen Kollegen bildete Butler eine beträchtliche Anzahl Agentinnen aus und setzte sie ein; andere Geheimdienste verwendeten dagegen überhaupt keine Frauen für aktive Einsätze. Genau wie seine russischen Kollegen verstand er, und er allein, dass Frauen an mehr und an bessere Informationen herankamen als männliche Agenten. Agentinnen galten als umsichtig und konnten die Sehnsucht der Männer nach Sex, Liebe und Zuneigung ausnutzen, die sie kaum je von ihren Frauen bekamen – falls sie überhaupt Frauen oder Ex-Frauen hatten.

Butler, der von seinen früheren, nicht mehr angemessenen Räumlichkeiten in der Nähe der NSA umgezogen war, hatte sich jetzt im achten Geschoss eines großen Mietshauses aus weißem Backstein niedergelassen, dessen Fassade leicht geschwungen war, um einer halbkreisförmigen, überdachten Zufahrt Raum zu bieten, die es den Mietern gestattete, sich einzubilden, sie lebten in einem Herrenhaus der Südstaaten.

Getreu dem Namen des Stadtviertels – Foggy Bottom, feuchte Senke – begleiteten dünne Nebelschwaden Evan in die von Lüstern erhellte Lobby. An den Wänden standen dicke Ledersessel und kleine Sofas unter gemalten Szenen einer traditionellen Fuchsjagd. Evan hätte das Ambiente komisch gefunden, hätte nicht jeder, der sich in der Lobby aufhielt, ein so finsteres Gesicht gemacht wie ein mittelalterlicher Wasserspeier.

Sie trat zum erhöht sitzenden Concierge und zeigte Papiere, die sie als »Louise Steadman, Beraterin« auswiesen. Das Fachgebiet ihrer Beraterdienste stand dort nicht und wurde auch nicht erfragt. Sie erbat Zugang zu Paul Roswell, und nach einer kurzen Nachfrage über das Haustelefon erhielt sie eine Magnetkarte und wurde zu einer Liftreihe auf der anderen Seite der Marmorlobby geschickt. Als sie ihre Karte vor das Lesegerät hielt, leuchteten die Schalter im Erdgeschoss auf. Sie drückte auf acht und wurde lautlos nach oben gefahren.

»Paul Roswell« hatte das komplette achte Geschoss zu einem einzigen großen Komplex von Räumen umbauen lassen. Die Arbeiten lagen erst so kurz zurück, dass Evan die Farbe und letzte verbliebene Sägemehlreste in den Ecken roch. Das leise statische Rauschen elektronischer Geräte erfüllte die Luft.

Abgesehen von Brenda Myers, deren honigblondes Haar kürzer und weniger lockig war als bei ihrer letzten Begegnung, waren sehr wenige Leute zu sehen. Brenda reichte Evan kurz die Hand. Sie war kühl, trocken und fest.

»Du siehst gut aus, Evan«, sagte Brenda, während sie von Raum zu Raum gingen – Türen gab es nicht, soweit Evan sehen konnte.

»Danke. Du auch. Für Ben zu arbeiten, hält einen in Form, nicht wahr?«

Sie mochte Brenda und bedauerte es, dass sie noch nie Gelegenheit gehabt hatten, zusammen essen zu gehen und einen draufzumachen. Doch andererseits war es in der Schattenwelt, die sie beide bewohnten, nie eine gute Idee, jemandem Vertrauen zu schenken. Brenda trug wie immer einen Hosenanzug, der genauso schick wie praktisch war. Es war, als nutzte sie ihr Stilgefühl als Gegengift für ihren langweiligen, altmodischen Namen. Dieser innere Widerspruch weckte Evans Interesse und vermittelte ihr das unbestimmte Gefühl, dass an Brenda viel mehr war, als sie an der Oberfläche zeigte. Es gab zahlreiche Gründe, weshalb Menschen das Leben als Geheimdienstagenten suchten – etwa weil sie Sonderlinge waren oder zutiefst unglückliche Soziopathen –, doch der häufigste Grund war der, dass sie vor etwas davonliefen, möglicherweise vor sich selbst. Letzteres, so spürte Evan, mochte auf Brenda zutreffen.

»Wirst du nicht langsam verrückt?«, fragte Evan.

»Ha! Noch nicht. Nicht wirklich.«

»Aber lange wird es bestimmt nicht mehr dauern«, erwiderte Evan. »Es sei denn, er schickt dich wieder in einen Einsatz.«

»Es kann jeden Tag so weit sein.«

Brenda ließ sie ohne ein weiteres Wort an der Schwelle zu Butlers Büro stehen. Evan trat in einen großen Raum, der früher vielleicht einmal das Hauptschlafzimmer der Wohnung im achten Stock gewesen war. Er war in helles Licht getaucht, das allerdings einen eigenartigen, blau-grünlichen Stich hatte, als schwämmen Butler und sie in einem Aquarium. Sie warf einen Blick auf das Fensterglas: kugelsicher und zum Abhörschutz von spinnwebartigen Netzen durchzogen. Obgleich der Stützpunkt gut verborgen war, ging Butler kein Risiko ein. Evan fand das gut; allerdings fand sie ohnehin so ziemlich alles gut, was Butler machte.

Er stand auf, als sie eintrat, und kam ihr um seinen Schreibtisch herum entgegen. Er trug einen dunkelblauen Anzug, ein cremefarbenes Hemd und eine klassische gestreifte Krawatte. Er war groß und stattlich. Die anderthalb Jahre, die seit ihrer letzten Begegnung vergangen waren, schienen nicht die geringsten Spuren an ihm hinterlassen zu haben. Er hatte noch immer die glatte, blasse Haut und die kaffeebraunen Augen seiner jüdischen Mutter, die zu ihrer Zeit eine hinreißende Schönheit gewesen war. Abgesehen von dem gewellten Haar und dem ausgeprägt spitzen

Haaransatz hatte er von seinem blütenweißen Vater, einem Anwalt, kaum etwas geerbt.

Wenn Butler lächelte, ging die Sonne auf. »Wie war dein Flug, Evan?«

»Ich lebe noch, wie du siehst.«

Butler lachte leise. Sie schüttelten sich die Hände.

»Und wie geht es Zoe?«, fragte sie.

»Eine Siebenjährige, die wie dreizehn tut.«

Sie nickte. »Dann ist ja alles in Ordnung.«

Butler lachte erneut und bedeutete ihr, sich auf einen der Stühle vor dem Schreibtisch zu setzen. Er ließ sich ihr gegenüber nieder und schlug die Beine übereinander.

Evan blickte sich erneut um. »Die neue Bude gefällt mir. Haben wir schon einen richtigen Namen?«

»Nur die alphanumerische Kennung. M171 473-HG«, sagte er.

»Dann sind wir also immer noch der MI7.« Das war gewissermaßen ein Scherz. Ein Wortspiel zum britischen MI6.

»Stimmt, aber im Moment kommt es mir nicht so witzig vor.«

Evan schwieg kurz.

»Danke für deine Bereitschaft, nach Washington zurückzukommen«, sagte er.

»Du weißt, dass mein derzeitiger Auftrag an einem entscheidenden Punkt angelangt ist.«

»Das hier hat Vorrang«, erklärte Butler energisch.

»Fünf Monate habe ich dafür gearbeitet.«

Butler winkte ab. »Ich weiß. Die Türkei ist kompliziert, und du hast Enormes geleistet. Ich bin dir dankbar, wie immer. Und ich weiß, dass es hier viele schlimme Erinnerungen für dich gibt. Aber glaub mir, Evan, es war notwendig, dass ich dich zurückhole.«

Es hatte keinen Sinn, sich dagegenzustemmen. All die mühsame Vorarbeit für die Katz. Na ja, es ist nicht das erste Mal, dachte sie. Und es wird auch nicht das letzte Mal sein. So war das Spiel eben. »Die Ausweispapiere, die du mir geschickt hast, haben es mir leicht gemacht.« Mit diesen Worten gab sie nach, aber nur ein wenig.

Er legte den Kopf schief, und sein dichtes schwarzes Haar glänzte im Licht. »Du weißt, was ich meine.«

Ja, das wusste sie. »Du hast von einer dringenden Angelegenheit gesprochen«, begann sie. »Was ist los?«

Butler nahm ein Blatt Papier vom Schreibtisch und hielt es ihr hin.

Evan rührte sich nicht und beäugte das Papier, als wäre es eine angriffslustige Kobra.

Butler hielt das Blatt mit der Schrift nach oben. »Siehst du? Keine offiziellen Stempel. Keine Unterschriften auf einer Umlaufliste. Das hier besitzen nur wir. Hundertprozentig.« Mit dem Zeigefinger fuhr er die Liste entlang. »Sechs Namen, vier Agenten, die in den letzten zehn Monaten verschwunden sind, einer, der in sehr schlechter Verfassung zurückgekehrt ist, und der sechste ist uns vollständig unbekannt.«

»Wo hast du die Namen her?«

»Der zurückgekehrte Agent trug die ursprüngliche Liste bei sich. Sie wurde forensisch genau untersucht. Man hat nichts gefunden, nicht einmal einen teilweise erhaltenen Fingerabdruck.«

»Nicht einmal die unseres Agenten?«

»Genau.«

»Dann hat er die Liste nicht zusammengestellt. Er hat sie nicht einmal gesehen.«

Butler nickte. »Die Liste ist eine Botschaft, eine höhnische Herausforderung. Genau wie die Rückkehr des Agenten. Jedenfalls glaube ich das.« Er zeigte Fotos – unscharfe Porträts, anscheinend von Überwachungsoperationen –, die er den Namen zuordnete. »Drei der sechs gehörten zu uns, zwei weitere zum MI6.«

»Was verbindet sie?«

Butler seufzte. »Wie du gewiss weißt, wurde die besondere Beziehung, die wir mit unseren britischen Vettern haben, in jüngster Zeit schmerzhaft auf die Probe gestellt. Die bittere Wahrheit lautet, dass sie uns nicht länger vertrauen; ihnen irgendetwas zu entlocken ist also wie Zähneziehen. Doch soweit ich das erkennen kann, haben die MI6-Agenten dasselbe gesucht wie die unseren – eine Person oder Organisation, die nur unter dem Namen Nemesis bekannt ist.«

»Womit hat Nemesis sich eine so genaue Beobachtung verdient?«

»Es kontrolliert ein riesiges Netzwerk von Twitter-Bots, die ungeheuerliche rassistische und sexistische Beschimpfungen über Demokraten, Frauen, Latinos, Immigranten, Muslime und Juden auskippen.«

»Du hast doch sicher IT-Experten, die ...«

»Das Nemesis-Netzwerk ist wie die Hydra. Schneidet man das eine Cluster von Servern ab, wachsen an seiner Stelle sieben andere nach. Ich meine, wir wissen nicht einmal, ob Nemesis eine einzelne Person ist, ein Kader oder eine weltweite Verschwörung. Doch aufgrund unserer jüngsten Fehlschläge bin ich zu dem Schluss gelangt, dass wir Nemesis aus der falschen Richtung angegangen sind. Daher werden jetzt Agenten eingesetzt.«

Evan stand kopfschüttelnd und stirnrunzelnd auf. »Okay, aber du hast massenhaft andere Agenten und Agentinnen, die diese Art von Routine erledigen können ...«

»Nemesis ist alles andere als Routine. Evan, falls du dir Sorgen machst, ich könnte dich bitten, in Washington zu bleiben und Arbeiten zu erledigen, die andere genauso gut machen könnten – na ja, glaub mir, so ist es nicht.« Er holte tief Luft, als müsste er sich auf seine nächsten Worte vorbereiten. »Jules und Albert?«

»Zwei von unseren besten.«

»Das waren sie. Ihre Kehlen waren aufgerissen, als wäre ein wilder Hund oder ein Wolf oder ein kannibalischer Verrückter über sie hergefallen.«

»Woher weißt du das?«

»Zahnspuren an den zerfetzten Rändern der Wunden. Genaueres können wir nicht sagen. Gerichtsmedizinische Befunde sind in diesem Bereich bekanntlich sehr ungenau.«

Er reichte ihr einen Stapel Fotos, die die Gerichtsmediziner geschossen hatten. Evan ging sie sorgfältig durch, und die senkrechte Falte zwischen ihren Augen vertiefte sich zusehends.

»Spuren von Abschnürungen an Handgelenken und Fußknöcheln.«

»Ja«, bestätigte Butler. »Sie waren gefesselt.«

Evan blickte zu ihm auf. »Ich sehe keinerlei Spuren von Blut. Gar keine.«

»Der Gerichtsmediziner, den wir hingeschickt haben, sagte mir, die Verstümmelungen seien an einem anderen Ort als dem Fundort vorgenommen worden. Anschließend floss alles Blut aus den Körpern.«

Evan starrte ihn an. »Nachdem ihnen die Wunden zugefügt worden waren.«

»Ja.«

»Dann ist es also möglich, dass ihnen die Kehle zerbissen wurde, während sie noch lebten.«

»So lautet die vorsichtige Vermutung des Gerichtsmediziners. Und jetzt kommt es noch schlimmer. Der Gerichtsmediziner hat Blut in ihren Füßen gefunden, in den Mündern und in Jules' Fall auch im Haar.«

»Was heißt, dass sie an den Knöcheln aufgehängt wurden wie Schweine.« Evan betrachtete die Fotos erneut. »Also eine Art Ritual.«

»Ja, ein Ritual ist mein Hauptverdacht.«

Evan schüttelte den Kopf. Nun war sie ganz bei der Sache. »Wo?«, fragte sie. »Wo sind sie gefunden worden?«

»Das wird dir gefallen. Deshalb habe ich gerade dich kommen lassen.« Er nahm die Fotos zurück. »Im Kaukasus, dem Gebirge, das seit alters her Europa von Asien trennt. In Georgien. Genauer gesagt, in einem Naturschutzgebiet mit dem längsten Namen der Welt: Geplantes Naturschutzgebiet Racha-Lechkhumi und Kvemo Svaneti.« Er sah Evan nachdrücklich an. »Die Russische Föderation ist ja quasi dein Hinterhof.«

Er schob die Fotos durcheinander. »Das ist schlimm, Evan. Schlimmer geht es nicht. Das waren perfekt ausgebildete Agenten, nicht eine Handvoll Freunde, die sich zum Picknick im Park verabredet hatten. Racha, die Region, in der ihre Leichen gefunden wurden, wird dein Ausgangspunkt sein.«

»Hast du sie gemeinsam losgeschickt?«

»Jeweils mit einem Monat Abstand.«

»Aber die Leichen wurden am selben Ort abgelegt.«

»Das stimmt«, antwortete Butler.

»Und der dritte von uns, der Mann, der zurückkam? Patrick Wilson – die Kröte, wie wir ihn immer genannt haben.«

Butler verzog das Gesicht. »Ein bedauerlicher Spitzname, aus heutiger Sicht. Abgesehen davon, dass er abgenommen hatte und dehydriert und sonnenverbrannt war, ist er unbeschädigt zurückgekehrt … körperlich. Zumindest äußerlich.«

»Wie kam es dazu?«

»Unbekannt. Er weigert sich, zu einem Psychologen oder PTBS-Spezialisten zu gehen, aber etwas stimmt mit ihm nicht, ganz und gar nicht. Vielleicht kannst du ... Du solltest ihn aufsuchen, bevor du dich auf den Weg nach Georgien machst. Er kennt dich. Ich glaube, das würde sich als aufschlussreich erweisen.«

»Und?« Sie stand auf und näherte sich dem Ausgang des Raums. »Bei dir gibt es doch immer ein ›und‹.«

Die Andeutung eines Lächelns umspielte Butlers Lippen. »Nimm Brenda mit.«

»Du weißt, dass ich allein besser arbeite.«

»Du und Brenda, ihr habt eine Geschichte und versteht euch blendend. Ich schicke in dieser Sache nicht noch einmal einen einzelnen Agenten los.«

Butler erhob sich nun ebenfalls und trat zu ihr, noch immer das Blatt Papier in der Hand. »Die beiden Namen, die unter unseren Leuten stehen, sind die MI6-Agenten.«

Evan senkte den Blick und schaute auf die Liste. »Sind sie gefunden worden?«

»Bisher nicht. Kein Wort von ihnen. Nichts.«

»Und der sechste Name?« Sie sah an dem Papier vorbei in Butlers Gesicht. »Charles Isaacs?«

»Wie schon gesagt, es gibt keine Informationen über ihn. Überhaupt keine. Er ist ein unbeschriebenes Blatt.« Sein Blick wurde suchend. »Charles Isaacs ist eine Fiktion. Eine künstlich fabrizierte Identität. Es muss so sein. Er ist ein absolutes Rätsel.« Er legte die Liste aus der Hand. »Eines konnte ich mit absoluter Gewissheit feststellen, nämlich dass er keiner der Unseren ist. Und ich habe auch bei unseren Vettern auf der anderen Seite des großen Teichs nachgefragt. Wie schon gesagt, derzeit stehen wir nicht auf gutem Fuß miteinander, aber ich habe ein paar persönliche Freunde beim MI6, und wir vertrauen einander immer noch. Zu ihren Leuten gehört er ebenfalls nicht. Und natürlich interessieren sie sich brennend dafür, was ihren beiden vermissten Agenten zugestoßen ist.«

»Isaacs gehört einem Geheimdienst an, hinter dem Nemesis her ist«, sagte Evan. »Das könnte bedeuten, dass er unser Verbündeter ist.«

»Möglich, aber er könnte ebenso gut zu den Russen, zur Interpol oder zu jeder anderen Behörde gehören.« Butler sah immer beunruhigter aus. »Bisher kennen wir Nemesis' Ziel nicht, daher müssen wir äußerst wachsam sein.«

»Du schickst uns auf eine Erkundungsmission?«

»Das hier ist eine von Nemesis erstellte Todesliste, Evan, und sie hat das Leben dreier unserer Agenten zerstört und vielleicht auch das zweier vom MI6.« Er wedelte mit dem Blatt. »Es geht hier nicht einfach nur um einen weiteren Netzbot. Und auch nicht einfach nur um eine weitere Terrororganisation. Nemesis hat es auf westliche Geheimdienstagenten abgesehen. Meine Intuition sagt mir, dass du die Richtige für diesen Auftrag bist. Die Einzige, die infrage kommt.«

Aus dem Augenwinkel sah Evan Brenda in der Türöffnung stehen, stumm wie ein Schatten. Wie viel hatte sie gehört? Wie viel wusste sie?

»Besuche Patrick Wilson, Evan.« Butler trat näher und griff kurz nach ihrem Arm. »Schau, ob du herausfinden kannst, was zum Teufel ihm zugestoßen ist.« Er nickte in Brendas Richtung. »Sie ist bereit, Evan. Bist du es auch?«

2

Beim Blick aus dem Seitenfenster des schwarzen, gepanzerten Chevrolet Tahoe dachte Evan an ihre Vergangenheit mit Butler zurück, an ihre gemeinsamen Einsätze und an die eine, einzige Gelegenheit, bei der sie den Gefühlen von Schmerz und Verlust nachgegeben hatten, mit denen die Arbeit sie manchmal bombardierte, und sich in einem anonymen Hotelzimmer in Berlin eine ganze Nacht lang schwitzend und verzweifelt mit Sex getröstet hatten. Was Männer anbelangte, hatte Evan unglaublich schlechte Entscheidungen getroffen. Aber kein Mann war schlimmer gewesen als Josh, dem sie bereitwillig ihr Herz in die Hände gelegt hatte, nur damit er es zerdrückte. »Ich dachte, unsere Liebe wäre für immer«, hatte sie dumm und naiv gesagt. Und darauf die Antwort erhalten: »Das ›Für-immer‹ ist austauschbar.« Er war ein bedeutender Anwalt. »Ich lebe im Moment, und jeder nachfolgende Moment ist anders.« Es war definitiv ihre schlimmste, grausamste Trennung gewesen, und sie hätte sich so etwas niemals vorstellen können. Noch heute, vier Jahre später, gab die Sache ihr das Gefühl, sie hätte einen Schuss mitten ins Herz erhalten.

»Wie schlecht geht es der Kröte?« Mit dieser Frage versuchte sie, sich ins Hier und Jetzt zurückzubringen. Ich lebe im Moment, und jeder Moment ist anders.

»Das wirst du selbst entscheiden müssen«, sagte Brenda, während sie sich geschickt durch den Verkehrsfluss schlängelte. »Und übrigens, danke für diesen Vertrauensbeweis.«

Evan überging den leichten Seitenhieb. »Aber du hast ihn gesehen – Wilson?«

»Danach hatte ich zwei Nächte hintereinander Albträume.«

Evan warf ihr einen Blick zu. »So schlimm war es?«

Brenda erschauerte. Evan hatte Brenda im heißesten Kampfgetümmel erlebt und wusste, wie furchtlos sie war. Daher fragte sie sich, was sie im Krankenhauszimmer der Kröte erwarten mochte. Dann wandte sie sich wieder dem Seitenfenster zu, den Kopf voller Gedanken an Butler. Ihre gemeinsame Vergangenheit war der Grund, weshalb sie bereit gewesen war, mit an Bord zu kommen, als er seine eigene Geheimdienstabteilung erhielt. Er verstand sie. Verstand ihr Bedürfnis, der Hauptstadt fernzubleiben und ohne dauerhaftes Zuhause dort zu leben, wo ihre Aufträge sie hinführten. Es war unerlässlich für sie, dass sie arbeitete und beschäftigt war, wobei sie das alles mit Sicherheit nicht wegen des Gehalts machte. Schon vor langer Zeit hatte sie Geld – und andere praktische Dinge – auf einem Konto auf den Kaimaninseln zurückgelegt. Mehr, als sie jemals würde ausgeben können. Aber sie war auch kein Mensch, der viel Geld brauchte, materielle Dinge bedeuteten ihr wenig. Und auch sonst, überlegte sie, hatte kaum etwas Bedeutung für sie. Sie war wie ein Geist, eine wandelnde, redende, leere Hülle, die hin und wieder aktiv wurde und sich hinterher wieder unberührt und unberührbar in ihre eigene Unterwelt zurückzog. So brauchte sie es nun einmal oder wünschte es sich zumindest. Sie hatte immer wieder die Erfahrung gemacht, dass Vertrautheit mit anderen nur Elend, Verrat und Tod brachte.

In dieser zerstörten emotionalen Landschaft gab es Butler, immer Butler, der genau wie sie im Halbschatten lebte. Und doch schaffte er es trotz allem, seine Tochter zu lieben und ein guter Vater zu sein. Ein vollständiger Mensch. Sie beneidete ihn darum, aber sie verstand es nicht.

Sie überquerten den Potomac und gelangten nach Virginia. In den nächsten zwanzig Minuten fuhr Brenda in südlicher bis südwestlicher Richtung über einen Highway und bog dann auf eine Landstraße ein. Sie kamen vorbei an schicken Enklaven großer Häuser, die bewacht dalagen, ein nur zu häufiges Anzeichen von Furcht und Paranoia. Nicht lange nachdem sie ein großes Einkaufszentrum hinter sich gelassen hatten, verwandelte sich die Straße von einem vierspurigen Asphaltband zu einer zweispurigen Landstraße. In diesem Teil der Hügellandschaft Virginias gab es weder Hinweisschilder noch andere Markierungen, doch Brenda kannte sich offensichtlich aus, denn sie bremste und bog nach links auf eine Schotterstraße ein, die man leicht hätte verpassen können.

»Wir sind da«, sagte sie, nachdem sie mehrere Minuten über die Piste gerumpelt waren, und hielt vor der Einfahrt zu einem bewachten Gelände, zu dem ein Parkplatz vor dem Hauptgebäude und eine gepflegte Gartenanlage gehörten.

Brenda ließ das Seitenfenster herunter und übergab dem Wächter zwei Zugangsausweise. Er überprüfte die Papiere, spähte in den Wagen, um sie und Evan in Augenschein zu nehmen, nickte dann und reichte die Ausweise zurück.

»Parkplatz elf«, sagte er und gab Brenda einen Parkschein. »Legen Sie das vor dem Aussteigen aufs Armaturenbrett.« Das Tor schwang auf, und Brenda lenkte den Wagen über eine breite, gepflasterte Zufahrt, die von winterlich kahlen Kirschbäumen gesäumt war. Vor ihnen lag ein großes, unauffälliges Gebäude, das anderen Krankenhäusern ähnelte, die Evan gesehen hatte.

Brenda parkte auf Platz Nummer elf zwischen einem grünen

Jaguar und einem weißen Nissan Altima. Als sie ausstiegen, schlug die frostige Luft Evan ins Gesicht. Sie folgte Brenda die goldgeäderten Granitstufen hinauf zu einer automatischen Glasschiebetür. Nirgends war ein Schild oder irgendein Hinweis zu sehen, der verraten hätte, was sich in dem Gebäude befand.

»Butler sagte, es habe früher St. Agnes Charity Hospital geheißen«, berichtete Brenda über die Schulter hinweg. »Aber dann ist es verfallen, und die Bundesbehörde hat es für wenig Geld gekauft.«

Sie passierten die automatische Schiebetür. Als sie am Empfang ihre Zugangsausweise zeigten, teilte man ihnen eine Pflegerin zu, die eilig kam und raschen Schrittes mit ihnen durch einen mit Teppichboden ausgelegten Korridor ging. An den holzgetäfelten Wänden hingen zwischen verschlossenen Türen abstrakte Gemälde, die so nichtssagend waren, dass sie die Ausschussware eines Rorschachtests hätten sein können. Das Licht war kühl und indirekt. Im Gegensatz zu dem krankenhausmäßigen Äußeren fühlte man sich in dem umfunktionierten Inneren wie in einem Fünfsternehotel.

Die Kröte erwartete sie in der Bibliothek, und von Anfang an wirkte alles verkehrt. Sein Haar war gewaschen und mit Pomade an den Kopf gelegt, die Wangen so sauber rasiert, dass sie im Lampenlicht schimmerten. Er trug eine cognacbraune Cordhose, ein sauberes weißes Hemd mit gestärktem Kragen und eine gestreifte Krawatte mit tadellos gebundenem Knoten. Ein schwarzer Wollblazer hing über der einen Armlehne des Sessels, in dem er ruhte, die Beine überkreuzt. In der linken Hand hielt er ein geschliffenes Kristallglas mit drei Fingern breit Whiskey. Neben seinem linken Ellbogen stand ein kleines ovales Tischchen, darauf eine geschliffene Glaskaraffe mit mehr Whiskey. Er lächelte, als sie hereingeführt wurden. Die Pflegerin brachte sie nicht bis zu ihm, sondern verschwand im selben Moment, in dem sie den Raum betraten.

Und was für ein Raum das war. Er hatte einen achteckigen Grundriss und eine hohe Decke mit bodentiefen Fenstern auf drei Seiten, die auf einen Park hinausgingen, der abgesehen von einigen Eiben nur winterliche Baumskelette beherbergte. Schwere Samtvorhänge rahmten die Fenster ein. Drei weitere Wände wurden von Mahagoniregalen eingenommen, die mit allen möglichen Büchern gefüllt waren. Die siebte Wand bot einem riesigen offenen Kamin Raum, wie man ihn sonst in Jagdhäusern tief im Wald fand. Das Einzige, was fehlte, war ein Hirsch- oder Elchhaupt, das darüber prangte. Stattdessen gab es noch eine gemauerte Wand, an der ein Gemälde religiöser Natur hing. Es zeigte möglicherweise die heilige Agnes, doch es war nur schwer zu erkennen, ob die mit einer Kapuze verhüllte Gestalt, die entweder flehend oder warnend eine Hand ausstreckte, eine Frau oder einen Mann darstellte.

Patrick Wilson verfolgte mit funkelnden Augen, wie sie näher kamen. Erst als Evan und ihre Begleiterin bei ihm angekommen waren, zerbrach die Illusion der Normalität. Wilsons Augen, die einmal denselben warmen Farbton wie seine Hose gehabt hatten, waren nun beinahe farblos. Sie spiegelten das Licht, was sie unergründlich wirken ließ. Und dann war da sein Gesicht, das so blass und blutleer wie Mondlicht war und fast genauso durchscheinend wirkte.

Zwei Stühle waren ihm gegenüber aufgestellt worden. Ohne sie mit einer Geste zum Sitzen aufzufordern, sagte Wilson: »Als ich dich das letzte Mal gesehen habe, Evan, warst du viel jünger.«

»Ich kann mich nicht mehr daran erinnern.« In Anbetracht der Wirkung, die er auf Brenda gehabt hatte, war Evan entschlossen, dieses Gespräch so direkt und geschäftsmäßig wie nur möglich zu führen.

»Ah ja, es steht mir wieder vor Augen. Vergib mir, ich fühle mich dieser Tage ein wenig matt.« Die Kröte roch stark nach einem billigen Gesichtswasser, dem es aber nicht gelang, ihre Alkoholfahne und ihren Körpergeruch zu überdecken. »Und du sahst viel kaputter aus.«

Er hatte noch kein Wort zu Brenda gesagt und sie nicht angeschaut, als wäre sie gar nicht im Raum.

»Wilson«, sagte Evan und setzte sich. »Wir sind hier, um herauszufinden, was dir zugestoßen ist und wo du warst, als es geschehen ist.«

Etwas wie ein Schatten verdüsterte kurz die Augen der Kröte.

»Wilson, hm?« Die farblosen Augen nahmen einen schlauen Ausdruck an. »Warum nennst du mich nicht Kröte? Das tun doch alle.«

»Ich ziehe deinen richtigen Namen vor«, erwiderte Evan.

Bei diesen Worten wurde Krötes Verhalten freundlicher, und er entblößte die Zähne zu so etwas wie einem Lächeln. Das war ein Fehler; sie sahen aus wie kleine, verbrannte Bröckchen Toastbrot. Sie erinnerten Evan an Fotos von Gefangenen, die nach dem Zweiten Weltkrieg aus Dachau entlassen worden waren.

»Namen. Was sind die eigentlich? Sie maskieren nur das, was darunterliegt. Das im Inneren verwesende Selbst.«

Wilson nahm einen großen Schluck Whiskey und bewegte ihn im Mund herum, bevor er ihn geräuschvoll herunterschluckte. »Früher mochte ich dieses Zeug nicht besonders«, sagte er, als spräche er zu niemandem Bestimmten. »Aber jetzt, wo ich zurück bin, habe ich eine Vorliebe dafür entwickelt, die völlig neu ist.«

»Und woher, Wilson? Woher bist du zurückgekommen?«

Wilson zuckte. »Oh, von vielen Orten, Evan. Von vielen, vielen Orten.«

»Fangen wir mit dem letzten Ort an. Wo warst du, als du versehrt wurdest?«

Wilson stieß ein krächzendes Lachen aus, wie anderen ein Rülpser entfährt. Wieder schien sich etwas unmittelbar hinter seinen Augen zu verdüstern. »Versehrt, so heißt das? Oh ja, ich bin beschädigt, das stimmt. Aber nicht auf eine Weise, die diese Quacksalber und Psychoklempner erklären könnten. Ich bin ihnen ein Rätsel, Evan. Das sollte dir vertraut sein. Du bist ebenfalls ein Rätsel für jeden, mit dem du Kontakt hast. Keiner kommt dahinter, wie du tickst.«

»Beantworte einfach meine Fragen, Wilson.«

Die Kröte kippte einen weiteren Schluck Whiskey hinunter. Inzwischen war das Glas beinahe leer. Er griff nach der Karaffe. Evan legte eine Hand darauf, um ihn am Nachschenken zu hindern, doch er schlug sie weg. »Hier ist mein Revier«, sagte Wilson in einem stahlharten Tonfall. »Hier gelten meine Regeln.« Seine Stimme war spitz, und erneut entblößte er die braunen Zähne. Sie sahen wackelig aus, als wäre er fünfundneunzig und sie würden ihm bald ausfallen.

Die Kröte schenkte sich Whiskey nach. »Aber ich sollte nicht überrascht sein.« Mit einem Seitenblick auf Evan stellte er die Karaffe auf das Tischchen zurück. »Du hattest immer schon Angst vor der Vergangenheit, oder?«

Evan wollte ihm gerade sagen, wie sehr er sich irrte, da stieg das Bild eines monströsen Palasts aus rotem Backstein vor ihrem inneren Auge auf, so klar und deutlich, als wäre sie erst gestern da gewesen. Beinahe meinte sie, die Raben schreien zu hören. Dann verschwand das innere Bild, und sie sah, dass Wilson sie mit einem neugierigen und nahezu begierigen Gesichtsausdruck betrachtete.

Ohne zu wissen, warum, spürte Evan, wie sie sich innerlich zurückzog und weit weg sein wollte, als ertrüge sie die Gegenwart dieses Menschen nicht einen Moment länger. Sie musste sich zusammenreißen und sich in Erinnerung rufen, dass sie nicht zum Spaß hier war. In ihrem ganzen Leben war sie noch nie vor etwas davongelaufen; sie würde jetzt nicht damit anfangen, welche eigenartige Wirkung die Kröte auch immer auf sie ausüben mochte.

»Der letzte Ort, an dem du warst – der letzte Ort, an den du dich erinnerst –, war der auf dem Land, in einer Stadt, wo war er?«

»Und Raben«, sagte die Kröte. »Vergiss die verdammten Raben nicht.« In seiner Wange zuckte ein Muskel. »Wo ist dieser Ort, Evan? Ich erinnere mich nicht.«

3

Um diese Tageszeit war die Kirche nahezu leer. Die Morgenmesse war vorbei, und die Chorprobe würde erst um fünfzehn Uhr losgehen. In den Kirchenbänken saßen ein oder zwei Büßer, die die Köpfe über die gefalteten Hände gesenkt hatten. Hinten standen ein paar Touristen. Und ein Wachmann.

»Ah, Herr Minister, ich hatte gehofft, dass ich Sie hier antreffen würde«, sagte Riley Rivers.

»Sie kriegen einen Riesenärger, wenn Sie mir so auflauern«, erklärte Brady Thompson und winkte einen der Leibwächter fort. »Machen Sie, dass Sie von hier verschwinden.«

Thompson war der Verteidigungsminister. Im Gegensatz zu früheren amerikanischen Präsidenten ließ der derzeitige Amtsinhaber sich in Geheimdienstangelegenheiten eher von Thompson als von den Geheimdienstchefs beraten. Thompson allein hatte einen direkten Draht zum Präsidenten. Der Präsident hörte auch auf andere Behördenleiter und überflog ihre täglichen Berichte, doch er handelte nur, wenn Thompson ihm dazu riet.

»Ich bin das neueste Mitglied unseres netten kleinen Kaders hier in Amerika. Ich habe einen Führungsoffizier in Moskau, genau wie Sie.«

Thompson schaute nach links auf ein riesiges Bild von Mariä Himmelfahrt. Zu seiner Rechten stand eine Holzkanzel, die so altmodisch war, als stammte sie direkt aus »Moby Dick«. Er spürte, wie ihm ein Schauder über den Rücken lief; er fühlte sich in Kirchen nie wohl. Er war zeit seines Lebens Politiker gewesen; seine Religion war die Politik.

»Ein direktes Gespräch mit mir übersteigt Ihre Hierarchieebene bei Weitem.« Seine Lippen bewegten sich kaum, und er hatte Rivers noch keines Blickes gewürdigt, seit der sich neben ihn gesetzt hatte. »Gehen Sie«, sagte er. »Sofort.«

Rivers wollte schon aufstehen, änderte seine Meinung aber und ließ sich wieder mit dem Hintern auf die Kirchenbank sinken. »Die Sache ist die – der Grund, weshalb ich Sie gesucht habe, Herr Minister –, ich habe eine Idee, die Ihnen vermutlich sehr gefallen wird.«

Thompson seufzte. Dieser junge Mann war wie eine Stechmücke, die man nicht loswurde. Ich kann ihm den Gefallen ja tun, dachte er. »Was denn für eine?«

»Die OKA«, sagte Rivers mit einem durchtriebenen Lächeln.

Eine ältere Frau stand auf und taperte durch den Mittelgang. Thompson wartete ab, bis die Kirchentür sich hinter ihr geschlossen hatte, bevor er in einem härteren Tonfall als beabsichtigt fragte: »Was zum Teufel ist die OKA?«

»Die Offizielle Kommunikationsabteilung.«

Thompson legte den Kopf schief. »So etwas gibt es nicht.«

»Derzeit noch nicht«, antwortete Rivers. »Aber bald schon könnte es anders aussehen.«

»Nun gut«, sagte Thompson langsam. »Was also ist die OKA, und was könnte sie für mich bedeuten?«

Rivers skizzierte es ihm in groben Zügen. »Ich brauche fünfzig Millionen«, schloss er. »Für den Anfang.«

Thompson hätte beinahe laut gelacht. »Sie sind verrückt.«

»Hören Sie mich einfach zu Ende an«, sagte Rivers.

Und das tat Thompson.

• • •

Es war ein Klacks für Thompson, sich mit dem Pressesprecher des Weißen Hauses zu treffen. Dan Derry war ein gehetzt aussehender Mann mit schütterem sandblondem Haar und geröteten Wangen, dessen immer hochnäsiger Gesichtsausdruck Thompson an den Habitus des russischen Souveräns erinnerte. Seine Hände waren so klein wie die eines Kindes und die Finger ständig in Bewegung. Er trommelte auf der Tischdecke herum, befingerte seine Gabel und klopfte mit dem Löffel gegen den Stiel seines Weinglases, bis Thompson es nicht mehr aushielt und sagte: »Hör auf! Im Namen Gottes, hör auf, Dan.« Derry nahm die Hände vom Tisch und legte sie im Schoß zusammen. Nun begann sein rechtes Bein zu wippen, als wollte er gleich auf ein Fahrrad springen, in die Pedale treten und die Hauptstadt hinter sich lassen.

Sie saßen an einem Tisch hinten in Thompsons liebstem Steakhouse, einem angesagten Ort für Geschäftsessen an der Pennsylvania Avenue. Dort war immer ein Tisch für ihn frei, selbst wenn er zur besten Lunch- oder Dinnerzeit kam.

Die beiden Männer saßen einander gegenüber. Auf Thompsons Vorschlag tranken sie trotz der Winterzeit Gin Tonic, weil es hier den besten Gin Tonic innerhalb des Beltway gab. Die großen Speisekarten lagen jeweils neben ihrem rechten Ellbogen.

»Was ist eigentlich mit Ihnen los, Dan?«, fragte Thompson mit seiner besorgtesten Stimme, obgleich er ganz genau wusste, was los war.

»Herr Minister, das Sperrfeuer böser Stimmen in den Medien ist so laut, dass mein Amt es nur noch mit Mühe schafft, die Dinge vom Präsidenten fernzuhalten.« Er strich sich mit der Hand über die feuchte Stirn. »Ich fühle mich allmählich wie die Poststelle am Muttertag, nur dass das, womit ich vierundzwanzig Stunden am Tag konfrontiert bin, Fake News sind. Aus dem ›Deep State‹.«

»Mein Beileid.« Thompson zuckte mit den Schultern, fasste den Raum ins Auge und erkannte einen Richter mit einer Gruppe von Mitarbeitern und ein paar Abgeordnete, die auf der einen oder der anderen Seite des Gastraums saßen, je nachdem, zu welcher Partei sie gehörten. Drei Leute aus der Pressemannschaft des Weißen Hauses hockten an einem Ende der Theke wie römische Senatoren an den Iden des März auf dem Forum. In der Tat, die Messer wurden gewetzt. »Aber was können Sie tun, außer noch härter zu arbeiten?«

»Wir schaffen es nicht mehr«, erwiderte Derry düster. »Ich muss endlich wieder festen Boden unter den Füßen bekommen. Ich gehe unter.«

Thompson nahm die Speisekarte zur Hand und tat so, als studierte er sie mit gerunzelter Stirn. »Bringen Sie den Präsidenten dazu, dass er im Kongress ein paar zusätzliche Gelder bewilligen lässt.«

»Das soll wohl ein Scherz sein. Sie wissen doch, was für ein Streit und Gezänk im Kapitol herrscht. Ich fürchte schon den Moment, in dem es zu Handgreiflichkeiten kommt.« Derry schüttelte den Kopf. »Doch selbst wenn es möglich wäre, würde ich dem Präsidenten ein paar Dinge beibringen müssen, die keiner im Weißen Haus ihn wissen lassen möchte.«

All das war Thompson bereits bekannt gewesen, als er die Verabredung zum Lunch angeregt hatte. »Ich denke, ich nehme ein Club-Steak. Und davor einen Cobb-Salad«, sagte er, ohne von der Speisekarte aufzublicken. »Und Sie?«

»Oh, bitte, einen Lunch traue ich mir derzeit nicht zu.«

»Vielleicht trauen Sie es sich derzeit auch nicht zu, den Präsidenten vor diesen abwegigen Lügen zu beschützen.« Thompsons Stimme war messerscharf.

Derry erstarrte. »Was zum Teufel soll das bedeuten?«

»Es bedeutet, dass Sie eine andere Methode finden müssen, wenn Sie den Präsidenten verteidigen wollen.«

Derry schnaubte. »Wie denn? Der Haushaltsausschuss ist nicht bereit, auch nur einen Cent für mich herauszurücken.«

»Ich habe eine Methode im Sinn«, sagte Thompson. »Eine verdammt gute Methode.«

Derry zog die Augenbrauen hoch. »Wirklich, Herr Minister? Was denn für eine?«

»Eine kleine Operation, mit der wir unsere eigene Propaganda verbreiten.«

Derry stieß die Luft aus. »Ich höre zu.«

»Wie wäre es, wenn ich für uns beide bestelle.« Das war keine Frage. Thompson winkte den Kellner herbei und gab die Bestellung auf. Als der Kellner die Speisekarten mitgenommen hatte, sagte er: »Was, wenn ich Ihnen die Gelder besorgen kann?«

Derry reagierte, als hätte der Verteidigungsminister ihm einen Stromschlag ins Ohr versetzt. »Können Sie das denn?«

»Es ist machbar.«

Derry, der den Köder vollständig geschluckt hatte, fragte: »Und wovon hängt ab, ob Sie es tun?«

»Es müsste Ihnen todernst sein.«

»Natürlich ist es mir todernst. Jesus, Mann, ich stehe unter Beschuss. Leute im Weißen Haus wollen, dass ich meinen Hut nehme. Das kann ich nicht zulassen. Das werde ich nicht zulassen.«

»Bravo.« Thompson trank einen Schluck Gin Tonic. Die Gäste wechselten allmählich laut scherzend oder leise tuschelnd von der Theke zu den Tischen. »Sie werden eine neue Abteilung gründen, für ... nun, wissen Sie ...« Er beugte sich vor und flüsterte: »Für Gegenpropaganda.«

Derry dachte kurz nach. »Sind Sie mit dabei?«

»Ganz und gar nicht«, erwiderte Thompson. »Wir haben dieses Gespräch nie geführt.« Er legte den Kopf schief. »Wie geht es übrigens Ihrer Frau?«

»Betty geht es gut, danke. Und Rose und Philip ebenfalls.«

Thompson nickte. »Sind Sie bereit, die Idee umzusetzen? Auf der Stelle?«

Derry nickte eifrig, so begierig wie ein Geier, der als Erster eingetroffen ist, nachdem ein Tier auf der Straße überfahren wurde. Aber er hätte jetzt zu praktisch allem genickt, was Thompson gesagt hätte, da er davon ausging, dass es ihn davor retten würde, endgültig unterzugehen.

Thompson schien tief in Gedanken versunken. »Wem würden Sie das Projekt anvertrauen – die praktische Umsetzung, meine ich?«

»Nun, Herr Minister, ich würde einen gewieften IT-Spezialisten brauchen, der Verbindungen im ganzen Internet hat.«

»Nun«, sagte Thompson, während der Cobb-Salad serviert wurde. »Zufällig habe ich genau den richtigen Mann für Sie.«

4

Brenda blickte von der Kröte zu Evans. »Was für Raben?«

»Was für Raben, fragt sie?« Pat Wilsons Lächeln war so hässlich wie seine Zähne. Mit diesen Worten reagierte er zum ersten Mal darauf, dass Brenda ebenfalls da war. Doch er hatte sie noch immer nicht angesehen. Er blinzelte; es war, als wäre sie nichts als ein Staubkorn, etwas Irritierendes, das ihm ins Auge geraten war. Dann, ganz plötzlich, stürzte er sich auf sie. Brenda zuckte zurück, und Evan sprang auf und packte Wilsons klauenartige Hände, bevor er bei ihr war.

Als Evan ihn sanft, aber fest auf seinen Stuhl zurückdrückte, sagte Wilson giftig: »Die Raben, die mich in Stücke gehackt haben. Diese Raben, meine ich.«

Evan sah die Kröte stumm an, während Brenda um Fassung rang; kein Wunder, dass sie Albträume von ihm hatte. Irgendetwas stimmte mit Wilson absolut nicht, etwas war vollkommen fremdartig. Wo auch immer er zuletzt gewesen war und was auch immer man ihm angetan hatte – es hatte ihn gründlich und wahrscheinlich unwiderruflich verändert. Er schien in einer anderen Welt zu leben, die man nicht sehen und sich nicht vorstellen konnte.

Schließlich räusperte Brenda sich. »Evan, wovon redet er?«

»Ich habe keine Ahnung.«

»Aber du wirst es irgendwann verstehen, Evan.« Wilsons Lächeln öffnete sein Gesicht wie eine schwärende Wunde. »Davon bin ich fest überzeugt.«

Evan beugte sich vor, die Ellbogen auf die Knie gestützt. »Warum, Wilson?«

»Du scheiterst nie, Evan. Niemals. Das wissen alle. Alle.«

»Was bedeuten die Raben für dich?«, fragte Evan, die versuchte, das Gespräch von sich selbst wegzulenken. Brenda wirkte verwirrt, aber daran konnte sie jetzt nichts ändern.

»Den Tod«, antwortete Wilson. »Und ein neues Leben.«

»Ein neues Leben.«

»Das Leben, das ich jetzt habe. Hier. In diesem Raum. Mit diesem Whiskey.«

»Möchtest du hier nicht rauskommen?«, fragte Brenda. »Möchtest du nicht gesund werden?«

»Ich bin gesund. Gesünder.« Die Kröte starrte Evan unverwandt an und sprach ohne Überzeugung. »Und nein, ich bin hier ganz zufrieden.«

»Warum?«, fragte Evan. »Wie kannst du hier zufrieden sein?«

Wilson erwiderte so lange nichts, dass Brenda unruhig wurde. Ihre Hände strichen über die Armlehne, hin und her.

»Hier bin ich in Sicherheit«, sagte er schließlich.

»Wovor?« Evans Stimme war jetzt nachdrücklich.

»Vor ihnen.«

»Vor den Raben?«, fragte Brenda.

»Natürlich vor den Raben«, stieß er genauso giftig aus wie zuvor. »Wovor sonst?«

»Ich verstehe nicht. Wie haben die Raben dich verletzt?«, fragte Evan so eindringlich wie möglich.

Die Kröte blieb stumm, doch der Schmerz hinter ihren Augen sprach an ihrer Stelle.

»Wilson, ich muss es wissen.«

»Sie haben an meinem Gehirn herumgepickt«, sagte Wilson mit einer plötzlich samtweichen Stimme, als triebe er auf einer Welle seiner eigenen Fantasie. »Wie sie es auch bei dir tun werden.«

»Jetzt machen wir mal einen Punkt«, sagte Brenda, stand auf und stellte sich zwischen Evan und die Kröte. »Du hast jetzt deinen Spaß gehabt, Wilson, oder was du in deinem verrückten Kopf unter Spaß verstehst. Jetzt ist die Zeit für Rätsel vorbei. Gib uns ein paar richtige Antworten.«

»Hör sie dir an!«, krähte Wilson. »So großspurig, als wäre sie ein Mann!« Als Brenda mit der rechten Hand ausholte, um ihm eine zu knallen, zog Evan sie weg, stellte sich mit ihr in eine dunkle Ecke und hielt ihren Blick fest, bis sie sich beruhigt hatte. Brenda war zweifellos eine talentierte Agentin, gewandt und scharfsinnig im Einsatz, doch wenn es darum ging, das Innere von Menschen zu deuten, war sie noch ungeübt. Sie schaffte es noch nicht, ihre eigenen Impulse zu kontrollieren, und musste erst lernen, andere Menschen einzuschätzen und sie innerlich nicht an sich heranzulassen.

Evan ließ Brenda stehen, sollte sie dort über ihre Sünden nachdenken. Sie kehrte zur Kröte zurück. »Du erklärst besser, was du gemeint hast, Wilson.«

Die Kröte seufzte. Es war kein theatralischer Seufzer, sondern er verriet echte Erschöpfung. »Tut mir leid, die Birne funktioniert nicht mehr richtig.« Er tippte sich mit gebogenem Zeigefinger gegen die Schläfe. »Irgendetwas ziemlich Schreckliches ist damit angestellt worden.« Seine Stimmungen schienen blitzschnell zu wechseln und waren völlig unvorhersehbar.

»Wie?«, fragte Evan.

»Die Raben ...« Das Glas Whiskey fiel krachend auf den Boden. »Tod.« Wilson krümmte sich unter Zuckungen.

»Wilson!« Evan packte den Agenten am Arm und spürte, wie er von Krämpfen durchlaufen wurde, als würden sich unter seiner Haut Schlangen winden. »Pat!«

Brenda rannte zur Tür und rief nach einem Arzt.

Die Augen der Kröte verdrehten sich nach oben, Speichel befleckte seine Lippen und rann ihm das Kinn hinunter. Als er sprach, war seine Stimme ein trockenes Rasseln. »Was ... was auch immer mir angetan wurde ... du hast sie gesehen ...« In einem Moment geistiger Klarheit – vielleicht dem letzten – gelang es ihm, anscheinend unter gewaltiger Anstrengung, den Blick auf Evan zu richten. »Du wirst scheitern, Evan. Diesmal wirst du scheitern. Und wenn du nicht aufhörst, wird dein Gehirn ebenfalls weggefressen.« Ein Blutschwall ergoss sich aus seinem Mund.

Dann brach der Teufel los, und Evan wurde weggezogen, während ein Schwarm von Ärzten, Krankenschwestern und starken Pflegern Pat Wilson auf eine Rolltrage legten, ihn festschnallten und so schnell wie möglich aus der Bibliothek schoben.

Eine Weile sahen Evan und Brenda einander einfach nur schweigend an. »Was hat er gesagt?«, fragte Brenda schließlich. »Zum Schluss?«

Evan schüttelte den Kopf und drehte ihn dann, sodass sie auf den winterkargen Garten schaute, der durchs Fenster zu sehen war. Der Tag war weit fortgeschritten; kein Sonnenlicht berührte die kahlen Bäume. Die Eiben wirkten, als wären sie aus Messing. Nichts rührte sich, kein Vogel und kein Lufthauch. Überhaupt nichts.

Draußen stiegen sie stumm in den Tahoe. Als sich diesmal Evan hinters Steuer setzte, erhob Brenda keine Einwände. Der Tag näherte sich dem Ende, und die Kälte wurde eisig. Über den Parkplatz zogen Windböen hinweg und wirbelten Sand auf. Sie saßen stumm nebeneinander. Evan hatte es nicht eilig, loszufahren oder auch nur den Motor anzulassen. Möglicherweise hatte Brenda eine Art Schock erlitten.

»Was zum Teufel ist da drin passiert?«, fragte Brenda schließlich. Ihre Zähne klapperten leise. Sie wandte sich Evan zu. »Ich weiß, dass er etwas zu dir gesagt hat, bevor er aus dem Raum geschoben wurde. Was war das?«

Evan fühlte sich, als trieben ihr Verstand und ihr Körper durch schmelzendes Eis. Ihre Hände auf dem Lenkrad schienen einer anderen Person zu gehören. Sie waren eiskalt. Irgendetwas an diesen Raben machte sie fertig.

Sie zuckte mit den Schultern. »Nichts Verständliches.«

»Ich weiß nicht, ob ich dir das glauben soll.«

»Glaub, was du willst. Es wird nichts an dem ändern, was geschehen ist.«

»Nein, natürlich nicht.« Sie warf ungeduldig den Kopf zurück. »Wie sollen wir als Kolleginnen zusammenarbeiten, wenn …«

»Wir arbeiten nicht zusammen«, unterbrach Evan sie. »Ich arbeite allein.«

»Aber Butler sagte …«

»Ich weiß genau, was Butler gesagt hat.« Evan hatte sie nicht anblaffen wollen. Aber Fakt war, Pat hatte sie fertiggemacht – er und seine verdammten Raben. Und da sie ihn jetzt leibhaftig gesehen hatte, da sie nun wusste, wie er zugerichtet worden war und was allein seine Gegenwart mit Brenda angestellt hatte, war sie nicht mehr bereit, ihre Kollegin in Gefahr zu bringen. Diesmal nicht; nicht angesichts dessen, was hier geschah.

Brenda betrachtete Evan finster. »Du tust dir keinen Gefallen damit, dich so von allen abzusondern, weißt du.«

»Das hast nicht du zu entscheiden«, gab Evan zurück. Sie fühlte sich wund, als wäre sie von innen mit einem Skalpell ausgeschabt worden.

»Himmel, Evan«, sagte Brenda eindeutig verärgert. »Es ist ein undankbarer Job, aber jemand muss ihn machen.«

Evan wandte sich der anderen halb zu. »Hör mal, hier gibt es nichts mehr zu diskutieren.«

»Und was wirst du Butler sagen?«

Als der weiße Nissan Altima zerbarst, geschah das im Bruchteil einer Sekunde. Die Frage wurde von der Stoßwelle davongefegt. Die Explosion war so heftig, dass alle Glasscheiben in der Fassade des ehemaligen St. Agnes zerbrachen. Was den Tahoe betraf, so wurde die Fahrerseite komplett eingedrückt, als er hochgeschleudert wurde, umkippte und auf den grünen Jaguar krachte, der auf der Beifahrerseite parkte.

5

Riley Rivers hätte im siebten Himmel schweben sollen. Seit er mit neunzehn Jahren seinen Blog ins Leben gerufen hatte, hatte er davon geträumt, von einer nationalen Plattform aus zu ganz Amerika zu sprechen. Doch selbst in seinen fiebrigsten Träumen hätte er sich nicht vorstellen können, jemals der Leiter einer Einrichtung wie der Offiziellen Kommunikationsabteilung zu werden. Dass die Propaganda von verschiedenen Ablegern des russischen Geheimdiensts stammte, machte es nur umso köstlicher. Rivers' Aufgabe bestand darin, das Material aus diesen Quellen in leckere Informationshäppchen zu zerlegen und diese so schnell wie möglich einem möglichst großen Publikum vorzusetzen. Brot und Spiele, wie die römischen Cäsaren es angeordnet hatten, damit der Pöbel sich unterhalten fühlte. Und war nicht genau das die versteckte Bedeutung von *dezinformatsiya*? Man musste die andere Seite bei Laune halten, um ungehindert seinen tödlichen Geschäften nachgehen zu können.

Was für eine Welt, sinnierte Rivers, der in seinem neuen Büro stand – einem großen Ecktrakt im dritten Stock eines modernen Bürogebäudes, das einen schicken Graniteingang zur K Street Northwest hatte. Es lag nahe der Neunzehnten, nur fünf Blocks vom Weißen Haus entfernt und zufälligerweise genauso weit vom neuen Büro des MI7.

Stündlich gingen neue »Nachrichten« ein, sogar noch schneller als zuvor. Tweets, die Black Lives Matter, Muslime oder Juden aufs Korn nahmen. Beiträge, die jene Ideologien unterstützten, die die Russen unter dem klugen Codenamen Alt-Right zusammengefasst hatten. Heute war aber noch etwas ganz Neues dabei: die ersten Vorwürfe, die ganz speziell auf Benjamin Butler gemünzt waren – und einige der gemeinsten Anspielungen enthielten, die Rivers je gesehen hatte.

Er schrieb diese Nachrichten in seinem feindseligen Stil um. In Rivers' Version gab es einen gewissen – nun, man kann wohl nicht offen heraus Spion sagen, oder? Aber wenn man bei der OKA ist – der Offiziellen Kommunikationsabteilung –, kann man es nachdrücklich andeuten. Benjamin Butler ist ein Jude, jawohl – seine Mutter war eine Jüdin! Und er bevorzugt Juden, auch wenn – nein, insbesondere wenn – es durch nichts gerechtfertigt ist. Da war noch mehr – viel mehr –, und einiges davon ekelte selbst Rivers.

Diesen kleinen blutroten Köder würde er, wie so oft zusammen mit einem Foto, als eine Internetnachricht lancieren. Das Foto zeigte Butler und eine ganze Gruppe von Frauen und Männern, die zweifelsfrei als Prostituierte und Callboys zu erkennen waren. Das Foto war von einem Programm namens GAN, »generative adversarial network«, erstellt worden, das etwas erschuf, was inzwischen unter dem Namen »deep fakes« bekannt war, eine Kombination aus »deep learning« und »fake news«. Der Algorithmus nutzte ein von Google zur Verfügung gestelltes Programm namens TensorFlow, eine erstaunliche selbstlernende Software, um den Kopf jeder beliebigen Person in ein kompromittierendes Foto oder ein Kurzvideo einzufügen. Die ursprünglichen Aufnahmen von Butler und von den unappetitlichen Leuten, mit denen er sich scheinbar umgab, waren natürlich zu unterschiedlichen

Zeiten an unterschiedlichen Orten geschossen worden, doch mithilfe von GAN hatte man geschickt den Anschein erweckt, als wären diese Menschen wirklich zusammengekommen.

Nicht, dass Rivers sich mit GAN oder TensorFlow besonders gut ausgekannt hätte, doch über Reddit hatte er einen jungen Kerl aufgestöbert, ein Genie und ziemliches Früchtchen, das nur dafür lebte, Ärger zu machen. Als er ihn fand, hatte der Junge GAN verwendet, um sich über den Präsidenten der Vereinigten Staaten lustig zu machen. Ein denkwürdiges Kurzvideo zeigte den Präsidenten hinter einem Podium, wie er sich an eine Wahlversammlung wendet. Jemand ruft: »Regen! Es regnet!« Sofort geleiten die Leibwächter den geduckten Präsidenten von der Bühne. Ein »deep fake«, aber köstlich komisch, sogar für Rivers. Er wusste immer noch nicht, wie der Junge das angestellt hatte. Aber es war ihm auch ziemlich gleichgültig. Es war lächerlich einfach gewesen, den Kerl umzudrehen, sodass er sich nicht mehr über den Präsidenten lustig machte, sondern ihn verteidigte. Geld regiert die Welt, dachte Rivers.

Mithilfe seines neuen Netzwerks sowie seines alten Reddit-Netzwerks servierte Rivers die Nachricht über Butler einer ausgewählten Gruppe von Websites des äußersten linken und rechten Spektrums, und innerhalb weniger Stunden wurde die *dezinformatsiya* von Millionen Menschen auf der ganzen Welt gesehen.

Rivers machte Kopien des Ganzen.

Also, ja, Riley Rivers hätte im siebten Himmel schweben sollen, aber so war es nicht. Wenn sein Leben nur daraus bestanden hätte, Anordnungen aus Moskau und vom Verteidigungsminister entgegenzunehmen, wäre alles wie geschmiert gelaufen. Doch im Wasser schwamm ein Hai, tief unten, wo nur Rivers ihn sehen konnte. Dieser Hai hatte ihn mit den Zähnen gepackt, und sein Name war Isobel Lowe.

Hör auf zu zweifeln, ermahnte er sich wütend. Konzentriere dich auf die Aufgabe, die vor dir liegt. Einen Fuß vor den anderen setzen, das ist die einzige Methode, zu überleben.

Er blickte von seinem Bürofenster auf die Straße hinunter, auf die vorbeimarschierenden Fußgänger, die keine Ahnung hatten, wie die Welt wirklich funktionierte. Die Einwohner der Hauptstadt der Vereinigten Staaten glaubten, Bescheid zu wissen, und waren überzeugt, die Maschine am Laufen zu halten. Was für eine Selbsttäuschung, dachte Rivers voll Verachtung.

Rivers' Verachtung für Amerika und seine Liebesgeschichte mit Russland hatten mehr oder weniger gleichzeitig begonnen. Er hatte sein letztes Studienjahr in London verbracht, wo er sich mit einer Gruppe von trinkfreudigen Studenten aus Oxford angefreundet hatte. Anfangs hatten ihn diese jungen Gentlemen wie ein Maskottchen behandelt. Wäre er kein Amerikaner gewesen, hätten sie ihn wohl überhaupt nicht in ihrem Kreis geduldet; die Klassengesellschaft war in England noch immer so fest verwurzelt wie eh und je. Rivers – ein geborener Snob – fand dies ebenso faszinierend wie attraktiv. Sein beißender Witz, aufgrund dessen sich Amerikaner, Rechte wie Linke, von ihm abgewandt hatten, machte ihn in Verbindung mit seinem enzyklopädischen Wissen über das amerikanische Politiksystem so beliebt bei diesen schnittigen englischen Gentlemen, dass er recht bald zu »einem der Ihren« erhoben wurde. Endlich einmal gehörte er irgendwo dazu.

Bei einem ganznächtlichen Trinkmarathon kam das Gespräch auf die Themen Sozialismus, Verachtung für die englische Oberschicht und versuchsweises Eintauchen in die russische Lebensweise. Das hätte Rivers abstoßen sollen, aber tatsächlich hatte es die gegenteilige Wirkung. Der Abscheu, den diese Herren gegen Gentlemen's Clubs hegten, gegen ererbte Güter in Sussex oder Cheshire, klassisch gestreifte Krawatten und die sittenstrengen

Konventionen ihrer jovialen Eltern, passte perfekt zu der Antipathie, die Rivers gegen jene Leute zu Hause empfand, die ihn wegen seiner extremen politischen Ansichten verachtet, sich wegen seines schroffen Charakters von ihm abgewendet oder ihn hinter seinem Rücken als Sonderling belächelt hatten. Er war nicht gut aussehend, er war nicht groß und schlank – nur darauf achteten die Leute zu Hause. Diese Gentlemen dagegen interessierten sich für seinen Verstand: Meinungen, Diskussionen und tiefschürfende Analysen. Für Rivers das A und O.

Ein oder zwei Wochen nach dem Trinkmarathon stellte einer der Gentlemen ihm Yuri vor. Zumindest nannte er ihn bei diesem Namen. Die Tür zu einer neuen Welt war aufgegangen – einer Welt, in der Rivers eine bedeutende Zukunft vor sich sehen konnte. Yuri lobte seine Arbeit auf Reddit und versicherte ihm, in der Position, die er ihm anbiete, könne er »etwas bewirken«, das sein Leben wirklich mit Sinn erfüllen würde.

Und so hatte es sich langsam, aber sicher entwickelt. Die Russen planten gern von langer Hand. Wie Yuri ihm bei seiner Abreise aus London gesagt hatte: »Mein guter, loyaler Freund, Jahre werden vergehen, und es wird dir so vorkommen, als würde nichts geschehen, aber ich kann dir versichern, dass die Maschinerie hinter den Kulissen ständig arbeitet, und du bist ein wichtiger Teil des Ganzen.« Er legte Rivers die Hand auf die Schulter. »Geduld ist alles, mein guter, loyaler Freund. Geduld und Initiative.«

Es gab einen Plan. Natürlich gab es einen Plan. Yuri liebte Rivers' politisches Subreddit und war beeindruckt, wie viele Abonnenten es inzwischen hatte. Er tauschte sich mit seinen Vorgesetzten aus, und diese schlugen ein oder zwei Optimierungen vor, die Rivers beeindruckten und die er einbaute, als er für seinen Studienabschluss nach Washington zurückkehrte. Und so stieg Rivers' Stern und erhob sich, wie von Yuri versprochen, langsam, aber sicher über die plappernde Masse der Blogosphäre. Ob es daran lag, dass seine Ansichten im sich ändernden Zeitgeist zunehmend Widerhall fanden, oder daran, dass seine Posts durch die von seinen russischen Freunden gelenkte Online-Armee gelikt und geteilt wurden, war unmöglich zu sagen. Wahrscheinlich war es eine Kombination aus beidem.

Und jetzt endlich das. Yuris Rat, Geduld und Initiative zu zeigen, erschien ihm nun wie eine lupenreine Prophezeiung. Was aus Yuri geworden war, fand Rivers niemals heraus. Sein ehemaliger Führungsoffizier hatte es ihm nicht sagen wollen, und sein neuer hatte noch nie von Yuri gehört. Das war vielleicht nicht überraschend, da Rivers Yuris Klarnamen nie erfahren hatte. Aber hin und wieder, so wie jetzt, da er in seinem neuen Büro stand, die Stirn an die eiskalte Fensterscheibe gepresst, konnte Rivers sich eingestehen, dass er Yuri vermisste. Yuri war sein Führer durch die Gassen und Hinterhöfe Londons gewesen: Wunderschöne junge Frauen und Männer hatten Rivers gehört, ohne dass er auch nur darum hatte bitten müssen. Er war ein König und – wenn er ehrlich mit sich war – eine Königin in der Welt, die Yuri ihm eröffnet hatte. Yuri. Sein guter, loyaler Freund. Nun verschwunden und nach Abschluss seiner Missionen vergessen. Außer von Rivers, der sich mit einer Zuneigung an ihn erinnerte, wie er sie noch nie für einen anderen Menschen empfunden hatte.

Wenig später verließ er sein Büro und schloss die Tür hinter sich ab. Als er aus dem Gebäude trat, näherte sich ihm ein Mann mittleren Alters mit einem langen Mantel und einer dunkel getönten Brille. Rivers hatte genug Erfahrung, um einen Sicherheitsmann zu erkennen, wenn er ihn sah.

»Mr Rivers.« Das war keine Frage.

Rivers nickte. Etwas anderes blieb ihm nicht übrig.

»Bitte kommen Sie hier entlang.«

Der Mann lenkte Rivers mit einer Geste über den Bürgersteig zu einem wartenden SUV mit schwarz getönten Scheiben. Es war ein kirschroter Toyota Land Cruiser, also kein Behördenfahrzeug. Aber Rivers hatte sich bereits überlegt, dass der Sicherheitsmann einen privaten Arbeitgeber haben musste. Er war riesig, und sein Haar fiel ihm auf die Schultern, was ebenfalls nicht behördentauglich war. Außerdem hatte Rivers den unbestimmten Verdacht, dass er diesen Hünen schon einmal gesehen hatte.

Wie sich herausstellte, irrte er sich nicht.

»Hallo, Riley«, sagte eine herzliche Frauenstimme.

Die Innenausstattung des Wagens war ein Flüstern, im Gegensatz zum Äußeren, das eher ein Schrei war.

Rivers setzte sich neben die gertenschlanke Frau mit den schalkhaft blickenden, bernsteinbraunen Augen und dem undurchsichtigen Lächeln.

»Es ist immer schön, Sie zu sehen, Isobel. Welchem Umstand habe ich dieses Vergnügen zu verdanken?«

Isobel Lowe beugte sich vor und nannte dem Fahrer eine Adresse, aber so leise, dass Rivers sie nicht verstehen konnte. Sie war überwiegend in Schwarz gekleidet: ein schicker Wollmantel über einem grafitgrauen Pullover mit Wasserfallausschnitt und einem schwarzen Bleistiftrock. An den Füßen trug sie Louboutin-Pumps mit himmelhohen Absätzen, ebenfalls schwarz. Ein breiter Ledergürtel umschloss ihre Taille; im Ausschnitt zwischen ihren Brüsten schimmerte ein dünnes Goldkettchen.

»Sie sehen nicht so aus, als wären Sie auf dem Weg zum Büro. Wo ist Ihr Schleier?«, fragte er mit einem kurzen Lachen, in dem ein leichtes Zittern mitschwang. Er hatte Angst vor Isobel Lowe, und das nicht ohne Grund.

Sie sah ihn mit weit geöffneten Augen an. »Ich bin dem Anlass angemessen gekleidet.«

Rivers wusste nicht, was das zu bedeuten hatte, und war sich absolut nicht sicher, ob er danach fragen wollte. Also hielt er den Mund, was für ihn gar nicht einfach war.

»Wie ich hörte, sind Sie in der Welt emporgekommen«, sagte Isobel mit ihrer lässigen Stimme, die von Honig zu triefen schien.

»Und warum interessiert Sie das?« Rivers wollte nicht bissig klingen, doch selbst ihm fiel die Schärfe in seinen Worten auf. Er mochte es nicht, wenn man ihn von der Straße auflas, aber tatsächlich schüchterte Isobel ihn bis tief ins Innere ein, bis dort, wo er nicht gern hinschaute.

»Falls ich zudringlich war, entschuldige ich mich«, murmelte Isobel.

Rivers war verblüfft. »Ich habe noch nie gehört, dass Sie sich entschuldigen – für gar nichts.«

»Nun, vermutlich gibt es ein erstes Mal für alles.« Ihre vollen Lippen verzogen sich zu einem rätselhaften Lächeln. »Apropos, es gibt einen Grund dafür, dass ich schwarz gekleidet bin. Ich freue mich, dass Sie dunkle Kleidung tragen, denn wir gehen auf eine Beerdigung.«

Rivers, dem es die Sprache verschlagen hatte, sagte nichts mehr, bis sie am Friedhof eintrafen. Offensichtlich fand die Trauerfeier direkt am Grab statt, wie es in diesen Tagen, da das Internet gnadenlos das Denken regierte, immer üblicher wurde. Anscheinend hatten nur noch wenige Menschen Zeit oder Lust, vor der Bestattung auch noch einem Gottesdienst beizuwohnen. Offen gestanden konnte Rivers das niemandem verdenken.

Der Friedhof lag in Maryland, das schöne Gelände war von alten Bäumen bestanden und strahlte eine altmodische Atmosphäre der Rechtschaffenheit aus. Es war ein kalter, klarer Tag.

Hier und da zogen Wolken über den Himmel. Der Wind zerzauste ihnen das Haar, als sie aus dem Land Cruiser stiegen.

»Wer ist gestorben?«, fragte Rivers.

»Eine Frau namens Yana Bardina.«

»Den Namen kenne ich nicht.«

Sie gingen los und folgten anderen Leuten, die wie Ameisen zu einem gemeinsamen Ziel strebten.

»Sie war vierunddreißig.« Sie wandte sich Rivers zu. »Sind Sie nicht auch vierunddreißig, Riley?«

Er zog die Augenbrauen zusammen. »Ja, wieso?«

»Schhh«, flüsterte sie. Rivers hatte gar nicht bemerkt, dass sie bereits beim Grab angekommen waren.

Sie standen nebeneinander, die Hände gefaltet und die Köpfe leicht geneigt wie alle anderen. Ein Kleinkind begann herumzuzappeln und dann zu weinen. Seine Mutter nahm es auf den Arm und ging mit ihm ein Stück weg, nach Kräften bemüht, es zu beruhigen. Rivers fragte sich, ob es eine gute Idee war, Kinder – gleich welchen Alters – mit zu einer Beerdigung zu nehmen. Was wussten sie schon vom Tod?

Er verbrachte die nächsten zwanzig Minuten damit, das Gelaber des Priesters oder Pastors oder was auch immer der Redner war, zu überhören. Dasselbe galt für die Grabreden, die Bruder, Tante und Mutter der Verstorbenen hielten. Das Gefühl der Trauer war erstickend, es war, als sollte alle Lebendigkeit aus dem Nachmittag gewrungen werden. Rivers, der zum ersten Mal in seinem Leben im Freien unter Klaustrophobie litt, fragte sich immer noch, was zum Teufel er hier machte. Warum hatte Isobel ihn ausgerechnet hierher mitgenommen? Er begann herumzuzappeln, genau wie vorhin das Kleinkind, bis Isobel ihn mit einem wütenden Blick bedachte. Seine Verärgerung, die er bisher im Zaum gehalten hatte, kochte nun zu Zorn hoch. Die verdammte Trauerfeier näherte sich dem Ende, und er wollte gerade auf dem Absatz kehrtmachen und weggehen, da bemerkte er, dass Isobels Aufmerksamkeit sich etwas Neuem zugewandt hatte. Sie schaute auf einen Mann, der auf der anderen Seite des Grabs stand. Er hielt den Kopf gesenkt und schien den Boden zwischen seinen Füßen zu betrachten. Gleich darauf kehrte Isobels Blick zum offenen Grab zurück. Endlich zerstreute sich die Menge, und die Trauergäste machten sich langsam und bedrückt auf den Weg zurück zu ihren Wagen oder, im Fall der Familie, ihrer Luxuslimousine.

»Können wir jetzt gehen?«, fragte er und ärgerte sich sofort selbst über diese Worte. Als wäre er ein Kind, das bei seiner Mutter quengelt.

»Noch nicht.«

Jetzt gewann sein Zorn die Oberhand. Sein Gesicht lief rot an, und er sagte: »Sie können bleiben, solange Sie wollen, aber was mich betrifft ...«

Isobel erwiderte nichts. Das war auch nicht nötig. Sie umfasste sein Handgelenk mit ihren schlanken Fingern und hielt ihn fest. Sie war erschreckend stark, dachte Rivers, als er endlich aufhörte, sich zu wehren.

»Dann sagen Sie mir, warum ...«

»Geduld, Riley.« Sie warf ihm einen weiteren Blick zu. »Bei Ihren russischen Chefs müssen Sie doch zumindest ein wenig davon gelernt haben, Sie Peter Pan der digitalen Welt.«

Er hätte sich durch ihre Worte gekränkt fühlen sollen, aber das war er eigenartigerweise nicht. Sie lag ja nicht falsch, wenn sie ihn so nannte; schließlich war er das wirklich.

Als sie spürte, dass er sich beruhigt hatte, sagte sie: »Diese Frau hat sich in mächtigen Kreisen der Hauptstadt bewegt. Sie kannte Männer auf eine Weise, die Sie sich nicht einmal vorstellen können. Sie hat ihr Vertrauen gewonnen und ihre Geheimnisse erfahren.«

Sie standen inzwischen allein am Grab. Selbst die Familie war gegangen. Alle Tränen waren vergossen worden, alles Leid lag mit dem Sarg in der Grube. Das Gefühl von Klaustrophobie legte sich, doch er brauchte Abstand von diesem Loch im Boden. Einige Schritte entfernt warteten die Totengräber darauf, dass diese letzten beiden Trauergäste gingen. Doch statt sich abzuwenden, trat Isobel mit Rivers näher zu dem offenen Grab, auf dessen Grund der glänzende Kirschholzsarg ruhte. Gleichzeitig hob sie ihren freien Arm und gab den Totengräbern einen Wink, ihre Arbeit zu Ende zu bringen. Dankbar kamen sie der Aufforderung nach.

Während sie zusahen, wie das Grab zugeschaufelt wurde, fragte Rivers: »Was war sie für Sie?«

»Eine Freundin.« Isobel lächelte jetzt gequält, ein Gesichtsausdruck, den Rivers noch nie zuvor bei ihr gesehen hatte. Sie gestikulierte mit der einen Hand, hielt ihn aber immer noch fest gepackt. »Als Yana zu mir kam, hatte sie Angst. Sie kam, um mir Dinge zu erzählen, Geheimnisse, die sie innerlich auffraßen. Sie vertraute mir vollkommen.«

»Warum sollte eine Frau wie sie das tun?«

»Zunächst einmal, weil ich eine Frau war. Zweitens, weil ich sie nicht verurteilte. Alle ihre Ausbilder und ihre Führungsoffiziere waren Männer und behandelten sie wie Scheiße. Sie lernte dazu, tat, was man sie hieß, und stellte alle zufrieden, einfach weil sie daran gewöhnt war, Scheiße zu fressen. Sie wusste es nicht besser. Ich habe versucht, ihr zu zeigen, dass es auch noch einen anderen Weg gibt, habe versucht, sie zu retten.«

»Wovor zu retten?«

Isobel, plötzlich in Gedanken verloren, schien ihn nicht gehört zu haben. Das rhythmische Schaufeln der Totengräber war wie das Ticken einer riesigen Uhr. »Lassen Sie mich erzählen, wie Yana gestorben ist. Aber vielleicht ist gestorben das falsche Wort. Ich meine, sie ist dahingeschieden, aber das hatte keine natürliche Ursache, das kann ich Ihnen versichern.«

»Sie ist an einer Embolie gestorben«, sagte Rivers. »Das hat ihr Bruder gesagt.«

»Hm, ja, das stimmt. Aber das liegt daran, dass ihr mit einer Injektionsnadel durch die Falte hinter ihrem linken Ohr Luft ins Blut gespritzt wurde.«

»Was? Woher wollen Sie das wissen?«

»Man hat mich informiert.« Erneut das gequälte Lächeln. Der Sarg war unter der frisch aufgeworfenen Erde verschwunden; die Beerdigung war beinahe abgeschlossen.

»Wie schon gesagt, Yana Bardina war für einige mächtige Männer ein kostbares Objekt, und das hat sie unsichtbar gemacht«, fuhr Isobel fort. »Aber das war Absicht, durch ihre Unsichtbarkeit war sie genau richtig.«

Plötzlich hörte Rivers genauer hin. Irgendwo in seinem Hinterkopf war eine Alarmsirene losgegangen. »Genau richtig wofür?«

»Dafür, Geheimnisse weiterzugeben, Riley. Regierungsgeheimnisse an die Russen weiterzugeben.«

»Wollen Sie mir sagen, dass Yana Bardina eine russische Spionin war?«

»Richtig«, sagte Isobel, und ihr Lächeln wurde breiter. »Genau wie Sie, Riley.«

6

Das Innere des Tahoe war ein mit Qualm gefülltes Spiegelkabinett. Einen Augenblick lang sah Evan doppelt; am Rand ihres Gesichtsfeldes tanzte ein Schwarm irrlichternder Punkte. Alles war Grau in Grau, als lebte sie plötzlich in einem Schwarz-Weiß-Film. Die laute Explosion hatte ihr Gehör fast ausgeschaltet; ganz schwach vernahm sie das Heulen von Sirenen und näher die Angstschreie von Menschen.

Sie hörte, wie ihre Schwester Bobbi ihr erzählte, ihre Eltern seien bei einem Amoklauf in einem Einkaufszentrum ums Leben gekommen: Männer mit militärischem Haarschnitt in Tarnuniformen der US-Armee hätten mit Sturmgewehren um sich geschossen. Acht Tote und zwanzig Verletzte, bevor sie von der Mall-Polizei zur Strecke gebracht wurden. Die Männer hatten gar nicht erst versucht, wegzulaufen oder sich zu ergeben; sie befanden sich auf einer Selbstmordmission. Ein sinnloses Gemetzel.

»Oh Gott. Was sollen wir jetzt tun?«, schluchzte Bobbi unter Tränen. Ihre Eltern hatten ihnen alles bedeutet. Sie hatten für immer eine klaffende Lücke hinterlassen. Bobbi war untröstlich und emotional so instabil, dass Evan sich um ihre jüngere Schwester kümmern musste. Das zwang sie, in der düsteren Zeit danach die

Starke und Stoische zu sein. Sie hatte nichts dagegen: Sie war von Natur aus stoisch und liebte Bobbi innig.

Evan war an einem Silvestertag in den Black Hills von South Dakota geboren. Ihre Schwester war beinahe auf den Tag genau zwei Jahre später gekommen. Ihre Eltern besaßen eine weitläufige Pferderanch und außerdem Zinn- und Kupferminen. Fuhr man von dort aus ein oder zwei Stunden nach Westen, kam man nach Wyoming. Als Kinder und Jugendliche liebten die Schwestern es, ein nahe bei der Ranch gelegenes Höhlensystem zu erkunden – obwohl sie sich dort auch manchmal verirrten und die Eltern sie bestraften. Bobbi ließ sich davon abschrecken, aber Evan wurde nur umso mutiger. Auch wenn sie Hausarrest hatte, ersann sie schlaue Methoden, um nachts aus dem Haus zu kommen und sich wie Aladin in ihre Schatzhöhlen zu begeben. Jedes Mal, wenn sie zurückkehrte, flüsterte Bobbi ihr mit vor Anerkennung und Bewunderung bebender Stimme zu: »Meine Schwester ist eine Entfesselungskünstlerin.«

Das Verbotene zog sie unwiderstehlich an. Obgleich Bobbi sie anflehte, nicht allein loszuziehen, konnte und wollte Evan nicht damit aufhören. Bei jedem Besuch zog es sie noch tiefer in die Gänge, und vor Kälte zitternd verbrachte sie ganze Nächte in den Höhlen und lauschte auf Wasser, das irgendwo tropfte. Die frostigen Temperaturen und die Dunkelheit – nur stellenweise vom Strahl ihrer Taschenlampe durchdrungen – ließen ihre Nerven köstlich vibrieren. Doch selbst das genügte ihr irgendwann nicht mehr. Und so beschloss sie, die Taschenlampe auszuschalten. Sie hüllte sich in die unterirdische Finsternis wie in eine Decke und begann schließlich, leise zu singen: »Hello darkness, my new friend.« Als Melodie wählte sie die ersten Takte von »The Sound of Silence«. Das ist das Leben, dachte sie. Echtes Leben und nicht der langweilige alltägliche Trott auf der Ranch und in der Schule, wo die Zeit zu kriechen schien. Wenn sie sich fragte: War's das schon? Mehr als das gibt es nicht?, bewiesen ihr ihre aufregenden Abenteuer in den Höhlen das Gegenteil. Es gab mehr, viel mehr.

Hinter ihrem Haus schien die staubige Prärie sich in endlose Weiten zu erstrecken. Doch die endlosen Weiten gingen verloren, als ihre Eltern erschossen wurden und Evan mit achtzehn in die Fußstapfen ihres Vaters treten musste. Das war zu viel für sie, und sie wollte es auch nicht. Also nahm sie den Rat des Familienanwalts an, verkaufte die Ranch und die Minen und zog mit Bobbi nach Osten, erst nach Chicago, wo sie aufs College gingen, und dann, als Bobbi ihren Abschluss gemacht hatte, ins Umland von Washington, D.C. Doch noch während sich die Stille beim Begräbnis ihrer Eltern trotz der Kirchenlieder vertiefte, wandelte Evans Trauer sich bereits zu dem Gedanken um, aktiv zu werden und Rache zu nehmen. So tickte sie schon immer.

Während Evan in Chicago darauf wartete, dass Bobbi das College abschloss, suchte sie sich ein Fitnessstudio, das ihren Bedürfnissen entsprach. Hier kam ihre wilde Kindheit ihr zustatten. Sie sammelte Erfahrung mit dem Boxen und dann mit östlichen Kampfsportarten. Sie lernte mit verschiedenen Faustfeuerwaffen zu schießen und das Messerwerfen. Beides liebte sie. Was sie aber am meisten liebte, war, jemandem den Schädel einzuschlagen – natürlich nicht wortwörtlich. Im Ring, auf der Matte, im Dojo war Siegen alles. Sie ließ ihren Zorn und ihre Verzweiflung über den Tod der Eltern an jedem Gegner aus – meistens waren es Männer, doch auch die wenigen Frauen, die sich mit ihr messen konnten, verschonte sie nicht. In ruhigeren Stunden las sie alles, was sie in die Hände bekam: Bücher über Geschichte, Religion, Politik, Philosophie und Schamanismus. Sie brachte sich selbst sieben Sprachen bei, wobei ihr fotografisches Gedächtnis sich als sehr hilfreich erwies. Und obwohl sie eine leichte Tendenz zur Dyslexie hatte, was sie damals wohl kaum wissen konnte, arbeitete ihr Verstand zehnmal schneller als der normaler Menschen. Diese Gaben waren sicherlich zu einem großen Teil dafür verantwortlich, dass sie sich im weitläufigen Höhlensystem unter den Black Hills nie wirklich verirrt hatte.

Sie hatte immer eine Neigung zu allem gehabt, was mit Gewalt und Streit zu tun hatte. Beides zog sie wie ein Magnet an, und als die Schwestern in den Großraum Washington zogen, verfolgten sie ganz unterschiedliche Lebensentwürfe. Während Bobbi sich in einen Lobbyisten verliebte und darüber nachdachte, wie viele Kinder sie mit ihm haben wollte, fand Evan, zunächst als Verwaltungsassistentin, Eintritt in die Geheimdienste. Wäre sie ein Mann gewesen, sie wäre die Karriereleiter hinaufgeschnellt wie ein Aal im Wasser; sie lernte verblüffend schnell, und ihr fotografisches Gedächtnis war ihr bester Freund.

Sie wählte »den schwierigen Weg«, wie Bobbi es nannte, und ertrug stoisch und geduldig, dass man sich über sie lustig machte und ihr beim rutschigen Aufstieg nach oben mit Skepsis, Sexismus und schließlich Neid begegnete.

»Warum hast du dich auch für diesen Beruf entschieden?«, fragte Bobbi, nachdem Evan zum vierten Mal bei einer Beförderung übergangen worden war, während ein halb so intelligenter und fähiger Mann das Rennen machte.

»Ich lasse die Scheißkerle nicht gewinnen«, antwortete Evan. »Nicht diesmal und nicht gegen mich.«

»Entweder bist du total verrückt oder eine mutige Löwin«, erwiderte Bobbi. »So oder so bist du meine liebste Schwester«, und sie umarmte sie.

Evan hielt also durch und stieg irgendwann zur Spezialistin für Informationsüberprüfung und dann zur Koordinatorin auf. Schließlich geriet sie an einen Vorgesetzten, der ihr anderthalb

Jahre beim Schuften zusah und dann ihrer Einschätzung zustimmte, dass ihre Fähigkeiten in diesen Schreibtischjobs vergeudet waren. Nach nur fünf Monaten – ein Rekord – in einer Trainingseinrichtung tief in den Wäldern Virginias wurde sie Agentin. Von da an, aber keine Sekunde früher, behaupteten ihre bisherigen Chefs und Ausbilder unisono, sie hätten noch kein vergleichbares Talent gesehen, zumindest nicht bei einer Frau. Jeder beanspruchte für sich, sie entdeckt zu haben. Jeder behauptete, sie vom ersten Tag an ermutigt zu haben. Sie alle logen.

Trotzdem und gegen alle Wahrscheinlichkeit gelangte Evan innerhalb der amerikanischen Geheimdienste zu Ansehen und wurde, wenn auch zähneknirschend, häufig angefordert. Alle wollten sie. Das war der Grund, warum sie sich nach zwei Jahren, in denen sie von Aufträgen des Verteidigungsministers und der CIA überschwemmt worden war, selbstständig machte, sodass sie nun selbst entscheiden konnte, welche Jobs sie annahm. Die meisten lehnte sie ab. Bis zum Eintritt in Bens Abteilung hatte sie keinen dauerhaften Chef gehabt, was ganz nach ihrem Gusto war. Außerdem hatte sie kein Privatleben und keinen Spaß, aber das war eine andere Sache.

Etwas drückte so nachdrücklich gegen ihre Schulter, dass es ihren Ärger weckte. Zuerst dachte sie, es sei Bobbi. Doch dann kehrte ihr Bewusstsein ins Hier und Jetzt zurück, und sie begriff, dass das ausgeschlossen war. Es war der Sicherheitsgurt, nein, es war Brendas Kopf. Der heftige Stoß von links nach rechts hatte Brendas Kopf gegen das Fenster der Beifahrerseite geschleudert, von wo er auf Evan zurückgeprallt war. Brenda blutete aus dem Haaransatz. Evan rief sie beim Namen, doch sie reagierte nicht.

Sie hingen mit dem Kopf nach unten wie Fledermäuse in einer Höhle. Mit Fingern, die sich wie gefrorene Würstchen anfühlten, fummelte Evan am Verschluss von Brendas Sicherheitsgurt herum und fing sie sanft mit beiden Armen auf, als sie seitlich nach unten kippte. Evan hatte keine Zeit, sich Gedanken über ihre eigene Verfassung zu machen. Sie hatte wild hämmernde Kopfschmerzen, und beide Schultern taten so weh, als hätte sie den halben Tag mit Bergsteigen verbracht.

Sie versuchte immer noch, zu begreifen, was vorgefallen war, als Menschen von außen hereinspähten und die Fahrertür aufrissen. In diesem Moment sah sie, wie hoch sie sich über dem Boden befanden. Bruchstücke dessen, was vom grünen Jaguar übrig geblieben war, kamen in ihr Blickfeld.

Die Menschen versuchten, sie zu befreien, doch mit einer Drehung ihres Körpers zeigte sie ihnen die Frau, die sie in den Armen hielt, und sorgte dafür, dass sie zuerst herausgeholt wurde.

»Krankenwagen«, stieß sie mühsam heraus. »Gehirnerschütterung.« In ihren eigenen Ohren klang sie wie eine Gehörlose, die das Sprechen lernt. Ihre Zunge fühlte sich so gummiartig dick an wie ein Lastwagenreifen.

Erst als man Brenda sicher aus dem Tahoe gezogen hatte, öffnete Evan ihren eigenen Sicherheitsgurt. Starke Hände fingen sie auf, als sie freikam, und bugsierten sie aus dem Fahrzeug. Während man sie in einen zweiten Krankenwagen verfrachtete, sah sie das Ausmaß der Zerstörung. Die Explosion hatte den Nissan praktisch pulverisiert. Der Tahoe und der Jaguar sahen aus wie zwei ineinander verschlungene, abstrakte Skulpturen. Aus einigen Blickwinkeln konnte man kaum noch ahnen, dass es sich um ehemalige Fahrzeuge handelte.

Ganz kurz nachdem man sie sanft auf eine Tragbahre gelegt hatte, sah sie Butlers Gesicht über sich. Seine Miene war grimmig, doch als er merkte, dass sie ihn anblickte, lächelte er schwach. Er sagte etwas zu ihr, doch angesichts des Geschreis, der laufenden Motoren und der Alarmsirenen konnte sie ihn nicht verstehen.

»Was?«, fragte sie, ob laut oder mit tonloser Stimme hörte sie nicht einmal selbst.

Er beugte sich tiefer über sie. »Zum Glück war der Tahoe gepanzert.«

Zum Glück, dachte sie. Zum gottverdammten Glück.

Man bewegte sie erneut, das Licht erlosch, und sie stürzte ins Dunkel.

Sie wird durch die hohen schmiedeeisernen Tore eines Gebäudes geführt, das aussieht wie eine Irrenanstalt des neunzehnten Jahrhunderts – ein monströser Backsteinpalast mit je einem kleinen, zinnenbewehrten Turm auf beiden Seiten und einem steilen Schieferdach. Übergroße kupferne Regenrinnen und -rohre behüten das weit vorgewölbte Dachgesims, als bräuchte es Schutz vor der unfreundlichen Witterung oder vielleicht vor den zwei Raben, die sich hartnäckig an den Dachziegeln festhalten. Der Architekturstil könnte aus einem Albtraum stammen – ein Mix aus Neogotik und Neorenaissance, als wären im Laufe vieler Jahre immer wieder Anbauten hinzugefügt worden. Winzige, blinde Fenster blicken düster und abweisend auf den Rasen vor dem Haus hinaus.

Sie wachte mit einem Ruck auf, die Kanüle einer Infusion im Arm, die sie sofort herauszog. Eine Krankenschwester, die im Schwesternzimmer den Alarm gehört hatte, kam herein und eilte an ihr Bett. Sie griff nach der Nadel und schnappte sich Evans Arm, um sie wieder an den Tropf zu hängen. Evan packte sie am Handgelenk und hielt sie fest.

Bevor die Schwester aufschreien oder sie schelten konnte, streckte Butler den Kopf zur Tür herein und sagte: »Ah, gut. Wie ich sehe, bist du wach.« Er trat ein. »Danke, das wäre alles«, sagte er zur Krankenschwester gewandt.

»Aber die Anweisungen des Arztes lauten ...«

»Schon gut«, sagte Butler freundlich und bugsierte sie zur Tür. »Ich kümmere mich um die Patientin.«

»Ha!« Die Schwester stolzierte hinaus.

Butler trat an Evans Bett. »Du befindest dich im MedStar Center in Clinton, Maryland. Es ist das dem St. Agnes nächstgelegene Krankenhaus mit einem erstklassigen Traumazentrum.«

»Wie geht es Brenda?«

»Sie muss sich noch erholen, ist aber so weit okay.«

Ganz deutlich erinnerte Evan sich an das Streitgespräch mit Brenda, unterbrochen von ... Sie setzte sich zu unvermittelt auf. Der Raum drehte sich um sie, und mit einer energischen Geste drückte Butler sie wieder auf die Matratze zurück.

»Noch ein paar Minuten.« Mit einer Handbewegung aktivierte er einen Motor, und das Kopfende des Bettes fuhr hoch, bis Evan saß. »Ich habe erst noch ein paar Fragen an dich.«

»Ich weiß schon, über die Explosion.«

»Ich habe die Spurensicherung vor Ort, also, nein. Ich möchte wissen, was vorgefallen ist, als ihr im St. Agnes wart. Ich möchte in allen Einzelheiten hören, was du mit Patrick Wilson besprochen hast. Ich weiß, dass du fit genug bist, auf meine Fragen zu antworten; so gut kenne ich dich.«

Evan berichtete ihm Wort für Wort, was gesagt worden war, abgesehen von Wilsons Bemerkung ganz zum Schluss. Die war für niemanden als sie selbst bestimmt gewesen.

»Das ist alles.«

»Ja.«

»Du bist dir sicher.«

Als sie ihn stumm ansah, sagte er: »Die Sache ist die. Patrick Wilson ist tot.«

Evan brauchte einen Moment, um das zu verdauen und das geisterhafte Bild des monströsen Backsteinpalasts in die Tiefen ihres Kopfs zurückzudrängen. »Ich habe ihn weiter bedrängt, obwohl er gesagt hat, sein Gedächtnis sei manipuliert worden, weshalb sein Gehirn praktisch erstarre, wenn er sich intensiv zu erinnern versuche, wo er gewesen sei und was man ihm angetan habe.«

»Nicht nur sein Gehirn ist erstarrt«, erwiderte Butler mit einem Seufzer. »Jedes Organ in seinem Körper hat versagt.«

Ein Schauder lief ihr den Rücken hinunter, als streiften sie die Flügel zweier Raben.

»Evan, was ist los?«

Die Sorge in Butlers Gesicht verstärkte ihr Unbehagen noch; sie bedeutete, dass sie Schwäche gezeigt hatte. Sie verabscheute Schwäche und fürchtete sie außerdem, wenn sie ehrlich mit sich war. Wer schwach war, der starb. Daher konnte sie sich Butler nicht anvertrauen. Ihm würden Zweifel an ihrer Leistungsfähigkeit kommen, und dann wäre sie wertlos für ihn. Falls das geschah, würde sie sein Vertrauen nie wieder zurückgewinnen. Es war wichtig, dass er überzeugt war, auf sie zählen zu können. Und das hieß, dass sie zu der eigenartigen Verbindung zwischen ihr und der Kröte den Mund halten musste. Waren sie am selben Ort gewesen – in dem monströsen Backsteinpalast? Es hatte den Anschein, aber Evan konnte sich beim besten Willen nicht daran erinnern.

So etwas war ihr noch nie passiert – ein Rest einer Erinnerung, der sich immer wieder in ihr Bewusstsein drängte, wie wenn ein Wrackteil eines gesunkenen Schiffs auf den Wellen treibt. Was war in diesem verdammten Backsteinpalast mit ihr geschehen?

Sie dachte an Lyudmila. Sie vermisste sie. Es kam sehr selten vor, dass sie sich einen solchen Gedanken und die entsprechenden Emotionen gestattete. Aber Tatsache war, dass Lyudmila in der derzeitigen Situation die einzige Person gewesen wäre, an die sie sich gewandt hätte und die ihr hätte helfen können, herauszufinden, wo sich der monströse Backsteinpalast befand, was für eine Funktion er hatte – und was in seinem Inneren vor sich ging.

»Ich erinnere mich nicht«, hatte Wilson beharrlich wiederholt. Erinnern. War Evans inneres Bild von dem Ort und den Raben das Bruchstück einer vergessenen Erinnerung, das, angeregt durch Wilsons Worte, an die Oberfläche ihres Bewusstseins aufgestiegen war? Sie fand keine Antwort. Der ganze Vorfall war zum Verrücktwerden. Und doch wusste sie instinktiv, dass das der Ort war, an dem Wilson sich befunden hatte. In einem roten Backsteinpalast mit Raben.

Was war ihm dort angetan worden, ihm, dem einzigen von drei Agenten, der bis zu diesem geheimnisvollen Gebäude vorgedrungen war, oder zumindest dem einzigen, der von dort zurückgekehrt war?

»Evan? Hörst du mir zu?«

»Natürlich.«

»Hast du gehört ... Ich habe dich gefragt, was Patrick dir gesagt hat, kurz bevor man ihn auf der Trage nach draußen gebracht hat.«

»Gar nichts ... Reinen Unsinn.«

»Dasselbe hast du Brenda gesagt.«

»Sie ist bei Bewusstsein?«

»Ja. Und mach dir keine Sorgen, sie ist in den besten Händen.«

»Ich möchte wissen, an was sie sich direkt vor der Explosion noch erinnert.«

»Sie wurde bereits vollständig befragt.«

Ohne seine Worte zu beachten, wollte sie die Beine über die Bettkante schwingen, doch Butler legte ihr die Hand auf den Arm und hielt sie zurück. »Anweisung des Arztes. Außerdem ist deine eigene Befragung noch nicht vorbei.«

»Was mich betrifft, doch. Ich habe dir nichts mehr zu sagen.« Sie entfernte seine Hand sanft, aber bestimmt von ihrem Arm, schob die Beine über den Rand des Bettes und ließ sich hinuntergleiten, bis sie neben ihm stand. Eine Welle von Schwindel ließ ihre Knie weich werden, doch sie kämpfte dagegen an, fest entschlossen, vor Butler keinerlei Schwäche zu zeigen.

Doch Butler spürte, wie wacklig sie auf den Beinen war, und half ihr aufs Bett zurück. »Beruhige dich. Du hast ein schweres Trauma erlitten.«

»Nichts, was ich nicht schon früher erlebt hätte.«

»Jedes Trauma ist anders, das weißt du. Mit jedem steigt die Wahrscheinlichkeit, dass man einen Teil seiner selbst verliert.«

Der rote Backsteinpalast.

Butler beugte sich vor und spähte in ihre Augen, erst ins eine und dann ins andere. »Deine Sicht ist noch nicht wieder normal.« Ein behutsames Lächeln spielte um seine Mundwinkel. »Und um Himmels willen, hör auf, mich so zu behandeln, als wäre ich der Feind. Ich bin dein Freund, Evan. Lass uns das als Ausgangspunkt nehmen.«

Sie dachte eine Weile über seine Worte nach und erkannte, dass sie gleich, als sie die Augen aufgeschlagen und ihn gesehen hatte, damit begonnen hatte, einen Schutzwall um sich zu errichten – um ihn mit seinen Fragen auf Abstand zu halten. Es war die Macht der Gewohnheit, die sie während langer Tage und noch längerer Nächte im Einsatz angenommen hatte. Erzähle es niemandem. Erzähle ihnen nichts.

Ein Schleier schien vor ihr Gesichtsfeld zu ziehen und wich

dann dem geisterhaften Bild des monströsen roten Backsteinpalasts und der Raben. Sie meinte zu hören, was die Kröte am Ende zu ihr gesagt hatte: »Was auch immer mir angetan wurde ... du hast sie gesehen ...« Er meinte die Raben. Das hier verwandelte sich in eine Horrorstory, und so etwas war ihr vollkommen fremd. Ihr wurde eisig kalt.

»Evan, Brenda hat erzählt, Patrick hätte einige merkwürdige Dinge gesagt.«

Evan zuckte mit den Schultern, und in ihrem Kopf flammte Schmerz auf, ein feuriger Strahl in der rechten Schläfe. »Er war nicht ganz bei Verstand, als er zu uns zurückgeschickt wurde. Darum ging es ihnen, es war eine Warnung, andere hinter ihm herzuschicken.«

»Du glaubst also nicht, dass die Raben, die ihn zerhackt haben, in gewisser Weise real waren?«

»Nein.« Und einen Atemzug später: »Ich weiß es nicht.«

»Und doch hat er laut Brenda gesagt, dass du die Raben gesehen hättest.«

»Er muss halluziniert haben.«

»Er fragte dich, wo der Ort mit den Raben sei, als müsstest du das wissen.«

»Er war nicht bei klarem Verstand, Benjamin«, sagte Evan mit einem unguten Gefühl. »Offensichtlich.«

»Was du nicht sagst«, antwortete Butler knapp.

Um weiteren Fragen zu diesem Thema vorzubeugen, sagte Evan: »Mir kommt gerade der Gedanke, dass der Parkwächter wissen wird, wer den weißen Nissan auf den Parkplatz gefahren hat. Jeder muss dort seine Zugangsberechtigung vorzeigen.«

»Wir hatten bereits denselben Gedanken«, antwortete Butler. »Der Wächter sitzt derzeit bei uns im Büro. Ich wollte gleich hinfahren und ihn befragen.«

Evan stemmte sich wieder vom Bett hoch, langsam und vorsichtig. »Ich begleite dich.«

Diesmal hinderte Butler sie nicht. Er hätte vieles einwenden können: »Du bist noch unter Beobachtung«, »Du musst dich ausruhen« oder »Deine Leistungsfähigkeit ist eingeschränkt«. Zu jedem anderen Agenten hätte er genau das gesagt. Aber dies war Evan Ryder. Sie war nicht wie die anderen. Außerdem kannte er sie zu gut, um zu glauben, dass er sie von den Ermittlungen fernhalten könnte. Sie war wie eine Bulldogge: Wenn sie einmal zugebissen hatte, ließ sie nicht mehr los. Und das war es ja auch, was er von ihr wollte, der Grund, weshalb er sie aus der Türkei zurückbeordert hatte. Außerdem würde sie ihm das Leben zur Hölle machen, wenn er ihr nicht ihren Willen ließ.

»Kleider«, sagte sie.

»Im Schrank. Nur zu.«

Sie tappte durch den Raum. Ihr Gehör war noch nicht ganz wiederhergestellt, und dadurch stimmte auch mit ihrem Gleichgewichtssinn etwas nicht. Doch sie wusste aus ähnlich schlimmen Erfahrungen, dass diese Einschränkungen in ein paar Stunden oder höchstens einem Tag vorbei wären. Sie nahm ihre Kleidung von den Bügeln, schlüpfte im Bad aus ihrem Krankenhauskittel und zog sich um. Als sie herauskam, war das Zimmer leer. Butler war gegangen.

Sie sah ihn kurz am Ende des Korridors, bevor er in einem Zimmer auf der rechten Seite verschwand. Es gab keinen Grund zu der Annahme, dass dies nicht Brendas Zimmer sei. Evan hatte Fragen an Brenda – aber nur an sie allein. Leise wie ein Gespenst folgte sie Butler über den Linoleumboden des Korridors.

Als sie vor dem Zimmer angelangt war, trat sie ein. Brenda lag im Bett. Butler stand an der einen Seite des Betts, und ein großer Mann mit dichtem hellbraunem Haar, hellem Teint und dunklen Augen auf der gegenüberliegenden Seite, den Rücken zu dem großen Fenster gekehrt, das zur Rückseite des Krankenhauses hinausging. Durch die Scheibe blickte man auf einen kahlen Baumwipfel, dessen Zweige wie arthritisch verkrümmte Arme nach seinen Schultern zu langen schienen. Der Mann war eigenartig gekleidet. Er steckte in einer maßgeschneiderten Hose und einer Jacke, die sich farblich mit der Hose biss und außerdem schlecht saß. An seinem Revers glitzerte eine silberne Anstecknadel, aber sie war so klein, dass Evan ihre Form nicht erkannte. Als Butler bemerkte, dass der Mann auf etwas hinter ihm schaute, drehte er sich um, und bei Evans Anblick machte er ihr ein Zeichen, in den Korridor zurückzutreten. Dort gesellte er sich zu ihr.

»Wer ist das?«, fragte Evan. »Einer von uns?«

»Er gehört zu ihr«, antwortete Butler. »Brenda und Peter Limas haben seit einem halben Jahr eine Beziehung.«

»Ist er ausreichend überprüft worden?«

Butler schnaubte. »Was denkst du denn?« Er machte eine Handbewegung. »Wir sollten ins Büro zurückkehren.« Er ging durch den Korridor zu den Aufzügen, und Evan folgte ihm.

Sie hatte unter vier Augen mit Brenda sprechen wollen, sogar ohne Butler. War die Autobombe für Evan selbst bestimmt gewesen oder für Brenda? Der weiße Nissan hatte bereits dagestanden, als sie eintrafen, was bedeutete, dass man ihnen nicht zum St. Agnes gefolgt war, sondern ihr Ziel im Voraus gekannt hatte. Ihres Wissens waren nur sie selbst, Brenda und Butler darüber informiert, wo sie hinfuhren und warum. Folglich machte das Butler zu jemandem, der potenziell hinter dem Fahrer des Nissan stecken könnte, auch wenn der Gedanke unvorstellbar war. Aber in der Geheimdienstwelt war es gefährlich, sich von Gefühlen wie Zuneigung und Verbundenheit leiten zu lassen. Diese Empfindungen konnten einen für die Realität blind machen. Dass Butler entweder sie selbst oder Brenda – oder vielleicht auch sie beide – tot sehen wollte, ergab keinen Sinn. Damit war jedoch nicht ausgeschlossen, dass es der Wahrheit entsprechen konnte. Und bevor sie keine Beweise hatte, die eine solche Befürchtung widerlegten, hinderte ihr Sicherheitsbedürfnis sie daran, Butler gegenüber irgendetwas preiszugeben. Das war noch ein beunruhigender Aspekt der Situation, in die sie nun verwickelt war.

7

Donald Beacum erwartete sie, eingeschlossen in einen fensterlosen Raum. Der war in einem widerlichen Grünton gestrichen, den eine darauf spezialisierte Psychologin sorgfältig ausgewählt hatte. Nichts hing an den Wänden, das von der scheußlichen Farbe abgelenkt hätte. An der Decke summten ein paar Kunstlichtröhren, deren Frequenz eigens darauf abgestimmt war, für das Ohr möglichst unangenehm zu sein. Beacum trug noch immer die Uniform, in der Evan ihn früher am Tag gesehen hatte. Inzwischen breiteten sich unter seinen Achselhöhlen halbmondförmige Schweißflecken aus. Rechts von seiner Hand stand ein halb geleerter Pappbecher mit Kaffee, und daneben lag ein unangebrochener Twix-Riegel. Bei ihrem Eintritt blickte er auf, in seinem Gesicht, aus dem die Farbe gewichen war, eine Mischung aus Hoffnung und Verzweiflung. Seine Miene war kraftlos. Er hatte den geschockten Gesichtsausdruck von jemandem, der eine Katastrophe erlebt hat, die sein Leben verändert.

Er saß auf der einen Seite eines Metalltischs, der auf dem rohen Betonboden festgeschraubt war. Dasselbe galt auch für seinen Stuhl. Die beiden Stühle auf der gegenüberliegenden Seite waren dagegen frei beweglich.

Ohne sich vorzustellen, ließen sie sich ihm gegenüber nieder. Evan klatschte die Akte, die Butler ihr gegeben hatte, so heftig auf den Tisch, dass Beacum zusammenzuckte. Beim Anblick der Akte weiteten sich seine Augen. Schweiß trat ihm auf die Stirn und auf die Oberlippe.

»Bin ich verhaftet oder so?«, fragte er mit unsicherer Stimme. Er konnte den Blick nicht von der Akte lösen, die, wie er vermutete, mit belastendem Material über ihn gefüllt war.

Keiner der beiden erwiderte etwas. Stattdessen fragte Evan: »Wer hat den weißen Nissan gefahren, den Sie auf den Parkplatz gelassen haben?« Am besten gleich mit einem Vorwurf beginnen, um den Mann aus dem Gleichgewicht zu bringen.

»Ich ...« Beacum schluckte kräftig. »Sie hatte eine gültige Zugangsberechtigung ...«

»Sie?« Butler beugte sich so rasch und heftig vor, dass Beacum zurückzuckte.

»Ja, es war eine Fr...«

»Wie hat sie ausgesehen?«, fuhr Evan ihn an.

»Sie war ...«

»Los, kommen Sie. Sie haben sie ganz aus der Nähe gesehen.«

»Okay, okay. Um Gottes willen, lassen Sie mir doch einen Augenblick Zeit.« Er biss sich auf die Unterlippe. »Sie war scharf. Ein richtiger Hingucker, wissen Sie?«

Natürlich wusste Evan das. Wenn eine Frau scharf aussah, kam sie mit allem durch. »Wie alt?«

»Vielleicht – ich weiß nicht, fünfundzwanzig, dreißig? Sie war jedenfalls jung.«

»Haarfarbe?«

»Blond. Ein schönes Blond.«

»Schön?«, warf Butler ein.

»Wie ein Model. Sie wissen schon.«

Evan und Butler wechselten einen Blick, bevor Butler fortfuhr: »Augen.«

»Sie … sie trug eine Pilotenbrille. Ich habe sie aufgefordert, die abzusetzen, ganz nach Vorschrift. Ganz streng.« Sein Blick wurde hoffnungsvoll. »Sie hatte blaue Augen. Knallblau.«

»Und wie hieß sie?«, fragte Butler in leiserem, höflicherem Ton.

Beacums Blick schoss von Evan zu ihm. »Sie … sie hieß … ich glaube, sie hieß Karen Park.«

»Das glauben Sie?« Erneut Butler.

»Ja, na ja …« Er wischte sich den Schweiß von der Oberlippe. »Ich meine, Sie haben die Besucherliste, Sie müssen also …«

Evan schlug die Akte auf und überflog die ersten Seiten des Überprüfungsbogens von Peter Limas. Ein britischer Staatsbürger mit Studium in Cambridge. Er hatte für das Stahlwerk seines Vaters gearbeitet, bis er Rubicon Solutions gründete, seine eigene IT-Firma, deren firmeneigene Software Tether dazu diente, die Bewegung illegal erworbener Gewinne über nationale Grenzen hinweg zu verfolgen. Vor sieben Jahren war er damit in die Staaten gekommen. Unverheiratet, keine Kinder. Eine richtige Erfolgsgeschichte. Er spielte Golf und Tennis. Keine Parteibindung. Keine bedenklichen Kontakte. Mehr stand nicht in der Akte. Er war ein unbeschriebenes Blatt. »Eine Karen Park gibt es nicht«, sagte Evan, als hätte sie das der Akte entnommen. Sie wusste nicht, ob das stimmte, aber es war anzunehmen. Und sie hatte recht.

»Wir haben es überprüft«, erklärte Butler. »Wir haben genau hingeschaut, Beacum, aber in keiner Personalliste der Regierung taucht eine Karen Park auf, von den Zugangsberechtigten zu St. Agnes ganz zu schweigen.«

Evan: »Die Zugangsberechtigung war gefälscht.«

Butler: »Aber vermutlich wussten Sie das bereits.«

Beacum: »Was? Nein. N…nein, das wusste ich nicht, woher auch?«

Evan: »Sie kannten die Fahrerin.«

Butler: »Sie beide arbeiten zusammen.«

Beacum sprang auf, als hätte man ihn mit einem heißen Schürhaken berührt. »Wie kommen Sie zu dieser Behauptung?!«

Evan: »Es ist anzunehmen.«

Beacum, stotternd: »Aber das ist verrückt! Ich meine, ich habe sie nie zuvor im Leben gesehen!«

Butler: »Also, was ist mit der Fahrerin des weißen Nissan passiert? Der Frau?«

Beacum, überwältigt: »Woher soll ich das wissen?«

Evan: »Weil Sie am Tor waren.«

Butler: »Ist sie einfach rausgegangen?«

Beacum: »Ich habe nicht ...«

Evan: »Oder haben Sie ihr einen Wagen hingestellt, damit sie wegfahren konnte?«

Beacums Mund bewegte sich einen Moment lang tonlos. Dann: »Ich habe die Aufgabe, alle Hereinkommenden zu überprüfen. Auf die, die wegfahren oder weggehen, achte ich nicht. Sie könnte ...«

»Alles klar.« Evan wandte sich an Butler. »Was meinst du? Haben wir es hier mit einer Verschwörung zu tun?«

Beacum mit sich überschlagender Stimme: »Einer was?«

Butler, über den Tisch vorgebeugt: »Ich glaube schon.«

Beacum, nun völlig aus der Fassung: »Ogottogott!«

Evan stand auf, ging um den Tisch herum und stellte sich hinter den Wächter. »Eine Verschwörung«, sagte sie laut flüsternd, so dicht bei Beacum, dass er zurückzuckte.

»Ich hatte nichts damit zu tun!«, klagte Beacum.

»Terrorismus.« Butler ließ das schreckliche Wort wie einen Henkersknoten in der Luft hängen und fuhr dann fort: »Zwei meiner Leute – eine davon noch immer in kritischem Zustand im

Krankenhaus – wurden verletzt, als der weiße Nissan in einem gegen zwei Bundesbeamte gerichteten terroristischen Akt explodierte.« Butler sah Beacum kalt ins Gesicht. »Bestenfalls wird man Ihnen Nachlässigkeit im Dienst vorwerfen. Falls die Patientin auf der Intensivstation stirbt, wird man Sie vielleicht wegen Verrats und fahrlässiger Tötung anklagen.« Als er sich sicher war, dass seine Worte – eine Mischung aus Lügen und der Wahrheit – ihre Wirkung nicht verfehlt hatten, machte er in milderem Tonfall weiter: »Donald, Donald, Donald, Sie müssen uns schon beweisen, dass Sie an diesem terroristischen Akt keinen Anteil hatten.«

»Aber ...« Beacum fuhr sich mit der Zunge über die trockenen Lippen. »Wie kann ich das tun?«

»Sie müssen uns helfen«, sagte Evan, die immer noch hinter ihm stand.

Erleichterung überflutete sein bleiches Gesicht. »Natürlich, ich ...«

»Ich meine, uns wirklich helfen, Donald.« Evan packte den Wächter fest an der Schulter. »Was. Immer. Nötig. Ist.«

Beacum zuckte erneut zusammen und zog den Kopf ein wie eine erschreckte Schildkröte. »Ich ...« Der Ausdruck der Erleichterung war verschwunden. Sein Gesicht war nass von Schweiß. »Ich ... das kann ich ... machen.«

»Was auch immer wir verlangen«, sagte Evan ihm ins Ohr.

Er biss sich auf die Unterlippe und nickte. »Was ... was auch immer Sie verlangen.« Er schluckte. »Natürlich, natürlich tue ich das. Ich liebe mein Land.«

»Und was für ein Land ist das?«, fragte Evan.

»Wie? Was für ein Land?« Beacums Augen waren so groß wie Untertassen. »Die Vereinigten Staaten natürlich. Welches denn sonst?«

Die Anspannung in dem kleinen Raum schien dicht wie Londoner Nebel. Die Luft war stickig und roch nach einer widerlichen, fast kloakenähnlichen Mischung aus Schweiß und erbärmlicher Angst.

Evan ließ nicht locker. »Sie sagen uns also, Sie hätten keine Ahnung, wie die Fahrerin den Tatort verlassen hat?«

Beacum starrte mit aufgerissenen, leeren Augen auf die Tischplatte. Dann erlosch der letzte Rest der Hoffnung, die er eben noch gehegt hatte. Verzweiflung gewann die Oberhand, und er schüttelte langsam den Kopf.

Butler brachte ein Blatt Papier mit einem Frauengesicht zum Vorschein, das einer seiner Phantombildzeichner erstellt hatte. Er drehte es so, dass Beacum es sehen konnte. »Ist das die Frau?«

Der Wächter nickte, dankbar, eine Frage gestellt zu bekommen, auf die er die Antwort wusste. »So habe ich sie dem Zeichner beschrieben, gleich nachdem Sie mich hier hereingebracht hatten.«

»Schauen Sie sie sich noch einmal an, Beacum. Vergewissern Sie sich. Sie müssen sich hundertprozentig sicher sein.«

Er nahm das Blatt in die zitternden Hände und betrachtete es mit hoch konzentrierter Miene. Dann blickte er zu ihnen auf. »Das entspricht meiner Erinnerung an sie.« Er leckte sich die Lippen und fügte hinzu: »Ich habe ein ziemlich gutes Gesichtergedächtnis. Wirklich.«

Evan nahm ihm die Zeichnung aus der Hand und ging zur Tür.

Butler fuhr auf und fragte: »Wo gehst du hin?«

»Ich melde mich«, sagte Evan und verließ den Raum.

8

Evan traf wieder vor dem St. Agnes ein und zeigte ihren Zugangsausweis, musste aber den Wagen, den sie aus Butlers Flotte genommen hatte, vor dem Tor am grasbewachsenen Straßenrand parken. Der gesamte Parkplatz war um den Explosionsort herum gesperrt. Außer ihr selbst wurde niemand ins Krankenhaus gelassen. Oder heraus. St. Agnes war abgeriegelt; dafür sorgten bewaffnete Wachen. Butlers Spurensicherungsmannschaft wimmelte über den Parkplatz. Auf dem Weg zu den Eingangsstufen machte sie einen großen Bogen um die verkohlte Stelle.

Die zerbrochene Scheibe der Eingangstür war entfernt worden, und was von der Tür noch übrig war, stand offen. Evan trat in die Eingangshalle, wo sie auf weitere Bundespolizisten und Sanitätspersonal stieß, die noch die Schäden sichteten. Sie musste den Bundespolizisten erneut ihren Zugangsausweis zeigen, bevor man sie einließ.

Sie zeigte das Phantombild der Fahrerin herum, doch das Gesicht kam niemandem bekannt vor. Den Blick forschend auf die anderen Fahrgäste gerichtet, nahm sie den Lift in den ersten Stock und stieg aus. Bei Beacums Verhör war ihr der Gedanke gekommen, dass die Fahrerin das Gelände vielleicht weder zu Fuß noch in einem Wagen verlassen hatte. Vielmehr war sie noch immer in dem Gebäude und gab sich als eine Ärztin, eine Krankenschwester oder eine sonstige Krankenhausmitarbeiterin aus. Sie schaute in der Zentrale des Stationsteams vorbei und zeigte das Phantombild auch hier herum. Wieder ohne Ergebnis. Doch sie fand heraus, dass es in der Klinik ein Programm für Ehrenamtliche gab – auch wenn deren Sicherheitsüberprüfung strenger war als in anderen Krankenhäusern. Zweifellos war das eine ungeschützte Flanke, die einfachste Rolle, in die eine Außenstehende schlüpfen konnte, während sie sich versteckt hielt, bis die erste Aufregung sich gelegt hatte.

Nachdem Evan alle Zimmer im ersten Stock überprüft hatte, machte sie mit dem nächsten Geschoss weiter und suchte methodisch jede Nische und jeden Winkel ab. Im dritten Stock sah sie eine Ehrenamtliche, deren Gesicht aus der Ferne dem Phantombild ähnelte. Sie folgte ihr in ein Krankenzimmer und drehte sie herum. Sie war um die fünfzig, zu alt, um die Gesuchte zu sein. In jedem weiteren Geschoss ging Evan auf dieselbe Weise vor, blieb bei der einmal gewählten Methode.

Schließlich fand sie die Gesuchte im Aufenthaltsraum der Chirurgie im sechsten Stock, direkt neben dem OP-Saal. Sie trug einen blassgrünen OP-Kittel, was klug war, klüger, als die Uniform einer Ehrenamtlichen zu nehmen. Mit ausgestreckten Beinen, die Füße auf ein Tischchen gelegt, saß sie gemütlich auf einer Couch und schaute einen Film auf ihrem Handy. Nun war sie nicht mehr blond, sondern trug eine dunkle Langhaarperücke, die Evan, selbst Verkleidungsexpertin, niemals für echt gehalten hätte. Das bewies, dass sie im Voraus über ihre Flucht nachgedacht hatte: Sie hatte vorgehabt, in der Klinik zu bleiben, bis die Luft rein war. Ein gut durchdachter Plan, nicht von ihr, einer Frau aus dem Fußvolk, ersonnen, sondern von jemandem, der den Verstand eines Schachspielers besaß. Was sie allerdings wirklich verriet, waren ihre Schuhe; teure Pumps, die eine Chirurgin so niemals zur Arbeit tragen würde, vom OP-Saal ganz zu schweigen.

Als sie Evan kommen sah, lächelte sie, stand wortlos auf und kam willig und geradezu passiv mit, den Kopf leicht gesenkt, als wäre sie besiegt. Doch als Evan sie über die Schwelle zum Korridor führte, rammte die Frau ihr den Ellbogen in die Kehle, fuhr herum und verpasste ihr einen kräftigen Schlag in die Nieren. Dann ergriff sie die Flucht und stürmte über den Korridor wie ein Rennpferd, das in Panik aus einem brennenden Stall flieht. Sie war sehr schnell, selbst in ihren Pumps, als hätte sie geübt, darin zu rennen.

»Warten Sie!«, rief Evan ihr nach. »Bleiben Sie stehen, und ich garantiere Ihnen Ihre Sicherheit. Wenn Sie sich wehren, sehe ich schwarz für Sie.«

Doch die Fahrerin raste zur Tür, die zur Feuertreppe führte, riss sie auf und verschwand, bevor Evan sich ausreichend erholt hatte, um ihr nachzujagen. Gleich darauf legte sie aber los, stumm und gefährlich, ein Raubtier auf der Jagd, eine Naturgewalt.

Die Treppe hallte unter den Absätzen der Fahrerin wider wie eine Alarmglocke, die vor einem Feuer oder einem Überfall warnt. Ein Blick nach unten zeigte Evan, dass die Fliehende sich bereits zwischen dem vierten und dem dritten Stock befand und sie sie niemals würde einholen können, also riss sie einen Feuerlöscher von der Wand, zielte und schleuderte ihn nach unten. Er prallte unmittelbar vor der Fahrerin auf der Treppe auf und riss ein so großes Stück aus der Stufe, dass sie stolperte und Hals über Kopf auf den Treppenabsatz zum dritten Stock stürzte.

»Halt!«, schrie Evan, die bereits losgestürmt war. »Das ist die letzte Warnung. Ich garantiere Ihre Sicherheit, wenn Sie mich jetzt begleiten.«

Auf halber Höhe der Treppe sprang Evan übers Geländer. Mithilfe des Handlaufs schwang sie die Beine zu einem kontrollierten Fall nach innen und landete auf dem Treppenabsatz des vierten Stocks. Doch das Manöver forderte seinen Preis; sie wurde von einem so heftigen Schwindelanfall erfasst, dass ihre Knie einen Moment lang einknickten. Inzwischen hatte die Fahrerin sich aufgerichtet. Ihre Perücke war verrutscht, und mit einem einzigen Griff riss sie sie ab und brachte ihr von Natur aus dunkles Haar zum Vorschein, das am Kopf festgesteckt war. Sie schüttelte die Nachwirkung ihres Sturzes ab und rannte weiter die Treppe hinunter.

Doch inzwischen lag Evan nur noch ein halbes Stockwerk hinter ihr und holte mit jedem Schritt auf. Die Frau ließ die Tür zum Erdgeschoss links liegen und raste, von Evan mit wenigen Metern Abstand verfolgt, in den Keller. Das St. Agnes wurde offensichtlich gerade renoviert – ein Wirrwarr von Gerüsten aus Stahl und Kunststoff verwandelte das Untergeschoss in das reinste Spinnennetz. Dort hinein verschwand die Frau, doch ihre Gestalt blitzte hier und da zwischen den Streben auf, als würde sie durch einen Wald rennen.

Evan, die aufs Gerüst kletterte, kam schnell vorwärts, da sie nicht von den Dosen- und Kistenstapeln, elektrischen Geräten und Schutzhelmen auf dem Betonboden behindert wurde. Schon bald erspähte sie die Gejagte unmittelbar unter sich, wie sie sich durch den Kram der Arbeiter schlängelte.

Evan schaute nach vorn und machte vor sich den Weg aus, den ihre Gegnerin beim Ausweichen um die Hindernisse würde einschlagen müssen. Inzwischen befand Evan sich vor ihr, wartete einige Sekunden ab und sprang dann auf sie hinunter. Beide krachten zu Boden und rollten gegen einen Stapel Farbdosen und gefaltete Abdeckplanen. Evan lag auf der Frau, doch diese zog ein Skalpell hervor und nutzte es geschickt. Die Spitze schnitt durch Evans Jacke und zerfetzte den Stoff. Evan packte ihr Handgelenk, verdrehte es und zwang sie damit, die Waffe fallen zu lassen. Mit überraschender Kraft rammte sie Evan die Faust in die Rippen, brachte sie aus dem Gleichgewicht und stürzte sich auf das Skalpell. Evan hielt sie auf, doch ihre Gegnerin schlug ihr mit der Handkante gegen die Schläfe.

Ihr wurde schwarz vor Augen, und eine schreckliche Übelkeit ergriff sie, während der Schwindel mit aller Gewalt zurückkehrte. Der Boden unter ihren Füßen schien zu kippen, und sie wusste nicht mehr, wo oben und wo unten war. Die Spitze des Skalpells schwebte jetzt links über ihrem Brustkorb, dort wo ihr Herz rasend schnell pochte. Adrenalin schoss ihr ins Blut und setzte Nerven und Muskeln unter Hochspannung.

Als das Skalpell nach unten schoss, blockte sie das Handgelenk ihrer Gegnerin mit dem Unterarm ab und stieß die fest ausgestreckten Fingerspitzen der anderen Hand genau in die Kuhle unterhalb ihres Brustbeins. Aus dem offenen Mund der Kämpferin kam ein Japsen, und Evan versuchte erneut, ihr das Skalpell zu entringen. Doch die andere ließ selbst dann nicht los, als Evan ihr den Handrücken auf den Boden schlug. Beim zweiten Mal funktionierte es allerdings. Die Finger öffneten sich, und das Skalpell flog davon und rutschte unter eine Holzpalette, auf der Kistenstapel standen.

Die Gegnerin schlug Evan erneut gegen die Schläfe, und als sie die Wirkung sah, versuchte sie, einen dritten Hieb zu landen. Evan, um die sich alles drehte, schaffte es gerade noch, sich wegzurollen, doch die seitliche Bewegung rief eine neue Welle der Übelkeit hervor, die jede Zelle ihres Körpers erfasste. Mit bebenden Händen rappelte sie sich auf und kam auf die Knie. Als die andere sich in Hockstellung aufrichtete und sie angriff, streckte Evan ihr rechtes Bein aus, schwang es im Bogen und riss sie von den Füßen. Doch auch Evan verlor dabei das Gleichgewicht und kippte auf die Seite. Aus dieser Position sah sie, wie ihrer Gegnerin Blut aus einer Wunde am Haaransatz ins Auge rann. Sie musste sich im Sturz den Kopf an der Ecke einer Palette angeschlagen haben.

Mit wütend gefletschten Zähnen sprang die Frau auf, drehte sich um und rannte davon. Evan krabbelte zu einer Stelle, an der sich ein paar Lackdosen türmten. Als sie aufstand, schwankte sie ein oder zwei Sekunden wie eine Betrunkene, und mit Bewegungen, die ihr wie in Zeitlupe vorkamen, holte sie weit aus und schleuderte eine Dose hinter ihrer Gegnerin her. Sie traf sie genau zwischen den Schulterblättern. Die Frau stürzte, fing sich mit den Händen ab, stieß sich mit angezogenen Beinen wieder hoch und rannte weiter.

Einen Moment lang verschwamm der Keller vor Evans Augen, die Wände schienen sich aufzulösen, und es war plötzlich, als liefe sie über einen vereisten Pfad. Zu beiden Seiten wuchsen mit Schnee beladene Birken und Kiefern. Das Licht der tief stehenden Sonne fiel von Westen auf sie, und ihr Körper warf einen endlos langen Schatten. Der bitterkalte Wind schlug ihr boshaft ins Gesicht. Sie blickte zu den Türmen des monströsen roten Backsteinpalasts auf. Zwei Raben betrachteten sie mit schrecklich eindringlichem Blick und flogen dann mit geöffneten Schnäbeln in das Cyanblau des Spätnachmittags davon.

Einen Herzschlag später befand sie sich wieder im Untergeschoss des St. Agnes, war zurück im Hier und Jetzt. Sie sah, wie ihre Gegnerin verzweifelt an einem Türschloss hantierte, sah, wie sie die Tür aufriss und unbeholfen hindurchtaumelte. Mit zusammengebissenen Zähnen kämpfte Evan gegen das Hämmern in ihrem Kopf an und stürzte ihr nach. Ihr Atem ging heiß und schnell. Sie rannte beinahe gegen den vertikalen Pfeiler eines Gerüsts und musste unter einer horizontalen Strebe hindurchschlüpfen, um den kürzesten Weg zu nehmen.

Eigenartigerweise befand die Tür sich nicht in einer der Außenwände des Untergeschosses, sondern war der Eingang zu einem großen, ummauerten Geviert, das sich durch die Decke des Untergeschosses erhob.

Der Aufzugschacht.

Evan stieß die Tür auf und drang geduckt in den Raum ein. Doch ihre Gegnerin erwartete sie und trat ihr gegen die Schläfe. Es war der dritte Schlag auf dieselbe Stelle, und Evan ging zu Boden, von Lichtblitzen hinter ihren Augen geblendet. Sie spürte, dass sie zu einer Stelle gezogen wurde, die wie ein Sockel wirkte, an dem der Aufzug verankert war. Dann wurden ihr Kopf und ihr Oberkörper auf diesen Sockel gehoben. Sie hörte das Klappern des Mechanismus, der den Aufzug antrieb. Ihre Augen waren nur noch Schlitze, und ihr Kopf fühlte sich so an, als wäre er abgerissen worden. Sie blinzelte und blinzelte noch einmal.

Sie blickte zu den scharfkantigen Schatten im Aufzugsschacht hinauf. Sie bewegten sich, diese Schatten, veränderten die Stellung, als wären sie lebendig. Der Aufzug sank herab. Vielleicht befand er sich im dritten Stock, vielleicht auch schon im zweiten – in ihrer gegenwärtigen Verfassung konnte sie das schlecht beurteilen. Ein heftiger Schmerz im Nacken durchbrach ihre Orientierungslosigkeit und warnte sie, dass die Aufzugskabine ihren Kopf zerquetschen würde, wenn sie im Untergeschoss ankam. Aber hatte der Aufzug nicht einen Sicherheitsmechanismus, der verhinderte, dass jemand darunter zerquetscht wurde? Trotzdem versuchte sie, sich in Bewegung zu setzen und aufzustehen, wurde dafür aber mit einem Hieb in den Solarplexus bestraft. Die Aufzugskabine näherte sich unaufhaltsam. Sie roch das Schmieröl und das heiße Metall. Die eigenartige Ähnlichkeit mit dem Geruch frischen Bluts und verletzter Eingeweide war auffallend. Evans Gegnerin zog sich zurück und trat nach ihr, damit sie sich nicht von der Stelle rührte. Sie sagte etwas, zweifellos voll Häme, doch ihre Worte fielen dem Schleifen des Getriebes, dem Kreischen der Räder, dem leisen Klappern der Ketten und dem Singen der Metallkabel zum Opfer, die sich unter äußerster Spannung bewegten. Dann begriff Evan, was ihre Gegnerin gesagt hatte: Sie habe den Sicherheitsmechanismus außer Kraft gesetzt, und Evan sei verloren.

Evans Handrücken lagen auf dem Betonboden, und sie tastete mit den Fingern nach irgendetwas, was sie in ihrer Notlage verwenden konnte. Doch da lag weder ein loser Nagel noch eine weggeworfene Schraube. Sie griff nach dem Fußknöchel der Frau, und die trat reflexartig mit dem Bein aus. Dabei rutschte ihr der Schuh halb vom Fuß.

Auf dem letzten Stück ihrer tödlichen Fahrt passierte die Aufzugskabine das Erdgeschoss.

Evan schnappte nach dem Schuh, der als verlockende Beute am Fuß der anderen baumelte, ertastete den niedrigen, sehr spitz zulaufenden Absatz, schloss die Finger darum und zog daran. Der Schuh glitt ganz vom Fuß, und während die Kabine ihre Fahrt nach unten fortsetzte, rammte Evan den spitzen Absatz mit aller Gewalt nahe dem Schritt in den Oberschenkel ihrer Gegnerin. Evan hörte, wie die Frau aufschrie, während sie mit den Händen ihren Oberschenkel umfing. Evan hatte es auf die Oberschenkelarterie abgesehen gehabt, eine tödliche Stichwunde, aber entweder die Gegnerin hatte sich bewegt, oder Evan hatte nicht ganz richtig gezielt. Blut sickerte aus der Wunde. Die Gegnerin packte den Schuh, zog ihn aus ihrem Bein und hieb ihn mit einem animalischen Schrei nach Evans Augen. Doch Evan war aufgesprungen, und jetzt brachte sie ihrerseits ihre Gegnerin zu Fall und schleuderte sie auf den Sockel. Der Boden der Aufzugskabine legte den letzten halben Meter zurück. Der Schrei der Frau brach unvermittelt ab, als die schwere Metallplatte sie unter sich erdrückte und ihr Becken mit einem ekelerregenden Geräusch zerbrach, als wäre es eine Eierschale.

Eine Zeit lang hörte man gar nichts, nicht das leiseste Geräusch, abgesehen vom Rinnen des Bluts, das sich vom Sockel auf den Boden ergoss, die Spalten und winzigen Vertiefungen des rohen Betons ausfüllte und ihn mit einer glanzlosen Schicht bedeckte, einem See, in dem sich nichts spiegelte als eine Dunkelheit, die niemals enden würde.

Evan saß mit dem Rücken an den Sockel gelehnt, hinter sich als einzige Gesellschaft die Leiche ihrer Gegnerin, die sie hatte befragen wollen, aber zu töten gezwungen gewesen war. Evan hatte die Beine angezogen. Die Ellbogen auf die Knie gestützt, hielt sie den Kopf zwischen den Händen, der so wehtat, als wollte er gleich explodieren. Während das Adrenalin sich verbrauchte und aus ihrem Körper verschwand, versank sie allmählich in sich selbst und ging zur Prana-Atmung über. Das tat sie unbewusst, es war ein Selbstschutzmechanismus. Auf diese Weise gewann sie in der Stille ihres Bewusstseins nach und nach die Kontrolle über sich selbst zurück, trotz Schmerz, Schwindel und Übelkeit, die von den Schlägen gegen ihre Schläfe stammten.

Ihr kam der Gedanke, dass Butler wohl doch recht damit gehabt hatte, dass sie noch etwas Zeit brauchte, um sich zu erholen. Die Explosion hatte sie schlimmer in Mitleidenschaft gezogen, als sie zunächst angenommen hatte. Andererseits hielt sie es, lädiert oder nicht, müßig im Bett nicht aus. Sie war nicht für die Ruhe geschaffen und auch nicht für gute Vorsätze. Wie konnte man sich über sein Leben Rechenschaft ablegen, wenn entscheidende Teile davon einem entrissen worden waren? Wenn die Menschen, die man auf der Welt am meisten geliebt hatte, gestorben waren? Also machte sie weiter, lief vor ihren Gedanken davon und kämpfte. Davonlaufen und kämpfen.

Sie kam schließlich taumelnd auf die Beine und musste sich gegen die Aufzugskabine lehnen, nur mit Mühe fand sie ihr Gleichgewicht. Ihre Nasenflügel weiteten sich. Heißes Metall und frisches Blut. Sie schloss einen Moment lang die Augen und sah zwei Raben, die sich pechschwarz vor dem wolkenlosen, azurblauen Himmel abzeichneten. Eine neue Welle von heftigem Schwindel, und sie schlug keuchend die Augen auf und atmete tief durch, während sie den Blick auf einen entfernten Abschnitt der sich überkreuzenden Gerüststreben richtete. Schließlich hörte ihr Kopf auf, sich zu drehen.

Irgendwann blickte sie an sich hinunter, um eine Bestandsaufnahme zu machen, welchen Preis ihr Körper hatte zahlen müssen. Und dort unten, um den Hals ihrer toten Gegnerin, hing eine glänzend silberne, von Blut befleckte Kette aus fein geschmiedeten Gliedern, in deren Mitte ein Anhänger befestigt war, zwei silberne Vögel, die einander ansahen, so dicht beieinander, dass ihre gebogenen Schnäbel sich berührten.

Zwei Raben.

9

Von einem schrecklichen Moment auf den anderen stand Riley Rivers' Welt kopf. Gerade noch war er ganz oben gewesen, in Bestform, König des Propagandagipfels, doch plötzlich rutschte er auf seinem Arsch einen Geröllhang hinunter.

Auf dem Friedhof war der Tag immer strahlender und schließlich blendend hell geworden. Der Himmel war so leuchtend blau gewesen, wie es nur im Winter möglich ist. Jetzt, Stunden später, hatte sich die aggressive Winterdämmerung allzu früh herabgesenkt.

Er saß Isobel im Q von Peter Chang in Bethesda auf einer mit schlangengrünem Stoff bezogenen Polsterbank gegenüber. Es war eines ihrer Lieblingsrestaurants, in dem er selbst allerdings vorher noch nie gewesen war. Von jetzt an würde er öfter hingehen. Vor über einem Jahr hatte er sich wider Willen von ihr anwerben lassen. Tag und Nacht war ihm ihre bedrohliche Nähe bewusst. Hin und wieder forderte sie ihn auf, einzelne Informationen an seinen russischen Führungsoffizier weiterzugeben – *dezinformatsiya*, dessen war er sich ziemlich sicher, aber ganz ehrlich, je weniger er über diese Informationen wusste, desto besser. Immer saß sie ihm im Nacken, und er spürte, welchen Druck sie ausübte, um mehr aus ihm herauszupressen, und er konnte sich nicht dagegen wehren, weil sie jederzeit enthüllen konnte, dass er ein verdeckter Mitarbeiter der Russen war.

Sie blickten auf große runde Tische, die acht oder mehr Personen Platz boten. Oben in dem hohen Raum, der eine Art Atrium bildete, hingen riesige quadratische Laternen. Obgleich es noch recht früh war, herrschte großer Andrang. Er erkannte die Gesichter von einigen Influencern und Trendsettern, von Beamten aus dem Pentagon und von Leitern privater Sicherheitsfirmen, allesamt einflussreicher als einzelne Senatoren oder Abgeordnete.

»Peter Chang war früher der Chefkoch der chinesischen Botschaft«, erzählte Isobel, als ihre Getränke serviert wurden, doch das interessierte Rivers nicht.

»Ich habe heute Abend noch eine Menge zu tun«, erwiderte er, ein schwacher und vergeblicher Versuch, einen Rest von Würde zu wahren.

»Davon bin ich überzeugt«, antwortete Isobel mit einem spöttischen Lächeln.

Tatsächlich wartete er schon die ganze Zeit darauf, dass sie etwas Schwieriges von ihm verlangte ... und jetzt war es offensichtlich so weit. Mit einem Gefühl leichter Übelkeit in der Magengegend fragte er: »Okay, Isobel, was wollen Sie diesmal von mir?«

»Hm, nun ja ...« Sie trank einen Schluck und stellte ihr Glas dann langsam und behutsam vor sich auf den Tisch. »Ich würde eher sagen, was wollen Sie von mir.«

Er war fest entschlossen, den Kopfschmerz nicht zu beachten, der sich hinter seinem rechten Auge zusammenballte. »Und das heißt?«

»Machen Sie nicht auf begriffsstutzig, Riley. Dafür sind Sie zu intelligent.«

Sie legte beide Hände auf den Tisch, die Finger gespreizt, als wären sie Meerestiere, eine Seeanemone, dachte er, oder ein Seestern. In jedem Fall etwas Giftiges.

»Ich habe Sie zu Yanas Beerdigung mitgenommen, damit Sie sich lebhafter vorstellen können, wie Sie in dieselbe tragische Situation geraten, sobald Sie aufhören, für die Russen nützlich zu sein.«

»Aber ich bin ihnen äußerst nützlich«, entfuhr es ihm törichterweise.

Wieder dieses Lächeln, scharf wie ein Säbel. Er fühlte sich, als befände er sich auf einem sinkenden Schiff. Herrgott, dachte er. Die Kopfschmerzen wurden immer schlimmer. Das kam von der Angst, die sich, wie er jetzt erst merkte, in ihm festgesetzt hatte, während er am Grab gestanden hatte, und die ihn inzwischen mit der Kraft einer tropischen Schlingpflanze umklammert hielt.

»Nun, das ist Ihre Perspektive, Riley. Aber man muss auch andere Perspektiven einbeziehen, wichtigere und weitreichendere Perspektiven als Ihre.« Sie seufzte. »Es ist eine traurige Tatsache, dass Yanas Nutzen für die Russen endete. Traurig für sie und ihre Familie, aber nicht für ihren Führungsoffizier, denn es gibt eine andere Dumme, die ihren Platz einnehmen wird. Daran herrscht kein Mangel. Dummköpfe, die auf die Russen hereinfallen, gibt es wie Sand am Meer.«

Sie hielt inne, damit ihre Worte ihre Wirkung entfalten konnten. Dann fuhr sie fort: »Was Yana angeht, so saß ihr vielleicht das FBI auf den Fersen, vielleicht hat sie sich auch aus Angst zu einem Fehler verleiten lassen, oder vielleicht wurde ihr das Doppelleben so sehr zur Last, dass sie es nicht mehr ertragen hat.« Sie zuckte mit den Schultern. »Aus welchem Grund auch immer, im FSB wurde eine Entscheidung gefällt, sie wurde hier in Washington umgesetzt, und das war das Ende des vergeudeten Lebens von Yana Bardina.« Sie trank noch einen Schluck. »Ich bin mir sicher, dass sie andere Pläne für ihr Leben hatte, andere Träume. Genau wie Sie, Riley. Ganz genau wie Sie sogar.«

Sie nahm die Speisekarte in die Hand, ohne sie aufzuschlagen, und fuhr fort: »Ich sage vergeudet, weil ich Yana hätte retten können, wenn sie es nur zugelassen hätte. Wenn sie nur den Bedingungen des Deals zugestimmt hätte, den ich ihr vorgeschlagen hatte. Aber ...« Ihr Lächeln verschwand. »›Ich stecke schon zu tief drin‹, sagte sie mir. ›Ich kann nicht .... Ich will nicht ... Es ist zu viel. Wenn ich mich noch tiefer hineinziehen lasse, werde ich begraben.‹ Und am Ende wurde sie wirklich begraben, Riley. Wie Sie mit eigenen Augen gesehen haben. Und damit kommen wir nun zu Ihnen.« Ihr Blick bohrte sich in ihn. »Ich interessiere mich insbesondere für den Ursprung des Cybermobbings gegen Benjamin Butler. Ich möchte, dass Sie dieser Frage auf den Grund gehen. Ich möchte wissen, wer ihn aufs Korn genommen hat.«

»Wieso interessieren Sie sich gerade dafür so sehr?«, fragte Rivers. »Ich meine, was ist so besonders an Benjamin Butler?«

Isobels Gesicht wurde finster. »Verkaufen Sie mich nicht für dumm, Riley. In dieser Stadt passieren allen möglichen Leuten andauernd lauter schlimme Dinge.«

Mit einem zuckersüßen Lächeln schlug sie die Speisekarte auf. »Nun, worauf haben Sie Lust?« Doch es interessierte sie nicht, worauf er Lust hatte. Bevor er antworten konnte, fuhr sie fort: »Am besten, ich bestelle für uns beide.« Es war keine Frage.

Die Pekingente war köstlich, wie alles andere, was Isobel für sie bestellt hatte. Eines musste man ihr zugutehalten, in Geschmacksfragen jeder Art hatte sie ein untrügliches Gespür. Aus irgendeinem Grund, vielleicht weil Essen an und für sich etwas Gemütliches war, beruhigte ihn die Mahlzeit ein wenig. Wenn er die Seiten erst mal endgültig gewechselt hatte, wäre es vielleicht gar nicht so schlimm, dachte er. Denn sicherlich würde Isobel alles erfahren wollen, was sein Führungsoffizier ihm auftrug und was er selbst anschließend tat. Yana Bardina war damit überfordert gewesen, so tief verstrickt zu sein, aber er, Riley Rivers, war aus anderem Holz geschnitzt; er konnte alles und jedes bewältigen, was die Russen – oder Isobel – ihm in den Weg warfen.

»So«, sagte sie, legte die Stäbchen aus der Hand und tupfte sich das Fett von den Lippen, »jetzt kommen wir zum Kern der Sache.«

Ein winziger Schmetterling stieg in Rivers' Magen auf und begann mit den Flügeln zu schlagen.

»Der Deal«, sagte Rivers. »Die Bedingungen des Geschäfts.«

»Richtig.«

Sie setzte sich zurück und musterte ihn so kühl und so konzentriert, dass er sich wie ein Pferd vorkam, das zum Verkauf stand. Oder wie ein Diener.

»Erstens«, begann sie, »möchte ich alles wissen, was Ihr Führungsoffizier Ihnen über Benjamin Butler mitteilt. Insbesondere möchte ich wissen, warum er zur Zielperson wurde. Zweitens möchte ich über alles informiert werden, was Ihr Führungsoffizier Ihnen sonst noch mitteilt, und zwar unmittelbar nachdem Sie selbst es erfahren.«

Die Bestürzung war Rivers anzusehen. »Alles?«

»Sie wären ein grauenhafter Pokerspieler, Riley.« Isobel bedeckte den Mund mit der Serviette, weil ein kleiner, damenhafter Rülpser in ihrer Kehle aufstieg.

»Ich glaube nicht, dass ich ...«

»Natürlich können Sie das«, entgegnete Isobel. »Und natürlich werden Sie es tun. Wollen Sie etwa wie Yana enden, oder schlimmer noch, wegen Verrats in einem Bundesgefängnis landen? Was für eine Wahl bleibt Ihnen denn?«

»Na ja, ich …«

»Halten Sie den Mund, und hören Sie zu. Drittens, gehen Sie Ihren Geschäften nach wie immer, genau so, als hätte es diesen Tag nie gegeben.«

Riley wischte sich den Schweiß vom Gesicht. »Und?«

Das säbelscharfe Lächeln war zurückgekehrt und zerschnitt sein Gefühl der Erleichterung. »Und nichts. Das ist es, Riley. Das ist alles.«

Er schloss kurz die Augen. Seine Hände zitterten. »Das kann ich machen«, sagte er, als er die Augen wieder aufschlug.

»Das werden Sie machen«, erklärte sie ihm.

Herrgott, dachte er und widerstand dem Drang, erneut die Augen zu schließen, hinter denen der Schmerz inzwischen fast explodierte. »Und was bekomme ich dafür?«

»Im Gegenzug werde ich Sie vor allem beschützen, was die Russen gegen Sie zusammenbrauen. Ich werde Sie aus jeder gefährlichen Situation herausholen, bevor sie Sie das Leben kostet.«

»Woher soll ich wissen, dass Sie das können?«

»Weil ich es Ihnen sage.«

»Ich soll Ihnen das also einfach glauben? Ihnen vertrauen?«

Isobel lachte, nicht unfreundlich. »Hören Sie, mein Freund, die neue Welt, in der wir leben, ist auf Vertrauen gebaut. Ob uns das gefällt oder nicht.« Als sie nach der Rechnung rief, klingelte ihr Handy. »Mir selbst gefällt es übrigens nicht, Riley, aber so ist es eben. Entweder Sie springen auf den Zug auf, oder Sie werden überfahren.«

10

»Laut ihrem kanadischen Reisepass hieß sie Anna Alta«, sagte Evan in ihr Handy. »Ihr wirklicher Name ist unbekannt.«

»Wir nehmen den Pass und ihren Führerschein mit, wenn wir die Leiche abholen«, sagte Butler, seine Stimme wie ein Moskito an ihrem Ohr. »Hast du eine Ahnung, wer den Reisepass gefälscht hat?«

»Er ist gut«, antwortete Evan mit einem Blick auf das Dokument. »Aber nicht so gut, dass er israelisch sein könnte. Deren Fälschungen sind perfekt.« Sie hielt den Reisepass mit nach hinten gedrückten Seiten auf und musterte die Heftung. »Er ist russisch.«

Butler schnaubte. »Handy?«

»Ich habe keines gefunden«, antwortete Evan und drehte dabei Anna Altas Handy in der Hand. Sie hatte das Blut abgewischt und sich vergewissert, dass es noch funktionierte. Sie hätte Butler davon berichten sollen, doch sie war in einer miserablen Gemütsverfassung und nicht in der Stimmung, viele Informationen preiszugeben.

»Egal. Wir tun alles, was wir können, um ihre Identität zu klären.«

»Etwas habe ich allerdings gefunden«, berichtete sie zögernd.

Sie starrte auf den silbernen Rabenanhänger in ihrer Hand und beschrieb ihn in allen Einzelheiten.

Butler stieß laut die Luft aus. »Raben. Dann war Wilson vielleicht bei klarerem Verstand, als wir dachten.«

»Offensichtlich. Schau, Ben, der Tod dieser Frau geht auf mein Konto«, erklärte Evan wahrheitsgemäß. »Ich wollte sie verhören.«

Butler schwieg eine Weile. Evan war wieder im selben Krankenhaus gelandet wie zuvor, in dem Brenda noch immer lag, und saß in der Notaufnahme auf einer Bettkante. Die neuen Wunden, die sie sich bei ihrem Zusammenstoß mit Anna Alta oder wie auch immer sie nun wirklich hieß, zugezogen hatte, waren behandelt worden, und jetzt wartete sie darauf, ein Antibiotikum zu bekommen, das einer Entzündung vorbeugen würde.

»Diese Anna«, fuhr Butler jetzt fort. »Wie schätzt du sie ein? Keine Kanadierin, oder?«

»Nein. Ich denke, sie kam aus Osteuropa.«

»Russisch?«

»Möglich.«

»Angesichts der Entspannungsoffensive, die der Präsident gegenüber dem Souverän plant, würde das alle möglichen diplomatischen Komplikationen nach sich ziehen.«

Das ist eine taktvolle Weise, es auszudrücken, dachte sie. Es würde die Initiative des Präsidenten schwer belasten. Vielen Angehörigen der amerikanischen Geheimdienste würde eine solche Entwicklung gefallen, denn sie waren einhellig dagegen, Russland auf irgendeine andere Weise denn als Gegner zu behandeln.

In diesem Moment hörte sie die hohe, melodische Stimme eines kleinen Mädchens.

»Zoe kommt gerade aus dem Ballettunterricht zurück«, erzählte Butler. »Sie möchte unbedingt mit dir reden.« Evan hörte an den gedämpften Geräuschen, dass Butler seiner Tochter sein Handy in die kleine Hand drückte.

»Hi, Evvy!«, piepste Zoe. Außer Zoe nannte niemand Evan »Evvy«.

Sie lachte. »Hi, du! Was macht das Tanzen?«

»Ich mache Fortschritte. Bald bin ich eine Ballerina!«

Zoe klang viel älter als bei ihrem letzten Gespräch vor einem Jahr. »Du musst mir sagen, wann eure nächste Aufführung ist, dann versuche ich zu kommen.«

»Oh, das wäre toll! Aber sie ist erst im März.« Zoe holte Luft. »Also, wann sehe ich dich mal?«

»Bald, mein Schatz. Sobald dein Dad und ich einen Termin gefunden haben. Okay?«

»Ich vermisse dich.«

»Ich dich auch. Und jetzt gib mir deinen Vater.«

Das Handy wurde brav zu Butler zurückgereicht. »Sie vermisst dich. Gott weiß, warum.«

»Du weißt, warum.«

Eine Zeit lang herrschte Schweigen. Sie beide wussten, warum. Zoe liebte sie. So unwahrscheinlich es war, Evan war zur Mutterfigur geworden.

»Wo bist du gerade?«, brachte Butler Evan zum Thema Arbeit zurück.

»Sie flicken mich zusammen. Wie geht es Brenda?«

Er stockte einen Augenblick, was ihm nicht ähnlichsah. »Ihre Verletzungen sind ernsthafter als deine.«

»Wie ernsthaft?«

»Sie ist eine starke junge Frau.«

»Das ist keine Antwort.«

»Du bist in null Komma nichts wieder fit. Für sie gilt möglicherweise dasselbe.«

In diesem Moment erblickte Evan Peter Limas, Brendas Freund, der auf dem Weg zum Parkplatz an der Notaufnahme vorbeiging. Sie warf einen Blick auf ihre Armbanduhr. 18:30. Limas war den ganzen Tag bei Brenda gewesen. Das war Treue.

Evan kam rasch zu einem Entschluss. »Okay. Vorläufig halte ich mich von ihr fern.« Sie ließ sich vom Bett heruntergleiten; die Zeit, auf Antibiotika zu warten, hatte sie nicht mehr. »Aber halte mich über ihre Fortschritte auf dem Laufenden.«

»Natürlich. Geh ins Hotel zurück. Iss etwas. Schlafe. Morgen reden wir wieder miteinander.«

Sie beendete den Anruf, trat in den Korridor und folgte Limas auf den Parkplatz. Er ging zu einem Tesla P85D, der sicher seine Viertelmillion Dollar gekostet hatte, plus Aufpreis für das leuchtende Metallicblau, das ihm den letzten Touch gab. Evan eilte zu ihrem eigenen Leihwagen und ließ den Motor an, als Limas aus der Parklücke bog.

»Okay«, hatte Donald Beacum früher am Tag gesagt, nachdem Evan aufgebrochen war. »Dann kann ich jetzt gehen, oder?«

Butler, der eine Akte studierte, die seine Assistentin Cecile ihm hereingebracht hatte, antwortete nicht. Schließlich blickte er zu Beacum auf. »Sie waren vor zwei Jahren im Jemen. Erzählen Sie mir davon.«

Der Wächter zuckte mit den Schultern. »Da gibt es nicht viel zu erzählen. Meine Frau ist Jemenitin. Wir sind hingeflogen, um ihre Familie zu besuchen.«

»Haben Sie sich mit den Leuten dort verstanden?«, fragte Butler im Plauderton, als wären sie Freunde, die bei einer Tasse Kaffee über Gott und die Welt redeten.

»Was?«

»Mochten Sie sie?«

»Sicher. Sie waren in Ordnung.« Er zuckte erneut mit den Schultern. »Ganz normale Leute.«

»Und was ist mit Jaden?«

»Jaden?«, wiederholte Beacum dümmlich.

»Dem jüngeren Bruder Ihrer Frau.«

War Beacum ein wenig bleich geworden? »Was soll mit ihm sein?«

»War er auch ein ganz normaler Typ?«

»Ich verstehe nicht ...«

»Doch, das verstehen Sie sehr wohl. Sie haben einen Ausflug mit ihm gemacht.«

»Was?«

»Während Ihre Frau beim Rest der Familie blieb.«

»Jaden und ich sind angeln gegangen.«

»Wo?«

»In Alaska.«

»Vom Jemen aus?«

Beacum machte eine mürrische Miene.

»Sie dachten, wir würden es niemals herausfinden.« Butler klopfte auf eine Seite mit eng getipptem Text. »Zugegeben, wir haben lange dafür gebraucht. Zugegeben, jemand hat einen Fehler gemacht. Sie wurden unzureichend überprüft.«

»Immer das Gleiche! Wenn ihr Mittlerer Osten hört, denkt ihr sofort an Terroristen! Zum Teufel mit euch! Die Familie meiner Frau, das sind keine Terroristen. Sie sind gesetzestreue Bürger.«

»Das stimmt, Beacum, das sind sie.« Butler beugte sich vor. »Mit Ausnahme von Jaden. Er ist ein Dschihadist.«

Beacum blickte umher und leckte sich über die Lippen. »Ich möchte gehen. Jetzt sofort. Ich möchte gehen. Sie haben kein Recht, das mit mir zu machen.«

Butler stand auf. »Im Gegenteil, Sie sind derjenige, der kein

Recht hat, das mit uns zu machen. Jaden hat Sie nach Syrien mitgenommen, in eines von drei Trainingslagern für Dschihadisten. War es Al Noor? Dayr Az Zawr? Oder vielleicht Abu Kamal.« Er kam um den Tisch herum und stellte sich hinter den Verdächtigen, so wie Evan es vorhin getan hatte. »Egal. Entscheidend ist nur, dass Sie radikalisiert wurden. Oder etwa nicht, Beacum?«

»Ich war niemals in Syrien. Bitte. Ich bin niemals radikalisiert worden.« Er schüttelte den Kopf. »Nein, nein, nein, nein!«

Butler nahm eine Handvoll Einwegfesseln aus seiner Anzugjacke und fixierte Beacum mit den Handgelenken und den Fußknöcheln am Stuhl.

Beacum verfolgte das Geschehen mit wildem Blick. »Was machen Sie?«

Butler stand auf. »Sie werden mir die Wahrheit sagen, so oder so.«

»Ich habe Ihnen die Wahrheit gesagt.«

»Sie haben nichts mit der Autobombe zu tun, die heute losgegangen ist.«

»Nein, ich ... ich weiß nichts darüber.«

»Aber schauen Sie, da liegt das Problem, Beacum. Ich glaube, dass Sie sehr wohl involviert sind. Ich glaube, dass Sie eine Menge darüber wissen.«

»Da liegen Sie vollkommen falsch«, erwiderte er immer erregter. »Sie verwechseln mich mit jemand anderem.«

»Hm, das werden wir sehen. Es dauert jetzt nicht mehr lange.«

»Was meinen Sie damit?«

Butler blickte in die Überwachungskamera, die oben rechts in der Ecke hing, und nickte.

»Was läuft hier?«, schrie Beacum. »Was machen Sie?«

Die Tür ging auf, und ein dunkelhäutiger Mann offensichtlich arabischer Herkunft trat ein. Er trug eine Dienstwaffe an der Hüfte und schleppte eine dieser riesigen Flaschen, wie man sie für Wasserspender benutzt. Sie war randvoll gefüllt.

»Das ist Abdur Rashid«, sagte Butler. »Er ist ein ehemaliger Marinesoldat.« Abdur Rashid stellte die Flasche schräg vor Beacum auf die Ecke des Tischs. »Er war zweimal im Irak im Einsatz und einmal in Syrien.« Butler kehrte zu seinem früheren Platz hinter dem Wächter zurück. »Er hat gesehen, wie seinem besten Freund durch eine Sprengfalle die Beine abgerissen wurden. Und wie sein Captain geköpft wurde. Er kann seine Wut manchmal nicht unter Kontrolle halten. Das ist verständlich.«

»Ich will nicht ...« Beacum quollen fast die Augen aus dem Kopf. »Ich will nicht, dass er in meine Nähe kommt.«

»Warum denn nicht? Wenn es stimmt, was Sie sagen, und Sie einfach nur ein gesetzestreuer Bürger sind, haben Sie nichts zu befürchten.«

Nach diesen Worten packte Butler Beacums Kopf mit der einen Hand und zwängte ihm mit der anderen Ober- und Unterkiefer auseinander. Abdur Rashid öffnete den Verschluss der riesigen Flasche, hob sie hoch und setzte die Öffnung an den weit aufgehaltenen Mund des Wächters. Beacum spuckte und würgte, das Wasser floss ihm aus dem Mund und rann über seine Brust auf den Boden.

»Schlucken, Beacum«, sagte Butler freundlich. »Schlucken.«

Das Wasser floss Beacums Kehle hinunter, eine Menge davon. Dann richtete Abdur Rashid die Flasche wieder auf. Es ging nicht darum, Beacum zu ertränken oder auch nur beinahe zu ertränken. Das hätte niemandem geholfen. Während Beacum hustete und stöhnte, kam Butler hinter ihm hervor und trat neben Abdur Rashid, der die Flasche wieder auf den Tisch gestellt hatte.

Butler setzte sich und blätterte müßig in der Akte, die Cecile hereingebracht hatte. Abdur Rashid zog es vor, stehen zu bleiben, die Arme über der muskulösen Brust verschränkt, während er den Verdächtigen keinen Moment aus den Augen ließ.

»Zwanzig Minuten?«, fragte Butler auf Arabisch, ohne aufzublicken.

»Zwanzig Minuten«, bestätigte Abdur Rashid in derselben Sprache. Und dann: »Er versteht uns.«

»Mhm«, erwiderte Butler ohne Überraschung.

Zwanzig Minuten später, fast auf die Sekunde genau, schnaufte Beacum und sagte: »Bitte, lösen Sie meine Fesseln. Ich muss pinkeln.«

Keiner antwortete ihm. Butler blickte noch nicht einmal auf.

Einige weitere Minuten vergingen, und inzwischen zappelte Beacum auf seinem Stuhl herum. »Nein, wirklich. Ich muss ganz dringend pinkeln.« Weiterhin keine Antwort. »He, meine Blase fühlt sich so an, als würde sie gleich explodieren.« Und einen Moment später: »Wenn Sie nicht ... ich meine, dann mache ich mir hier an Ort und Stelle in die Hosen.«

Butler stand auf und ging zu Abdur Rashid, der den Sicherungsmechanismus an seinem Holster öffnete und ihm seine Pistole vom Kaliber .45 reichte. Butler nahm sie entgegen und setzte sich unmittelbar vor Beacum auf die Tischkante.

»Die Sache ist die«, sagte er, erneut in freundlichem Plauderton. »Ich werde Ihre Fesseln erst lösen und Ihnen erst dann die Erlaubnis zum Urinieren geben, wenn Sie mir die Wahrheit gesagt haben.«

Etwas schien Beacum zu überkommen, eine gewisse Härte trat in seine Miene, und sein Blick verfinsterte sich. »Erlaubnis? Ich brauche Ihre beschissene Erlaubnis nicht. Ich pinkele hier und jetzt. Sie können nichts dagegen machen.«

»Wirklich? Glaubst du das?« Butler richtete die .45 auf Beacums Lenden. »Sehe ich auch nur einen Tropfen Urin, schieße ich dir den Schwanz ab.« Er beugte sich vor, bis sein Gesicht unmittelbar vor Beacums war. »Ist das klar?«

Da geschah etwas Eigenartiges. Beacum brach in Tränen aus. »Ich habe es denen gesagt«, heulte er, von Schluchzern geschüttelt. »Ich habe denen gesagt, dass ich nicht für so etwas gemacht bin.«

11

»Warum hast du sie belogen?«, fragte Brenda. »Meine Verletzungen sind überhaupt nicht schlimm.«

»Vorläufig möchte ich sie von dir fernhalten«, erwiderte Butler.

Sie saßen in seinem Büro übereck, Butler auf einem Stuhl und Brenda auf der Couch. Vor ihnen stand ein niedriges Tischchen mit einer Kanne starkem Kaffee, daneben halb geleerte Becher, kleine Teller mit halb gegessenen Roastbeef-Sandwiches und ein mit Chocolate-Chip-Cookies gefülltes Vorratsglas. Auf der anderen Seite der verschlossenen Tür saß Zoe, baumelte mit den Beinen und aß einen der Kekse, die ihr Vater ihr gegeben hatte. Cecile hielt ein Auge auf sie.

»Aber warum überhaupt lügen?« Abgesehen von vier Stichen an ihrer rechten Schläfe und ein paar Prellungen hier und da wirkte Brenda bemerkenswert erholt. »Warum möchtest du nicht, dass sie mit mir redet?«

Butler griff stirnrunzelnd nach seinem Kaffeebecher und trank nachdenklich einen Schluck. »Indem ich von Evan verlange, dort hinzugehen, wo unsere anderen Agenten gestorben sind, gehe ich ein großes Risiko ein.«

»Ich verstehe dich nicht. Sie ist eine Jägerin, eine Killerin, sie kommt überall rein. Wo sie auch hingeht, sie wird überleben. Das musst du doch wissen. Aber die Lügen …«

»Lügen sind das, was sie erwartet, Brenda. Von Lügen ernährt sie sich, und sie fühlt sich am wohlsten, wenn sie von Lügen umgeben ist.« Er stellte den Becher ab. »Denn dann kann sie sie aufdecken.«

»Aber …«

»Ich habe keinen Zweifel, dass sie mich belügt – und dich möglicherweise ebenso.« Butler fasste seinen Schützling ins Auge. Er hätte dieses Gespräch lieber direkt mit Evan geführt, doch die Welt war nicht perfekt, nein, ganz und gar nicht. »Ich glaube, das, was Patrick ihr am Ende eures Gesprächs gesagt hat, war nicht nur verständlich, sondern auch wichtig. Es war für sie von Bedeutung.«

»Und warum sollte sie das vor dir verheimlichen?«

»Genau das sollst du herausfinden.«

»Je früher, desto besser«, erwiderte Brenda.

Butler nickte. »Ganz meine Meinung. Aber erst möchte ich, dass du Donald Beacum beschattest.« Er reichte Brenda einen Empfänger. »Er wird gerade verwanzt.«

»Du hattest also recht, was ihn betrifft?«

»Ich wusste es gleich, als ich mit ihm gesprochen habe, vom ersten Augenblick an. Ich habe seine Angst gerochen.«

»Und es war nicht Trotz? Oder Verdrossenheit und Groll?«

»Er hat geradezu nach Angst gestunken. Daher wusste ich, dass ich ihn brechen kann.«

»Klug.« Brenda bemühte sich nicht, ihre Bewunderung zu verbergen.

»Schau, wohin er sich wendet und mit wem er spricht«, fuhr Butler fort. »Er hat versprochen, Kontakt mit seinem Führungsoffizier aufzunehmen, aber er meinte, er müsse vorsichtig sein, und das glaube ich ihm. Ich glaube ihm alles, was er ab jetzt sagt.«

»Wenn die Leute, mit denen er verbandelt ist, wissen, dass er in Haft war ...«

»Das stimmt. Sie könnten ihm misstrauen. Da kommst du ins Spiel. Mische dich ein. Mit so viel Nachdruck, wie die Situation es verlangt."

Brenda nickte.

»Die Ärzte haben dich entlassen«, sagte Butler. »Also ...«

»Kapiert.«

Dann stieß Butler einen missbilligenden Laut aus. »Ich hasse Becher«, wechselte er unvermittelt das Thema. »Du nicht auch? Sie sind eine Geschmacksverirrung. Egal, was man mit ihnen anstellt, sie sind und bleiben hässlich.« Er rief über die Gegensprechanlage nach Cecile. Kurz darauf kam Zoe herein, zwei Porzellantassen mit Untertassen in den Händen. »Danke, *ma petite.*« Butler verfolgte lächelnd, wie seine Tochter den Tisch damit deckte. »Jetzt brauche ich nicht mehr lang.«

»Schon gut.« Zoe lächelte. Sie trug blassblaue Beinwärmer, eine weiße Strumpfhose und eine blaue Kapuzenjacke, deren Reißverschluss geschlossen war. Ihr Pferdeschwanz war mit einem purpurroten Haargummi zusammengebunden. Cecile hatte sie vom Ballett abgeholt, nicht Butler selbst. »Cecile bringt mir Pokern bei.«

Butler sah seiner Tochter nach, die die Tür hinter sich schloss, und verdrehte die Augen. »Pokern! Und sie wird auch noch gut darin sein.« Er schenkte ihnen beiden frischen Kaffee ein und gab ein paar Löffel Zucker in seine Tasse. »Sie wird zu schnell groß.« Kopfschüttelnd fügte er hinzu: »Alles geschieht dieser Tage zu schnell.«

Er hob den Kopf, ein trauriges Lächeln auf den Lippen und einen melancholischen Ausdruck in den Augen. »Du bist wie Zoe, weißt du, du kommst in Situationen, die dich so schnell zum Profi machen, dass einen der Schwindel packt.«

Brenda beugte sich vor, legte die Hände zusammen und senkte den Kopf. »War es wirklich nötig, Evan hinzuzuziehen? Sie ist eigentlich keine von uns, wie du selbst oft genug gesagt hast, und sie wird es auch niemals sein.«

»Ja, ich verstehe deine Vorbehalte, doch sie ist die Frau, die wir hier brauchen. Dessen bin ich mir jetzt noch sicherer als zu Beginn. Unsere Zielperson hat ganz in der Nähe unseres eigenen Reviers zugeschlagen, was ich nicht erwartet hatte. Das war so entschieden und gezielt wie die Ermordung unserer Agenten. Wäre der SUV nicht gepanzert gewesen, wären Evan und du wahrscheinlich ums Leben gekommen. Ich bin hinter ihnen her, und jetzt haben sie zurückgeschlagen und sich nicht damit zufriedengegeben, dass sie bereits drei meiner Agenten getötet haben.«

»Und wir wissen noch nicht einmal, wer der Anführer ist«, erwiderte Brenda bitter.

»Nein, wir kennen ihn nur als Nemesis«, stimmte Butler ihr zu. »Ein Schatten, der auf die Welt fällt. Wir wissen nur Folgendes über ihn: Er lebt sowohl in der realen als auch in der Cyberwelt, er hat sich probeweise in mindestens drei größere Atomkraftwerke der USA eingehackt, außerdem in unser nationales Stromnetz und die New Yorker Börsen NYSE und Nasdaq. Darüber redet aber keiner, jetzt nicht und auch in Zukunft nicht. Es ist zu unheimlich.

Jedenfalls bedeutet das alles, dass der Anführer von Nemesis sehr intelligent und sehr gewieft ist, was nicht dasselbe ist. Entweder er ist selbst ein absoluter IT-Profi, oder seine rechte Hand ist es. Er ist extrem gut organisiert, und er verfügt über ein hoch qualifiziertes, diszipliniertes internationales Netzwerk. Er ist ein

Mörder, er legt es darauf an, die Weltordnung aus den Angeln zu heben, und es bereitet ihm Vergnügen, Menschen zu quälen. Nemesis ist der gefährlichste Gegner, mit dem ich es je zu tun hatte, und ich habe mich schon mit den Besten gemessen oder, wenn du es lieber so ausdrücken willst, mit den Schlimmsten. Aber Nemesis, das ist ein ganz neues Level.

Er ist eine akute Gefahr, ein Damoklesschwert, über das wir herzlich wenig wissen. Aber glaub mir, wenn irgendjemand ihn aufspüren und zur Strecke bringen kann, dann Evan.«

• • •

Eine verfrühte Dunkelheit hatte sich über die Stadt gesenkt wie ein Schleier, der Winter drückte dem kurzen Nachmittag die Luft ab. Jenseits des Potomac River glänzten die Lichter von Washington – die angestrahlten Denkmäler und monolithischen Gebäude und darüber die blinkenden Positionsleuchten der Flugzeuge, die durch das schummrige Halbdunkel glitten, das über Großstädten als Nacht durchgeht.

Evan hielt sich zwei Wagenlängen hinter Limas und wechselte häufig die Spur, obgleich sie bezweifelte, dass Limas nach einem Beschatter Ausschau halten würde. Während der Fahrt dachte sie über Butlers Haltung gegenüber Brenda nach. Es kam ihr eigenartig vor, dass er sie beide voneinander fernhalten und vermeiden wollte, dass sie sich über ihr Erlebnis austauschten.

Evan folgte Limas' leuchtend blauem Tesla S gut zwanzig Minuten, bis er auf den Parkplatz des Federal Case Steak House einbog. Dort wartete sie ab, bis Limas eine Parklücke gesucht hatte, ausgestiegen war und das Restaurant betreten hatte. Erst dann parkte sie ebenfalls.

Drinnen war es schummrig und schick. Links verlief eine sförmig geschwungene Theke, an der Anzugträger sich drängten und nach ihrem Bourbon on the Rocks oder Wodka Martini riefen. Zur Rechten schmiegte sich eine Reihe lippenstiftroter Sitzbänke an die Wand. Vor ihr erhob sich das Stehpult der Maître d'hôtel, hinter dem eine unglaublich schlanke Brünette stand, deren schönes Gesicht durch ein festgefrorenes, geziertes Lächeln verdorben war. Evan beachtete sie nicht und machte sich auf die Suche nach Peter Limas.

Federal Case – ein hochpreisiges Steakhouse, das Rindfleisch der Spitzenklasse servierte – war eines dieser Restaurants, zu denen Geschäftsleute oder Scheidungs- und Steueranwälte, die einen gewissen Wohlstand erworben hatten, mit untrüglicher und unheimlicher Sicherheit strebten. Federal Case war kein Politikerlokal – den Bundesbeamten und Richtern war es entweder unbekannt, oder sie gingen dort nicht gern hin, und wegen ihres kleineren Einkommens waren sie ohnehin nicht besonders willkommen.

Aber Federal Case war sicherlich ein Paradies für Peter Limas und seine IT-Freunde, die das Geld nur so scheffelten. Evan kannte die vier Kardinalregeln der IT-Welt: Erstens: Halte den Blick vor dich auf den Horizont gerichtet. Zweitens: Schau niemals zurück. Drittens: Immer in Bewegung bleiben. Und viertens: Schütze deine Gewinne vor jedem, insbesondere aber vor deiner Ex-Frau und dem Finanzamt.

Peter Limas sah ganz so aus, als würde er die Rolle ausfüllen. Evan entdeckte ihn am hintersten Tisch. Er war allein und sprach in sein Handy, als säße ihm sein Gesprächspartner direkt gegenüber. Zweifellos hätte er sich auch genau so verhalten, wenn er in einer Toilettenkabine auf der Schüssel säße, dachte Evan und schob sich ihm gegenüber auf die Sitzbank.

Er bemerkte sie gar nicht, so vertieft war er in seine geschäftliche Besprechung, die in einem Netz, das alle Winkel der Welt zu jeder Zeit verfügbar machte, von Mobilfunkantenne zu Mobilfunkantenne durch den Äther übertragen wurde.

Evan dagegen, die Unterarme auf den Tisch gelegt, bemerkte eines genau: dass die silberne Anstecknadel, die sie im Krankenhaus aus der Ferne gesehen hatte, bevor Butler sie aus Brendas Raum geschickt hatte, zwei einander zugewandte Raben zeigte, deren Schnabelspitzen sich berührten.

• • •

Als Butler unerwartet ins Büro des Verteidigungsministers beordert wurde, bat er Cecile, Zoe nach Hause zu bringen, ihr ein Abendessen zuzubereiten und bei ihr zu bleiben, bis er heimkommen könne. Er rechnete mit dem Schlimmsten. Dann wischte er den Gedanken beiseite. Im Voraus bedrohliche Szenarien heraufzubeschwören, war nicht nur Zeitverschwendung, sondern auch kontraproduktiv. Daher entspannte er sich, als er im Vorzimmer von Thompsons Büro saß, zwang sich, an gar nichts zu denken, und vertraute darauf, dass sich in dieser Leere sowohl seine Taktik als auch seine Strategie entfalten würden. Er hatte gesehen, welche gehässigen Nachrichten in den sozialen Medien auf ihn abgeschossen wurden. Sie waren Unsinn, aber nun befand sich dieser Unsinn in der schönen, neuen Welt, die mit ähnlichem Unsinn gefüllt war. So sah sein Land derzeit aus. Manchmal bedauerte er, dass er zurückgekehrt war. Vielleicht wäre es viel besser für ihn gewesen, in Berlin zu bleiben. Aber sein Rabbi – der unkonventionellste Rabbi, den man sich vorstellen konnte – hatte ihm ein Angebot unterbreitet, das er nicht ausschlagen konnte. Außerdem wäre er in Deutschland niemals so weit gekommen, seine eigene

Geheimdienstabteilung zu leiten. Und Zoe ohne ihre Mutter in ein anderes fremdes Land zu bringen, kam nicht infrage.

Nachdem er zwanzig Minuten warten musste, vermutlich damit er sich in Bescheidenheit übte, geleitete ein Assistent ihn ins innerste Heiligtum des Ministers. Brady Thompsons Büro war ungefähr so groß wie ein Baseballplatz. Was er mit all diesem Raum anfing – Footballtraining, improvisierte Basketballspiele –, konnte man nur vermuten.

Er saß hinter einem Schreibtisch, der so eindrucksvoll war wie eine Richterbank. Das Möbelstück stand hinten im Raum, sodass Butler genötigt war, über einen dicken, in präsidentiellem Blau gehaltenen Teppich durch das ganze Büro zu gehen. Hinter Thompson stand rechts mit vergoldeter Stange die Fahne der Vereinigten Staaten und links die Fahne des District of Columbia. Mehrere Holzstühle mit steiler Lehne waren so exakt vor dem Schreibtisch aufgereiht, dass sie eine Geschworenenbank hätten bilden können.

Tatsächlich hatte Thompsons Büro jetzt, da Butler darüber nachdachte, die Atmosphäre eines Gerichtssaals: stickig, einschüchternd und unbestimmt beängstigend wie der Eingang zu einem Gruselkabinett auf dem Jahrmarkt. Und es schien, als hätte Thompson selbst diese Atmosphäre geprägt. Als er von seiner Lektüre aufblickte – wahrscheinlich hatte er nur so getan –, wirkte er mächtig mit sich zufrieden. Der König in seinem Schloss. Der Herrscher im Revier.

Was für ein Arsch, dachte Butler, der sich setzte, ohne eine Aufforderung abzuwarten. Diese Unverschämtheit bedachte Thompson mit einem finsteren Stirnrunzeln. Sein gebräuntes, ledriges Gesicht erinnerte an Cowboydarsteller aus den Vierziger- und Fünfzigerjahren. Er war schlank, hatte große, adrige Hände und ein Gesicht, das so tief gefurcht war wie ein gepflügter Acker.

Er stand auf und ging zum dunklen Fenster, das auf ein sorgfältig gepflegtes, von Spotlights erleuchtetes Grundstück hinaussah. Dort blieb er mit hinter dem Rücken verschränkten Händen stehen. »In meiner Jugend nahm mein Vater mich gern mit auf die Jagd. Wir übernachteten immer in einem Blockhaus, das er als junger Mann gebaut hatte. Er war stolz auf dieses Haus. Mit Fug und Recht.« Obgleich Thompson aus dem Fenster schaute, war klar, dass er zu Butler sprach. »Nachts, wenn ich im Bett lag, lauschte ich auf das Zirpen der Grillen, den Ruf eines Uhus oder das gelegentliche Heulen eines Wolfs oder Kojoten. Keiner dieser Laute machte mir Angst; ich liebte sie und fühlte mich den Tieren nahe. Doch es gab ein anderes Geräusch dicht bei meinem Ohr, das mich sehr beunruhigte. Es war das Geräusch, das die Massen von Bohrkäfern machten, während sie das Holz der Wände fraßen. Sie höhlten sie von innen heraus aus.

Immer wieder habe ich meinen Vater angefleht, das Blockhaus mit einem Zelt abdecken und einsprühen zu lassen. Das wäre die einzige Möglichkeit gewesen, es zu retten, verstehen Sie. Aber mein Vater lehnte das ab. Aus seiner Sicht gehörten die Bohrkäfer zur Natur. Er würde sie nicht vernichten.

Nun, eines Sommers fuhren wir hin, nur um festzustellen, dass das verdammte Ding in sich zusammengebrochen war. Es war nur noch ein Haufen Sägespäne. Diese verdammten Käfer.« Thompson schüttelte den Kopf. »Ich habe das Blockhaus geliebt. Es war wie mein eigenes kleines Königreich. Aber es verrottete. Weil es von innen heraus zerstört wurde.«

Er wandte sich um und sah Butler an. »Und ich konnte die Zerstörung hören. Zentimeter für Zentimeter.«

Er kehrte zu seinem Bürosessel zurück, setzte sich aber nicht hin, sondern sah Butler an, die Hände um die Rücklehne gelegt, als wäre sie die Kehle eines Menschen, der versuchte, sein derzeitiges Königreich von innen heraus auszuhöhlen.

»Wie Gary Cooper schieße ich aus der Hüfte und bin ein geradliniger Kerl, also sage ich Ihnen, was Sache ist.« Er beugte sich leicht vor. Der Sessel quietschte unter seinem Gewicht. Seine Augen sahen aus wie eingelegte Rosinen, gleichzeitig klein und geschwollen. »Ich war eisern gegen Ihre Ernennung, und ich sage Ihnen, warum. Erstens, weil Sie zu viel Zeit in Übersee verbracht haben. Und zweitens, weil Sie ein Jude sind.«

»Während meiner Zeit in Übersee stand ich im Dienste unseres Landes, Sir«, entgegnete Butler. Er musste etwas sagen, damit ihm nicht entfuhr, wie absolut entsetzt er war. »Und ja, ich bin zur Hälfte jüdisch. Ja und?«

»Und drittens, weil Sie ein unverschämter Scheißkerl sind«, machte Thompson wie eine Dampfwalze weiter. »Und viertens, weil es mir äußerst verdächtig vorkommt, dass Sie weibliche Agenten engagieren. Was zum Teufel soll das eigentlich? Ist das Ihr privater Harem?«

Butler musste sich eisern unter Kontrolle halten, um sich nicht auf Thompson zu stürzen und ihm sein selbstgefälliges Lächeln aus dem Gesicht zu prügeln. »Niemand nimmt weibliche Agenten ernst, Herr Minister – Sie selbst offensichtlich eingeschlossen. Genau das macht sie im Einsatz zu einer so wirksamen Waffe.«

Thompson kaute innen auf seiner Wange herum, was ein grauenhaft saugendes Geräusch erzeugte, als wollte er damit Butlers Erwiderung übertönen. Er setzte sich hinter den Schreibtisch. »Ich weiß, dass General Aristides Ihr Rabbi ist«, sagte er, und der gehässige Ton seiner Stimme war wie eine Klinge, die zwischen ihnen durch die Luft hieb. »Diese Beamten aus dem Verteidigungsministerium sind eine verdammte Gefahr; sie haben überall die Finger drin, aber ihnen eine Handlung zuzuordnen, ist so schwer, wie herauszufinden, wer eine Briefkastenfirma besitzt. Vitamin B haben Sie also, das lässt sich nicht abstreiten. Aber …« Er hielt die Nachrichtenmeldung hoch, die Rivers OKA verbreitet hatte und die von zahllosen Websites im ganzen Land aufgegriffen worden war. »Dies hier ist eine undichte Stelle, Butler. Ein riesiges Leck. Jemand höhlt mein Königreich von innen aus. Rabbi hin oder her, ich werde alles herausfinden, was es über Sie zu wissen gibt. Sie kennen doch meinen guten Freund Senator Willis, oder? Den Vorsitzenden des Geheimdienstausschusses im Senat? Ich werde ihm dringend nahelegen, sofort hinter verschlossenen Türen eine Untersuchung einzuleiten, zu allen in dieser Meldung angeführten Punkten. Und ich will Ihnen hiermit sagen, dass ich bei der Untersuchungskommission praktisch den Vorsitz führen werde. Ich versichere Ihnen, wir werden die Wahrheit herausfinden, selbst wenn diese Wahrheit Ihrem Rabbi ungelegen kommen sollte.«

Er legte die Meldung zwischen sich und Butler auf den Schreibtisch. »Ihre Tage hier sind gezählt, Butler. Ganz ehrlich, mir wäre es am liebsten, wenn Sie noch heute Ihre Sachen packen und nach Berlin zurückfliegen würden. Oder besser noch nach Israel. Unter Ihresgleichen würden Sie sich zweifellos wohler fühlen.« Er zuckte mit den Schultern. »Aber ich weiß natürlich, dass Sie meinem Rat nicht folgen werden. Es wird vielleicht nicht heute, nicht morgen und auch noch nicht nächste Woche geschehen, aber ich versichere Ihnen, sobald der Kongress im neuen Jahr zusammentritt, wird es geschehen. Betrachten Sie das als ein Versprechen.«

So hochzufrieden mit sich, als wäre er der Präsident selbst, lehnte er sich mit auf dem Bauch verschränkten Händen zurück und erfreute sich an dem Kübel Schelte, den er gerade über einem

Untergebenen ausgekippt hatte, der ihm in jeder nur denkbaren Hinsicht unterlegen war. Als wäre er ein Plantagensklave, der so vermessen gewesen war, aus der Reihe zu tanzen.

Nachdem Butler diese Angriffe auf seine Person und seine Religion zur Kenntnis genommen hatte, und das nicht zum ersten Mal, verzog er die Lippen zu seinem freundlichsten Lächeln und stand auf. »Danke für die Info, Herr Minister.« Einfach so tun, als lächelte er gerade Zoe an. »Aber ehrlich gesagt, haben Sie mir nichts mitgeteilt, worüber mein eigenes nachrichtendienstliches Netzwerk mich nicht schon aufgeklärt hätte.«

Thompsons Stirnrunzeln vertiefte sich. Butlers Worte passten ihm ganz offensichtlich nicht, genauso wie es ihm missfiel, dass Butler aufstand, bevor er ihn zur gegebenen Zeit auf seine eigene Weise entlassen hatte. »Ihr Tonfall gefällt mir nicht, Butler.«

»Das ist auch nicht nötig, Herr Minister. Ich mache meine Arbeit, und ich mache sie besser als jeder andere.« Sein Lächeln wurde noch breiter. »Verstehen Sie, meine Eier sind aus Stahl.«

Damit machte er auf dem Absatz kehrt und begab sich auf den langen, demütigenden Rückweg. Als er im Wagen saß und sein Chauffeur mit ihm das Gelände des Ministeriums verließ, lehnte er sich zurück und holte tief Luft. Sein Herz schlug wie ein Presslufthammer, und ihm war vor Aufregung übel. Seine linke Hand, die auf der Armlehne lag, zitterte. Er wünschte, es käme nur von dem Adrenalin, das ihm ins Blut geschossen war, als Thompson mit seiner abscheulichen Tirade loslegte, aber tatsächlich hatte er Angst. Er war nicht für diesen Posten aus Übersee zurückgekehrt, um sich jetzt schikanieren und einschüchtern zu lassen. Sein Rabbi hatte ihm versichert, dass das nicht geschehen würde. Als Butler die Position angenommen hatte, hatte er sich keinen Illusionen hingegeben. Wie Evan richtig angemerkt hatte, war Washington immer noch eine Schlangengrube, in der es von giftigen

Vipern wimmelte, doch man hatte ihm einen unendlichen Vorrat an Gegengift versprochen.

Und nun das.

Er beugte sich vor und sagte: »Mitchell, bringen Sie mich zu McLean.«

»Jawohl, Sir.« Mitchell war ein ehemaliger Soldat der Special Forces und hatte zwei Einsätze im Irak hinter sich. Außerdem war er Butler treu ergeben.

Gleich darauf fuhren sie über die Brücke nach Virginia.

Was Butler betraf, so war das Pentagon ein Ort, den er ungern und nur in Zeiten besuchte, in denen extreme Umstände ihn dazu zwangen. Jetzt war es wieder einmal so weit, und als er dem ersten von vielen Wächtern an den vielen Sicherheitsschleusen seine Zugangsberechtigung zeigte, fühlte er, wie die klaustrophobische Enge der Bundesbehörde ihn wie eine Gefängniszelle umschloss.

General Ryan Aristides' Büro befand sich in einem der inneren Ringe, wie es seinem Rang und seiner Position entsprach. Zu welcher Division er gehörte und woraus genau seine Arbeit bestand, war Butler unbekannt. Und er hatte auch nicht das Bedürfnis, es in Erfahrung zu bringen. Was ihm jedoch sofort klar geworden war, als man sie zusammenbrachte, war, dass sie sich beide brennend und anhaltend für Russland, den Souverän und insbesondere die Pläne des Souveräns interessierten, die Vereinigten Staaten weiter zu unterwandern und Amerikas Way of Life zu pervertieren.

Von dem Zeitpunkt, da Mitchell Butler durch den ersten Checkpoint chauffiert hatte, bis zu dem Moment, in dem General Aristides' Adjutant ihn ins eigentliche Büro führte, waren volle zehn Minuten vergangen. Diese Sicherheitsschleusen, Wartezeiten und Wege durch lange Korridore, die so verwirrend waren wie die Gänge auf einem Flugzeugträger, waren zweifellos dazu bestimmt, den Besucher einzuschüchtern. Auf Butler hatten sie allerdings keine andere Wirkung, als seine Ungeduld zu steigern.

Als er endlich ins Büro des Generals geführt wurde, saß Aristides hinter seinem Schreibtisch und las mit zusammengekniffenen Augen vor sich hin murmelnd in einem Papierstapel. Er war ein halsloser Koloss, über den die Schulkameraden sich früher mit Sicherheit lustig gemacht hatten, bis er die Fäuste fliegen ließ, um die Quälgeister zum Schweigen zu bringen. Er hatte die vorgebeugten Schultern, die vorgewölbte Stirn und die blau angelaufenen Hängewangen des Linemans einer College-Footballmannschaft, der inzwischen ein wenig fett geworden war.

Nach mehreren Sekunden blickte er auf und entdeckte Butler. Dieser stand hinter einem Polsterstuhl, der, wie er aus früheren Erfahrungen wusste, bei Weitem nicht so bequem war, wie er auf den ersten Blick aussah.

»Benjamin«, sagte der General mit seiner tiefen, rauen Stimme. »Ich wollte gerade für heute Schluss machen und aufbrechen, als ich gehört habe, dass du kommst.« Er deutete mit dem Stift in seiner Hand auf den Stuhl. »Mach es dir bequem.« Und nach einem aufmerksamen Blick: »Du siehst so aus, als würde es dir guttun, die Beine lang zu machen.«

Etwas an dem Raum, der eigenartig geformt und im Grau eines Schlachtschiffs gehalten war, führte dazu, dass Butler von einer Schwindelwelle ergriffen wurde. Er grub die Finger in die Rückenlehne des Stuhls. Vielleicht lag es auch daran, dass seine letzte Mahlzeit schon Ewigkeiten zurücklag. »Ich bleibe lieber stehen«, antwortete er, fest entschlossen, seiner Schwäche auf keinen Fall nachzugeben.

Der General zuckte mit den Schultern. »Mach es, wie du willst. Das tust du ja immer.« Er legte den Stift weg und verschränkte die Hände auf dem Tisch. »Deinen täglichen Bericht habe ich bereits erhalten. Was ist so dringend, dass du mich persönlich sehen musst?«

»Brady Thompson«, begann Butler.

Die dichten Augenbrauen des Generals schienen vor Zorn zusammenzuwachsen. »Dieser Drecksack. Welchen Shitstorm zettelt er jetzt wieder an?«

»Du hast wohl länger nicht auf deine Updates zu den Onlinenachrichten geschaut.«

Der General warf ihm einen scharfen Blick zu und drehte sich nach links. Anders als sonst in den Bundesbehörden üblich, stand der Monitor nicht direkt vor ihm, sondern auf einem Seitentisch. »Der Zyklop«, wie er ihn nannte, war seiner Ansicht nach ein ungesichertes Einfallstor für Lügen, Desinformation und Müll, die ihm nicht das Hirn verstopfen sollten. Die Mauern und Sicherheitsschleusen, die ihn beschützten, schnitten ihn anscheinend auch vom ständigen elektronischen Lärm der Außenwelt ab.

Doch aus Respekt vor Butler überflog er jetzt seine Tagesinfos. »Oh, Shit«, murmelte er, und als er weiterlas: »Verdammte Scheiße!«

Butler berichtete ihm, wie ungeniert Thompson ihn mit seinem Hass überschüttet und gesagt hatte, dass Butler nicht nur ein jüdischer Bastard, sondern auch ein Außenseiter in Washington und ein unverschämter Scheißkerl sei.

»Na ja, beim letzten Punkt hat er natürlich recht«, sagte Aristides mit freundlichem Spott, »aber du machst ihm außerdem in mehrfacher Hinsicht eine Heidenangst, vor allem, weil du außerhalb der üblichen Befehlskette operierst. Du bist erfolgreich, daher konnte er nicht gegen dich vorgehen. Bis jetzt.«

»Er wird Willis drängen, eine Untersuchung durch den Geheimdienstausschuss des Senats anzuordnen, über die er selbst die Oberaufsicht führen wird. Er ist hinter mir her, und das heißt infolgedessen auch hinter dir.«

Aristides lehnte sich in seinen Bürosessel zurück. »Einen solchen Scheiß kann ich gar nicht brauchen.« Er strich sich mit der Hand über die Stirn. »Ich bin für den Schutz meiner Agenten verantwortlich.«

Butler hatte plötzlich ein bleiernes Gefühl im Magen. »Und bin ich nicht einer von ihnen?«

»Bei dir ist es anders, Benjamin.« Er drehte sich auf seinem Sessel vom Zyklopen weg. »Das weißt du seit dem Tag, an dem du zum ersten Mal hier hereingekommen bist.«

»Ich musste dich fast schon mit Gewalt überzeugen, ich verstehe.«

Der General verzog das Gesicht. »Bildlich gesprochen, ja. Ich war skeptisch.«

»Selbst nachdem du meinen Lebenslauf gelesen hattest?«

»Na ja …«

»Weil ich ein Außenseiter war, General. Ich habe so viel Zeit in Übersee verbracht, weit weg von Amerika. Nennen wir die Dinge doch beim Namen. Aber es hat mir enorm gutgetan. Ich habe bei allen Themen einen weiteren Horizont als irgendjemand sonst in dieser Regierung.«

»Wie ich schon sagte«, überging Aristides Butlers Bemerkung, »du hast immer wieder alle Schwierigkeiten überstanden.«

»Ich bin ein wertvoller Agent für dich.«

Der General reagierte darauf mit Schweigen. Er wirkte ausgesprochen unglücklich.

»Und doch willst du mich nicht verteidigen.«

»Schau, Benjamin, das musst du verstehen. Derzeit steigt Thompsons Stern. Sich gegen ihn zu wenden, ist nicht klug.«

»Für dich.«

General Aristides starrte Butler an, als wären seine Züge aus Stein gemeißelt.

»Ich verstehe.« Butler nickte. »Wir können wieder miteinander reden, wenn du ein Paar Eier in der Hose hast, General.« Damit machte er auf dem Absatz kehrt und eilte nach draußen, bevor er noch vom Gefühl der Übelkeit in seiner Magengrube überwältigt wurde.

»Mitchell, du weißt wohin.«

»Jawohl, Sir.« Mitchell plante die Strecke im Kopf und schaltete das Navi des Wagens aus, ein Ersatzgerät, das Butler ohne Wissen der Behörde auf eigene Kosten hatte einbauen lassen. Zum Glück. Doch eine ganz bestimmte Adresse durfte auch in diesem Gerät auf keinen Fall auftauchen. Sie fuhren wieder über den Fluss in die Hauptstadt, aber vorher hielt Mitchell, der das Magenknurren seines Chefs gehört hatte, noch bei einem Diner und holte für Butler dessen Lieblingsgericht, einen Griechischen Salat mit einer Extraportion Dolma. Butler bedankte sich, aber die Dolma schmeckten wie Sand, und der Salat blieb ihm im Hals stecken, als hätte er einen Kiefernzapfen verschluckt.

Mitchell schlängelte sich durch ein Labyrinth von Straßen und schaute alle dreißig Sekunden in den Seiten- und Rückspiegel, um sich zu vergewissern, dass sie nicht verfolgt wurden. Erst als er sicher war, dass keiner sie beschattete, schlug er den Weg zum Highway ein. Doch selbst danach steuerte er das Ziel über verwirrende Umwege an.

Butler starrte aus dem Fenster. Er verstieß gegen das Protokoll, aber er hatte einen guten Grund – mehr als einen guten Grund. Mithilfe des neusten der Wegwerfhandys, die alle fünf Tage pünktlich mit der Post eintrafen, setzte er eine ganz kurze Textnachricht ab – nur die Zahl Zwei sowie eine Zeitangabe, nämlich von jetzt aus gesehen in zehn Minuten. In dieser Situation überließ er nichts dem Zufall. Brady Thompson war ein rassistisches Schwein, aber das bedeutete nicht, dass Butler den Fehler begehen würde, ihn zu unterschätzen. Thompson hatte ihm – und infolgedessen auch General Aristides, seinem Rabbi – einen sehr gezielten Schuss vor den Bug verpasst. Gott sei Dank wusste er nicht, wer Butlers wirklicher Rabbi war, und Butler würde nicht zulassen, dass er es jemals erfuhr. Mehr denn je waren wasserdichte Sicherheitsmaßnahmen jetzt absolut unerlässlich. Er hatte gerade ihren eigenen, geheimen DEFCON 2 eingeleitet, den Verteidigungszustand zur Katastrophenabwehr.

12

Genau zehn Minuten nachdem er die SMS abgesendet hatte, traf Butlers Wagen an der Adresse am Tracy Place ein. Sobald er anhielt, trat eine elegante, in einen dicken Wintermantel gehüllte Gestalt mit einem Designerschal um den Kopf und einer Sonnenbrille im Gesicht aus der Hintertür der Villa. Mitchell entriegelte die Wagentüren, und die Person schlüpfte neben Butler auf den Rücksitz. Die schalldichte Trennscheibe zu den Vordersitzen fuhr hoch. Mitchell verriegelte die Türen wieder und fuhr in gemütlichem Tempo weiter.

»Nicht zu weit«, sagte Isobel. »Ich habe einen dringenden Termin.«

»Ich weiß. Wir fahren nur um den Block«, erwiderte Butler.

Isobel Lowe nahm die Sonnenbrille ab und schob den Schal zum Hals hinunter. »Nun«, sagte sie. »Ich weiß, glaube ich, warum du so durch den Wind bist.«

Butler lächelte gequält und berichtete ihr vom Ärger in der Onlinewelt, aufgrund dessen Brady Thompson ihn in sein Büro zitiert und ihm versprochen hatte, ihn fix und fertig zu machen.

»Ja, ich habe die News gelesen«, sagte Isobel. »Thompson. Dieser Schwanzlutscher. Vermutlich bist du zu Ryan gefahren.« Sie meinte General Aristides.

»Was mir nicht viel gebracht hat. Er hat den Schwanz eingezogen.«

»Ja. Ich bezweifle, dass er bereit ist, sich mit Thompson und dem Präsidenten anzulegen.«

»Darum musstest du so schnell wie möglich Bescheid wissen.«

»Das stimmt.« Zu Butlers großer Überraschung lächelte sie so boshaft, wie nur sie es konnte. »Denk nicht mehr über seine Drohungen nach. Nach außen hin solltest du Thompson allerdings das Signal geben, dass er dich zu Tode erschreckt hat. Das wird ihm so gut gefallen, dass er keine Scheu hat, weiterzumachen.«

»Aber genau das möchte ich nicht.«

»*Au contraire*, Darling, genau das wünschen wir uns.« Sie ergriff Butlers Hand. »Ich möchte, dass er abgelenkt ist, während ich mir einen Plan gegen ihn zurechtlege. Vertrau mir.«

»Unsere Partnerschaft beruht auf Vertrauen.« Diese Partnerschaft bestand schon seit einem Jahrzehnt, ein Geheimnis, das er sogar vor Evan verbarg. Isobel und er hatten sich in Israel kennengelernt. Dort war er als Agent im Einsatz gewesen, noch bevor er mit Evan zusammengearbeitet hatte. Dem Anschein nach war sie eine Touristin, aber tatsächlich arbeitete sie für den Mossad. Sie waren hinter derselben Zielperson her: einem Agenten des SVR, der sich in Haifa als Geschäftsmann ausgab. Nach einigem rauen Hin und Her, das beinahe in echte Gewalt ausgeartet wäre, hatten sie sich auf eine Art Waffenstillstand geeinigt. All das war geschehen, bevor Isobel in die USA zurückgekehrt war. Doch sie waren in Kontakt geblieben, und als Isobel – von der gegenwärtigen israelischen Regierung desillusioniert – den Mossad verlassen hatte, hatten sie beschlossen, heimlich zusammenzuarbeiten. Isobels Misstrauen und Hass gegenüber Russland schwanden nie und passten zu Butlers eigener Antipathie. Inzwischen arbeitete sie für eines der Silicon-Valley-Unternehmen, die mehr persönliche Daten von Menschen aus aller Welt angehäuft hatten als die NSA und das Verteidigungsministerium zusammengenommen.

Isobel drückte seine Hand. »Wir haben uns ein ganz schön verrücktes Leben ausgesucht.«

»Ich würde eher sagen, mein Leben hat sich mich ausgesucht«, entgegnete Butler.

»Ja, da hast du wahrscheinlich recht.«

»Bei dir ist es anders. Du liebst deine Arbeit.«

Isobel lachte. »Komm schon, Ben. Du doch auch.«

»Vielleicht. Aber ich hasse die Leute, die meine Vorgesetzten sind.« Es wurde Zeit, das Gespräch zum Hier und Jetzt zurückzulenken. »Hör mal, Izzy, Evan Ryder steht kurz davor, dir einen Besuch abzustatten.«

»Du weißt, dass es so ist?«

»Ja. Wenn wir Roger Hollis verdächtigen, dass er seine und Peters Firma als Spionagenetzwerk nutzt, kannst du dir sicher sein, dass sie, die derzeit Peter beschattet, zu demselben Schluss gelangen wird.«

»Du hältst sehr viel von dieser Frau«, sagte Isobel. »Ich habe die Geschichten gehört, bin aber davon ausgegangen, dass sie übertrieben sind, wie das bei solchem Klatsch ja üblich ist.«

»Normalerweise schon«, antwortete Butler ernst. »Aber bei Evan stimmen die Gerüchte und sind sogar noch untertrieben.«

Sie holte ihr Handy hervor und gab Hollis' Nummer ein. »Roger? Das heutige Spiel beginnt eine Stunde früher.« Sie quittierte seine Zustimmung mit einem Nicken und beendete die Verbindung. »Erledigt«, sagte sie zu Butler.

Er nickte. »Und hör mal, wie bereits gesagt, ihr Besuch wird wahrscheinlich nicht freundschaftlich sein.«

»Überlass das mir.« Sie tätschelte seine Hand. »Vielleicht funktioniert die Sache ja. Dein Plan, Peter und Brenda zusammenzubringen, war gut, aber bei so etwas stehen die Erfolgsaussichten fünfzig zu fünfzig.«

»Deswegen habe ich Evan ja gebeten, nach Washington zurückzukommen. Wir holen zu einem schweren Schlag gegen Nemesis aus.«

»Damit willst du sagen, dass du das Spitzenteam brauchtest.«

Butler lachte. »Das ist hoffentlich der Fall. Ich muss dafür sorgen, dass Evan in Fahrt kommt.«

»Und wem könnte das besser gelingen als mir?«

Drei Menschen gingen vorbei: eine mit Einkaufstüten beladene, elegante Frau sowie zwei ältere Herren, der eine mit einem Gehstock bewaffnet, die ins Gespräch vertieft über den Bürgersteig schlenderten.

Isobel warf Butler einen ernsten Blick zu. »Ich war auf Yanas Beerdigung.«

»Davon bin ich immer ausgegangen.«

»Hollis war da.«

»Sie hatte ihn wirklich am Haken, oder?«

Isobel nickte. »So eine Art Liebesbetrug. Es ist traurig.«

»Nein, ist es nicht. So läuft unser Leben nun mal.«

Isobel starrte weiter aus dem Fenster. Eine junge Frau mit einem blonden Pagenschnitt und einer Nase wie ein Schiffsschnabel marschierte über die Straße, ohne auf die rote Ampel zu achten. »Es mag merkwürdig klingen, aber ich vermisse sie.«

»Wen?«

»Yana.«

»Das erste Gesetz der Spionage, Izzy, keine Gefühle entwickeln.«

Sie wandte sich ihm zu und maß ihn mit einem ruhigen Blick. »Gilt das auch für dich?«

Seine Augen weiteten sich überrascht. »Für mich?«

»Du und Evan.«

Sie hielten vor einer roten Ampel. Die Straße war nahezu leer, nur hin und wieder kam ihnen ein Fahrzeug entgegen.

Das habe ich verdient, dachte Butler. Izzy ist viel zu gewieft, als dass ich sie ans Sicherheitsprotokoll erinnern müsste. Das reibt sie mir unter die Nase, und zu Recht. »Zwischen Evan und mir läuft nichts.« Seine Stimme war ausdruckslos.

Isobel, die ihn nicht gehört zu haben schien, beugte sich vor und klopfte gegen die schalldichte Scheibe. Als Mitchell sie herunterfuhr, sagte sie: »Wenn Sie um die Ecke gebogen sind, halten Sie bitte an. Ich gehe den Rest des Wegs zu Fuß.«

Die Scheibe glitt wieder hoch, der Wagen bog nach rechts ab und hielt am Straßenrand. Isobel drehte sich Butler zu: »Ich verzeihe dir.« Sie legte ihm die Hand auf den Arm und lächelte. Doch insgeheim sah sie ihre Chance, Thompson außer Gefecht zu setzen, nicht allzu optimistisch.

Butler nickte. »Ich verstehe.«

»Ben, unsere größte Hoffnung ist Evan. Wenn sie so gut ist, wie du sagst, und ins Innerste von Nemesis vordringen kann, wird Thompson mehr Ärger am Hals haben, als er bewältigen kann.«

»Pass auf dich auf, Izzy.«

»Du auch, Ben.«

Sie küsste ihn auf beide Wangen, und dann war sie draußen im Treiben der Hauptstadt und schritt die Straße entlang davon.

• • •

»Ich esse gerade zu Abend«, sagte Peter Limas. »Nennen Sie mir einen einzigen guten Grund, warum ich Sie nicht hier hinauswerfen lassen sollte.« Er hatte sein Gespräch beendet, vermutlich zu seiner Befriedigung, und sein Handy mit dem Display nach oben auf den Tisch gelegt.

Evan griff nach Limas' Speisekarte. »Ich bin am Verhungern«, sagte sie. »Was ist hier zu empfehlen?«

»Das Steak-Sandwich, der Caesar Salad und der Krabbencocktail.«

»Ich nehme alles drei.« Evan winkte den in der Nähe vorbeigehenden Kellner herbei, schloss die Karte und hielt sie Limas hin. »Und Sie?«

Limas nahm die Speisekarte leicht verwundert zurück und blickte in das erwartungsvolle Gesicht des Kellners, eines großen Mannes namens Paul. Zweifellos wog er ab, ob er Paul bitten sollte, den Eindringling nach draußen zu geleiten. Dann zuckte er mit den Schultern. »Den Krabbencocktail, den Caesar Salad und das Steak-Sandwich, medium. Für uns beide, Paul.«

»Sehr gern, Mr Limas.« Paul nahm die Speisekarte an sich und wandte sich an Evan. »Vielleicht einen Drink vor dem Dinner, Ma'am?«

»Nein danke«, antwortete Evan. »Einfach nur Wasser mit Eiswürfeln.«

Paul nickte und ging, worauf ein etwas verlegenes Schweigen entstand, während dessen Evan Limas ins Gesicht schaute. Er war ein gut aussehender Mann mit großen schwarzen Augen, die unter dunklen Wimpern mit einer Art belustigter Neugier in die Welt schauten. Im linken Ohrläppchen trug er einen kleinen Goldring. Am linken Handgelenk saß eine Armbanduhr von Patek Philippe, die ein kleines Vermögen gekostet haben musste. Offensichtlich ein Mann, der kein Problem damit hatte, seinen Reichtum zu zeigen.

»Kennen wir uns?«, fragte Limas. Er hatte den Akzent eines Angehörigen der britischen Oberschicht.

Evan streckte ihm die Hand hin und fragte sich dabei, ob Limas einen Schatten über ihr Gesicht hatte huschen sehen oder ob die Frage purer Zufall war. »Vesper Lynd.«

Limas lachte. »Und ich bin Hugo Drax«, führte er Evans Scherz fort.

Die beiden schüttelten sich die Hände. Die seine war kühl und trocken.

»Louise Steadman«, stellte Evan sich vor und nutzte damit die Legende, die Butler für den falschen Ausweis hatte konstruieren lassen, mit dem man sie ins Land geholt hatte, ohne dass die Geheimdienste es mitbekamen.

Sie zeigte Limas den Ausweis. »Ich bin eine Kollegin von Brenda.«

»Ah, so ist das.« Limas hob mit fragender Geste den Zeigefinger. »Waren Sie das, die im Krankenhaus in ihr Zimmer geschaut hat?«

»Ja, das war ich.«

Limas' Miene verdüsterte sich. »Sie haben mit ihr im SUV gesessen, als ...«

»Richtig.«

»Kein Wunder, dass Sie einen ziemlich ramponierten Eindruck machen.«

»Sie sollten erst mal den anderen Typ sehen.«

Limas' Lächeln war blass. »Eine schreckliche Sache.«

Paul stellte die Krabbencocktails vor sie, zusammen mit einer kleinen Schale Meerrettich, fragte, ob sie sonst noch etwas brauchten, und verschwand dann so lautlos, wie er gekommen war.

Evan gab einen Löffel Meerrettich in die blutrote Cocktailsoße, drückte einen dicken Zitronenschnitz über den Krabben aus, die fast so groß wie ein Königslachs waren, und nahm die zierliche Gabel in die Hand. »Wie lange kennen Sie Brenda schon?«

»Wir gehen seit einem halben Jahr miteinander aus.«

»Für eine so kurze Beziehung kommen Sie mir ziemlich hingebungsvoll vor.«

»Das Leben bewegt sich mit Lichtgeschwindigkeit. Ich überlasse mich einfach seinem Fluss.«

Eine Zeit lang aßen sie schweigend, Limas so hastig, als wäre er halb verhungert; er schluckte die riesigen Krabben fast unzerkaut herunter. Nach diesem Essrausch wischte er sich die Lippen und sagte: »Gibt es etwas, was Sie mich fragen wollten? Und übrigens, wie haben Sie mich gefunden?«

»Das Federal Case scheint eines Ihrer Lieblingsrestaurants zu sein.«

»Das stimmt.« Limas sah sie an. »Aber woher wussten Sie das?«

»Brenda hat es mir gesagt«, antwortete Evan, was natürlich eine Lüge war. »Sie wollte unbedingt, dass wir uns kennenlernen.« Eine weitere Lüge. Aber es klang wie die Wahrheit, und allein das zählte. »Ich komme gerade aus Übersee zurück.« Es war immer gut, ein bisschen Wahrheit in das Lügengebräu zu mischen, damit es glaubhafter wirkte.

»Ich werde Sie nicht fragen, wo Sie waren«, sagte Limas. »Wenn Sie es mir erzählen würden, müssten Sie mich hinterher töten.« Ein mattes Lächeln begleitete diesen schon viel zu oft gemachten Scherz.

Ein Hilfskellner räumte die Teller ab, und gleich darauf kam Paul mit dem Caesar Salad auf einem Servierwagen. Er gab alle Zutaten nacheinander in eine große Holzschüssel, mischte sie und servierte zwei Portionen, bevor er den Wagen wieder wegrollte.

»Einen Caesar Salad mit so frischen Zutaten bekommt man nicht alle Tage«, sagte Limas, der nun wieder festen Boden unter den Füßen hatte. »In meiner Jugend hat meine Tante, Gott hab sie selig, mich bei jedem ihrer Besuche in London in ein bestimmtes Restaurant ausgeführt. Um mir etwas Schönes zu bieten. Sie hat mir beigebracht, wie ein Caesar Salad sein muss. Wie man ein Steak isst. Und auch, wie man Alkohol trinkt.« Er machte sich über seinen Salat her und aß so schnell, als hätte er in fünf Minuten einen Termin.

Während Evan in ihrem eigenen Salat herumstocherte, dachte sie über Limas' schlecht sitzendes Jackett und die silberne Anstecknadel am Revers nach. Der Anblick der einander zugewandten Raben beeinträchtigte ihren Appetit erheblich, denn sie entsprachen genau dem Anhänger in ihrer Jackentasche, den sie Anna Altas Leiche vom Hals genommen hatte.

»Also«, nahm Limas schließlich den Faden wieder auf, »Sie haben mir noch nicht mitgeteilt, was Sie mich fragen wollten.«

Evan hatte ihn fragen wollen, was Brenda ihm über die Ereignisse im St. Agnes erzählt hatte, aber die Anstecknadel veranlasste sie, ihren Plan zu ändern; es würde ihr nun schwerfallen, irgendetwas zu glauben, was er über Brenda zu sagen hatte. Stattdessen begann sie: »Ich hatte mich gefragt, was es mit der Anstecknadel an Ihrem Revers auf sich hat – mit den beiden Raben.«

Einen Moment lang wirkte Limas verwirrt, zwei Falten gruben sich in seine Stirn. Dann brachte Evan den Rabenanhänger zum Vorschein und legte ihn zwischen ihnen auf den Tisch.

»Ach, die.« Er berührte die Anstecknadel und zuckte mit den Schultern. »Keine Ahnung. Das Jackett gehört nicht mir, sondern meinem Partner. Ich habe mir meines heute Morgen an einem Nagel aufgerissen, als wir über einen Bauplatz gegangen sind, den wir für ein neues Bürogebäude in Erwägung ziehen. Als ich den Anruf wegen Brenda bekam, hat er mir sein Jackett geliehen, damit ich mich im Krankenhaus sehen lassen konnte.« Mit noch stärker gerunzelter Stirn berührte er den Anhänger. »Haben die Raben eine bestimmte Bedeutung?«

»Genau das wollte ich Sie fragen.« Evan nahm den Anhänger vom Tisch und steckte ihn wieder in ihre Jackentasche.

»Okay, na ja …« Limas warf einen Blick auf seine Armbanduhr. Er stand auf, ging ein paar Schritte weg und schaltete sein Handy ein. Nach einem kurzen, gedämpften Gespräch kehrte er zum Tisch zurück. »Ich weiß, wo Roger sich gerade befindet. Ich bringe Sie zu ihm.«

Limas warf einige Geldscheine auf den Tisch; offensichtlich war er schon so oft hier gewesen, dass er nicht um die Rechnung bitten musste.

13

Brendas derzeitiger Auftrag lautete, Donald Beacum zu seiner Quelle zu folgen. Es bestand die Hoffnung, dass Butler und Abdur Rashid den verwanzten Wächter so gründlich eingeschüchtert hatten, dass er Butlers Befehl gehorchen würde. Aber für alle Fälle sollte Brenda ihn sowohl anspornen als auch eine genaue Beobachterin sein.

Beacum verließ Foggy Bottom mit der Metro. Er nahm die silberne Linie nach Westen, stieg sechs Haltestellen weiter am L'Enfant Plaza aus und sprang dort durch ein Gedränge von Passanten, die in alle Richtungen strebten, im letzten Augenblick in die nach Norden fahrende grüne Linie. Brenda schaffte es gerade noch in den Wagen, bevor sich die Türen schlossen. Als der Zug an Fahrt aufnahm, bewegte sie sich langsam auf die Stelle zu, wo Beacum sich leicht schwankend an einer senkrechten Stange festhielt und mit leerem Blick auf den draußen vorbeisausenden Tunnel schaute, tief in jener Art Unterwelt versunken, in die tagträumende Passagiere aller Transportmittel gerieten.

Am Gallery Place stieg er aus. Brenda folgte ihm nach draußen und beobachtete, wie er das riesige, von vielen kleinen Dächern gekrönte, blau, golden und rot verzierte Tor passierte, durch das die Seventh Street nach Chinatown führte. Steinerne Wächterlöwen, Symbole für Wohlstand und Glück, standen zu beiden Seiten der Straße.

Hinter dem Tor schlug Beacum einen labyrinthischen Weg durch Chinatown ein. Sie kamen an Restaurants vorbei, in denen rot gelackte Enten in vom Dampf getrübten Fenstern hingen, an Bäckereien, Schönheitssalons und Souvenirläden, in denen Sonnenschirme aus Bambus und Papier, CDs mit chinesischer Popmusik und raubkopierte DVDs der jüngsten Hollywoodfilme verscherbelt wurden. In jedem Laden saß eine grell bemalte Katzenfigur auf ihrem Hinterteil und winkte grüßend mit der Vorderpfote.

Brenda hielt Abstand, als Beacum langsamer wurde, in den Spiegelungen der Schaufenster überprüfte, ob jemand hinter ihm herging, und dann in eine dieser zweifelhaften Wucherhöhlen schlüpfte, wo man gegen hohe Zinsen einen Vorschuss bekommen oder auch nur gegen Gebühr seinen Lohnscheck einlösen konnte, wenn man kein Bankkonto besaß oder die Überprüfung vermeiden wollte, die ein Bankangestellter einem Scheck zweifelhafter Herkunft angedeihen lassen würde.

Als sie ihm gleich darauf nach drinnen folgte, gelangte sie in einen nur minimal ausgestatteten Laden: eine Theke hinten im Raum, hinter der eine junge Chinesin gerade einem hispanischen Arbeiter Geldscheine vorzählte. Nicht einmal ein billiger Plastikstuhl stand im Raum; niemand sollte sich hier länger aufhalten, und falls eine Schlange entstand, konnte man ja stehen.

Brenda beobachtete, wie der hispanische Arbeiter sich das Geld in die Hosentasche stopfte und den Laden verließ. Mit ihm zusammen verschwand die Atmosphäre von Heimlichkeit und ließ den Geruch von gebratenem Knoblauch und Geld zurück.

»Der Mann, der gerade hereingekommen ist«, sagte Brenda an der Theke. »Wo ist er hingegangen?«

Die Chinesin betrachtete Brenda mit einem Gesichtsausdruck, der so wenig zu lesen war wie ein Mah-Jongg-Stein. »Ist gerade zur Tür hinaus.« Sie schaute, als hätte sie nie gelernt zu lächeln. »Das haben Sie doch selbst gesehen, oder?«

»Den meinte ich nicht«, erwiderte Brenda. »Den anderen.«

»Gibt keinen anderen«, antwortete die Chinesin mit einer Andeutung von Geringschätzung. Ihre Augen sahen aus wie die Münzen, mit denen man die Augen der Toten bedeckt, um den Zugang zur Unterwelt zu bezahlen. »Nicht viel los.«

Brenda seufzte und holte ihren gefälschten FBI-Ausweis hervor, was eigentlich illegal war, solange sie sich in den Vereinigten Staaten aufhielt. Aber die Chinesin sollte sie für eine Bundespolizistin halten. Dennoch machte die Frau eine Bewegung mit der rechten Hand. Brenda packte sie am Arm und zog die Hand langsam nach oben. Zum Vorschein kam eine Neun-Millimeter-Glock mit Schalldämpfer.

Langsam und behutsam nahm Brenda ihr die Waffe aus der Hand, warf das Magazin aus, holte die Patronen heraus, zerlegte die Pistole und legte die Teile auf die Theke. Dann trat sie, den Blick fest auf die Frau gerichtet, hinter die Theke. Mit einem Kabelbinder, den sie aus einer Schachtel nahm, die in einem Fach der Theke stand, fesselte sie dem Miststück die Hände auf den Rücken.

»Setz dich da hin.« Sie deutete auf eine Ecke.

Mit einem wütenden Blick kauerte die Frau sich wie eine Katze zusammen und lehnte sich mit gekrümmtem Rückgrat an die Wand. Auf der anderen Seite der Theke drehte Brenda das »Geöffnet«-Schild an der Tür um, sodass nun die Aufschrift »Geschlossen« zur Straße zeigte. Dann schloss sie die Tür ab.

An der Wand hinter der Theke befand sich eine weitere Tür.

»Ist er dorthin gegangen?«

»Fall tot um«, spie die Frau aus.

Brenda lächelte sie an, warf ihr einen Luftkuss zu und verschwand lautlos wie eine Wolke durch die Tür.

Zu ihrer Verblüffung fand sie sich in einem Labyrinth wieder. Wie hätte sie auch ahnen können, dass hinter einem so kleinen Laden ein ganzes Dorf liegen würde? Schmale, nur schwach erhellte Korridore lockten sie immer weiter. Nachdem sie mehrere Minuten versucht hatte, einen Weg durch das Wirrwarr der Gänge zu finden, blieb sie stehen und lauschte mit schräg gelegtem Kopf. Das leise Tropfen von Wasser, der süßliche Geruch von Erde und Fäulnis, offene Müllsäcke und das leise, verstohlene Trippeln von Rattenpfoten.

Dann, so leise, dass sie es beinahe überhörte, das Knarren einer Holzdiele. Sie hielt den Atem an. Wieder knarzte es, dann noch zwei weitere Male. Sie drehte sich rechtzeitig herum, um das nächste Knarren zu erlauschen und sich davon führen zu lassen. Sie folgte dem Geräusch Korridor um Korridor. Keiner der Gänge führte weit, sondern sie verzweigten sich in eine Reihe rechtwinkliger T-Mündungen. Sie orientierte sich am Knarren der Bodendielen, bis sie mit angespannter Aufmerksamkeit die gedämpften Laute eines leisen Gesprächs vernahm. Gleich darauf gelangte sie zu einer Tür. Als sie sie aufstieß, hörte sie als Erstes das Klicken von Mah-Jongg-Steinen, die blitzschnell gesetzt wurden, dass man kaum mit den Augen folgen konnte. Niemand blickte auf, als sie hereinkam; alte Frauen mit alten Händen saßen um zwölf quadratische Tische, so vertieft in ihr Spiel, dass schon eine Handgranatenexplosion nötig gewesen wäre, um ihre unheimliche Konzentration zu stören. Die Luft war zum Schneiden, erfüllt von Körperwärme und Atemdunst.

Jenseits der Tischreihe, die am weitesten entfernt war, hing ein Perlenvorhang herab, hinter dem sich zwei schemenhafte Gestalten in leisem Gespräch bewegten. Brenda ging um die Spielerinnen herum und trat an den Vorhang heran. Die Holzperlen klickten leise im Luftzug, den ein Ventilator auf der anderen Seite erzeugte. Vorgebeugt versuchte sie, einen Teil des Gesprächs aufzuschnappen. Doch abgesehen davon, dass die Gesprächspartner zwei Männer waren, bekam sie nichts mit.

Andererseits spürte sie aber sehr wohl die Messerspitze im Rücken. Als sie den Kopf wandte, sah sie eine der Mah-Jongg-Spielerinnen, deren schwarzes Haar sich in einer Art Pyramidenfrisur über ihrer Stirn türmte.

»Da hinein«, befahl sie zunächst auf Mandarin und dann auf Kantonesisch.

Brenda sprach beide Sprachen, spielte aber die Dumme und rührte sich nicht. Das brachte ihr jedoch nichts weiter ein als einen schmerzhaften Stich mit der Messerspitze.

»Geh!«, sagte die alte Frau mit hartem Akzent auf Englisch. »Du geh! Jetzt!«

Brenda folgte der Anweisung. Sie trat durch den Perlenvorhang, den sie mit den Händen vor sich teilte. Nun befand sie sich in einem kleinen Raum, fensterlos so wie der Mah-Jongg-Saal und all die Korridore, durch die sie hierhergekommen war. Der Ventilator blies ihr die Gerüche von Reis, Bratfett und übermäßig vergorener Sojasoße entgegen, die zweifellos von einem Restaurant über ihnen stammten. Auf der anderen Seite des Raums saßen sich zwei Männer an einem Tisch gegenüber, der wohl einmal ein Kartentisch gewesen war. Der eine von ihnen war Donald Beacum, der andere ein sehniger Mann, dessen Körper nur aus Muskeln zu bestehen schien und dessen Kopf so rund und kahl war wie eine der Kugeln in dem Vorhang hinter ihr. Er hatte große dunkle Augen, deren brennender Blick sie zu durchbohren schien.

Er war kein Chinese und auch sonst kein Asiate. Kugelkopf hatte die dunkle Hautfarbe eines Wüstenbewohners. Er sah so aus, als hätte er vor Kurzem einen Vollbart abrasiert, was sinnvoll erschien, da er sich hier in Amerika befand, wo eine solche Haartracht in einem Gesicht wie dem seinen zwangsläufig Aufmerksamkeit erregt hätte. Und Brenda war vollkommen klar, dass Aufmerksamkeit das Letzte war, was dieser Mann sich wünschte.

»Sie sind der Bombenbauer«, sagte sie. Wennschon, dennschon, dachte sie. Beacum sah aus, als würde ihn gleich der Schlag treffen.

Kugelkopf blickte sie ausdruckslos an. »Dieser Drecksack hat mir alles über Sie und Ihren Chef verraten.« Seine Lippen bewegten sich auf der Suche nach dem dichten Bart, der nicht mehr da war. »Er sucht hier Asyl. Bei mir. Ein Tauschhandel, verstehen Sie. Informationen im Austausch für sein Leben.« Er zuckte mit den Schultern. »Besondere Zeiten verlangen besondere Maßnahmen. Ist das nicht eine amerikanische Redensart?«

»Sie werden nicht …«, begann Brenda.

»Doch, das mache ich«, erwiderte er. »Ich biete ihm eine Zuflucht.«

Beacum entspannte sich und warf ihr einen verächtlichen Blick zu. Kugelkopf beugte sich ein wenig vor. Seine beiden Hände befanden sich unter dem Tisch. In der einen hielt er eine Waffe, doch dessen war Brenda sich erst gewiss, als er Beacum zweimal in den Bauch geschossen hatte.

»Ein sicherer Hafen«, sagte Kugelkopf. »In gewisser Weise.«

Das Klicken der Mah-Jongg-Steine hinter dem Perlenvorhang setzte keinen Augenblick aus. Die alte Frau mit dem Messer war an ihren Platz zurückgekehrt. Sie gewinnt wahrscheinlich, dachte Brenda.

Beacum, dessen Stuhl von der Wucht der Kugel umgeworfen

worden war, lag in sitzender Haltung auf dem Rücken und verblutete rasch. Brenda hätte nichts tun können, um ihn zu retten, vorausgesetzt, sie hätte es gewollt, was durchaus fraglich war. Dieser Mann hatte schließlich den weißen Nissan und seine Fahrerin auf den Parkplatz des St. Agnes gelassen.

Kugelkopf drehte den Kopf zu ihr, als wäre er ein Geier oder eine Eule. Er lächelte sie auf die entwaffnendste, gutmütigste Weise an und fragte: »Nun, was kann ich für Sie tun, Brenda?«

Und dann kam die Pistole zum Vorschein.

14

»Das ist ein ganz schöner Prachtbau«, sagte Evan, und Peter Limas wandte ihr den Kopf zu.

»Wenn man Isobel Lowe heißt, kann man sich so ziemlich alles leisten«, erwiderte er leichthin.

An der Ecke California Street Northwest und Massachusetts Avenue, zwei Straßen vom Rock Creek Park entfernt, stiegen sie die Steintreppe zu einem großen, alten Wohngebäude aus cremeweißem Stein mit karamellfarbenen Stuckverzierungen hinauf. Es hätte die Botschaft eines bedeutenden ausländischen Staates sein können, war es aber nicht. Ein kleiner, mit achteckigen Steinplatten gepflasterter Vorhof wurde von zwei Steinurnen behütet, in denen je ein Stechpalmenstrauch wuchs, dessen rubinrote Beeren sich schön von den leuchtend grünen Blättern abhoben. Eine kniehohe immergrüne Hecke fasste den Bereich vor dem Gebäude ein.

Der Mann mit schwarzer, glänzender Haut, der im Vestibül zwischen der äußeren und der inneren Tür stand, sah so aus, als könnte er fünfzehn Runden mit Ruslan Chagayev durchhalten und den ehemaligen Weltmeister im Schwergewicht dann k. o. schlagen. Er nickte Limas zu und sagte: »Schön, Sie wiederzusehen, Sir.« Wenn er einen Hut getragen hätte, dachte Evan, hätte er sicher grüßend an die Krempe getippt.

»Ja, schön, Sie zu sehen, Mike«, antwortete Limas. »Das ist meine gute Freundin Louise Steadman.«

»Sehr erfreut, Sie kennenzulernen, Ms Steadman. Falls Sie etwas brauchen, geben Sie mir bitte Bescheid.«

»Danke, Mike«, gab Evan zurück. »Ich denke daran.«

Mike entblößte beim Lächeln große weiße Zähne und hielt beiden die Glastür mit dem Holzrahmen auf. »Hier entlang, bitte. Ich begleite Sie nach oben.«

»Ein eindrucksvoller Bursche«, sagte Evan, während sie mit Limas hinter Mike herging.

Limas lachte leise. »So mächtig zu sein, bringt auch Nachteile mit sich. Ein gewisses Maß an Sicherheitsvorkehrungen ist unerlässlich.«

Es war nach Einbruch der Dämmerung, und im Eingangsbereich, in den Fluren und in den Räumen, die sie einsehen konnten, gingen die Lampen an. »Sagen Sie mir, wie gut kennen Sie Isobel Lowe?«

»Entspannen Sie sich, Louise. Ich würde Brenda niemals betrügen. Für was für eine Art von Mann halten Sie mich?«

»Das kann ich nicht wissen.«

»Richtig.« Sein Lächeln war ebenso echt wie entwaffnend. »Zumindest jetzt noch nicht.«

»Aber hier befinden wir uns vermutlich bei Lowe zu Hause und nicht in ihrem Büro.«

»Etwa dreimal pro Woche schließt Roger sich einer kleinen, handverlesenen Gruppe zu mehreren Runden Poker an.«

Mike hatte sie durch das Vestibül geführt und dann eine geschwungene Treppe mit gedrechselten Balustern und glänzenden Eichenholzstufen hinauf in den ersten Stock, wo sich ein mit Pekannussholz getäfelter Flur nach links und rechts erstreckte.

Sie wandten sich nach links und passierten mehrere geschlossene Türen. Am Ende des Korridors lag eine Flügeltür aus glänzendem Mahagoni und mit Messingklopfern in der Form geschlossener Fäuste. Mike klopfte mit einem von ihnen dreimal an, schob dann die Tür nach innen auf, trat elegant zur Seite und stellte sich am Türrahmen außen auf.

Als Evan und Limas die Schwelle überschritten, wurden sie von einem Nebel blauen Zigarrenqualms empfangen. Limas schlüpfte aus dem Jackett, das sein Partner ihm geliehen hatte, und legte es sich über den linken Arm.

Sieben Männer und eine Frau saßen um einen mit grünem Stoff bespannten Tisch und pokerten. Nach allem, was Evan sehen konnte, spielten sie ganz normales Five Card Draw. Zwei Fenster, die auf die California Street hinausgingen, wie Evan mit ihrem untrüglichen Orientierungssinn erkannte, waren mit Rouleaus verhängt. Auf einem Sideboard aus starker Eiche war eine eindrucksvolle Batterie von Getränken aufgebaut. An der gegenüberliegenden Wand hing eine Schäferszene französischer Herkunft.

Die Frau blickte auf, als sie eintraten, lächelte, legte ihre Karten nieder, entschuldigte sich und stand auf, um die Neuankömmlinge zu begrüßen. Sie trug einen dunklen Power Suit von Armani, unter dem eine schiefergraue Bluse freizügig genug geknöpft war, um ihr eindrucksvolles Dekolleté zu zeigen. Um ihren Hals lag ein kunstvoll gearbeitetes, enges Goldband. Ein Smaragdring zierte den dritten Finger ihrer rechten Hand.

»Hallo, Pete«, sagte sie mit einer verführerisch rauen Stimme. Gleich darauf wandte sie sich Evan zu. »Und wer ist dieses Bild der Schönheit?« Sie streckte ihr die Hand hin. »Isobel Lowe. Willkommen bei mir daheim! Eine Freundin von Pete ist auch meine Freundin.«

»Louise Steadman.« Isobel Lowe hatte einen Händedruck wie ein Mann. »Und vielen Dank.«

»Keine Ursache.« Isobels Lächeln war entwaffnend herzlich. Doch in ihrem Blick lag auch etwas Stählernes, das Evan gelegentlich aufblitzen sah. »Sind Sie zum Zuschauen oder zum Spielen gekommen?«

Limas spähte über Isobels wohlgeformte Schulter hinweg auf den Tisch. »Gewinnt er?«

»Roger? Der gewinnt immer. Und immer zockt er dieselben armen Deppen ab.«

»Louise muss mit ihm sprechen«, sagte Limas.

Isobel machte ein kehliges Geräusch. »So gut solltest du Roger doch kennen, Pete. Wenn er meint, eine Glückssträhne zu haben, rührt er sich nicht vom Fleck, bis er entweder alle ausgenommen hat oder selbst ausgenommen worden ist. Aber ...« Sie betrachtete Evan. »Ms Steadman könnte meinen Platz hier am Tisch übernehmen. Dann sitzt sie Roger genau gegenüber. Vielleicht könnten Sie sich auf diese Weise kennenlernen. Nirgendwo lernt man einen Menschen besser einzuschätzen als am Kartentisch.« Sie zog die rechte Augenbraue hoch. »Das heißt natürlich, falls Sie sich aufs Pokern verstehen.« Sie zog die Augenbraue noch höher. »Ist es so, Ms Steadman? Sind Sie eine Spielerin?«

Evan hatte normalerweise keinen Spaß am Pokern, doch seit sie gesehen hatte, dass Limas sie zu einem Pokerspiel mit hohen Einsätzen geführt hatte, hatte sie sich einen Plan zurechtgelegt, um so schnell wie möglich und hoffentlich so effizient wie möglich an Limas' Partner heranzukommen. Sie musste morgen früh in den von Benjamin gecharterten Flieger steigen, der in Richtung Kaukasusgebirge abheben würde.

»Ist das eine Herausforderung, Ms Lowe?«

»Gewissermaßen. Und nennen Sie mich Isobel, das machen alle meine Freunde, Ms Steadman.«

»Louise«, sagte Evan. »Und ehrlich gesagt, Isobel, für eine Herausforderung bin ich immer zu haben.«

»Ich muss Sie aber warnen: Die hier ist schwierig. Ich habe hier nie jemanden gesehen, der besser spielt als Roger Hollis.«

»Je schwieriger, desto besser«, sagte Evan. Alle Augen waren auf sie gerichtet, als sie um den Tisch herumging. Sie setzte sich auf Isobels Stuhl und stellte sich ihren Mitspielern vor, wobei sie Roger Hollis direkt in die Augen sah. Hollis war ein rundlicher Mann mit einem Quadratschädel, der auf einem dicken, kurzen Hals saß. Er erwiderte Evans Blick mit einer Kühle, von der man hätte frösteln können. Seine eisblauen Augen und die lange, schmale Nase verstärkten die Wirkung noch.

»Jeder hat am Anfang fünfzigtausend«, sagte Isobel und setzte drei Stapel unterschiedlich gefärbter Spielmarken vor Evan. »Dies ist ein Gentleman-Spiel. Wir gehen davon aus, dass jeder Spieler seine Verluste begleichen kann. Keine Schuldscheine.«

Evan nickte.

»Das Ante beträgt tausend Dollar pro Spiel.« Hollis mischte die Karten, ohne den Blick von Evan zu wenden. »Erhöhungen sind unbegrenzt möglich.«

Limas trat einen Schritt vor. »Nein, Moment mal, Rog, wir spielen hier nicht Texas Hold'Em.«

Isobel legte ihm die Hand auf den Arm. »Roger gibt«, sagte sie. »Und Roger bestimmt die Regeln. Nur für dieses Spiel.« Die letzten Worte sagte sie mit Nachdruck und abschließend.

»Mehr als ein Spiel brauche ich nicht.« Hollis teilte die Karten aus.

»Keine Sorge, Louise«, sagte Peter. »Ich gleiche alle Verluste aus, die du erleidest.«

»Das ist sehr nett von dir, Peter, aber es ist gut möglich, dass ich deine Hilfe nicht brauchen werde«, erwiderte Evan, worauf Hollis lautlos kicherte.

Alle setzten ihr Ante und nahmen ihre fünf Karten auf. Das Spiel begann. Der Spieler zu Hollis' Linken setzte hundert, die nächsten drei gingen mit, erhöhten den Einsatz aber nicht. Evan ging stirnrunzelnd mit. Das lockte ein Raubtierlächeln auf Hollis' Lippen.

In der nächsten Runde – dem Kartentausch – mussten alle Spieler setzen. Weitere hundert von jedem Spieler einschließlich Evan, die drei Karten zog. Hollis zog eine Karte und setzte dreihundert. Die Hälfte der Spieler am Tisch stieg aus, und als Evan fünfhundert setzte, passten die verbliebenen beiden Spieler, sodass nur noch Evan und Hollis übrig blieben. Beim Anblick ihrer fünfhundert setzte Hollis fünftausend obendrauf. Der Pot enthielt nun 15.500 Dollar.

Evan setzte zehntausend; Hollis zwölftausend. Der Pot stand nun bei 37.500 Dollar.

»Na, schaffen Sie es, noch einmal zu überbieten, Ms Steadman?«, fragte Hollis mit ausdruckslosem Gesicht. »Oder ist das zu viel für Ihresgleichen?«

»Louise, ich stehe hinter dir«, sagte Limas.

»Nein, Petey.« Hollis machte sich nicht die Mühe, sich nach seinem Partner umzuschauen. »Das ist nur zwischen Ms Steadman und mir.«

Als Peter Einspruch erheben wollte, brachte Evan ihn zum Schweigen. »Er hat recht, Peter. Hier geht es nur noch um ihn und mich.«

Es entstand ein kurzes Schweigen; alle schienen den Atem anzuhalten, sogar Isobel, die schon oft gesehen hatte, wie ein Spiel zu einem hässlichen Streit ausartete. Doch das hier wirkte anders, die Feindseligkeit war größer und hatte etwas Gefährliches an sich.

»Nun, Ms Steadman, wie sieht Ihr Ende aus? Tod durch Aussteigen oder Niederlage durch die Karten?«

Evan, die so gewirkt hatte, als überlegte sie noch, setzte mehr Geld. »Ich bin dabei.«

»Zu schade«, sagte Hollis. »Ich erhöhe um zehntausend.«

55.500 Dollar.

»Ich gewinne.« Hollis beugte sich vor, die Hände ausgestreckt, um die Chips zu sich hinüberzuschaufeln. »Ich hoffe, Ihre Kasse reicht aus, Ms Steadman.«

»Einen Moment.« Evan wühlte in ihrer Tasche. »Das hier habe ich ganz vergessen.« Sie brachte Anna Altas Anhänger zum Vorschein und legte ihn auf den Stapel von Spielmarken.

Das Rabenpaar schien alle anzustarren. Isobel machte eine Geste mit der Hand. Wäre sie eine Zauberin mit einem Zauberstab gewesen, hätte sie die Leute nicht schneller zum Verschwinden bringen können.

15

»Entspannen Sie sich«, sagte Kugelkopf. »Ich werde Sie nicht erschießen.« Zum Beweis, dass das zumindest vorläufig stimmte, legte er seine Pistole – eine Walther PPQ – mit der Mündung zur Wand auf den Tisch. Er machte eine auffordernde Geste. »Jetzt Sie.«

Brenda zögerte, nahm dann aber ihre Glock aus dem Holster und legte sie der Walther gegenüber hin.

»Gut.« Kugelkopf stieß einen schrillen, lang gezogenen Pfiff aus, und drei Frauen traten durch den Perlenvorhang. Die eine trug einen mit einer übel riechenden Flüssigkeit gefüllten Zinkeimer und eine Scheuerbürste. Die beiden anderen Frauen schleppten Beacums Leiche wortlos weg, während die dritte sich hinkniete und das Blut so schnell und methodisch aufwischte, dass Brenda keinen Zweifel hegte, dass sie das schon viele Male zuvor getan hatte.

»Machen Sie es sich bequem.« Kugelkopf deutete auf einen Stuhl, der an der linken Wand stand.

Brenda zog den Stuhl mit dem Fuß zum Tisch. Sie setzte sich Kugelkopf gegenüber, wobei sie sorgfältig darauf achtete, Abstand zu der knienden Frau und ihrer eifrig kreisenden Scheuerbürste zu halten.

»Sprechen Sie zufällig Paschtu?«, fragte Kugelkopf. »Oder Arabisch?«

Brenda schüttelte den Kopf.

»Schade, sonst hätten wir sofort mit unserem Gespräch beginnen können.« Er zuckte mit den Schultern. »Na ja, ich bin ein geduldiger Mensch.«

Wie viele Bomben mochte dieser Mann gebaut haben, fragte sich Brenda, die einen großen Zorn in sich spürte.

Er schüttelte eine Zigarette aus einem Päckchen und bot sie ihr an. Als sie ablehnte, zuckte er erneut mit den Schultern, steckte sich die Zigarette zwischen die Lippen und zündete sie an. Er inhalierte kräftig und blies den Qualm zur Decke hinauf. Doch die Rotoren des Ventilators verteilten ihn nur zusammen mit dem scharfen Dunst von Ammoniak und Chlorreiniger in dem kleinen Raum.

Sie saßen da und blickten sich durch die Rauchschwaden hindurch an. »Nun, Brenda«, sagte er nach einer Weile.

»Ich kenne Ihren Namen nicht.«

Er beäugte sie durch den Rauchschleier. »Belassen wir es vorläufig dabei.«

Sie waren jetzt allein, nachdem die dritte Frau den Eimer mit rosa Putzwasser und die rosa Scheuerbürste genommen hatte und hinter dem Perlenvorhang verschwunden war.

Er drückte seine Zigarette in einem schwarzen Kunststoffaschenbecher aus, auf dem ein goldener Drache prangte, musterte sie prüfend und sagte im Plauderton: »Sie sehen aus wie der wandelnde Tod.«

Brenda musste sich beherrschen, um sich nicht auf ihn zu stürzen und ihm mit den Händen die Gurgel zuzudrücken.

Gleich darauf fuhr er fort: »Ich habe schon eine ganze Weile nicht mehr in einen Spiegel geschaut, aber ich könnte mir vorstellen, dass wir beide mitgenommen aussehen.« Er schüttelte eine weitere Zigarette aus der Schachtel, überlegte es sich aber anscheinend noch einmal und schob sie zurück.

»Sie haben Beacum ermordet«, sagte Brenda. »Warum sollten Sie mich nicht ebenfalls ermorden?«

»Beacum war für mich nichts mehr wert – in jeder nur denkbaren Hinsicht. Ihre Leute haben ihn festgesetzt und der Folter unterzogen, bis er wie eine Nussschale zerbrochen ist. Wie hätte ich ihm da noch vertrauen können? Würden Sie das tun?«

Brenda öffnete den Mund zu einer Antwort, schloss ihn aber wieder. Sie wollte sich nicht mit diesem Unmenschen abgeben, als wären sie Freunde, die bei einer Tasse Kaffee und einem Croissant plaudern.

»Natürlich nicht«, antwortete er an ihrer Stelle.

»Also, was wollen Sie?« Er starrte sie immer noch an. Hatte er geblinzelt? Sie rutschte nervös auf dem Stuhl zurück. »Oh, ich verstehe.«

»Oh nein.« Er schüttelte den Kopf. »Sie haben mich missverstanden. Meine intime Gesellschaft suche ich mir ... anderswo.« Wenn er lächelte, sah man seine nikotingelben, spitzen Zähne. »Nein, Brenda. Aber in einem haben Sie recht: Ich will wirklich etwas von Ihnen.«

Sie stieß ein bellendes Lachen aus. »Das soll wohl ein Scherz sein.«

»Es ist mir vollkommen ernst damit.«

Sie verschränkte die Arme vor der Brust. »Bitte.«

»Sie haben doch noch gar nicht gehört, worum es geht.«

»Das spielt keine Rolle. Kein Interesse.«

»Oder.« Er griff nach der Walther. »Ich könnte Sie erschießen.«

Brenda drehte die Glock so auf dem Tisch herum, dass die

Mündung auf ihn gerichtet war. »Nicht, wenn ich Sie zuerst erschieße.«

»Jetzt sehen Sie, wie abwegig diese Situation ist. Wie absurd.«

Bedauerlicherweise hatte er recht. »Wie eine Szene aus einem Tarantino-Film.«

»Ich weiß nicht, worauf Sie anspielen.«

»Egal. Ich wollte damit einfach nur sagen, dass Sie recht haben. Wenn wir nach den Waffen greifen, werden wir uns wahrscheinlich gegenseitig erschießen.«

»Wollen Sie das, Brenda?«

»Natürlich nicht.«

»Dann hören Sie mir zu.«

»Sie hätten mich um ein Haar getötet.«

»Ich?« Er legte den Kopf schief und hielt seine hässlichen Zähne verborgen. »Ach so, nein. Die Bombe, die Sie verletzt hat, habe ich nicht gebaut.«

Brenda schüttelte den Kopf. »Das glaube ich Ihnen nicht.«

»Ich weiß nicht einmal, wer dahintersteckt.«

»Wie schon gesagt.«

»Ich weiß allerdings, wer sie gelegt hat.« Er hob den Zeigefinger. »Sie ist tot. Aber ich kann Ihnen ihren richtigen Namen nennen.«

Brenda erwiderte nichts.

»Werden Sie mir zuhören?«

»Ich wüsste nicht, warum …«

»Ich heiße Charles.«

Ihr Gesicht zeigte, wie gleichgültig ihr das war. »Vermutlich ein Deckname.«

»Mein ganzer Name …« Sein Lächeln erinnerte an einen Hai: Es war so breit, dass man alle Zähne sah, und mehr als nur ein wenig bedrohlich. » … ist Charles Isaacs.«

Brenda fuhr zusammen, als hätte er sie mit einem Elektroschocker getroffen. Sie löste die verschränkten Arme und legte die Hände auf den Tisch, aber nicht in die Nähe der Glock. »Sie stehen auf der Liste.«

»Auf welcher Liste?«

»Der Todesliste von Nemesis. Drei unserer Agenten sind tot. Zwei Männer des MI6 werden vermisst. Alle haben versucht, an Informationen über Nemesis zu gelangen. Und dann sind da noch Sie.« Sie zog die Augenbrauen zusammen. »Zu welcher Truppe gehören Sie?«

»Interpol«, antwortete Charles Isaacs. »Ich arbeite von München aus. Normalerweise.« Er drehte die Zigarettenschachtel im Kreis. »Aber an dieser Situation ist nichts normal. Ich folge den Spuren von Antisemitismus. Juden sind ins Fadenkreuz der Russen und einer unbekannten Gruppe namens Nemesis geraten.«

»Was wissen Sie über Nemesis?«

»Ich hatte gehofft, Sie könnten mir etwas sagen.«

»Himmel! Wie kommt es, dass Beacum Sie hier aufgesucht hat?«

Charles schnaubte. »Beacum. Tja, ich war der Meinung, ich hätte ihn gekauft.«

»Da haben Sie sich geirrt.«

»Es hat den Anschein.«

»Mit katastrophalem Resultat«, fuhr sie fort.

Charles nahm diesen heftigen Hieb mit bewundernswerter Gleichmut hin. »Beacum hat für beide Seiten gearbeitet. Er war wesentlich gerissener – und betrügerischer –, als unsere vorherigen Recherchen über ihn vermuten ließen.« Er legte die Hände zusammen. »Also. Ich brauche Ihre Hilfe.«

»Ich habe bereits einen Job.«

»Sie sehen die Waffe hier.« Er klopfte auf die Walther. »Ich brauche sie zu meinem Schutz. Das hier ist kein Spiel. Wir beide sind Angehörige der Schattenwelt und kämpfen für Wahrheit, Gerechtigkeit ...«

»Und die Methoden der Interpol?«

Diesmal erinnerte sein Lächeln weniger an einen Hai; Brenda konnte sogar eine Spur Traurigkeit darin entdecken. »Ich rechne damit, dass wir beide uns gegenseitig helfen können, Brenda.«

»Ich höre zu.«

»Ja. Das glaube ich. Endlich. Die junge Bombenlegerin, die Frau, die den Nissan auf den Parkplatz des St. Agnes gelenkt hat – sie hieß Marina Mevedeva. In Sankt Petersburg geboren und aufgewachsen. Sie wurde als kanadische Bürgerin namens Anna Alta getarnt. Sie wurde gezwungen, in die Dienste ...«

» ... des SVR zu treten.«

»Aber nein«, entgegnete Charles. »Schlimmer. Viel schlimmer.«

»Was könnte schlimmer sein als der SVR?«

»Sie war eine Agentin von Nemesis.« Nun entschloss er sich, doch wieder zu rauchen, schüttelte eine weitere Zigarette aus der Schachtel, steckte sie sich zwischen die Lippen und zündete sie an. Wenigstens verdrängte der Rauch den Ammoniakgestank, der bei Brenda Kopfschmerzen auslöste.

»Was war das Ziel ihrer Mission?«

»Wir glauben, dass es darum ging, Evan Ryder zu töten.« Charles legte die Hand auf die Walther und steckte sie ein. »Sie, Brenda, waren nur der Kollateralschaden.«

»Woher wissen Sie das mit Evan.«

»Kommen Sie schon, Brenda, denken Sie nach.«

Das tat sie, ein wenig betreten. »Dann muss ich Sie jetzt erneut fragen, was Sie von mir wollen.«

»Ich brauche Ihre Hilfe, um den Bombenbauer zu finden.«

»War das Ihr Ziel, als Sie herkamen?«

»Es ist jetzt mein Ziel«, antwortete Charles. »Bei einem Einsatz ändern sich die Ziele und passen sich der Lage an, die sich immer verändert.«

»Also«, begann Charles erneut. »Ich muss hier in der Hauptstadt vorsichtig sein – und auch sonst überall, insbesondere jetzt, da ich wieder mal auf einer neuen Todesliste gelandet bin.« Er entblößte seine Zähne zu einem Totenkopflächeln. »Sie haben in Washington Kontakte, über die ich nicht verfüge. Außerdem haben Sie die Zugangsberechtigungen einer Bundesbeamtin.« Er hob hilflos die Hände. »Ich dagegen bin hier ein Ausländer im Ausland. Ich bitte Sie, mein Vergil zu sein.«

Brendas Gehirn arbeitete auf Hochtouren, und sie bezog alles in ihre Überlegungen mit ein, was sie bisher gehört hatte. In was für ein tödliches Spinnennetz war sie geraten? »Sie wollen also den Bombenbauer finden, weil er nach Marina Mevedevas Tod die nächste Spur ist, die Sie zu Nemesis führt, oder?«

»Ja. Der Bombenbauer wird uns zu seinem Führungsoffizier führen.«

»Wenn wir richtig mit ihm umgehen.« Brenda runzelte die Stirn. »Eines muss ich Ihnen von Anfang an klarmachen. Was Sie mit Beacum gemacht haben, billige ich nicht.«

»Wir haben alle zu seinem Tod beigetragen.«

»Nein. Das waren Sie. Sie ganz allein.«

Charles nahm einen tiefen Zug und stieß den Rauch in einem doppelten Strom durch die Nasenlöcher aus. Er klopfte die Asche von der Spitze der Zigarette. Sie war bereits halb aufgeraucht. »Wollen Sie etwa behaupten, Sie und Benjamin Butler und wer auch immer sonst noch an seinem Verhör beteiligt war, hätten ihn nicht benutzt?«

»Natürlich haben wir ihn benutzt, aber das war etwas anderes.«

»Natürlich war es etwas anderes«, erwiderte er sarkastisch. »Sie haben ihn gebrochen.«

»Das hier war falsch. Einfach schlicht und ergreifend falsch.«

»Dann spielen Sie wohl noch im Sandkasten, Brenda.« Charles schob ihre Glock zu ihr hinüber. »Sie müssen erwachsen werden. Je schneller, desto besser.« Er stieß eine Lunge voll Rauch aus. »Und niemand ist besser geeignet, Sie das zu lehren, als ich.«

»Ich habe bereits einen Mentor, vielen Dank.«

Charles schnaubte. »Sie sind eigensinnig. Das gefällt mir. Sie kippen nicht leicht um.«

»Nennen Sie es, wie Sie wollen. Ich bin loyal.«

»Loyalität weiß ich sogar noch mehr zu schätzen. Hören Sie, Brenda, meine Bitte bezieht sich auf einen überschaubaren Zeitraum. Und besser noch, sie passt zu Ihrer übergeordneten Mission, Amerika von russischen Agenten zu befreien.«

Brenda schwieg eine Weile gedankenverloren. Einer ihrer Zusatzaufträge lautete, herauszufinden, wer Charles Isaacs war und was ihm zugestoßen war. Da sie nun Bescheid wusste, wer er war und was er von ihr wollte, tendierte sie dazu, seiner Bitte nachzugeben. Das Für und Wider abzuwägen, war hier nutzlos, da es zu viele Unbekannte gab. Und so würde es bleiben, wenn sie nicht den nächsten Schritt tat. Hatte Butler ihr nicht genau das beigebracht? Immer vorwärtsgehen, gelegentlich auch einmal zur Seite, aber niemals zurück. Sie stand kurz davor, zu kapitulieren und den Schritt ins Spinnennetz zu wagen. Die Frage war nur, wer war die Spinne? Nemesis oder Charles Isaacs?

»Warum stehen Sie auf der Todesliste von Nemesis?«, fragte sie.

»Keine Ahnung«, antwortete Charles. »Es ist nicht ungewöhnlich für einen Geheimagenten, auf der ein oder anderen Todesliste zu landen. Wenn wir die alle ernst nähmen, würden wir morgens nicht mehr aus dem Bett aufstehen. Das wäre die vollständige Lähmung.«

»Okay, das verstehe ich, aber …«

»Aber … Sie wissen also noch immer nicht, was Sie denken sollen«, unterbrach er ihre innere Debatte. »Das verstehe ich. Soll ich diesem Mann vertrauen, oder glaube ich eher, dass er mich austrickst. Habe ich recht?«

Sie nickte. »So ungefähr.«

»Okay. Wenigstens machen wir jetzt Fortschritte.« Er drückte seine Zigarette aus und legte den Stummel neben den ersten. »Dann werde ich Ihnen jetzt einen Beweis dafür liefern, dass ich Ihnen gegenüber nur hehre Absichten hege.«

»Wie um Himmels willen wollen Sie das …?«

»Ihr Freund«, sagte Charles. »Wie heißt er noch?« Er schnippte mit den Fingern. »Ah ja, Peter Limas. Nun, Ihr Freund ist ein russischer Agent.«

Brenda sprang beinahe vom Stuhl auf. »Was?«

»Ein Schläfer. Ein von langer Hand platzierter Agent.«

»Das ist doch verrückt. Peter ist auf gar keinen Fall … ich meine, er besitzt ein eigenes Unternehmen und hat in Cambridge studiert.«

»Seit den Zeiten von Burgess, Philby, Maclean und dem Rest der Cambridge Five ist das eine Brutstätte des Kommunismus.«

»Das ist doch schon ewig her.«

»Nicht für Cambridge, dort werden Jahrhunderte als Jahre gezählt.«

»Das ist totaler Quatsch.« Jetzt war Brenda wirklich sauer.

Charles seufzte. »Ich wünschte, Sie hätten recht.«

Er brachte ein Foto zum Vorschein, klein, leicht verschwommen und mit einem Schatten in der Ecke: die eher schlechte Weitwinkelaufnahme einer Überwachungskamera. Dennoch waren die beiden darauf abgelichteten Männer für sie erkennbar. Der eine war mit Gewissheit Peter. Der andere war jemand, dem sie zum Glück noch nie persönlich begegnet war, dessen Gesicht sie aber fast ebenso gut kannte wie das ihres Freundes: Anton Recidivich Gorgonov. Peter und der Chef des SVR waren ins Gespräch vertieft, so viel war unverkennbar. Alles, was daraus folgte, ergab für sie nicht den geringsten Sinn. Der Boden wankte unter ihren Füßen.

Charles steckte das schreckliche Foto wieder ein. »Hören Sie mir zu, Brenda. Peter Limas ist ein russischer Spion.«

Brenda war seelisch nicht mehr anwesend. Sie fühlte sich wie ein Automat. Ihr Puls raste, als wäre sie gerade eine Meile gesprintet. Hinter ihren Augen hämmerte es. Die Luft im Raum kam ihr noch stickiger vor als zuvor, und sie fühlte sich, als wäre sie in die Welt hinter Alice' Spiegel versetzt worden und befände sich in einer alternativen Dimension, die von der Roten Königin Anton Gorgonov regiert wurde.

Peter. Der Mann, der sie so zärtlich geküsst hatte, den sie geritten hatte und der in ihrem Körper gekommen war, war ein russischer Agent, ein Schläfer.

Sie würgte und wandte sich gerade noch rechtzeitig ab, um den Inhalt ihres Magens und den Rest ihres Glaubens an die Menschheit auf den frisch gewischten Boden zu erbrechen.

16

Der Raum hatte sich geleert. Nach einem Moment erschrockener Stille hatten sechs Männer ihre Stühle zurückgeschoben, ihre Jacketts übergeworfen und ohne ein Wort oder einen Blick zurück das Haus verlassen. Die überstürzte Flucht erinnerte an eine aufgeschreckte Herde. Nur Isobel, Limas, Hollis und Evan blieben zurück. Isobel löste sich aus ihrer Erstarrung, ging zur Tür und machte sie zu. Sie schloss ab und gab Limas einen Wink, der daraufhin zum Sideboard trat, drei Fingerbreit Whiskey in ein Old-Fashioned-Glas gab und es vor Roger Hollis hinstellte.

»Trink«, sagte sie. Und als er nicht reagierte: »Jetzt!« In schärferem Tonfall.

Erst als er ihrer Aufforderung gehorcht und den Drink in zwei angespannten Zügen heruntergekippt hatte, setzte sie sich zwischen Evan und Hollis an den Tisch. Limas blieb mit dem Rücken zum Sideboard stehen. Erst jetzt fiel Evan auf, dass er durch das Ausziehen des Jacketts, das über seinem Arm hing, den Rabenanstecker vor Blicken versteckt hatte.

»Eins nach dem anderen«, sagte Isobel in einem Tonfall, der keinen Widerspruch duldete. »Zeigt eure Karten!«

Hollis und Evan drehten ihre Karten gleichzeitig um. Hollis hatte zwei Paare: Könige und Zehnen. Evan hatte drei Damen.

»Louise gewinnt«, sagte Isobel.

Dann hob sie den Anhänger so vorsichtig hoch, als wäre er radioaktiv. Ihr Blick ruhte schwer auf Evan. »Und nun, da das Spiel vorbei ist, Louise, wenn ich fragen darf, wo haben Sie das her?«

Evan, die mehr Zeit wollte, um die hochgekochten Emotionen unter Kontrolle zu bringen, erwiderte nichts.

Isobel drehte und wendete die Raben zwischen den Fingern. »Es gehört Ihnen nicht.« Es war eine Feststellung, keine Frage.

»Richtig«, antwortete Evan.

»Und wem dann ...?«

Mit erhobener Hand kam Isobel Hollis' Ausbruch zuvor.

»Ich muss Ihre Geschichte hören«, sagte Isobel zu Evan. »Hier. Und jetzt.«

Evan warf erst Isobel und dann Hollis einen Blick zu. »Sonst?«

Isobel saß einen Moment lang reglos da. Dann: »Pete, vielleicht solltest du uns jetzt allein lassen.«

»Er bleibt.«

Isobel kannte Evans Tonfall von sich selbst. Sie nickte. »Wie Sie wünschen.«

Evan richtete ihren Blick auf Hollis. »Wissen Sie, wie man eine Gruppe von Raben nennt?«, fragte sie.

Hollis sah sie ausdruckslos an. »Das kann ich nicht behaupten.«

»A conspiracy of ravens«, antwortete Evan. »Eine Verschwörung von Raben.«

Hollis' Lächeln war eisig. »Unnützes Wissen.«

»Ich würde behaupten, dass es durchaus nützlich ist«, entgegnete Evan. »In diesem Fall.«

Evan war auf Hollis konzentriert, doch am Rande ihres Blickfelds war sie sich Isobels stets bewusst. Es war klar, wer hier etwas zu sagen hatte. »Und gehören Sie ebenfalls zu dieser Verschwörung von Raben?«

»Ich glaube nicht, dass Sie das etwas angeht«, antwortete Hollis in einem Ton, bei dem man eine Gänsehaut kriegen konnte.

Evan nahm den Silberanhänger aus Isobels Hand. »Die Person, der das hier gehörte, ist tot.«

»Herzliches Beileid«, antwortete Hollis trocken.

»Ich habe sie nicht gekannt.«

»Worum geht es Ihnen dann?«

»Ich möchte gern wissen, ob Sie sie kannten.«

»Ich?« Hollis stieß ein Lachen aus. »Warum um alles in der Welt ...«

»Ich möchte so viel wie möglich über die Gruppe herausfinden, zu der sie gehörte.«

Hollis zuckte mit den Schultern. »Dann fragen Sie leider den Falschen.«

Evan versuchte, Hollis zu einem Wutausbruch zu provozieren, der vielleicht etwas enthüllen würde. Aber Hollis fiel nicht darauf herein. »Und wie ist der Anhänger dieser toten Person in Ihren Besitz gelangt?«, fragte er beinahe beiläufig.

»Wie hat die Frau, der ich ihn abgenommen habe, ihn bekommen?«

Hollis legte den Kopf schief. »Warum beantworten Sie eine Frage mit einer anderen Frage?«

Evan riss sich zusammen. Sie hatte diese Situation zugelassen, hatte sie sogar forciert. Irgendwo tief in ihrem Inneren hörte sie den Ruf zweier Raben – krächzten sie einander etwas zu oder ihr? Es gab keine andere Möglichkeit, als energisch weiterzumachen. »Ich warte auf eine Antwort.«

Hollis lächelte schmallippig. »Ich bin nicht besonders mitteilsam.«

»Natürlich nicht. Dafür sind Sie viel zu introvertiert.«

Hollis zog die Augenbrauen zusammen. »Ich mag es nicht,

wenn jemand mich auf die Couch legt.« Nun klang seine Stimme wieder scharf, und das gefiel Evan.

»Und ich mag es nicht, wenn man mich anlügt.«

Hollis wollte aufstehen. »Ich habe genug.«

»Noch lange nicht«, widersprach Evan. Sie hatte Hollis dazu gebracht, sich ein wenig zu öffnen; es wäre sinnlos, ihr Glück noch weiter zu strapazieren. »Sie hieß Anna Alta. Zumindest stand dieser Name in dem Reisepass, den sie bei sich trug.«

»Warum halten Sie das nicht für ihren richtigen Namen?« Hollis wirkte erleichtert, nicht mehr selbst Thema zu sein.

»Dazu komme ich noch.«

Hollis sah Evan scharf an. »Bitte. Spannen Sie mich nicht auf die Folter.«

»Der Reisepass war gefälscht.«

»Woher wollen Sie das wissen?«

»Ich habe Erfahrung mit den russischen Fälschungstechniken auf diesem Gebiet. Ich kenne die Indizien.«

»Also diese Anna Alta ...« Hollis lehnte sich auf dem Stuhl zurück, die Arme vor der Brust verschränkt. »Behaupten Sie etwa, sie sei eine Russin gewesen? Woher wollen Sie das wissen? Sie könnte jede Staatsangehörigkeit gehabt haben.«

»Ich habe ihr in den Mund geschaut«, antwortete Evan. »Die Zahnfüllungen waren eindeutig russisch.«

»In Ordnung. Sie war also Russin. Ja und?«

Diese Antwort war schon an sich interessant für Evan. Jeder echte Zivilist hätte gesagt: »Was zum Teufel schauen Sie ihr in den Mund?«, oder etwas in der Art. Hollis hatte mit keiner Wimper gezuckt. Das bestätigte ihr ursprüngliches Gefühl, dass Hollis weit mehr war, als er zu erkennen gab. Seine Antwort erhellte auch noch zwei weitere Punkte: Erstens wusste Hollis, wer Anna Alta war, und zweitens hatte der Hinweis auf Russland ihn überrascht. Hatte er sie vielleicht als ein Mitglied von Nemesis kennengelernt?

»Wurde Nemesis vom russischen SVR gegründet?«, fragte Evan, ein Schuss ins Blaue.

»Woher zum Teufel soll ich das wissen?«, fuhr Hollis sie an. »Was ist Nemesis?«

Evan ließ den Anhänger an seiner Kette baumeln. »Ich war mir sicher, dass Sie mir das sagen könnten, da Sie ja zur Verschwörung der Raben zu gehören scheinen.« Sie gab Peter einen Wink, Hollis' Jackett so hinzulegen, dass der Rabenanstecker zu sehen war, und wandte sich dann an Hollis. »Wie erklären Sie das?«

Hollis breitete entnervt die Hände aus. »Ich habe die Anstecknadel im Schaufenster eines Juweliers gesehen. Sie gefiel mir. Ich habe sie gekauft. Das ist die ganze Geschichte.«

Evan musste ihm zugestehen, dass er unter Druck ruhig blieb. Er konnte improvisieren. Aber dennoch: »Sie erwarten wohl nicht, dass ich Ihnen das glaube.«

»Ehrlich gesagt, ist es mir scheißegal, was Sie mir glauben. Ich weiß nicht, wer Sie sind und warum Peter so unvernünftig war, Sie herzubringen.« Er warf Limas einen aufgebrachten Blick zu. »Peter, wer ist diese Frau?«

Limas schluckte. »Die Freundin einer Freundin. Mehr weiß ich nicht.«

»Also, das ist nicht genug. Absolut nicht.«

Hollis wollte erneut aufstehen, also sagte Evan: »Setzen Sie sich hin und hören Sie mir zu.«

Er starrte Evan wütend an.

»Vielleicht erfahren Sie ja sogar etwas Neues.«

Er zögerte ausreichend lang, um den Anschein zu erwecken, dass er sich nicht fügte, sondern sitzen blieb, weil er ohnehin sitzen wollte und aus keinem anderen Grund.

Auch das bewunderte Evan. Für wen auch immer er arbeitete, die Leute hatten ihn sorgfältig ausgewählt. Evan fingerte an den Raben herum, als wollte sie deren Weisheit anzapfen. »Heute Nachmittag hat die russische Agentin, der wir vorläufig den Namen Anna Alta geben, eine Bombe in einen weißen Nissan geladen und den Wagen unter Mitwisserschaft des diensthabenden Wächters durch das Tor eines Geländes mit Zugangsbeschränkung gelenkt. In der Folge ist die Bombe explodiert, während ich im Nachbarfahrzeug saß. Ich war dort gemeinsam mit Brenda Myers.« Sie richtete den Blick auf Hollis. »So bin ich auf Peter gestoßen. Und deshalb hat er mich zu Ihnen gebracht, als ich ihn darum gebeten habe.«

Sie durchbohrte Hollis mit ihrem Blick. »Zum Glück war mein Fahrzeug gepanzert. Wie Sie sehen, habe ich den Anschlag überlebt. Und Brenda ebenso. Einige Stunden später bin ich zum Tatort zurückgekehrt und habe Anna Alta gefunden. Sie hatte sich versteckt. Sie wollte meine Fragen nicht beantworten und ist stattdessen geflohen.«

»Sie sind also eine Bundesbeamtin. Und Sie haben sie getötet.« Hollis spie dies voll giftiger Feindseligkeit heraus. »So sind Sie an den verdammten Anhänger gelangt.«

»Sie sind aufgebracht und wütend«, sagte Evan. »Sie haben sie also gekannt?«

Hollis zog eine Grimasse. »Ja. In Ordnung. Sie hat zu Nemesis gehört.«

Isobels Blick heftete sich auf ihn. »Roger, das hast du mir nie erzählt.«

»Du wusstest davon?« Peter stürzte sich auf seinen Partner, und Evan musste die beiden trennen. Während Evan sich bemühte, Peter zu beruhigen, drückte Isobel einen Schalter unter dem Tisch. Sofort öffnete Mike die Tür und schaute herein.

»Bitte begleite Mr Limas nach draußen.«

Mike wollte gerade die Hand nach Peter ausstrecken, da sagte Evan: »Moment noch, Mike, seien Sie so gut.« Sie wandte sich Limas zu. »Peter, es ist ja nicht gesagt, dass Hollis hinter dem Anschlag steckt. Hören wir zuerst, was die beiden zu sagen haben. Was meinen Sie?« Mit einem harten Blick brachte sie Limas dazu, über ihren Vorschlag nachzudenken. Der verharrte reglos, und seine geballte Faust öffnete sich langsam.

Danke, sagte sie lautlos und wandte sich dann wieder Isobel zu. »Ich bürge für Peter. Er verspricht, sich zu beruhigen; lassen Sie ihn bleiben.«

Isobel nickte seufzend – die Geste war nicht an Evan, sondern an Mike gerichtet. Er drehte sich sofort um und ging.

Als die Tür sich hinter ihm schloss, steckte Evan den Anhänger wieder ein. Sie beugte sich vor, die Hände flach auf den Tisch gelegt. Sie blickte von Hollis zu Isobel und wieder zurück. »Haben Sie etwas zu sagen, Roger?«

Isobel schaute noch immer finster. Hollis' Gesicht gab so viel preis wie ein fensterloses Gebäude.

»Was ist das für eine Verschwörung von Raben? Wo haben Sie sich hineinziehen lassen?«

Statt zu antworten, zog Hollis eine Pistole. Sie war klein, eine leicht zu verbergende Waffe vom Kaliber .22. Eine große Mannstoppwirkung hatte die nicht, aber auf diese kurze Entfernung spielte das keine Rolle. Eine Kugel des Kalibers .22 konnte Evan ebenso gut töten wie eine des Kalibers .45.

17

»Das wollen Sie nicht wirklich, Sir«, sagte Mike finster. Isobel hatte ihm ein Zeichen gegeben, und er war lautlos wie eine Katze in den Raum zurückgekehrt.

Hollis richtete seine Wut gegen ihn. »Sag mir nicht, was ich will, du Neger.«

Mikes Einmischung und Hollis' schockierende Antwort verschafften Evan den kleinen, zusätzlichen Moment, den sie brauchte. Sie kippte den Kartentisch mit solcher Kraft um, dass die gegenüberliegende Kante Hollis traf und rückwärts zu Boden schleuderte. Mit einem Satz auf den schräg liegenden Tisch rutschte Evan zu Hollis hinunter, der halb unter einem Stuhl begraben lag. Die .22 war weggerutscht und hatte sich unter dem Sideboard verklemmt.

»Zum Teufel!«, brüllte Hollis.

»Sagen Sie mir, was ich wissen will«, schrie Evan.

»Wozu bist du eigentlich da?«, schnauzte Hollis Mike an. »Du bist ein Sicherheitsmann, Herrgott noch mal. Mach deine verdammte Arbeit.«

Isobel schüttelte leicht den Kopf, und Mike schritt nicht ein, weder zugunsten des einen noch der anderen.

Hollis wand sich unter Evans Griff. »Herrgott! Wer zum Teufel sind Sie?«

Limas antwortete statt ihrer. »Nein, ich will wissen, wer zum Teufel du bist.«

Evan schüttelte Hollis, bis seine Zähne klapperten. »Erzählen Sie mir von den Raben. Jetzt.«

Evan sah, wie Hollis' Hand sich bewegte. Zwischen seinen Fingerspitzen tauchte ein kleines Messer auf, und er warf es so schnell nach ihr, dass sie nur teilweise ausweichen konnte. Die Klinge verfehlte ihr Auge um Zentimeter und durchbohrte die rechte Wange. Peter mischte sich ein und schlug seinem Partner die Faust in den Mund.

»Du Arschloch!« Hollis' Stimme war heiser und halb erstickt. Sein Gesicht verzog sich zu einer harten, hässlichen Grimasse.

Mike, der das Geschehen mit einem einzigen Blick erfasste, richtete seine Beretta auf Peters Rücken. In hockender Stellung drehte Evan sich auf dem Absatz herum, riss Hollis' Jackett vom Boden hoch, wo es beim Umfallen des Tischs gelandet war, und schleuderte es so in die Luft, dass es sich wie ein Cape oder Fledermausflügel vor dem Gesicht des Wächters entfaltete. Während Mike es abwehrte, sprang Evan zum Sideboard, griff sich eine Ginflasche und schlug sie Mike gegen die Schläfe. Das Glas zerbrach, und der Alkohol spritzte ihm in die Augen. Mike schlug blindlings um sich und schleuderte Peter mit der Schulter voran gegen die Wand.

Hollis war unter dem Stuhl hervorgekrabbelt, warf sich jetzt auf Evan und versetzte ihr mit der linken Faust einen heftigen Hieb gegen die Stirn. Evan taumelte kurz. Mike rammte die Faust in Hollis' Kehle. Dessen Kopf kippte nach hinten, und er taumelte benommen gegen die Wand. Dann aber griff er Mike mit gesenktem Kopf an wie ein Stier. Mike nahm ihn in den Schwitzkasten und drehte sich mit ihm im Kreis. Hollis boxte ihn einmal in die

Nieren, dann noch einmal. Vor dem dritten Hieb rammte Mike ihm das Knie in den Schritt.

Isobel tat noch immer nichts; es war, als wäre sie von der raschen Folge von Ereignissen wie gelähmt.

In der Hoffnung auf einen schnellen, sauberen Abgang packte Evan Peter am Arm und zerrte ihn aus dem Raum und durch den Flur zur Treppe. Doch als sie oben im Treppenhaus ankamen, tauchte ein weiterer von Isobels Muskelmännern auf, ein Wächter, der sogar noch größer war als Mike. Mit einem boshaften Ausdruck in seinem granitharten Gesicht sah er ihnen direkt entgegen und sprang dann, zwei Stufen auf einmal nehmend, die Treppe elegant wie ein Tänzer hinauf.

Evan zerrte Peter, so schnell sie konnte, nach links durch den Flur. Limas war verletzt – wie schwer, würde sich zeigen –, aber dass seine Aufmerksamkeit und seine Denkfähigkeit unter dem Aufprall gegen die Wand gelitten hatten, war unübersehbar. Es war, als zöge eine eilige Mutter ein schläfriges Kind hinter sich her.

Die ersten beiden Türen, zu denen sie gelangten, waren verschlossen, die dritte – zur Linken – führte in einen kleinen Lagerraum ohne Fenster. Blieb noch die letzte Tür links. Auch sie war verschlossen, aber ein gut gezielter Tritt Evans, und sie flog nach innen auf. Sie zerrte Limas hinein und drehte sich um; der Wächter war beinahe bei ihnen.

Evan war nicht in der Verfassung, es in einer langwierigen Schlägerei mit diesem wandelnden Berg aufzunehmen. Sie duckte sich unter dem ersten Schlag des Wächters weg und ging vorwärts, statt sich zurückzuziehen. Eine kurze Gerade in seine Rippen machte ihr klar, dass der Körper dieses Muskelmannes wie gepanzert war. Er schien den Schlag nicht einmal zu spüren. Stattdessen stieß er Evan rückwärts, sodass sie gegen den kaputten

Türrahmen taumelte. Hände so groß wie eine Schweinehälfte legten sich um Evans Hals. Rau wie Sandpapier gruben sich seine kräftigen, breiten Daumen in Evans Kehlgrube, um ihr das Zungenbein zu brechen, was zu Dysphagie – Schluckbeschwerden – und Ersticken führen würde. Indem Evan sich hin- und herwarf, versuchte sie, die riesigen Daumen an ihrem Zerstörungswerk zu hindern. Aber es führte zu nichts, eher früher als später würde der kostbare Knochen brechen, und dann wäre sie erledigt.

Inzwischen sah sie nur noch verschwommen. Schwarze Punkte tanzten vor ihren Augen, und ihr Blick auf die Welt verengte sich, als schaute sie durch die falsche Seite eines Fernrohrs. Dann war plötzlich Peter zu ihrer Linken. Er zog das kleine Messer aus ihrer Wange und stieß es bis zum Heft in die rechte Schulter des Wächters. Der brüllte auf wie ein Bär, der in eine Falle geraten ist, und seine Daumen lösten sich, da er mit den Händen zur Wunde fuhr. Evan riss ein Bruchstück des zersplitterten Türrahmens los und rammte es dem Muskelmann gegen den Kopf.

Als sie sich umdrehte, sah sie, dass Limas das Fenster so weit wie möglich aufgerissen hatte. Sie befanden sich im hinteren Bereich des Hauses in einem makellos sauberen Gästezimmer von bescheidener Größe, doch Evan hatte keine Zeit, die geschmackvolle Möblierung zu bewundern. Als sie zu Limas ans offene Fenster trat, sah sie auf eine Gasse hinter dem Haus, wo sich unten ein paar Mülleimer reihten, und auf die fensterlose Wand des Gebäudes gegenüber. Links führte ein Regenrohr zur Erde hinunter. Daneben wuchs ein winterlich kahler Zürgelbaum, dessen bucklige Rinde wie das Wachs einer tropfenden Kerze aussah.

Evan schwang sich zum Regenrohr hinaus und hielt sich daran fest. Mit ausgestrecktem Arm erreichte sie einen der oberen Äste des Baums und verlagerte ihr Gewicht auf das stabilere Holz.

»Los, Peter«, rief sie. »Beeil dich!«

Nach einem Augenblick des Zögerns legte Limas erst die Hände und dann die Arme um das Metallrohr und klammerte sich daran fest, als er die Füße vom Fensterbrett löste. Beinahe sofort brach eine Halterung und gleich darauf die nächste. Das Regenrohr löste sich von der Wand. Limas quollen fast die Augen aus dem Kopf, er war offensichtlich völlig verängstigt.

Evan drehte den Oberkörper und schlang gleichzeitig die Beine um den Baumstamm. Sie spürte die schuppige Rinde, als sie sich mit den Knien festklammerte. Indem sie sich Limas weit entgegenstreckte, erwischte sie ihn an den Ellbogen und dann, als er das Regenrohr losließ, unter den Achselhöhlen. Einen Moment lang baumelte Limas gefährlich über der Reihe von Metallmülleimern; falls er auf einen der Griffe fiele, würde der ihm den Rücken durchbohren. Dann gelang es Evan, ihn fester zu packen. Ihre aufs Äußerste angespannten Muskeln schrien vor Schmerz. Auf halbem Wege nach unten verfing Limas' Hemd sich an einem Zweig und zerriss. Aus einer Schramme sickerte ein wenig Blut, während sie gemeinsam die kahlen Äste des Zürgelbaums hinunterkletterten und schließlich auf dem Pflaster der stinkenden Gasse landeten.

»Was zum Teufel ist da oben passiert?«, fragte Butler, als er mit einer Privatambulanz und einem Notarztteam im Schlepptau eintraf.

Nachdem er Evans Bericht gehört hatte, sagte er: »Ich sollte dich feuern.«

Evan grinste. »Du wusstest, dass ich das tun würde, oder?«

»Ich wusste, dass du alles und jeden platt walzen würdest, ja.«

»Na ja, es war den Aufwand wert. Roger Hollis hat bestätigt, dass Anna Alta ein Mitglied von Nemesis war. Die Frage, auf die ich jetzt eine Antwort brauche, lautet: Da sie eine in Russland fabrizierte Legende hatte und ihrerseits selbst Russin war, sollten wir dann davon ausgehen, dass Nemesis russisch ist?«

»Die Antwort darauf ist noch nicht klar, aber ich werde der Sache auf den Grund gehen«, sagte Butler. »Es ist nun wichtiger denn je, dass du herausfindest, was in Georgien passiert ist.«

»Was Hollis betrifft ...«

»Um den kümmern wir uns«, versicherte ihr Butler.

»Und Isobel. Sie hat behauptet, nichts von Hollis' Verwicklung mit Nemesis zu wissen, aber am besten überwachen wir sie ebenfalls.«

»Ich weiß alles über Isobel«, erklärte Butler. An diesem Punkt erwog er, Isobels Rolle als Stützpfeiler – und zwar ein entscheidender Stützpfeiler – des MI7 zu enthüllen. Er war kurz davor, Evan davon zu berichten, zuckte dann aber davor zurück, da ihm klar wurde, dass dieser Impuls ihrer persönlichen Beziehung entsprang. Das Sicherheitskonzept erforderte, dass seine Leute immer nur über Teile des Ganzen Bescheid wussten.

Er wechselte die Gangart. »Ich werde einen Arzt auf den Flug mitschicken. Er kann deine Wange nähen. Und eine Krankenschwester brauchen wir ebenfalls.«

»Für mich nicht. Ein Arzt reicht ...«

»Ich hatte an Peter Limas gedacht.«

»Warum? Er kommt ins Krankenhaus.«

»Nein«, entgegnete Butler. »Er begleitet dich.«

»Das kann nicht dein Ernst sein.«

»Ich habe alles, was ihr beiden brauchen werdet«, fuhr Butler fort, als hätte Evan nichts gesagt. »Unter anderem auch Reisepässe für eure neuen Identitäten. Ihr werdet sie im Flugzeug erhalten. Außerdem bekommst du das hier.« Er reichte ihr ein Mobiltelefon. »Mittels eines verschlüsselten VPN-Netzwerks ist es direkt mit meinem Smartphone verbunden. Ruf mich bei Bedarf an.«

Butler blickte auf Limas hinunter, der auf der Heckkante des Krankenwagens saß und von einem Arzt untersucht wurde. Der Doktor lenkte den Strahl einer Diagnostikleuchte in sein eines Auge und dann ins andere. Auf der Wunde in Evans Wange lag eine sterile Kompresse. Sie würde nur so lange dortbleiben, hatte der Arzt ihr erklärt, bis die Wunde gesäubert und genäht werden konnte. Allerdings fühlte sich ihr Körper so an, als würde er gleich in seine Einzelteile zerfallen.

Evan wollte das Handy nicht annehmen. »Du weißt, dass ich nicht so arbeite.«

»Das ist etwas ganz anderes als sonst, in jeder Hinsicht.«

»Mir egal«, entgegnete Evan eigensinnig.

Butler schnalzte mit der Zunge, ein sicheres Zeichen, dass er verärgert war. Dann beugte er sich über sie und senkte die Stimme. »Hör mir zu, Evan. Ich muss dir etwas sagen, etwas, das ich Brenda absichtlich vorenthalten habe. Auf der Nemesis-Todesliste stand noch ein siebter Name. Ich habe ihn entfernt, bevor sie die Liste gesehen hat und bevor ich sie dir gezeigt habe.«

Trotz ihrer Schmerzen arbeitete Evans Verstand auf Hochtouren. »Doch nicht Peter Limas?«

Butler nickte. »Limas begleitet dich«, sagte er in einem Tonfall, den Evan nur zu gut kannte. »Ich ... wir ... müssen herausfinden, wer er wirklich ist und warum er auf dieser Liste steht. Und warum er einen Geschäftspartner hat, der einen Rabenanstecker trägt.«

»Dann macht ihm die Hölle heiß«, sagte Evan. »Wir haben doch Leute, die in so was gut sind.«

Butler schüttelte den Kopf. »Genau das werde ich nicht tun; es gibt zu viele Fragen, die er vielleicht gar nicht oder nur mit einer Lüge beantworten würde. Dasselbe gilt für Hollis. Vorläufig möchte ich ihn an Ort und Stelle belassen. Wir werden ihn engmaschig überwachen, glaub mir. Was Limas betrifft, so ist seine Freundin verwundet worden, und sein Geschäftspartner hat sich als absolut unzuverlässig erwiesen. Er braucht jetzt einen wirklichen Freund. Du hast einen Draht zu ihm, sozusagen im Kampf geschmiedet, und gerade du weißt, wie stark ein solches Band ist. Wickle ihn ein. Spiel deine Karten richtig aus, und er wird sich dir öffnen. Die Situation ist dafür perfekt.« Er drückte ihr das Handy in die Hand. »Er hat niemanden außer dir.«

Sobald Evan und Limas mit ihren medizinischen Begleitern aufbrachen, nahm Butler sein neuestes Wegwerfhandy heraus und drückte auf die Schnellwahltaste. Als Isobel abnahm, sagte er: »Alles in Ordnung mit dir?«

»Alles bestens.«

»Du bist nicht allein.«

»Stimmt.«

»Hier bei mir ist alles gut gelaufen.«

»Perfekt.«

Ende des Gesprächs. Butler öffnete die Klappe des Wegwerfhandys, nahm die SIM-Karte heraus und zertrat sie mit der Schuhsohle. Auf dem Rückweg zu seinem Hauptquartier ließ er das Seitenfenster seines Wagens herunter und warf das Handy in den Potomac.

• • •

Drei Stunden später befanden Evan, Peter Limas, ein Arzt und eine Pflegerin sich hoch oben über dem Atlantik auf dem Weg zum Flughafen Mailand-Malpensa, der ersten Station ihrer langen, einsamen Reise zum Naturschutzgebiet Racha-Lechkhumi und Kvemo Svaneti im Kaukasusgebirge von Georgien.

Evan, das Gesicht starr von Novocain und sieben Stichen, trank ihre dritte Flasche Wasser, weil sie völlig ausgetrocknet gewesen war. Ihr gegenüber saß Peter Limas zusammengesackt auf seinem Platz, von einem starken Schmerzmittel außer Gefecht gesetzt, das die Pflegerin ihm gespritzt hatte, bevor der Arzt seine Schulter wieder eingerenkt hatte. Der Arzt gab Evan einen Antibiotikavorrat für sieben Tage für sich selbst und dazu zwei mit Schmerzmittel gefüllte Spritzen, die sie Peter nach der Landung verabreichen sollte. Dazu kam noch ein Fläschchen mit entzündungshemmenden Tabletten, die Peter alle vier Stunden einnehmen sollte.

»Mehr kann ich nicht für Sie tun«, sagte der Arzt. »Der Rest liegt bei Ihnen.«

Die erschöpfte Evan, die sich noch nie einsamer gefühlt hatte, schloss die Augen und versank innerhalb weniger Sekunden in einen tiefen Schlaf.

Der monströse rote Backsteinpalast ragt vor ihr auf, dahinter der von der gleißenden Sonne weiß gefärbte Himmel. Wo befindet sich dieses Ungetüm aus rotem Backstein? Wie kommt es, dass sie, Evan, hier ist? Sie kann sich nicht bewegen. Als sie den Mund aufmacht, stößt sie nur lautlos den Atem aus. Die finsteren Dachgesimse, die Raben und die Türmchen füllen ihr Gesichtsfeld aus. Hat sie das Bewusstsein verloren? Ist sie gefangen in einem albtraumhaften Wachtraum? Sie versucht, sich aufzusetzen und tief durchzuatmen. Sie möchte den Arzt rufen. Wieso ist sie nicht im Flugzeug?

Sie bleibt so unvermittelt stehen, dass die Frau fragt: »Alles in Ordnung mit Ihnen?« Als sie nicht antwortet, runzelt die Frau die Stirn. »Sie waren noch nie hier. Ich meine, es steht nicht in der Akte, die man mir gezeigt hat, aber andererseits heißt es, dass es alles Mögliche gibt, was es nicht in die Akten schafft, noch nicht einmal in zensierter Form.«

Evan blinzelt. Sie hört, wie die Raben einander etwas zurufen. Oder ihr?

»Es geht mir gut«, sagt sie zu der Frau, als sie durch die riesige Eingangstür des roten Backsteinpalasts geführt wird, aber ihre Stimme scheint aus weiter Ferne zu kommen.

Dann fällt die Tür mit dem Geräusch eines zuklappenden Sargdeckels hinter ihr ins Schloss.

Zweiter Teil

Der erste Stamm

18

Als Anton Recidivich Gorgonov die Nachricht erhielt, befand er sich im VIP-Bereich des Nachtklubs Ikon, der im Moskauer Stadtbezirk Arbat lag. Es war ein besonders ungünstiger Zeitpunkt, da heute Daniellas vierundzwanzigster Geburtstag war. Er wusste, dass seine Geliebte sich schon seit einem halben Jahr auf diesen Abend freute. Doch nun hatte die Nachricht, die er erhalten hatte, die Feier verdorben. Nachdem er einem seiner Leibwächter befohlen hatte, Daniella nach Hause zu bringen – angesichts der Scheiße, die jetzt los war, konnte nur Gott wissen, wann er in seine Wohnung zurückkehren würde –, küsste er sie grob auf die Lippen, ohne die Tränen in ihren Augen zu beachten, und eilte auf die Straße hinaus, wo samtene Absperrseile, lange Schlangen ungeduldiger Oligarchensprösslinge und Türsteher mit geschorenen Billardkugelköpfen das Bild bestimmten.

Schnee sammelte sich in den Rinnsteinen wie zusammengedrängte Gläubige vor Kirchentoren. Ein eiskalter Wind, der vom Fluss heranwehte, sorgte dafür, dass die Leute die Schultern hochzogen und die dicken Schals um ihre Hälse bis zu den Ohren hochschoben. In seinem Lincoln Navigator war es dagegen mollig warm. Über die Amerikaner kann man sagen, was man will, dachte Gorgonov. Jedenfalls wissen sie, wie man Räume beheizt und kühlt, selbst die, in denen man sich nur vorübergehend aufhält.

Weihnachten war gekommen und gegangen wie ein Dieb in der Nacht. Wie er diese Tage verabscheute! Dann erwartete seine Frau mehr von ihm, Geschenke mussten gekauft und übergeben werden, Lolita war mürrisch, weil sie nicht mit ihren Freundinnen zusammen sein konnte, und seine Schwiegermutter kam, um die russisch-orthodoxen Festtage mit ihnen zu verbringen.

Daher trat in diesen Tagen immer ein »beruflicher Notfall« ein, damit er die Zeit frei von Familienzwängen und von Streitereien allein mit Daniella genießen konnte. Nur dass es diesmal einen echten Notfall gab, der seine ausgeklügelten Pläne mit Daniella über den Haufen warf.

Er starrte durch die getönten Scheiben des SUV, der durch die Stadt zu der geheimen Wohnung raste, in der Alarm geschlagen worden war. Keiner im Wagen sagte ein Wort; keiner wagte es.

Auf dem Weg nach Süden überquerten sie die Moskwa, auf deren Wasser die Lichter der Stadt verschwammen wie vorhin die Tränen auf Daniellas Wangen. Der SUV hielt am Ende der Tolmachevsky-Straße, dort waren vor der glorreichen Revolution die Übersetzer des Zarenhofs untergebracht gewesen. Das Haus erschien ihm als angemessener Ort für das wichtigste Geheimquartier des SVR.

Gorgonov stieg mit zwei seiner schwer bewaffneten Männer in die winterliche Kälte hinaus. Ihre Stiefel knirschten leise im Schnee; der Frost lastete auf seinen Augenwimpern. Seine Männer bildeten die Vorhut und betraten das Gebäude mit der Waffe im Anschlag, sie gingen vorbei an der geschlossenen und verriegelten Tür des Portiers. Vorsichtig stiegen sie die Treppe zum obersten Stockwerk hinauf. Der Gang lag verlassen da. Er roch nach gekochtem Kohl und geschmolzenem Kerzenwachs. Im unteren Stockwerk weinte ein Baby, ein Radio ging an, und die Stimme des Souveräns drang durchs Gebäude.

Im Inneren des Geheimverstecks herrschte Chaos – zerbrochene Stühle, ein umgekippter Tisch und ein schwarzer Krater in der Mitte der Matratze, Überrest eines schnell erloschenen Brandes. Eine einsame Flasche geronnene Milch hielt im Kühlschrank verstört die Stellung. Die Schränke waren noch immer mit dem bestückt, was seine Leute ursprünglich hineingestellt hatten. Seine beiden Männer saßen mit gespreizten Beinen im Bad, mit dem Rücken gegen die roten Porzellankacheln der Badewanne gelehnt. Vor ihrer Hinrichtung waren sie wie Soldaten aufgestellt worden. Jeder hatte eine Kugel in die Stirn bekommen. Auf den Bodenfliesen war das Blut geronnen.

Gorgonov warf einen Blick aus dem Fenster. Es hatte wieder zu schneien begonnen, die tief hängenden Wolken waren bleigrau. Der Schnee machte alles trist, noch trister, als es ohnehin schon war. Aber vielleicht lag das auch einfach nur an seiner Stimmung, dachte er, als er sich abwandte und die Wohnung verließ.

Er fluchte laut. Nach der Art zu schließen, wie seine Leute aufgestellt und hingerichtet worden waren, roch das Ganze nach einem Überfall des GRU. Und mehr noch, es wirkte wie eine absichtliche Provokation – ein Schuss vor den Bug. Er hatte General Boyko – gleichgültig, wie lange sie sich schon kannten, bei sich nannte er ihn niemals Yuri Fyodorovich – davor gewarnt, seine Pläne mit Evan Ryder zu behindern, doch der Chef des GRU hatte genau das getan: Er unternahm alles, was in seiner Macht stand, um Gorgonov von Evan abzulenken. Evan war ohnehin schon eine schwierige Zielperson, selbst wenn Gorgonov nicht gezwungen gewesen wäre, einen Zweifrontenkrieg zu führen. Aus Wut über Boykos erfolgreichen Handstreich hätte Gorgonov am liebsten das ganze Gebäude abgefackelt. Doch es gelang ihm mit Mühe, sich zu beherrschen, zum Teil, weil er nicht wollte, dass seine Leibwächter sahen, wie zornig er war, aber vor allem, weil er eine bessere Idee hatte, wie er Boyko aus der Fassung bringen und dauerhaft quälen konnte. Wenn Boyko Krieg wollte, würde er ihn bekommen.

• • •

Was den eben erwähnten Boyko betraf, so hatte er es sich in seiner Wohnung in Tverskoy gemütlich gemacht, nachdem er seine Frau überredet hatte, den Winter bei ihrer Familie in Sankt Petersburg zu verbringen. Natürlich hinderte ihn die Arbeit daran, sie zu begleiten – wie schade! Aber er versicherte ihr, dass er es irgendwie überleben würde.

Jetzt, an diesem frostigen Winterabend, saß er mit ausgestreckten Beinen, die Füße übereinandergeschlagen, in seinem kuscheligen Zimmer, trank eiskalten Wodka und schaute Filme aus seiner Sammlung an Werken von Leni Riefenstahl. Irgendwo im geheimen Herzen der Wohnung, wo weder seine Frau noch die Reinigungskraft ihn jemals finden würden, befand sich ein mit Nazi-Objekten gefüllter Tresor. Schon vor langer Zeit, als Schuljunge in Sankt Petersburg, war er zu dem Schluss gelangt, dass es kaum Unterschiede zwischen Faschismus und Kommunismus gab, da beide dasselbe Ziel verfolgten: die Massen zu kontrollieren. Am meisten bewunderte er an Hitler, dass er fast bis zuletzt, als seine Selbstüberschätzung seinen verborgenen Wahnsinn enthüllte, die Massen vollkommen in seinen Bann geschlagen hatte. Darum ging es im Endkampf – der Souverän hatte es bewiesen. Heutzutage musste es allerdings einen anderen Endkampf geben, der Russland wieder groß machen würde, denn die russische Föderation taumelte am Rande eines ökonomischen Kollapses, und ehemals reiche Viertel wie Rublyovka waren Geisterstädte geworden, weil ihre ehemaligen Bewohner – lauter Oligarchen – Russland verlassen hatten, um ihr der Wirtschaft abgeknüpftes Vermögen zu retten.

Boyko musste zugeben, dass es Zeiten gab – wie zum Beispiel gerade jetzt –, in denen er, von russischer Melancholie überwältigt, diese wohlhabenden Schweinehunde beneidete. Sie hatten alles richtig gemacht. Nachdem sie so viel Geld wie möglich aus Mütterchen Russland herausgequetscht hatten, hatte es ihnen keine Schuldgefühle bereitet, das Land den Raubzügen des Souveräns und seiner kleinen Clique von Politbüro-Insidern zu überlassen, zu denen der General bedauerlicherweise nicht gehörte. Lyudmila Shokova, die letzte Boyko persönlich bekannte Person, die zu dieser Clique gehört hatte, galt als vermisst. Vielleicht war sie tot. Das geschah ihr nur recht, nachdem sie sich bei der amerikanischen Agentin Evan Ryder eingeschleimt hatte. Aber dennoch, wie sehr Boyko sich doch danach verzehrte, zu diesem inneren Kreis zu gehören und sich in dem einzigartigen Licht zu sonnen, das jene Menschen beschien, denen der Souverän vertraute. Shokova hatte dieses Vertrauen enttäuscht, sodass es nun uns allen entzogen wurde, dachte Boyko bitter.

Er versuchte, sich auf Riefenstahls Aufnahmen von Supermännern und -frauen zu konzentrieren, die in ihrer Auserlesenheit ans Pornografische grenzten, doch es half nichts. Sein Neid ließ es nicht zu. Mit einem Schnauben stand er auf, schenkte sich Wodka nach und trat zum Fenster, das auf die Samotechnaya-Straße hinausging, unter der der Fluss Neglinnaya in einem unterirdischen Kanal hindurchströmte.

Schnee fiel von einem Himmel, an dem der fahle Schein von Öl- und Gasraffinerien wie ein Nordlicht flackerte und den das beharrliche Glimmen der Regierungsgebäude erhellte, die in ihrer

Kolossalbauweise die Bürger einschüchtern sollten. Und tatsächlich eilten diese mit abgewandten Gesichtern und hasenhaft pochenden Herzen an ihnen vorbei. Wenn die Amerikaner sich darauf verstanden, ihre Gebäude angenehm zu temperieren, verstanden die Russen sich darauf, ihre Bauwerke dazu zu benutzen, der Bevölkerung Angst einzuflößen. Egal, das gewöhnliche Volk liebte seinen Souverän – aber ihm blieb auch gar keine andere Wahl, dachte Boyko düster. Die Russen wurden nicht gern vor eine Entscheidung gestellt. Von Natur aus hatten sie einen Abscheu vor Veränderungen; sie zogen den Status quo vor, trotz aller Entbehrungen. Seit jeher, sowohl vor der glorreichen Revolution als auch danach, war das Land auf Entbehrungen gebaut. Unterschied der Souverän sich so sehr von den Zaren? Eher nicht; wer immer etwas anderes glaubte, machte sich selbst etwas vor.

Die Schneeschicht wuchs, und das Geräusch der Autoreifen, die sie zu Matsch fuhren, hatte einen regelmäßigen Rhythmus angenommen wie das Ticken der Schiffsuhr seines Großvaters. Der war ein viel dekorierter Flottenadmiral gewesen, von seinen Kollegen und seinen unmittelbaren Nachfolgern verehrt. Aber wie alle Kriegshelden war er inzwischen vergessen, ein Relikt aus Russlands Vergangenheit, die auf Druck des Souveräns ständig von devoten Apparatschiks umgeschrieben wurde.

Er leerte seinen Wodka zur Hälfte und blickte sich nach der großen, in Goldfolie verpackten Schachtel mit der roten Schleife um. Er hatte für Raisa einen Hermelinmantel gekauft, ein Geschenk, das sie sicherlich überwältigen würde. Sie hatte schon früher kommen wollen, aber er hatte ein wenig Zeit für sich gebraucht. Fast achtzehn Stunden lang war er von Menschen, Licht und Lärm umgeben gewesen, inmitten einer Atmosphäre von Eile und konzentrierter Energie, und er brauchte eine Pause, um zur Ruhe zu kommen. Jetzt aber spürte er, wie sehr er sich nach Raisa sehnte. Er blickte auf seine Uhr und dann auf die Straße hinunter. Sie würde in wenigen Minuten eintreffen. Er gestattete sich, die Zeit in Gedanken eine halbe Stunde vorwärtszudrehen. In den zwei Jahren, seit Raisa seine Geliebte war, hatte er ihr niemals etwas so Wertvolles wie den Hermelinmantel geschenkt. Allein schon beim Anblick der Schachtel würde sie einen Freudenschrei ausstoßen. Wenn sie dann die Verpackung aufgerissen hätte, würde sie den Deckel heben, die Hände in dem unglaublich weichen Pelz vergraben, und ihre Augen würden ganz groß und rund werden. Er würde den Kaviar aus dem Kühlschrank holen und eine Flasche »Vénus«-Blanc de Blancs von Agrapart entkorken, die er eisgekühlt hatte. Sie würden den Champagner leeren, und das wäre der Beginn einer langen Nacht des Feierns.

Draußen bog der Wagen, mit dem er sie hatte abholen lassen, in die Samotechnaya-Straße ein und bremste, als er sich seiner Wohnung näherte. Boyko spürte, wie er allein schon von ihrer Nähe einen Steifen bekam. Auf der Bürgersteigseite öffnete sich die hintere Wagentür, und Raisa stieg aus, so elegant gekleidet wie immer. Zumindest soweit er ihre Aufmachung erkennen konnte, ihren Opernmantel von Zac Posen und ihre Pumps von Louboutin. Als er ihr den Mantel gekauft hatte, hatte er darauf geachtet, dass er kurz genug war, um ihre langen Model-Beine zu betonen. Doch darunter, das wusste er, trug sie nichts als ein Bustier, einen Slip und Strapse, die ihre Vintage-Nylonstrümpfe hielten, alles von Agent Provocateur. Der Gedanke daran erregte ihn so, dass er beinahe die Hand zum Winken erhoben hätte, aber es kam nicht infrage, dass sie ihn am Fenster entdeckte, wo er nach ihr Ausschau hielt wie ein liebeskranker Schuljunge.

Er wollte gerade zurücktreten, da sah er sie über den Bordstein stolpern. Ein weiterer Schritt, und sie stürzte auf die Knie. Ihr Opernmantel ging auf, und er sah das Blut. Die tiefe Wunde in ihrem Bauch war riesig, als hätte jemand aus kurzer Distanz auf Raisa geschossen, zwei Schüsse aus den beiden Läufen einer Saiga, einer auf einer Kalaschnikow basierenden Jagdflinte.

Er schrie ihren Namen, aber natürlich konnte sie ihn durch das doppelt verglaste Fenster nicht hören. Als sie dann auf den Bauch fiel wie eine Marionette, deren Fäden durchschnitten worden waren, fragte er sich, ob sie überhaupt noch irgendetwas hören konnte.

19

Der Taxifahrer ließ Riley Rivers vor Isobels herrschaftlichem Haus heraus. Es war ein klarer Tag. Die gleißende Sonne, ihr Licht brüchig wie Eis, war erschöpft und ohne Wärme. Wolkenbäusche tüpfelten den Himmel, als wäre er gemalt. Die California Street lag, wie um diese Tageszeit üblich, ruhig da.

Er stieg die Freitreppe hinauf und drückte auf die Klingel. Als keine Reaktion erfolgte, klingelte er erneut mehrmals, bis sich die Tür nach einer unverschämt langen Zeitspanne nach innen öffnete, aber nur einen Spaltbreit. Zu seiner Überraschung stellte er fest, dass Mike ziemlich ramponiert aussah. Riley war jedoch zu klug, um es anzusprechen.

»Mr Rivers«, sagte Mike knapp. Seine Bewegungen waren untypisch steif.

Rivers trat ein und zog seinen Mantel aus.

»Ms Lowe empfängt Sie gleich.«

»Sie ist oben, oder? Ich kenne den Weg«, sagte Rivers, was wohl nicht klug war, denn Mike packte ihn mit einem Griff am Oberarm, der fast schon schmerzhaft war.

»Bitte bleiben Sie, wo Sie sind, Mr Rivers. So ist es recht.«

Rivers sah ihn an, als hätte er den Verstand verloren. Er fragte sich, was zum Teufel los war, war sich aber sicher, dass er von

Mike nichts erfahren würde. Der verhielt sich so, als würde er Rivers gar nicht kennen.

Zehn Minuten später musste Mike über seinen Knopf im Ohr ein Signal empfangen haben. Er zeigte Rivers mit ausgestrecktem Arm die Richtung. »In die Bibliothek.«

Verunsichert bog Rivers, der zunehmend das Gefühl hatte, in Treibsand geraten zu sein, in den Gang rechts vom Treppenhaus ein. Ein weiterer Sicherheitsmann, noch muskulöser als sonst bei Isobel üblich, beobachtete ihn vom Ende des Ganges. Als er dort ankam, wurde er zu seiner Bestürzung abgetastet. Erst danach öffnete der Bodyguard die schwere Mahagonitür.

Als Rivers die Bibliothek betreten hatte, entdeckte er Isobel, die auf der Armlehne eines von zwei identischen Sesseln saß. Sie hatte die Beine übereinandergeschlagen und rauchte eine lange, dünne Zigarette. Die Sessel waren mit tabakfarbenem Leder bezogen und so tief, dass man sich in ihnen verloren fühlte, selbst wenn man die Beine eines Models hatte.

Er ging zu ihr, als würde er von einem Magneten angezogen. »Isobel, ich …«

»Kein verdammtes Wort.« Die Zigarette im Mundwinkel und ein Auge wegen des bläulichen Rauchs halb geschlossen, streckte sie abwehrend die Hand aus. Sie wusste, was in ihrem Doppelleben – und manchmal Dreifachleben! – von ihr verlangt wurde. Es war entscheidend, dass ihr Verhalten sich eindeutig änderte; Rivers musste zusätzlichen Druck verspüren, weil es Ben ebenso ging. Doch es gab noch einen weiteren Grund: Ben hatte sie vor Evan Ryders Kommen gewarnt und ihr angekündigt, dass es ein ruppiger Besuch werden könnte. Sie hatte jedoch nicht wissen können, als wie eindrucksvoll Ryder sich erweisen würde. Jedenfalls war Ryder inzwischen zum Ziel ihrer Mission unterwegs; alles hing jetzt davon ab, dass Isobel die Männer, die sie hatte umdrehen können, an der kurzen Leine hielt. Jede Veränderung in deren Verhalten könnte ihre Vorgesetzten darauf aufmerksam machen, dass sie für ihre Zwecke unbrauchbar geworden waren. Bei Rivers war die Methode der Wahl, dafür zu sorgen, dass er weiter in seinem Hamsterrad rannte – so beschäftigt, dass er keine Zeit zum Nachdenken hatte. Auch Hollis hatte sie umgedreht, genau wie Rivers. Rivers, der dumme Einfaltspinsel, ließ sich leicht manipulieren und damit unschädlich machen. Aber Hollis – mit dieser Nemesis-Geschichte hatte Hollis sie hereingelegt. Am liebsten würde sie ihn erwürgen. Bis er sein verdientes Ende fand, würde sie ihn mit einer Inbrunst hassen, deren Flamme niemals erlöschen würde.

»Geben Sie mir einfach, was Sie haben.« Ihre Stimme klang eigenartig – heiser und stockend.

Rivers reichte ihr das Päckchen mit der *dezinformatsiya* des Tages. Sie öffnete es und begann zu lesen, während sie an ihrer Zigarette zog. Die kurzen, schnellen Züge signalisierten Verärgerung. Mitten in der Lektüre sagte sie, ohne aufzublicken: »Setzen Sie sich, Riley.«

Er versank in dem riesigen Sessel, der ihr gegenüberstand. Die Hände hielt er zwischen den Knien gefaltet.

»Schenken Sie sich einen Drink ein«, sagte sie, noch immer, ohne aufzublicken. »Sie sehen aus wie ein reumütiger Schuljunge.«

Er stand auf, ging zum Sideboard an der linken Wand und mischte sich aus der Batterie von Flaschen und dem Edelstahlkrug ein großzügiges Glas Bourbon mit Wasser. Zu seinem Kummer bemerkte er, dass seine Hand beim Heben des Wasserkrugs leicht zitterte. Er biss sich auf die Unterlippe und trank einen schönen, großen Schluck Bourbon.

Isobel beendete die Lektüre der letzten Seite, klappte die

Mappe zu und legte sie auf das Sitzpolster des Sessels, auf dessen Armlehne sie hockte. Erst dann sah sie ihn endlich an. »Hier steht nichts darüber, wer das Cybermobbing gegen Benjamin Butler zu verantworten hat.« Ihre Augen glänzten wie Messerklingen. »Hatte ich Ihnen nicht aufgetragen, das herauszufinden? Haben Sie mich nicht verstanden? Sind Sie dumm?« Sie legte den Kopf schief, und bevor Rivers antworten konnte, fügte sie hinzu: »Oder vielleicht sind Sie einfach unfähig.«

Rivers schluckte. »Ich suche noch nach der Antwort.«

»Nun, suchen Sie schneller.« Ihre Fingernägel klickten wie das Mundwerkzeug eines ungeduldigen Insekts. »Ich möchte wissen, wer oder was hinter dem Cybermobbing steckt. Ich möchte wissen, wer die Fäden zieht.«

»Außer Ihnen, meinen Sie.« Es war ein müder Scherz, und er verfluchte sich innerlich. Seine Stimme klang schwach und verwaschen.

Isobel reagierte mit der Andeutung eines Lächelns, wirkte jedoch nicht belustigt. »Richtig, Riley. Außer mir.«

»Wer immer es ist, er hält sich gut verborgen. Es ist, als durchsuchte man ein Labyrinth, das ins Nichts führt.«

Sie zog ein letztes Mal an ihrer Zigarette und nickte. »Trinken Sie aus.«

Rivers tat wie geheißen.

»Von diesem Moment an tickt die Uhr, Riley. Sie haben genau vierundzwanzig Stunden, um herauszufinden, wer Butler aufs Korn nimmt.«

»Isobel ...« Ihm brach der Schweiß aus. Er breitete die Hände aus. »Seien Sie nicht herzlos.«

»Ich kann Ihnen nicht geben, was ich nicht besitze«, antwortete sie so leise, dass er sich anstrengen musste, um es zu verstehen. »Mein Herz wurde schon vor langer Zeit eingeäschert, Riley.

Nun gibt es in mir nur noch Feuer und Eis. Mit beidem wollen Sie es nicht zu tun bekommen, glauben Sie mir.«

Während dieser Rede war sie lebhafter geworden. Sie verströmte eine wilde Energie wie ein Hochofen, der mit Volllast betrieben wird.

»Ich gebe mein Bestes. Das wissen Sie doch, Isobel.«

Sie löste das übergeschlagene Bein und stand auf. »Ich will nicht Ihr Bestes, Riley«, erklärte sie mit Nachdruck. »Ich will ein Ergebnis.« Ihre Hand schnellte nach vorn und ließ ihn zusammenzucken. »Bearbeiten Sie Ihre Kontakte. Quetschen Sie sie aus. Nehmen Sie sich die Leute vor, die Ihnen einen Gefallen schulden. Versprechen Sie ihnen das Blaue vom Himmel. Was immer nötig ist. Finden Sie heraus, wer hinter dem Feldzug gegen Benjamin Butler steckt.«

»Richtig. Absolut richtig.« Rivers nickte so albern mit dem Kopf wie ein Wackeldackel hinten auf der Hutablage eines Geländewagens. »Was immer nötig ist«, plapperte er ihr nach.

Als sie sich sicher war, dass Riley Rivers das Haus verlassen hatte, kehrte Isobel zur Treppe im Eingangsbereich zurück und stieg in den ersten Stock hinauf. Bevor sie sich in ihr Zimmer begab, schaute sie zur anderen Seite des Flurs hinunter und zuckte beim Anblick des Schadens zusammen, den der Türrahmen des Gästezimmers erlitten hatte. Er war schlimmer, als sie zunächst angenommen hatte. Ben war ihr etwas schuldig – und zwar einiges.

Ihr eigenes Schlafzimmer am anderen Ende des Flurs war groß, hell und mit schönen Möbeln in verschiedenen Schattierungen von Rotbraun und Himmelblau eingerichtet. Rechts stand ein Kingsize-Bett, links ein kleines Sofa, ein antiker Schrank und eine Kommode. Daneben befand sich die Tür zu einem Ankleidezimmer. Gegenüber der Eingangstür des Zimmers fiel von Westen

Licht durch eine Fensterreihe herein. Jeder einzelne Gegenstand lag genau dort, wo er hingehörte. Das Zimmer war in tadelloser Ordnung.

Roger Hollis stand am Fenster, schaute müßig hinaus und rauchte in so entspannter Pose, als gehörte ihm das Zimmer und alles, was sich darin befand. Das Fenster blickte auf zwei Zypressen hinaus, hinter denen die Straße verlief. Dort eilte jetzt jemand entlang, und ein Wagen wurde angelassen und rollte langsam davon.

Hollis drückte seine Zigarette in dem Kristallglas-Aschenbecher auf der Fensterbank aus und wandte sich um. Isobel blickte mit einer Art abstrakter Faszination auf die Prellungen und Schwellungen in seinem Gesicht und an seinem Hals.

»Und jetzt?«, fragte er. Zusammen mit den Schwellungen ließ der Schmerz sein Gesicht entstellt wirken, ähnlich den Zerrbildern in einem Spiegelkabinett auf dem Jahrmarkt.

Sie schnaubte und ging quer durchs Zimmer auf ihn zu. Mit einer blitzschnellen Bewegung schlug sie ihn ins Gesicht. So kräftig, dass sein Kopf zur Seite wippte.

»Was zum ...?«

Isobels Blick war wie ein zweiter Schlag. »Was zum Teufel, Roger? Nemesis?«

»Was ist damit?«, fragte Hollis mürrisch. Er wollte die Hand an die Wange führen, auf die sie ihn geschlagen hatte, überlegte es sich aber offensichtlich anders.

»Muss ich es für dich ausbuchstabieren? Du arbeitest für mich, Ende der Durchsage. Ich beauftrage dich, Informationen über Zielpersonen zusammenzutragen, und du benutzt dafür die Rubicon-Software.«

»Dein Führungsoffizier sitzt beim SVR«, sagte Roger abwehrend. »Ich bekomme meine Befehle vom GRU.«

Isobel beobachtete ihn und bemühte sich nach Kräften, ruhig zu bleiben. Wie war es möglich, dass erst Evan Ryder hatte kommen müssen, bevor es gelang, diesen Drecksack zu entlarven? Nun, egal. Wieso sollte sie neidisch sein, wenn sie mit Ryders Hilfe bei Hollis nun endlich weiterkam? »Nemesis ist also eine russische Initiative?«

Hollis zuckte mit den Schultern. »Ich weiß nicht, wer dahintersteht, aber mir ist schon seit einer geraumen Weile klar, dass unsere Gesellschaft Nemesis braucht.«

»Was zum Teufel soll das bedeuten?«, fuhr sie ihn an.

Er grinste. Nun hatte er offensichtlich festeren Boden unter den Füßen. »Denkst du, du bist der einzige Mensch mit einem Doppelleben?«

»Diese Anstecknadel ...«

»Die beiden Raben, ja.« Hollis schüttelte eine neue Zigarette aus der Schachtel und steckte sie sich an, ohne ihr eine anzubieten. »Sie sind ein Symbol – das Symbol einer neuen Ära, des Beginns einer Säuberung.«

Eine Faust schloss sich um ihr Herz. »Säuberung?« Sie schüttelte den Kopf. »Drück dich klarer aus, Roger.« Aber sie wusste Bescheid; natürlich wusste sie es, sie wollte es nur nicht glauben. »Was für eine Säuberung hast du im ...?«

»Dieses Land braucht gewissermaßen einen Einlauf, Isobel. Es muss von allem ... wie soll ich es ausdrücken? Totholz gereinigt werden. Die schmutzigen Blutlinien, die Amerika ver...«

»Ethnische Säuberungen.« Die Erinnerung daran, wie er Mike »Neger« genannt hatte, erfasste sie mit der Gewalt eines heranrasenden Zugs. Schlimm genug, dass er ein Fanatiker war; aber nun erfuhr sie, dass er ein ... »Das also meinst du. Du bist ein White Supremacist, ein Anhänger der Vorherrschaft der Weißen.«

»Was ist das Problem, Isobel?« Er sah sie höhnisch an. »Damit wären wir alle besser dran, und das weißt du.«

Isobel wusste nicht, ob dieser Kerl vor ihr sie eher entsetzte oder eher wütend machte. Dass er ein russischer Agent war, leuchtete ihr ein. Ihm ging es nur ums Geld; es floss ihm durch die Hände wie Wasser durch ein Sieb. Aber er war ein so guter Spieler, dass er fast niemals Schulden hatte. Eines konnte man zu seinen Gunsten sagen – inzwischen war es auch das Einzige –, nämlich dass er keine Gelder seiner Firma veruntreute; ihr Gedeihen und Wachstum war ihm das Wichtigste. Doch seine Schwäche für sinnliche Frauen lieferte ihn pikanterweise an gewisse entschlossene Raubkatzen aus. Er war eine von Yana Bardinas ersten Eroberungen gewesen. Er hatte jeden ihrer Köder geschluckt und sich tief und unwiderruflich in sie verliebt – und zwar so sehr, dass er sich ohne jedes Zögern fügte, als sie ihn um gewisse Gefälligkeiten »für meinen Vater« bat.

Aufgrund ihrer heiklen Geschäfte im Bereich der Cybersicherheit hatten die Russen Rubicon Solutions schon seit Gründung der Firma auf dem Radar. Sie hatten verfolgt, wie Hollis mit Geld um sich warf, und im günstigsten Moment, als er am schwersten verliebt war, hatten sie Yana angewiesen, Informationen aus ihm herauszumelken – mehr und immer mehr. Jedes Mal, wenn er sich weigerte, hatte sie damit gedroht, ihn zu verlassen, und dann hatte er sich kläglich gefügt. Hollis widerte Yana an, wie alle ihre Geliebten, mit denen sie aus Geschäftsgründen angebandelt hatte. In den letzten Wochen vor ihrer Ermordung war sie immer dünnhäutiger geworden; sie hatte schreckliche Angst gehabt, dass sie schon bald ihre Seele vor einem von ihnen entblößen würde. Ihre Freundschaft mit Isobel, der sie sich anvertrauen konnte, half ihr, diesen Moment hinauszuzögern. Unglückseligerweise bekamen ihre immer wachsamen Herren aber Wind von ihrem Sinneswandel und ließen sie eliminieren.

Isobel war durch Yana auf Hollis aufmerksam geworden; diese triebhafte Seite seiner Natur war ihr also sehr vertraut, auch wenn der wahllose Charakter seiner Schwäche sie anekelte. Aber dies – dieses gefährliche fanatische Credo – ging gegen alles, was sie aus tiefstem Herzen glaubte. Eine Diskussion kam natürlich nicht infrage. Sie wusste aus Erfahrung, dass solche Leute sich in ihrer Feindseligkeit gegen alle Argumente sperrten. Sie musste ihren Abscheu vor ihm und vor allem, wofür er stand, auf jeden Fall verbergen. Sie brauchte die Nähe zu Hollis. Vorläufig.

Unterdessen ignorierte Hollis ihre Bestürzung; sie war ihm einfach egal. »Mit der Software meiner Firma könnte ich wahrscheinlich herausfinden, ob Steadman für dieselben Leute arbeitet wie Myers.«

»Vielleicht ja und vielleicht auch nicht«, antwortete Isobel, die noch immer damit kämpfte, ihren Zorn unter Kontrolle zu halten. Sie wusste, dass sie dieses Gespräch wieder in die richtigen Bahnen lenken musste. »Aber möchtest du es riskieren, von einem Netzbot der NSA erwischt zu werden?«

Hollis, der sich an seiner Kippe gleich die nächste anzündete, wirkte nicht gänzlich überzeugt. »Diese Steadman, falls das überhaupt ihr richtiger Name ist, weiß, dass ich mit Nemesis in Verbindung stehe. Und mein beschissener Partner weiß es ebenfalls. Ich frage mich, was eigentlich in Peter gefahren ist.« Dann machte er ein pfiffiges Gesicht. »Oder nein, ich weiß es. Ich glaube, der Scheißkerl hat sich von Myers anwerben lassen, seiner verdammten Freundin bei den Geheimdienst-Schnüfflern.« Er sog Rauch ein und ließ ihn zischend durch die Nasenlöcher entweichen. »Ich meine, da denkt man, dass man jemanden kennt. Peter war der unpolitischste Mensch, der mir je über den Weg gelaufen ist.«

»Wie habt ihr beide euch eigentlich kennengelernt?« Natürlich wusste Isobel durch Ben Bescheid, doch davon hatte Hollis keine Ahnung.

Er seufzte. »Wir sind uns begegnet, als er aus Cambridge zurückkam. Er hatte eine Menge Ideen und ich die finanziellen Mittel. Wir haben uns gut ergänzt. Und verdammt noch mal, seit damals habe ich ihn immer im Blick gehabt. Gelegentlich gehen wir zusammen etwas trinken, und jeder hat dem anderen seine Geschichte erzählt. Ich vertraue ihm als Geschäftspartner. Und ich habe noch nie gehört, dass er zu irgendeinem Thema, wichtig oder unwichtig, eine politische Meinung geäußert hätte.« Seine Prellungen färbten sich dunkel und hässlich, genau wie seine Stimmung. »Aber jetzt hat mein angeblich unpolitischer Freund eine Art Agentin hier ins Haus gebracht, die mich nach den Russen und nach Nemesis ausgefragt hat. Zum Teufel noch mal! Wir müssen sie finden.«

Isobel stand auf, die Hände in die Hüften gestemmt. »Hör mir zu, Roger, wenn wir uns auf Steadman konzentrieren, würde uns das vom Wesentlichen ablenken, das ginge in die falsche Richtung. Das Letzte, was wir jetzt tun sollten, ist Jagd auf die Agentin eines Geheimdienstes zu machen.«

»Dann feure deinen nutzlosen Bodyguard.«

»Wen, Mike? Kommt nicht infrage.« Sie machte eine abschließende Geste. »Und schlag das nicht noch einmal vor.«

»Aber schau, was dieser Affe mir angetan hat«, rief er auf seine Prellungen deutend.

Einen Moment lang brach ihr Zorn durch ihre glatte Fassade. »Im Gegenteil, du solltest dich bei ihm entschuldigen.« Als er nichts erwiderte, trat sie einen Schritt auf ihn zu. »Du wirst dich entschuldigen, Roger.«

Er verschränkte die Arme vor der Brust.

»Du kannst dir sicher sein, dass er dich andernfalls krankenhausreif schlägt.«

»Das würdest du nicht erlauben.«

Isobel warf ihm einen mörderischen Blick zu, der ihn erbleichen ließ.

Schließlich nickte er ganz leicht. Dann fügte er in mattem Bemühen, zumindest einen Teil seines Gesichtsverlusts wieder wettzumachen, hinzu: »Zumindest werde ich Nemesis über diese Steadman informieren.«

Isobel zog die Augenbrauen zusammen. »Denk einmal einen Moment lang darüber nach, Roger.«

»Warum? Es ist eine verwertbare Information. Nemesis kann die Verfolgung dieser verdammten Spionin aufnehmen.«

»Aber ganz nebenbei wird es der Organisation sagen, dass du unfähig bist und vielleicht nicht mehr von Nutzen. Dann wird man dich loswerden wollen, um das Leck abzudichten. Wenn du das willst, nur zu.«

Ein spannungsgeladenes Schweigen breitete sich zwischen ihnen aus. Hollis brach es als Erster.

»Scheiße, verdammte!« Er wandte den Blick von ihr ab und schaute in den Spiegel, der über der Kommode hing. »Kein Make-up der Welt kann die Schwellungen kaschieren, die mein Hals diesem Schwein zu verdanken hat.«

Isobel beugte sich vor und verpasste ihm eine kräftige Ohrfeige. »Verwende dieses Wort nie wieder, niemals – und auch keinen der anderen Schimpfnamen, die du Mike in meiner Gegenwart gegeben hast.« Sie warf den Kopf zurück. »Jetzt vergiss dein ramponiertes Ego. Und vergiss Louise Steadman.«

»Und was, wenn Peter bei seiner Freundin über mich plaudert?«

»Bei seiner Flucht von hier ist er ernsthaft verletzt worden. Wer weiß, ob er überhaupt in einer Verfassung ist, in der er irgendjemandem irgendetwas erzählen könnte. Falls er es jedoch tut, habe ich das unter Kontrolle. Geh in dein Büro zurück. Konzentriere dich auf Rubicon. Da dein Partner derzeit außer Gefecht gesetzt ist, hast du die doppelte Arbeit.«

Er runzelte die Stirn. »Und was, wenn Peter ...? Ich meine, er ist nicht nur mein Geschäftspartner, sondern auch ein Freund.«

Jesus, dachte Isobel. Dieser Kerl. »Damit befassen wir uns, wenn sich das Problem stellt, okay?«

Er schüttelte den Kopf. »Warum hast du immer recht?«

»Weil ich die Einzige bin, die sich um dein Wohl kümmert, Roger. Vergiss das nicht.« Sie schenkte ihm ein stahlhartes Lächeln, das frei von jeder Herzlichkeit war. »Und denk dran, es wird eine Zeit kommen, da wirst du mir alles erzählen, was ich über deine Nemesis-Kontaktperson wissen will.«

Hollis zuckte zusammen. »Er ist nichts. Ein Niemand.«

»Soweit du weißt.«

Er beugte sich vor, um sie auf die Wange zu küssen; sie duldete es, obgleich ihre Haut bei der Berührung seiner Lippen vor Abscheu kribbelte. Sie fragte sich, wie zum Teufel es ihr jemals gelingen sollte, seinen Gestank aus ihrem Schlafzimmer zu bekommen.

20

Sobald sie sich wieder halbwegs gefangen hatte, rief Brenda Butler an und berichtete ihm von der wahren Identität Peters und des Kugelkopfs. »Peter hat offensichtlich versucht, unsere Abteilung durch mich zu unterwandern.«

»Ich brauche Beweise.«

»Charles hat ein Foto, auf dem Peter bei einem Treffen mit Gorgonov zu sehen ist. Er soll es mir geben, dann schicke ich es dir.«

»Ich lasse es von der IT-Forensik auf Manipulationen mit Photoshop oder sonstigen digitalen Methoden untersuchen. Ich brauche es so schnell wie möglich.«

»Natürlich.«

»Außerdem ...«

»Was?«

»Schaffst du das, weiter im Einsatz zu sein? Und willst du es überhaupt?«

Gleich zwei Fragen auf einmal. »Absolut«, log Brenda.

»Ich möchte nicht, dass etwas dich ablenkt.«

»Das Problem stellt sich nicht.«

»Okay. Mach dir keine Sorgen wegen Peter«, sagte Butler. »Konzentrier dich auf deinen eigenen Auftrag.«

Damit beendeten sie das Gespräch.

Charles, der während des Telefonats geduldig abgewartet hatte, sagte: »Ich kenne nur den Namen des Bombenbauers. Voron.«

»Gewiss ein Deckname«, sagte Brenda.

»Zweifellos«, erwiderte Charles. »Aber dennoch ein Hinweis auf seine Identität.«

Sie saßen in Brendas Wagen, der in einer Seitenstraße des nordöstlichen Washingtons parkte. Keine gute Gegend: heruntergekommene Häuser, verlotterte Kneipen und mit Brettern vernagelte Ladenfronten. Auf vermüllten Plätzen standen improvisierte Zelte mit entwendeten Einkaufswagen davor, was auf eine plündernde, von Drogen benebelte Gesellschaft von Armen, Verzweifelten und Hoffnungslosen hindeutete, die gefährlich waren, wenn sie Geld für das nächste High brauchten.

»Wieso ist das ein Hinweis?«, fragte Brenda.

»Der Name bringt mich auf die Frage, ob überhaupt Russen hinter der Operation stecken.«

»Wieso? Wie kommen Sie darauf? Ist Voron denn kein russisches Wort?«

»Doch. Aber es ist russisch für Rabe.«

Das brachte bei Brenda sofort etwas zum Klingen. Wilson hatte von Raben schwadroniert. Sie runzelte die Stirn. »Hat das Wort Rabe für Sie eine besondere Bedeutung?«

»In der Tat.« Er nickte. »Wir haben herausgefunden, dass Nemesis ein eigenes Symbol besitzt: zwei Raben, die einander gegenübersitzen.«

War es das, was Wilson zu sagen versucht hatte, fragte sie sich. War er von Mitgliedern von Nemesis gefangen genommen und gefoltert worden? War Nemesis eine russische Organisation? Das mit den Raben konnte kein Zufall sein, doch sie wusste, dass sie einen direkten Beweis brauchte, um das zweimalige Auftauchen des Symbols zu verbinden.

Charles hatte etwas an sich, was Brenda sympathisch war. Was genau, war schwer zu sagen. Vielleicht war es seine offene Art, zu sprechen, als käme es von Herzen. Andererseits mochte er auch der weltbeste Lügner sein. Aber dafür hätte er ein Soziopath sein müssen oder, schlimmer noch, ein Psychopath, und beides konnte sie sich einfach nicht vorstellen. Aber da war auch die Sache mit Peter. Immer wieder ging ihr durch den Kopf, wie erfolgreich Peter sie belogen hatte. Und dazu kam noch: Seine Legende hatte Butlers Überprüfung standgehalten. Gerade diese Überprüfung hatte Brenda ja veranlasst, ihre Vorsicht fallen zu lassen.

Sie war so zornig, dass sie ganz kurz mit dem Gedanken gespielt hatte, Butler die neue Information über Peter zu verschweigen. Im Moment konnte sie sich nicht einmal selbst überwinden, das Foto von Peter und Gorgonov zu betrachten, geschweige denn zulassen, dass die Leute im Hauptquartier darüber brüteten und über ihre Demütigung lachten. Doch Charles dabei zu helfen, jene Terrorzelle zu Fall zu bringen, der beinahe der Mord an Evan und ihr selbst gelungen wäre, war die beste Möglichkeit, ihren Zorn in Aktion umzusetzen.

»Okay. Eigentlich denke ich, dass es in dieser Sache nur so von russischen Fingerabdrücken wimmelt.« Sie schaute auf ihr Handy. »Zufällig weiß ich, wo wir anfangen können. Es gibt einen Mann namens Nal. Ein Russe, aber definitiv ein Mann mit eigenen Ideen.«

»Nal, der Keiler«, sagte Charles augenzwinkernd. »Anscheinend werden wir von Tieren überrannt.«

Nal lebte in einer zweigeschossigen, mit Holzschindeln gedeckten Schuhschachtel, die in einer Zeile genau gleich aussehender Reihenhäuser stand. Die Straße war so unauffällig wie die ganze Gegend. Kleine Bäume, die vielleicht schon halb tot waren – mitten im Winter war das schwer zu beurteilen –, von Stadtgärtnern gepflanzt, die keinen Gedanken darauf verschwendeten, sie am Leben zu erhalten, kämpften um ihre Existenz. Die windschiefen Telefonmasten waren zahlreicher als die Bäume. Die Straße wirkte vergessen und trist.

Als Charles etwas dergleichen anmerkte, erwiderte Brenda: »Anscheinend gefällt es Nal so. Ich bin mir sicher, dass er genug Geld hätte, um irgendwo anders zu leben.«

»Was hat er für einen Beruf?«, fragte Charles, als er aus dem Wagen stieg.

Sie lachte leise. »Sollten Sie ihn das fragen, würde er den Mund halten wie ein Mafioso. Tatsächlich mischt er bei allem Möglichen mit, überwiegend in Grauzonen, die bestenfalls halb legal sind und schlimmstenfalls – na ja, keiner von uns möchte das Schlimmste wissen.«

Brenda klopfte an die Haustür, wartete ab und klopfte erneut.

Er sah sie an. »Ein Klopfsignal?«

Sie nickte. »Wie vor einer Flüsterkneipe der Dreißigerjahre.«

Die Tür ging auf. Eine Wolke süßlich würziger Cannabis-Rauch wehte ihnen aus dem Inneren entgegen, und daraus tauchte wie der Geist aus der Lampe ein kleiner Mann mit einem Heiligenschein grau melierten Haars, Augen wie reifen Oliven und einem Schnauzbart auf, der nicht breiter als seine Augenbrauen war und seine Oberlippe einer Raupe gleich bewohnte.

»Hi, Brenda!« Er streckte ihr eine Hand hin, deren Rücken von schwarzen Haaren bewachsen war. »Lange her, hm?« Sie schüttelten sich kurz die Hände wie zwei Geschäftsleute, die einander gut, aber doch nicht sehr gut kennen. Sein Blick wanderte zu ihrem Begleiter. »Wer verfinstert da meine Türschwelle?«

Angesichts von Charles' dunklem Teint und Haar fand er das urkomisch, doch das war typisch Nal.

»Ich heiße Charles.«

»Charles und weiter?«

»Und Sie sind Nal ... und weiter?«

Nal nickte. »In Ordnung. Ich bin Muslim.« Er zog die Augen schmal. »Und Sie?«

»Ich bin zur Hälfte muslimisch.«

»Und die andere Hälfte?«

»Jüdisch.«

Nal schnaubte. »Na ja, halb ist besser als gar nicht. Haben Sie was gegen Weed?«

»Nicht im Geringsten«, antwortete Charles.

Nal trat grinsend zurück und winkte sie ins Haus. »Sie kommen besser rein. Die Nachbarn werden sich sonst über meine gastfreundliche Anwandlung wundern.« Auch das fand er urkomisch.

Er führte sie durch eine schäbige Diele, die von einer steilen Treppe zum Obergeschoss beherrscht wurde. Sie folgten ihm nach rechts durch einen Flur und in eine überraschend helle Küche. Dort machte sich eine Frau, vermutlich seine Ehefrau, an einem Schneidebrett und dem Herd zu schaffen. Sie warf ihnen einen Blick über die Schulter zu und eilte aus der Hintertür. Durch ein verschmiertes Fenster konnten sie sehen, wie sie sich über ein Gemüsebeet beugte.

»Kaffee?«, fragte Nal. »Er ist türkisch. Stark genug, um selbst Ihnen Haare auf der Brust wachsen zu lassen, Brenda.«

Als sie beide ablehnten, verstand er die Botschaft. Sie setzten sich an einen altmodischen Tisch mit Chrombeinen und einer grauen Resopalplatte, die ein rosa Bumerangmuster aufwies. Die

Wände waren in einem eigenartigen Avocadogrün gestrichen, wie es in den 1950er-Jahren Mode gewesen war.

Nal steckte sich einen dicken Joint an, sog den Rauch tief in die Lunge und spreizte die Hände, die groß und fast quadratisch waren, mit vorstehenden Fingerknöcheln. Der würde keinen Schlagring brauchen, um dich in einem Boxkampf k. o. zu schlagen, dachte Brenda. Er bot ihnen beiden einen Zug an, aber das lehnten sie ebenfalls ab.

»Was kann ich für Sie tun«, fragte er durch eine Wolke süßaromatischen Rauchs.

»Wir suchen einen Bombenbauer«, erklärte Brenda.

»Er ist wahrscheinlich Russe«, fügte Charles hinzu. »Sein Name ist Voron.«

»Der Rabe.« Nal nickte und nahm noch einen Zug. »Vom Raben habe ich gehört.« Seine Stimme klang dünn und erstickt, weil er den Rauch in der Lunge behielt. »Sehr gründlich, handwerklich beste Arbeit.« Der Rauch drang mit einem dampfmaschinenartigen Zischen zwischen seinen Lippen hervor. »Außerdem eine sehr ungewöhnliche Person. Vielleicht einzigartig.«

»Warum?«, fragte Brenda.

»Erstens arbeitet Voron nicht für den SVR oder irgendeine andere Abteilung der russischen Geheimdienst-Kommandantura in diesem Land.«

»Wer gibt Voron dann seine Befehle?«

Nal zuckte mit den Schultern. »Das weiß ich nicht. So viel kann ich sagen: Bis vor wenigen Monaten hat Voron ohne festen Auftraggeber gearbeitet. Doch jetzt ist das anders.« Nal grinste. »Und zweitens, Voron ist kein Mann.« Seine Augen blickten groß aus ihren Höhlen. »Voron ist eine Frau.«

21

Nach Zwischenlandungen in Mailand und Istanbul traf der MI7-Jet endlich auf dem Shota Rustaveli Tbilisi International Airport, dem Flughafen Tiflis ein. Während des Flugs hatte Evan Peter die erste der schmerzdämpfenden Injektionen verabreicht und dafür gesorgt, dass er die vom Arzt verschriebenen entzündungshemmenden Tabletten nahm. Butler hatte sie beide mit neuen Reisepässen und Legenden ausgestattet. Für ihre Vorstöße in das Racha-Naturschutzgebiet waren sie außerdem mit Kleidung für kaltes Wetter versorgt, darunter pelzverbrämte Wanderschuhe und warme Parkas aus dem Arctic Program von Canada Goose.

Als das Flugzeug landete, senkte sich bereits die Dämmerung herab. Auf der Taxifahrt vom Flughafen ins Stadtzentrum leuchteten die Straßenlaternen, und der Himmel hatte pechschwarze Streifen. Tiflis war jetzt eine ganz andere Stadt als vor der Wende 2003, als die postsowjetische Schewardnadse-Regierung durch die Rosenrevolution vertrieben worden war. Evan und Limas fanden sich in einer leuchtend bunt gestrichenen, geschäftigen Stadt mit gutem Essen wieder, in der die Passanten rosige Wangen hatten und lächelten. Aber die Altstadt war immer noch die Altstadt mit ihren pastellfarbenen Holzhäusern, deren Balkone und Außentreppen mit ihren filigranen Geländern ein buntes Bild boten.

Und natürlich teilte der beschaulich dahinströmende Fluss Kura auch weiterhin die Stadt.

Das Tageslicht schwand hier rasch, und die Nächte waren lang. Während des Abendessens in einem Restaurant am Fluss, das aus Brathähnchen mit saurer Brombeersoße, Käsebrot und gedämpftem Wildgemüse bestand, wechselten Evan und Peter kaum ein Wort. Hinter den Bäumen am anderen Ufer funkelten Lichter, und der Himmel wölbte sich in einem klaren Marineblau. Aber vor Evans Augen schob sich immer wieder das Bild des roten Backsteinpalasts mit seinen Türmen und Raben. Es legte sich wie eine wabernde Luftspiegelung über die friedliche Stadtlandschaft und die schneebedeckten Gipfel, zu denen sie bald aufbrechen würden.

In der Nacht wälzte sie sich aus dem schmalen Bett, dessen dünne, durchhängende Matratze froh war, von ihrem Gewicht erlöst zu sein. Sie schaltete das Licht im Bad ein und spähte mit zu Schlitzen verengten Augen in ihr zerschlagenes Gesicht. Ihre Wange war noch immer geschwollen, und die Wunde pulsierte. Sie löste das antiseptische Pflaster und untersuchte, wie fein der Arzt sie genäht hatte. Er hatte einen selbstauflösenden Faden verwendet. Falls eine Narbe zurückbliebe, würde das Evan nichts ausmachen. Alles in allem wäre das nicht so schlimm. Sie schluckte ihr Antibiotikum, gab die antibakterielle Salbe auf das Wundkissen eines neuen Pflasters und klebte es auf die Wunde.

Hinterher stand sie am Fenster, schaute auf eine fremde Straße in einem fremden Land hinaus und dachte an Lyudmila. Wo bist du? Ich weiß, dass du nicht tot bist. Wenn du es wärst, würde ich das fühlen. Und du fehlst mir. Gleichzeitig hielt sie nach den üblichen Hinweisen Ausschau: ein Schatten in einem Hauseingang gegenüber dem Hotel, ein am Straßenrand geparkter dunkler Wagen, in dessen beengtem Innenraum gelegentlich eine Bewegung der Beschatter zu sehen wäre. Doch so genau sie auch schaute, nichts dergleichen tauchte auf. Vielleicht wurden sie gar nicht beschattet, aber ständige Wachsamkeit war ihr so in Fleisch und Blut übergegangen, dass es unmöglich war – und natürlich auch nicht ratsam –, sie aufzugeben. Der Mond war eine sichelförmige Narbe am Himmel. Ein Lastwagen rumpelte vorbei, und das war alles. Kein einziger Fußgänger, der nachts noch einen Spaziergang machte oder seinen Hund ausführte, war zu sehen. Die Straße war so leer wie eine verlassene Lagerhalle. In diesem Moment wirkte Tiflis wie eine einsame Stadt. Aber vielleicht lag das nur an Evan selbst. Das Scheitern ihres Lebens – des Lebens, das sie sich ausgesucht hatte (oder hatte es sie ausgesucht? Eine Frage, die sie bisher nicht hatte beantworten können) – war ihr immer bewusst.

In ihrem Gedächtnis gab es eine Leerstelle. Sie lag drei Jahre zurück. Es handelte sich um eine drei Monate lange Lücke in einer Zeit, in der sie in Europa mit Butler zusammengearbeitet hatte. Eine Lücke, die kurz nach einem Auftrag begann, der sie in die Nähe von Sankt Petersburg geführt hatte, und die unmittelbar vor dem Tag endete, an dem Josh ihr das Herz gebrochen hatte. Während dieser drei vergessenen Monate war Bobbi getötet worden. Daheim in Bethesda war ihre Schwester an einer verkehrsreichen Kreuzung vom Bürgersteig getreten und von einem Wagen überfahren worden, worauf der Täter Fahrerflucht begangen hatte. Alles war so schnell geschehen und der Schauplatz des Unglücks so chaotisch, dass keiner eine zuverlässige Beschreibung des Fahrzeugs geben konnte; es war dunkelblau, nein, schwarz, es war ein Chevrolet, nein, ein Ford, nein, ein GMC. Jedenfalls war es ein großer Wagen gewesen, darin waren sich alle einig, wenn auch in sonst nichts. Also ein SUV. Es war die Suche nach der Stecknadel im Heuhaufen. Aber war es wirklich ein Unfall gewesen? Evan war anderer Meinung, umso mehr als Butlers Frau zehn Tage zuvor während einer Reise nach Washington, auf der sie ihren kranken Vater besucht hatte, auf dieselbe Weise getötet worden war. Ein solches Vorgehen war die Lieblingsmethode des GRU. Da war dieser verdammte Auftrag gewesen, den Butler und sie in der Nähe von Sankt Petersburg ausgeführt hatten. Sie hatten den stellvertretenden Direktor des GRU eliminiert, während er mit seinen Busenfreunden und Untergebenen auf einer Privatveranstaltung in einem schicken Restaurant feierte. Sich ins Restaurant einzuschleusen, war ganz schön knifflig gewesen, aber so etwas war Evans Spezialität. Und so hatten sie es auf Biegen und Brechen durchgezogen.

Vergeltung. Innerhalb weniger Monate nach der Ausführung des Auftrags in Russland waren sowohl Evans Schwester als auch Butlers Frau Opfer eines Unfalls mit anschließender Fahrerflucht geworden. Der GRU hätte auch zwei Morde mit unterschiedlichen Methoden in Auftrag geben können, aber das war nicht geschehen. Die Russen hatten eine Botschaft geschickt: Wer uns wehtut, dem tun wir ebenfalls weh.

Evan und Butler hatten für ihren Erfolg teuer bezahlt. Ein Pyrrhussieg, wie er im Buche steht. Ein weiteres Beispiel dafür, wie sehr die Welt, in der sie lebten, auf Treibsand gebaut war. Ein Schritt vor, zwei zurück, zwei Schritte vor, einer zurück. Evan hatte sich das niemals verziehen, hatte sich ein halbes Jahr lang aus der Welt des Geheimdiensts zurückgezogen und war ohne Handy oder Notebook auf Reisen gegangen. Sie hatte genug von der Schattenwelt der Agenten oder der modernen Welt überhaupt, und sie hatte ihren Platz in beiden satt.

Sie hatte Bobbi furchtbar vermisst und sich gefragt, wie ihre beiden Kinder mit dem Verlust der Mutter zurechtkamen. Doch wie mit so vielem in der sogenannten normalen Welt konnte sie mit Kindern nicht gut umgehen. Früher oder später – normalerweise früher – stellten sie ihre Geduld auf die Probe. Mit ihrer Nichte und ihrem Neffen war es nicht anders. Sie schaute sich jeden Morgen unter Tränen ihre Fotos an, aber sie kehrte nicht nach Washington zurück, um sie zu besuchen. Sie verabscheute sich dafür, genauso wie sie sich dafür verabscheute, Bobbi in Gefahr gebracht zu haben, unwissentlich hin oder her. Es gab ein Foto von ihrer Schwester und ihr selbst, das sie immer bei sich trug und jeden Abend betrachtete, bevor sie das Licht ausmachte und in Albträumen versank. Auf dem Foto war sie selbst achtzehn und Bobbi sechzehn. Um die Trauer zu lindern, mit der ihrer beider erster Geburtstag nach dem Tod ihrer Eltern sie erfüllte, war Evan mit ihrer Schwester an einen Ort weit weg von allem geflogen, was sie kannten, weit weg von den Black Hills, der Prärie und dem Gedränge Chicagos. Sie hatte eine Weile recherchiert und war auf Sumatra gestoßen, wo sie eine Woche lang die Sonne, das Schwimmen, frisch zubereitetes Essen, Massagen und Spaziergänge im Regenwald genossen hatten. Und außerdem eine Nacht mit zwei Männern, die keine Ahnung hatten, wie jung Bobbi war. Das Foto hatte ein Mitarbeiter ihres Hotels am Strand geschossen. Die Sonne schien ihnen in die Augen, und ihr Haar flog im Wind. Breites, seliges Lächeln. Hinter ihnen das Meer.

Evan trat vom Fenster weg, das auf die verlassene Straße von Tiflis hinausschaute. Bobbi fehlte ihr immer noch. Sie nahm eine kleine Holzschnitzerei aus der Innentasche ihrer Jacke, die sie über einen Stuhl geworfen hatte. Ihre Schwester und sie hatten sich an einem Stand mit Schnitzereien je eine Figur ausgesucht und sie der anderen geschenkt, zur Erinnerung an ihre gemeinsame Woche, eine Woche, die ihnen die Freude am Leben und die Liebe füreinander wieder in Erinnerung gerufen hatte. Evan hatte Bobbi ein Amulett des Schamanen der Heilung und Wahrsagerei geschenkt, ein Figürchen mit einem spitz zulaufenden Hut. Bobbi hatte ihr ihrerseits das Holzfigürchen eines mythischen Sumatra-Tiers gegeben, eines Naga Morsarang, das Elemente von Pferd, Drache und Löwe in sich vereinigte. Evan war es immer wie ein besonders fantasievolles Seepferdchen erschienen. Das Holz war glänzend wie Glas, von ihren Fingern glatt gerieben; das Figürchen war immer bei ihr.

Hinter uns die Prärie, hinter uns das Meer, dachte Evan mit von Tränen verschwommenen Augen. Ach, könnte sie doch die Zeit zurückdrehen und Bobbi wieder lebendig machen. Ich hätte dich beschützen müssen. Ich habe versagt.

Sie stellte das Naga Morsarang auf den Nachttisch, legte sich wieder ins Bett und versuchte dahinterzukommen, was auf dieser leeren, außerhalb von Zeit und Raum befindlichen Seite ihres Lebens geschrieben stand. Drei Monate, auf die ihre Erinnerung keinen Zugriff hatte. Ein schwarzes Loch. Ein Moment oder eine Ewigkeit?

Sie begriff inzwischen, dass Patrick bei ihr Erinnerungen ausgelöst hatte, aufblitzende Bilder dessen, was ihr zugestoßen war. Pat hatte Bescheid gewusst; hätte er ihr vor seinem Tod doch nur noch davon erzählen können. Aber das Leben war niemals so einfach. Das Leben war hart und wurde mit jedem Tag härter.

Und doch würde Pats Tod vielleicht einem Zweck dienen; das wäre sicherlich angemessen, es wäre, als würde die Kröte damit eine passende Grabinschrift erhalten. Sie spürte, dass sie den Antworten näher kam, die sich ihr viele Jahre entzogen hatten: Wo hatte sie sich während dieser Monate befunden? Was war in dieser Zeit mit ihr geschehen? Wenn sie die Antworten fände, könnte sie mit der Sache abschließen, dessen war sie sich sicher, es wäre die ausgleichende Gerechtigkeit dafür, dass Bobbi vermutlich ermordet worden war.

Draußen lag dunkel und still die Nacht. Eine Eule schrie, der einsame Schrei einer ewigen Jägerin.

Der Morgen dämmerte heran, hell, klar und so kalt, dass es ihnen den Atem verschlug. Nach einem eiligen, aber befriedigenden Frühstück, zu dem man ihnen Khinkali servierte, die köstlichen, würzigen Pilzklöße, die zu den Nationalgerichten Georgiens gehörten, beschrieb man ihnen den Weg zu einem Laden, in dem sie einen Vorschlaghammer, eine Spitzhacke, einen Schaufelspaten und zwei starke LED-Taschenlampen erstanden. Evan bezahlte das Äquivalent von zweihundert Dollar bar, um für eine Woche einen Range Rover mit eingebautem GPS zu mieten, und lud das Werkzeug hinten ein. Vom Verleiher nahmen sie noch eine Straßenkarte mit und fuhren um 9:30 Uhr los. Die Entfernung von Tiflis zum Naturschutzgebiet betrug 187 Meilen. Knapp fünf Stunden später kamen sie an.

Beim Hineinfahren ins Naturschutzgebiet war die Temperatur schon nahe null, und als sie höher ins Kaukasusgebirge hinauffuhren, fiel sie nochmals stark ab und nötigte Evan, die Heizung des Range Rovers voll aufzudrehen. Ein bitterkalter, unfreundlicher Wind wehte von den Gipfeln des Kaukasus herab und fegte über das Land.

Butler hatte ihnen die GPS-Koordinaten der Stelle mitgeteilt, an der man die Agenten gefunden hatte.

Eine Meile hinter der Einfahrt des Naturschutzgebiets hielten sie an und stiegen ein letztes Mal vor der Ankunft an ihrem Ziel zum Recken und Strecken aus.

»Wie einsam du sein musst«, sagte Limas. »Bei dem Leben, das du führst.«

Evan erwiderte nichts, dachte aber an die Traurigkeit, die sie empfunden hatte, als sie am Fenster des nächtlichen Hotels gestanden hatte. Statt einer Antwort musterte sie die Berge, als wären sie Feinde, die man gegen sie in Stellung gebracht hatte. Hoch oben kreiste ein Adlerpaar und ein wenig tiefer ein Vogel, der wohl ein sehr großer, sehr hässlicher Gänsegeier war. Von diesen Raubvögeln abgesehen, rührte sich kein einziges Geschöpf, nicht einmal eine Feldmaus. Und auch kein Rabe.

»Ich meine, ich weiß, dass Brenda einsam ist«, plapperte Limas nervös weiter. »Nicht, dass sie es ausdrücklich sagt, aber ich spüre es ... daher nehme ich an ...« Seine Stimme verlor sich. Er sah Evan an und schaute wieder weg. Seine Atemwolke trieb davon wie Rauch. »Himmel, was ist es hier kalt.« Er zitterte in seinem dicken Parka. »Düster und leblos.«

Möglich, dachte Evan, aber der Kaukasus kam ihr gleichzeitig unglaublich majestätisch vor. »Ka-kaz«, sagte sie.

»Was?«

»Ka-kaz, so lautete der ursprüngliche Name«, erklärte Evan. »Und ebenso der hethitische Name für das Volk, das am Südufer des Schwarzen Meers lebte.« Sie schloss die Gegend mit einer Handbewegung ein. »Wir haben hier eine berühmte historische Region vor uns, Limas. Die griechische Mythologie betrachtete dieses Gebirge als den Ort, an dem Prometheus an den Felsen gefesselt wurde. Jason und die Argonauten suchten das Goldene Vlies in Kolchis, dem heutigen Kolkhida-Tiefland von Georgien, das dort, wo der Kaukasus parallel zum Schwarzen Meer verläuft, am Fuß des Gebirges liegt. Und die Pässe durch dieses Gebirge, die im Winter unbegehbar, im Frühling und Sommer aber außerordentlich schön sind, wurden zu einer wichtigen Migrationsroute für die frühen Bewohner des Fruchtbaren Halbmonds im Nahen Osten. Seit den frühesten Zeiten weisen die Völker dieser Region eine außergewöhnliche ethnische und kulturelle Vielfalt auf. Glaube es oder nicht, die Bewohner von Kolchis wurden vom griechischen Historiker Herodot als schwarze Ägypter beschrieben.«

»Glaubst du das wirklich?«

Evan zuckte mit den Schultern. »Bisher hat nie jemand Grund gehabt, an Herodot zu zweifeln.«

»Woher weißt du so viel über diese Gegend?«, fragte Limas. »Warst du schon einmal hier?«

»Nein«, antwortete sie automatisch. »Zumindest nicht in diesem Gebiet.« Aber Tatsache war, dass sie sich nicht sicher war. In dem Moment, in dem sie den Kaukasus zum ersten Mal gesehen hatte, war sie von einem schwindelerregenden Gefühl von Déjà-vu überkommen worden. Sie meinte, das Flattern von Rabenflügeln zu hören und das Krächzen, mit dem die Vögel auf einem Schieferdach landeten.

»Vielleicht in einem anderen Leben«, sagte Evan, aber selbst für ihre eigenen Ohren klang ihre Stimme abwehrend.

»So wird es sein.«

Limas beobachtete Evan aufmerksamer, als ihr lieb war.

Evan wandte sich unvermittelt um, sodass ihre Sohlen auf dem vereisten Schotter knirschten, und ließ sich wieder hinters Steuer gleiten. Als Limas die Beifahrertür hinter sich geschlossen hatte und richtig saß, ließ Evan den Motor an, legte den ersten Gang ein und fuhr die steiler werdende Straße hinauf. Seitdem sie in das Naturschutzgebiet hineingefahren waren, hatten sie noch kein weiteres Fahrzeug gesehen. Die Urlaubssaison, die Touristen brachte, war eine ferne Erinnerung. Die lange Saison des Todes hatte sich über die Landschaft gelegt und grub sich in sie wie Raubvogelklauen in Fleisch.

»Du fragst dich bestimmt, warum ich dich mitgenommen habe«, sagte Evan nach einer Weile.

»Stimmt.«

»Und ich frage mich, warum du bereit warst mitzukommen.«

»Ich bin immer für ein Abenteuer zu haben«, antwortete Limas mit einem Grinsen.

»Ich meine den wahren Grund.« Evan schaute kurz in den Rückspiegel und beobachtete dann wieder die Straße vor ihnen, die sich bis in den Himmel hinaufzuwinden schien. Die Haarnadelkurven wurden zahlreicher und immer schärfer.

»Ah, das.« Limas verschränkte kurz die Finger und nahm die Hände wieder auseinander. »Die Wahrheit lautet, dass das, was in Washington passiert ist, mir eine Heidenangst eingejagt hat. Wirklich, ich habe keine Ahnung, was mit Isobel los war. Und Roger, Jesus Christus. Ich meine, er ist mein Geschäftspartner, Herrgott noch mal! Und jetzt kommt er mir vor wie Mr Hyde.«

»Vielleicht war er ja niemals Dr. Jekyll.«

»Hm, ja.« Limas senkte den Kopf. »Aber hör mal, sieben Jahre. Das ist eine Zeitspanne, nach der man schon davon ausgehen kann, dass man jemanden kennt.« Er seufzte. »Ich habe mir einfach gedacht ... ich meine, nach allem, was Brenda und dir zugestoßen ist ... was euch hätte passieren können ... Und dann diese Prügelei wegen eines silbernen Anhängers und einer Anstecknadel?« Er schüttelte den Kopf. »Ich dachte mir, seit der Gründung der Firma arbeite ich jetzt ununterbrochen. Vielleicht ein kleiner, improvisierter Urlaub, ich meine ... ich weiß nicht.«

»Oh doch.«

Limas' Kopf fuhr zu ihr herum. »Was willst du damit sagen?«

»Der Anhänger. Die Anstecknadel. Komm schon, Peter, du weißt ganz genau, was die beiden Raben bedeuten.«

»Zum Teufel, nein!«, antwortete Limas hitzig.

Evan bremste, fuhr an den Straßenrand, legte den Parkmodus ein und zog die Handbremse an. »Diese beiden schnäbelnden Raben sind der Grund, weshalb ich dich mitgenommen habe. Du weißt etwas über sie. Vielleicht alles.« Sie ließ den Silberanhänger an seiner Kette zwischen ihnen in der Luft baumeln. »Du hast gehört, was ich zu Isobel gesagt habe. Das hier habe ich der Frau abgenommen, die den Wagen mit der Autobombe auf dem Parkplatz des St. Agnes abgestellt hat. Ich habe sie gefunden und gestellt. Sie hat mich gezwungen, sie zu töten. Sie trug diese beiden Raben, genau wie dein Partner Roger Hollis.«

Evan ließ den Anhänger in Limas' geöffnete Hand fallen.

Limas schüttelte den Kopf. »Was immer Roger im Schild führt, er steht allein da. Ich tappe hier genauso im Dunkeln wie du.«

»Wirklich? Nemesis ist irgendeine Art von Komplott. Eine Gruppe von Verschwörern, die sich über nationale Grenzen hinweg verbinden«, fuhr Evan fort. »Für mich ist das nichts Neues. Ich bin darauf spezialisiert, Verschwörungen aufzudecken und die dahintersteckenden Cliquen zur Strecke zu bringen. Ich muss wissen, was Nemesis will – was du willst, Limas –, und das ist der Grund, weshalb du jetzt mit mir hier bist. Deshalb haben wir an dieser verlassenen Straße am Ende der Welt gehalten. Keiner wird dich schreien hören, von den Adlern und Geiern vielleicht einmal abgesehen. Sie werden deine Leiche nur zu gern zerfleddern, wenn ich sie aus dem Wagen geworfen habe.«

Alles Blut war aus Limas' Gesicht gewichen. Er sah aus, als wäre ihm schlecht.

»Ich habe noch nie von Nemesis gehört, bis du selbst den Namen genannt hast.« Limas kaute auf seiner Unterlippe herum. »Ich weiß, dass du keinen Grund hast, mir zu glauben, aber ich sage die Wahrheit.« Er machte eine Handbewegung. »Hör mal, ich hab dir bei Isobel in diesem Chaos geholfen. Das muss doch zählen.« Er wartete auf eine Antwort, irgendein Zeichen von Evan, das aber nicht kam.

»Können wir uns bitte irgendwie einigen?«, fragte er.

Evans Antwort war so frostig wie der Wind, der über die Berge fegte. »Nur, wenn ich mir sicher sein kann, dass du mir nichts verschweigst.«

• • •

»Das ist für Sie, Chef.« Kommandant Kristov reichte Gorgonov einen schwarzen Umschlag, dessen rechte obere Ecke mit einem roten Schrägstreifen gekennzeichnet war. Alle Mitteilungen mit der Kennzeichnung »Vertraulich und dringend« wurden ihm von Kristov persönlich überbracht. Nichts tauchte elektronisch auf einem Server des SVR auf. Die Parole IT-Paranoia hatte Gorgonov sofort ausgegeben, als er Direktor des SVR wurde. »Direkt vom türkischen Vorposten.«

Es war spät am Abend, die Zeit fürs Abendessen war längst vorbei. Gorgonov hatte sich am Schreibtisch irgendeine Mahlzeit in den Mund geschoben, hätte aber kaum sagen können, was es war. Er hatte Wichtigeres zu bedenken.

Er wollte gerade den Umschlag öffnen, als sein persönliches Handy summte. Kristov zog die Augenbrauen hoch und wollte danach greifen, doch Gorgonov winkte ab.

»Schon gut. Es ist meine Tochter.« Kristov nickte und verließ das Büro seines Chefs. Seufzend griff Gorgonov nach dem Gerät.

»Hallo, meine kleine Lolushka«, sagte er.

»Wie geht es dir, Papa?« Lolitas Stimme piepste aus der Hörmuschel. »Wann kommst du heim? Du fehlst mir.«

»Du fehlst mir auch, Liebling.« Gorgonov sah auf den schwarzen Umschlag mit dem roten Streifen. Er musste sofort schauen, was sich darin befand. »Ich komme so bald wie möglich nach Hause.«

»Ich möchte dir vom Turnwettkampf erzählen.«

Richtig. Das hatte er ganz vergessen. Er drehte sich mit dem Bürosessel herum und schaute aus dem Fenster auf den fallenden Schnee, der Moskau immer tiefer zudeckte, als wäre er der Hermelinpelz des Winters.

»Wie ist es gelaufen?«

»Ich hab auf dem Schwebebalken den ersten Platz gemacht, Papa!«

»Das ist ja wunderbar! Ich möchte alles darüber hören.«

»In allen Einzelheiten!«, rief Lolita. »Ich gehe erst schlafen, wenn ich dir davon erzählt habe.« Er hörte sie gähnen. »Versprochen.«

»Zuckersüße Küsse«, sagte Gorgonov, sein üblicher Abschiedsgruß.

Er schaltete sein Handy aus. Er wollte dem unvermeidlichen Anruf seiner Frau entgehen, die fragen würde, warum er nicht bei dem Wettkampf gewesen war. Natürlich wusste sie, warum, aber manchmal legte sie es einfach darauf an, ihn zu nerven. Das war einer der Gründe, weshalb er eine Geliebte hatte, die gefügig und willig war, egal, was er von ihr verlangte.

Er warf das Handy in eine Schreibtischschublade, schlitzte den Umschlag mit dem Briefmesser auf und kippte den Inhalt heraus: Ausdrucke vom Nachrichtenaustausch in den verschlüsselten Netzwerken, die der türkische Vorposten überwachte. Beim Lesen beschleunigte sich sein Puls. Diese Botschaften hatten mit Nemesis zu tun, einer Organisation, die sein Team und er überwacht und über die sie im Auftrag des Souveräns Informationen gesammelt hatten. Doch wichtiger war, was eine der Nachrichten vermuten ließ: dass Boyko eine private Beziehung zu Nemesis unterhielt, von der keiner und schon gar nicht der Souverän etwas wusste.

Diese Neuigkeit war brandheiß; er musste sie weiter abklären und brauchte zusätzliche Bestätigung, bevor er sie glauben und entsprechend handeln konnte.

• • •

»Du siehst fix und fertig aus«, sagte Limas.

Evan starrte durch die Windschutzscheibe. »Was macht deine Schulter?«

»Ich brauche noch keine neue Injektion.«

Evan nickte, anscheinend zufrieden.

Sie saßen Seite an Seite im Wagen. Die Anspannung wegen der Bilder, die immer wieder in ihr aufstiegen, machte, dass Evan das Lenkrad so fest packte, dass ihre Fingerknöchel weiß wurden. Am liebsten hätte sie sich gegen die Schläfen geschlagen, um den Rest der Erinnerung an den monströsen roten Backsteinpalast und die beiden Raben herauszuschütteln.

Schließlich sagte Limas: »Was ist?«

Evan überging seine Frage, löste die Handbremse und legte Drive ein. Ein Blick auf das Navi des Range Rovers zeigte ihr, dass sie sich weniger als eine Meile von der Stelle entfernt befanden, wo Jules' und Alberts verstümmelte Leichen entdeckt worden waren und wo möglicherweise auch die beiden vermissten MI6-Agenten zu finden sein würden. Nun erfüllte Spannung einer anderen Art das Innere des Range Rovers. Inzwischen befanden sie sich hoch oben im Gebirge. Der Himmel hatte sich bedrohlich verdüstert, doch im Inneren des Fahrzeugs hatten sie das angesichts ihrer Konzentration auf alles, was vor ihnen lag, kaum wahrgenommen.

Als sie jedoch an ihrem Ziel ankamen und aus dem SUV stiegen, spürten sie die Feuchtigkeit in der Luft und gleichzeitig ein Nachlassen der heftigen Kälte.

»Es wird schneien«, sagte Limas mit einem Blick zum Himmel.

»Nein«, antwortete Evan. »Da kommt etwas viel Schlimmeres.«

Sie eilten zu der Stelle etwa dreihundert Meter westlich der Straße, an der die Leichen abgelegt worden waren. Da auf dem forensischen Foto das Blut fehlte, war Evan sich sicher, dass das Töten, Verstümmeln und Schächten nicht hier am Fundort in der Einsamkeit des Naturschutzgebiets, sondern anderswo stattgefunden hatte – aber wo? Im roten Backsteinpalast?

Anfangs hatte es den Anschein, als hätten der Mörder oder die Mörder den Ablageort zufällig gewählt, doch als sie näher kamen, erkannten sie, dass die Gegend gründlich ausgekundschaftet worden sein musste. Die Leichen waren in einer flachen Mulde im eisigen Fels abgelegt gewesen.

Da die Toten abtransportiert worden waren, gab es für Evan und Limas hier nichts mehr zu sehen. Butlers Tatortspezialisten – und vermutlich auch die des MI6 – hatten die ganze Gegend feinmaschig abgesucht. Evan kauerte sich in die Mitte der Mulde und scharrte so viel verschneite Erde zusammen, wie der gefrorene Boden ohne eine Spitzhacke hergab. Zweifellos hatte Butler sie hierhergeschickt, weil er hoffte, dass sie etwas entdecken würde, was den Tatortspezialisten entgangen war. Aber da war nichts. Gar nichts.

In diesem Moment beschloss der Himmel, die Schleusen zu öffnen. Der Hagel begann mit ein paar gutmütigen Körnern, doch bald prasselten sie wie eine Flut von Stahlkugeln nieder, die von jeder harten Oberfläche abprallten. Evan und Peter zogen sich hastig in den Range Rover zurück, wo sie schweigend in dem ohrenbetäubenden Lärm saßen, den der Hagel auf dem Wagendach erzeugte.

»Das sieht aus wie eine biblische Katastrophe«, bemerkte Limas nach zehn gnadenlosen Minuten Hagel. »Und vor allem klingt es so.«

Die Sicht war fast gleich null, sie konnten mit Müh und Not das Ende der Motorhaube erkennen. Sie waren in einen metallenen Kokon eingesperrt. Von ihrem Atem beschlugen die Scheiben.

»Louise …« Limas wandte sich ihr zu. »Louise, ich …« Dann küsste er sie hart auf die Lippen. Mit einer Bewegung, die in dem Arctic-Parka behäbig wirkte, umfing er sie und zog sie an sich.

Evan drückte ihn mit ausgestreckten Armen von sich weg zur Beifahrertür.

»Scheiße noch mal, Peter!«

»Was?«

»Soll das ein Scherz sein? Du hast eine Freundin, nämlich Brenda. Und sie ist mit mir befreundet. Was ist mit dir los? Ist das die Art, wie du sie niemals betrügen würdest?«

Er machte eine bestürzte Miene. Sein Gesicht war rot angelaufen. »Du hast recht. Ich … ich weiß nicht … ich dachte einfach …«

»Nun, denk so was nicht.«

Er blickte elend drein. »Ich weiß. Es tut mir furchtbar leid, Louise. Aber du bist so …«

Ein aufgeladenes Schweigen, das Evan durchbrechen musste, weil er es nicht tun würde.

Sie sah ihn gereizt an. »Ich bin so was?«

»So verdammt schön. Und dann habe ich dich in Aktion gesehen, habe gesehen, wie du mit diesen schwierigen, erschreckenden Situationen fertiggeworden bist. Ich habe gesehen, wie du mit Männern umgesprungen bist, und ich dachte …«

»Was? Wonder Woman?«

Er ließ den Kopf hängen. »Ich … Na ja, weißt du, ich habe Wonder Woman als Kind geliebt.«

»Du hast bei ihrem Anblick vor Lust gesabbert, wette ich, oder …«

»Bitte!«, rief er. »Hör auf!« Und dann kopfschüttelnd: »Das halt ich nicht aus.«

»Nein«, erwiderte Evan. Sie wusste nicht, ob sie Peter ins Gesicht schlagen oder Mitleid mit ihm empfinden sollte. »Das hältst du nicht aus.«

Der Hagelschauer zog genauso schnell ab, wie er gekommen war. Sie stiegen wieder aus. Die Luft fühlte sich verletzt an, als wäre alles in ihrer unmittelbaren Umgebung schuldig geworden. Evans Blick wanderte wieder zu der Mulde, doch gleich darauf fiel er auf die Felswand, die direkt dahinter aufragte. Als wären es wirklich Stahlkugeln gewesen, hatten die Hagelkörner dort den Schnee und das Eis zerfressen, die jetzt von Kratern übersät waren wie die Oberfläche des Mondes.

Sie ging zum Kofferraum des Fahrzeugs, reichte Limas die Spitzhacke und nahm den Vorschlaghammer für sich selbst. Der Boden, eben noch hart und zuverlässig, war nun trügerisch und glatt. Hagelkörner rollten unter ihren Schuhsohlen weg, sodass sie jeden Moment auszurutschen drohten.

»Wohin gehen wir?«, fragte Limas. »Was hast du gesehen?« Dann begriff er und eilte ihr so schnell hinterher, wie er es schaffte.

»Dort drüben ist eine Vertiefung im Fels«, sagte Evan und deutete auf die von kleinen Kratern übersäte Steilwand. »Vielleicht sogar eine kleine Höhle.«

Evan holte mit dem Vorschlaghammer aus und ließ ihn auf die

verschneite Wand niederkrachen. Eis spritzte in alle Richtungen. Limas wollte die Spitzhacke verwenden, doch Evan nahm sie ihm aus der Hand.

»Du tust so, als wäre ich ein Invalide«, protestierte Limas.

»Entspann dich, Bruce Banner.« Evan schwang die Spitzhacke immer wieder, und langsam, aber sicher gab der geschwächte Eiswall nach, und ein kleines Guckloch entstand, in das sie mit ihren Taschenlampen leuchteten.

»Zwei«, sagte Limas. »Ich zähle zwei Leichen.«

Verletzte Schulter hin oder her, Limas bestand nun darauf, Seite an Seite mit ihr zu arbeiten. Nach einer halben Stunde harter Plackerei brachen sie zum Lohn ihrer Mühe durch: zwei gefrorene Leichen. Es waren zwei Männer Anfang dreißig, und als sie noch lebten, waren sie körperlich sichtlich fit gewesen. Wie Butlers Agenten wiesen beide an Fußknöcheln und Handgelenken Fesselspuren auf und waren geschächtet worden. Zweifellos hatte man sie ebenfalls an den Füßen aufgehängt, während jemand oder etwas ihnen die Gurgel zerfleischte. Bei genauerem Hinsehen konnte Evan die halbrunden Abdrücke von Zähnen erkennen. Ob es sich um das Gebiss eines Tieres oder eines Menschen handelte, war unmöglich zu sagen.

»Allmächtiger!« Limas ging in die Hocke und rieb sich die Schulter. »Wer sind die zwei?«

Evan erkannte sie von den Fotos, die Butler ihr gezeigt hatte. »Es sind die beiden vermissten MI6-Agenten: links Simon Fraser und rechts Ian Ridgley.«

»Schau, was man ihnen angetan hat. Ich meine …« Limas stand unsicher auf und wich zurück.

»Rituell ermordet, genau wie die anderen Opfer«, sagte Evan. »Derselbe Täter, einer oder vielleicht auch mehrere.«

»Ein bestialischer Tod, als wären sie von einem verrückten

Hund oder einem Wolf angegriffen worden ...« Limas war so bleich wie der Kalkstein, über den er stolperte. »Wie ... wie viele Opfer gibt es noch?«

»Zwei der Unseren. He, Peter, tief durchatmen.«

Limas nickte unsicher. Dann wandte er sich unvermittelt ab, beugte sich vor und erbrach sich auf den vereisten Boden. Evan trat zu ihm und hielt ihn fest, während sein ganzer Körper unter Krämpfen erschauerte.

»Alles gut, Peter. Versuch einfach, tief durchzuatmen.«

Als sie sicher war, dass er sich ausreichend erholt hatte, nahm sie die kleine Leica, die Butler ihr gegeben hatte, und schoss zahlreiche Fotos aus verschiedenen Blickwinkeln, darunter auch Nahaufnahmen der Gesichter, der vom Blutstau dunklen Füße und der zerfetzten Kehlen. Diese neue, hochmoderne Kamera hatte eine Verbindung zum Internet, und sie lud die Fotos auf Butlers privaten Server hoch.

»Ich denke, durch diesen Vermisstenfund haben wir dem MI6 einen großen Gefallen getan«, sagte Evan, als Limas wankend zurückkam, den Blick noch immer halb von den Leichen abgewandt. »Na ja, wenigstens stinken sie nicht.«

Limas' Augen tränten, und er wischte sich den Mund mit dem Handschuh ab. »Entschuldigung«, murmelte er. Er kehrte taumelnd zum Range Rover zurück und überließ Evan die Aufgabe, das Werkzeug zum Wagen zurückzutragen.

Als sie fertig war, begab Evan sich noch einmal zum hintern Rand der Kuhle, krabbelte in die flache Höhle und leuchtete jeden Quadratzentimeter des Inneren mit dem LED-Strahl ihrer Taschenlampe ab, auf der Suche nach etwas, was der Mörder oder die Mörder vielleicht zurückgelassen hatten.

Doch sie fand nur ein wenig dunklen Steinschutt, der in kleinen Häufchen neben den Leichen lag.

Erst als sie das Zeug ins Tageslicht hinausbrachte, sah sie, dass es tatsächlich aus kleinen Brocken roten Backsteins bestand.

22

Die Sonne war noch nicht aufgegangen, als Gorgonov und der Souverän losritten. Der Nebel hüllte das flache Land um Moskau in einen geheimnisvollen Schleier. Als wollten sie den gefrorenen Boden totschlagen, hämmerten die Pferdehufe über die harte Erde und ließen das Eis zerklirren. Die Rösser donnerten auf dem Weg zu den dichten Kiefernwäldern im Osten über die Wiesen, und hinter ihnen stoben Wolken verschneiter Erde in die Luft. Der Himmel war wie marmoriert. Krähen kreisten krächzend in der Luft.

Der Souverän trug eine lederne Reithose, die ihm bis zum Bauchnabel reichte. Darüber war er unbekleidet, und seine unbehaarte Brust mit den harten Brustwarzen war den ersten Strahlen der aufgehenden Sonne nackt und bloß preisgegeben. Er trug hohe Stiefel, die auf Hochglanz poliert waren. An seinem rechten Oberschenkel war ein Lederholster festgeschnallt, in dem sein speziell für ihn gefertigter Colt .45 mit einem schraffierten Goldgriff steckte. Es amüsierte ihn, eine Seitenwaffe amerikanischen Fabrikats zu führen.

Der Souverän hatte einen kugelrunden Kopf mit kurz geschorenem stahlgrauem Haar und fuchsschlauen Augen, denen nichts entging. Er war kein groß gewachsener Mann, aber dennoch einschüchternd. Auf seine Ringerstatur war er verdammt stolz. In der Tat wusste Gorgonov, dass er in seiner Jugend in Sankt Petersburg ein aktiver Ringer gewesen war und nur selten verloren hatte. Selbst als er beim KGB arbeitete, hatte er mit dem Training weitergemacht, und dieses Talent hatte ihm auf jeder Sprosse der Karriereleiter geholfen, die er im Regierungsdienst in beängstigendem Tempo hinaufgestiegen war. Sein Weg war von Toten gesäumt, und Menschen wurden plötzlich vermisst. Keiner wagte zu fragen, was ihnen zugestoßen war, und keiner setzte sich ernsthaft auf die Spur der Täter. Und mit Sicherheit richtete niemand jemals den Blick auf den Souverän selbst.

Während ihrer Zeit als hochrangige Apparatschik im Kreml hatte Shokova dem Souverän nahegestanden. Vielleicht hatte er ihr bei ihrem raschen Aufstieg zur Macht geholfen. Vielleicht hatte er ihr die Seele aus dem Leibe gefickt, oder vielleicht eher sie ihm. Jedenfalls war es so weit gekommen, dass der Souverän ihrer Meinung vertraute. Was Shokovas letztlichen Verrat für den Souverän umso schwerer verdaulich gemacht hatte. Wenn Gorgonov ehrlich mit sich war, war nach Shokovas Verschwinden nichts mehr wie zuvor. Erst als er danach die zahlreichen Hinweise sichtete, die man vorher alle übergangen hatte, war er auf ihre enge Freundschaft mit Evan Ryder gestoßen, die schon in sich ein Verrat war, der alles andere, was sie sich sonst noch geleistet hatte, in den Schatten stellte.

Die Pferde stürmten in vollem Galopp über das vereiste Feld, das Tier des Souveräns ein wenig voraus. Der Morgen war von goldenen und rosafarbenen Lichtsplittern erfüllt. Der Atem der Pferde bildete Wolken in der Luft, als würden sie von Dampf angetrieben. Es war nicht das erste Mal, dass Gorgonov zu einem Ausritt mit dem Souverän eingeladen wurde, doch obgleich es ein selten gewährtes Privileg war, erfüllte es Gorgonov unweigerlich mit dem unangenehmen Gefühl, jeden Moment könnte sich der

Boden unter ihm auftun und ihn komplett verschlingen. In der Gegenwart des Souveräns spannte er den Unterkiefer so sehr an, dass bald alle Muskeln wie zu Stein verkrampft waren.

Am Rand des Kiefernwalds verlangsamten sie das Tempo ihrer Pferde zum Schritt und lenkten die Tiere durch das Labyrinth der Bäume. Schließlich gelangten sie auf eine Lichtung. Jeder andere wäre abgestiegen, nicht jedoch der Souverän. Er blieb mit geradem Rücken im Sattel sitzen und schaute in die Ferne, als hätte er den Blick fest auf ein unbekanntes Ziel geheftet. Gorgonov verharrte als stummer Beobachter. Er war zu klug, um unaufgefordert zu sprechen.

Nach einer Weile ruckte der Souverän am Zügel und wendete sein Pferd, sodass er Gorgonov ansah. »Mir kommen allmählich Zweifel an unserem General Boyko. Ich glaube, wir haben nicht einmal die Hälfte der Netzbots, die wir haben sollten. Wir müssen das amerikanische Internet mit *dezinformatsiya* überschwemmen. Da dort derzeit eine lächerlich unfähige Partei an der Macht ist und die Opposition in einem chaotischen Zustand, ist jetzt der richtige Moment gekommen, um mit der Regierung auf unsere eigene Art umzuspringen. Dieser Präsident ist nicht mehr als ein Papiertiger. Ich kann ihn dazu bringen, alles zu tun oder zu sagen, was ich will.«

Wie sein Reittier atmete der Souverän durch die Nasenlöcher zwei Dampfwolken aus. Gorgonov hatte plötzlich das Gefühl, auch wenn das Pferd nur Dampf ausstoßen konnte, werde der Souverän selbst beim nächsten Öffnen des Mundes Drachenfeuer speien. Ein absurdes Bild, in Verbindung mit dem Souverän aber durchaus passend.

»Stattdessen scheint sich Yuri Fyodorovich nur noch darum zu kümmern, diese amerikanische Agentin zu Fall zu bringen.« Er meinte Evan Ryder. Gorgonov wusste, dass der Souverän Ryder niemals beim Namen nennen würde, sondern immer nur von dieser amerikanischen Agentin sprach. »Seit dem Vorfall bei Sankt Petersburg ist er meiner Meinung nach von ihr besessen.«

Die Person, die Ryder und Benjamin Butler im Korovaroom-Restaurant bei Sankt Petersburg ermordet hatten, war Boykos handverlesener stellvertretender Direktor gewesen. Wie Gorgonov es sah, war der General seitdem nicht mehr derselbe.

»Die amerikanische Agentin ist mir gleichgültig, Anton Recidivich«, sagte der Souverän. »Jetzt, da die Verräterin aus unserer Geschichte herauskorrigiert wurde, ist die Agentin für die Föderation oder mich nicht mehr von Belang.« Mit »die Verräterin« meinte er Lyudmila Shokova; deren Namen sprach er ebenfalls nicht mehr aus. »Habe ich mich verständlich ausgedrückt, Anton Recidivich?«

»Wie immer, mein Souverän.« Gorgonov war entzückt, dass sein ehemaliger Schulkamerad und Freund, jetzt sein schlimmster Feind, in Ungnade gefallen war. Gleichzeitig dankte er seinem Glücksstern dafür, dass er seinen eigenen verdeckten Angriff auf Evan Ryder geheim gehalten hatte.

Der Souverän nickte. »Gut. Ich weiß, dass ich auf Sie zählen kann, Anton Recidivich.« Es erstaunte Gorgonov immer noch, dass der Souverän im eiskalten Morgenwind nicht einmal eine Gänsehaut hatte.

Der lenkte sein Pferd dicht neben das von Gorgonov; ihre Knie berührten sich beinahe, und Gorgonov meinte, eine feurige Wärme zu spüren, die von ihm ausstrahlte.

»Nun, Anton Recidivich, hast du Nachrichten über jene Gruppe?«

»Über Nemesis, jawohl.« Gorgonov hielt die Zügel in der bloßen Hand, obgleich die vom Wind und der Kälte knallrot war. Er widerstand dem Impuls, seinen Mantelkragen hochzuschlagen, und ärgerte sich darüber, dass er diese kleine Maßnahme nicht schon vorher ergriffen hatte. Er hatte nicht erwartet, dass es den ganzen Morgen so kalt bleiben würde. Die sich langsam am Himmel hinaufkämpfende Sonne war hilflos im eiskalten Griff des Winters.

»Nemesis ist eine Neonazi-Organisation«, berichtete Gorgonov. »Ich habe den Verdacht, dass sie eine von unserer RNE finanzierte und kontrollierte Kampfgemeinschaft ist.« Mit RNE meinte er die Russische Nationale Einheit, eine ultrarechte Splitterpartei, die sich Neonationalsozialismus, Antisemitismus, Islamophobie und russischen Nationalismus auf die Fahnen geschrieben hatte. Außerdem wollte sie, dass die russisch-orthodoxe Kirche eine größere Rolle im russischen Leben und in der Regierung spielte. Beim Souverän und dem russischen Staat war die RNE verhasst.

»Nun, das ist ja eine Überraschung.« Die Stimme des Souveräns troff vor Verachtung. »Ich toleriere diese Verbrecher schon viel zu lange. Ich möchte, dass Sie die RNE genau im Auge behalten.«

»Man könnte mir aber vorwerfen, dass ich dem FSB auf die Füße trete.« Der FSB hatte wie das amerikanische FBI die Verantwortung für die innere Sicherheit.

»Ich kümmere mich um Roskov.« Alex Roskov war der Chef des FSB. »Knöpfen Sie sich die RNE so gründlich vor, wie es nötig ist. Die Partei wächst in letzter Zeit in einem alarmierenden Tempo, und nach allem, was Sie gesagt haben, ist das Nemesis zu verdanken. Die beiden haben sich verbündet, da bin ich mir sicher. Mütterchen Russland nährt eine Schlange an ihrem Busen, Anton Recidivich. Finden Sie diese Schlange, und töten Sie sie.«

»Gleichgültig, wie nah am Herzen sie sich eingenistet hat?«

»Unbedingt, ja. Sie haben mein Plazet.«

Gorgonov nickte. »Es wird sofort erledigt, mein Souverän.«

Der Himmel war mit Wolken überzogen, und der Wind wirkte inzwischen anders – er war noch immer eisig, doch es lag eine Feuchtigkeit darin, die durch Gorgonovs dicken Mantel bis auf die Haut durchdrang. Dem Souverän schien die feuchte Kälte nichts auszumachen. Selbst das kleine Silberkreuz, das ihm an einer Kette um den Hals hing, schmiegte sich an sein Brustbein, als suchte es Wärme. Gleich darauf schwebten die ersten Schneeflocken auf die Lichtung nieder. Beide Pferde stampften mit den Hufen, als hätten sie es eilig, in den warmen Stall des Souveräns zurückzukehren, wo man sie abreiben und mit einem Edelstahleimer voll Hafer füttern würde.

Der Gesichtsausdruck des Souveräns machte deutlich, dass er in Gedanken versunken war. Er ruckte am Zügel, um sein Pferd zur Ordnung zu rufen, als müsste nicht nur Gorgonov, sondern auch das Tier mitkriegen, was er als Nächstes sagte. »Hören Sie gut zu, Anton Recidivich. Das Erstarken des Faschismus in den USA wird das Land in Stücke reißen.« Er zog finster die Augenbrauen zusammen. »So etwas wird es hier nicht geben.«

»Da bin ich ganz Ihrer Meinung.«

Die gerissenen Augen des Souveräns hefteten sich mit einer erschreckenden Intensität auf Gorgonov. »Gut, gut. Dann an die Arbeit!«

»Ich brauche dafür Geld, mein Souverän. Und zwar ziemlich viel Geld.«

»Sie werden so viel bekommen, wie Sie benötigen, mein Freund«, versicherte ihm der Souverän. Er lächelte. »Eines Tages in der nahen Zukunft, wenn Sie Ihre Aufgabe erledigt haben, werden wir beide zusammen auf die Bärenjagd gehen, Anton Recidivich. Es bereitet mir großes Vergnügen, diese riesigen Tiere zu töten! Ihnen wird es ebenfalls gefallen, wenn Sie einmal Geschmack daran gefunden haben.«

Mit dieser Erklärung schlug der Souverän seinem Pferd die Fersen in die Flanken. Es wirbelte herum und trug seinen Reiter in den Wald zurück, wo beide hinter Kiefernzweigen und Schneeflocken, die von einem niedrig hängenden Himmel herabfielen, verschwanden.

Gorgonov kehrte in einer Art Begeisterungstaumel zu seiner Datscha zurück. Sein Treffen mit dem Souverän hätte nicht besser laufen können. In Hinblick auf Boyko ordnete der Souverän an, dass Gorgonovs Kompetenzen bestätigt und erweitert wurden. Gorgonov hatte dem Souverän deutlich vor Augen geführt, dass nur er in der Lage war, die RNE und, weitergedacht, Nemesis zu besiegen, und so hatte er seine Position bei ihm zementiert und würde sie, wenn er seine Karten richtig ausspielte, sogar noch verbessern. Der Souverän hatte ihn zum allerersten Mal »mein Freund« genannt!

Er sonnte sich in seinem Glück, während er lange heiß duschte, um Arme und Beine wieder auf die optimale Temperatur zu bringen. Bei seiner Ankunft hatte er seinem Chefkoch aufgetragen, die Gans, die er vor zwei Wochen selbst geschossen hatte, aus dem Gefrierschrank zu nehmen und sie mit Feigen und Preiselbeeren zum Abendessen zuzubereiten. Von einer Euphorie erfüllt, die er seit vielen Monaten nicht mehr empfunden hatte, überließ er es dem Koch, den Rest des Menüs zusammenzustellen, während er selbst nach oben ging, um sich körperlich und seelisch zu reinigen.

Er lag nackt auf dem Bett, ein Bärenfell über sich gebreitet, und im Ofen am Fußende des Bettes brannte ein Feuer. Die strahlend weißen Vorhänge wehten sanft im Feuerschein, als sänge Daniella ihn in den Schlaf. Er döste mit einem Gefühl der Sehnsucht nach ihr ein.

Als er aufwachte, lief ihm vom Geruch der Gans, die im Ofen briet, das Wasser im Mund zusammen. Es war spät am Nachmittag; so gut und tief hatte er schon lange nicht mehr geschlafen. Er schob das Bärenfell von sich, stand auf und kleidete sich mit einem frisch gebügelten Hemd und einer leichten Tunika fürs Abendessen ein.

Unten war der Tisch, seinen Anweisungen entsprechend, mit dem Dresdener Reichenbach-Rosenmusterporzellan seiner Mutter gedeckt. Unter dem diamantartig glänzenden Licht des Swarovski-Kronleuchters funkelten die kristallenen Trinkgläser. Das Besteck glänzte wie seine polierten Schuhe.

Fyodr kam aus der Küche und teilte ihm mit, dass das Essen in fünf Minuten zum Servieren bereit sei.

»Möchten der Herr Direktor einen Aperitif?«, fragte Fyodr beflissen.

Gorgonov hätte beinahe bejaht, doch dann fiel ihm das Fass 1971 Côte de Beaune Grand Cru Rot ein, das er geöffnet hatte, als er mit General Boyko zu Abend gespeist hatte, und er sagte sich, dass der Wein perfekt zu dem würzigen, goldbraun gerösteten Gänsefleisch passen würde.

Er schickte Fyodr weg, trat zur Hintertür hinaus in die eisige Nachtluft und legte die kurze Entfernung zu dem Gebäude mit kontrollierten Temperatur- und Luftfeuchtigkeitsbedingungen zurück, das er als riesiges Weinlager hatte errichten lassen, eine Liebhaberei, mit der er den eigentlichen Weinkeller im Untergeschoss der Datscha ergänzt hatte.

Der kühle Raum war nur schwach erleuchtet. Auf Reihen von Holzregalen lagerten Fässer seiner Lieblingsweine, die er unter großen Kosten aus den französischen Weinanbaugebieten hatte importieren lassen. Der 1971 Côte de Beaune lagerte am hinteren Ende der Reihe C. Auf dem Weg durch den Gang roch er den köstlichen Duft, den die Weine beim langsamen, würdevollen Reifen abgaben. Dieser Raum hatte etwas unglaublich Beruhigendes. Abgesehen von den zu Kopfe steigenden Düften lag das am Gefühl, hier wie ein Gott die Macht zu haben. Diese Fässer befanden sich unter seiner Obhut; sie reiften genau so lange, wie er es wollte. Sie waren seine Untertanen und unterwarfen sich vollständig seinem Willen.

Der 1971 Côte de Beaune lagerte in einem wunderschön gefertigten Fass. Er blieb davor stehen und legte seine Hand kurz auf die Fassfront, als könnte er so den Herzschlag des köstlichen Rotweins erspüren. Beim Gedanken an den samtigen Charakter des Weins und den komplexen Geschmack, den der Grand Cru entfalten würde, lief ihm bereits das Wasser im Mund zusammen.

Doch als er nach dem gläsernen Dekantiergefäß griff, das zusammen mit einem Dutzend weiterer in einem Glaskasten stand, begann seine Hand am Fass erst zu jucken und dann zu brennen. Er riss sie weg und starrte benommen auf die Handfläche und die Finger. Sie hatten sich gerötet. Er führte sie zur Nase, schnüffelte daran und zuckte von dem stechend sauren Geruch zurück. Er griff nach einem Werkzeug mit Holzgriff, das einem Bootshaken ähnelte und mit dem die Fässer in regelmäßigen Abständen gedreht oder auch bewegt wurden, wenn es an der Zeit war, sie in den Weinkeller der Datscha zu bringen. Er steckte das spitze Ende in den Fassdeckel und zog daran.

Zunächst geschah gar nichts. Doch als er die volle Kraft von Rücken und Schultern einsetzte und kräftig an dem Werkzeug ruckte, sprang der Deckel unvermittelt auf, und er konnte gerade noch rechtzeitig wegspringen, bevor die Flüssigkeit herausschoss.

Doch nicht nur der begehrte 1971 Côte de Beaune ergoss sich wie ein Wasserfall auf den Boden. Mit der dunkelroten Flut wurde auch die Leiche seiner geliebten Daniella herausgeschwemmt.

Ihre blauen Augen waren schwarze Löcher, und der lippenlose Mund war zur Grimasse eines entsetzlichen Schreis aufgerissen. Noch nie hatte er einen solchen Ausdruck reinen Entsetzens in einem Gesicht gesehen.

Ertränkt in einem Grand Cru und in Salzsäure.

23

Es war ein lang gezogenes, niedriges Gebäude mit einem Wellblechdach. Es sah aus wie ein postmoderner Schuppen oder eine Lagerhalle für Silage. Hier, auf diesem ländlich wirkenden Grundstück in Maryland, hatte die Bombenbauerin Voron laut Nal ihre Werkstatt eingerichtet. Erstaunlich, dass die gefräßig wuchernde Großstadt Washington, die in den größten Teil des Umlands vorgedrungen war, ihre Tentakeln noch nicht bis hierher ausgestreckt hatte.

Im Gegensatz zur Hügellandschaft Virginias war diese Gegend flach, trostlos und so stoppelig wie der Schädel eines Marinesoldaten. Früher war das Gelände dicht mit einem üppigen Wald bewachsen gewesen, so hatte Nal erzählt, doch vor Jahren war es für den Bau einer der typischen Vorstadtsiedlungen gerodet worden. Während der Bankenkrise war der Bauunternehmer allerdings pleitegegangen, und da weitere Untersuchungen vonseiten möglicher Käufer eine Wasserverschmutzung durch höher gelegene Papierfabriken zutage gefördert hatten, wurde das Land nicht weiterverkauft und lag verlassen da. »Für eine Bombenbauerin auf Werkstattsuche war das die gefundene Einladung«, hatte Nal unmittelbar vor ihrem Aufbruch gesagt. »Aber seid extrem vorsichtig. Bombenbauer sind per definitionem nahezu verrückte

Menschen. Nach allem, was ich gehört habe, ist Voron es nicht nur nahezu.«

Brenda und Charles blieben kurz im Wagen sitzen und musterten die unmittelbare Umgebung.

»Bist du so weit?«, fragte Charles.

Sie stiegen aus und rannten los, ohne die Autotüren hinter sich zu schließen. Bis zum Schuppen gab es keinerlei Deckung – keine Büsche, keine weiteren Gebäude oder auch nur verrostete Autowracks, die ihr stummes Kommen hätten verbergen können. Da vor dem Schuppen kein Fahrzeug parkte, zählten sie jedoch darauf, dass niemand da war. Trotzdem hielten beide ihre Pistolen in der Hand, bereit, sie sofort einzusetzen. Die fehlende Deckung verlangte, dass sie sich dem Gebäude aus unterschiedlichen Richtungen näherten und unterschiedlichen Zielen zustrebten, Charles unterwegs zur Rückseite des Schuppens und Brenda zur Front.

Charles erreichte das Gebäude ohne Zwischenfall und verschwand gerade um die Ecke, als Brenda vorn eintraf. Die Vorderseite wurde von einem riesigen, fabrikähnlichen Rolltor beherrscht, das heruntergelassen und fest verschlossen war. Unmittelbar links daneben befand sich eine Tür normaler Größe, in die auf Kopfhöhe ein Fenster mit Fensterkreuz eingelassen war. Brenda spähte hinein und schirmte zu beiden Seiten ihrer Augen das Licht ab, doch die Scheibe war so verschmiert und staubig, dass sie nichts erkennen konnte.

Die Tür war zugeschlossen, doch das war kein Problem. Mit zwei Picks aus einem Dietrich-Set brachte sie die Stifte des Schlosses dazu, sich in dem von ihr vorgegebenen Rhythmus zu bewegen. Nach vierzig Sekunden war sie drinnen.

Während sie die Tür lautlos hinter sich schloss, schaute sie sich gründlich um. Das Tageslicht sickerte durch kleine, hoch in der vorderen Wand eingelassene, dreckige Fenster herein und bildete aus Staubteilchen bestehende Säulen, die wie kleine Windhosen in dem Luftzug herumwirbelten, der durch das Öffnen und Schließen der Tür entstanden war.

Sie befand sich in einem Raum, der so groß war wie ein Flugzeug-Hangar. Die Decke ruhte auf dicken Stahlträgern, die durch den Staub in der Luft hoch oben nur verschwommen zu erkennen waren. Hier drinnen war es so frostig, als wäre ewig nicht mehr geheizt worden. Vielleicht noch nie.

In der Halle gab es nichts, was darauf hindeutete, wozu sie einmal gedient hatte, nicht einmal einen verrosteten Schraubenzieher oder Schraubenschlüssel oder auch nur einen Strohhalm. In der Wand, die Brenda unmittelbar gegenüberlag, befand sich links und rechts je eine Tür, und nach allem, was Brenda von außen gesehen hatte, war klar, dass sich dahinter weitere Räume verbergen mussten.

Auf dem Weg dorthin kreuzte sie die Spuren von irgendwelchen Kleintieren – Ratten oder vielleicht auch Waschbären. Sie verharrte und versuchte, ihr Geraschel zu erlauschen – oder sonst irgendetwas, das ungewöhnlich wirkte. In ihrer gemeinsamen Zeit in Berlin hatte Evan sie diese für eine Spionin wichtige Lektion gelehrt. Seitdem hatte der Rat sich als unschätzbar wertvoll erwiesen.

Sie hörte jedoch nichts und ging weiter. Welche Tür sollte sie nehmen, die rechte oder die linke? Diese Wahl erschien ihr wie ein Sinnbild für die meisten Entscheidungen, die man im Laufe seines Lebens fällen musste. Weitergehen oder stehen bleiben? Angriff oder Rückzug? Die eine Person wählen oder die andere? Mit Limas hatte sie definitiv die falsche Wahl getroffen – bei sich nannte sie ihn nicht mehr Peter, und sie konnte sich auch nicht mehr vorstellen, seine Hand zu halten, mit ihm zusammen zu essen oder ihn gar in ihr Bett zu lassen. Sie schauderte bei dem Gedanken, dass sie mit einem SVR-Spion geschlafen hatte, den man ihr auf den Hals geschickt hatte, um sich in ihr Leben einzuschleichen. Kurze Zeit hatte sie ihm Zugang zu ihrem Herzen gewährt, doch das war vorüber, weggeschwemmt von der bitteren Flut des Verrats.

Ohne sich dessen gewahr zu sein, war sie erneut stehen geblieben. Irgendein Instinkt hatte sie veranlasst, zu verharren, solange sie innerlich abgelenkt war. Wütend schalt sie sich selbst. Konzentrier dich, verdammt noch mal! Sei präsent!

Da sie sich näher bei der linken Tür befand, machte sie diese auf und trat in einen quadratischen Raum, dessen Wände mit breiten, grob behauenen Brettern getäfelt waren. Ein kleines, zerkratztes Oberlicht ließ ein wenig mattes Tageslicht hinein. An einem Kabel baumelte eine nackte Glühbirne von der Decke herab. An der einen Wand hingen zwei alte Schwarz-Weiß-Fotos in billigen schwarzen Rahmen: Das eine zeigte einen jungen Mann im Overall, der neben einem Mähdrescher oder einer anderen Art großer Maschine stand, die Hand darauf gelegt, als tätschelte er sein Pferd; auf dem anderen war ein großer schwarzer Hund unbekannter Rasse zu sehen, das breite Lederhalsband fast vom dichten Nackenfell verborgen, den Mund halb geöffnet und mit hängender Zunge, als wäre er gerade eine weite Strecke gerannt. Sie trat näher. Keines der beiden Fotos schien auf diesem Grundstück geschossen worden zu sein. Tatsächlich kam es Brenda beim Blick auf den Hintergrund des ersten Fotos fast so vor, als handelte es sich nicht einmal um die Vereinigten Staaten. Diese Berge hinter dem jungen Bauern sahen so aus, als gehörten sie zu den Alpen. Die Schweiz? Österreich? Bemüht, das trübe Licht mit den Augen zu durchdringen, beugte sie sich weiter vor. Jetzt sah sie, dass die Gestalt überhaupt kein Bauer war, oder falls doch, dann ein Bauer, der eine Pistole russischen Fabrikats in der Hand hielt. Sie machte einen Schritt zurück und streckte die Hand aus, um den Lichtschalter an der Wand zu betätigen, damit sie die Fotos besser sehen konnte. Da hörte sie hinter sich einen laut gerufenen Befehl, von dem ihr das Blut in den Adern stockte.

»Die Kehlen aufgerissen, während die Opfer noch lebten. Du hast recht, das klingt wirklich nach einem Ritualmord«, sagte Limas.

»Oder nach einer sakralen Opferung«, fügte Evan hinzu.

Sie waren nach Tiflis zurückgekehrt und saßen in einem Restaurant in der Nähe des Rustaveli-Theaters. Es war gut besucht und von Zigarettenqualm erfüllt, aber eigenartig schlecht geheizt. Und es war laut, was gut für sie war; bei diesem Lärm würde niemand sie belauschen können. Man hatte ihnen eine große Portion Lamm und die allgegenwärtigen Khinkali-Klöße vorgesetzt und ihnen zwei Krüge einheimischen Biers serviert.

Nachdem sie das Restaurant betreten hatten, waren sie direkt in den Toilettenraum gegangen, wo Limas seine verletzte Schulter entblößte, damit Evan ihm die zweite Injektion mit dem Schmerzmittel verabreichen konnte. Das Ausgraben der Leichen hatte seiner Schulter nicht gutgetan. In den Gastraum zurückgekehrt, hatten sie einen der letzten freien Tische an der hinteren Wand gewählt.

»Na gut, mit wem zum Teufel haben wir es dann zu tun?«, fragte Limas gerade. »Mit einem Serienmörder, mit einer Clique von Kannibalen, mit verrückten Folterknechten oder mit etwas ganz anderem?«

Evan brachte einen kleinen Spurensicherungsbeutel zum Vorschein und hielt ihn Limas auf der ausgestreckten Handfläche hin.

Limas runzelte die Stirn. »Was ist das?«

»Bröckchen und Staub von rotem Backstein. Das habe ich in der Höhle gefunden.«

Limas schüttelte den Kopf. »Im ganzen Naturschutzgebiet gibt es nichts, das aus rotem Backstein bestünde.«

»Genau. Ich glaube, der hier stammt von dem Ort, an dem die Agenten ermordet wurden.«

Limas zuckte mit den Schultern. »Roter Backstein ist ein recht gewöhnliches Baumaterial. Der kann von überallher stammen.«

Vielleicht, dachte Evan. Und vielleicht auch nicht. Erneut stand ihr das Bild des monströsen Backsteinpalasts mit den beiden Raben vor Augen, und für einen winzigen Augenblick war es, als befände sie sich wieder dort und würde hineingeführt. Sie blinzelte. Wenn sie sich doch nur an mehr erinnern könnte, aber es war, als hätte sich ein Schleier über die Szene gelegt, und gleich darauf konnte sie sie gar nicht mehr vor sich sehen.

»Was ist los?«, fragte Limas. »Es ist nicht das erste Mal, dass du abwesend wirkst.«

»Nichts«, antwortete Evan. »Wahrscheinlich einfach nur noch die Nachwirkung der Explosion.«

»Natürlich.« Limas nickte eifrig, doch etwas in seiner Miene zeigte, dass er ihr nicht recht glaubte. »Offen gesagt, finde ich es bemerkenswert, dass du dich so schnell erholt hast. Ich habe ein schlechtes Gewissen, weil ich aufgebrochen bin, obwohl Brenda noch im Krankenhaus liegt.«

»Sie wird gut versorgt«, erwiderte Evan geistesabwesend.

»Das weiß ich. Mr Butler hat es mir versichert, und ich vertraue ihm.«

»Zu Recht. Brendas Wohlergehen liegt ihm am Herzen.«

Limas verstand. »Ich habe doch gesagt, dass es mir leidtut, Louise. Was kann ich denn sonst noch tun?«

Evan antwortete nicht; darauf gab es nichts zu sagen. Entweder sie konnte Limas verzeihen oder eben nicht. Der Ball lag in ihrem Feld.

Im Restaurant, das inzwischen noch besser besucht war, herrschte ein höllischer Lärm – Gespräche, die mit lauten Stimmen geführt wurden, Rufe und Gelächter, während die Kellner sich mit schwer beladenen Tabletts, die sie hoch über den Köpfen trugen, zwischen den Tischen hindurchschlängelten. Das Klirren von Gläsern und Besteck, das übliche Summen von Aktivität, aber inzwischen so laut, als befände man sich mitten in einem Bienenstock.

»Jetzt hör mal.« Peter Limas räusperte sich. »Louise Steadman ist nicht dein richtiger Name, oder?«

Sofort war Evan wieder konzentriert. »Wie kommst du denn auf die Idee?«

»Komme ich dir nicht bekannt vor?«

»Solltest du das?«

»Du bist Evan«, sagte Limas. »Evan Ryder.«

Limas' Aussage war bestürzend, aber Evan erwiderte nichts, sondern zwang sich, die Gabel zum Mund zu führen. Sie war inzwischen mit einer alten, aber noch schusstauglichen Beretta bewaffnet, deren Seriennummer weggefeilt worden war. Nach der Rückkehr aus dem Naturschutzgebiet hatte Evan vor dem Besuch des Restaurants in den richtigen Teilen der Stadt einige diskrete Erkundigungen eingezogen. Beim Besuch eines als Antiquitätengeschäft getarnten Pfandleihhauses hatte sie Limas im Range Rover zurückgelassen. Ein ebenfalls diskreter Handel, bei dem nur Bargeld geflossen war, hatte sie in den Besitz der geladenen Beretta und zweier Ersatzmagazine mit Munition gebracht. Von ihrem Mantel verdeckt, schmiegte sich die Pistole beruhigend fest und solide am Rücken unter ihren Hosenbund.

»Ich weiß, dass du Evan bist«, machte Limas mutig weiter. »Du hast keinen Grund, es abzustreiten.«

Evan blickte von ihrem Teller auf. »Warum sollte ich wegen meines Namens lügen?«

»Geheimhaltung. Die gehört zu deinem Job. Ich könnte mir vorstellen, dass du oft einen falschen Namen verwendest.«

Evan wandte sich schulterzuckend wieder ihrem Essen zu. »Was ist schon ein Name?«

»Viel.«

Evan blickte zu ihm hoch. Limas hatte einen schmerzlichen Ausdruck im Gesicht.

Er legte Messer und Gabel hin. »Ich muss dir ein Geständnis machen.«

Das war der Moment, in dem die erste Kugel am Tisch vorbeizischte und in die Wand einschlug. Der Schuss war aus einer Langwaffe mit Schalldämpfer gekommen – ein typisches Scharfschützengewehr – und war im Lärm der Gaststube nicht zu hören gewesen. Der zweite Schuss kam Evan so nahe, dass sie den Luftzug im Nacken spürte, bevor er ebenfalls ein Loch in die Wand schlug. Gleichzeitig sah sie, wie zwei Muskelpakete ins Restaurant traten und sich zu beiden Seiten des Eingangs aufstellten. Ihre Beine waren schulterbreit gespreizt, und ihre Hände hingen lose herab, die Finger ganz leicht gekrümmt. Sie sahen wie Schützen aus, die ihre Waffen jederzeit ziehen konnten, und ihre Augen waren auf Evan und ihren Begleiter geheftet.

»Ich glaube dir gar nichts mehr!«, schrie Evan plötzlich.

Limas sagte sichtlich bestürzt: »Was … was machst du?«

»Ich mach dir eine Eifersuchtsszene«, sagte Evan mit gesenkter Stimme. Offensichtlich hatte Limas keine Erfahrung mit Langwaffen, Scharfschützen oder ähnlichen Dingen. »Je lauter und gewalttätiger wir uns streiten, desto besser.« Dann kann er jetzt etwas lernen, dachte sie.

Sie sprang auf. »Ich weiß, dass du mit ihr schläfst, du Arschloch!« Sie schnappte sich einen Teller vom Tisch und warf ihn präzise an seinem Kopf vorbei auf den Boden, wo er laut klirrend zersprang. Auf einmal schauten sich alle Gäste nach ihnen um.

»Du bist verrückt!«, wehrte sich Limas schreiend und sprang so erregt auf, dass sein Stuhl rückwärts umkippte. »Du bist total übergeschnappt, weißt du das?«

»Ich bin übergeschnappt? Ich zeig dir gleich übergeschnappt!« Evan packte sich eine Gabel, rannte damit um den Tisch herum und holte aus, als hätte sie vor, die Gabel in den Kopf ihres fremdgegangenen Lovers zu bohren.

Limas packte sie am Handgelenk und überschüttete sie mit Beleidigungen.

Die beiden Muskelpakete an der Tür verließen ihren Posten und strebten dem Handgemenge zu. Aber die anderen Gäste waren ebenfalls aufgesprungen und eilten begeistert zu der Szene, die sich zu einer wilden Beziehungsschlacht zu entwickeln versprach. Die Muskelpakete versuchten, sich durch das immer dichtere Gedränge hindurchzuschieben, aber zu viele Menschen scharten sich um Evan und Limas und versperrten ihnen den Weg. Die Ersten, die bei ihnen ankamen, bemühten sich, sie zu trennen. Männer zogen in allen möglichen Richtungen an ihnen. In dem Getümmel verirrte sich ein Fausthieb ins Gesicht von jemandem, an anderer Stelle geschah dasselbe. Zwei ausgewachsene Schlägereien brachen aus, Schreie und Gebrüll, weitere Männer mischten sich ein, während die Frauen, die am Rand des Tumults stehen blieben, Evan in ihrem Zorn auf ihren treulosen Mann anfeuerten und dabei die Hälse reckten oder ihre Handys nach oben hielten und blind drauflosknipsten.

In dem immer dichter werdenden Durcheinander verloren die Muskelpakete ihre Beute kurz aus den Augen, obgleich sie Fortschritte machten und sich durch das wilde Gedränge vorarbeiteten. Tatsächlich hatten sie auch allen Grund zur Eile. Evan ergriff Limas mit einem geflüsterten »Gut gemacht. Zeit, zu gehen« am Arm, zog ihn von den fliegenden Fäusten weg und schlängelte sich rasch mit ihm zum hinteren Bereich des Restaurants davon.

»Da entlang.« Evan lenkte Limas eilig durch einen schwach erleuchteten Flur, der in die von Dampfschwaden erfüllte Küche führte, wo es in riesigen Töpfen brodelte, während in schweren Bratpfannen Fett blubberte. Von dort ging es weiter zur Hintertür. Drei Köche – der eine älter, die anderen beiden jüngere Gehilfen – schufteten so eifrig, als hätte jeder von ihnen vier Hände. Sie waren viel zu beschäftigt, um einen Blick an Evan und Limas zu verschwenden, geschweige denn sie zu fragen, was sie hier wollten.

Als die Fliehenden durch den engen Mittelgang hasteten, traten zwei stämmige Männer durch die Hintertür ein. Sie kamen von der rückwärtigen Gasse, die hier, wie hinter fast allen Restaurants, die Anlieferung von Waren und die Entsorgung von Müll erleichterte, und stürmten mit gezogenen Pistolen durch den kurzen Gang – ältere Makarows, aber für ihren Zweck mehr als tauglich.

Evan trat vor und schnappte sich eine Bratpfanne aus der Hand des Kochs. Heißes Fett und Klöße schwappten über den Rand, doch das war nichts im Vergleich zu dem, was geschah, als die Pfanne mit dem Gesicht des vorderen Mannes zusammenstieß. Er brach in lautes Geschrei aus. Gleichzeitig schlüpften der Koch und seine Gehilfen geduckt davon und pressten sich gegen den riesigen Kühlschrank, der die Hälfte der rechten Wand einnahm.

Der zweite Mann stieß seinen sich krümmenden Partner aus

dem Weg, riss die Makarow hoch und schoss, ohne sich Zeit zum Zielen zu nehmen. Mehr brauchte Evan nicht. Sie trat dem Mann in den Bauch, schnappte sich den Deckel von einem der Töpfe und schlug ihn ihm krachend ins Gesicht. Die Nase brach, Blut schoss heraus, und Evan kam einem weiteren Angriff zuvor und rang dem Verletzten die Makarow aus der Hand. Sie drehte sie um und schlug ihm den Griff gegen die Schläfe, anschließend kippte sie einen Topf voller Klöße, die in duftender Brühe simmerten, über ihm aus. Der Mann brach schreiend über seinem Partner zusammen. Die beiden hatten sich in dem engen Mittelgang zwischen dem Herd und dem Tisch mit dem Hackbrett verkeilt. Evan sprang über sie hinweg.

Sie drehte sich um und rief Limas zu: »Springen! Über sie drüberspringen!«

Limas tat es und geriet ein wenig ins Straucheln, als seine Fußspitze sich an der gekrümmten Schulter eines der Liegenden verfing. Mit dem vorderen Fuß glitt er auf dem verschütteten Kochwasser aus, und wäre Evan nicht gewesen, wäre er auf die beiden sich windenden Männer gefallen.

So aber konnte Evan ihn halb aus der Küche schleppen, durch den schmalen, stinkenden Gang und zur Hintertür hinaus. In der Gasse parkte ein alter, viertüriger Lada, in einem widerlichen Grün lackiert.

Evan rannte um ihn herum zur Fahrerseite und riss die Tür auf, doch in diesem Moment bog ein Motorrad mit einem hochtourigen Röhren vor ihnen in die Gasse ein und raste auf sie zu. Auf dem Motorrad saß eine in schwarzes Leder gekleidete, schlanke Gestalt, einen schwarzen Helm auf dem Kopf und das verspiegelte Visier heruntergeklappt. Es ließ sich nicht einmal erkennen, ob der Fahrer männlich oder weiblich war, geschweige denn, wer genau es war.

»Rein!«, schrie Evan. Limas tat wie geheißen. Der Schlüssel steckte in der Zündung, sodass sie sofort losfahren konnten. Der Motor erwachte stotternd zum Leben.

»Achtung, festhalten!« Limas zog auf dem Beifahrersitz die Tür hinter sich zu, doch noch während er damit beschäftigt war, legte Evan den Gang ein und fuhr rückwärts durch die Gasse.

Der schwache Motor des Lada war dem aufgemotzten Motorrad in keiner Weise gewachsen, und es schoss weiterhin in einem erschreckenden Tempo auf sie zu. Der Fahrer zog eine Pistole, eine Makarow. Mit durchgetretenem Gaspedal jagte Evan rückwärts durch die Gasse und riss an deren Mündung das Steuer herum. Der Lada schlitterte um die Ecke. Sie legte sofort den ersten Gang ein und rollte ein kleines Stück vor, um freie Sicht auf das durch die Gasse heranbretternde Motorrad und seinen Fahrer zu haben.

Sie war vertraut mit dem Modell der Beretta, das sie erworben hatte, und kannte seine Besonderheit – es verzog den Schuss leicht nach rechts. Sie streckte die Waffe aus dem Seitenfenster, zielte auf den linken Arm des Fahrers und drückte ab. Die Kugel traf ihn mitten in die Brust. Er flog rückwärts vom Motorrad, das weiter auf den Lada zuraste. Evan setzte gerade noch rechtzeitig von der Einfahrt der Gasse zurück. Mit einem kreischenden Aufprall von hartem Gummi auf Metall riss das fahrerlose Motorrad die nicht allzu solide vordere Stoßstange herunter. Erneut geriet der Lada ins Schleudern. Das Motorrad raste seinerseits mit zerfetztem Vorderreifen in die Backsteinwand gegenüber der Gasse, kletterte kurz daran hoch und fiel rückwärts auf den Asphalt, wo es in einem Hagel von Metall, Glassplittern, qualmenden Kunststofftrümmern und rauchendem Gummi zerschmettert wurde. Ein Metallteil flog krachend gegen die Motorhaube des Lada und hinterließ eine Delle. Die Federung des Wagens schaukelte wild.

Limas zitterte. Sein Gesicht hatte einen grünlichen Farbton angenommen.

»Falls du dich übergeben musst, dann bitte nicht im Wagen«, sagte Evan. Ohne eine Antwort abzuwarten, machte sie die Tür auf und stieg aus.

»Was machst du?«, rief Limas mit erstickter Stimme.

»Aussteigen«, sagte Evan. »Jetzt.«

Während Limas den Lada taumelnd verließ, eilte Evan zu ihm, packte ihn am Ellbogen und zog ihn zum Heck. Sie riss den Kofferraum auf und deutete hinein. »Tut mir leid. Da rein.«

»Was?« Ziemlich benommen sah Limas sie verwirrt an.

Evan bugsierte ihn hinein. Es war so eng, dass Limas gezwungen war, sich in Embryonalhaltung zusammenzurollen.

»Warum?« Mehr brachte er nicht heraus.

»Im Moment ist das der sicherste Ort für dich. Bleib ruhig; von der Rücksitzbank dringt genug frische Luft herein. Ich komme wieder.« Damit schlug sie die Kofferraumklappe zu.

Evan wandte sich vom Lada ab. Bevor sie in die Gasse zurückkehrte, überprüfte sie die Beretta. Als das vom Motorrad abgerissene Metallteil den Lada getroffen hatte, war es von der Motorhaube abgeprallt und gegen die aus dem Fenster gereckte Pistole gekracht. Evan hatte sofort gespürt, dass etwas in der Waffe nachgegeben hatte. Jetzt entdeckte sie den Riss im Lauf. Sie warf die nutzlos gewordene Waffe auf den Fahrersitz, schnappte sich ein armlanges, korkenzieherartig verzogenes Metallstück aus den Motorradtrümmern und marschierte in die Gasse.

Dort entdeckte sie sofort den Motorradfahrer, der flach auf dem Rücken lag, den einen Arm seitlich ausgestreckt, den anderen merkwürdig verbogen und mit der Hand unter den Rücken geklemmt. Er schien nicht mehr zu atmen, doch auf diese Entfernung war im schwachen Licht nicht genau zu erkennen, was unter der gepolsterten Motorradjacke vor sich ging. Sie konnte nicht einmal sagen, wie viel Blut der Fahrer verloren hatte.

Evan trat näher, das eine Auge auf den Fahrer gerichtet, während sie gleichzeitig den Eingang der Gasse im Blick behielt. Sie fragte sich, wie lange die ersten beiden Muskelpakete wohl brauchen würden, um sich aus dem Gedränge zu befreien, das Restaurant zu verlassen und vielleicht hinter das Gebäude zu laufen, um nachzuschauen, ob ihre Kameraden mehr Glück gehabt hatten. Einerseits war ihr klar, dass sie sich in den Lada setzen und so schnell wie möglich verschwinden sollte. Doch ein eigensinniger, strategisch denkender Teil ihrer selbst wollte auch wissen, wer diese Killer waren und wer sie geschickt hatte. Sie hegte den starken Verdacht, dass eine Flucht nur noch mehr Verfolger hinter ihnen herlocken würde. Außerdem mochte sie es nicht, wenn man auf sie schoss oder sie sonst wie angriff. Das war ihr nun zweimal innerhalb ebenso vieler Tage passiert. Einmal war schon inakzeptabel. Zweimal war genug für einen offenen Krieg. Ein weiterer Grund, um zu ...

Sie war nur noch sechs oder sieben Schritte von dem Fahrer entfernt, als der aufsprang wie ein Gespenst. Er riss die linke Hand hinter dem Rücken hervor und gab in rascher Folge drei Schüsse auf Evan ab.

24

General Boyko wurde gerade ein spätes Mittagessen an seinem Schreibtisch serviert – polnische Wurst mit Salzkartoffeln und einer dicken, beinahe eintopfähnlichen Soße –, als sein Smartphone klingelte. Da er sich gerade auf die neuesten Texte für die amerikanische *dezinformatsiya* konzentrierte, die seine Leute ihm vorgelegt hatten, achtete er nicht darauf. Doch als es nur eine halbe Minute nach dem ersten Mal Läuten erneut summte, griff er verärgert danach, ohne auf das Display zu schauen.

»Was ist?«, knurrte er.

»Yuri …«

Er schnitt eine Wurst an und spießte das Stück mit der Gabel auf. Noch reagierte er nicht auf die Beinah-Panik in der Stimme seiner Frau. »Warum rufst du mich hier an, wo ich dir doch ausdrücklich verboten habe, mich …«

»Hast du einen deiner Leute geschickt, um Elene abzuholen?«

»Nein. Warum sollte ich das tun?«

»Oh Gott, mein Gott!«

»Hör auf und sag mir …«

»Elene ist verschwunden«, erklärte seine Frau atemlos.

»Was?« Jetzt ließ die Panik in ihrer Stimme und in ihren Worten ihn mit solcher Heftigkeit aufspringen, dass sein Essteller vom Schreibtisch flog und auf den Boden krachte. »Was sagst du da?«

Im großen Vorzimmer des Büros hielten alle sofort in dem inne, was sie gerade taten, und erstarrten.

»Yuri, ich wollte Elene nach dem Ballettunterricht abholen, aber sie war nicht da!«

»Das ist ausgeschlossen.« Ein Gefühl eisiger Kälte stieg in seinen Eingeweiden auf und entrollte sich wie eine giftige Viper. Bei allem, was derzeit zwischen Gorgonov und ihm ablief, war so etwas nicht ausgeschlossen, aber nie hatte er auch nur einen Augenblick lang geglaubt ... Elene war seine Tochter, Herrgott noch mal!

»Aber so ist es, Yuri. Sie ist weg.« Boyko merkte, dass er das Handy krampfhaft umklammert hielt. Er atmete mehrmals tief ein und aus, um sich zu beruhigen, aber vergeblich. Der Mord an Raisa dominierte noch immer seine Gedanken und erfüllte ihn mit sengendem Zorn. Sollte Elene etwas Vergleichbares zugestoßen sein – sie war erst dreizehn. Vor Wut und Entsetzen knirschte er mit den Zähnen. Ein Gefühl der Übelkeit erfasste ihn, und ihm wurde schwindelig, sodass er sich an der Schreibtischkante festhalten musste, um nicht auf den Boden zu sacken.

»Yuri, Elene ist weggegangen!«

Dann begriff er, was sie gesagt hatte. »Weggegangen? Was meinst du mit ›weggegangen‹?« Weggegangen, nicht vermisst.

»Die Ballettlehrerin hat sich ganz klar ausgedrückt. Zehn Minuten vor dem Ende des Unterrichts hat jemand Elene abgeholt. Deshalb dachte ich, du hättest ...«

»Halt den Mund! Wer hat sie abgeholt? Wie konnte die Lehrerin einem Unbekannten ...?«

»Er kam vom GRU. Einer deiner Leute. Er hat ihr seinen Dienstausweis gezeigt. Nur deshalb hat sie Elene gehen lassen. Ich kann gar nicht sagen, wie erschreckt sie war, als sie ...«

»Oh, zum Teufel mit ihr! Wer? Wer hat Elene abgeholt?«

»Sie konnte sich nicht an seinen Namen erinnern. Sie war ja vollkommen fassungslos.«

Boyko schnippte mit den Fingern und bedeutete seinem Adjutanten mit Lippenbewegungen, seinen Wagen kommen zu lassen, worauf dieser dienstbeflissen davonstürzte. »Ich fahre selbst hin und schüttle den Namen aus ihr heraus.«

»Nein, Yuri. Das Eigenartige ist, dass er ihr einen Zettel gegeben hat. Eine Adresse, zu der er Elene bringen wollte. Er sagte, dass du dort seist.«

Boyko presste die Finger an die Schläfen, die inzwischen pochten wie ein zweites Herz. »Die Adresse.« Er schrieb sie auf und beendete das Gespräch dann ohne ein weiteres Wort.

Boykos gepanzerter SUV, dem zwei Militärmotorräder mit blitzendem Blaulicht den Weg frei machten, raste nach Südosten. Außerhalb des MKAD – des Autobahnrings, der das Herz Moskaus wie ein Burggraben umschloss – drängten sich die drei schlimmsten Viertel der Stadt wie Scheißhaufen zusammen. Die Adresse, die der Entführer in der Gestalt von einem von Boykos eigenen Leuten der Ballettlehrerin gegeben hatte, lag in Nekrasovka, einem Gebiet, das nur wegen seines großen Wasserwerks mit zu Moskau gehörte. Wie im benachbarten Kapotnya, ebenfalls eine Art Misthaufen, lebten nur sehr wenige Menschen freiwillig in Nekrasovka, aber viele waren dazu gezwungen, weil sie entweder im riesigen Wasserwerk arbeiteten oder sich nichts Besseres leisten konnten. Dann waren da noch die Obdachlosen, die drogensüchtigen, unzufriedenen Jugendlichen und die tätowierten Banden, die sich in diesen Vierteln herumtrieben und Furcht und Schrecken verbreiteten.

Doch als der SUV den Chef des GRU über den Ring des MKAD hinaustransportierte und mit ihm in Terra incognita eindrang, waren diese unangenehmen Tatsachen ganz hinten in Boykos Gedanken und interessierten ihn nur insoweit, als sie Elene berührten. Seine Tochter war ihm das Wichtigste. Nicht, dass er je viel Zeit mit ihr verbracht hätte, grübelte er. Er hatte keine Geduld mit Babys oder Kleinkindern. Und wozu auch? Dafür war schließlich seine Frau da. Er hatte Wichtigeres im Kopf gehabt, als Scheiße vom winzigen Hintern seiner Tochter zu wischen. Und als sie älter wurde? Offen gestanden konnte er sich an keinen ihrer Geburtstage erinnern. Wie konnte es sein, dass sie jetzt schon dreizehn war? Wann war das passiert? In diesem Moment kam es ihm so vor, als hätte er das Heranwachsen seiner Kinder verschlafen. Elene war die Jüngste von dreien. Seine beiden Söhne studierten in Sankt Petersburg. Er versuchte, sich ihre Gesichter vor Augen zu rufen, stieß aber nur auf verschwommene Bruchstücke. Doch erneut hatte er das eindeutige Gefühl, dass das auch nicht seine Aufgabe war. Genügte es nicht, dass seine Frau sich mit Fotos von ihnen umgab? Die Kinder gehörten ausschließlich in ihren Verantwortungsbereich.

Doch jetzt wurde ihm leider zu spät klar, dass er es bei Elene anders empfand. Sie war die Jüngste, gewiss, aber sie war auch ein Mädchen und verletzlicher. Die Jungs waren immer allein klargekommen. Hatten sie nicht die Kinder verprügelt, die dumm genug gewesen waren, sie zu piesacken? Ja, gewiss. Seine Frau hatte sich natürlich aufgeregt. Aber er hatte nichts als Stolz auf sie empfunden und sie gegen den Widerspruch seiner Frau damit belohnt, dass er sie ins inoffizielle Bordell der GRU-Offiziere mitnahm. »Du bist jetzt ein Mann«, hatte er jedem der beiden zur gegebenen Zeit gesagt. »Dann sollst du auch die Belohnung eines Mannes empfangen.«

»Wir sind jetzt ganz in der Nähe«, unterbrach sein Adjutant, der vorn auf dem Beifahrersitz saß, Boykos inneren Monolog.

Boyko spürte, wie ihn unwillkürlich ein Schauder überlief, und schämte sich sofort dafür. Aber hier ging es um Elene, seine einzige Tochter und Augapfel ihrer Mutter. Er sah ihr Gesicht so deutlich vor sich, als säße sie neben ihm, und wurde sich mit einem kleinen Schreck bewusst, dass sie auch sein eigener Augapfel war. Sollte er sie jetzt verlieren, würde er sich so schrecklich an Gorgonov rächen, dass der sich den Tod wünschen würde.

Den Tod. Tod durch Ertrinken. Tod durch ein Säurebad.

Von einer furchtbaren Angst ergriffen, rutschte er auf dem Rücksitz ein Stück vor. Sein rechtes Knie zuckte auf und ab wie ein Presslufthammer. Er durfte nicht an so etwas denken, nicht jetzt. Und nicht später. Er musste in seinen Gedanken Raum für das Bevorstehende schaffen. Was auch immer es war.

»Wir sind da«, sagte sein Adjutant. »Das ist die Adresse.«

Der Chauffeur gab der Eskorte ein Zeichen, und alle Wagen hielten vor einem Gebäude, das wie ein ausgebombtes Mietshaus in einem ansonsten dem Erdboden gleichgemachten Straßenzug aussah. Dahinter ragte der riesenhafte Umriss des fabrikähnlichen Wasserwerks auf. Dessen ältester Teil war zu billigen Wohneinheiten umgebaut worden. Doch soweit Boyko sehen konnte, waren diese Gebäude bereits jetzt baufällig.

Er stieg aus dem SUV. Die Motorradfahrer vom GRU eilten herbei, die Pistolen schussbereit.

Boyko hielt sie zurück. »Nein«, sagte er. »Ich gehe allein rein.«

»Halten Sie das für klug, General?«, fragte der Adjutant so leise, dass nur sein Kommandant es hören konnte. »Wir haben keine Ahnung, wie es da drinnen aussieht.«

»Bleiben Sie hier«, entgegnete Boyko und stieg die Treppe hinauf. Tatsächlich war es so: Er wollte nicht, dass jemand seine Reaktion mitbekam, sollte das, was ihn drinnen erwartete, seinen schlimmsten Befürchtungen entsprechen. Er stieg die bröckelnde

Steintreppe hinauf und stieß die Vordertür auf, deren Schloss vor langer Zeit von Gott weiß welcher Bande von Plünderern zerschossen worden war.

Das Innere war schwach von einem nach hinten hinausgehenden Fenster erhellt, das halb von einer Metalltreppe verborgen wurde. Diese führte auf der linken Seite des Vorraums nach oben, der schmal und feucht war und von dem ekligen Gestank von verdorbenem Essen, menschlichen Exkrementen, ungewaschenen Körpern und Tod erfüllt.

Mechanisch schob er sich weiter in den Vorraum hinein und setzte einen Fuß vor den anderen. Das Herz schlug ihm bis zum Hals. Er hatte Mühe, Luft zu bekommen. Elene, wo bist du? Bist du hier? Lebst du noch? Er sprach im Kopf mit ihr, wagte aber nicht, ein lautes Wort zu äußern.

Er ging an der Treppe vorbei, von deren oberen Stufen eine einäugige Katze, die so mager wie ein Sack voll Knochen war, mit ihrem einzigen, gelb funkelnden Auge auf ihn hinunterstarrte. Und dann sah er es in der von Schatten verdunkelten Nische unter der Treppe. Lebensgroß. Wie ein Dolch aus Eis fuhr ihm der Schreck ins Herz und erfüllte ihn mit unbeschreiblichem Schmerz.

Und genau da widerfuhr ihm etwas Außergewöhnliches, wovon er gehört, das er aber nie selbst erlebt hatte. Tatsächlich hatte er sogar daran gezweifelt, dass es so etwas gab, und die Geschichten einer überaktiven Fantasie zugeschrieben. Doch als er das Weinfass vor sich sah, hatte er eine außerkörperliche Erfahrung. Es war, als schwebte er unmittelbar unter der Decke und blickte auf sich selbst hinunter, wie er auf das Weinfass starrte – genau so ein Weinfass wie das, in das seine Männer Gorgonovs Hure gesteckt hatten. Diese von seinem autonomen Nervensystem hervorgerufene Dissoziation bewahrte ihn davor, den Verstand zu verlieren.

Elene. Jetzt, am Rande der Katastrophe, erinnerte er sich daran, wie er sie tanzen gesehen hatte: ihre schlanke, durch den Spitzentanz noch länger gestreckte Gestalt. Er erinnerte sich, als wie elegant er sie empfunden hatte. Wie erwachsen sie ihm vorgekommen war! Wie entzückt sie aussah, als sie herumwirbelte und ihr Partner sie in die Luft hob, und wie sie dann landete, von seinen Händen gehalten, die er ihr um die schmale Taille gelegt hatte, ihre Arme wie Schwanenflügel ausgebreitet. Sie war so schön gewesen, dass er einen Stich im Herzen gespürt hatte. Die Erinnerung flackerte vor seinen Augen wie ein Video, das in Endlosschleife ablief. Zum Teufel mit dem Video; er wollte sie leibhaftig tanzen sehen, wollte sie auf der kleinen Bühne ihrer Ballettschule im Rampenlicht sehen und die begeisterten Rufe hören, wenn sie und ihr Partner den Pas de deux beendeten.

Aber so würde es nicht kommen. Er ballte die Fäuste so heftig, dass seine schartigen Nägel sich in die Handflächen gruben, bis es blutete. Der Schmerz fühlte sich gut an, wohlverdient, als leistete er bereits Buße für ihren Tod.

Elene. Seine verletzliche Tochter. Sein kleines Mädchen. Ertrunken und schon jetzt von Säure zerfressen, während er noch vor ihr stand und so hilflos weinte wie seit damals nicht mehr, als er sich als kleiner Junge den Arm gebrochen hatte. Jetzt hatte er dasselbe Gefühl wie in jenem Moment. Etwas Entscheidendes war kaputtgegangen. Damals war er sich sicher gewesen, dass sein Arm nie wieder heilen würde, und auch jetzt war er überzeugt, dass diese Wunde sich nie mehr schließen würde.

Er konnte nicht zulassen, dass Elenes Körper dort drinnen noch länger zersetzt wurde.

Mit einem wilden Schrei stürzte er sich auf das Fass. Mit wachsendem Entsetzen sah er, dass die Front, die nach oben gerichtet war, nicht versiegelt war. Der Fassdeckel war aufgestemmt und wieder eingesetzt worden. Dennoch brach er sich in seiner verzweifelten Hast beim Aufhebeln die Hälfte seiner Fingernägel ab.

Er spähte hinein, und fast blieb ihm das Herz stehen.

Da unten kauerte Elene und blickte ängstlich zu ihm auf.

»Papa«, sagte sie und streckte ihm in dem ansonsten leeren Fass die Arme entgegen, damit er sie nach Hause brachte.

25

Eine schusssichere Weste war zweifellos dazu geeignet, einem Menschen das Leben zu retten, indem sie eine Kugel aufhielt, aber sie konnte nicht verhindern, dass man von der Wucht des Aufpralls umgeworfen wurde. Je nachdem, wo die Kugel einen traf, konnte man auch das Bewusstsein verlieren, und genau das war dem Motorradfahrer passiert, auf den Evan geschossen hatte. Vermutlich war die Weste auch von minderer Qualität, denn als er, aus seiner Ohnmacht erwacht, aufsprang und auf Evan schoss, tat er das keineswegs zielsicher. Während Evan sich duckte und in einem Hechtsprung über den Boden abrollte, sah sie, dass seine Hand zitterte. Alle drei Kugeln verfehlten sie deutlich.

Unmittelbar vor dem Motorradfahrer angelangt, sprang sie aus der Hocke auf und verpasste ihm drei heftige Schläge gegen die linke Körperseite. Beim zweiten und dritten Schlag fühlte sie, wie Rippen brachen. Der ächzende Mann leistete kaum Widerstand, als Evan ihm die Waffe aus der Hand schlug.

Doch gerade als diese klappernd auf das Kopfsteinpflaster der Gasse fiel, stürmten die beiden Männer, die vorhin von vorn in das Restaurant eingedrungen waren, aus dem Hintereingang, hoben ihre Pistolen und schossen. Evan blieb keine andere Wahl, als sich mit dem Motorradfahrer, den sie als Schild vor sich hielt, zu ihnen umzudrehen. Zwei Kugeln trafen die Brust des Fahrers, sodass sein Körper in Evans Griff tanzte. Sie ließ ihn fallen und stürzte sich auf die beiden Angreifer. Noch während sie dem Mann zu ihrer Rechten die Spitze des korkenzieherartig verzogenen Motorradteils durch die Kehle bohrte, wich sie mit dem Oberkörper aus, schlug die Makarow des zweiten Mannes zur Seite und verschaffte sich so genug Zeit, die improvisierte Waffe wieder herauszuziehen und einen weiteren Hieb zu führen.

Blut spritzte auf, als das Metallteil gegen den Schädel des Mannes krachte und ihm Knochensplitter ins Gehirn trieb. Er ging wie ein Sack nasser Zement zu Boden. Der andere Mann hielt seine Kehle umklammert, jedoch vergebens. Seine Hände waren in dieser Haltung erstarrt, doch seine Lunge kollabierte vom Sauerstoffmangel, und unter der unvorstellbaren Belastung versagte sein Herz.

Evan kehrte zurück, zog den Motorradfahrer hoch, um ihm ins Gesicht zu sehen, und nahm ihm den Helm ab: Unter dem verspiegelten Visier tauchte ein junger Mann mit schwarzem Haar, einer scharfen Nase und einem messerdünnen Mund auf. Sein Kopf war schweißnass. Sie hob erst das eine, dann das andere Augenlid an und spähte darunter. Obgleich drei Kugeln die Brust des Mannes getroffen hatten, lebte er noch. Diese Weste war also doch zu etwas gut.

Dankbar, dass er nicht so kräftig gebaut war wie die anderen vier, warf sie ihn sich über die Schulter und zog sich aus der Gasse zum Lada zurück. Sie legte ihn auf die Rückbank und holte dann Limas aus dem Kofferraum.

»Jesus«, sagte Limas, als er sich mühsam aufrichtete. Mit weichen Knien machte er ein paar vorsichtige Schritte. »Ich habe Schüsse gehört.« Er wollte zur Einfahrt der Gasse gehen.

»Nicht«, warnte ihn Evan.

Durch Evans Tonfall vorsichtig geworden, verharrte Limas mitten im Schritt und wandte sich ihr zu. »Was ist passiert?«

»Die Männer haben mich verfolgt und Fehler begangen. Tödliche Fehler«, antwortete Evan knapp.

Limas rieb sich den Nacken und krümmte den Rücken. »Ich fühle mich, als hätte mich ein Stier über den Haufen gerannt.«

Evan deutete auf den Motorradfahrer, der bewusstlos auf der Rückbank des Lada lag. »Stell dir nur vor, wie er sich erst fühlt.«

Limas spähte durch die Scheibe in den Lada und fuhr sofort zurück. »Der Motorradfahrer. Aber er ist ja tot.«

»Nein, ist er nicht.« Evan setzte sich hinters Steuer des Lada. »Los, komm!«

Limas sah den ramponierten Lada unsicher an. »Sollten wir nicht besser den Range Rover nehmen?«

»Das wäre schön«, erwiderte Evan. »Aber irgendwo da draußen sitzt noch ein Scharfschütze, und er dürfte wissen, dass wir damit angekommen sind.«

Limas nickte, setzte sich eilig auf seinen Platz und versuchte, die Tür hinter sich zu schließen. Das ging aber nicht mehr, und so war er gezwungen, den inneren Türgriff festzuhalten, damit die Tür in den Kurven, die Evan immer wieder in hohem Tempo nahm, nicht aufflog. Limas blieb angespannt, bis sie sich eine beträchtliche Strecke von der Gasse hinter dem Restaurant entfernt hatten. Selbst danach schaute er sich immer wieder über die Schulter nach dem bewusstlosen Motorradfahrer um, ohne den Schmerz zu beachten, den die Bewegung hervorrief.

»Wohin fahren wir?«, fragte er endlich.

»Erinnerst du dich an den Laden, bei dem wir vor der Fahrt zum Restaurant gehalten haben?« Evan hielt nach Straßenschildern Ausschau und wechselte immer wieder die Richtung. »Dorthin fahren wir. Ich brauche einen Ort, an den wir uns zurückziehen können, bevor unser Gast völlig hinüber ist. Er hat drei Schüsse auf seine kugelsichere Weste abbekommen. Außerdem habe ich ihm ein paar Rippen gebrochen. Das wäre für jeden Körper schwer zu verkraften.«

Nachdem sie sich weitere zehn Minuten auf Umwegen angenähert hatten, trafen sie hinter dem Antiquitätengeschäft ein. Der Motor des Lada erstarb mit einem Beben.

Evan wandte sich Limas zu. »Schaffst du es, unseren Freund dahinten in den Laden zu tragen?«

Limas schaute sich ein letztes Mal um und nickte. »Bis jetzt habe ich mich so nützlich gefühlt wie ein Pilotenfisch an der Flanke eines Hais.«

»Na dann los«, sagte Evan und stieg aus.

Sie öffnete eine Hintertür, wuchtete den bewusstlosen Motorradfahrer von der Rückbank und legte ihn dem bereitstehenden Limas in die Arme. »Immer mit der Ruhe, und nicht schwindlig werden. Nach allem, was er durchgemacht hat, muss dieser Kerl nicht auch noch auf den Arsch fallen.«

»Ich hab's im Griff. Keine Sorge.«

»Sorgen mache ich mir nie.«

Sie ging über die Straße zur zerbeulten Hintertür des Antiquitätenladens, klopfte an und dann noch einmal, diesmal eindringlicher. Wenig später hörte sie Schritte näher kommen. Die Tür wurde aufgerissen, und der Ladenbesitzer tauchte mit schussbereiter Schrotflinte darin auf.

»Legen Sie dieses Ding weg«, sagte Evan und trat über die Schwelle, dicht gefolgt von Limas. »Wir haben einen Notfall.«

»Ich behalte das Gewehr in der Hand, falls es Ihnen recht ist.«

Evan riss ihm die Flinte weg. »Keineswegs.« Sie öffnete den Verschluss, entlud die Waffe und lehnte sie an die geschlossene Tür.

Der Besitzer, ein Mann namens Amiran Kartvelishvili, trat zurück, wobei er fast über einen gepolsterten Hocker gestolpert wäre, der so alt und abgenutzt war, dass er einem Zaren gehört haben könnte. Er hatte einen dunkelhaarigen, schmalen Kopf, der auf einem untersetzten Körper mit breiter Brust saß. Er war so gedrungen gebaut wie ein Gewichtheber und verbarg sich hinter einer Fassade der Gleichgültigkeit, die er zweifellos in all den Jahren erworben hatte, in denen seine Kunden ihn mit Geschichten über ihre kostbaren Familienerbstücke zu rühren versucht hatten, die bei Amiran gewiss weniger einbrachten, als sie erwartet oder gehofft hatten. In anderen Worten, er gehörte zu jener besonders verwerflichen Spezies von Dieben, die den Leuten einen Teil ihres Lebens stahlen und sie dabei gleichzeitig betrogen.

Sie befanden sich in einer Art Lagerraum, schummrig beleuchtet und mit tausend Dingen vollgestellt wie die Höhle eines Dschinns. Auf Holzregalen lag aller möglicher Krimskrams, große, mittlere und kleine Gegenstände, mit Etiketten versehen und teilweise so staubig, dass man sah, sie waren seit Jahren nicht mehr angefasst worden.

Evan machte Platz für Limas mit seiner Bürde. Sobald Amiran die beiden sah, zog er bestürzt die Augenbrauen hoch.

Evan deutete auf den Motorradfahrer. »Sie kennen diesen Mann«, sagte sie. Es war keine Frage.

»Wie kommen Sie auf die Idee?«, gab Amiran zurück, allerdings nicht sehr überzeugend. Er brauchte einen Moment, um sich zu sammeln, und wandte sich ab, um ein schmales Feldbett aufzuklappen, in dem er oft schlief, wenn er keine Lust hatte, nach Hause zu fahren, wo seine zänkische Frau das Regiment führte.

Sobald Limas den Motorradfahrer abgelegt hatte, trat Evan dicht an Amiran heran, hinein in eine Wolke aus Mundgeruch und körperlicher Ausdünstung, und sagte: »Die Empfehlung für das

Restaurant, in dem wir zu Mittag gegessen haben, kam von Ihnen.«

Amiran zuckte mit den Schultern. »Hat das Essen Ihnen nicht geschmeckt?«

»Das Essen war nicht das Problem«, erwiderte Evan. »Sondern das Blei.«

»Blei?« Amiran schluckte so kräftig, dass sein Adamsapfel wie ein schwimmender Korken hüpfte. »Ich … ich weiß nicht, wovon Sie reden.«

»Oh doch«, widersprach sie, kam ihm mit dem Gesicht ganz nah und starrte, ohne zu blinzeln, in seine Kaninchenaugen.

Rechts von ihnen kniete Limas über dem Motorradfahrer. Er zog den Reißverschluss von dessen schwarzer Lederjacke auf, schlug die Seitenteile auseinander und legte die schusssichere Weste darunter frei. Jetzt öffnete er den Mund des Verletzten. »Er hat Mühe mit dem Atmen«, sagte Limas zu niemand Bestimmtem. »Ich glaube, er verschluckt gleich seine Zunge.«

Evan ließ Amiran stehen und begab sich rasch zum Feldbett. Limas trat zur Seite, um ihr Platz zu machen. Aber es gab nichts mehr zu tun; der junge Mann ertrank in seinem eigenen Blut. Evan schlug ihn auf die Wange.

»He, nicht sterben! Wer bist du? Wie heißt du? Für wen arbeitest du?«

Die bebenden Lippen des Verletzten öffneten sich, doch statt Worten traten nur blutige Blasen zwischen ihnen hervor. Etwas rasselte tief in seiner Brust, dann seufzte er, als ließe er allen Schmerz los, der seinen Körper quälte. Er erschlaffte; seine Eingeweide entleerten sich.

»Gott im Himmel«, schrie Amiran. »Welches Übel haben Sie in mein Haus gebracht?«

In diesem Moment entdeckte Evan die Anstecknadel, die im

Innenfutter der Motorradjacke steckte: silbern, zwei Raben Schnabel an Schnabel. Sie riss sie heraus, wandte sich dem Händler von Antiquitäten, Pfandsachen und Schusswaffen zu und hielt sie ihm hin. »Sie haben sich das selbst zuzuschreiben, Amiran. Dieser Motorradfahrer hatte es auf unser Leben abgesehen. Genau wie fünf seiner Brüder. Vier von ihnen sind tot.«

Bei dieser Nachricht fuhr Amiran einen Moment lang schaudernd zusammen. »Das … diese Person, die Sie hereingebracht haben, stinkt mir mein Geschäft voll.«

»Es überrascht mich, dass Sie überhaupt einen Unterschied wahrnehmen«, merkte Evan beiläufig an. Dann wandte sie sich wieder dem Thema zu: »Den hier und den Gestank werden Sie am schnellsten los, wenn Sie meine Fragen beantworten.« Evan hielt die Anstecknadel hoch. »Was hat das zu bedeuten, Amiran? Und wo befindet sich die Ihre?«

Jetzt schlugen Amirans gelbe, schadhafte Zähne aufeinander. Seine entsetzt aufgerissenen Glupschaugen, die an einen Frosch erinnerten, schossen hin und her.

»Es gibt kein Entkommen, mein Freund«, erklärte Evan. »Nicht vor mir.« Sie hielt dem Händler die Anstecknadel direkt unter die Nase. »Sagen Sie mir, was ich wissen will, sonst sorge ich dafür, dass Sie an der Scheiße des Toten ersticken.«

»Das … das würden Sie nicht tun.«

»Bei einem so zwielichtigen Subjekt wie Ihnen würde ich keine Sekunde zögern.«

»Man wird mich umbringen«, sagte Amiran mit ersticktem Flüstern. »Sie haben ja keine Ahnung …«

»Aber Sie werden es mir sagen, nicht wahr.« Evans Tonfall war ruhig und vernünftig, und sie lächelte sogar, doch ihre Stimme war stahlhart, und das Lächeln nicht beruhigend. »Gegenüber denen haben Sie zumindest einen Vorsprung. Für einen Mann wie

Sie ist das immerhin etwas. Aber hier mit mir heißt es jetzt oder nie. Solange ich hier bin, werden Sie die Sonne nicht wiedersehen, keine Mahlzeit mehr essen und nicht in Ihrem eigenen Bett schlafen. Das hier wird Ihr Grab sein.«

»Schon gut, schon gut.« Amirans vor Entsetzen gelähmte Zunge fuhr über seine trockenen Lippen. Von ihnen abgesehen war er überall so nass, als wäre er gerade aus der Dusche gestiegen; er schwitzte wie ein Tier. »Ich ... ich muss mich setzen.«

Evan machte eine einladende Geste. »Nur zu.«

Amiran ließ sich zittrig auf einen Holzstuhl sinken, dessen Rücklehne gegen eines der deckenhohen Regale gedrückt war, die die linke Wand einnahmen. »Wo soll ich anfangen?«, fragte er sich selbst.

»Am Ende – beim Restaurant«, sagte Evan. »Und von dort aus gehen Sie zurück.«

Amirans Augen waren blutunterlaufen. Mit beiden Händen hielt er die Kante der Sitzfläche zwischen seinen gespreizten Beinen gepackt. »Sie haben natürlich recht. Unmittelbar nachdem Sie die Beretta gekauft haben, habe ich dort angerufen«, sagte er.

»Was sich als eine beschissene Idee erwiesen hat«, sagte Evan. »Aber machen Sie weiter. Wen haben Sie angerufen?«

»Einen Mann, den ich nur als Cuervos kenne.«

»Das soll wohl ein Scherz sein.«

Amiran wischte sich den Schweiß aus den Augen. »Absolut nicht. Es ist die Wahrheit.«

Evan beugte sich vor. »Amiran, Sie kommen mir wie ein Mann vor, der die Wahrheit nicht einmal dann erkennen würde, wenn sie ihn in den Hintern bisse.«

»Aber ... aber ich schwöre es«, jammerte der Händler. Tränen strömten aus seinen Augen und zeichneten Spuren in den Schmutz auf seinen Wangen.

»Was?«, fragte Limas. »Was ist denn?«

Evan erzeugte ein raues Geräusch in der Kehle wie eine Löwin, die sich räuspert. »Cuervos ist spanisch für Raben.«

26

»Wie sieht diese Person, die sich Cuervos nennt, aus?«, fragte Evan.

»Ich habe ihn nie persönlich getroffen.« Amiran starrte mit hängenden Schultern auf den abgenutzten, schmutzigen Boden zwischen seinen Füßen. »Mein einziger Kontakt mit ihm läuft über mein Handy.«

»Ich halte diesen Gestank nicht mehr aus«, sagte Limas und machte sich auf den Weg zur Hintertür. »Ich geh für ein paar Minuten raus.«

»Pass gut auf«, sagte Evan über die Schulter.

In diesem Moment zog Amiran einen Kris aus einer unter dem Stuhlsitz angebrachten Scheide und stürzte sich auf Evan. Diese wich dem Stich aus, spürte aber, wie die geflammte Klinge ihr den Mantel aufschlitzte. Inzwischen drückte sie jedoch den Unterarm an die Kehle des Händlers, stieß ihn auf seinen Platz zurück und zwang seinen Kopf nach oben. Mit der freien Hand verpasste sie ihm einen kräftigen Hieb auf den Solarplexus, und als Amiran japsend nach Luft schnappte, entrang sie ihm den Kris und setzte ihn statt ihres Unterarms an Amirans Kehle.

»Sollten Sie das noch einmal versuchen …« Bei diesen Worten versetzte sie dem Händler einen winzigen Stich in die Kehle, sodass Blut floss und er entsetzt keuchte. »Und jetzt erzählen Sie mir alles, was Sie über Cuervos wissen.«

Amiran schluckte mit weit aufgerissenen Augen, die fast aus den Höhlen quollen. »Bitte nehmen Sie das weg«, jammerte er. »Ich bekomme keine Luft mehr.«

Evan zog den Kris zurück, behielt ihn aber gut sichtbar in der Hand.

Amiran leckte sich über die trockenen Lippen. Inzwischen schwitzte er sogar noch heftiger. »Meine Kehle ist so ausgedörrt, dass ich kaum ein Wort herausbekomme.« Er deutete in eine Ecke. »In dem kleinen Kühlschrank dort drüben stehen Flaschen mit Trinkwasser.«

Limas, der den Gestank angesichts des kurzen, aber beängstigenden Handgemenges vergessen hatte, ging durch den Raum, beugte sich vor und öffnete die Tür.

»Eine der blauen Glasflaschen«, erklärte Amiran unbestimmt. Er wirkte wie hypnotisiert von der gekrümmten Klinge des Krises.

Limas brachte die Flasche herbei, erbrach das Siegel des Verschlusses und hielt sie ihm hin.

Amiran blickte zu Evan auf. »Ist das okay?«

»Nur zu.«

Der Händler griff vorsichtig nach der Flasche, als erwartete er halb, dass Evan sie ihm aus der Hand schlagen würde. Dann trank er einen Schluck. Er schloss die Augen und schluckte gierig.

»Zunächst einmal«, sagte er, »möchte ich unbedingt klarstellen, dass ich nicht zu ihnen gehöre.«

»Zu wem gehören Sie nicht?«

»Ich besitze keine Anstecknadel mit Raben.«

Evan nickte. »Okay. Gut für Sie. Und jetzt beantworten Sie meine Frage. Zu wem gehören Sie nicht?«

»Zum … Ersten Stamm.«

»Zum Ersten Stamm?«

»So nennen Sie sich – Die Raben.« Diesmal verwendete er das deutsche Wort.

Amiran trank einen weiteren Schluck Wasser, hustete leise und fuhr fort: »Der harte deutsche Kern behauptet, direkt von Himmler, Göring und Sepp, dem Krüppel, abzustammen.« Er meinte Joseph Goebbels, den Propagandaminister der Nazis.

»Das ist doch verrückt«, entgegnete Evan. »Die Geschichtsschreibung hat festgehalten, was diesen Männern und ihren Familien zugestoßen ist.«

»Aber nicht ihren illegitimen Nachfahren.«

»Das ist totaler Blödsinn. Nichts als Propaganda.«

»Aber eine oft erzählte Lüge wird zur Wahrheit, oder?«

»Geld«, sagte Evan. »Terroristische Aktivitäten kosten Geld. Und zwar viel Geld, insbesondere im globalen Maßstab. Woher bekommen Die Raben ihre Mittel? Und jetzt erzählen Sie mir kein Ammenmärchen über verstecktes Nazi-Gold.«

Amiran versuchte, zu lachen, doch es wurde zu einem trockenen, heiseren Husten, von dem ihm Galle in die Kehle stieg. Er drehte den Kopf zur Seite und spuckte aus. »Wenn ich Ihnen sagte, dass sie Nazi-Gold haben, würden Sie mir nicht glauben. Wenn ich Ihnen sagte, dass es sich um Killerlohn handelt, würden Sie mir nicht glauben. Also sage ich gar nichts.«

»Erzählen Sie mir, was Sie selbst glauben«, sagte Evan.

Amiran schüttelte den Kopf. »Bei allem Respekt, das lehne ich ab. Ohnehin spielt es keine Rolle.« Ein trauriges Lächeln huschte über seine Züge. »Jetzt nicht mehr.«

»Was soll das bedeuten?« Limas hatte sich genähert. Er stand unmittelbar hinter Evan und lugte über ihre Schulter.

Der Händler sah sie lächelnd an. »Was meinen Sie wohl, was

es bedeutet?« Er begann zu schielen, und dann wurde sein Blick leer.

Evan schlug Amiran die Flasche weg, die er gerade zu einem dritten und letzten Schluck ansetzen wollte. Sie packte den Händler bei den Schultern und schüttelte ihn.

»Amiran. Amiran!«

»Was ist los?«, fragte Limas nervös.

»Er hat Gift genommen.« Evan schlug den Händler auf die bleichen Wangen. »Dieses verdammte Wasser.« Sie schlug Amiran kräftiger. »Hören Sie mir zu. Wo befindet sich Cuervos? Wie lautet seine Handynummer?«

Aber Amiran konnte nicht mehr reden. Sein Blick flog nach innen wie ein Vogel, der zu seinem elterlichen Nest zurückkehrt, das von Erinnerungen abgesehen nun leer ist. Und nur zu bald waren auch diese vergangen.

Amiran sackte in Evans Armen zusammen.

»Schnell«, sagte Evan zu Limas. »Halt ihn aufrecht.«

Während Limas ihrer Aufforderung nachkam, klopfte Evan die Taschen des Händlers ab, bis sie das Gesuchte fand: Amirans Handy.

»Und jetzt«, sagte sie, »lass uns aus diesem Leichenhaus verschwinden.«

»Wie du schon gesagt hast.« Evan schluckte den letzten Bissen eines zähen und sehnigen Kaninchens herunter, das der Wirt, wie er stolz erklärte, selbst gefangen hatte, und legte die Gabel aus der Hand. Er hätte es zu einem Eintopf verarbeiten sollen, dachte sie. Aber vermutlich hätte nicht einmal das geholfen. »Du musst mir noch ein Geständnis machen.«

Sie waren zur anderen Seite von Tiflis gefahren und hatten in einem Vorort einen kleinen Gasthof gefunden, der von Wanderern und Bergsteigern frequentiert wurde. Evan fuhr noch eine Meile weiter, bog von der Straße ab und parkte in einem tiefen Graben. Obgleich sie jetzt, da der Adrenalinrausch nachließ, sehr müde waren, kehrten sie zu Fuß zum Gasthof zurück. Er hatte nichts Besonderes zu bieten, doch die Zimmer waren sauber, wenn auch klein. Zu dieser Jahreszeit hatten sie das Wirtshaus mehr oder weniger für sich. Das Beste war, dass der Besitzer sich mühelos hatte überreden lassen, sie für den doppelten Hotelpreis nicht in seine Gästeliste einzutragen.

Jetzt saßen sie in einem schmalen Speisesaal, der Blick auf die Berge bot. Zwischen ihnen stand eine halb geleerte Flasche Wodka. Evan war noch mit ihrem zweiten Glas beschäftigt, doch Limas trank bereits das vierte. Die Ereignisse der vergangenen beiden Tage machten ihm offensichtlich zu schaffen.

»Bevor wir darüber reden, sag mir bitte, ob du in Amirans Handy irgendetwas von Interesse gefunden hast.«

»Ja, habe ich«, antwortete Evan.

»Ich muss doch nicht betteln, oder? Soll ich es mit Lewis Carroll sagen: Die Zeit ist reif, das Walross sprach, dass man die Worte hole.«

»Bei mir bist du falsch«, erwiderte Evan trocken. »Ich weiß gar nichts von Königen und auch nichts von dem Kohle.«

Limas lachte kurz auf. »Ich habe in den letzten beiden Tagen ganz schön viel durchgemacht«, sagte er. »Ich denke, du bist mir etwas schuldig.«

»Das Erste, was du über mich wissen solltest, Peter, ist, dass ich niemals jemandem etwas schuldig bin. In meiner Welt führt eine solche Haltung dazu, dass man getötet wird.« Und das ist auch schon einige Male fast passiert, dachte sie, aber natürlich sagte sie das nicht. »Zweitens aber, ja, ich habe etwas sehr Interessantes gefunden. Nämlich Cuervos' Telefonnummer. Da ich die

Länderkennung und die Vorwahl kenne, weiß ich jetzt, dass er sich in Deutschland aufhält, und zwar in dem Ort Obersalzberg.«

»Dorthin wirst du dann wohl als Nächstes aufbrechen wollen.«

»Morgen, wenn irgend möglich«, gab Evan ihm recht.

»Nun ja.«

Evan runzelte die Stirn. »Was soll das heißen?«

Limas schaute einen Augenblick lang weg und begegnete dann wieder Evans Blick. »Das Geständnis, das ich dir machen wollte. Einer der Gründe, weshalb ich bereit war, dich zu begleiten, ist mein Partner Roger«, erklärte er. Sein Haar war zerzaust, und auf seinen Wangen prangten zwei kirschrote Flecken, die perfekt zu seinen rot geränderten Augen passten. »Nachdem er bei dem Pokerspiel derart aggressiv reagiert hat, weiß ich nicht mehr, wer er ist oder was er vielleicht bisher vor mir verborgen hat. Ich kenne ihn immerhin bereits seit vielen Jahren. Wir waren in England und in den Staaten zusammen. Wir sind zusammen ausgegangen, haben Bier miteinander getrunken und es einmal sogar mit derselben Frau getrieben – allerdings bin ich auf diese Nacht nicht besonders stolz. Aber trotzdem ... ich dachte, dass ich ihn kenne. Und jetzt ... jetzt, da wir wissen, was der Rabenanstecker bedeutet? Der Erste Stamm? Neonazis? Jesus, ich weiß wirklich nicht mehr, was ich denken soll.«

Evan schob ihren Teller weg; das fetttriefende Kaninchen lag ihr so schwer im Magen wie eine Handvoll Schrotkugeln. »Deine gegenwärtige Lage erinnert mich an eines von Martin Gardners berühmten mathematischen Rätseln: Eine Insel wird von zwei Eingeborenenstämmen bewohnt. Die Mitglieder des einen Stammes sagen immer die Wahrheit, die Mitglieder des anderen Stammes lügen immer. Ein Missionar trifft zwei dieser Eingeborenen, der eine ist groß und der andere klein. ›Bist du ein Wahrheitssager?‹, fragt er den größeren. In der Antwort erkennt der Missionar das Eingeborenenwort für Ja oder Nein, aber er erinnert sich nicht, welches von beiden es ist. Der kleinere Eingeborene spricht Englisch, und so fragt der Missionar ihn, was sein Begleiter gesagt hat. ›Er sagt Ja‹, antwortet der kleinere Eingeborene. ›Aber er ist ein Lügner.‹ Zu welchem Stamm gehört jeder der Eingeborenen?« Evan spreizte die Hände. »So stehen die Dinge jetzt auch für dich. Du weißt nicht, wer lügt und wer die Wahrheit sagt. Du hast das Gefühl, dass du in einer Zwickmühle steckst. Du weißt nicht, wem du vertrauen kannst.«

Limas nickte düster. »Aber es gibt noch einen weiteren, viel wichtigeren Grund, weshalb ich hier bin. Ich habe eine Schwester. Wir sind zusammen aufgewachsen, aber nicht lange.« Er drehte sein Glas zwischen den Händen, immer im Kreis. »Seit unserer Kindheit habe ich sie nicht mehr gesehen. Ich würde sie gern wiedersehen. Sehr gern sogar. Daher hatte ich gehofft …« Er breitete die Hände aus.

»Wir befinden uns gerade in der Republik Georgien, Limas, nicht in England. Was dachtest du? Dass du einfach nach London weiterfliegen würdest, und …«

Limas sah sie mit verquollenen Augen an, in die sich ein Ausdruck der Verzweiflung schlich. »Nach Moskau, genauer gesagt. Und na ja, ehrlich gesagt hatte ich gehofft, dass wir beide hinfliegen könnten. Also, dass du mir helfen würdest.«

Evan sah ihn an, als hätte er den Verstand verloren. »Was? Warum sollte ich das tun? Nach Moskau? Wovon redest du überhaupt?«

Limas seufzte. »Du erkennst mich also wirklich nicht, oder?«

»Das hast du mich schon einmal gefragt. Sollte ich das denn?«

Limas wirkte niedergeschlagen. »Ich gebe zu, dass mich das enttäuscht. Ich hatte das Gegenteil gehofft, aber je länger ich mit dir zusammen bin und du nichts sagst …« Er senkte die Stimme, obgleich niemand da war, der ihr Gespräch hätte belauschen können; der einsame Kellner stand am anderen Ende des Gastraums und schaute rauchend aus dem Fenster. »Woher ich weiß, wer du wirklich bist? Meine Tante hat mir alles über dich erzählt. Und sie hat dir ein Foto von mir gezeigt«, flüsterte er. »Oder zumindest hat sie mir das gesagt.«

Evan sah ihn stumm an.

»Es ist Jahre her«, fuhr Limas fort. Er befühlte seine Wangen mit den Fingerspitzen. »Auch in dieser Hinsicht ist mein Annäherungsversuch so demütigend. Und Brenda ... Ich verspreche dir, dass es nicht wieder vorkommt. Aber du hast ja keine Ahnung, dass ich mir über all die Jahre hinweg immer wieder ausgemalt habe, wie du sein müsstest.« Er lachte freudlos. »Wie eine echte Wonder Woman. Und plötzlich bin ich mit dir zusammen, und du bist ... überlebensgroß. Ich weiß nicht, ich dachte, dass du mich vielleicht mögen würdest, vielleicht wenn wir ... uns näher wären.« Er sah Evan mit furchtbarer Beklommenheit an. »Das war vermessen von mir, es tut mir leid. Und verrückt, wenn ich jetzt recht darüber nachdenke.«

Evan beschloss, diesen Teil seines Geständnisses zu übergehen. Sie wollte nicht darüber nachdenken, dass er recht hatte: Sie mochte ihn wirklich, und wenn er nicht mit Brenda zusammen wäre, hätte sie ihn vielleicht nicht zurückgewiesen. Übrigens interessierten seine Gefühle sie wenig im Vergleich zu der Frage, woher er wusste, wer sie wirklich war. Und warum er seine Schwester ausgerechnet in Moskau suchen wollte.

»Deine Tante?«, war alles, was sie fragte.

»Das stimmt«, antwortete Limas. »Meine Tante Lyudmila. Lyudmila Alexeyevna Shokova.«

• • •

Sobald General Boyko in seinem Büro eingetroffen war, kam Timmy mit einem Stapel neuster Texte von Nemesis. Der General ging sie durch, während er noch aus seinem Wintermantel schlüpfte. »Warum hat die amerikanische Regierung einen zionistischen Terroristen auf der Gehaltsliste ihres Geheimdiensts stehen?«, begann der Erste. Daraufhin wurde Benjamin Butler der abscheulichsten Verbrechen bezichtigt; es war der jüngste Angriff in einem Trommelfeuer von sogenannten »neu aufgedeckten Fakten«, mit denen gegen ihn gehetzt wurde. Boyko wandte sich den nächsten Verlautbarungen zu. Sofort wurde offensichtlich, dass Nemesis seine Kampagne gegen alle nicht weißen Amerikaner ebenfalls verstärkte. Zwei Artikel beschuldigten schwarze Profisportler des unamerikanischen Verhaltens. Der erste, weil sie niederknieten, wenn zu Beginn einer Sportveranstaltung die Nationalhymne gespielt wurde. Der zweite, weil sie in den sozialen Medien die Haltung des Präsidenten verurteilten. Ein dritter Artikel verteidigte einen Tweet des Präsidenten, in dem er erklärt hatte, das Verbrennen der US-Flagge durch Neonazis – der sogenannten Alt-Right-Bewegung (ein amüsanter Euphemismus, den Boyko selbst erfunden hatte) – sei eine durchaus angemessene und friedliche Form des Protests. Diese Artikel, die er Timmy zurückgab, damit er sie wie zuvor schon viele andere Nemesis-Texte mittels seiner Armee von Netzbots im ganzen Internet verbreitete, belustigten ihn so unwiderstehlich, dass er laut auflachen musste. Er fand es ungeheuer amüsant, dass Nemesis sein wichtigster Klient war.

Was für Dummköpfe die Leute im Westen doch sind, dachte er, während er zu dem wesentlich weniger unterhaltsamen Papierkram zurückkehrte, mit dem er ständig überschwemmt wurde. Doch auch das diente dem Zweck, ihn von dem Unheil abzulenken, das seiner Tochter beinahe zugestoßen wäre.

• • •

»Mein richtiger Name ist Vasily, Evan. Vasily Shokov. Aber nach dem Tod meiner Eltern verschaffte mir Lyudmila in Russland eine neue Identität als Vasily Mevedev, damit sie mich außer Landes schmuggeln konnte. Als sie zu mir kam, war Tante Lyudmila äußerst umsichtig«, berichtete Limas. »Sie war wie eine Schachgroßmeisterin. ›Denke immer langfristig‹, hat sie mir einmal gesagt. ›Die anderen tun das nicht; alle sind viel zu sehr damit beschäftigt, ihren Gegnern hier und jetzt eines auszuwischen. Aber am Ende bist du derjenige, der überlebt.‹«

»Ich soll dir einfach auf dein Wort hin glauben, dass du Lyudmilas Neffe bist?« Evan schüttelte den Kopf. »Sie hat mir nie ein Foto von dir gezeigt.«

Während sie noch beim Essen saßen, war die Nacht hereingebrochen, und obgleich es nach Sonnenuntergang empfindlich kalt geworden war, hatten sie sich darauf geeinigt, ihr Gespräch draußen bei einem Spaziergang über das dürftige Grundstück des Gasthauses fortzusetzen.

»Tante Lyudmila sagte, ihr beide wärt schon seit einer ganzen Weile befreundet. Sie meinte, dass sie dir vertraut, obgleich du Amerikanerin bist. Sie hat mir dein Foto gezeigt, einen Schnappschuss in halbschattigem Licht, überall sind Blätter. Vielleicht auf einer Waldlichtung.«

Evan wusste genau, welches Foto Limas meinte; sie erinnerte sich so deutlich an diesen Tag. Lyudmila und sie selbst hatten sich im Istanbuler Stadtteil Kadiköy zum Mittagessen getroffen. Hinterher waren sie in einen kleinen, von Bäumen und Sträuchern beschatteten Park geschlendert, der Zuflucht vor dem Gedränge der Passanten und der brutalen Sonne bot. Sie hatten jede ein Foto der anderen geschossen. Zum Aufheben. Das war ihrer beider Geheimnis, ihre stumme Bestätigung einer Freundschaft, die über nationale und ideologische Grenzen hinwegreichte.

»Ich wusste schon, dass du es bist, als du dich im Steakhaus an meinen Tisch gesetzt hast. Könnte es nicht doch sein, dass sie dir von mir erzählt hat?«

»Sie hat mir tatsächlich gesagt, dass sie eine Nichte und einen Neffen hat«, antwortete Evan. »Aber sie hat mir nie ein Foto von einem von euch beiden gezeigt.«

Er schwieg kurz. »Mir hat sie das gesagt. Aber wenn sie es tatsächlich unterlassen hat, dann garantiert aus Sicherheitsgründen. Wenn es um meine Schwester und mich ging, war sie extrem wachsam. Sie achtete sehr darauf, dass wir nicht ins Rampenlicht gerieten und der FSB und der GRU keine Notiz von uns nahmen. Verstehst du, wir waren noch sehr klein, als unsere Eltern starben. Ein Zusammenstoß mit einem Sattelschlepper auf der Ringstraße. Der Fahrer war sturzbesoffen. Tante Lyudmila änderte den Familiennamen von meiner Schwester und mir zu Mevedev um und brachte uns nach England. Aber meine Schwester war in England nicht glücklich und kehrte mit zwölf Jahren nach Russland zurück, nach Moskau, denke ich. Ich weiß nicht, wie sie das angestellt hat, sie muss mit jemandem dort in Kontakt gewesen sein. Das ist schon furchtbar lange her, und seitdem habe ich sie nie mehr gesehen.

Lyudmila hätte uns bei sich behalten und selbst großziehen können, denke ich. Stattdessen brachte sie uns nach England zu einem befreundeten Ehepaar, das in einem sehr großen Steinhaus in Sussex lebte. Die Limas. Sie hat sich für uns beide ein anderes Leben gewünscht. Aber außerdem ... na ja, hat sie mich für einen bestimmten Zweck aufgespart.«

»Was für einen Zweck?«

»Ich denke, sie hat vorhergesehen, dass sie eines Tages mit der

Politik der Russischen Föderation kollidieren würde. Sie hat Russland innig geliebt, war aber enttäuscht davon, wie sich das Land entwickelte. Sie verabscheute das Russland des Souveräns.«

»Ich weiß genau, wovon du sprichst«, sagte Evan, die sich an zahlreiche Diskussionen erinnerte, die sie über die Jahre im Verlauf ihrer Freundschaft geführt hatten.

»Während ich also als Engländer erzogen wurde und schon vor meinem Studium in Cambridge in der Schule glänzte, ließ Lyudmila niemals zu, dass ich meine Wurzeln vergaß – meine russische Herkunft. Sie hatte Geld für mich angelegt; aus diesen Mitteln wurde alles bezahlt, was ich brauchte. Aber sie behielt die Kontrolle.

Unmittelbar vor ihrem Verschwinden schickte sie mir eine verschlüsselte Botschaft. Darin stand, falls ich den Eindruck habe, dass etwas nicht in Ordnung sei, oder sich meine Lage verändere, solle ich dich aufsuchen.«

Nahezu unbewusst befingerte Evan die winzige Holzschnitzerei in einer geheimen Tasche ihrer Hose. »Und wie solltest du das tun?« Skepsis lag in Evans Stimme.

Doch entweder bemerkte Limas ihren Tonfall nicht oder zog es vor, ihn zu überhören. Er schüttelte einfach nur den Kopf und sagte: »Sie hat mir aufgetragen, Evan Ryder zu suchen. Sie hat mir aufgetragen, dich zu suchen.«

Falls Limas' Bericht stimmte, hatte Lyudmila sehr vorausschauend gehandelt, dachte Evan. Und das war der deutlichste Hinweis, dass Limas vielleicht tatsächlich die Wahrheit sagte.

»Aber du hast mich zuerst gefunden. Und als ich dich sah, habe ich …« Er hielt inne und leckte sich die Lippen. »Hör mal, Evan, ich weiß, dass du mir das jetzt nicht mehr glaubst, aber ich liebe Brenda. Ich liebe sie aus tiefster Seele. Sie hat ein gutes Herz und stellt mir keine unangenehmen Fragen zu meiner Arbeit, weil klar ist, dass ich sie auch nicht nach der ihren fragen kann. Sie ist intelligent, stark und liebt Sex, wenn ich das hier sagen darf, aber ...«

Evan zog die Augenbrauen zusammen. »Aber was?«

»Ich glaube, dass ich ihrer nicht wert bin.« Er sagte das in einem heiseren Flüsterton, als zerrte er es aus seinem Innersten heraus. »Tief in mir drin glaube ich nicht, dass ich gut genug für sie bin. Sie ist alles, was ich mir immer gewünscht habe und sicher war, es nie finden zu können, und das bringt mich auf den Gedanken ...« Er atmete tief und schaudernd ein, bevor er fortfuhr: »Es bringt mich auf den Gedanken, dass sie mich unmöglich lieben kann, dass das mit mir für sie einfach nur eine kurze Liebelei ist, bis der nächste Kerl vorbeikommt.«

»Das also glaubst du von Brenda? Dass sie nur mit dir spielt?«

Limas wandte sich Evan zu, das vom Mond beschienene Gesicht von tiefem Kummer durchfurcht. »Ist das nicht ihr Beruf? Menschen zu manipulieren?«

Darauf wusste Evan keine Antwort. Wie gut kannte sie Brenda schließlich? Und mit dem Manipulieren von Menschen verdiente ja auch sie selbst ihren Lebensunterhalt.

Beim Gehen waren sie mal in Licht und mal in Schatten getaucht, als würden sie von niedergebrannten Kerzen beleuchtet, die in einem starken Luftzug flackerten. In der Ferne bellte ein Hund, und das Geräusch hallte von den Talwänden wider, ein einsamer, melancholischer Laut. Sie kamen zu einem Schuppen, in dem der Besitzer Fallen, Stricke und entrindete junge Baumschösslinge aufbewahrte, mit denen er Netze spannte, in denen sich größere Jagdtiere verfangen sollten – zweifellos Rotwild. Evan streckte kurz den Kopf in den Schuppen und betrachtete die in silbernes Mondlicht getauchte Ausrüstung.

Sie hatten gerade die siebte Runde auf dem Grundstück beendet; es wurde höchste Zeit, dass sie zu Bett gingen und etwas wohlverdienten Schlaf bekamen. Doch als Evan sich umdrehte, um ins Gasthaus zurückzukehren, packte Limas sie am Arm.

»Hör mal, es tut mir leid, dass ich so lange gebraucht habe, um reinen Tisch zu machen. Ich habe einfach nur ... na ja, ich wusste nicht, woran ich bei dir war.«

»Und jetzt weißt du es?«

Limas stieß ein klägliches Lachen aus, und dann gingen sie nach drinnen.

Sie befindet sich im Inneren des roten Backsteinpalasts. Angst und Verzweiflung hängen wie Schwaden in der Luft. Sie sieht Gesichter und Lichtflecken, die sich hin und her bewegen. Stimmen steigen zu ihr auf, als kämen sie aus den Wogen des Meers hervor. Oder vielleicht ist sie selbst diejenige, die im Ozean treibt. Sie spürt, wie sie durch dunkles Wasser immer tiefer sinkt. Sie weiß, dass sie gebrochen werden soll.

Sie brach nicht, doch als sie mit hämmerndem Herzen in der Dunkelheit und Stille des Zimmers im Gasthof die Augen aufschlug, dachte sie an Pat Wilson, der im Backsteinpalast psychisch zerstört worden war, und sie fragte sich, wann ihre eigene Stunde schlagen würde.

27

»Nicht bewegen!«, sagte die Stimme hinter ihr. »Nicht einmal atmen!«

Es war Charles' Stimme. Sie tat wie geheißen.

»Und jetzt«, fuhr er fort, »nimm ganz langsam die Hand vom Schalter.«

»Ich wollte gerade das Licht einschalten.«

»Das ist genau das, was Voron von einem Verfolger erwarten würde.« Charles trat zu ihr. »Dieser Schalter würde eine Explosion auslösen, die dich sofort tötet.«

Brenda fühlte, wie sich in ihrer Magengrube etwas zusammenzog. Sie deutete zur Wand. »Ich wollte mir gerade diese Fotos genauer anschauen. Das solltest du ebenfalls tun. Der Mann dort ist ein Militärangehöriger, vielleicht ein General. Und bei dem Gebirge handelt es sich um die Alpen. Ich bin mir sicher, dass die Fotos einen Hinweis auf Vorons Identität geben. Ich möchte, dass wir sie mitnehmen.«

»Ausgeschlossen«, entgegnete er, und auch jetzt klang seine Stimme wieder alarmiert. »Es ist gut möglich, dass Voron Sprengsätze hinter ihnen versteckt hat. Sonst gibt es nirgends auf dem Grundstück irgendwelche Fotos oder anderen Wandschmuck. Diese Fotos sind ein Köder.«

»Allerdings ein faszinierender.« Brenda trat zu den Bildern, fotografierte sie mehrmals mit dem Handy ab und wandte sich wieder Charles zu. »Dann gibt es also kein Anzeichen von Voron selbst?«

»Nur winzige Hinweise. Ich kann sie wittern.«

»Was für Hinweise?«, fragte Brenda.

Er winkte ihr. »Komm und schau selbst.«

Sie folgte ihm wieder in die leere Halle und von dort durch die rechte Tür, die sie vorhin nicht gewählt hatte, in einen großen Raum.

Ihr Handy summte. Es war Butler.

»Butler, in meinem Twitter-Feed habe ich das Cybermobbing gegen dich verfolgt. Wie geht es dir?«, fragte Brenda. »Ist alles in Ordnung?«

»Bald wieder, ja«, antwortete Butler. »Gib mir einen Lagebericht.«

»Wir nähern uns der Bombenbauerin. Ihr Deckname lautet Voron.«

»Die Bombenbauer*in*? Sie ist eine *Frau*?«

»Richtig. Einer meiner Kontakte hat das bestätigt.« Sie holte tief Luft. »Wir haben ihr Versteck gefunden – na ja, jedenfalls ihr ehemaliges Versteck. Sie ist geflohen, hat aber zwei Fotos zurückgelassen. Ich habe sie abfotografiert und lade die Bilder gerade auf deinen privaten Server hoch.« Ihre Fingerspitzen huschten kurz über das Display. »Okay, jetzt hast du sie.«

»Gut. Sonst noch was?«

»Nein.«

»Nun, ich habe noch etwas für dich: Wir konnten bestätigen, dass Anna Alta eine Nemesis-Agentin war.«

Brenda holte tief Luft, denn sie fürchtete sich fast davor, Butlers Antwort auf ihre nächste Frage zu hören. »Butler, behältst du Peter im Auge?«

»In gewisser Weise. Er ist mit Evan zusammen«, antwortete Butler. »In der Republik Georgien.«

»Was?« Brenda wollte ihren Ohren nicht trauen. »Wie zum Teufel ist denn das passiert?«

»Sie haben die beiden vermissten MI6-Agenten gefunden.«

Konzentriere dich, dachte Brenda. »Tot?«

»Evan hat Fotos geschickt. Ein Ritualmord. Die Kehlen waren aufgerissen, genau wie bei unseren beiden Agenten.«

»Dann handelt es sich bei der Liste also wirklich um eine Todesliste.« Brenda holte tief Luft. »Charles ist der Einzige von den dort Genannten, der noch lebt.«

Ein letztes Mal Schweigen. Aus irgendeinem Grund jagte es Brenda diesmal einen Schrecken ein. »Butler?«

Sie hörte den Direktor atmen. »Die Liste, die ich dir gezeigt habe, war redigiert. Unter den gegebenen Umständen erschien es mir unklug ... Aber jetzt, nach allem, was du mir gesagt hast ...«

Brenda schlug das Herz bis zum Hals. »Unter was für Umständen ...«

»Auf der ursprünglichen Liste standen sieben Namen, Brenda. Peters ist der siebte.«

• • •

Gorgonov war die ganze Nacht in seiner Bürosuite aufgeblieben und hatte über Pläne, Gegenpläne, Notfallpläne, Exit-Strategien und Absicherungsmaßnahmen nachgedacht – das alles für den Auftrag des Souveräns, die RNE mit Nemesis zu verknüpfen und diese Schlange an Mütterchen Russlands Busen zu töten. Doch als der Morgen heraufdämmerte, schien er dem Ursprung von Nemesis noch immer nicht näher gekommen zu sein. Er wusste, dass er etwas übersehen hatte – ein entscheidendes Verbindungsglied, das das Rätsel lösen würde –, und es machte ihn wahnsinnig.

Verärgert kam er hinter seinem riesigen Schreibtisch hervor und tappte barfuß zu dem kleinen Kühlschrank hinüber, in dem er immer Wodkaflaschen und für besondere Anlässe wie diesen Champagnerflaschen kühlte. Als der Kronkorken draußen war, schenkte er das funkelnde Getränk in eine Flöte, nahm diese sowie die ganze Flasche mit zum Fenster und trank, während er auf den Lubjanka-Platz hinunterschaute, in dessen Umkreis mächtige Gebäude das zarte Licht des herannahenden Tages abblockten. Zu dieser frühen Stunde trotzten nur wenige Menschen den Elementen – ein paar beherzte Seelen, die, in ihren dicken Mänteln völlig unkenntlich, quer über den Platz eilten, um Mitarbeiter des SVR nach der Nachtschicht abzulösen.

Er leerte sein Glas und schenkte sich noch eines und dann noch ein weiteres ein, bis die halbe Flasche leer war. Inzwischen war der Platz auf Moskauer Art zum Leben erwacht. Die ersten Touristen des Tages waren mit ihren einheimischen Führern gekommen und starrten mit demselben wohligen Gruseln, mit dem sie amerikanische Spionagefilme schauten, auf die Lubjanka. Gorgonov schnitt eine Grimasse. Er stellte Glas und Flasche auf einem niedrigen Couchtisch ab, warf sich auf das lange italienische Sofa, zog eine federleichte Decke über sich und schlief sofort ein.

Er wurde von seinem Adjutanten mit einem Stapel von Morgenberichten der weltweiten SVR-Einheiten sowie einem weiteren Stapel abgefangener GRU-Kommunikation geweckt. Letzteres interessierte ihn stärker. Er brütete darüber, während man ihm frischen Kaffee und einen Teller voller Entenmanns Schokoglasur-Donuts brachte, die man täglich für ihn aus den USA einflog. Er schlang sie mit je drei Bissen herunter, während er die Abhörergebnisse markierte, über die er am Nachmittag mehr erfahren wollte. Er war gerade mit dieser Arbeit fertig geworden, als man ihm eine letzte Mitteilung reichte, die seine Leute zwischen General Boyko und einer Person namens Alice abgefangen hatten. Doch dann bemerkte er, dass die Notiz auf dem Weg zu ihm verschmiert worden war und er den Namen falsch gelesen hatte: Boyko hatte mit einer Person namens Allis korrespondiert. Ein Allis in Deutschland. Seine Leute hatten die Herkunft der Nachricht weitgehend eingegrenzt, und so wusste man, dass sie aus Bayern stammte. Der Mitarbeiter, der die abgefangene Nachricht übertragen hatte, hatte zwei Wörter eingekreist, die nicht in kyrillischen Buchstaben verfasst waren: Die Raben.

Gorgonov wäre fast aus seinem Sessel aufgesprungen. Seine Hand zitterte so sehr, dass das Papier wie ein Vogelflügel flatterte. *Die Raben.* Boyko hatte sich mit einem Deutschen verbündet, zudem noch mit einem Deutschen ausgerechnet in Bayern, dem Gründungsland der Nazipartei. Sein Herz raste, und er konnte nur mit Mühe einen lauten Schrei unterdrücken.

Die Raben war Nemesis.

Inzwischen war es Zeit fürs Mittagessen. Er hatte seit dem Morgen des Vortags nahezu durchgearbeitet und spürte, dass er eine Pause brauchte. Er schwang sich seinen langen Wintermantel mit dem Pelzkragen über die Schultern, verließ sein Büro und ging die drei Stockwerke bis zur Straße über die breite Marmortreppe mit dem schmiedeeisernen Geländer hinunter, um die Krämpfe in seinen Beinen zu lösen.

Sein Wagen erwartete ihn, wie üblich standen sein Fahrer und sein Leibwächter aus der Tagschicht für ihn bereit. Doch er war in Feierlaune, und statt sich auf direktem Wege zu seinem Lieblingsrestaurant bringen zu lassen, befahl er seinem Chauffeur, ihn zum Turnzentrum zu fahren, wo seine Tochter Lolita ihre Stunden nahm. In der Hoffnung, dass sie sich freuen würde, stieg er aus dem Wagen und wartete auf sie. Die Überraschung gelang. Als sie ihn sah, ließ sie ihren neuen Leibwächter stehen und rannte zu ihm.

Seine Frau hatte ihm gesagt, von einem Leibwächter bewacht zu werden, mache Lolita noch nervöser, als keinen zu haben. Das Mädchen hatte keine Ahnung, was los war – und seine Frau übrigens auch nicht –, aber ihm dämmerte allmählich, dass Kinder, die die Fakten nicht kannten, das Nichtwissen mit ihren dunkelsten Ängsten ausfüllten.

»Papa!«, rief sie. »Was machst du denn hier?«

»Du hast mir gefehlt, *lastochka*.« Er breitete die Arme aus und umarmte sie. »Hast du Lust, mit mir Mittag essen zu gehen?«

»Wirklich?« Ihre blauen Augen wurden kugelrund. »Ja! Oh ja!« Sie klatschte in die Hände, runzelte aber fast sofort die Stirn. »Aber meine Diät. Fräulein Olga sagt, ich muss extrem darauf achten, was ich meinem Körper an Nahrung zuführe.«

»Was Fräulein Olga sagt, hat Zeit bis morgen. Du hast einen freien Tag verdient.« Er begleitete sie zur hinteren Tür des SUV, wo sie fröhlich ihr hartes, kleines Hinterteil in das weiche Leder drückte.

Im Restaurant angekommen, schickte er Maks nach hinten, wo er sich in der Küche aufhalten konnte, während Lolita und er zu seinem üblichen Stammplatz geführt wurden.

Um diese Uhrzeit war der Gastraum nur halb voll – den größten Teil seines Geschäfts machte das Restaurant beim Abendessen und danach, wenn die DJs einfielen, die Tische in der Mitte beiseitegeräumt und ein tragbarer Tanzboden aufgeklappt wurde.

Jetzt ging dagegen alles ruhig und gesetzt zu, genau wie Gorgonov es liebte. Der Gastraum war wie ein Wohnzimmer eingerichtet, mit Sofas und saphirblau gepolsterten Sesseln. Uniformierte Kellner gingen zwischen Stehlampen und Beistelltischen herum, auf denen die Drinks standen. Die Küche war europäisch, das Fleisch vom Feinsten, und Obst und Gemüse kamen frisch von einem Landwirt. Gorgonov bestellte für sich selbst und für seine Tochter und trank einen Wodka Gimlet mit Eis, während sie an einer Cola nippte, weil dies schließlich ein besonderer Anlass war.

Er aß langsam und bedächtig, bemüht, all den Müll aus seinem Gehirn herauszubekommen, der sich in den letzten vierundzwanzig Stunden des Pläneschmiedens dort angesammelt hatte, umso mehr, weil er einen wahren Schneesturm von Geheimdienstnachrichten des Tages gelesen hatte, die aus allen Richtungen eintrafen und sich auf die Aktivitäten der RNE und von Nemesis konzentrierten. Dennoch hörte er nur mit halbem Ohr auf Lolitas Bericht über ihren Turnunterricht und die Kümmernisse ihrer besten Freundin, der sie, so gut sie konnte, zu helfen versuchte.

Zum Dessert bestellte er zwei der köstlichen Pavlovas des Patissiers.

Als Lolita einwandte: »Ich mag keine Pavlova«, entgegnete er: »Die hier wirst du mögen. Garantiert.« Ihre leichte Grimasse beachtete er nicht.

Als er fertig war, lehnte er sich zurück und war für den Moment so satt und zufrieden, dass er erneut eine Unterhaltung mit seiner Tochter begann, wobei ihn die gleiche Zärtlichkeit für sie überkam, wie er sie damals für die Neugeborene empfunden hatte.

Mit der Bemerkung, dass er gleich zurück sei, stand er auf und ging durch den Flur nach hinten zur Toilette. Bei seiner Rückkehr stellte er fest, dass seine Tochter einen Plüschbären mit glänzend braunem Fell im Arm hielt.

»Was ist das?«, fragte er mit einem Gefühl böser Vorahnung.

»Ein Mann hat ihn mir gegeben.«

»Ein Mann?« Gorgonov blickte sich um. »Was für ein Mann? Siehst du ihn noch hier?«

Lolita reckte den Hals, stellte sich dann auf das Sofa, auf dem ihr Vater und sie gesessen hatten, und schaute sich in alle Richtungen um. »Nein, Papa, ich sehe ihn nicht.«

Sie drückte den Bären an die Brust. »Er heißt Yuri, hat der Mann mir gesagt.«

Er streckte ihr die Hand hin, und sie setzte sich wieder. Er betrachtete den Bären. »Wie hat dieser Mann ausgesehen?«

Sie zuckte mit den Schultern. Sie drückte noch immer das Plüschtier an die Brust. Die Pavlova türmte sich unangerührt auf ihrem Dessertteller. »Einfach wie ein Mann.«

»War er groß oder klein, dick oder dünn?«

»Er war weder groß noch klein, weder dick noch dünn«, erwiderte Lolita zu seiner Verärgerung. Diese Art von Befragung schien sie wenig zu interessieren. Sie begann, mit dem Bären Yuri zu sprechen.

Gorgonov seufzte, drehte sich dann um und winkte den Kellner herbei.

»Haben Sie gesehen, wer meiner Tochter diesen Bären geschenkt hat?«

»Nein.«

»Wer könnte diesen Mann dann gesehen haben? Irgendjemand?«

»Es tut mir leid, das kann ich nicht sagen. Ich habe niemanden gesehen, der den Bären gebracht hat, aber ich war auch in der Küche und habe die Teller für andere Essensgäste abgeholt.« Der

Kellner machte eine entschuldigende Geste. »Darf ich Ihnen noch Kaffee anbieten? Oder ein anderes Dessert für Ihre Tochter? Vielleicht eine kleine Portion Eiscreme?«

Gorgonov schüttelte den Kopf. »Wir sind fertig.« Dann, nach einem Blick auf Lolita, verbesserte er sich: »Nein, Moment noch. Bringen Sie ihr ein Eis. Am besten Schokoladeneis, wenn Sie das haben. Schokoladeneis ist ihre Lieblingssorte.«

»Sofort.« Der Kellner eilte davon, unübersehbar erleichtert, dass er für seine Unaufmerksamkeit nicht angeschrien worden war.

»Lol, ich muss den Bären an mich nehmen«, sagte er zu seiner Tochter. Sie reichte ihm das Plüschtier, denn die Aussicht auf Schokoladeneis hatte sie vorläufig besänftigt. Gorgonov nahm den Bären und ging davon. Er fand Maks in der Küche.

»Ist hier irgendjemand durchgekommen?«, fragte er ihn. »Jemand, der das hier in der Hand hielt?« Er hob den Bären hoch.

»Niemand, Chef. Mit Sicherheit nicht«, antwortete Maks.

Gorgonov seufzte. »In Ordnung. Hier, nehmen Sie diesen Bären auseinander. Aber vorsichtig. Ich weiß nicht, was sich im Inneren verbirgt.«

»Jawohl, Chef.«

Maks nahm den Bären Yuri entgegen, griff nach einem Tranchiermesser und schlitzte den Saum am Rücken des Plüschtiers auf. Ein billiges Kartenhandy fiel heraus.

Gorgonov starrte es an, als könnte es ihn beißen.

»Chef?« Maks wartete auf einen Befehl.

Nur mit Mühe konnte Gorgonov seinen Blick von dem Handy losreißen, der magnetisch an dem Gerät zu haften schien. »Tja, nun, in Ordnung. Lassen Sie sich einen Faden geben, wie man ihn hier verwendet, um Geflügel nach dem Füllen zuzunähen. Flicken Sie den Bären zusammen, und bringen Sie ihn Lolita. Setzen Sie sich zu ihr, bis ich zurückkomme. Lassen Sie sie keinen Augenblick aus den Augen.«

»Jawohl, Chef. Sofort.«

Gorgonov nahm das Handy, verließ die Küche und begab sich erneut zur Toilette. Dort betrat er eine Kabine, verriegelte die Tür hinter sich und schaltete das Handy ein. Sobald es Netz hatte, sah er, dass ihn eine SMS erwartete. Einen Moment lang schwebte sein Daumen über der Taste, dann drückte er sie.

MAG SIE YURI? JA? NEIN?, las er. Keine Begrüßung, kein Name darunter. Aber er brauchte auch keinen. ES GIBT NUR ZWEI WEGE. WELCHEN SCHLÄGST DU EIN?

Sein Verdacht bestätigte sich. Hinter dieser Sache steckte Boyko. Ihre Fehde war aus dem Ruder gelaufen. Ihre Kinder mit hineinzuziehen, war ein riesiger Fehler gewesen. Doch jetzt steckten sie mittendrin. Boyko hatte diesen Krieg begonnen, indem er ihm Brady Thompson abgeworben hatte. Dazu kam noch, dass er eine konspirative Wohnung des SVR verwüstet und dabei zwei von Gorgonovs Leuten hingerichtet hatte. Einen der beiden Wege einzuschlagen, auf die Boyko anspielte, kam nicht infrage. Gorgonov würde nicht zurückweichen. ICH SCHEISSE AUF DICH UND DEINEN VERDAMMTEN BÄREN, tippte er.

Mit einem erstickten Knurren drückte er auf SENDEN.

28

»Schlechte Nachrichten?«, fragte Charles, als Brenda von der anderen Seite des Raums zurückkehrte, wo sie mit Butler telefoniert hatte.

»Im Gegenteil«, erwiderte sie aufgeräumt. »Schick mir doch bitte das Foto von Limas und Gorgonov, ja?« Sie gab ihm ihre Handynummer.

Charles nickte. »Sofort.«

Er nahm sein Handy heraus und rief das Foto auf. Sobald es auf Brendas Display erschien, schickte sie es an Butlers privaten Server weiter. Danach blickte sie sich aufmerksam in dem großen Raum um. Wie überall im Gebäude sickerte durch kleine, schmutzige Fenster hoch oben in den Außenwänden trübes Tageslicht. In der Raummitte stand ein großer Holztisch mit einer von Macken und Brandspuren übersäten Tischplatte. Charles zeigte ihr eine Nische, in der Voron die elektrischen Leitungen, die in den kleineren Raum mit den Fotos führten, angezapft hatte.

Brenda trat zum Tisch. »Hier muss sie immer die Bomben zusammengebaut haben.«

»Das stimmt«, sagte Charles, der ihr gefolgt war. »Jede Macke und jede Brandstelle erzählt eine andere Geschichte ihrer Arbeit. Schau dich um.« Er umfasste den Raum mit einer Geste. »Sie arbeitet makellos, sauber und präzise. Nirgends Metall- oder Kunststoffsplitter oder Kabelisolierungen. Als Bombenbauerin ist sie wie ein Schütze, der seine Patronenhülse nach dem Schuss aufliest.« Er stieß einen anerkennenden Laut aus. »Ehrlich, so etwas habe ich noch nie gesehen.«

Während sie die Tischplatte betrachtete, verfiel Brenda in eine Art Träumerei oder Trance, als versuchte sie, ein Nachbild Vorons heraufzubeschwören, ihren Geruch zu erschnüffeln und sich vorzustellen, was sie derzeit im Sinn führte. In diesem veränderten Bewusstseinszustand bemerkte sie plötzlich die Andeutung eines Luftzugs, der ihre Wangen streifte.

»Charles, steht irgendwo ein Fenster offen?«

Er reckte den Hals und musterte ein Fenster nach dem anderen mit einem prüfenden Blick. »Nein, alle sind fest verschlossen. Ich glaube nicht, dass man sie überhaupt öffnen kann.«

»Ich muss mich beruhigen.« Sie streckte die Hand aus. »Ich könnte eine Zigarette brauchen.«

»Was, jetzt?« Er betrachtete sie einen Augenblick fragend. »Wirklich?«

Sie wackelte mit den ausgestreckten Fingerspitzen, und achselzuckend schüttelte er eine Zigarette aus der Packung. Sie nahm sie entgegen, steckte sie zwischen die Lippen, und er zündete sie für sie an. Sie inhalierte, ging zu einer der Wände, blies Rauch dagegen und sah zu, wie er sich verteilte. Dasselbe wiederholte sie entlang der ganzen Wand bis zur linken Ecke. Mit demselben Prozedere machte sie entlang der hinteren Wand weiter und nahm sich schließlich auch noch die Wand zur Rechten vor. Während dieses ganzen eigenartigen Rituals folgte Charles ihr mit einem verwunderten Blick.

Als sie zum Tisch zurückkehrte, lächelte sie ihn an, als wollte sie sagen: »Nein, ich bin nicht verrückt.« Dann kauerte sie sich nieder und blies Rauch unter den Tisch. Charles ging gerade rechtzeitig auf der anderen Seite des Tischs in die Hocke, um zu sehen, wie der Rauch zwischen den Bodenbrettern verschwand.

Brenda sah ihn an und deutete auf die Stelle, an der der Rauch sich verflüchtigt hatte. Er nickte, denn er hatte verstanden. Beide richteten sich auf, packten wortlos den Tisch und trugen ihn zur Seite, sodass der Boden darunter nun frei zugänglich war. Brenda drückte die Kippe an der Tischplatte aus und zog ihre Dienstwaffe, während Charles erneut in die Hocke ging und mit den Fingerspitzen über die grob behauenen Bretter strich. Die raue Oberfläche erschwerte die Untersuchung, doch sehr bald entdeckte er ein kurzes Stück durchsichtiger Kunststoffschnur, das zwischen zwei Brettern eingeklemmt war. Er zog sie langsam nach oben, bis sie straff gespannt war. Kurz ließ er den Blick zu Brenda gleiten. Sie stand in klassischer Schützenhaltung drei oder vier Schritte entfernt: die Arme vor sich ausgestreckt, die Beine schulterbreit aufgestellt und beide Hände um die Waffe gelegt. Sie zielte mitten auf die Stelle, in der sie jetzt eine Falltür erkannten, die in eine Art Erdkeller führen musste.

Ohne es laut auszusprechen, wussten beide, dass Voron sich durchaus dort unten versteckt halten konnte. Brendas Puls ging schneller. Ihre Sinne schärften sich; sie spürte, wie das Blut durch ihre Adern und Arterien strömte, und nahm das Pochen ihres Herzens wahr.

Bereit?, formte Charles lautlos mit den Lippen.

Sie holte tief Luft und stieß sie langsam wieder aus. Sie nickte.

Charles zog die Leine nach oben. Langsam und gleichmäßig, aber energisch. Die Falltür glitt ein Stück auf wie der Deckel eines Vampirsargs. Er hielt inne und schaute nach Hinweisen auf eine Sprengfalle. Als er nichts dergleichen entdeckte, zog er weiter an der Leine. Die Falltür ging auf.

Und die Explosion traf Charles mit voller Wucht.

Die Stoßwelle warf Brenda zurück und fegte sie von den Beinen. Sie lag benommen da, hörte nur das Echo der Detonation in den Ohren und spürte einen nicht nachlassenden Druck auf dem Trommelfell. Rauch und Schutt wirbelten durch die Luft wie Sägespäne in einem Tischlerschuppen. Charles lag mit verdrehten Beinen auf dem Rücken. Er hatte gleichzeitig Glück und Pech gehabt. Die hölzerne Falltür hatte die größte Wucht der Explosion abgefangen, doch als sie zu Trümmern zerbarst, war ihm ein großer Holzsplitter in die Brust gedrungen wie ein von einem mächtigen Gegner geschleuderter Wurfspeer.

Unter Brendas Augen, die benommen und halb taub hinsah, stieg die Gegnerin tatsächlich aus dem Keller heraus, wo sie sich versteckt hatte, als sie das Auto hatte heranfahren hören.

Voron. Die Bombenbauerin. Voron, der Rabe.

Die dunkelhaarige, helläugige Frau war klein und hatte einen kompakt gebauten Körper, der an eine Turnerin erinnerte, nicht weiblich, sondern wie der eines Mädchens vor der Pubertät oder sogar eines jungen Mannes, der noch keinen Bartwuchs hat. Als sie erst zur Hälfte aufgetaucht war, wandte sie sich Brenda mit dem Oberkörper zu, stieg dabei aber weiter die Treppe oder Leiter hinauf, die vor Brendas Augen verborgen war. Ein Schlangenblick, der selbst Medusa erschreckt hätte, traf Brenda wie ein Stein aus Davids Schleuder. Brenda spürte ihn in der Brust und hätte schwören können, dass ihre Muskeln sich wie bei einer Verletzung zusammenzogen.

Voron hob eine Pistole, eine Springfield Armory 1911 TRP, die mit ihren 10 mm und einem 6 Inch langen Longslide-Lauf einen Bären im vollen Lauf hätte stoppen können. Ihre spinnenartig langen und dünnen Finger waren um den Griff aus Polymer gelegt. Brenda beobachtete fast hypnotisiert, wie die Mündung der Longslide zu ihr herumschwenkte. Doch der Schmerz in ihrer

Brust versetzte ihrem Gehirn den Kick, den es brauchte, um auf Überlebenskampf umzuschalten. Ihre Reflexe, die schneller funktionierten als jeder bewusste Gedanke, sorgten dafür, dass sie in einer einzigen, gleitenden Bewegung die Dienstwaffe hob und damit feuerte.

Voron grinste, die Longslide ruckte, und eine Haaresbreite von Brendas linker Schläfe entfernt zischte eine Kugel vorbei, die sie mehr spürte, als dass sie den Schuss hörte, was das Ganze sogar noch erschreckender machte. Sie schrie auf, schoss und rollte sich zur Seite, alles gleichzeitig.

Brenda erhob sich auf die Knie und hielt den Blick die ganze Zeit auf Voron gerichtet. Das Grinsen blieb in deren Gesicht haften. Die Bombenbauerin starrte noch immer auf die Stelle, an der Brenda vor Sekunden gelegen hatte. Brendas Oberschenkel zitterten so heftig, dass sie nicht aufstehen konnte. Sie näherte sich Voron auf allen vieren. In diesem Moment heftete sich wieder der Schlangenblick auf Brenda, und sie erschauderte. Mit diesen starren Augen wurde sie nicht fertig.

Vorons Gesicht wurde kreidebleich, in ihre Augen trat ein unendlicher Schmerz, und da entdeckte Brenda das Blut. Ihr erster Schuss hatte die rechte Seite von Vorons Schlüsselbein zertrümmert, sodass diese ihren Waffenarm nicht mehr gebrauchen konnte. Ihr Handrücken schlug wie aus eigenem Willen immer wieder gegen die Bodenbretter, er zappelte wie ein Fisch auf dem Trockenen. Das Grinsen verwandelte sich unvermittelt in eine Grimasse, und Vorons ganzer Körper begann genauso krampfhaft zu zucken wie die nutzlose Hand. Brendas zweiter und dritter Schuss hatten ihre Kehle durchschlagen und die Wirbelsäule beschädigt, hatten nicht nur Muskeln und Knochen, sondern auch Nervenstränge zerrissen. Während Brenda sich ihr näherte, ging der Mund der Bombenbauerin auf, und ein Schwall Blut strömte heraus.

»Oh Gott«, flüsterte Brenda und krabbelte weiter, vorbei an der Falltür und der blutigen Frau in der Luke und dorthin, wo Charles lag.

»Charles«, rief sie, so laut sie konnte, doch es kam nur ein leises Krächzen heraus, wie man es in einem Traum ausstößt. »Charles, wach auf!« Sie weinte nun offen, war nicht mehr fähig, zu begreifen oder sich daran zu erinnern, dass er nie mehr aufwachen würde.

Nach wenigen qualvollen Momenten verdrehte sie die Augen und brach bewusstlos zusammen, lang ausgestreckt zwischen Charles und der Teufelin.

29

Brenda erwachte mit einem Getöse im Ohr, als tobte ein ganzes AC/DC-Konzert in ihrem Kopf. Eine Zeit lang blieb sie dort liegen, wo sie hingefallen war, desorientiert und kurzfristig ohne Gedächtnis. In dieser Phase konzentrierte sie sich einfach nur darauf, zu atmen und sich zu vergewissern, dass sie noch lebte und nicht eine geisterhafte Zwischenwelt bewohnte, in der es wie in einem Schlachthaus stank.

Dann kam, wie es in der Natur dieser Erinnerungen liegt, alles in einem einzigen Augenblick zurück: die Entdeckung der versteckten Falltür, ihr Bemühen, Charles Deckung zu geben, während er an der Leine zog, die Explosion, die sie beide traf, Charles auf tödliche Weise, und das Auftauchen Vorons mit ihrer Riesenknarre, mit der sie Brenda Gott sei Dank nicht erschossen hatte.

Langsam und unter Schmerzen erhob Brenda sich auf alle viere. Ihr Kopf hing nach vorn, und ihr Magen war so heftig in Aufruhr wie das Meer bei einem Hurrikan. Sie hustete und würgte mehrmals, brachte aber nichts als bittere Gallenflüssigkeit herauf, ein paar Tropfen aus ihrem Inneren, die nun mitten in dem Gemetzel schwammen, das Voron mit Charles und Brenda selbst mit Voron angerichtet hatte. Dann, langsam und mit dem Gefühl, so zerbrechlich zu sein wie mundgeblasenes Glas, richtete sie den Blick auf Charles. Sofort wünschte sie, sie hätte es unterlassen. Er lag auf dem Rücken, den einen Arm zur Seite gestreckt, den anderen vor sich, als versuchte er, das Unvermeidliche abzuwehren. Der große Holzsplitter, der aus seiner Brust ragte, war wohl ins Rückgrat gedrungen und hatte es durchtrennt.

Jetzt endlich in Hockstellung aufgerichtet, bewegte Brenda sich schwankend zu ihm hinüber. Schwindlig und von Übelkeit ergriffen, kniete sie sich neben ihm nieder und ergriff seine ausgestreckte Hand, als wollte sie ihn in seiner Notlage trösten, wo doch in Wirklichkeit sie selbst die Bedürftige war. Jetzt, da er tot war, gestand sie ihm tröstende Macht zu. Sie hegte keinen Zweifel daran, dass er sein Leben geopfert hatte, um sie zu beschützen. Rückblickend hätte keiner von ihnen beiden an der Leine ziehen sollen. Jetzt sagte sich das leicht, natürlich dachte sie inzwischen, dass sie hätten Abstand halten und die Falltür mit Kugeln durchsieben sollen. Doch was passiert war, war passiert. Das war jetzt vergossene Milch oder, besser gesagt, vergossenes Blut, und das Einzige, was blieb, war weiterzugehen und einen Fuß vor den anderen zu setzen.

Charles' Gesicht und Oberkörper waren mit dunkel angetrocknetem, geronnenem Blut bedeckt, was ihre Suche nach seinem Handy besonders unangenehm machte. Sie wurde das Gefühl nicht los, dass sie den Toten plünderte. Doch es musste getan werden, und erst als sie das Handy gefunden und eingesteckt hatte, brach sie zusammen.

»Verdammt, Charles«, flüsterte sie heiser. »Gottverdammt noch mal!« Sie schluchzte lautlos, den Kopf gesenkt, die Hand in seiner, ein Gefühl der Leere im wehen Herzen. Irgendwann kam sie zu der Erkenntnis, dass sie um sich selbst weinte, weil sie sich von Peter hatte benutzen und übertölpeln lassen, und das gab ihr das Gefühl, kleinlich und gemein zu sein. Aber je länger sie nachdachte, desto besser verstand sie auch Evans Kühle gegenüber ihr selbst und jedermann, der sich ihrem Dunstkreis näherte. Es war eine Form des Selbstschutzes vor genau dem, was Brenda jetzt empfand.

Als sie schließlich keine Tränen mehr hatte, entzog sie Charles ihre Hand und wandte sich Voron zu, dem Ursprung ihres Elends. Sie stand auf und ging zur Luke, ohne darauf zu achten, dass sie schwankte, als wäre sie dem Film *Die Nacht der lebenden Toten* entstiegen. Genau so fühlte sie sich tatsächlich: innerlich hohl, nur von Rachegedanken erfüllt und seelisch so kalt wie ein Friedhof um Mitternacht. Eine Zeit lang betrachtete sie Vorons Gesicht, dessen Ausdruck ihr ganz ähnlich vorkam wie zu Lebzeiten; ihre Augen waren schon lange tot gewesen, bevor Brenda sie erschossen hatte. Von dort aus gesehen, wo Brenda beim Zielen gestanden hatte, war Voron gegen die hintere Seite der Luke geschleudert worden. Ihre Arme waren halb ausgebreitet, und die Handflächen lagen nach oben. Brenda bückte sich, und das in ihren Kopf strömende Blut ließ ein Ballett schwarzer Punkte vor ihren Augen tanzen. Sie holte tief Luft, stieß sie wieder aus und griff nach der Pistole der Bombenbauerin: der Springfield 1911 TRP 10 mm Longslide. Brenda kannte den Waffentypus und wusste, wie sie funktionierte. Sie nahm die Patronen heraus, steckte sie in die Hosentasche und schob die Pistole unter den Hosenbund auf die nackte Haut. Mit dem Handy schoss sie einen ganzen Schwung Fotos von Voron, aus jedem denkbaren Blickwinkel, sowohl als Nahaufnahmen als auch in der Totalen, damit Butler sich ein Bild von der Lage der Leiche machen konnte.

Dann ging sie vor Voron in die Hocke. Sie hätte gern Latex- oder notfalls auch Lederhandschuhe verwendet, obgleich Leder nach fünf Minuten Hantieren mit der blutigen Leiche ruiniert gewesen wäre, aber ihr standen nur die bloßen Hände zur Verfügung. Sie begann damit, dass sie die Bombenbauerin ganz aus der Luke herauszerrte und sie auf die Bodenbretter legte.

Ihr dunkles Haar war kurz geschnitten, und ihre hellen Augen waren geweitet und starrten ins Leere. Bald schon würden sie sich eintrüben. Sie hatte ein rundes Gesicht, das fast genauso geschlechtslos wirkte wie ihr Körper. Brenda versuchte, ihr Alter zu erraten, jedoch vergeblich. Zwischen zwanzig und Ende dreißig war alles möglich. Ihre Fingernägel waren kurz und gerade geschnitten, abgesehen von den Daumennägeln, die bis zum Nagelbett abgebissen waren. Dann war Voron also nervös gewesen, zumindest manchmal, wenn auch gewiss nicht beim Bau ihrer Bomben.

Obgleich ihre Kleidung sogar noch mehr von Blut durchtränkt war als die von Charles, konnte Brenda sehen, was Voron getragen hatte: eine enge schwarze Jeans und ein silbergraues Top, das nur eine winzige Andeutung von Brüsten erahnen ließ. Ihre Schultern waren breit, ihre Arme unbehaart und so muskulös wie die einer Turnerin. Als Brenda sie nach persönlichen Gegenständen abtastete, die sie bei sich trug, fragte sie sich, was für ein Mensch Voron wohl gewesen war, was sie zur Bombenbauerin gemacht hatte und wie ihre politischen Einstellungen und Vorurteile ausgesehen haben mochten. War sie fähig gewesen, sich andere Gesichtspunkte anzuhören, oder war sie so radikalisiert gewesen, dass ein gesitteter Austausch nicht mehr möglich war? Brenda empfand eine gewisse Art von Trauer, die ihr unter den gegebenen extremen Umständen unangemessen erschien. Doch so empfand sie nun einmal. Eine weitere unergründliche Eigenart der menschlichen Natur.

Sie fand kein Handy in den Kleidern der Frau, keinen Ausweis, gar nichts. Sie wandte sich von der Leiche ab und stieg auf der nahezu senkrechten Leiter in den Erdkeller hinunter. Sie zog an einer Schnur, die von der Decke herabhing, und eine nackte Glühbirne leuchtete auf. Ihr matter, gelblicher Schein brachte leider nicht viel zum Vorschein. Im Lichtkegel schien es offensichtlich, dass Voron sich vorhin eilig hierher zurückgezogen hatte. Nichts wies darauf hin, dass sie hier kampiert hätte: keine Decken und kein Lager welcher Art auch immer, keine aufgerissenen Essenspackungen, Pizzaschachteln oder Limonadendosen. Der Erdkeller war vollkommen leer.

Mit einer Ausnahme ...

Am äußersten Rand des Lichtkegels lag im Halbdunkeln, wo der gelbliche Schein zu Düsternis verblasste, ein Zettel, der Voron aus der Hosentasche gerutscht sein mochte. Brenda bückte sich, hob ihn auf und entfaltete ihn, während sie in die Mitte des Kellers zurückkehrte, wo sie beim Lesen nicht ihre Augen überanstrengen musste.

Es war eine Quittung von Willie's Swap'n'Shop, einem Pfandleihhaus in Anacostia. Sie lautete auf eine Springfield Armory 1911 10 mm Longslide, genau die Pistole vom Kaliber 10 mm, die derzeit unter Brendas Hosenbund steckte.

•••

Kupfer und Salz. Sie riecht das Blut. An den Wänden, auf dem Boden oder einfach in der Luft. Ihre Nase ist voll davon, während man sie durch einen schmalen Gang schiebt. Oben Leuchtstoffröhren wie Pfeile, die auf etwas zielen – worauf? Sie gleitet in eine andere Traumwelt, einen dichten Kiefernwald, eiskalt und von Schnee bedeckt. Sie rennt. Am Himmel folgt ihr ein verschworener Rabenschwarm, die gelben Augen auf sie geheftet. Zischend schwirrt ein Pfeil an ihrem Kopf vorbei, so dicht, dass sie sich wegduckt, hinfällt, wieder aufspringt und weiterrennt.

In die Falle rennt ...

Sie erwachte mit einem Schrei in der Kehle und einem Schrillen im Zimmer: Das Handy, das Butler ihr gegeben hatte, leuchtete. Sein Läuten klang wie eine Gefängnissirene. Mit verquollenen Augen wälzte sie sich aus dem Bett und nahm das Gespräch an.

»Evan.«

Sie brauchte einen Moment, um sich aus der Flut der Träume zu lösen, die sie über den geheimnisvollen Ozean des Schlafs außer Sichtweite jedes Landes getragen hatten. »Zur Stelle, Butler.«

»Ich habe deine Fotos bekommen.«

Die Fotos der MI6-Agenten. Richtig. »Mhm. Also, Moment mal … also, eines wissen wir mit Sicherheit, das Naturschutzgebiet ist der Fundort, aber nicht der Tatort.« Evan rieb sich den letzten Rest Traumwelt aus den Augen. »Die Agenten wurden alle an einem anderen Ort kopfüber aufgehängt, wo sie mit aufgerissener Kehle ausbluteten.«

»Hast du eine Ahnung, wo der Tatort sich befinden könnte?«

Evan nahm den Spurensicherungsbeutel mit dem roten Backsteinstaub, den sie in der kleinen Höhle gefunden hatte, vom Nachttisch. »Noch nicht.«

»Bist du dem Mörder oder den Mördern schon näher gekommen?«

»Wir sind auf dem Weg nach Obersalzberg.«

»Plötzlich stand dir der Sinn nach ein bisschen Alpenluft, stimmt's?«

»Genau.« Sie lachte. Butler versuchte einfach nur, die Stimmung aufzulockern.

»Der Jet ist aufgetankt und erwartet euch auf dem Shota Rustaveli. Befindet ihr euch jetzt dort?«

Sie stand am Fenster und schaute auf ein Kinderfahrrad, das am Straßenrand im Vorgarten des Gasthofs auf dem Rasen lag. Es wirkte einsam und verloren, das bildliche Äquivalent eines fernen Zugheulens in der Nacht.

»Noch nicht.«

»Warum nicht?«

»Vor unserem Aufbruch muss ich noch etwas erledigen.«

»Weißt du irgendetwas über die Person, die du in Deutschland suchst?«, fragte er. Butler kannte sie zu gut, um nachzuhaken, wo genau sie sich befand und warum.

»Ich habe eine Telefonnummer. Und den Namen. Cuervos, ob du es glaubst oder nicht.«

»Raben.«

»Genau.«

»Es wird immer merkwürdiger«, bemerkte Butler. »Und Limas?«

»Er bearbeitet mich, damit ich mit ihm nach Moskau fliege, um dort seine vor langer Zeit verschollene Schwester zu suchen.«

»Tu das nicht!«

»Mach dir deswegen keine Sorgen.« Butler hatte nicht auf die Information reagiert, dass Limas nach Moskau wollte und eine Schwester besaß. Evan wusste, dass sie gleich herausfinden würde, warum.

»Das ist mein Ernst.« Eine gewisse stählerne Härte, die sie gut kannte, schwang jetzt in Butlers Stimme mit. »Nicht nur steht Peter Limas auf der Todesliste von Nemesis, wir haben auch gerade herausgefunden, dass er ein SVR-Agent ist. Wir haben ein Bild, das es beweist.«

Sie hätte etwas fühlen sollen – was auch immer –, aber Verrat war eine Lebensweise. Macht mich das weniger menschlich?, fragte sie sich. Oder sogar menschlicher?

»Ben. Wenn er ein russischer Spion ist, warum steht er dann auf der Nemesis-Liste?«

»Die Antwort auf genau diese Frage sollst du herausfinden«, gab Butler zurück.

Im grauen Licht der Morgendämmerung sah Evan einen Jungen von etwa zehn Jahren aus der Tür des Gasthofs treten, einen kakigrünen Rucksack auf dem Rücken, aufs Fahrrad steigen und davonradeln.

»Ein Bild?«, fragte Evan.

»Ich habe es dir gerade geschickt. Ein Foto, das Limas im Gespräch mit Anton Recidivich Gorgonov zeigt. So, wie es aussieht, könnten sie die besten Freunde sein.«

Evan nahm das Handy vom Ohr, klickte das Foto an und vergrößerte die Gesichter. Butler hatte recht; die beiden unterhielten sich wie zwei Kumpel.

»Es wurde von der IT-Forensik überprüft und für echt befunden«, fuhr Butler fort, als hätte er ihre Gedanken gelesen. »Kein Zweifel, die beiden waren wirklich zusammen dort.«

»Ein ziemliches Rätsel«, sagte Evan.

»Wieso?«

»Limas behauptet, Lyudmila Shokovas Neffe zu sein. Er sagt, Lyudmila habe ihn nach dem Tod seiner Eltern aus Russland fortgeschafft und zu einer Adoptivfamilie in England geschickt.«

»Zu den Limas.«

»Genau zu denen.«

»Das lässt sich leicht verifizieren.«

»So leicht nicht, wenn man bedenkt, wie gründlich Lyudmila ihre Legenden gewebt hat.«

»Ja, das habe ich noch lebhaft in Erinnerung«, räumte Butler ein.

»Außerdem hat er mir erzählt, dass Lyudmila viel Zeit und Energie darauf verwendet hat, ihn und seine Schwester aus den Archiven des FSB und des GRU herauszuhalten.«

»Also, was ist er dann? Lyudmila Shokovas Neffe oder ein von langer Hand aufgebauter SVR-Agent?«

»Genau das ist die Frage.«

»Und was, wenn er beides ist?«

Auf der Straße vor dem Gasthaus herrschte nur wenig Verkehr. Um diese frühe Stunde waren hier fast nur Milchsammelwagen und Gemüsetransporter unterwegs, die von Bauernhöfen und Märkten aus nach Tiflis fuhren. Die Baumkronen auf der gegenüberliegenden Straßenseite schwankten leicht im letzten Morgendunst.

Evan dachte an das Rätsel zurück, das sie Peter erzählt hatte, die Geschichte von dem großen und dem kleinen Eingeborenen, von denen der eine immer die Wahrheit sagte und der andere unabänderlich log. Woher sollte man wissen, welcher von beiden der Lügner war? Evan hatte nur sehr wenige Schwachpunkte. Bis zu diesem Moment war ihr nie der Gedanke gekommen, dass Lyudmila sich einmal als Belastung erweisen könnte, doch in Evans Welt der Schatten und des Betrugs konnte jede Art von Freundschaft von einem schlauen und findigen Feind ausgenutzt werden. War das hier der Fall? Hatte Gorgonov Limas mit der besten aller Legenden ausgestattet – einem absolut glaubhaften Hintergrund, der Evan zu ihrer Freundin zurückführte? Falls ja, war es ein teuflischer Plan. Aber zu welchem Zweck?

»Evan?«

Sie löste sich aus ihrer Grübelei. »Ich sollte wohl besser herausfinden, worin zum Teufel Limas' Mission besteht«, sagte sie.

»Außerdem möchte ich erfahren, ob er etwas über Roger Hollis' Verstrickung mit Nemesis weiß.« Butler zögerte einen Augenblick. »Ich begreife, dass das schwierig für dich sein muss. Es ist, als würde Lyudmilas Gespenst auf eine heimtückische Weise zurückkehren.«

Evan wollte darauf nichts erwidern, und so griff sie erneut nach der kleinen Holzschnitzerei in ihrer Tasche, dem Amulett, das ihr immer den Heimweg wies. Sie wechselte das Thema. »Wie geht es Brenda?«, fragte sie.

Butler kannte sie gut genug, um den unvermittelten Themenwechsel nicht zu hinterfragen. »Sie ist ... Genau wie du hat sie sich viel schneller erholt, als ich erwartet hätte.«

Evan, die das leichte Zögern in seiner Stimme hörte, sagte: »Ich würde vorschlagen, dass du mir einfach alles erzählst.«

»Ja. Da hast du vermutlich recht.« Butler seufzte. »Ich hatte ihr aufgetragen, Beacum zu beschatten, um zu sehen, ob er uns zu seinem Führungsoffizier oder zu einem hochrangigen Mitglied von Nemesis führt.« Er berichtete ihr von Charles Isaacs. »Er behauptet, für Interpol zu arbeiten. Ihn hat der Antisemitismus von Nemesis aktiv werden lassen.«

»Das passt«, sagte Evan. »Sag Brenda, dass ich so bald wie möglich mit diesem Charles Isaacs sprechen möchte.«

»In Ordnung«, antwortete Butler. »Inzwischen habe ich wichtige Informationen erhalten. Durch abgefangene Nachrichten wird deutlich, dass zwischen dem SVR und dem GRU eine tödliche Fehde losgebrochen ist. Die neuesten Informationen lauten, dass Gorgonov und General Boyko im Clinch liegen, weswegen, wissen wir nicht, aber möglicherweise ist Limas der Schlüssel. Er ist Gorgonovs Agent und steht auf der Nemesis-Todesliste.«

»Bei mir ist er derzeit am besten aufgehoben.«

»Das sehe ich genauso.«

»Gibt es sonst noch etwas?«

»Nein. Oh doch, da ist noch eine weitere Nachricht. Möglicherweise haben wir die Frau identifiziert, die den Wagen mit der Autobombe auf den Parkplatz des St. Agnes gefahren hat. Wir glauben, dass ihr richtiger Name Marina Mevedeva lautet.«

Marina Mevedeva. Evan stieß bestürzt die Luft aus. »Ich wusste, dass sie Russin war. Und nach meiner gewaltsamen Auseinandersetzung mit ihr bin ich überzeugt, dass sie auch von den Russen ausgebildet wurde. Könnte es sein, dass die Russen Nemesis finanzieren?«

»Hm. In diesem Fall wäre General Boyko die treibende Kraft. Angesichts seiner Netztrolle und seiner vor Ort aktiven Agenten erscheint es mir naheliegend, dass der GRU dahintersteckt.«

»Ja. Denk nur an den schnellen Aufstieg der Neonazis in den USA«, sagte Evan. »Und an die destabilisierende Wirkung, die sie auf das Land haben.«

Butler dachte an seine eigenen Onlinefeinde. »Mit ihren ›Fake News‹ segeln sie unter falscher Flagge und leisten ganze Arbeit dabei, das Land zu polarisieren.«

»Was, wenn hinter alldem der GRU steckt?« Sie pfiff durch die Zähne. »Schick mir ein Foto dieser Mevedeva aus der Gerichtsmedizin.«

»Warum? Worum geht es, Evan?«

Draußen war es inzwischen heller geworden, und der Dunst lichtete sich. Unten tauchte gerade Peter Limas auf, blickte mit einem Atemwölkchen vor dem Mund zum Himmel und reckte sich. Dann drehte er sich um, rieb sich kurz die Hände und kehrte in den Gasthof zurück.

Evan trat vom Fenster zurück und setzte sich auf das ungemachte Bett. Ihr schwindelte. »Peter Limas sagte, er habe die Spur seiner Schwester verloren«, erklärte sie. »Es ist ziemlich unwahrscheinlich, aber vielleicht kann er das Foto identifizieren.«

30

Weihnachten hatte er nicht mit Zoe verbringen können, weil sein höllischer Dienstplan ihn von Krise zu Krise hetzen ließ, um all die Katastrophen zu verhindern, die wie bei einem Hau-den-Maulwurf-Spiel ständig aufs Neue die Köpfe reckten. Doch heute beschloss Butler, den Abend für seine Tochter zu reservieren, wie jeder es tun würde, der als Vater etwas auf sich hielt.

Sie gingen zusammen shoppen. Während Zoe einen Riesenspaß dabei hatte, sich Geschenke auszusuchen, bestand sie auch eisern darauf, ihm mit ihrem Ersparten ihrerseits Geschenke zu kaufen – sie bekam von Butler ein wöchentliches Taschengeld, und er bezahlte sie für die kleinen Pflichten, die sie im Haushalt erledigte.

Während sie im Kaufhaus Neiman Marcus von Abteilung zu Abteilung schlenderten, froh, dass der Laden in den Weihnachtsferien verlängerte Öffnungszeiten hatte, war Butler überwältigt von der Art, wie Zoe Geschenke für ihn auswählte und bezahlte. Die meisten Erwachsenen, die er kannte, hätten weniger gründlich darüber nachgedacht, was dem Beschenkten wohl gefallen könnte. Sie wählte eine Geschenkpackung Schokoriegel von Fruition, die Lieblingssüßigkeit ihres Vaters, seine bevorzugte Rasiercreme und ein bequem aussehendes, im Preis herabgesetztes Karohemd, das Butler gefallen hatte, das er sich aber nicht gekauft hatte, da er ja Geschenke für seine Tochter besorgen wollte. Er achtete darauf, nicht etwa einen Berg von Geschenken anzuhäufen, um seine Abwesenheit an Weihnachten auszugleichen; das hätte nicht seiner Art entsprochen, und ohnehin neigte er nicht zu Schuldgefühlen, schon gar nicht gegenüber Zoe. So einen Charakterzug wollte er nicht an sie weitergeben.

Die beiden hatten pünktlich um achtzehn Uhr losgelegt, und inzwischen war es beinahe einundzwanzig Uhr. Nun brauchten sie etwas zu essen, und dann ging es nach Hause ins Bett.

»Ich hätte nicht gedacht, dass Shoppen mich so glücklich und so müde machen könnte, Dad«, sagte Zoe.

Hand in Hand verließen sie Neiman Marcus und gingen durch die Mazza Gallerie, vorbei an dem riesigen, festlich geschmückten Weihnachtsbaum, den keiner mehr Weihnachtsbaum nennen wollte. Butler lachte. »Dieses Gefühl wirst du nicht zum letzten Mal haben, mein Schatz.«

Ihre freien Hände waren mit Päckchen beladen, die in weihnachtliches rot-grünes Geschenkpapier eingeschlagen waren. Obgleich beide wussten, was sich in den Päckchen befand, hatte Zoe auf dem Einpacken bestanden. »Sonst wären es doch keine Geschenke, Dad, oder?«, hatte sie gesagt. Und Butler musste zugeben, dass sie damit vollkommen recht hatte.

Als sie auf die windige nächtliche Wisconsin Avenue Northwest hinaustraten, umgeben von Flitter und Glitter, wandte Zoe das Gesicht mit den geröteten Wangen nach oben und sah ihren Vater an. »Ich wünschte, es würde schneien«, sagte sie. Aus zwei Außenlautsprechern drang die Melodie von *O Come, All Ye Faithful*. »Wäre es nicht toll, wenn es schneien würde?«

»Das fände ich wunderbar«, stimmte Butler ihr zu. Sie überquerten den von Passanten wimmelnden Bürgersteig vor der Mall.

»Aber auch ohne Schnee war der Abend bisher wunderschön, findest du nicht?«

»Ich fand ihn einfach perfekt, Dad!«, rief Zoe. »Ich bin so gern mit dir zusammen!«

Butler beugte sich zu ihr und umarmte sie innig, was zur Folge hatte, dass all ihre Päckchen sich auf dem Boden verteilten. Lachend halfen sie Mitchell, Butlers Fahrer und Leibwächter, sie aufzuheben. Butler ließ Zoe hinten in den Wagen einsteigen und half Mitchell dann, alle Tüten und Päckchen im Kofferraum zu verstauen. Als Mitchell die Hecktür zuschlug, erhaschte Butler über dessen Schulter hinweg einen Blick auf eine schwarze, viertürige Limousine, einen Ford, der sich aus dem Verkehrsfluss löste und in zweiter Reihe drei Wagen hinter ihnen parkte.

Einen Moment lang geschah gar nichts. Dann öffnete sich auf der Beifahrerseite die hintere Tür.

»Zur Cheesecake Factory«, sagte Butler beim Einsteigen. Zoes Lieblingsrestaurant. Gleich darauf lenkte Mitchell den Wagen in den dichten Verkehr, der sich nur im Schritttempo vorwärtsbewegte. Butler drehte sich nach hinten um und spähte aus dem Rückfenster. Im blendenden Licht der Straßenlaternen und Scheinwerfer konnte er mit Mühe erkennen, dass der Ford ebenfalls losfuhr und ihnen folgte.

»Dad«, sagte Zoe, die den Stimmungsumschwung ihres Vaters wie immer erspürte. »Was ist los?«

»Nichts, Liebling.« Er drehte sich zu ihr zurück und ergriff ihre Hand. »Ich dachte, ich hätte jemanden gesehen, den ich kenne, das ist alles.«

Die Fahrt auf der Wisconsin zum Restaurant dauerte nicht lang, doch er blieb die ganze Zeit angespannt. Tatsächlich hatten Thompsons Drohungen ihm Angst eingejagt, obgleich Isobel ihm versichert hatte, sie hätte den Verteidigungsminister im Griff.

Nicht, dass er Zweifel an Isobel hegte; das hatte er bisher nicht getan, und er würde jetzt gewiss nicht damit anfangen. Nein, was ihm zu schaffen machte, war die Tatsache, dass Thompsons aggressives Verhalten ihn überhaupt genötigt hatte, zu Isobel zu gehen. Er hatte es nicht tun wollen. Es war ihm zuwider, dass er dazu gezwungen gewesen war, und er fühlte sich allein dadurch schon geschwächt. Er hatte zugelassen, dass Thompsons Drohungen ihm unter die Haut gingen – ausgerechnet dieses Schwein! Er war voll Selbsthass. Der Abend hatte so gut angefangen – er war so gern mit Zoe zusammen gewesen, war so beglückt gewesen, sie vor Freude strahlen zu sehen. Und jetzt das: Der schwarze Ford, der ihnen folgte, hatte seine Zeit mit Zoe besudelt und ihm das Gefühl vermittelt, seine Fröhlichkeit sei nur eine Illusion, genau wie Heim und Herd. In seiner Welt gab es keinen Platz für Fröhlichkeit. Das Wissen um diese fundamentale Wahrheit war etwas, was er mit Evan teilte, das war beiden im tiefsten Inneren klar.

Neben ihm auf der Rückbank summte Zoe eine vertraute Melodie, und dann stimmte sie das Weihnachtslied mit ihrem hohen, klaren Sopran an: *»Good King Wenceslas looked out on the feast of Stephen.«* Bei der nächsten Zeile sang Butler mit: *»When the snow lay round about, deep and crisp and even.«*

Als Mitchell vor der Cheesecake Factory hielt, sang Zoe gerade: *»Brightly shone the moon that night, though the frost was cru-el …«* Butler sah, dass der schwarze Ford bremste und in ihrer Nähe hielt. Vielleicht fiel ihm aus diesem Grund gerade jetzt ein, dass Wenzel, im zehnten Jahrhundert König von Böhmen, von seinem Bruder ermordet worden war.

»Herzchen«, sagte er, als Zoe hinter ihm aus dem Wagen gestiegen war, »am besten gehst du schon mal mit Mitchell nach drinnen.«

Ihre großen blauen Augen musterten prüfend sein Gesicht. »Okay, aber du kommst doch auch, oder?«

»Was für eine Frage! Natürlich komme ich.« Er lächelte seine Tochter an. »Ich muss mich hier nur noch um eine Kleinigkeit kümmern, und sowieso ist es drinnen bestimmt total voll, und du weißt ja, dass Mitchell ein Händchen dafür hat, sofort einen Tisch zu bekommen.«

»Cool!« Zoe nickte lachend. »Aber versprich mir, dass es nicht lange dauert.«

Butler beugte sich über seine Tochter und küsste sie auf den Kopf. »Das verspreche ich, Herzchen.«

Zoe streckte die Hand aus, und Mitchell ergriff sie, während er gleichzeitig seinem Chef einen vielsagenden Blick zuwarf, der bedeutete: *Falls Sie mich brauchen …* Butler schüttelte den Kopf.

Sobald Mitchell und Zoe im Restaurant verschwunden waren, wandte Butler sich dem schwarzen Ford zu, in dessen Motorhaube sich das Licht der Schaufenster spiegelte. Die hintere Tür ging auf, und eine in ein hellbraunes Business-Kostüm gekleidete, schlanke junge Frau mit weißblondem Haar stieg aus und sah Butler direkt an. Auf dicken, vernünftigen Absätzen marschierte sie auf ihn zu. Butler spannte sich an und tastete nach dem Heft des Springmessers, das er in einer Scheide hinten am Hosenbund trug.

Er hatte es halb herausgezogen, als die Frau im hellbraunen Kostüm vor ihm stehen blieb, ihn anlächelte und sagte: »Sie sind Benjamin Butler, nicht wahr?«

Das Messer war zu drei Vierteln draußen. »Richtig.«

Als die Frau in ihre Kostümjacke griff, zog Butler das Messer ganz heraus, hielt es aber hinter der Hand verborgen. Doch die Frau brachte keine Waffe zum Vorschein, sondern nur ein dickes Blatt Papier, das dreimal gefaltet war. Sie streckte es ihm hin, und als Butler es ergriff, sagte sie mit dem nettesten Lächeln, das er je gesehen hatte: »Das Schreiben ist zugestellt.«

Er tat gar nichts, sondern sah nur der jungen Frau nach, wie sie zum schwarzen Ford zurückkehrte. Sobald sie eingestiegen war, rollte der Ford langsam davon. Jetzt sah Butler auch, dass er das Nummernschild eines Behördenfahrzeugs hatte.

Er blickte auf das gefaltete Blatt Papier hinunter, als wäre er erstaunt, es in der Hand zu halten. Dann klappte er es so vorsichtig auf, als läge eine Bombe darin. Er musste es dreimal durchlesen, bevor er begriff, was da stand: Er wurde am dritten Januar vor den Geheimdienstausschuss des Senats geladen, dessen Vorsitz Senator Willis, der gute Freund des Verteidigungsministers, innehatte.

Brady Thompson hatte seiner Drohung Taten folgen lassen.

• • •

»Ja, sie sind beide tot«, sagte Brenda, die auf dem Weg nach Anacostia war, in ihr Handy. »Die Bombenbauerin Voron und Charles Isaacs.«

Sie hörte Butlers gepresste Stimme, war aber zu sehr mit ihrer eigenen Erschöpfung beschäftigt, um sich durch die offensichtliche Anspannung im Tonfall ihres Chefs beunruhigen zu lassen. »Nein. Von beiden weiß ich nicht, wie ihre richtigen Namen lauten.« Wieder die Stimme. »Natürlich habe ich alles durchsucht. Sie waren beide Profis und trugen keinen Hinweis auf ihre wahre Identität bei sich.« Erneut Butlers Stimme. »Nein, ich muss mich nicht auf eine Gehirnerschütterung untersuchen lassen. Es geht mir gut.« Das Hämmern in ihrem Schädel ging schnell in grauenhafte Kopfschmerzen über. Sie musste eine Apotheke finden, bevor sie zum Pfandleihhaus fuhr. »Na ja, es spielt keine Rolle, dass du mir nicht glaubst. Ich bin hier im Einsatz, und du bist mit Zoe in der Cheesecake Factory.«

Schweigen auf der anderen Seite. »Tut mir leid.« Brenda leckte sich die rissigen Lippen. »Das alles war ein bisschen viel für mich.« Sie holte tief Luft, um sich zu sammeln und das Gespräch in eine andere Richtung zu lenken. »Vielleicht kann euer Forensikteam die Leichen anhand der Fingerabdrücke identifizieren. Wer weiß! Interpol könnte sie – oder zumindest einen von ihnen – durchaus in der Datenbank haben. Hör mal, ich muss jetzt los. Ich muss einer Spur folgen, bevor sie kalt wird.« Sie hatte es eilig, das Gespräch zu beenden. »Ich melde mich wieder, sobald ich mehr weiß.«

Erst später, als sie ein Fläschchen Ibuprofen gekauft, drei Tabletten mit einer halben Flasche Fiji-Wasser heruntergespült hatte und mit geschlossenen Augen hinter dem Steuer saß, merkte sie, als sie sich das Gespräch noch einmal durch den Kopf gehen ließ, dass zu Hause etwas nicht stimmte. Zu Hause, sprich mit Benjamin Butler – denn das hatte Benjamin Butler ihr gegeben: ein sichereres Zuhause, als sie es je zuvor besessen hatte.

Ganz kurz schwankte sie und fragte sich, ob sie vielleicht zu Butler zurückkehren sollte, um herauszufinden, was los war, und ihm, wenn möglich, zu helfen. Doch beinahe sofort begriff sie, dass hinter dieser Idee purer Eigennutz steckte; Butler war absolut imstande, seine Angelegenheiten selbst zu regeln.

Und so stieg sie aus dem Auto und marschierte in der Dunkelheit und Kälte anderthalb Straßenzüge bis zum Schaufenster von Willie's Swap'n'Shop. Das Pfandleihhaus, das einzige um diese Uhrzeit noch offene Geschäft, stand zwischen einer Bodega, die mit einem ganztägigen Frühstücksangebot warb, und einem Schuhladen, der nach der Auslage hinter den quietschsauberen Schaufensterscheiben zu schließen, nichts anderes verkaufte als

Sneaker mit hohem Schaft für mindestens dreihundert Dollar das Paar. Ein handgeschriebenes Schild an Willies Eingangstür verkündete: »BIS MITTERNACHT GEÖFFNET«.

Eine überraschend altmodische, kleine Ladenglocke schlug an, als sie durch die Tür trat. Ein schmierig aussehender Mann mit dem unsteten, schillernden Blick eines Junkies blickte hinter einer der Glasvitrinen auf, die den Laden an drei Seiten umliefen. Er polierte gerade einen bronzenen Henkelpokal mit einem schmuddeligen Lappen. Beides legte er weg, als Brenda auf ihn zuschlenderte.

Er verzog sein Gesicht zu einem Lächeln, ein unglückseliger Reflex, da er dabei seine nikotinbraunen Zähne entblößte.

»Was kann ich für Sie tun?«, fragte er mit einer überraschend hohen Stimme. Ein kleiner, dicker Kerl mit breiten Händen und schwarzen Rändern unter den Fingernägeln. Er trug eine mit Öl verschmierte Wildlederweste, während ein T-Shirt mit einem von Flammen umloderten, grinsenden Totenkopf über seinem dicken Bauch spannte. Große, halbmondförmige Schweißflecken breiteten sich unter seinen Achseln aus. Von seinen steifen Bluejeans schienen unaussprechliche Gerüche aufzusteigen.

»Sind Sie Willie?«, fragte Brenda, bemüht, nicht die Nase zu rümpfen.

»Das hängt davon ab.« Er zog die Augenbrauen zusammen. »Wer will das wissen?«

»Dieser Typ hier.« Brenda riss die große Pistole heraus, die sie hinter ihrem Rücken in den Hosenbund gesteckt hatte. »Mr Springfield Armory stellt die Frage.«

»Oh, also ja, ich bin Willie.«

Er wirkte so gelassen, dass Brenda sich Sorgen machte, er könnte gleich einschlafen. Sie legte die Longslide mit der Mündung zu Willie auf die Theke.

»Du willst dieses heiße Stück verpfänden?«, fragte Willie. »Vielleicht biet ich dir einen guten Deal.«

Ohne ihn aus den Augen zu lassen, nahm sie die gefaltete Quittung heraus, die sie im Erdkeller gefunden hatte, und breitete sie mit der Schrift zu Willie auf der Glasplatte aus. Willie blickte darauf und dann wieder zu ihr hoch.

»Na und? Was soll die Kacke?«

»Das soll die Kacke«, antwortete Brenda und zeigte ihm ihren Dienstausweis.

»Oh Scheiße, gottverfluchte Riesenschweinerei.« Willie strich sich mit der Hand über die Stirn, was eine Kriegsbemalung aus horizontalen Streifen von Fett und Schmutz zurückließ.

»Genau. Waffen ohne Lizenz verkaufen geht gar nicht, Willie.«

»Ich sag dir direkt, dass ich nix Illegales verkauf.«

Brenda klopfte auf die Longslide. »Du wolltest mir einen Deal für Mr Armory hier anbieten.«

»He, ich wollt einfach nur nett sein.«

»Und du hast nicht gefragt, ob ich eine Lizenz habe.«

»Das wollt ich noch«, erwiderte er verdrossen.

»Wer's glaubt.« Brenda griff über die Theke weg, packte ihn bei der Weste, bemüht, seine übelkeiterregende Ausdünstung nicht einzuatmen, und riss ihn zu sich vor. »Genug Quatsch verzapft, Willie. Was kannst du mir über die Frau erzählen, die diese Pistole gekauft hat?«

»Also, das ist nicht mein Spezialgebiet, verstehst du. Mein Partner …«

Brenda rammte ihn mit einem Ruck gegen die Thekenkante. »Du hast meine Geduld genug strapaziert, Willie.«

»Okay, okay. Vor paar Tagen kam 'ne Frau hier rein. Klein, dunkel, sah aber aus wie eine, die sich wehren kann. Ehrlich gesagt, sie kam mir nich' koscher vor.«

»Warum nicht?«

Willie leckte sich über die Lippen und ächzte hinten in der Kehle wie ein kleines Tier. »Sie sah nich' wie eine Zivilistin aus, deswegen.«

»Ein Profi, wolltest du das sagen?«

»Genau.«

»Und dann?«

»Sie hat speziell nach einer Waffe mit langem Lauf gefragt, als wüsste sie, dass wir eine haben. Dabei ist das gar nicht oft so.«

»Kennst du ihren Namen?«

»Bin ich die Meldebehörde?« Willie räusperte sich, was die stinkende Luft, die Brenda einatmete, nicht verbesserte. »Sie wollt nich' kaufen, das hab ich gemerkt. Eher schon ein Tauschgeschäft. Ein Pfand, nur für kurze Zeit. Sie sagte, sie bringt sie in ein paar Tagen zurück. Ich hab gesagt: ›Aber dann tipptopp in Ordnung.‹«

»Wie hat sie reagiert?«

Willie stieß ein verlegenes Lachen aus, als hätte er einen fahren gelassen. »Sie hat mich fast mit ihrem Blick an die Wand genagelt.«

»Was wollte sie als Tauschpfand hinterlegen?«

»Keine Ahnung. Ich wollt nichts von ihr, also hab ich sie zu meinem Partner geschickt.«

»Und wer ist das, Willie? Ich meine, auf deinem Laden steht nicht Willie und Partner, oder?«

»Nein. Er ist stumm, verstehst du, mein Partner.« Willies runde Augen schienen aus den Höhlen treten zu wollen. »Arbeitet sozusagen auf der anderen Seite.«

»Der illegalen Seite«, sagte Brenda.

»Genau.«

»Und wo mag ich diesen Partner wohl finden?«

Willie ruckte so heftig mit dem Kopf, dass man seine Wirbel knacken hörte. »Er ist hinten.«

»Hat dieser Partner auch einen Namen?«

»Dave.«

Brenda seufzte. »Und der Nachname?«

»Gilly. Dave Gilly.«

Brenda griff nach der Longslide und richtete sie auf Willie. »Dann machen wir beiden jetzt einen Spaziergang auf die andere Seite.«

Willie blinzelte. »Das heißt?«

»Ich möchte mich mit Dave Gilly unterhalten. Ich möchte sehen, welches Pfand die Frau für die Waffe hinterlegt hat, denn aus irgendeinem Grund steht das nicht auf der Quittung.« Sie ging um die Theke herum. »Bring mich zu ihm.«

Sie schob ihn vorwärts, durch einen engen, stinkenden Gang, der zu einem Hinterzimmer führte. Hätte sie klar denken können, wäre sie ihm nicht in den Gang gefolgt. Wäre sie nicht vollkommen überanstrengt gewesen, hätte sie Willie befohlen, seinen Partner nach vorn zu rufen. Hätten die gerade erlebten Schocks – die Explosion, Charles' Tod und die Notwendigkeit, Voron in Notwehr zu töten – sie nicht so mitgenommen, wäre sie nicht unmittelbar hinter Willie in das Hinterzimmer getreten.

So aber entging sie dem Tod nur haarscharf durch eine reflexhafte Reaktion. Eine Bewegung, die sie aus dem Augenwinkel wahrnahm, veranlasste sie, sich leicht nach links zu drehen. So streifte der Hieb, der ihr den Schädel hatte spalten sollen, nur ihre rechte Kopfseite. Seine Wucht reichte jedoch aus, um sie von den Beinen zu fegen. Sie sackte zusammen, und die Pistole entglitt ihr und rutschte über den dreckigen Boden in Willies wartende Hände.

Es flackerte ihr schwarz vor den Augen und rauschte in ihren

Ohren. Der heftige Schmerz wuchs sich zu einer furchtbaren Qual aus, die sie fast überwältigte. Sie versuchte aufzustehen, aber ihre Gliedmaßen waren wie gelähmt. Sie hörte, wie jemand sagte: »Hol einen Strick«, sah aber niemanden. Und dann, etwas später: »Schnür sie zusammen wie ein Spanferkel.« Als Letztes aber, bevor sie das Bewusstsein verlor, hörte sie: »Wir machen jetzt eine nette, altmodische Grillparty.«

31

Als Evan durch die Vordertür in den kleinen, von Sonne durchströmten Speisesaal des Gasthofs trat, saß Peter Limas bereits dort und frühstückte. Sie setzte sich ihm gegenüber hin und bestellte Eier, Würstchen und zwei dick geschnittene Scheiben georgisches, festes Schwarzbrot. Während sie auf ihr Essen wartete, schaute sie aus dem Fenster und trank Kaffee.

»Warst du zu einem Morgenspaziergang draußen?«, fragte Limas und versuchte sich erfolglos an einem Lächeln.

»Ich habe nur die Gegend unter die Lupe genommen«, sagte Evan. »Ich suche jemanden.«

»Hier draußen, am Ende der Welt? Wen denn?«

»Den Scharfschützen, der gestern im Restaurant auf uns geschossen hat. Er ist spurlos verschwunden.«

Limas drehte nervös den Kopf zum Fenster, um hinauszuschauen. »Glaubst du wirklich, dass er es noch einmal versucht?«

»Ich habe den Rest seines Teams umgebracht«, antwortete Evan. »Ich an seiner Stelle würde es sicherlich versuchen.«

Evans Frühstück kam, und sie machte sich darüber her. Die Eier und die Würstchen waren wesentlich besser als das fettige Abendessen vom Vortag. Sie hatte das Gefühl, seit ihrem Aufbruch aus den Staaten keine vernünftige Mahlzeit mehr gegessen zu haben. Inzwischen war Limas vom Fenster weggerückt, da er lieber eine feste Wand als eine Glasscheibe zwischen sich und der Person haben wollte, die vielleicht draußen war und sie belauerte. Evan kam es so vor, als wäre er ein wenig bleicher geworden.

»Gut, dass du gestern Abend nichts davon gesagt hast. Sonst hätte ich garantiert heute Nacht kein Auge zugetan.« Er zappelte ein wenig auf seinem Stuhl herum. »Ohnehin kann ich nicht aufhören, über die Fotos nachzudenken, die du mir gezeigt hast, und darüber, wie diese Agenten getötet wurden. MI6ler und … zwei von ihnen waren Brendas Kollegen.« Jetzt zeichnete sich echte Beunruhigung in Limas' Gesicht ab. »Ist sie in Gefahr?«

»Das glaube ich nicht. Sie steht nicht auf der Liste, Peter.« Evan riss ein Stück Schwarzbrot ab, tunkte ausgelaufenes Eigelb auf und blickte zu Limas hoch. Sie biss ein Stück von dem vollgesogenen Brot ab, kaute, schluckte und fügte dann hinzu: »Du dagegen schon.«

»Was, ich?« Nun wich auch noch der letzte Rest von Farbe aus seinem Gesicht. Er nahm den Kopf zwischen die Hände. Sein Blick wurde verschwommen. »Zum Teufel!« Dann richtete er die Augen erneut auf Evan. »Warum ich?«

Evan spießte das letzte Stück Wurst auf die Gabel, schob es in den Mund, verlängerte das Schweigen und ließ Limas zappeln. Schließlich wischte sie sich die Lippen ab und sagte: »Das erscheint mir offensichtlich, Peter.«

»Dir vielleicht, aber …«

»Deine Tante hatte in Russland viele Feinde. Sie haben ihr das, was sie als Verrat am Mutterland betrachten, niemals verziehen.« Evan schenkte sich Kaffee aus der Zinnkanne nach. »Es wird Zeit, den Tatsachen ins Auge zu sehen, Peter.«

»Jemand weiß, dass ich Lyudmilas Neffe bin.«

Evan trank ihren Kaffee. Sie ließ Limas keinen Moment aus den Augen, sagte aber nichts.

Limas lehnte sich zurück, die Arme abwehrend vor der Brust verschränkt, als müsste er sich vor einem direkt bevorstehenden Angriff schützen. »Aber wer?«

Evan setzte ihren Becher sehr behutsam ab. »Jetzt wäre die richtige Zeit, mir zu erzählen, was du wirklich über Nemesis weißt.«

»Was? Aber das habe ich dir doch gesagt, ich weiß überhaupt nichts darüber. Ich meine, bis gerade eben hatte ich keine Ahnung, dass ich auf einer Liste … wie nanntest du sie?«

»Eine Todesliste.«

Limas schauderte zusammen. »Genau.« Sein Blick wanderte nach links und rechts, als suchte er im Speisesaal nach einer Antwort. »Aber … aber all die anderen Namen auf der Liste – Brendas Kollegen.« Er machte eine Bewegung mit der Hand. »Und die britischen MI6-Agenten, die wir gefunden haben. Ich meine, die sind alle Spione.«

Evan trank weiter stumm ihren Kaffee.

»Ich meine …« Limas' Züge wirkten inzwischen leicht verzerrt. »Zum Teufel, warum sagst du nichts?«

»Was soll ich denn sagen?«

»Et*was*. Irgendwas.«

»Na gut.« Evan schob ihren Stuhl vom Tisch weg und stand auf. »Derzeit liegt der Ball in deinem Feld.«

Sie drehte sich um und verließ den Speisesaal durch die Eingangshalle. Gleich darauf hörte Limas, wie die Vordertür aufging und zufiel.

»Was soll das heißen, der Ball liegt in meinem Feld?« Limas, der hinter Evan hereilte, erwischte sie auf dem Vorplatz, der an den kleinen, gekiesten Parkplatz grenzte. »Was zum Teufel soll das bedeuten?«

»Warum fragst du mich das?«, sagte Evan und wandte sich ihm zu. »Wo du es doch deinen Kumpel Anton fragen kannst.«

Limas riss die Augen auf. »Wen?« Er wich mit dem Oberkörper zurück.

»Anton Recidivich Gorgonov.«

»Den kenne ich nicht«, antwortete Limas kopfschüttelnd.

Evan, die ihn mit einem Blick musterte wie ein Falke eine Natter, sagte: »Dann zeige ich ihn dir.« Sie holte ihr Handy heraus, rief das Foto auf, das Limas beim Tête-à-Tête mit Gorgonov zeigte, und hielt es ihm hin. Sie schienen sich wie gute Freunde zu unterhalten.

Trotz der Kälte brach auf Limas' Stirn und Oberlippe Schweiß aus. »Wo hast du das her?«

»Die Fragen stelle ich, Peter.« Evan steckte das Handy ein und trat dichter zu Limas.

»Was soll das? Es wurde offensichtlich mit Photoshop manipuliert. Es ist ein Fake.«

»Das ist es eben nicht«, entgegnete Evan. »Das Foto wurde überprüft.«

»Aber ich bin Lyudmilas Neffe. Ich bin dein *Freund*.«

»Nein. Lyudmila war meine Freundin. Du bist Gorgonovs Freund. Was du für mich werden solltest, müssen wir noch herausfinden.« Evan ergriff ihn beim Ellbogen, wartete auf eine Lücke im Verkehr und zog ihn über die Straße in den Wald auf der gegenüberliegenden Seite.

Sie betraten die Kathedrale aus Bäumen und Kiefernnadeln, wo Tannenzapfen unter ihren Füßen knirschten. Evan führte sie tiefer und immer tiefer in den Wald hinein, und die Kälte kroch ihnen durch die Pullover und Hosen in den Körper und machte ihre Muskeln steif. Sie brachte Limas auf eine annähernd halbkreisförmige Lichtung, deren hintere Seite wie eine feste Wand aus Bäumen wirkte.

Evan blieb auf der Lichtung stehen und stieß Limas mit dem Rücken gegen die raue Rinde eines Kiefernstamms. »Du bist aufgeflogen, Peter. Du kannst es drehen und wenden, wie du willst, dein und Gorgonovs Plan, an mich heranzukommen, ist futsch. Vorbei. Finis.« Evan deutete auf ihn. »Du kannst Gorgonov genauso gut anrufen und es ihm sagen.«

Ein eigentümlicher Ausdruck huschte über Limas' Lippen, so geheimnisvoll wie der der Mona Lisa. Fast wirkte er erleichtert darüber, dass die Verstellung vorbei war.

»Ha! Jetzt hast du mich im Schwitzkasten«, sagte er in einem ganz anderen Tonfall als zuvor. Evan wurde sich seines eleganten englischen Oberschichtakzents bewusst. »Wenn ich Ja sage, grillst du mich, und ob ich nun die ganze Wahrheit verrate oder nicht, am Ende bringst du mich ohnehin um; ich habe gesehen, dass du einen Menschen ohne eine Spur von Bedauern oder Schuldgefühlen töten kannst.« Er holte tief Luft. »Wenn ich aber Nein sage, glaubst du mir nicht, weil ich dich belogen habe.«

»Das fasst es ganz gut zusammen.«

»Ich schätze, ich befinde mich in einer Situation, in der ich nicht gewinnen kann«, sagte Limas. »Was würdest du in meiner Lage tun?«

»Ich würde mich gar nicht erst in eine solche Situation begeben.«

»Was aber, wenn du gerade jetzt in einer steckst«, sagte Limas mit so viel Nachdruck, dass es nicht wie eine Frage klang. »Mir kommt das hier wie die reale Entsprechung des Rätsels mit den beiden Stammesleuten vor, das du mir erzählt hast.«

»Der Unterschied ist, dass es beim Rätsel eine gütliche Lösung gab«, erwiderte Evan. »Das ist für dich nicht der Fall.«

»Obsessives Denken führt oft dazu, dass man unterwegs eine falsche Abzweigung nimmt«, entgegnete Limas.

Es erschien Evan überaus eigenartig, dass Peter jetzt, da seine wahre Identität aufgeflogen war, weder Sorge noch Bedauern zeigte.

»Warum gibst du vor, Lyudmilas Neffe zu sein? Um dich mit mir anzufreunden, das ist gewiss. Aber dann? Was solltest du in Gorgonovs Auftrag von mir herausbekommen?«

Limas lehnte sich mit dem Rücken an die Kiefer. Die Vögel schmetterten im Gewirr der Zweige über seinem Kopf ihren Morgengesang. »Wenn ich viel von Wetten hielte, würde ich wetten, dass du weißt, was ein Palimpsest ist«, sagte er.

»Ja, weiß ich«, antwortete Evan. »Das Wort stammt aus dem Griechischen und bedeutet ›erneut gerieben‹.«

»Richtig.« Limas nickte. »Ein Palimpsest ist ein Pergament, auf dem der ursprüngliche Text weggerieben und mit einem neuen überschrieben wurde. Da das Wegreiben jedoch häufig unvollständig erfolgt, kann ein genaueres Studium des Dokuments den ursprünglichen Text, der von der Zeit und den Umständen überdeckt wurde, erneut freilegen.«

Evan betrachtete Limas verwirrt und fragte sich, worauf er hinauswollte. Aber vielleicht handelte es sich einfach nur um ein Ablenkungsmanöver. Nach ihrer Erfahrung schweiften Leute unter großem Druck oder in Todesangst ständig vom Thema ab, und sei es nur, um das Unvermeidliche hinauszuzögern.

»Und?«

Limas breitete die Hände aus. »Ich bin ein lebendes, atmendes Palimpsest.«

»Das musst du mir erklären.«

Limas hielt ihr die ausgestreckte Hand hin. »Darf ich den Rabenanhänger sehen, den du schon öfter herumgezeigt hast?«

»Warum?«

»Vielleicht weiß ich schließlich doch etwas über Nemesis.«

Evan kramte den Anhänger hervor und zeigte ihn Limas.

»Ich habe darüber nachgedacht«, sagte der mit einem Blick auf die beiden Vögel. »Der Rabe ist ein mächtiges Symbol in den alten germanischen Mythen. Wotan oder Odin, der Gottkönig von Asgard, hatte zwei Raben, zwei Vertraute mit Namen *Erinnerung* und *Gedanke*. Diese Raben brachten dem höchsten Gott täglich Nachrichten aus den neun Reichen.«

Evan nickte. »Ja. Die mächtigsten Vertreter des Dritten Reichs – und insbesondere Hitler selbst – hielten große Stücke auf die Mythen und die Magie der alten germanischen Stämme. Wahrscheinlich stammt Nemesis' Name *Der erste Stamm* daher.«

»Aber warum verwenden sie zwei verschiedene Namen?«

Evan bemerkte die Stille, die entstand, als die Vögel ihren Morgengesang abbrachen, und legte den Finger auf die Lippen. Limas zog die Augenbrauen zusammen. *Nicht bewegen*, bedeutete Evan ihm mit lautlosen Lippenbewegungen. Lange Sekunden vergingen. *Was ist?*, formte Limas mit den Lippen. *Geduld*, antwortete Evan lautlos.

Plötzlich ertönte ein scharfes Schnalzen und dann ein lautes Rauschen, als führe ein starker Wind zwischen den Bäumen hindurch. Doch die Baumwipfel über ihnen blieben unbewegt.

»Jetzt«, sagte Evan und rannte von der Lichtung in den tieferen Wald, Limas dicht auf den Fersen. Dreihundert Meter weiter stießen sie auf eine Falle, die von einem Tier ausgelöst worden war und anderthalb Meter über dem Boden hing. Darin zappelte ein Rothirsch. Vor ihren Augen traf der Bolzen einer Armbrust den Hirsch in den Hals. Seine Augen verdrehten sich in den Höhlen. In Todesqualen knirschte und schnappte er mit den eckigen Mahlzähnen, die schwarzen Lippen zurückgezogen. Hätte er schreien können, hätte er es getan.

32

»Gottverdammt! Bleib hier!« Evan rannte zwischen den Bäumen hindurch los.

Limas wollte davon nichts wissen. Er folgte Evans eigentümlichem Zickzackkurs, so gut er es vermochte, scheiterte aber letztlich, weil der Weg, den Evan einschlug, so unvorhersehbar war, dass er nur blindlings hinterherstolpern konnte.

Nun entdeckte Evan ein Stück weiter vorn den Scharfschützen – der hier, in der Stille des Waldes, sein Gewehr mit einer russischen Interloper Styx vertauscht hatte, einer mächtigen Jagdarmbrust. Überrumpelt von Evans unberechenbarem Sprint, der im Zickzack auf ihn zuführte, schoss der Jäger, während er gleichzeitig gezwungen war, rückwärtszugehen, um die ideale Distanz zu seiner Beute zu wahren. Das führte dazu, dass der Bolzen nur Evans Parka durchbohrte, wobei er ihren Körper nur um Zentimeter verfehlte.

Der Verfolger ging noch immer rückwärts, als ein zweites leises, aber deutliches Schnalzen ertönte und er von der zweiten Falle, in die Evan ihn getrieben hatte, hochgerissen wurde. Die im Netz verhedderte Armbrust war nun nutzlos, und Evan, die zu ihm trat, entrang sie seiner Hand und zog sie aus dem Netz. Sie fasste den Mann durch das Netz, das er vergebens zu zerreißen versuchte, scharf ins Auge, und nun kam auch Limas zu ihr.

Limas machte große Augen. »Wie?« Er schüttelte den Kopf. »Wie hast du ihn da reingelockt?«

»Dort hinten, dreihundert Meter von hier, befindet sich eine weitere Falle«, sagte Evan, ohne den Blick vom Scharfschützen zu wenden. »Um deine Frage zu beantworten: Nach einem gründlichen Erkundungsgang habe ich mir alles, was ich brauchte, von der Ausrüstung im Schuppen geliehen, wo ich gestern Abend während unseres Spaziergangs die Fallen gesehen habe.«

»Du hattest recht.« Limas' Stimme klang sehr beeindruckt. »Er war wirklich hinter uns her.«

»Ich habe ihm nur einen einzigen Schusswinkel gelassen«, erklärte Evan, die gerade das Netz aufschnitt. »Dort, wo er rückwärts hinging, war die Sichtachse am besten.«

Der gefangene Scharfschütze knurrte Evan an und fletschte die Zähne, als er aus dem Netz gezerrt wurde: lange gelbe Reißzähne. Limas taumelte erschrocken zurück, als der Verfolger ein scharfes Jagdmesser hervorzog und damit zustieß. Evan unterlief seinen Angriff, packte ihn am Handgelenk und brach es mit einer heftigen Drehung.

Limas verfolgte, wie Evan dem Scharfschützen einen Fausthieb auf den Mund versetzte. Ein künstliches Gebiss mit Reißzähnen fiel heraus, und Evan zertrat es unter dem Stiefelabsatz. Dann rammte sie ihrem Gegner das Knie ins Gesicht und brach ihm die Nase. Der Mann erschlaffte, und seine Augen verdrehten sich nach oben.

»Bugger it!« Unter Druck stieß Limas einen Kraftausdruck seiner britischen Kindheit aus. »Einen Moment lang hatte ich den verrückten Eindruck, er sei ein richtiger Werwolf.«

Mit einer Geste zum rasierten, tätowierten Kopf des Scharfschützen sagte Evan: »Nicht genug Haar.«

Limas schnaubte belustigt. Ihr Versuch eines Scherzes half, sie beide zu beruhigen.

»Aber in einem gewissen Sinne ist er ein Werwolf«, fügte sie hinzu.

»Was meinst du damit?«

»Der Geschichtsfan denkt an Werner Naumann.«

Limas tippte sich nachdenklich an die Unterlippe. »Ja. Gegen Ende des Krieges war Naumann Goebbels persönlicher Referent. Er hatte die Idee, eine Werwolf-Einheit zu gründen, in der die fähigsten der noch lebenden Nazi-Soldaten sich zu einer fünften Kolonne zusammenschließen und im Untergrund den Widerstand gegen die alliierte Besatzung aufbauen würden. Aber damals hatte der Kampfesmut die Nazis bereits verlassen, und allen mir bekannten historischen Berichten zufolge wurde diese Werwolf-Einheit niemals wirklich ins Leben gerufen.«

»Nun, sie ist als der Erste Stamm wiederauferstanden«, sagte Evan. »Schau dir die Tätowierung oben auf seinem Kopf einmal richtig an.« Sie stellte den Reichsadler dar, der mit ausgebreiteten Flügeln die Klauen um einen Erdball geschlagen hatte, auf dem ein Hakenkreuz prangte. »Ich glaube, der Erste Stamm ist der Name, den Nemesis seinem Außendienst gibt.«

Die Augenlider des Scharfschützen begannen zu flattern, und Evan packte ihn vorn am Hemd und zerrte ihn auf die Beine. Sie verpasste ihm zwei Ohrfeigen, damit er zu sich kam.

»Wer sind Sie?«, fragte Evan. »Für wen arbeiten Sie?«

Der Scharfschütze schlug die schlammbraunen Augen auf und spuckte Evan mit dem Grinsen eines Wahnsinnigen ins Gesicht. Er hielt nicht einmal sein gebrochenes Handgelenk umklammert; es war, als fühlte er den Schmerz nicht, weder dort noch in der zerschmetterten Nase.

Aus dem Augenwinkel sah Evan, dass Limas sich einmischen

wollte, und sie beschloss, dass dies die richtige Zeit war, um ihr Ass aus dem Ärmel zu ziehen.

Sie holte ihr Handy heraus und tippte auf das Display, um das von Butler geschickte Foto von Marina Mevedeva aufzurufen, also das Foto jener Nemesis-Agentin, die unter dem Decknamen Anna Alta mit einem kanadischen Reisepass in die Vereinigten Staaten eingereist war.

Sie zog Limas näher zu sich und sagte: »Ich möchte dir etwas zeigen, Peter.« Sie drehte das Handy herum, damit er das Foto sehen konnte, eine Nahaufnahme von Marina, die mit geschlossenen Augen und bleichem Gesicht auf dem Tisch des Gerichtsmediziners lag.

»Eine Tote? Warum zeigst du mir das Foto einer Toten?«

Ein Auge wachsam auf den blutigen Scharfschützen geheftet, sagte Evan: »Wir glauben, dass ihr Name Marina Mevedeva lautet.« Dabei schielte sie mit dem anderen Auge auf Limas. Nichts in seinem Gesicht wies darauf hin, dass er die Frau erkannte.

»Na ja, sie hat denselben Nachnamen wie ich, aber ich habe keine Ahnung, wer diese Frau ist.«

»Peter, lautet der Vorname deiner Schwester Marina?«

»Nein. Illyena.« Peter schüttelte den Kopf. »Wie ist diese Frau gestorben?«

Evan beobachtete ihn genau. »Nemesis hat sie ausgebildet und losgeschickt, um die Autobombe zu legen, die Brenda und mich um ein Haar getötet hätte.« Diese Aussage war so weit richtig. »In der Folge ist sie ums Leben gekommen, als sie sich ihrer Verhaftung widersetzte.« Es gab Zeiten, in denen Lücken in der Wahrheit unvermeidlich waren, insbesondere im Einsatz, wo Entscheidungen blitzschnell fallen mussten.

»Eine Märtyrerin. Wieder so eine verdammte Märtyrerin, die beinahe Erfolg gehabt hätte.«

»Aber das hat sie nicht, Peter. Brenda und ich leben und sind wohlauf.«

»Brenda.« Sofort strömten Tränen aus Limas' Augen. Gleichzeitig wurden seine Gliedmaßen von Zuckungen durchlaufen. Seine Beine waren mit einem Mal so schwach, dass er auf die Knie niederfiel. Doch gleich darauf sprang er wieder auf, und das Blut schoss ihm ins Gesicht. Die Sehnen an seinem Hals schwollen an, und seine Hände waren zu Fäusten geballt.

»Viel Glück, du Arsch«, sagte Evan zum Scharfschützen und trat zurück.

Limas stürzte sich auf den Werwolf und bearbeitete seinen Hals und Oberkörper mit groben Hieben. Als der Mann sich zu wehren versuchte, stieß Limas den Kopf vor. Er riss den Mund auf und schnappte zu. Der Scharfschütze schrie auf, denn Limas hatte ihm die Hälfte seines linken Ohrs abgebissen. Limas trat einen Schritt zurück und spie den blutigen Knorpel auf den Teppich aus abgefallenen Kiefernnadeln, der den Waldboden bedeckte.

Als er sich wieder auf den Mann stürzen wollte, packte Evan ihn um die Taille und hielt ihn zurück. »Das genügt, Peter. Es reicht jetzt.«

»Nein, es reicht nicht«, knurrte Limas. »Er ist ein Ungeheuer. Er und diese verfluchten Wilden hätten Brenda beinahe ermordet. Es wird niemals reichen. Niemals, Scheiße noch mal!« Er wandte Evan das Gesicht zu, Lippen und Zähne rot von Blut. »Lass mich ihn fertigmachen. Bitte. Ich flehe dich an.« Er wand sich in Evans Griff. »Ich weiß, dass du mir Lügner nichts schuldest. Aber du wirst die Wahrheit bald genug verstehen. Lass mich also ...«

Evan schüttelte den Traumatisierten leicht, um ihn wieder zur Vernunft zu bringen. »Peter, wenn du ihn totprügelst, wirst du es für den Rest deines Lebens bereuen. Es ist keine Kleinigkeit, einen Menschen zu töten.«

»Mir egal.«

»Jetzt vielleicht. Aber die Reue wird kommen.«

Und dann ließ Evan ihn los. Der Scharfschütze hatte bereits klargemacht, dass er nichts verraten würde, und Evan glaubte ihm das. Sie war schon oft genug mit Fanatikern zusammengestoßen. Das Hauptproblem war, dass sie keine Angst vor dem Tod hatten. Schlimmer noch, in ihren Augen zeichneten sich Helden dadurch aus, dass sie Schmerzen ertrugen – selbst fürchterliche Schmerzen –, um ihre Gruppe, ihren Kader, ihre Sekte oder ihren Stamm nicht zu gefährden. Der Eintritt in die Gemeinschaft war gleichbedeutend mit der Bereitschaft, als Märtyrer zu sterben. Der Waffenhändler Amiran war das jüngste Beispiel dafür, wie wenig sie am Leben hingen.

Doch als sie zusah, wie Limas sich mit wildem Entzücken auf den Scharfschützen stürzte und ihn mit Schlägen eindeckte, fragte sie sich zwangsläufig, wer nun wirklich das Ungeheuer war.

Schließlich ließ Limas' Wut nach, und die Gewaltorgie endete. Befriedigt kauerte er über dem blutigen Bündel. Dem Scharfschützen war das schon seit einer ganzen Weile gleichgültig. Er atmete nicht mehr.

33

Um diese Jahreszeit war die Moskwa mit silbrig glänzenden und grauen Eisschollen gefüllt. Das Wasser selbst floss träge dahin und war so schmuddelig wie die Politik der Föderation.

»Hier unten ist es so kalt wie ein Nonnenkuss«, beschwerte sich der in seinem Wintermantel zitternde Vilen Vladimirovich Aliyev.

»Was dazu beiträgt, dass hier einer der sichersten Treffpunkte Moskaus ist«, erwiderte General Boyko.

Aliyev schnaubte. »Dennoch weißt du, Yuri, dass ich Besprechungen im Freien selbst unter den günstigsten Umständen verabscheue.«

Die beiden dick eingemummten Männer standen mit den Ellbogen auf das Geländer gestützt im eisigen Wind, der über das Flussufer strich, und sahen auf die düstere Szenerie hinaus. Ohne Passanten wirkten der Fluss und seine Ufer wie das Gemälde eines Künstlers, der kurz vor dem Selbstmord stand.

Aliyev war ein hochgewachsener, schlanker, finsterer Mann mit hängenden Schultern, dessen Nase einmal zu oft gebrochen worden war. Seine tief in den Höhlen liegenden, eng stehenden Augen blickten mit eingefleischtem Misstrauen unter vorgewölbten Brauen in die Welt hinaus. Alles zusammengenommen, ließen diese Züge sein düsteres Gesicht wie das Modell eines Porträts von El Greco wirken.

»Genau diese Art von mörderischem Wetter hat damals den Untergang von Hitlers Armee besiegelt«, sagte Aliyev.

»Ich glaube allerdings, dass die heroischen kommunistischen Truppen dabei ebenfalls eine Rolle gespielt haben«, entgegnete Boyko.

Aliyev war der Moskauer Bezirksvorstand der RNE, der radikalen Splitterpartei, die ohne Rücksicht auf den Souverän ihre eigene Agenda verfolgte. In den letzten anderthalb Jahren hatte die RNE ihre Macht sehr stark ausgebaut, da sie enorm von der wachsenden Armut profitierte. Seitdem der Souverän zunehmend auf der Modernisierung und Vergrößerung der Armee bestand, die er für Vorstöße in die Ukraine, nach Syrien und darüber hinaus brauchte, wurden die Entbehrungen immer schlimmer.

Die beiden Männer hatten sich vor fünf Jahren kennengelernt, als die RNE noch so bedeutungslos war, dass sie in Boykos Kreisen kaum je erwähnt wurde. Boyko hatte mit seiner Familie in einem Resort am Schwarzen Meer Urlaub gemacht. Eines Nachts hatte Aliyev beim Zigarrerauchen auf der Terrasse seine Bewunderung für die großartige Herrschaftskultur der Nazis in Deutschland zu erkennen gegeben und bedauert, dass diese Helden von einem syphilitischen Verrückten um ihren Erfolg betrogen worden seien. Nach Moskau zurückgekehrt, lud Boyko Aliyev sechs Wochen später abends in ein abgelegenes Restaurant ein, das er gern besuchte, wenn er nicht gesehen oder bemerkt werden wollte. Als sie danach in der Wohnung, die Boyko für Stelldicheins mit seiner Parade von Geliebten unterhielt, einen der erlesenen Branntweine des Generals kosteten, holte dieser seine sorgfältig gehegte Sammlung von Nazi-Devotionalien so stolz hervor, als handelte es sich um preisgekrönte Zöglinge. Boyko hatte seine

Schätze noch nie jemandem gezeigt, doch er vertraute darauf, dass Aliyev das Dritte Reich ebenso sehr verstand und wertschätzte wie er selbst. Und damit lag er richtig. Aus diesen giftigen Wurzeln war ein festes Bündnis erwachsen, das langsam, aber sicher giftige Früchte hervorbrachte.

»Unser Plan läuft sogar noch besser, als wir vorhergesehen hatten«, sagte Boyko. Seine Wangen waren so rosig und rundlich wie die eines Plüscheinhorns. »Unser Bündnis mit Nemesis hat unsere Mission befördert, die amerikanischen Neonazis zu stärken und sie hoffnungsvoll in die Zukunft blicken zu lassen.«

Er holte zwei Zigarren hervor, bot Aliyev eine an, biss bei seiner die Spitze ab und zündete beide mithilfe eines großen stahlgrauen Feuerzeugs mit Windschutz an. Er paffte ein paarmal prüfend, um sich zu vergewissern, dass seine Zigarre richtig brannte, und fuhr dann fort: »Außerdem haben unsere falschen Facebook- und Twitteraccounts dazu beigetragen, die Linksradikalen – die Antifa – so weit aufzustacheln, dass die Regierung, das FBI und Homeland Security sie jetzt als terroristische Vereinigungen führen.« Er schüttelte den Kopf. »Erstaunlich, wie mühelos diese radikalen amerikanischen Gruppierungen sich durch Fake News manipulieren lassen. Sie glauben alles, was man ihnen auftischt, wenn es nur ihrer eigenen Sache in die Hand spielt.« Er lachte. »Was für ein Witz!«

»Es spielt keine Rolle, ob sie rechts oder links stehen?«, fragte Aliyev durch einen Schwall von aromatischem blauem Rauch, der vom eiskalten Wind über den Fluss hinweggetragen wurde.

»Absolut nicht«, antwortete Boyko unter schallendem Gelächter. »Egal, welcher Richtung die amerikanischen Radikalen angehören, alle laufen ständig in die Fallen, die unsere Netzbots für sie auslegen.

Hier, ich zeige dir mein derzeitiges Lieblings-Meme, das

meine Leute sich ausgedacht haben.« Er holte sein Handy heraus und scrollte durch seine Bilder, bis er zu dem gesuchten Foto gelangte. Er vergrößerte es und zeigte es Aliyev: eine Karikatur einer unbestimmt jüdisch aussehenden Gestalt, auf deren Rücken »Antifa« stand. Sie war eifrig damit beschäftigt, eine Backsteinmauer mit Hakenkreuzen zu beschmieren. Die Bedeutung war sofort ersichtlich: Nicht die Neonazis waren für Nazischmierereien in Amerikas Städten verantwortlich, sondern Mitglieder der Antifa.

Aliyev nickte, schon wieder eine Rauchwolke vor dem Mund. »Glänzende Idee, Yuri. Ich bin beeindruckt.«

»Und gleichzeitig ist die Feindseligkeit gegen uns, die von der US-Presse angestachelt wird, der größte Segen für deine Partei.«

»Stimmt.« Aliyev nickte. »Wie wir wissen, nähren Entbehrungen die Unzufriedenheit, Unzufriedenheit verhärtet sich zu Groll, und unter den richtigen Bedingungen schürt der Groll die Neigung zum Aufstand. Diesen Prozess durchläuft das russische Volk gerade, und als Konsequenz verzeichnet die RNE ein ungeheures Wachstum.«

Boyko erwiderte nichts, sondern zog nachdenklich an seiner Zigarre. Am Himmel über ihnen gab die geschwächte Sonne den Kampf gegen die Wolkendecke auf.

»Also«, sagte Aliyev, nachdem das Schweigen eine Weile angedauert hatte. »Was kann ich für dich tun?«

Boyko stieß ein bellendes Lachen aus. »Du kennst mich zu gut, Vilen Vladimirovich.«

»Zumindest gut genug«, brummte Aliyev.

»Du liegst nicht falsch.« Boyko sah auf die Eisbrocken hinaus, die langsam aneinanderstießen. »Ich habe ein Problem«, sagte er.

»Hmm. Da du damit zu mir kommst, dürfte dieses Problem kein kleines sein.«

»Ganz recht.« Boyko nahm den Zigarrenstummel aus dem Mund und betrachtete die Asche an der Spitze, als deutete er Teeblätter. »Ich brauche jemanden, der etwas für mich erledigt, ohne mich hineinzuziehen.«

Aliyev stieß Rauch aus, der sich zu feuchten Nebelwolken verdichtete. »Du brauchst also eine Lösung, Yuri. Was für eine?«

»Eine endgültige Lösung«, antwortete Boyko ohne jedes Zögern.

34

Sie schleppten den frisch getöteten Hirsch zum Wirt, zum Teil als Entschädigung für die drei Fallen, die Evan ihm entwendet hatte, und zum Teil, weil Evan das Tier nicht einfach im Wald hängen lassen wollte. Obgleich der Wirt den Bolzen im Hals des Hirschs mit einem schiefen Blick bedachte, wirkte er ganz zufrieden und erklärte, das Mittagessen gehe aufs Haus und ebenso das Abendessen und eine weitere Übernachtung, falls sie das wünschten. Mit dem Mittagessen waren sie einverstanden, aber ansonsten brauchten sie von ihm nur eine Fahrt zum Flughafen von Tiflis, wo Butlers Jet sie erwartete. Das sagte er zu. Die Fahrt mit dem Lada, der vielleicht bereits entdeckt worden war, war zu gefährlich.

Der Wirt brachte ihnen ein mehrgängiges Festmahl, und obgleich sie vor gar nicht langer Zeit gefrühstückt hatten, stellten sie fest, dass der Hunger schon wieder dicht unter der Oberfläche lauerte. Insbesondere Limas aß wie ein Bär, der gerade aus dem Winterschlaf erwacht ist. Tatsächlich beschrieb dieses Bild ihn auch sonst ganz gut. Er erschien Evan wie ein ganz anderer Mann als der, den sie halb gegen seinen Willen in den dichten Wald auf der anderen Seite der Straße geführt hatte.

Es beunruhigte Evan, dass der Tod des Scharfschützen keinerlei Gefühle in ihr weckte, doch es beunruhigte sie noch stärker, dass es bei Limas genauso war. »Jetzt habe ich also gesehen, wie leichthin du einen anderen Menschen ohne jedes schlechte Gewissen tötest.«

Limas hob den Kopf. »Das habe ich wohl verdient.«

»Was war mit dem Palimpsest?«, ermunterte Evan ihn zum Reden.

»Richtig.« Limas nickte. »Die Wahrheit und nichts als die Wahrheit: Ich wurde in ein Gespinst von Geheimnissen hineingeboren. An meine Mutter erinnere ich mich nur verschwommen und an meinen Vater gar nicht – es sei denn, man zählt die zwei oder drei Fotos mit, die Tante Lyudmila mir von ihrem Bruder gezeigt hat. Aber er war damals viel jünger. Das war, noch bevor er in Parechgadem stationiert wurde, einem Ort, von dem ich nie gehört habe und den ich auf keiner Landkarte finden konnte.«

»Wahrscheinlich ein geheimer Stützpunkt des SVR oder des GRU«, sagte Evan, obgleich der Name ganz weit hinten in ihrem Kopf eine Glocke zum Läuten brachte. Sie runzelte die Stirn, kurz abgelenkt. »Vielleicht ist es nur ein interner Name.«

Limas nickte uninteressiert. »Ich habe nie viel über das Leben meines Vaters gewusst, oder über das meines Großvaters. Ich habe Tante Lyudmila einmal danach gefragt, aber sie wollte mir nichts dazu sagen, und ich habe gelernt, dass man bei Tante Lyudmila besser kein zweites Mal nachhaken sollte.«

Das passte definitiv zu der Lyudmila Shokova, die Evan kannte.

»Jedenfalls habe ich bezüglich Tante Lyudmila nicht gelogen«, fuhr Limas fort. »Jedes Wort darüber, dass sie mich nach England zu den Limas gebracht hat und dass ich in Cambridge studiert habe, stimmt. Tatsächlich hatte ich schulisch einen so großen Vorsprung, dass ich zwei Jahre früher als üblich vom King's College angenommen wurde. Wie du dir vorstellen kannst, wurde ich wegen meines Alters ganz schön gehänselt. Bis ich gezeigt habe, was ich im Rudern und Fechten draufhatte.« Er holte keuchend Luft, und sein Gesicht wirkte plötzlich erschöpft und bleich. »Aber …«

»Aber den Rest hast du ausgelassen.«

Limas nickte, schien jedoch nur ungern weitersprechen zu wollen. Eine Frau mittleren Alters, rot im Gesicht und übergewichtig, watschelte herein und setzte sich an einen kleinen, runden Tisch. Sie bestellte Tee und Sahnetorte, als befänden sie sich in einem ländlichen Café der englischen Grafschaft Devon. Der Wirt zuckte mit keiner Wimper und sagte auch nicht: *Das hier ist kein englisches Teehaus, Madam.*

»Na ja, was ich dir erzählt habe, ist die Vorgeschichte des Palimpsests, der Teil meines Lebens, der von den Geschehnissen, mit denen er anschließend überschrieben wurde, beinahe ausgelöscht worden ist.«

»Ich spüre, dass auf deinem Lebensweg gleich hinter der nächsten Ecke Anton Gorgonov lauert.«

Limas' Lippen kräuselten sich zu einem gequälten Lächeln, doch das verschwand sofort wieder. »Ich habe keinen Zweifel, dass du mit Cambridges Ruf als einer bestimmten Art von Rekrutierungszentrum wohlvertraut bist.«

»Nenn die Dinge beim Namen, Peter. Nenn einen Spion einen Spion.«

Limas nickte. »Da hast du wohl recht, ja.«

Als zwei röhrende Motorräder auf den Parkplatz des Gasthofs knatterten, spannte Evan ihre Muskeln an. Limas fing ihren Blick auf und verstummte. Er folgte Evans Augen, die sich auf zwei stämmige Motorradfahrer hefteten, wie sie in Lederstiefeln und dicken, pelzverbrämten Jacken in den Speisesaal stapften. Sie wählten einen Tisch ganz hinten in der Ecke.

»Evan …?«, fragte Limas fast lautlos.

Evan brachte ihn mit einem Kopfschütteln zum Schweigen. Das Tablett mit den Bestellungen der Frau in den Händen, kam der Wirt eifrig aus der Küche. Nachdem er sie bedient hatte, wandte er sich den Motorradfahrern zu, begrüßte sie herzlich und schlug ihnen kumpelhaft auf die breiten Rücken. Er erzählte ihnen einen Witz, und sie lachten dröhnend und stampften mit den Füßen. Sie bestellten und vertieften sich anschließend in ein leises Gespräch. Interesse für die anderen Leute im Raum zeigten sie nicht.

»Erzähl weiter«, sagte Evan.

»Du hast natürlich recht, hinter der nächsten Ecke lauerte Gorgonov – und es war wirklich eine sehr dunkle Ecke. Ein bestimmter junger Mann suchte mit einigen meiner Kommilitonen und auch mit mir Umgang. Er war sehr elegant, so schmal wie ein Bleistift und wirkte in seinem Nadelstreifenanzug mit Weste sehr englisch, umso mehr, als er immer einen Regenschirm bei sich trug, der so eng aufgerollt war, dass er eher wie ein Spazierstock wirkte. Er war sehr teuer, dieser Regenschirm, und später entdeckte ich, warum: Die unteren zwei Drittel dienten praktischerweise als Scheide für ein darin verstecktes Stilett.«

Der Wirt brachte gefüllte Bierkrüge und stellte sie vor die Motorradfahrer. Er erzählte ihnen einen weiteren Witz, über den sie sogar noch lauter lachten.

»Natürlich kam dieser elegante Brite nicht vom Außenministerium, wie der MI6 gern von denen genannt wird, die für alles Schwierige oder Geheime einen Euphemismus verwenden. Er war vielmehr im Auftrag des KGB unterwegs, wie der SVR damals hieß, und er rekrutierte an fernen Gestaden, in einem fruchtbaren Garten, wo er gnadenlos jätete und nur die lieblich duftenden Blumen pflückte. Sein Instinkt war untrüglich.« Limas lachte ohne die geringste Spur von Freude. »Abgesehen von mir natürlich.«

»Das heißt, du wurdest nicht rekrutiert?«

»Oh doch. Das wurde ich.« Limas' Augen glänzten so hart wie Glasmurmeln. »Aber meine Bedingung lautete, dass ich nur Gorgonov als Führungsoffizier akzeptieren würde.«

Evan runzelte die Stirn. »Woher wusstest du damals schon von Gorgonov?«

»Tante Lyudmila hatte mir alles über ihn erzählt. Tatsächlich hatte sie mir Gorgonovs Akte gezeigt. Er war damals ein untergeordneter Apparatschik im KGB, aber er war talentiert und, wichtiger noch, extrem ehrgeizig. Nochmals wichtiger war allerdings, dass er Verbindungen zu mächtigen Personen hatte, was in Russland, wie du weißt, alles bedeutet.«

»Warum hat sie dich auf Gorgonov aufmerksam gemacht?«, fragte Evan, obgleich sie mit ihrem schnellen Verstand, der dem eines Schachmeisters gleichkam, bereits die Winkelzüge ihrer Freundin Lyudmila nachvollzogen hatte und die verblüffende Antwort kannte. Trotzdem wollte sie sie von Limas selbst hören.

»Sie hatte Gorgonov schon als ein zukünftiges Problem ausgemacht – ein ›schwieriges Problem‹, wie sie mir sagte.«

»Deine Bereitschaft, Gorgonovs Agent zu werden, war also der Preis dafür, dass sie dich in England bei einer wohlhabenden Familie versteckte, die dir von allem nur das Beste gab.«

»Jedenfalls die beste Erziehung. Das hat Tante Lyudmila sich für mich gewünscht. Sie wusste, wie intelligent ich war und wie weit ich es unter den richtigen Umständen bringen konnte.«

»Sie hat auf deinen Verstand gebaut.«

Limas nickte. »Falls du glaubst, ich würde ihr das, was sie von mir verlangt hat, auch nur einen einzigen Moment lang übel nehmen, irrst du dich. Ich schulde Tante Lyudmila mein ganzes Leben; ich würde alles für sie tun.«

Servierplatten mit Bergen von Würsten und Kohl wurden für die Motorradfahrer aufgetragen, und sie machten sich mit erstaunlichem Appetit darüber her wie Schweine am Trog. Evan hätte schwören können, dass sie einen von ihnen grunzen hörte.

Sie wandte ihre Aufmerksamkeit wieder Limas zu. »Alles«, wiederholte sie. »Selbst dein Leben als Doppelagent zu riskieren, indem du für Gorgonov arbeitest und gleichzeitig Lyudmila Bericht erstattest.«

»Es war meine eigene Entscheidung. Ich sagte ihr, dass ich es tun würde.«

»Aber nachdem Lyudmila nun fort ist, wem erstattest du jetzt Bericht? Was war Lyudmilas Plan B? Wie ich sie kenne, muss sie einen gehabt haben.«

»Da ist noch die dritte Schicht des Palimpsests«, sagte Limas. »Deshalb hat sie mir aufgetragen, dich aufzusuchen, falls ihre Lage schwierig wird. Und das wurde sie. Vielleicht zu schwierig.«

»Und das heißt? Soll ich also deine Führungsoffizierin sein?«

»Du bist Tante Lyudmilas Plan B. Dir hat sie mehr vertraut als sonst irgendwem, Evan.«

Evan schaute weg, erst aus dem Fenster, und dann blickte sie zu den Motorradfahrern, die inzwischen ihre zweite Runde Bier vor sich stehen hatten.

»Es gibt noch einen letzten Punkt.« Limas beugte sich mit hängenden Schultern vor. »Wahrscheinlich hätte ich das schon früher erwähnen sollen, aber da du mir kein Wort zu glauben schienst, bin ich davor zurückgeschreckt.«

Nun hatte Limas wieder ihre volle Aufmerksamkeit. »Was denn?«

»Als du mir den roten Ziegelstaub gezeigt hast, den du in der kleinen Höhle mit den Leichen gefunden hattest, hat das bei mir etwas zum Klingen gebracht. Aber erst als ich mir den Anhänger richtig anschauen konnte, habe ich eins und eins zusammengezählt. Beim Anblick der beiden Raben traf mich plötzlich die Erkenntnis. Tante Lyudmila hat mir von einem Ort erzählt, an dem sie einmal mit dir war. Allerdings hat sie mir davon abgeraten, dieses Wissen als Beweis dafür zu benutzen, dass ich ihr Neffe bin, weil sie sich nicht sicher war, ob du dich daran erinnern würdest.« Limas legte die Hände flach auf den Tisch. »Sie hat mir erzählt, ihr beide seid an diesem Ort gewesen – ein Schlösschen aus rotem Backstein mit neogotischen Türmen und Türmchen und tatsächlich auch zwei zahmen Raben, die gern auf dem Schieferdach saßen. Tante Lyudmila hat dich dort rausgeholt. Es war sehr gefährlich; fast wäre sie dabei umgekommen. Erinnerst du dich an die große Narbe auf ihrer linken Schulter?«

»Ja.«

»Die stammte von der Rettungsaktion. Als sie dich dort rausgeholt hat, warst du in einer fürchterlichen Verfassung. Sechs Wochen lang musstest du dich in einem Privatkrankenhaus am Rande Moskaus erholen. Sie hat dich dort jeden Tag besucht.«

Fast kam Evan der gesamte Mageninhalt hoch. Sie legte den Kopf in die Hände und presste die Augen zusammen. Hier war das, was Pat Wilson noch in Erinnerung gehabt hatte, hier war die Lücke in ihrem Gedächtnis. Hier war das fehlende Zeitintervall, zu dem sie nie Zugang gefunden hatte. Sie zwang sich, tief durchzuatmen, die Augen aufzuschlagen und Limas anzusehen.

»Sie hat zu Recht befürchtet, dass ich mich nicht daran erinnern würde. Tatsächlich gelingt mir das erst seit Kurzem wieder. Aber inzwischen kann ich mir das Gebäude und die Raben vor Augen rufen. Und kleine Ausschnitte des Inneren blitzen vor mir auf. Mehr allerdings nicht. Ich glaube, dass fünf oder sechs der Agenten auf der Liste dort gefoltert wurden und vier von ihnen getötet. Der fünfte ist gestorben, bevor er mir berichten konnte, wo dieser Ort sich befindet. Hat Lyudmila dir seine Lage verraten?«

»Ja und nein«, antwortete Limas.

»Hör mit diesem Spielchen auf, Peter. Es war von Anfang an nicht lustig, und jetzt kann es deinen Tod bedeuten. Wenn nicht von meiner Hand gleich hier und jetzt, dann durch deinen Kumpel Anton, wenn er schließlich herausfindet, dass du ein Doppelagent bist.«

»Gorgonov ist nicht mein Freund.«

»Dafür spricht im Moment nur dein Wort«, erwiderte Evan knapp. »Und bisher hatte das nicht viel zu bedeuten.«

Limas leckte sich die Lippen. »Ich versuche nicht, etwas zu verschleiern, ehrlich. Aber die Sache ist die, na ja, Tante Lyudmila sagte, sie hätte mir bereits erzählt, wohin man dich verschleppt hatte.«

»Und das heißt?«

»Das ist es ja gerade«, flüsterte Limas. »Ich weiß nicht, was sie damit meinte.« Er ließ den Kopf hängen. »Ich wollte vor dir nicht wie ein Dummkopf dastehen.«

»Zu spät.« Evan stand auf. »Los, komm! Es ist Zeit zu gehen.«

»Glaubst du mir?« Limas rieb sich mit den Händen über die Oberschenkel, als versuchte er, all seine Lügen wegzuwischen. »Du glaubst mir doch, nicht wahr?«

Evan, die auf die vorbeigleitende Landschaft hinausschaute, erwiderte nichts. Wie versprochen fuhr der Wirt, er hieß Giorgi, sie zum Flughafen Tiflis. Evan und Peter saßen auf der Rückbank seines riesigen GMC, der eher wie ein gepanzerter Humvee als wie ein Kleintransporter wirkte, mit einem Furcht einflößenden Kühlergrill, der an das Fallgitter einer mittelalterlichen Burg erinnerte. Ein Unwetter näherte sich und hatte sie fast erreicht; die Windstöße waren inzwischen so stark, dass sie selbst das schwere Fahrzeug zum Schaukeln brachten.

Limas wandte sich Evan zu, die unmittelbar hinter Giorgi saß. »Hör mal, die Leute, mit denen wir es zu tun haben, der Erste Stamm, das sind rechte Spinner. Vollkommen durchgeknallt.« Und als Evan nichts sagte: »Ich weiß, dass du mir böse bist.«

»Böse? Nein«, gab Evan zurück. »Die Sache ist einfach nur die, dass ich dir nicht trauen kann.«

Limas versuchte es noch einmal. »Seit wir hier im Nirgendwo sind, hast du mir mehr als einmal das Leben gerettet. Ich bin dir ewig dankbar. Inzwischen könnte ich dich unmöglich belügen. Ausgeschlossen.« Er breitete die Hände in einer flehenden Geste aus. »Denk von mir, was du willst. Daran kann ich nichts ändern. Ich habe über das Thema alles gesagt, was ich sagen konnte. Aber falls es eine Möglichkeit für mich gibt, dir zu beweisen …«

Limas brach ab, als er der Richtung von Evans Blick folgte. Unmittelbar vor ihnen war die Straße mit einer Barriere aus Betonblöcken abgeriegelt worden. Vor dieser Barriere standen breitbeinig, die Maschinenpistolen im Anschlag, die beiden Motorradfahrer, die Giorgi vorhin bedient hatte. An den Straßenrändern hatte sich ein halbes Dutzend ihrer Motorradfahrerkumpels aufgebaut, alle bewaffnet. Als der Transporter sich näherte, richteten sie ihre Maschinenpistolen direkt darauf.

»Was ist hier los?«, fragte Limas.

Denn statt das Tempo zu drosseln, trat Giorgi aufs Gas. Der GMC schoss vorwärts, und von Sekunde zu Sekunde schneller werdend schnitt er durch den Sturm, der inzwischen die Kiefernwipfel bog und die Äste peitschte.

»Wir rasen direkt auf die Absperrung zu!«, schrie Limas.

Gleich darauf eröffneten die Motorradfahrer das Feuer.

35

Im selben Moment, in dem Evan bemerkte, dass Giorgi aufs Gas trat, hechtete sie halb über die Rücklehne des Fahrersitzes vor, reckte sich über die Schulter des Wirts und zog den Hebel für die Motorhaube. Zusammen mit dem Fahrtwind drückte der Sturm die Motorhaube hoch, sodass die Salve aus den Maschinenpistolen der Motorradfahrer nur das dicke Blech traf, statt die Windschutzscheibe zu durchschlagen und den Innenraum des Transporters zu durchsieben.

Doch Evan wusste, dass dieser Schutz nicht weit reichen würde. Daher schwang sie den ganzen Körper über die Rücklehne, öffnete die Fahrertür, überwand Giorgis ungeschickte Gegenwehr und beförderte den Wirt mit einem Fußtritt nach draußen. Sein Körper flog durch die Luft und fiel ein Stück hinter ihnen auf die Straße.

Nun saß Evan hinter dem Steuer und riss es hart nach rechts, um den Transporter parallel zur Barriere auszurichten. Der Wagen schleuderte mit quietschenden Reifen herum. Dabei kam er den Motorradfahrern so nahe, dass sie in alle Richtungen auseinanderstoben. Evan konnte all das nur in Ausschnitten sehen, zum einen durch das Seitenfenster auf der Fahrerseite und zum anderen durch die Löcher und Risse in der flatternden Motorhaube, die nach rechts gekippt und halb vom Wagen losgerissen auf und nieder wippte wie der gebrochene Flügel eines verletzten Vogels. Sie ließ die Barriere links hinter sich zurück und lenkte den Transporter von der Straße herunter, wich nur knapp einem Entwässerungsgraben aus und befand sich nun unmittelbar vor dem Kiefernwald. Dicke, mit Nadeln und vereistem Schnee beladene Zweige peitschten gegen die Motorhaube, und Nadeln flogen durch die Luft wie winzige Dartpfeile. Evan fuhr noch ein Stück tiefer in den Wald, sodass die rechte Seite des Transporters ein paar Baumstämme streifte. Dann wurde plötzlich die Motorhaube abgerissen, und sie konnte wieder etwas sehen. Sie lenkte hart nach links, sodass der Wagen die Barriere umging und nun wieder parallel zur Straße fuhr.

Die Maschinenpistolen nahmen ihren Beschuss wieder auf, diesmal von hinten. Limas, der lang ausgestreckt auf dem Rücksitz lag, krümmte sich, als die Rückscheibe zerbarst und glitzernde Scherben von Sicherheitsglas wie Hagel auf ihn niederprasselten. Als eine Salve die hintere Stoßstange traf, schwankte der Transporter auf den Stoßdämpfern, doch weil Evan im Zickzack fuhr, durchschlug keine der Kugeln die dicken Reifen. Mit wilden Kurven kehrte Evan auf die asphaltierte Straße nach Tiflis zurück, die jetzt frei und offen vor ihnen lag, beschleunigte und ließ Schüsse und Motorradfahrer hinter sich zurück.

Dritter Teil

Nemesis

36

Gorgonov, der heute besonders früh ins Büro gekommen war, nahm die Aufzeichnungen der täglich abgefangenen Nachrichten zwischen Nemesis und dessen Schirmherrn General Boyko vom GRU an sich. Diese Nachrichten enthielten die von Nemesis erstellten Fake News, die Boykos riesige, wahnwitzige Bot-Armee bald im Sinne der Naziorganisation unters Volk bringen würde. Zuoberst lag ein Stapel falscher Inhalte, in denen Benjamin Butler angegriffen wurde. Die Anwürfe gegen ihn betonten seine – frei erfundene – Sympathie zu den radikalen Zionisten, was oberflächlich gesehen lächerlich war, bis man bedachte, wie gespalten Amerika inzwischen war, wie paranoid es war und, ja, wie sehr es zu Ausbrüchen hysterischer Gewalt neigte.

Diesen Teil der abgefangenen Kommunikation las Gorgonov mit ganz besonderem Interesse. Zu der Zeit, als Benjamin Butler mit Evan Ryder zusammenarbeitete, hatten ihre Wege sich mehrmals gekreuzt. Butler war ein großartiger Agent gewesen, und Gorgonov hatte ihn bewundert. Nicht ganz so sehr wie Evan, aber auch Butler hatte sich als ein extrem geistesgegenwärtiger Mann erwiesen, der bei seinen Einsätzen und wann immer er zu Gewalt greifen musste, ausgesprochen wendig war. Nach einer mehrjährigen Pause in Berlin war er als Chef einer eigenen Geheimdienstabteilung, die unter der Oberaufsicht des amerikanischen Verteidigungsministers stand, zurückgekehrt. Der Name dieser Abteilung war Gorgonov genauso unbekannt wie ihr Auftrag, doch vermutete er Butler hinter dem Problem, dass derzeit immer mehr seiner SVR-Maulwürfe innerhalb der US-Regierung aufflogen, was ihn zwang, sie zu eliminieren, bevor sie verhaftet oder umgedreht werden konnten.

Seine Überlegungen wurden von seinem Assistenten Kristov unterbrochen, der ihn an seinen Zehn-Uhr-Termin im Kreml erinnerte. Gorgonov steckte den Rest der abgefangenen Nachrichten ein, stand auf, warf sich seinen Wintermantel über und verließ das Büro.

Ohne den Schutz von sechs Leibwächtern ging er nirgends mehr hin. Er stieg in seinen gepanzerten SUV und ließ sich auf dem Rücksitz neben Maks, dem Jüngsten und Intelligentesten der sechs, nieder. Schon als sie losfuhren, drohten graue Schneewolken am Himmel, und während der extrem langsamen Fahrt zum Kreml ging es los, nicht mit schwebenden Flocken, sondern vielmehr mit einem dichten, in Kaskaden herabstürzenden weißen Vorhang. Nicht, dass Gorgonov es bemerkt hätte. Er studierte gerade die letzten Unterlagen, die seine Leute ihm gegeben hatten. Diese Berichte waren besonders ruchlos und aufrührerisch, da sie Fotos von amerikanischen und britischen Agenten zeigten, die an den Fußknöcheln aufgehängt waren und aus deren aufgerissenen Kehlen das Blut strömte. »AMERIKANISCHE UND BRITISCHE SOLDATEN VON JÜDISCHEN METZGERN GESCHÄCHTET!«, prangerten die Schlagzeilen an.

Das Wetter war abscheulich und die Straßen tückisch, nachdem Neuschnee auf den in der Nacht gefrorenen Schneematsch gefallen war. Mehrere Straßen vor dem Kreml kam der Verkehr zum Erliegen. Weiter vorn hatte es einen Unfall gegeben, so informierte ihn sein Fahrer, und die Straße sei vom Berufsverkehr verstopft. Gorgonov hatte mit dem Ministerpräsidenten ein straff getaktetes Gespräch über Budgetfragen vor sich, eine unangenehme, aber notwendige Pflicht, der er zweimal im Jahr nachkommen musste. Er befahl seinem Fahrer, am Straßenrand zu halten; er würde mit seinen Leibwächtern das letzte Stück zu Fuß gehen müssen, wenn er den Termin einhalten wollte.

Sein Trupp bildete eine Art V-förmigen Keil, um sich besser durchs Gedränge schieben zu können. Hier, ganz in der Nähe des Kreml, wimmelte es von Touristen, die mit ihren Handys Bauwerke oder ihre Gruppe fotografierten und Selfies schossen, immerzu Selfies.

Plötzlich taumelte Maks gegen ihn und richtete sich, eine Entschuldigung murmelnd, wieder auf. Sekunden später brach er zusammen.

Drei der Leibwächter schlossen sofort die Reihen um Gorgonov und eilten mit ihm zum gepanzerten SUV zurück, wo der Fahrer sie mit laufendem Motor erschrocken erwartete. Er legte den Gang ein, hielt aber inne, als Gorgonov ihm befahl, noch zu warten. Gorgonov schaute angespannt aus dem Fenster.

Die beiden verbliebenen Leibwächter hatten einen Krankenwagen des SVR gerufen, der erfreulich schnell mit quietschenden Reifen eintraf, sodass die Passanten auseinanderstoben.

Maks war tot. Es wäre sinnlos gewesen, ihn ins Krankenhaus zu bringen, und so erteilte Gorgonov dem Krankenwagen die Anweisung, auf direktem Wege zur Gerichtsmedizin des SVR zu fahren.

»Folgen Sie ihnen«, befahl er seinem Fahrer.

Sergei, der Leibwächter, der jetzt an Maks Stelle neben ihm saß, wandte sich ihm zu. »Wenn ich das sagen darf, Chef, Ihr Termin ist eng getaktet …«

»Verlegen Sie ihn auf heute Nachmittag«, fuhr Gorgonov ihn

an. »Jetzt möchte ich erst einmal wissen, was Maks zugestoßen ist.« Er nahm an, dass Maks entweder einen Herzinfarkt oder einen Schlaganfall erlitten hatte. Er war zwar ein junger Mann, aber so etwas konnte ganz unerwartet passieren. Jedenfalls kam es nicht infrage, einen seiner handverlesenen Männer im Stich zu lassen.

»Ein Herzinfarkt?«, fragte Gorgonov hoffnungsvoll, als er und seine Leibwächter die Gerichtsmedizin betraten und sich im Raum verteilten. Der fensterlose Saal war in ein Helldunkel aus Grau- und Blautönen und strahlend weißen Lichtinseln getaucht.

»Es hat jedenfalls den Anschein«, antwortete der Gerichtsmediziner. Er rauchte eine dieser widerlichen türkischen Zigaretten, die nach Gorgonovs Empfinden wie brennender Müll rochen. Auf dem Weg zur Gerichtsmedizin, immer hinter dem Krankenwagen her, war ein Wirbel rabenschwarzer Gedanken durch seinen Kopf gekreist.

Er trat zum Gerichtsmediziner, der sich über Maks' auf dem Seziertisch liegende Leiche gebeugt hatte. »Den Anschein? Ich möchte eine eindeutige Diagnose hören.«

Der Gerichtsmediziner zuckte unbestimmt mit den Schultern. Er war ein Mann mittleren Alters, und seine Körperhaltung war die eines Fragezeichens, als hätte er unter Tage gearbeitet oder wäre von einem Buckel entstellt. Sein weißer Haarschopf stand oben von seinem gelblich bleichen Schädel ab, so zart und flaumig wie das Haar eines Neugeborenen. Er sah aus wie jemand, der so viele Leichen gesehen hat, dass sie keine Bedeutung mehr für ihn haben. »Ich würde Herzanfall sagen, ja.«

»Ich weiß nicht, wie Sie das ohne Autopsie behaupten können«, erklärte Gorgonov in messerscharfem Tonfall.

Der Gerichtsmediziner wandte ihm so schnell den Kopf zu,

dass seine Nackenwirbel knackten. »Autopsie? Keiner hat eine Autopsie befohlen.«

»*Ich* befehle sie, Doktor!«

Der Gerichtsmediziner war so verblüfft, dass er es versäumte, sich einen Tabakkrümel von der Unterlippe zu wischen. Er klebte dort wie das Überbleibsel einer nächtlichen Orgie. »Aber Ihr Dienst hat mir doch selbst die Weisung erteilt, dass eine Autopsie in solchen Fällen überflüssig ist.«

»Hören Sie, Doktor, der hier war mein eigener Mann – eine Person, die den Auftrag hatte, mich zu beschützen.« Gorgonovs blitzende Augen wären Warnung genug gewesen, hätte der Gerichtsmediziner nur darauf geachtet. »Sind Sie wirklich der Meinung, ich sollte auf die Information verzichten, wie er gestorben ist?«

Der Gerichtsmediziner wedelte mit den Armen und verteilte dabei Asche auf dem kalten Fliesenboden. »Na ja, wissen Sie, wahrscheinlich gibt es da nichts zu finden. Offen heraus, es wäre Zeitverschwendung.«

Gorgonov holte aus und vergrub die Faust im Solarplexus des Gerichtsmediziners. Als dieser sich stöhnend krümmte, sagte Gorgonov: »Ist das für Sie offen heraus genug, Doktor?« Die einzige Antwort war ein klägliches Ächzen. Gorgonov packte den Gerichtsmediziner am Haar und zerrte ihn hoch, bis er ihm in die Augen sah. »Wenn ich Ihnen einen direkten Befehl erteile, hat der Vorrang vor allen Anweisungen, die Sie in der Vergangenheit erhalten haben, seien es Befehle oder Weisungen.« Er riss dem Gerichtsmediziner die türkische Zigarette aus den Fingern, zielte mit der brennenden Spitze nach seinem Auge und hielt sie so dicht daran, dass der Mann wie ein Kind wimmerte. »Habe ich mich verständlich ausgedrückt?«

Der Gerichtsmediziner leckte sich die trockenen Lippen mit

der Spitze seiner reptilienartig vorschnellenden Zunge. »Vollkommen.« Er nickte heftig.

»Gut.« Gorgonov ließ den Gerichtsmediziner los. »Und jetzt an die Arbeit. In einer Stunde möchte ich Bescheid wissen.« Als der Mann sich abwandte, rief Gorgonov ihn zurück und steckte ihm das Zigarettenende wieder zwischen die Lippen. »Viel Erfolg, Doktor!«

Er blieb mit in die Hüften gestemmten Händen stehen, die Beine schulterbreit aufgestellt, und beobachtete den Arzt so genau wie ein Anatomieprofessor, der einen Studenten benoten muss. Dreizehn Minuten nach Beginn der Prozedur ließ er sich einen Kaffee bringen. Achtzehn Minuten nach Beginn bestellte er ein Sandwich, und dreißig Minuten nach Beginn hatte er es komplett verschlungen. Er lutschte gerade an einem Pfefferminzbonbon, um seinen Atem zu erfrischen, als der Arzt ihn zu sich rief. Es war jetzt exakt sechsundvierzig Minuten nach Beginn der Autopsie.

»Nun gut«, sagte der Gerichtsmediziner mit einer eigenartigen Müdigkeit. »Ihr Freund hier ist tatsächlich an einem Herzinfarkt gestorben. Aber ...«, er hielt den in einem blutigen Latexhandschuh steckenden Zeigefinger hoch, »das ist nicht die amtlich festgestellte Todesursache.«

Gorgonov trat einen Schritt näher und tat sein Bestes, den Gestank zu ignorieren, der wie eine widerliche Wolke von den menschlichen Überresten aufstieg. »Was sind das für zwei Punkte auf seiner Haut? Sie sehen aus wie der Biss eines Vampirs.«

»Oh, das ist etwas viel Schlimmeres, das kann ich Ihnen versichern. Wenn ein Vampir einen beißt, behält man wenigstens den Anschein von Leben, oder?« Er lachte leise. »Ganz anders als Ihr Mitarbeiter.«

Er drehte Maks' Kopf, damit man die Halsseite besser sehen

konnte, und deutete auf die Einstichstellen, die Gorgonov aufgefallen waren. »Vielleicht erinnern Sie sich an einen Vorfall vor vier Jahren. Unser Botschafter in Prag spazierte durch den Kampa-Park. Es war ein wunderschöner Frühlingstag. Ein Sonntag. Er überquerte gerade auf einer alten Steinbrücke einen Kanal, um einen Kontaktmann zu treffen, da wurde er von einer Fahrradfahrerin bedrängt. Er trat zur Seite, um ihr Platz zu machen, und erhielt zwei winzige Stiche in den Hals. Es ging alles sehr schnell, und er war natürlich auch abgelenkt, und so hat er die Stiche nicht einmal gefühlt. Na ja, wie auch; es wurden Hutnadeln verwendet, deren Spitzen in das Gift einer Blaugeringelten Krake getaucht worden waren. Die Wirkung ist einem Herzinfarkt täuschend ähnlich, und das Gift ist praktisch nicht zu entdecken, weil es schon nach kurzer Zeit nicht mehr im Blut nachweisbar ist.«

Natürlich war Gorgonov mit dieser speziellen Mordmethode wohlvertraut. Er wusste, dass der Souverän die schnelle Elimination ihres Botschafters in Prag selbst befohlen hatte. Der »Kontaktmann«, den der Gerichtsmediziner erwähnt hatte, war tatsächlich der MI6-Führungsoffizier des Botschafters gewesen.

Das Wieselgesicht des Gerichtsmediziners verzog sich zu einem besorgten Ausdruck. »Ist mit Ihnen alles in Ordnung? Sie sind plötzlich ganz bleich geworden.«

»Es geht mir bestens, Doktor.« Aber tatsächlich war ihm ziemlich übel. Vielleicht hatte ihn der Anblick des klaffenden Y-Schnitts in Maks' Leiche geschafft, oder die eiskalte, aber dennoch stickige Luft in der Gerichtsmedizin. Oder vielleicht lag es an diesem grässlichen Sandwich, das er heruntergeschlungen hatte. So oder so befahl er, ihm einen Stuhl zu bringen, doch als er sich umdrehte, sagte der Gerichtsmediziner: »Bitte nicht bewegen. Bleiben Sie so reglos stehen, wie Sie nur können.«

»Was ist los?«, blaffte Gorgonov, der allmählich die Geduld

mit dem Arzt verlor. Er wollte möglichst schnell von diesem Ort weg. Was an und für sich eigenartig war; beruflich war er schon viele Male in die Gerichtsmedizin gekommen, ohne dabei viel zu empfinden.

Sergei hatte ihm einen Stuhl gebracht, doch der Gerichtsmediziner ließ nicht zu, dass er sich setzte oder auch nur bewegte. Gorgonov spürte eine gewisse Schwäche in den Kniekehlen. Er stützte sich auf Sergeis Schulter, und bei dieser Bewegung sah er es: Glitzernd wie eine Glasscherbe steckte es im Stoff seines Mantels.

Der Gerichtsmediziner hatte geschäftig in seinem Instrumentenkasten gesucht. Als er jetzt zurückkam, schnalzte er missbilligend mit der Zunge. »Oho, ich hatte Sie doch gebeten, sich nicht zu bewegen!«

»Was ist das für ein Ding?« Es war, als ballte sich ein Eisklumpen in Gorgonovs Magen zusammen.

Doch der Arzt konzentrierte sich ganz darauf, etwas, das wie eine Edelstahlnadel aussah, aus dem rechten Ärmel von Gorgonovs Mantel zu ziehen. Mit konzentriert gespitzten Lippen, zwischen denen seine Zungenspitze hervorsah, zog er den Gegenstand heraus, als wäre er eine Handgranate mit gezogenem Stift. Als das Objekt draußen war, legte er es in eine Nierenschale und stellte diese mit größter Sorgfalt zur Seite.

»Den Mantel ausziehen, bitte.«

Keine Höflichkeitsform, kein *Würden Sie wohl*. Die Lage war extrem ernst. Obgleich er nicht daran gewöhnt war, dass man ihm etwas befahl, tat Gorgonov wie geheißen und legte den Mantel über Sergeis hingehaltenen Arm.

»Jetzt das Jackett.«

Erneut gehorchte Gorgonov. Ihm war so unendlich kalt, dass es nicht nur an der eisigen Luft liegen konnte. Er sah die Dunkelheit des Grabs vor sich und seine schwarz gekleidete Frau, die keine einzige Träne für einen Mann vergoss, den sie geliebt hatte, der ihre Liebe aber nicht erwidert hatte. Er dachte an den Sohn, den sie ihm nie geboren hatte, den Erben, den er sich so verzweifelt gewünscht hatte. Er dachte an Lolita, an ihren Charme, ihre Anmut und ihre Intelligenz, die er bei ihr gar nicht vermutet hatte. Die Vorstellung, sie nie wiederzusehen, war so ungeheuerlich, so abscheulich, dass es in seinem Gedärm rumorte und er schon befürchtete, sich vor seinen Männern selbst zu beschmutzen. Er schnappte nach Luft und spürte, wie die eisige Atmosphäre der Gerichtsmedizin ihn bedrängte, als würde feuchte Erde auf ihn geschaufelt.

»Was zum Teufel ist los, Doktor?«, fragte er mit erstickter Stimme.

»Nichts oder alles«, antwortete der Arzt. »Alpha oder Omega.«

Aufmerksam musterte er den Stoff von Gorgonovs Hemd unmittelbar unterhalb der Schulternaht. »Ein großartiges Material. Französisch?«

»Italienisch«, antwortete Gorgonov. »Doktor ...«

Der Gerichtsmediziner stieß einen Seufzer der Erleichterung aus. »Ja. Alles ist gut, Herr Gorgonov. Im Hemd gibt es keine Einstichstelle. Die Nadel ist nicht bis zu Ihrer Haut durchgedrungen.«

»Mit Nadel meinen Sie dieses Ding?« Gorgonov deutete mit dem Kopf auf den spitz zulaufenden, schmalen Stift, der in der Nierenschale lag.

»Ja, in der Tat. Ich bin mir ziemlich sicher, wenn wir die Spitze untersuchen, werden wir auf dasselbe Gift der Blaugeringelten Krake stoßen, das Ihren Mann getötet hat.« Er blickte zu Gorgonov auf. »Es gibt keinen Zweifel. Sie waren das Ziel eines Anschlags. Ihr Leibwächter hat seine Sache gut gemacht. Er hat den Täter abgeblockt. Ein Glück für Sie, aber leider nicht für ihn.«

Gorgonov ließ sich langsam auf den Stuhl sinken, saß eine Weile reglos da und atmete die Luft, die ihm jetzt so süß wie Naschwerk erschien, in tiefen Zügen ein. Alle Farben im Raum, die ihm vorher so matt und leblos erschienen waren, pulsierten nun von einem nahezu psychedelischen Leuchten. Und so erhob er sich aus seinem Grab, klopfte die frisch aufgeworfene Erde von sich ab und stieg aus der Grube zum grünen Gras des Lebens empor, mit Nerven, die schrillten wie die Gitarre von Chet Atkins. Er mochte Chet Atkins, hatte ihn immer gemocht, seit der Musiker ihm von dem jungen Mann vorgestellt worden war, der nun ...

Aber egal; er musste über die Gegenwart nachdenken und natürlich über die Zukunft. Über *seine* Zukunft. *Fang am Anfang an,* sagte er sich: Maks, wie er gegen ihn taumelte. Gorgonov hatte sich nichts dabei gedacht, oder falls doch, hatte er es auf den rutschigen Bürgersteig geschoben. Aber jetzt wusste er es besser. Möglicherweise hatte Maks aus dem Augenwinkel etwas bemerkt und instinktiv reagiert, genau wie es seine Aufgabe war.

Gorgonov stand auf, schob den Arm weg, den Sergei ihm anbot, und trat zum Seziertisch. Seine Knie waren noch immer etwas weich, wurden aber mit jedem Schritt stabiler. So strömte das Leben, das er für selbstverständlich gehalten hatte, mit neuer und größerer Bedeutung in ihn zurück. Er hatte Boyko zum Teufel geschickt, und dies hier war das Ergebnis. Vielleicht war es unvermeidlich gewesen, aber ein Teil Gorgonovs hatte sich gegen den Gedanken gesträubt, dass der General so weit gehen würde. Er hatte eine rote Linie überschritten und damit etwas angefangen, was unglücklich enden musste.

Alles war jetzt anders. Boyko hatte versucht, ihn zu töten, und was sollte er zur Vergeltung unternehmen, was er nicht bereits getan hatte? Er war so weit gegangen, wie sein Gewissen es zuließ. Solche Hemmungen kannte Boyko offensichtlich nicht. Es musste einen sicheren Weg geben, Boyko Einhalt zu gebieten. Aber welchen?

Dann kam ihm aus dem Nichts ein Gedanke. Verdammt, dachte er, ich bin wie ein Tollpatsch an das Problem herangegangen. Ich muss das Ganze vom Ende her denken, nicht vom Anfang.

Mit gesenktem Haupt stand er vor Maks' Leiche und flüsterte: »Danke, du armer Kerl.« Als er den Kopf wieder hob, winkte er Sergei zu sich. »Rufen Sie Kommandant Kristov an. Er soll die Bestattung eines hochrangigen Offiziers vorbereiten, mit allem, was wir an Pomp zu bieten haben. Teilen Sie ihm außerdem mit, dass ich mich heute Abend zum Essen mit ihm treffen möchte. Er weiß schon, wo. Morgen informieren Sie Maks' Witwe persönlich, aber nehmen Sie einen Orden mit – einen, der sich am ehesten als Trost eignet, wenn Sie ihr die schlimme Nachricht überbringen.«

»Jawohl, Chef. Wird erledigt.«

»Lassen Sie die Frau wissen, dass wir für sie und die Kinder sorgen werden.«

»Maks hatte keine Kinder. Sie wollten ...«

»Ach, zum Teufel, dann für seine Eltern, falls sie noch leben.«

Sergei half seinem Chef ins Jackett und dann in den Mantel. Auf dem Weg nach draußen drehte Gorgonov sich noch einmal zum Gerichtsmediziner um. »Ich möchte einen vollständigen Bericht bekommen, Doktor. Direkt zu meinen Händen. Keine Kopien. Verstanden?«

Der Arzt nickte. »Natürlich. Das ist hier die Standardprozedur.« Dann nahm er die Nierenschale in die Hand. »Sie haben Glück gehabt, Herr Gorgonov. Sehr viel Glück.«

Gorgonov tat, als hätte er nichts gehört, und kramte das Wegwerfhandy heraus, das Boyko im Teddybären versteckt hatte. Der

General hatte ihm zwei Alternativen zur Wahl gestellt, die Gorgonov beide ungenießbar fand. Doch es gab noch eine dritte Möglichkeit. Es war so gefährlich, wie eine stromführende Leitung anzuzapfen. Doch genau dies war der einzige Weg zum Sieg. Ohne Schweiß kein Preis. Das sagten die Bodybuilder. Und dem konnte er viel abgewinnen.

Von einem heftigen Schauder durchlaufen, tippte er die knappe Antwort: TREFFEN MORGEN IM KLOSTER DANILOV UM 9:00 UHR.

37

Eine Spinne, eine Braune Witwe, hockte auf der Fensterbank. Die Glasscheibe dahinter war so schmutzig, dass alles, was sich draußen befand, nur verschwommen zu erkennen war. Die Braune Witwe zeichnete sich dagegen klar und deutlich vor Brendas Augen ab. Brenda war eben erst aus der Bewusstlosigkeit erwacht, benommen und mit einem Gefühl, als hätte sie Watte im Kopf. Sie hätte eine Zusammenfassung gebraucht, um sich zu erinnern, was vorgefallen war. Und da kam die Braune Witwe ins Spiel.

»Du hast es vermasselt«, sagte sie. »Du hast dich ablenken lassen. Du hast nicht aufgepasst.«

»Meine Schuld«, sagte Brenda.

Mit zweien ihrer Vorderbeine säuberte die Braune Witwe sich das Gesicht. »Das ist kein Witz. Schau doch, wo du gelandet bist.«

»Das ist ja gerade das Problem«, antwortete Brenda gereizt. »Ich weiß nicht, wo ich bin.«

»Im Lagerraum hinten in diesem Höllenloch.«

In diesem Moment hörte sie auf der anderen Seite des Raums ein Geräusch. Eine Tür ging auf, und jemand kam herein. Brenda kauerte in der hintersten Ecke des Raums unter der einen, einsamen Fensterbank, auf der eben noch die Braune Witwe gesessen hatte. Sie fühlte sich wie ein Stück Treibgut, das nach einem Hurrikan an einer fernen Küste angeschwemmt worden war. Die

Braune Witwe war verschwunden. Sie war bei dem Geräusch davongehuscht oder vielleicht auch niemals da gewesen, nur eine Ausgeburt ihrer Fantasie. Es hämmerte in ihrem Kopf, und mit einem plötzlich einsetzenden Schmerz erinnerte sie sich, dass sie k. o. geschlagen worden war, als dieser Willie, der dicke Pfandleiher, sie in das Hinterzimmer geführt hatte, in dem sein Partner, der Waffenhändler, tätig war. Zwischen Brendas Ecke und der Tür standen und lagen ein Stapel offener Kartons, einige Farbdosen, ein Haufen dreckiger Lumpen und ein Tisch mit nur einem Stuhl. Auf der Tischplatte war ein Laptop aufgeklappt. Und sonst nichts. Die Gestalt ging an allem vorbei und stellte sich vor sie. Brenda schaute mit verschwommenem Blick zu ihr auf. Ehrlich gesagt hätte sie lieber die Braune Witwe gesehen.

»Du bist wohl der sogenannte Dave Gilly.«

Der Mann lachte wie eine Hyäne. »So nennt Stinke-Willie mich jedenfalls.« Er hockte sich vor sie, sodass sie ihn besser sehen konnte. Er hielt ihren Dienstausweis in der einen Hand und die Longslide in der anderen. »Du bist also die sogenannte Brenda Myers.«

Falls sie noch überraschter sein konnte, war sie es jetzt. Gilly war weit jünger, als sie ihn sich vorgestellt hatte, er sah einfach aus wie ein Teenager dunkler Hautfarbe. Doch er war nur an Jahren jung; die brutalen Verhältnisse auf der Straße hatten ihn so verhärtet, dass er eher wie ein Mann mittleren Alters wirkte – arrogant und verletzlich zur selben Zeit. Seine flache Nase und seine dicken Lippen lagen wie ein von Alligatoren verseuchter Sumpf unter großen, intelligenten Augen und der hohen Stirn eines Professors. Doch seiner Haltung nach zu schließen, war er nur ein Professor der Zerstörung und des Todes.

»Was soll das, in Stinke-Willies Laden rumschnüffeln? 'ne

hübsche junge Schlampe wie du sollt nich' mit 'ner Zehn-Millimeter-Longslide rumfuchteln. Das is' 'ne total fiese Knarre.«

»Du musst es wissen«, sagte Brenda. »Du hast sie einer Frau namens Voron verkauft.«

Gilly runzelte die Stirn. »Kenn keine Voron. Die Waffe hier, die kenn ich aber schon.«

»Sie war eine Bombenbauerin«, erwiderte Brenda.

»Ihr Geld is' so gut wie deins. *Besser* als deins, weil ich ihr das hier verkauft hab. Dir würd ich nix verkaufen. So wie du aussiehst, wär'n die Scheine bei den Bullen registriert.«

»Dem kann ich nicht widersprechen«, sagte Brenda. »Ich hätte gern etwas Wasser.«

»Ich auch«, antwortete Gilly. »Aber nun sitzen wir hier.«

»Lass es uns von Stinke-Willie bringen.«

»Stinke-Willie?« Gillys Lachen schmerzte Brenda in den Ohren wie ein Schnitt mit dem Rasiermesser. Er hatte sehr große, sehr weiße Zähne. »Shit, er würd wohl glatt in die Becher pinkeln.«

»Darf ich dann aufstehen?«

»Ich hab dir die Schuhe weggenommen, also, klar. Du gehst nirgends hin.«

Gilly erhob sich gleichzeitig mit ihr, aber sie musste sich an der Fensterbank festhalten, um das Gleichgewicht zu wahren. Sie blinzelte mehrmals kräftig und atmete tief durch. Das Leben strömte mit solcher Macht in sie zurück, dass es sie fast von den Füßen fegte.

»Ich möchte jetzt gehen.«

»Woll'n wir das nich' alle?«, fragte Gilly nachdenklich. »Aber ich hab gehört: Hier kommt keiner lebend raus.« Er lachte gackernd wie ein Huhn.

»Ich will keinen Ärger.« Das klang selbst in Brendas eigenen Ohren albern.

»Ah ja? Das sind wohl Fake News.« Sein Blick wurde drohend. »Du bist gekommen, um Ärger zu machen.« Er spuckte aus. »Hinknien! Sofort.«

Als sie nicht gehorchte, legte er ihr die Hand auf den Kopf und drückte sie mit Gewalt runter. Vorgebeugt presste er ihr die Mündung des langen Pistolenlaufs gegen die Schläfe und drehte sie hin und her, bis eine kleine, kreisrunde, blutige Wunde entstand.

»Übrigens«, bemerkte Brenda, »ich sollte dir wohl sagen, dass die Pistole nicht geladen ist. Glaubst du wirklich, ich wäre so blöd, sie geladen zu Willie zu bringen?«

Mehr als den Sekundenbruchteil, den er nachdachte, brauchte sie nicht. Ihr rechter Arm schoss vor, und sie packte durch seine Jeans hindurch seine Hoden und drückte so fest zu, wie sie konnte. Gleichzeitig riss sie ihren Kopf zur Seite. Er krümmte sich mit einem Schrei, der so durchdringend war wie der erste Schrei eines Neugeborenen. Sie hieb ihm die geballte Faust aufs Ohr und erzeugte damit einen Unterdruck, der ihm ein Loch ins Trommelfell riss.

Er griff nach ihren zusammengekrallten Fingern und schlug ihr den Lauf der Longslide auf den Wangenknochen. Sie ließ ihn los und wich zurück. Als er sich auf sie stürzte, rammte sie ihm das Knie so hart wie möglich zwischen die Beine. Laut aufschreiend, fiel er hin. Sie entrang ihm die Pistole, kroch unter ihm hervor, setzte sich rittlings auf ihn und lud die Waffe durch.

»Als Erstes zeigst du mir, was die Frau, die diese Waffe wollte, dir als Pfand gegeben hat«, sagte sie, darum bemüht, das Klingeln in ihren Ohren zu ignorieren. »Und dann will ich, dass du mir von deinem Netzwerk erzählst: warum Voron gerade zu dir kam und wen außer ihr du sonst noch versorgt hast.«

»Fick dich«, keuchte Gilly. Keinerlei Reue.

Brenda rammte die Mündung der Pistole in eines seiner Nasenlöcher und drehte sie boshaft.

»Motherfucker!« Gilly riss die Augen auf. »Okay, okay.« Er versuchte, zu Atem zu kommen, aber Brenda machte es ihm nicht leicht. »Vorne in der Jackentasche. Nimm es. Ich will das Scheißding eh nich'.«

Vorsichtig klappte Brenda seine Jacke vorn auf und schob zwei Finger in die schmale Innentasche. Als sie sie wieder herauszog, hielt sie darin eine schmale Halskette, daran ein silberner Anhänger mit zwei Raben, Schnabel an Schnabel.

»Wo hat sie das getragen?«

»Was meinste wohl?«, fragte Gilly finster. »Um ihr hübsches Hälschen. Wie ich es jetzt seh, hätt ich ihr das besser umgedreht wie einem Huhn.«

Brenda steckte die Halskette in ihre Tasche und sagte: »Sprich weiter.«

Gilly zögerte so lange, dass sie ihm eine erneute schmerzhafte Lektion verpasste. Blut sickerte aus seinem Nasenloch. Schniefend versuchte er, es zurückzuhalten. Seine Augen begannen zu tränen. »Also schau, alles läuft elektronisch – Bestellungen, Bezahlung, der ganze Scheiß. Ich treff nie wen.«

»Wer kontaktiert dich?«

»Weiß ich nich' besser als du. Heißt Alice.«

»Einfach nur Alice?«

»Mehr nich'. Alice.«

»Wie klingt ihre Stimme? Hat sie einen Akzent?«

»Hab nie mit ihr geredet. Sie ruft nie an. Alles läuft über Textnachrichten.«

»Zeig her!«

»Wie denn? Du sitzt auf meiner Brust.«

»Wo ist dein Handy?«

Gillys Augen funkelten vom Groll der Demütigung. »Vordertasche von meiner Jeans, Schlampe.«

Dafür versetzte Brenda der Pistole erneut eine gemeine Drehung, diesmal so tief in seiner Nase, dass die Mündung fast in der Nebenhöhle landete.

»Verfickte Scheiße!«

»Beleidige mich ruhig weiter«, sagte Brenda, die das Handy aus seiner Hosentasche klaubte. »Dann bohr ich dir die ganze Nase weg.«

Gilly zappelte unter ihr. »Lass mich hoch. Ich zeig dir die Nachrichten.«

»Du spinnst wohl.« Brenda zog die Mündung aus seiner Nase. »Dreh dich um. Leg die Fußknöchel übereinander.« Als er ihrer Aufforderung folgte, zog sie zwei Drahtrollen aus einem offenen Karton und fesselte ihm Hand- und Fußgelenke. Erst danach stand sie auf. Sich umblickend entdeckte sie einen ölverschmierten Lappen und stopfte ihn ihm in den Mund.

Sie steckte das Handy in die Tasche, suchte ihre Schuhe und fand sie in einem anderen Karton. Sie zog sie an und schnappte sich den Laptop vom Tisch.

Auf dem Weg zur hinteren Tür bemerkte sie, dass die Braune Witwe wieder aufgetaucht war. »Bravo, Mädel«, sagte die. Können Spinnen wirklich lächeln?, fragte Brenda sich, als sie in die widerliche Gasse hinter dem Haus trat. Sie hoffte, Gilly oder Stinke-Willie niemals wiederzusehen.

38

Nach Brendas Anruf wies Butler einen Krankenwagen an, sie vor dem Pfandleihhaus abzuholen. Doch statt Brenda ins Krankenhaus zu fahren, brachte man sie zur Werkstatt der Bombenbauerin, wo Butler ihr entgegenkam. Während die Ärzte und ein Chirurg ihre Wunden versorgten, nahm Butler das Innere des Gebäudes in Augenschein und begutachtete die Leichen von Charles und Voron. Er beendete seine Musterung erst, als die Spurensicherung eintraf, um das gesamte Gelände zu untersuchen.

Nun saßen Butler und Brenda im Midnight at the Oasis, einem die ganze Nacht geöffneten Lokal. Es war in gelbes Lampenlicht getaucht. Die Türjalousien waren zum Schutz vor der Kälte heruntergelassen worden, und drinnen blinkten fröhliche Lichterketten in klassischem Rot und Grün. Das Oasis war eine ziemliche Kaschemme, eine umgebaute Tankstelle mit einem alten, hellgrün gestrichenen Lastwagen davor, der auf Betonblöcken aufgebockt worden war und dessen Reifen seit Langem fehlten. Der Name des Lokals war in Neongelb zu beiden Seiten aufgesprüht. Entlang der hinteren Wand verlief eine Theke aus verzinktem Stahlblech, über der eine alte Werbeuhr der Brauerei Schlitz prangte. Vier mit allen möglichen Spirituosen bestückte Borde nahmen den Platz vor der verspiegelten Wand ein.

Big Ref, der Wirt, lief hinter der Theke hin und her, schenkte

Drinks aus und zapfte eine Auswahl von acht Craftbeers für alle Liebhaber. Das Oasis lag wie ein Grenzposten nur einen Block vom Rand eines zwielichtigen Teils Washingtons entfernt, dem Südost-Quadranten. Gelegentlich, meist zu Weihnachten, Neujahr und am Martin-Luther-King-Day, hörte man in der Nacht Pistolenschüsse. Einmal hatte es gebrannt. Und wie in einem Vorposten war man auch im Oasis bewaffnet. Big Ref war dafür bekannt, dass er für Ruhe im Oasis sorgte. Unter der Theke und für seine kräftigen Hände sofort griffbereit lagen eine abgesägte Schrotflinte, ein Colt .45 und ein klassischer Schlagstock, ein Erinnerungsstück seines früheren Berufs. Big Ref hatte viele Freunde in der Polizeiwache vor Ort. Sie alle waren mehr als einverstanden, wenn er mit unliebsamen Eindringlingen in seinem Territorium auf seine Weise umging. »Besser er als wir«, war ein gemurmeltes Mantra, das man in der Polizeiwache und unter Streifenpolizisten häufig hören konnte.

Brenda war zutiefst erschöpft, wie Butler völlig korrekt anmerkte, sie allerdings stritt das ab. Er würde Brenda ins Krankenhaus fahren, sobald sie hier fertig waren, doch zunächst wollte er sie befragen und die neuen Informationen so schnell wie möglich auswerten. Und so legte er los.

»Leider ist nicht sicher, ob ich mit diesem Schatz an Informationen, den ich dir verdanke, tatsächlich noch werde arbeiten können«, sagte er eine Weile später. Er erzählte Brenda, dass er vor den Verteidigungsminister zitiert worden war und Thompson seine Drohung umsetzen wolle, ihn auszuhebeln und seine Geheimdienstabteilung zu schließen.

»Der Kongress hat Sitzungspause, und auch der größte Teil der Regierung ist im Urlaub. Wieso arbeitet Thompson eigentlich zwischen den Jahren?«

»Der Teufel macht anscheinend niemals Pause«, antwortete

Butler. »Am dritten Januar muss ich vor einem Geheimdienstausschuss des Senats erscheinen. Das erzähle ich dir, weil es die reinste Hexenjagd sein wird. Thompson will mich bluten sehen, und ich möchte nicht, dass du in das Chaos gerätst, das mit Sicherheit folgen wird.«

»Ich werde unter keinen Umständen kündigen«, erklärte Brenda mit stahlharter Stimme. »Ich bin nicht durch die Hölle gegangen, nur um zu sehen, wie dieser aufgeblasene Scheißkerl alles kaputtmacht, wofür wir gearbeitet haben.«

Butler lächelte, und als der Kellner kam, bestellte er einen Burger für sich selbst und Steak mit Fritten für Brenda, eine Kanne Kaffee und eine weitere große Flasche Badoit-Mineralwasser – neben dem Burger einer der Gründe, warum er gern ins Oasis ging.

»Mit Loyalität wirst du es weit bringen«, sagte er leise. So spät in der Nacht verkehrten im Oasis nur noch Schlaflose, nächtliche Wanderer und Schluckspechte, die bereits von ihrer liebsten Tränke vertrieben worden waren. Aber seit einiger Zeit war das Lokal selbst um diese späte Stunde immer noch halb voll. In den vergangenen zwei Jahren hatte die Zahl der Schlaflosen im Oasis sich verdreifacht. Anscheinend schlief keiner mehr gut, weder in der Hauptstadt noch sonst irgendwo im ganzen Land. Die Schlaflosen saßen in einer abgelegenen Ecke zusammen, während die Alkoholiker sich wie schwarze Fliegen an der Theke versammelt hatten. Jeder suchte den Trost unter seinesgleichen. Wie sonst überall war das Stammesdenken auch bei diesen Menschen am Rande der Gesellschaft die treibende Kraft.

Er hätte Brenda gefragt, wie es ihr ging, nachdem sie Voron erschossen hatte, doch er kannte die Antwort bereits; Brenda würde niemals über so etwas sprechen. Falls sie Zuspruch suchen oder ihre Seele erforschen würde, so nur zu ihren eigenen Bedingungen und dann, wenn es ihr passte.

»Und dann ist da noch Evan«, sagte Brenda. »Deine Geheimwaffe.« Sie trank mehr Wasser. »Wo ist sie eigentlich? Immer noch in Georgien?«

»Sie verfolgt eine Spur, die ins Herz von Nemesis führt, und zwar nach Obersalzberg. Dort gibt es jemanden mit dem Spitznamen Cuervos.«

»Spanisch für Raben.«

Butler nickte. »Stimmt.«

»Ist Peter immer noch bei ihr?«

»Ja. Eine bessere Möglichkeit haben wir nicht, um herauszufinden, wer er wirklich ist und was ihn antreibt. Derzeit ist das nämlich noch alles andere als klar.«

Brenda sagte nichts mehr zum Thema Peter und wandte ihre Aufmerksamkeit dem blutigen Steak zu, das ihr gerade serviert worden war. Gleichzeitig kam sie wieder auf die Arbeit zu sprechen. »Lass uns über das reden, was wir wissen.«

Butler konnte nachvollziehen, dass es die Konzentration auf die konkreten Details ihrer Arbeit war, was Brenda nun brauchte. Sie beide brauchten das; darin waren sie sich ähnlich.

Während Brenda sich den ersten Bissen Steak in den Mund schob, begann Butler: »Lass uns deine Informationen jetzt eine nach der anderen durchgehen, auch wenn Teile davon, wie der Laptop, noch nicht von der IT-Forensik untersucht wurden.«

Brenda berichtete noch einmal von ihrer Begegnung mit Charles Isaacs, dem Agenten, der behauptet hatte, für Interpol zu arbeiten, und schilderte, wie und warum Donald Beacum von Charles getötet worden war. Die Informationen über Marina besaß Butler bereits, und so übersprangen sie diesen Teil und machten sofort mit Nal weiter, Brendas russischem Kontakt. Sie erzählte, wie er Charles und sie selbst zu der verlassenen Farm geschickt hatte, in der Voron ihre Bomben baute.

»Apropos«, sagte Butler und legte den Rest seines Burgers auf den Teller, »wir müssen noch die Identität Vorons und des Mannes in Uniform klären, den du auf dem Foto in dem Schuppen entdeckt hast. Aber irgendwie bezweifle ich, dass uns das gelingen wird.« Er deutete auf Brendas Teller. »Iss auch deinen Spinat. Du brauchst das Eisen.«

»Danke, lieber Daddy.« Das sollte sarkastisch klingen, doch gleich darauf merkte Brenda, wie dankbar sie wirklich war, diesen außergewöhnlichen Mann zu kennen und sogar für ihn arbeiten zu dürfen. Sie machte sich über ihren Spinat her.

Butler trank seinen Kaffee und beobachtete einen hereinkommenden Ruhelosen, der so aussah, als hätte er seit seiner Pubertät nicht mehr geschlafen. Der Mann bestellte ein gezapftes Bier und ließ sich dann in der Ecke der Schlaflosen nieder. »Worauf wir wirklich eine Antwort brauchen, ist die Frage, ob Voron unter General Boykos Kontrolle stand.«

»Wie Marina.« Brenda tunkte eine Fritte in einen kleinen Klecks Ketchup und zerkaute sie nachdenklich. »Das war ein von Nemesis geplanter Anschlag.«

»Obersalzberg. In Bayern.« Butlers Gedanken waren zu Evan zurückgekehrt. »Spanische Namen, irgendeine Verbindung zu Russland ... aber könnte Nemesis ursprünglich aus Deutschland stammen? Vielleicht finanziert Boyko sie über den GRU.«

»Das klingt plausibel.«

»Sowohl Voron als auch Marina haben eine Halskette mit dem Doppelraben-Anhänger getragen.«

Brenda spülte einen Bissen Steak mit einem Schluck Mineralwasser herunter. Allmählich fühlte sie sich besser, vielleicht noch nicht normal, doch zumindest wieder wie ein Mensch. »Die Frauen sind jedenfalls irgendwie verknüpft.«

Butler kramte die Halskette mit dem Anhänger heraus, die

Voron als Pfand für die 10 mm Longslide hinterlegt hatte. Brenda hatte sie ihm übergeben. »Vielleicht stammen die beiden Frauen aus demselben Kader. Dieser Anhänger sieht jedenfalls genauso aus wie der Anhänger von Marina, den Evan mir beschrieben hat.« Er deutete auf Dave Gillys Handy. »Lass uns die Nachrichten sehen, die Gilly von Alice bekommen hat.«

Brenda schaltete das Gerät ein und rief die Messenger-App auf. Dort fanden sie ab September eine gewisse Anzahl von Nachrichten, deren Absender Alice hieß. Jede bestand aus einem einzelnen Namen: Lily, Rose, Tulip, Violet und Marina. Die letzte Nachricht betraf Voron und lag drei Tage zurück. Hinter jedem Namen stand eine Zahl, die von fünfhundert für Rose bis zu fünftausend für Voron reichte.

»Bezahlung«, sagte Brenda. »Jetzt haben wir also eine Verbindung zwischen Alice, Marina und Voron.« Sie runzelte die Stirn. »Aber wie sollen wir herausfinden, wer Alice ist? Haben wir hier genug in der Hand, um das Geld zu seinem Ausgangspunkt zurückzuverfolgen?«

»Ja, in der Tat, das hier wird reichen.«

Endlich lächelte Brenda. »Volltreffer!«

Butler deutete mit einer Kopfbewegung auf Brendas Teller. »Jetzt iss auf.«

Brendas Lächeln erblühte wie ein Lotus im Mondschein. »Jeden einzelnen Bissen.«

• • •

Riley Rivers' Gedanken überschlugen sich. Er fühlte sich, als hätte er drei dreifache Espressi zu viel getrunken. Wenn die Jahrzehnte der Finten und Winkelzüge ihn etwas gelehrt hatten, dann einen sechsten Sinn für den Moment, in dem der Wind sich drehte.

Er hatte eine Veränderung schon vor mehreren Tagen in Brady Thompsons zunehmender Aggressivität wahrgenommen. Zunächst hatte er sie für eine Reaktion auf das Verhalten des Präsidenten gehalten, der während seiner öffentlichen Reden immer häufiger vom Manuskript abwich und drauflosschwadronierte, wie es ihm gerade in den Sinn kam. Das war inzwischen so auffällig geworden, dass in den Hinterzimmern des Weißen Hauses unter seinen Leuten gemunkelt wurde, der Präsident habe eine Folge winziger Gehirnschläge erlitten, die nun in ihrer Summe zu einem zunehmend unberechenbarer werdenden Verhalten führten.

Als Riley seinem Führungsoffizier beim SVR davon berichtete, verbot man ihm klipp und klar, solche Gerüchte weiterzugeben, als wie allgegenwärtig sie sich auch erweisen mochten. Vielmehr solle er alles in seiner Macht Stehende tun, um das Ansehen des Präsidenten zu schützen. Zwischen den Zeilen entdeckte Rivers, der den Riecher eines Trüffelschweins entwickelt hatte, die Freude über den Gedanken, dass der US-Präsident möglicherweise noch verletzlicher für *kompromat* war, als der russische Souverän erwartet hatte, als er ihn vor einigen Jahren aufs Korn genommen hatte. Seit sechs Jahren war ein kompromittierter US-Präsident der Traum und das Ziel der mit größter Dringlichkeit vorangetriebenen Initiative des Souveräns. Die von langer Hand angelegte Betrugsmasche ermöglichte nun, im Endspiel, ein einfaches, schnelles Abräumen.

Aber dann war da ein zweites Problem, wie sehr Isobels Verhalten sich geändert hatte, wie dringlich ihre Stimme jetzt klang und welchen Druck sie aufbaute. Ganz besonders galt das dafür, wie sie Informationen über Benjamin Butlers Verleumder einforderte. Was war los, was entging ihm? Die Fragen, auf die er keine Antworten bekam, machten ihn wahnsinnig.

Über all das grübelte Rivers düster und tief versunken nach, als er vor dem Gebäude in Foggy Bottom, in dem seine Offizielle Kommunikationsabteilung untergebracht war, an den Rand des Bürgersteigs trat. Er wartete, überrascht, dass Isobels Land Cruiser nicht schon mit laufendem Motor bereitstand, schnurrend wie ein Bengalischer Tiger vor seinem Aufbruch zur Jagd. Dann aber entdeckte er den roten SUV in einer Lücke des frühmorgendlichen Verkehrs. Er trat vom Bürgersteig auf die Straße, damit der Fahrer ihn mühelos entdecken konnte, und tatsächlich steuerte das riesige Fahrzeug nach rechts. Es kam direkt auf ihn zu.

Doch statt langsamer zu werden, beschleunigte es. Rivers brauchte mehrere Sekunden, bis ihm diese Eigentümlichkeit auffiel. Wie gelähmt vor Fassungslosigkeit ließ er Sekunden verstreichen, bevor sein Gehirn aus der Starre erwachte. Inzwischen war der SUV beinahe bei ihm. Riley hob die Hand zu einem albernen Winken; sah und erkannte der Fahrer ihn denn nicht? Und erst da dämmerte ihm, dass der SUV immer schneller auf ihn zuraste, *gerade weil* der Fahrer ihn erkannte. Weil er es auf ihn abgesehen hatte.

Wie ein Rammbock kam der SUV auf ihn zu, und noch während Riley rückwärtstaumelte, schoss der Wagen auf den Bürgersteig hinauf, und der vordere Kotflügel erfasste ihn und schleuderte ihn rückwärts, als wäre er so leicht wie eine Feder. Benommen und halb betäubt lag Riley auf dem Bürgersteig. Dann setzte der Schmerz ein – ein scharfes Stechen, das mit jedem keuchenden Atemzug schlimmer wurde, bis er laut weinte und schrie.

Lange Zeit geschah nichts, und hinterher erinnerte er sich am lebhaftesten an die Passanten. Sie ignorierten ihn entweder oder glotzten ihn an, bevor sie zu ihren äußerst wichtigen Terminen weitereilten.

39

Evan und Limas wurden am Flughafen angehalten, aus der Schlange gewinkt und in einen fensterlosen Raum von der Größe einer Besenkammer geführt. Abgesehen von einem auf dem Betonboden festgeschraubten Stahltisch, auf dessen einer Seite zwei Stühle standen und auf dessen anderer Seite einer, fehlte jede Möblierung. Der Raum roch nach ungewaschenen Strümpfen und Angst.

Ein georgischer Militärangehöriger unbestimmten Rangs blätterte mit schaufelgroßen Händen in ihren gefälschten Reisepässen. Er trug eine enge Hose, hatte eine pilzförmige Knollennase und Schweinsaugen. Er stank nach gekochtem Kohl und schien sich seit einigen Tagen weder rasiert noch gewaschen zu haben. Nachdem er sie eine Stunde lang schläfrig befragt hatte, verließ er unvermittelt den Raum, wobei er die beiden Reisepässe vom Tisch fegte und mitnahm.

Im Verlauf der nächsten Stunde geschah gar nichts. Dann wurde die Tür aufgeschlossen, und ein ganz anderer Typ von Mann trat flott herein. Er trug Anzug und Krawatte. Ein Duft von Zitrone und Salbei ging von ihm aus, was die Luft angenehm verbesserte. Dieser Mann war jünger als der Klotz, der sie eben befragt hatte, und sein genaues Gegenteil. Er lächelte schmallippig, reichte ihnen die Hand und entschuldigte sich knapp, aber aufrichtig. Er nannte ihnen seinen Namen nicht, und Evan fragte ihn nicht danach.

»In drei Stunden trifft ein hochrangiger Angehöriger des GRU aus Moskau hier ein. Ich weiß nicht, was Sie beide getan haben, um sich diese Aufmerksamkeit der Russen zu verdienen, und es ist mir ehrlich gesagt auch gleichgültig. Was immer Sie getan haben oder wessen Sie verdächtigt werden, ist mir weniger wichtig als mein nie erlöschender Hass auf die Russen.« Er reichte Evan und Limas ihre Reisepässe. »Ihr Flugzeug hat eine sofortige Starterlaubnis. Zwei meiner Männer warten draußen, um Sie direkt dorthin zu begleiten.«

Gehen Sie nicht über Los, ziehen Sie nicht zweihundert Lari ein, dachte Evan, als sie den stickigen Verhörraum verließen. Der Diplomat – denn dafür hielt ihn Evan – sagte nichts mehr, und sie sahen ihn nicht wieder, bis Evan, die da schon an Bord von Butlers Jet war, ihn an der Glasscheibe des Abflugterminals entdeckte, von dem aus er das Flugzeug beobachtete. Er wandte sich erst ab, als der Jet abgehoben hatte.

Sie sucht ihren Weg zwischen Ruinen, die ihr nur zu vertraut sind – als käme sie nach Hause. Diese Ruinen sind insoweit einzigartig, als sie eher Menschen als Gebäuden entsprechen. Menschen, die Evan kannte, die sie getötet hat oder die wegen ihrer Verbindung mit ihr getötet wurden. Ruinen, weil sie so vor ihr auftauchen wie unmittelbar nach ihrem Tod – versehrt, unvollständig, manchmal kaum noch menschlich. Sie sprechen. Sie sprechen alle gleichzeitig und in so vielen Sprachen, dass sie sie nicht auseinanderhalten kann.

Als sie an den von ihr zerstörten Ruinen vorbeigegangen ist, gelangt sie unvermeidlich zu dem monströsen Backsteinpalast …

Mit einem Ruck wurde sie wach, und in ihrem Kopf hallte noch das Krächzen der Raben nach.

In der winzigen Toilette klatschte sie sich Wasser ins Gesicht, bis das Traumgespinst sie endgültig losgelassen hatte, das sie nun Nacht für Nacht umfing, seit das Bild des roten Backsteinpalasts zum ersten Mal vor ihrem inneren Auge aufgestiegen war. Sie berührte die sterile Kompresse, die die Wunde in ihrer Wange bedeckte, und stellte fest, dass die Schwellung stark zurückgegangen war. Dann nahm sie eine weitere Antibiotikumkapsel und spülte sie mit einem Schluck gefiltertem Wasser herunter.

Als sie sich wieder gesetzt hatte, vergewisserte sie sich zunächst, dass Limas tief und fest schlief. Dann erst griff sie nach dem Handy, das Butler ihr gegeben hatte, und wählte eine Nummer in Europa, die sie vor einigen Jahren auswendig gelernt hatte.

Sie hörte ein Hallen in der Leitung und das Klicken und Summen, mit dem der Anruf eine Reihe von elektronischen Filtern und Schleusen passierte.

»Ja?«, ertönte eine elektronische Stimme an ihrem Ohr.

Evan nannte die aus drei Wörtern bestehende Losung, die man ihr damals gegeben hatte.

»Einen Moment«, erklärte dieselbe künstliche Stimme.

Wie versprochen war gleich darauf ein echter Mensch in der Leitung. Die Stimme gehörte einer Frau, und Evan erkannte sie. »Wer spricht, bitte?«

»Evan Ryder.« Natürlich wusste die Frau, wer sprach; man hatte Evan eine Losung gegeben, die nur für sie galt.

»Ich habe eine Information für dich.«

»Wer spricht, bitte?«

»Wie schon gesagt, Evan, du bist und bleibst ein Scherzbold.«

»Wie geht es dir, Alli?«

»Die eigentliche Frage lautet doch, wie geht es dir?« Vom Sitz der Interpol in Paris aus überwand Alli Carsons Herzlichkeit die weite Entfernung bis zu Evan.

»Schwer zu sagen im Moment.«

»Das glaube ich dir.« Eine Pause. »Charles Isaacs. Wir haben ihn nach Washington, D.C., geschickt.«

»Und jetzt ist er tot.«

»Wer hat ihn umgebracht?« Alli neigte nicht dazu, Zeit mit Sentimentalität zu verschwenden.

»Eine Bombenbauerin namens Voron.«

»Voron ist uns bekannt.«

»Sie ist ebenfalls tot.«

»Hast du sie getötet?«

»Ich war nicht dabei. Zurück zu Charles – er ist der Grund, weshalb ich anrufe.«

Alli seufzte. »Er wurde entgegen meiner Empfehlung losgeschickt, wie ich hinzufügen könnte. Und jetzt ist das eingetreten, was ich befürchtet hatte.«

»Ich glaube, es wird Zeit, dass wir Klartext miteinander reden.«

Erneut eine Pause. »Ich muss erst die Geheimhaltung aufheben lassen, Evan. Ich rufe dich innerhalb der nächsten Stunde zurück.«

Evan mochte Alli, aber Sympathie war nicht wichtig. Das eigentlich Wichtige war, dass sie Alli vertraute, weil ihre Informationen sich immer als absolut zutreffend erwiesen. Dennoch war da etwas zwischen ihnen, das knirschte. Alli hatte Evans Beziehung zu Lyudmila nie gebilligt.

»Du telefonierst mit einem gesicherten Handy«, sagte Alli gerade. »Deine Nummer ist blockiert. Bitte nenn sie mir.«

Evan kam ihrer Bitte nach.

»Ich melde mich«, sagte Alli.

»Moment noch, was sollte Charles Isaacs …?«

Doch Alli hatte bereits aufgelegt.

• • •

»Zwei gebrochene Rippen« … »Prellungen … Zum Glück sind keine inneren Organe betroffen« … »Marke und Modell des SUVs, erledigt. Wie wäre es mit einer Beschreibung des Fahrers … das Baujahr, das Kennzeichen?« Wollt ihr mich verarschen?, dachte Rivers, während die in seinen Arm fließenden Medikamente ihre betäubende Wirkung entfalteten. Pflegerinnen, Ärzte, Cops, alle wollten etwas von ihm. Sein Bewusstsein trübte sich. Wer war der gute Samariter, der den Notruf gewählt hatte, während alle anderen einfach an ihm vorbeigegangen waren, weil ihr eigenes Leben so wichtig war … Und zuletzt: Wer hat mir das angetan? Wer wünscht meinen Tod?

Als er später endlich wieder aufwachte, sah er sich im Krankenzimmer um. Es war so hell und weiß wie die Schneekugel, die einmal in seinem Kinderzimmer gestanden hatte. Seine einzige Gesellschaft waren Geräte, die neben seinem Bett piepten und tickten wie verrückt gewordene Standuhren. Nadeln in seinem Arm, fest auf die Haut geklebt. Flüssigkeit rein … er regte sich unbehaglich … Flüssigkeit raus. Weiße Schuhe mit Gummisohlen liefen leise an seiner geöffneten Tür vorbei, gedämpfte Stimmen schwollen an und verebbten dann wie die Flut in der Chesapeake Bay, ein älterer Mann, den er nur zur Hälfte sah, lag auf einer Rollbahre auf der anderen Seite des Ganges, reglos. Lebte er, oder war er tot? Mal schwand Rileys Bewusstsein, mal kehrte es zurück. Irgendwann kam ihm der Gedanke, dass keiner ihn besuchen würde. Er hatte keine Freunde – nur geschmierte Kontaktleute, für die er eine Maschine war, die einen Gefallen mit einem anderen Gefallen belohnte, und Feinde, die alle etwas Besseres zu tun hatten. Plötzlich raste sein Puls. Er spürte, wie sein Herz gegen den verletzten Brustkorb hämmerte, so heftig, dass es trotz der Medikamentenbrühe in seinen Adern wehtat.

Was, wenn der unbekannte Jemand in sein Krankenzimmer käme, um die Sache zu Ende zu bringen, solange er sich nicht wehren konnte? Eine unvergessliche Szene aus *Der Pate* kam ihm in den Sinn. Vito Corleone, wie er hilflos im Krankenhausbett liegt, nur von seinem Sohn Michael und dem entsetzten Enzo, dem Schwiegersohn des Bäckers, beschützt. Was für ein Glück, dass der Don Michael bei sich hatte und nicht Sonny; Michael besaß den Weitblick, eine Krankenschwester zu bitten, das Bett seines Vaters in ein anderes Krankenzimmer zu schieben, um ihn vor dem Mann, der ihn ermorden wollte, zu beschützen.

Rivers hatte keinen solchen Sohn und übrigens auch sonst niemanden, der bei ihm Wache gestanden oder ihn in ein anderes Zimmer geschoben hätte, falls tatsächlich ein Mörder hinter ihm her war. Das brachte ihn auf den erschreckenden Gedanken, dass möglicherweise Isobel seinen Tod befohlen hatte. Hatte der Land Cruiser nicht exakt dieselbe Farbe gehabt wie der ihre? Aber warum sollte sie so etwas tun? Er hatte ihr noch immer nicht die Informationen zu Benjamin Butler geliefert, die er für sie herausfinden sollte. War sie ungeduldig geworden? Oder, schlimmer noch, hatte jemand, der hierarchisch über ihr stand, den Mordauftrag erteilt? Die Erinnerung an Yana Bardinas Beerdigung, zu der Isobel ihn absichtlich zur Warnung mitgeschleppt hatte, war und blieb eine frische Wunde in seinem Gedächtnis. Was auch immer stimmte, Tatsache war, dass er sich noch nie so einsam und verlassen gefühlt hatte wie gerade jetzt.

Genau in diesem Augenblick trat mit einem Klacken teurer High Heels ebendiese Isobel ins Zimmer.

40

»Es hätte wohl schlimmer kommen können«, sagte Dr. Selsby, »wenn man bedenkt, dass Sie anscheinend in den letzten zweiundsiebzig Stunden mit einem Betonmischer nach dem anderen gerauft haben.« Dr. Adam Selsbys Lächeln verfehlte seine Wirkung auf Brenda nicht. Er war ein kräftiger, selbstbewusster Mann mit einem blonden Haarschopf und einem forschenden Blick. Da er geheimdienstlich überprüft worden war, brauchte Brenda nichts vor ihm zu verbergen, was sie sehr erleichterte.

»All Ihre Tests sind unauffällig«, fuhr Dr. Selsby mit einem Blick auf sein iPad fort: »EEG, EKG, MRT, die ganze Palette.« Er sah Brenda ins Gesicht. »Aber Sie sind noch nicht über den Berg. Ich verschreibe Ihnen mindestens zehn Tage Bettruhe.«

Das Krankenzimmer lag in einem abgesperrten Stockwerk. Hier kamen nur Geheimdienstbeamte herein. Im Rückblick auf den Vorfall vor dem St. Agnes hatte Brenda wenig Vertrauen zu diesen Sicherheitsvorkehrungen.

»Ihr Körper hat viel einstecken müssen, Brenda. Mehr, als man ihm zumuten sollte. Und dabei rede ich noch gar nicht von dem psychischen und emotionalen Stress.« Er klemmte sein iPad unter den Arm. »Ehrlich gesagt ist es ein Wunder, dass Sie keine Gehirnerschütterung haben. Und es ist sehr gut möglich, dass Sie innerhalb der nächsten Woche einige oder alle Symptome einer

PTBS entwickeln werden. Das ist ein weiterer Grund, warum ich Bettruhe anordne. Ihnen ist vielleicht aufgefallen, dass ich ›anordne‹ gesagt habe und nicht ›verschreibe‹. Ich meine das todernst. Ohne angemessene Ruhe könnten Sie sich selbst mehr Schaden zufügen, als es den Betonmischern gelungen ist. Klar?«

»Wie Kloßbrühe.«

Wieder dieses Lächeln, so herzlich wie eine Schule von Delfinen, die sie munter in ihre Mitte nahmen. »Unten erwartet Sie ein Wagen mit einem Fahrer.« Er drückte Brenda zwei Fläschchen in die Hand und fügte hinzu: »Vicodin und Ambien. Ich brauche Sie wohl nicht zu ermahnen, beides nicht zu missbrauchen.« Er streckte ihr die Hand hin, und Brenda ergriff sie. Sie war kühl und trocken und so fest wie seine Stimme. »Gehen Sie nach Hause. Ruhen Sie sich aus. Ich wünsche Ihnen Frieden und ein langes Leben.«

Brenda ging tatsächlich nach Hause. Ihr blieb gar keine andere Wahl. Butlers Leute begleiteten sie nicht nur bis zu ihrer Wohnungstür, sie kamen sogar mit ihr herein und suchten die Wohnung ab, vermutlich nach Wanzen. Sie stocherten überall herum.

»War ein Spion unter dem Teppich versteckt?«, neckte sie die Kollegen, als sie sie zur Tür begleitete. Die erwiderten nichts. Offensichtlich kannten sie keinen Humor, nicht einmal den von der grimmigen Sorte.

Dann saßen sie eine volle Stunde in ihrem Wagen vor Brendas Mietshaus, rauchten und unterhielten sich – worüber? Über Brendas Unterwäsche, die sie gerade befingert hatten? Offensichtlich hatten sie ihre eigenen Befehle bezüglich Brendas Zwangsurlaubs.

Es hätte Brenda Freude bereiten sollen, wieder in ihrem Zuhause zu sein, aber warum marschierte sie dann in ihrem Wohnzimmer auf und ab wie ein Tiger im Käfig? Schließlich ging sie ins

Bad und duschte heiß und ausgiebig, genoss den Wasserstrom, der über sie hinwegrauschte und die Schichten von Schweiß und Schmutz abwusch. Sie schloss die Augen unter dem dampfenden Strahl, dessen sanfter, beharrlicher Druck an die Finger einer Masseurin erinnerte. Als sie schließlich aus der Dusche trat und sich abtrocknete, genoss sie das Prickeln ihrer sauberen Haut. Doch das war nur die Oberfläche. Darunter brodelte noch immer die Dunkelheit der letzten drei Tage und umschloss sie mit ihrer giftigen Umarmung.

Dennoch zwang sie sich, ins Bett zu gehen, und schlüpfte zwischen die süß duftenden Laken. Der weiche Stoff schmiegte sich angenehm an ihre Haut. Doch Schmerzen hatte sie trotzdem noch. Sie drehte sich zur Seite und betrachtete die beiden Fläschchen, die Dr. Selsby ihr gegeben hatte. Sie hasste es, Medikamente zu nehmen, denn sie war im Glauben aufgewachsen, man könne jeden Schmerz und jeden Anfall von Schlaflosigkeit allein durch Willenskraft besiegen. Jetzt tat ihr Körper allerdings an so vielen Stellen so heftig weh – nicht zuletzt an der Schläfe, wo Dave Gilly sie mit dem Lauf der Springfield-Pistole geschlagen hatte –, dass sie ganz entschieden in Versuchung war, ein oder zwei Vicodin zu schlucken. Schließlich wandte sie jedoch den Blick ab, drehte sich auf die andere Seite und dachte an Evan.

Besser, sie dachte an Evan als an Peter. Brenda hatte einen kleinen Wissensschatz über Nemesis, Charles Isaacs und Voron gesammelt, den eine Augenzeugin – nämlich sie selbst – an Evan überbringen sollte, denn nur Brenda konnte Einzelheiten berichten, die sonst keiner kannte. Doch sosehr sie sich auch auf diesen Ausschnitt der Gegenwart zu konzentrieren versuchte, ihre Gedanken kehrten unablässig zu Peter zurück. Sein Verrat war ein Vertrauensbruch, der sie tief ins Herz traf. Er hatte in ihr Innerstes gegriffen und ein Stück herausgerissen. Er hatte sie nicht einfach nur für dumm verkauft, sondern sich an ihrer Abwehr vorbei in ihr Vertrauen geschlichen und sie trotz all ihrer Kompetenz zur Witzfigur gemacht. Schlimmer noch, er hatte ihren Instinkt getäuscht. Die Liebe hatte sie blind für sein niederträchtiges, wahres Selbst gemacht. Und so schwer ihr das Eingeständnis auch fiel, sie empfand außerdem auch Scham – die Scham einer Vergewaltigten, auch wenn das nichts mit Sex zu tun hatte, aber doch mit Macht, Kontrolle und einem Missbrauch, der nicht körperlich gewesen war. Allem drei, Macht, Kontrolle und Missbrauch, hatte Peter sie ausgesetzt, das empfand sie nun, da sie die Wahrheit über ihn kannte, deutlich.

Dann weinte sie, denn sie fühlte sich gebrochen, verletzlich und ausgeraubt. Vor Erbitterung bebend, weinte sie sich in den Schlaf.

Es war noch dunkel, als sie erwachte, und die Betäubung des Schlafs reichte gerade, um den Schmerz fünfzehn Sekunden in Schach zu halten, bevor er sie erneut überfiel. Sie stöhnte laut auf und grub die Finger ins warme Bettlaken unter ihr, als wäre es etwas Lebendiges, an dem sie ihre Wut und ihren Kummer auslassen konnte.

Als sie in ihrem fortdauernden Leid Selbstmitleid erkannte, setzte sie sich im Bett auf, ignorierte den Schmerz, stand auf, ging zu ihrer Kommode, dann zu ihrem Wandschrank und zog Jeans, ein langärmliges Flanellshirt und mitternachtsblaue Sneaker an. Sie setzte sich aufs Fußende ihres Bettes, um sich die Schuhe zu binden, und als sie sich wieder aufrichtete, drehte sich das Zimmer so heftig um sie, dass sie die Bettdecke umklammerte.

Mit hämmerndem Herzen wartete sie ab, ihr Atem kam stoßweise. Dann riss sie sich zusammen und ging zur Prana-Atmung über, langes, tiefes Einatmen und ein Ausatmen bis ganz hinunter zum Schambein, wie ihr Kampfsport-Sensei es sie für Zeiten von

Anspannung oder Stress gelehrt hatte. Derzeit litt sie unter beidem. Aber Selbsterkenntnis ist der erste Schritt zur Besserung, wie ihr Sensei gesagt hätte. Und Maßnahmen zu ergreifen, war der zweite.

Tief hinten in ihrem Wandschrank, wo nicht einmal Butlers Leute gesucht hatten, zog sie eine Ecke des Teppichs hoch und brachte darunter zwei lose Bodendielen zum Vorschein. Darunter holte sie eine matt olivgrüne Munitionskiste hervor und nahm einen gefälschten Reisepass heraus, dem zufolge sie Amy Kendall war und von dem nicht einmal Butler wusste. Außerdem entnahm sie mehrere weitere Dokumente und zehntausend Dollar in Scheinen. Sie stellte die Munitionskiste in ihr Versteck zurück, legte die Bodenbretter wieder darüber und bedeckte alles mit dem Teppich. Dann stand sie langsam auf, packte eine kleine Reisetasche mit Kleidung und den notwendigsten Toilettenartikeln, nahm einen schwarzen Lammfellmantel aus der Flurgarderobe, vergewisserte sich mit einem Blick aus dem Wohnzimmerfenster, dass der Wagen weg war, trat aus der Wohnung und schloss die Tür hinter sich ab.

Nie zuvor war sie ein Opfer gewesen. Und sie war fest entschlossen, auch nie wieder eines zu werden.

• • •

»Isobel, du siehst großartig aus.« Vor Entsetzen war Rivers' Lächeln zu breit und seine Stimme zu brüchig.

»Und du kleines Würstchen siehst aus wie etwas, das ich mir gerade von der Schuhsohle gekratzt habe.«

Isobel lächelte nicht. Während sie sich ihren schwarzen, capeähnlichen Mantel von den Schultern streifte, kam sie über den

Linoleumboden auf ihn zu. Rivers zuckte zusammen und schaffte es nicht, sie anzusehen.

»Du solltest für mich arbeiten? Wie kommst du dazu, dich stattdessen überfahren zu lassen?«

»*Beinahe* überfahren zu lassen.«

»Hm.« Isobel stemmte die Fäuste in die Hüften. »Von hier aus kann ich keinen Unterschied erkennen.«

Rivers blickte auf, sichtlich gekränkt und in der Hoffnung, endlich ein wenig Mitgefühl zu ernten. Sie trug einen preiselbeerroten Tweedanzug, der ihre Figur betonte. Ihr Haar war zu etwas zurückgebunden, was bei anderen Frauen vielleicht ein altmodischer Knoten gewesen wäre; bei ihr betonte er ihre Eleganz nur noch. Rivers musterte sie von Kopf bis Fuß. Sie hatte endlos lange, schlanke Beine.

»Der Blick eines Mannes hat mich noch nie gestört«, sagte Isobel. »Er bestärkt mich.«

»Worin?«, fragte Rivers, der seinen ganzen Mut zusammennahm. »Darin, mich zu ermorden?«

»Dich zu ermorden?« Isobels Lippen öffneten sich zu einem kreisrunden O. »Wie kommst du denn darauf?«

»Das Fahrzeug, das mich überfahren wollte, war ein kirschroter Land Cruiser.« Er zog sich in eine sitzende Haltung hoch. »Du besitzt einen kirschroten Land Cruiser, Isobel. Ich bin schon darin gefahren.«

Isobel wollte Rivers gerade sagen, wie sehr er sich irrte und wie gern auch sie selbst wüsste, wer es auf ihn abgesehen hatte, doch da bemerkte sie, dass er absolut verängstigt war. Jetzt hatte Rivers noch viel mehr Angst als damals, als sie ihn zu Yana Bardinas Beerdigung mitgeschleppt hatte. Nichts schaffte mehr Klarheit im Kopf als eine Nahtoderfahrung. Und so wechselte sie erst einmal den Kurs und schoss ins Blaue.

»Du verheimlichst mir etwas, Riley.«

Rivers war sofort außer sich vor Entsetzen. »Wie meinst du das?« Seine Stimme klang in der Panik eine Oktave höher. »Ich wollte dir gerade die geforderten Informationen überbringen – und mehr als das, wie ich hinzufügen könnte –, als du mich um ein Haar getötet hättest.«

»Nun, dazu kommen wir gleich, Riley.« Sie trat ganz dicht an sein Bett. »Es gibt da noch etwas, etwas, was du vor mir verheimlichst, seit ich dich angeworben habe.«

»Ich weiß nicht …«

Sie musterte sein Gesicht genau, jeden auch noch so schwachen, flüchtigen Ausdruck, der darüberhuschte. »Du hebst es für den Notfall auf.«

»Nein, ich …«

»Dieser Notfall ist da, Riley. Er hat dich an der Kehle gepackt, und entweder du spuckst es aus, oder du bist am Arsch.«

»Okay, okay.« Rivers hatte die Augen aufgerissen, und seine Hände zitterten. Er leckte sich über die Lippen. »Es geht um Brady Thompson.«

Isobel zog die Augenbrauen hoch. »Den Verteidigungsminister? Was ist mit ihm?«

»Er arbeitet für die Russen.«

»Was?«

»Das stimmt.« Rivers war zugleich erfreut und erleichtert, dass er sie mit einer verwertbaren Information überraschen konnte. »Er steht schon seit einer Weile in ihrem Dienst.«

»Wie haben die Russen …? Mit Sex? Geld? Womit?«

»Er hatte sich mit spekulativen Investments und Immobiliendeals völlig verrannt. Als alles floppte, konnte er sich an niemanden wenden. Dann übernahmen die Russen und halfen ihm aus der Patsche, für ihren üblichen Preis.«

»Das kann ich mir vorstellen.« Isobel versuchte immer noch, die erstaunliche Enthüllung zu verdauen, dass Thompson von Russland aus gesteuert wurde. Sie wusste, dass die US-Regierung sich der russischen Maulwürfe kaum erwehren konnte – sie und Ben arbeiteten jeder für sich und auch gemeinsam im Verborgenen daran, sie aufzuspüren. Sie war zu sehr auf Ben konzentriert gewesen, den einen Menschen, bei dem sie einen Tunnelblick bekam; und so war sie bei Thompson nicht am Ball geblieben. »Ich könnte wetten, dass die Russen auch dahintersteckten, dass Thompsons Deals überhaupt gefloppt sind.«

»Jesus«, sagte Rivers. »Der Gedanke ist mir noch nie gekommen.«

»Deshalb verdiene ich auch mehr als du«, erwiderte sie trocken.

Er lachte ohne eine Spur von Belustigung.

»Hast du irgendwelche Beweise?«, war ihre nächste Frage.

»Leider nein.«

»Was ist mit schriftlichen Mitteilungen, nachrichtendienstlichen Informationen, was auch immer?«

»Mein Führungsoffizier sagte mir, dass Thompson unangreifbar sei, absolut geschützt. Er sagte, sein politischer Stern steige. Nun sei es entscheidend, dass er den Zenit erreiche und nicht vorzeitig sinke.« Rivers leckte sich über die Lippen. »Daraus habe ich geschlossen, dass Thompson von einem anderen Corpus übernommen worden ist.«

»Corpus?«

»So hat er es ausgedrückt. Thompson war ursprünglich ein SVR-Spion, aber ich glaube, dass er das nicht länger ist.«

Isobels Gesicht verdüsterte sich. »Und du hast dieses Gespräch nicht aufgenommen?«

Rivers breitete die Hände aus. »Um mich eines Tages selbst zu beschuldigen? Nein, nein, auf keinen Fall.«

»Und du hast mir nichts davon erzählt. Du Idiot. Du hast nicht für fünf Cent nachgedacht.«

Rivers ließ den Kopf hängen.

Auf zum nächsten Punkt, dachte Isobel, obwohl ihr klar war, dass sie ihm nie wieder würde vertrauen können. Ohnehin hätte sie ihm von Anfang an nicht vertrauen sollen. »Okay, Riley, nun zur Information, wer hinter den Angriffen steckt, mit denen man Benjamin Butler in den sozialen Medien überzieht.«

»Okay, nun, es hat ein wenig gedauert …«

»Ach, jetzt mal los, Riley!«

»Dahinter steckt ein Netzbot namens Soul Searcher.«

»Der von wem genau betrieben wird?«

»Nicht vom SVR, nicht von meinem Führungsoffizier. Dessen habe ich mich vergewissert. Also, ich kann mir nicht hundertprozentig sicher sein, aber ich glaube, dass der GRU dahintersteckt, der russische Militärge…«

»Ich weiß, was der GRU ist, Riley.«

»Okay, anscheinend sind vor zwei Monaten die üblichen GRU-Netzbots APT 28 und Fancy Bear verstummt. Seitdem haben sie kein Lebenszeichen mehr von sich gegeben. Einige Tage später legte Soul Searcher los. Diese Koinzidenz kann nicht rein zufällig sein, daher müssen die Russen hinter Soul Searcher stecken. Und noch etwas: Der Soul-Searcher-Netzbot ist weitaus raffinierter als seine beiden Vorgänger. Die Russen müssen einen technologischen Quantensprung gemacht haben. Also, meine Vermutung lautet, dass der GRU aus welchem Grund auch immer beschlossen hat, diesen Benjamin Butler aufs Korn zu nehmen. Hast du eine Idee, warum?«

Die hatte Isobel: weil Ben die größte Bedrohung für ihr amerikanisches Spionagenetzwerk war. Aber warum gerade jetzt und so aggressiv ... es musste etwas damit zu tun haben, dass Ben auf der Jagd nach dieser Nemesis-Gruppe war. Diese Gedanken würde Isobel natürlich nicht mit Rivers teilen. Und sie war sich sicher, dass sie noch wesentlich mehr nützliche Informationen aus ihm herauskitzeln konnte.

»Nun, in Bens Adern fließt jüdisches Blut, und darauf haben sie es abgesehen. Aber das kann nicht die Antwort sein. Zumindest nicht die ganze Antwort. Es muss noch einen weiteren Grund geben, etwas, das uns entgeht. Noch.« Sie dachte kurz nach. »Kannst du vielleicht deinen netten russischen Führungsoffizier fragen, ob er eine Ahnung hat, warum der GRU Butler angreift?« Ihre Stimme hatte einen völlig anderen Tonfall angenommen. Sie war nun weicher und mitfühlender. Rivers hob den Kopf. Er lächelte dünn. *Wenn man die einfachste Psychologie versteht, lassen Männer sich so leicht manipulieren. Im Herzen sind sie einfach nur kleine Jungs.* Mit diesem Gedanken setzte sie sich auf seine Bettkante und schlug ein Bein übers andere, damit er etwas zu sehen bekam.

»In dieser Hinsicht ist er nicht besonders zugänglich.« Der eben noch am Boden zerstörte Rivers wirkte schon wieder munterer. »Und wenn ich ihn nach Soul Searcher frage, wird er sicher misstrauisch.« Er zog die Augenbrauen zusammen. »Ich nehme an, deshalb hast du nicht deinen eigenen Führungsoffizier gefragt.«

Sie schloss einen Moment lang die Augen, sammelte sich und überlegte, wie sie weitermachen sollte, nachdem die Faktenlage nun eine andere war. Wie sollte sie die Information über Thompson, die sie Riley entlockt hatte, verwenden? Nicht nur, um Ben zu beschützen, sondern auch für andere Zwecke? Als sie die Augen aufschlug, ertappte sie Rivers dabei, dass er sie anstarrte. »Riley, ich weiß, dass es noch etwas gibt, was du mir gern sagen würdest. Jetzt ist die richtige Zeit dafür.«

»Es gibt nichts ...«

»Wenn du mich jetzt belügst, kannst du dich von deiner Karriere und deinem Leben verabschieden, Riley.«

Er hob die Hände, als wollte er einen Schlag abwehren. »Okay. Aber ... Zu meiner Verteidigung: Ich habe das mit Thompson nur deshalb zurückgehalten, weil, na ja, weil es mir peinlich war, keine Beweise zu haben. Ich hätte dir nichts als mein Wort geben können, dass er für die Russen arbeitet.«

Isobel seufzte tief. »Was habe ich dir gesagt? Was passiert, falls du mir etwas zu verheimlichen versuchst?«

»Dann hast du also tatsächlich versucht, mich ermorden zu lassen.«

»Sei doch nicht dumm, Riley. Warum hätte ich einen Mordanschlag auf dich verüben sollen, obwohl du mir noch am selben Tag die von mir geforderten Informationen geben wolltest?«

Rivers runzelte die Stirn. »Anscheinend denke ich nicht klar.«

»Denkst du überhaupt? Schau mal, jeder weiß, welchen Wagen ich fahre. Wie schwierig mag es wohl sein, sich einen zu besorgen, der genauso aussieht?«

»Und du meinst, mit dieser Kopie hat man versucht, mich zu überfahren?«

»Das ist die erste kluge Bemerkung, die ich heute von dir gehört habe. Hast du zufällig das Kennzeichen gesehen – oder zumindest einen Teil davon?«

»Alles ist so schnell gegangen, und ich stand unter Schock ... ich meine, das verstehst du doch bestimmt ...« Er senkte den Kopf. »Okay, also wenn du es nicht warst, wer war es dann?«

Sie tippte sich mit dem Zeigefinger an die Unterlippe. »Wer

auch immer es war, er wollte auf jeden Fall, dass du *mich* für die Täterin hältst.«

»Dann hat er sein Ziel erreicht.« Rivers schüttelte den Kopf und bereute es sofort, weil ihm gleich darauf erneut die Brust wehtat. »Aber hast du irgendeinen bestimmten Fahrer im Sinn?«

»Hm, na ja, die Liste ist sehr kurz. So gut wie niemand wusste, dass ich dich damit beauftragt hatte, herauszufinden, wer hinter der Desinformationskampagne gegen Butler steht.«

»Du meinst, außer dir und mir wusste noch jemand anders Bescheid?«

Isobel antwortete nicht. Sie holte ihr Handy hervor und gab auf dem Weg zum Fenster hinten im Zimmer eine Schnellwahlnummer ein. Sie lauschte einen Moment und sagte dann: »Ich weiß, dass du mitten in der Arbeit steckst. Ich weiß, dass du überlastet bist und dass ihr unterbelegt seid. Aber es ist mir egal.« Sie teilte ihrem Gesprächspartner den Namen und die Adresse des Krankenhauses mit und außerdem Rivers' Zimmernummer. »Komm jetzt gleich her.«

Sie unterbrach die Verbindung, bevor der andere weitere Ausflüchte vorbringen konnte, und wandte sich wieder Rivers zu. »Okay, Riley, komm zur Sache. Spuck es aus!«

41

»Innerhalb der nächsten Stunde«, hatte Alli gesagt, aber mehr als neunzig Minuten vergingen ohne den versprochenen Rückruf. Limas war inzwischen wach. Evan verfolgte, wie er sich erhob und mit steifen Beinen zur Toilette ging. Als er herauskam, begab er sich zur Kombüse und ließ sich vom Flugbegleiter zwei Tassen Kaffee einschenken. Damit kehrte er zurück und reichte die eine Evan, bevor er sich in den Nachbarsessel fallen ließ.

»Was ist vorhin beim Flughafensicherheitsdienst passiert?«, fragte er und trank einen Schluck Kaffee.

»Wir sind aufgeflogen«, antwortete Evan. »Jemand vom GRU hat unseren Aufenthaltsort herausgefunden.«

»Das ist beunruhigend, oder?«

Evan sah Limas scharf an. »Wer mag ihnen wohl den Tipp gegeben haben?«

Limas' Becher schwebte kurz vor seinen Lippen. Jetzt ließ er ihn sinken. »Du glaubst doch nicht etwa, dass ich es war, oder?«

»Die Vermutung liegt nahe.«

Als Evan ihren Kaffee wegstellte, ohne davon getrunken zu haben, schnaubte Limas, griff nach Evans Becher und trank demonstrativ ein paar große Schlucke. »Zufrieden?«

Evan nahm den Becher entgegen und trank.

»Ich habe niemanden angerufen oder auf andere Weise kontaktiert, und schon gar nicht jemanden von der russischen Seite. Außerdem bin ich ja nach deiner Meinung ein Kumpel von Anton Gorgonov. Und selbst wenn es so wäre – was nicht stimmt – und ich ihm alles erzählt hätte, wie wäre die Information dann zum GRU gelangt?«

In gewisser Weise hatte er recht, das war Evan klar. Andererseits konnte man angesichts der verschärften Feindseligkeit zwischen Gorgonov und General Boyko davon ausgehen, dass beide Seiten von Maulwürfen unterwandert waren. Sie beschloss, eine ganz andere Richtung einzuschlagen. »Hast du vergessen, dass *du* die russische Seite bist, Peter?«

»Hast du Tante Lyudmila für jemanden gehalten, der auf der russischen Seite steht?« Als Evan nichts erwiderte, fuhr Limas fort: »Ich weiß, dass ich nicht Tante Lyudmila bin, aber ganz ehrlich, da sie nicht da ist, bin ich wohl der beste Ersatz. Und so oder so bin ich alles, was du hast.«

»Vielleicht.« Evan trank noch einen Schluck Kaffee, der stark und kräftig im Geschmack war, genau wie sie ihn mochte. »Aber die Frage drängt sich auf, wer hier wen hat.«

»Das ist das ewige Rätsel zwischen Liebenden und Freunden.«

»Da wir weder das eine noch das andere sind, ist das irrelevant.«

»Na ja, wir haben jedenfalls *irgendeine* Bedeutung füreinander.« Nach dieser Erklärung trank Limas seinen Becher leer, lehnte sich in seinem Sessel zurück und schloss die Augen.

Dann läutete Evans Handy. Sie stand auf und begab sich durch den Mittelgang in einen abgelegenen Winkel, wo sie das Gespräch ohne Zeugen führen konnte.

»Eigentlich sollte Charles diese Information persönlich überbringen, aber nun mache ich es selbst«, sagte Alli ohne Vorrede. »Wir wissen absolut sicher, dass das berüchtigtste Geheimgefängnis des US-Verteidigungsministeriums seine Arbeit wieder aufgenommen hat.«

»Was? Das Black-Site-Programm ist doch schon seit Jahren tot und begraben.«

»Wiederauferstanden, meine Liebe.«

»Um welches Black Site geht es?« Evan hatte keine guten Erinnerungen an die Mitarbeiter des Verteidigungsministeriums. Überhaupt keine.

»Wir sind uns nicht sicher. Falls wir jemals Aufzeichnungen über solche Black Sites hatten, sind sie vor einigen Jahren bei einem Brand verloren gegangen. Aber wie alle bisherigen Geheimgefängnisse des Verteidigungsministeriums befindet sich auch dieses an einem Ort, mit dem man niemals rechnen würde. Wir haben lange die Informationen aus den unterschiedlichsten Quellen zusammengepuzzelt und sind zu dem Schluss gelangt, dass dieses Black Site in Deutschland zu finden ist.«

42

Als Roger Hollis Riley Rivers' Krankenzimmer betrat, traf er dort nur eine einzige Person an. Isobel ruhte mit übereinandergeschlagenen Beinen auf dem Bett.

»Weißt du, bei dem alten Kerl dort draußen ist – wie die Ärzte sagen – der Exitus eingetreten«, sagte er und deutete mit dem Daumen über die Schulter. »Warum liegt er noch im Flur?«

»Bin ich Dr. House?« Isobel schwang die Beine aus dem Bett, sprang auf und stellte sich ihm gegenüber.

Hollis runzelte die Stirn. »Wo brennt's denn?«

»Immer da, wo du bist, da brennt es, Roger«, sagte sie und ging an ihm vorbei, um die Tür zu schließen.

Hollis' Stirnrunzeln vertiefte sich. »Und was genau soll das bedeuten?«

»Nun, das wirst du mir sagen.«

»Was?« Hollis rieb sich über die bläulichen Stoppeln auf seiner kantigen Kieferpartie. Es war ersichtlich, dass er bis tief in die Nacht aufgeblieben war und zu wenig geschlafen hatte. »Hast du den Ver…? Weißt du, ich glaube, diese Begegnung mit Peter und seiner Freundin Louise Steadman hat dich nachhaltig verstört.« Er schüttelte den Kopf. »Du bist offensichtlich nicht du selbst.«

»Nun, dasselbe könnte ich über dich sagen, denn jemand in diesem Zimmer ist nicht er selbst, aber um mich geht es dabei definitiv nicht.« Sie trat ganz dicht an ihn heran und starrte ihm ins Gesicht. Seine Augen glommen wie Bärenfallen, die gleich zuschnappen werden. »Nein, verstehst du, Roger, heute, genau jetzt, bin ich mehr ich selbst als jemals zuvor.«

»Isobel, du redest Unsinn.«

»Warum hast du versucht, Riley Rivers zu überfahren?«

»Was sagst du da?«

Er trat einen Schritt zurück, doch sie folgte ihm und blieb so dicht vor ihm stehen wie zuvor.

»Warum hast du ein Fahrzeug verwendet, das genauso aussieht wie meines? Warum wolltest du bei ihm den Eindruck erwecken, dass ich es auf sein Leben abgesehen habe?«

Hollis wich einen weiteren Schritt zurück, doch sie folgte ihm erneut. Nun stand er mit dem Rücken an der Seitenwand des Zimmers. Mit dem Kopf stieß er gegen einen billigen Druck und verschob dabei den Rahmen. Er öffnete den Mund und schloss ihn wieder, ohne einen Laut von sich zu geben, geschweige denn ein Wort.

»Aber ich kenne die Antwort auf meine Frage ja schon, Roger. Du bist eine Natter an meiner Brust, der Nagel zu meinem Sarg oder – wie die Briten sagen – ein Schraubenschlüssel im Getriebe.«

»Was um alles in der Welt ...?«

Sie stach ihn mit dem ausgestreckten Zeigefinger in die Brust. »Inzwischen verstehe ich es. Du willst nicht, dass ich meine Informationen noch von irgendjemand anderem bekomme. Du bist eifersüchtig. Aber warum? Stehst du auf mich? Oder hast du Angst davor, was ein anderer Belastendes über dich aufstöbern könnte?«

»Scheiße, jetzt mach mal einen Punkt ...!«

»Wie viele Organisationen bezahlen dich für deine Data-Mining-Software? Limas hat dir geholfen, ein Unternehmen aufzubauen, um Gutes zu tun, und was stellst du hinter seinem Rücken damit an? Stichwort Nemesis und die Russen. Aber welche Russen? Nicht der SVR und nicht der FSB. Dann bleibt nur ein Dienst übrig: der GRU.«

»He, ich dachte, wir stecken da gemeinsam drin. Wen schert es, für welche Russen wir arbeiten? Sind wir nicht ein Team?«

»Wir stecken in gar nichts gemeinsam drin, Roger. Und zwar noch nie.«

Nach einem Moment der Erschütterung sagte er: »Was bist du dann? Eine Doppelagentin?«

»Hier geht es nicht um mich.« Isobel sah Hollis weiter unverwandt an. Er war eine ihrer Zielpersonen. Sie wusste eine Menge über ihn, aber nicht alles. Jetzt war die Zeit gekommen, die letzten Schichten freizulegen.

In diesem Augenblick ging die Badezimmertür auf, und Rivers trat in Straßenkleidung heraus. Er verharrte ganz kurz mit zusammengezogenen Augenbrauen. Er hatte diesen Mann schon einmal gesehen – dessen war er sich sicher –, aber wo? Dann kam die Erinnerung zurück. Er war die Person, auf der Isobels Blick während Yana Bardinas Beerdigung geruht hatte. Mit bleichem Gesicht trat Rivers vor und stellte sich neben Isobel. »Woher weiß dieser Scheißkerl von mir?«

»Ich habe gesehen, wie du Isobels Haus verlassen hast«, antwortete Hollis nüchtern. »Anschließend konnte ich dein Nummernschild erkennen, und mehr brauchte ich nicht, um durch Data-Mining an deine Daten heranzukommen. Auch wenn deine Verbindung zu Isobel immer noch … Auu!«

Ein weiterer Stoß mit Isobels Zeigefinger, diesmal fester, ließ Hollis nach ihrem Finger greifen, gewillt, ihn zu brechen und sie auf die Knie niederzuzwingen, wo sie seiner Meinung nach zweifellos hingehörte. Doch sie hatte diesen körperlichen Angriff vorhergesehen und rammte ihm das Knie in den Schritt. Aus den Tiefen seiner Bauchhöhle ertönte ein gequältes Zischen, wie wenn einem Ballon die Luft entweicht. Blitzschnell trat sie zur Seite, während er gekrümmt zusammenbrach.

»Ein gottverdammter Maulwurf«, sagte sie.

»Das hab ich auch gehört«, schnaufte Rivers. »Für den GRU. Für Boyko.«

»Es hat den Anschein.« Isobel zog Hollis' Kopf an seinem schütteren, schweißnassen Haar nach oben und starrte ihm ins schmerzverzerrte Gesicht. »Nicht wahr, Roger?«

»Fick dich ins Knie«, knurrte der mit dumpfer Stimme.

»Ich würde sagen, als Maulwurf hast du deine Sache gut gemacht.« Ihre geballte Faust traf seinen Kiefer und renkte ihn aus.

»Auu!« Eine der beiden Hände, die er schützend vor seine Genitalien gehalten hatte, flog hoch zur Wange. Beim Betasten des verletzten Gelenks gab er erneut ein gequältes Geräusch von sich, diesmal noch kläglicher.

Isobel hockte sich vor ihm nieder. »Folgendes wissen wir: Seit zwei Monaten verwendet der GRU einen neuen, extrem hoch entwickelten Netzbot namens Soul Searcher. Ich bezweifle, dass sie das ohne deine Hilfe geschafft hätten. Habe ich recht, Roger?«

Sie schlug ihn erneut. »Wie wäre es, wenn du mir erzählst, warum du dich mit General Boyko verbündet hast.« Sie wandte sich halb zu Riley um. »Was hast du noch einmal über Soul Searcher herausgefunden, Riley?«

»Dass er weit höher entwickelt ist als APT 28 oder Fancy Bear.«

»Das ist also unser Beweis, Roger«, sagte Isobel. »Dem GRU ist bei seinen Software-Tools ein echter Quantensprung gelungen.« Sie legte den Kopf schief. »Wie viel hat der GRU dir für deine Dienste gezahlt?«

Hollis versuchte es ein weiteres Mal, doch als er »Wer?« sagen wollte, kam nur »Eer?« heraus. Er konnte die Lippen nicht spitzen.

»Der GRU.« Isobel konnte es sich jetzt leisten, geduldig zu sein. »Der Drecksack Boyko, dem du den Hintern wischst.« Sie schnalzte bedauernd mit der Zunge. »Aber was habe ich mir nur gedacht? Es tut mir schrecklich leid, Roger. Ich hätte dir niemals den Kiefer ausrenken sollen.« Mit diesen Worten umfing sie seine Kieferpartie. Ohne das Entsetzen in seinem Gesicht zu beachten, sammelte sie ihre Kräfte. Ein starker Ruck mit beiden Händen ließ ihn wie einen verwundeten Bären aufheulen. »Nun, nun«, sagte sie sanft. »Ist es jetzt besser?« Mit seinen rot geränderten Augen starrte er sie flehend an. Sie holte tief Luft und stieß den Atem langsam wieder aus. »Weißt du was, Roger, mir wird gerade klar – ein wenig spät, wie ich zugeben muss –, dass du nicht für diese Art von Leben geschaffen bist. Yana hat dich hineingezogen, aber es war eine Venusfliegenfalle. Inzwischen wurde sie ermordet, und du steckst tief drin im Schlamassel.«

»Du hast recht. Natürlich hast du recht. Aber verdammt, ich habe sie geliebt. Ich war so verblendet, dass ich alles getan habe, worum sie mich gebeten hat.« Seine Stimme war verwaschen, und seine Worte kamen lallend heraus, da er noch mit dem Schmerz kämpfte, der beim Ausrenken und Wiedereinrenken seines Kiefergelenks entstanden war.

»Wie ist es geschehen?« Isobel hockte sich auf die Fersen und hörte ihm aufmerksam zu.

»Die Software, die wir entwickelt hatten, fiel dem GRU ins Auge. Einer von Boykos persönlichen Mitarbeitern kontaktierte mich und berichtete mir, wer und was Yana war. Zunächst habe ich ihm nicht geglaubt, aber dann habe ich Fotos gesehen, auf denen sie mit anderen Männern zusammen war – und manche dieser Fotos waren …« Er verzog das Gesicht. »Du würdest nicht glauben, was sie diese Kerle hat tun lassen.«

»Du dachtest wohl, du wärst der Einzige, der solche Dinge mit ihr macht.«

»Den größten Teil davon kannte ich nicht einmal vom Hörensagen, bevor ich Yana kennenlernte«, jammerte Roger. »Diese Sachen waren so … befriedigend. Mir wurden die Knie davon weich.«

»Ich weiß genau, wie die Russen arbeiten, Roger.«

Hollis blieb der Mund offen stehen. »Oh Gott, was habe ich getan?«

»Wieder und wieder.« Mit gefletschten Zähnen grinste sie auf Hollis hinunter.

Hollis ließ ein animalisches Stöhnen erklingen und wiegte sich hin und her, klagende Jammerlaute drangen tief aus seinem Inneren.

Isobels Zorn stieg erneut auf, und sie kämpfte darum, ihn unter Kontrolle zu behalten. »Boyko ist also dein Führungsoffizier?«

Hollis schien jetzt den Mund halten zu wollen. Sie machte eine plötzliche Bewegung auf ihn zu, und er zuckte zusammen. »Ja und nein«, antwortete er undeutlich. »Erst war er es, aber dann hat er mich an jemand anderen weitergereicht. Einen Mann namens Alice.«

»Alice«, sagte Isobel, als kostete sie den Namen auf der Zunge. *Wer zum Teufel war Alice?* Die Russen waren dafür berüchtigt, dass sie sich fast nie zu ihrem Personal äußerten; die meisten Führungsoffiziere wussten auch gar nicht, wen ihre Kollegen betreuten. Auf diese Weise zergliederten sie ihre Organisation in kleine Einheiten, um den Schaden zu begrenzen, sollte ein Spion auffliegen und beim Verhör den Decknamen seines Führungsoffiziers preisgeben. Doch da Isobels Zugang zu Geheimdienstinformationen seit ihren Mossad-Tagen noch weitgehend intakt war, hätte sie den Namen Alice wenigstens gehört haben sollen. Hatte sie aber nicht. »Erzähl mir mehr, Roger, wenn du nicht willst, dass ich dir den Kiefer wieder ausrenke.«

Hollis schloss kurz die Augen. Als er sie wieder aufschlug, lächelte Isobel ihn an.

»Ich bin immer noch da«, sagte sie. »Wer ist Alice?«

»Abgesehen davon, dass er vermutlich für den GRU arbeitet, für Boyko, habe ich keine Ahnung, das schwöre ich.« Hollis atmete bebend ein und stieß die Luft langsam wieder aus. »Boyko bezahlt mich vor allem für Informationen, die er für seine persönliche Bereicherung nutzt. Zumindest bin ich zu dieser Schlussfolgerung gelangt.«

»Ich glaube nicht, dass deine Schlussfolgerungen irgendetwas taugen«, erklärte Isobel so scharf, dass er zusammenzuckte. »Du Scheißefresser. Was hast du sonst noch nur für unsere Ohren?«

»Ich kann dir mehr über Boyko erzählen«, antwortete Hollis, der verzweifelt versuchte, seine Haut zu retten. »Mir scheint, dass alles, was Boyko derzeit im Schilde führt, persönliche Gründe hat.«

»Wieso?«, fragte Isobel.

»Das weiß ich nicht.«

»Hmm.« Isobel streckte die Hand aus und tätschelte sanft Hollis' Wange. Ihre Mundwinkel hoben sich, als er zusammenzuckte. »Ich glaube dir nicht, Roger.« Die Hand noch immer an seinem Unterkiefer, fügte sie hinzu: »Bitte, enttäusche mich nicht.« Hollis gab leise Schmerzenslaute von sich. Mit einem lauten Seufzer kapitulierte er. »Du weißt, dass Boyko und Gorgonov Schulkameraden waren, sie kennen sich schon ewig. Nun, sie befinden sich derzeit mitten in einer erbitterten Fehde.«

»Welchen Ursprungs?«, fragte Isobel.

»Unbekannt«, antwortete Hollis.

»Wirklich?« Sie sah ihn finster an. »Ich erwarte, dass du endlich reinen Tisch machst.«

Ein Blick in ihre unnachgiebigen Augen machte Hollis klar, dass er endgültig geliefert war. Er begriff, dass es nur eine einzige Möglichkeit gab, lebendig aus dieser Sache herauszukommen. »Ich denke, es könnte vielleicht mit ihren jeweiligen Geliebten zusammenhängen.«

Isobel spürte erregt, dass sie auf eine Goldmine gestoßen war. »Was genau meinst du damit?«

»Nachdem inzwischen beide Geliebte tot sind – ich glaube, jeder hat die des anderen ermordet –, scheint ihr Krieg eskaliert zu sein.«

Rivers hatte sich vorgebeugt und angestrengt auf jedes Wort gelauscht. »Jesus«, rief er aus. »Das weist alle Kennzeichen einer Blutfehde auf. Es ist wie mit den Clantons und den Earps. Mal sehen, ob es zu einer modernen Variante der Schießerei am O. K. Corral führt.«

»Aber wie hat es angefangen?«, fragte Isobel. »Das ist der Punkt, über den ich mehr wissen möchte.«

»Vielleicht war es so«, begann Rivers, richtete sich auf und holte tief Luft. »Okay. Also. Thompson war ein SVR-Spion, und jetzt ist er der Spion einer anderen Organisation. Angesichts der Fehde lautet meine Vermutung, dass er vom GRU abgeworben wurde. Und zwar genauer gesagt von General Boyko. Vielleicht hat die Fehde damit begonnen. Jedenfalls wäre Boyko der Einzige, der genug Macht hat, um so etwas durchzuziehen. Nun muss man bedenken, welchen Rang der Spion innehat. Thompson ist schließlich der Verteidigungsminister. Einen größeren Fisch kann ich mir nicht vorstellen.«

»Abgesehen vom Präsidenten der Vereinigten Staaten«, neckte Isobel ihn.

Als Rivers schließlich lachte, klang es ein wenig verunsichert. »Richtig. Natürlich. Aber so was …«

»Gibt es nur im Film?«, beendete Isobel den Satz für ihn.

»Ja, genau«, sagte Rivers. »Wie hieß dieser Film noch mal, Hollis? Du erinnerst dich doch mit Sicherheit daran.«

Hollis blickte von einer zum anderen. *»Der Manchurian Kandidat?«*

Isobel nickte abgelenkt. Sie wollte endlich zum Kern der Sache kommen. Bei der Erwähnung von Thompson war Hollis nicht einmal zusammengezuckt. Er wusste Bescheid. Sie starrte ihn unverwandt an. »Und was hältst du von Rivers' Theorie?«

»Ich möchte im Gegenzug etwas bekommen«, sagte Hollis.

»Du darfst vielleicht am Leben bleiben«, antwortete Isobel. »Wie klingt das?«

Hollis nickte mürrisch. »Abgeworben«, räumte er ein. »In dem Durcheinander, das auf Lyudmila Shokovas Verschwinden folgte, konzentrierte Gorgonov sich auf Befehl des Souveräns ausschließlich darauf, herauszufinden, was mit ihr geschehen war. Er versäumte es, bei Thompson am Ball zu bleiben, und Boyko schnappte ihn sich.«

»Hm.« Isobel setzte sich auf den Boden. »Ich glaube, du hast recht, Riley. Das muss der Ursprung ihrer Blutfehde sein.«

»Und was bedeutet das für uns?«

Isobel stieß die Luft aus. »Entweder der General konsolidiert seine Macht, oder Gorgonov tötet ihn.«

Etwas hüpfte in Rivers' Brust. »Falls die Fehde wirklich damit begonnen hat, dass Boyko Thompson abgeworben hat, können wir dieses Wissen vielleicht auf irgendeine Weise nutzen.«

»Ich weiß noch etwas«, sagte Hollis, erhob sich aus seiner

demütigen Position und setzte sich aufrecht hin. »Und dieses Schmankerl ist viel mehr wert als das letzte.«

Isobel richtete sich wieder zur Hockstellung auf. »Sprich, Roger, oder schweige für immer.«

»Ich habe für Boyko das Dark Web durchstöbert.« Rogers Aussprache wurde allmählich wieder normal, da er sich an den Schmerz in seinem Kiefergelenk gewöhnte. »Und dort bin ich auf etwas sehr Interessantes gestoßen. Es ist tatsächlich sogar mehr als nur interessant. Viel mehr. Es ändert alles.«

»Wirklich?« Isobel zog die Augenbrauen hoch. »Sprich weiter. Ich sterbe vor Spannung.«

»Als junger Mann hatte Gorgonov in Sankt Petersburg eine Affäre mit einem anderen Mann.«

Isobels Augen weiteten sich. »Hast du Beweise?«

»Ich kann es hieb- und stichfest belegen.«

»Und wie kommt es, dass du diese Bombe nicht längst gezündet hast?«

»Ehrlich gesagt, hasse ich Boyko. Ich hasse mich selbst dafür, dass ich mich habe verpflichten lassen, ihn mit Informationen zu beliefern. Ich wollte dieses Wissen als Hebel benutzen, um meine Fesseln zu sprengen. Als goldenes Sicherheitsnetz.«

»Aber du überlässt die Information mir, ja?«

»Ich kann dir alles zeigen. Jedes Wort und jedes Foto.«

Ein gerissenes Lächeln umspielte Isobels Lippen. »Was willst du dafür?«

»Mein Leben. Meine Firma. Alles wird wieder so, wie es war, bevor ich in diese verdammte Falle getappt bin.«

»Das ist unmöglich. Du weißt, wie so etwas läuft.«

»Ich will …«

»Wir bekommen nicht immer das, was wir wollen, Hollis, aber manchmal bekommen wir das, was wir brauchen. Was du brauchst, ist die Erlaubnis, deine Firma weiterzuführen. Damit bin ich einverstanden. Aber von diesem Moment an gehörst du mir. Ist das klar?«

Er nickte.

»Sag es, du Scheißer.«

»Es ist klar, Isobel.«

»Und jetzt zeig mir die Ware.«

Er nickte stöhnend. »Das mache ich. Und um dir meine guten Absichten zu beweisen, lege ich noch etwas obendrauf, das dich sehr interessieren dürfte, um das Mindeste zu sagen. Beweise bezüglich Thompson.«

Hollis leckte sich über die trockenen Lippen. »Ich schwöre, Isobel, du wirst sehen, wie wertvoll ich für dich sein kann.«

»Du hättest schon die ganze Zeit so hilfreich für mich sein sollen. Als du noch glaubtest, wir wären ein *Team*«, sagte sie spöttisch, doch dann half sie ihm auf. »Du hättest dir damit sehr viele Schmerzen erspart.« Sie wandte sich zu Rivers um. »Wir waren lange genug hier. Riley, wir holen deine Entlassungspapiere. Unten wartet mein Wagen auf uns.«

Auf dem Weg zu ihrem Stadthaus holte sie das Handy heraus, das sie nur gelegentlich benutzte, und drückte auf die Schnellwahltaste. Als sie am anderen Ende die vertraute Stimme hörte, sagte sie: »Ich habe die Lösung.« Sie hörte aufmerksam zu und bemühte sich dabei, ihre Ungeduld zu kontrollieren. »Ich verstehe«, sagte sie. »Komm zu mir nach Hause, sobald du dich frei machen kannst.«

43

Von außen machte Marlowe's Bar & Grill nicht viel her, aber drinnen war es ein gemütliches Nest mit warm glänzender Holztäfelung und einer ebensolchen Theke, schwarz gestrichenen, eckigen Säulen und einer blauen Hintergrundbeleuchtung, die seltsamerweise kein bisschen schrill wirkte. Das Lokal war verraucht, einladend und voller rotgesichtiger Österreicher. Die Burger und handgeschnittenen Pommes waren gut und das bayerische Bier ausgezeichnet.

Evan und Limas saßen sich an einem kaum beleuchteten Tisch gegenüber, der quer zur Theke an der Wand stand. Sie befanden sich mitten in Salzburg. Obersalzberg lag achtzehneinhalb Meilen weiter südlich in den bayerischen Alpen. Wäre der zweistündige Aufenthalt am Flughafen von Tiflis nicht gewesen, wo sie beinahe vom GRU geschnappt worden waren, wären sie inzwischen bereits dort.

Aus Lautsprechern hoch oben in den vier Ecken des Gastraums ertönte *Wild Thoughts* von DJ Khaled, aber keiner schien hinzuhören.

»Ich wünschte, sie würden das sein lassen«, sagte Limas genervt.

Evan sah ihn ausdruckslos an.

»Die Musik, meine ich«, erklärte Limas. »Hier drinnen ist es auch so schon laut genug. Ich muss mich über den Tisch vorbeugen, um dich überhaupt zu verstehen.« Und genau das tat er.

Es war nicht das erste Mal, dass Evan Limas' mangelhafte Ausbildung auffiel. Falls er wirklich ein Spion war, dann ein sehr schlechter. Hatte Lyudmila ihn nicht unterweisen lassen? Vielleicht hatte ihre eigentliche Absicht aber auch darin bestanden, ihn von diesem Aspekt des Lebens vollkommen fernzuhalten. Tatsächlich würde das zu der Lyudmila passen, die Evan kannte. Dennoch war es unvorstellbar, dass Gorgonov oder auch einer seiner Führungsoffiziere einen Schläfer platzierte, ohne ihn in die Spionage einzuweisen, ganz zu schweigen von der Ausbildung im Waffengebrauch. Es sei denn, der schlaue Gorgonov hätte Peter genau aus diesem Grund ausgewählt: weil er kein Agent war, den sie intuitiv erkennen konnte.

Der Wirt ging im Gastraum herum, schüttelte Hände und wechselte schlagfertige Bemerkungen mit Einheimischen und Stammgästen. Hin und wieder, wenn er glaubte, dass sie nicht hinsahen, schielte er in ihre Richtung, aber Evan bemerkte es jedes Mal und erkannte sein Misstrauen. Es mochte sich nur um das berüchtigte Misstrauen der Österreicher gegenüber Fremden handeln, aber vielleicht steckte auch etwas weniger Allgemeines und daher Finstereres dahinter.

Als der Wirt jedoch zu ihrem Tisch gelangte, reichte er ihnen seine fleischige Hand, stellte sich als Herr Hennig vor und sprach sie auf die für die Gegend typische, übertrieben höfliche Weise leutselig an. Er spendierte ihnen eine Runde Bier und seinen besten Weinbrand als Digestif und versuchte ihnen dabei zu entlocken, wo sie herkamen, wo sie übernachteten und, am beharrlichsten, welches Reiseziel sie hatten.

»Mein Bruder hat ein Reisebüro«, erzählte er und lächelte sie unter seinem Walross-Schnauzbart an. »Ich kann Ihnen die besten

Hotels und Pensionen vermitteln und die besten Restaurants nennen, alles zu den günstigsten Preisen, weil ich jeden hier in der Gegend kenne.«

Evan bedankte sich auf dieselbe übertrieben höfliche Art und teilte ihm mit, sie seien auf Geschäftsreise in Salzburg und hätten leider trotz der großartigen Landschaft wenig Zeit, die Umgebung zu genießen.

»Wie schade«, sagte Herr Hennig. »Und welche Geschäfte führen Sie nach Salzburg?«

»Der Export«, antwortete Evan.

Herr Hennig nahm zwei Kognakgläser mit bernsteingelbem Weinbrand vom Tablett des Kellners und stellte sie vor sie hin. »Was exportieren Sie denn, wenn ich mir die Frage erlauben darf?«

»Alles, was sich so ergibt, werter Herr«, antwortete Evan und führte ihr Kognakglas an die Lippen.

Herr Hennig nickte mit einem Lächeln, als wäre er ihr lange Zeit vermisster Onkel. »Aber vielleicht haben Sie ja doch noch Zeit, das ehemalige Salzbergwerk in Hallein zu besichtigen, das inzwischen eine großartige Touristenattraktion ist. ›Salzwelten Hallein‹ heißt es jetzt.«

»Was für ein wunderbarer Vorschlag! Ach, wenn wir uns nur so lange freinehmen könnten«, erwiderte Evan bedauernd. »Aber Arbeit ist Arbeit, wie Sie gewiss sehr gut verstehen, Herr Hennig. Was Sie hier für harte Arbeit leisten, ist nicht zu übersehen, und wir wissen es zu schätzen.«

Herr Hennig strahlte. »Sie sind zu gütig, gnädiges Fräulein.« Er deutete mit einer theatralischen Armbewegung auf die beiden Gläser. »Bitte, genießen Sie meinen Weinbrand.« Er verbeugte sich leicht, schlug aber immerhin nicht die Fersen zusammen.

»Was für ein netter Kerl«, sagte Limas, als sie wieder allein waren.

Evan stieß ein leises Lachen aus. »Lass dich nicht an der Nase herumführen, Peter. Herr Hennig hat versucht, uns nach Informationen abzuklopfen.« Evan trank einen weiteren Schluck Weinbrand, der tatsächlich sehr wohlschmeckend war. »Das Erste, was du dir über die Österreicher merken musst, ist, dass sie Heuchler sind. Vorne zeigen sie dir ein Lächeln, und hinter dem Rücken halten sie einen Dolch versteckt.«

»Sind nicht alle Menschen Heuchler? Das gehört doch mehr oder weniger zur menschlichen Natur.«

»Stimmt.« Limas mochte vielleicht kein brauchbarer Spion sein, aber dumm war er nicht. »Allerdings haben die Österreicher dabei Vorsprung und rennen auch schneller.«

Die Haut um Limas' Augenwinkel legte sich in Lachfältchen. »Wenn ich das nächste Mal einen Österreicher vor mir habe, werde ich daran denken.« Plötzlich wurde er wieder ernst. »Aber hinter was für Informationen war er denn her?«

»Er wollte unser Reiseziel wissen«, antwortete Evan. »Du hast ja gehört, dass er Hallein erwähnt hat.«

Limas nickte. »Ja. Die ›Salzwelten Hallein‹.«

»Nun, zufällig ist die Gegend um Obersalzberg für ihre Salzbergwerke bekannt.« Evan stellte ihr Kognakglas ab. »Dass Herr Hennig ›Salzwelten Hallein‹ erwähnt hat, halte ich für keinen Zufall.«

Limas zog die Augenbrauen zusammen. »Glaubst du, er weiß, dass wir nach Obersalzberg wollen?«

Evan schüttelte den Kopf. »Es war ein Schuss ins Blaue, mehr nicht. Aber wären wir dumm genug gewesen, ihm zu sagen, wohin wir unterwegs sind, hätten vermutlich einige Leute Kenntnis von unserem Reiseziel erlangt, und der eine oder andere hätte uns dann zweifellos gern aufgehalten.«

»Du meinst die Russen, die versucht haben, uns in Tiflis festzuhalten, oder Nemesis. Beide haben es auf unser Leben abgesehen.«

Evan warf Limas einen Blick zu. Sosehr sie auch versuchte, seine Behauptung, er sei Lyudmilas Neffe, nicht zu glauben, deutete doch immer wieder vieles darauf hin. Sie hätte diese Anomalie gern weiter erkundet, aber sie war erschöpft und Limas gewiss ebenso. Was sie jetzt beide brauchten, war eine erholsame Nacht, um für die morgige Fahrt über die Grenze in die bayerischen Alpen ausgeruht zu sein. Und für das, was sie dort vorfinden mochten.

Der Schlaf wollte sich jedoch nicht einstellen. Evan stand in ihrem kleinen, aber tadellos sauberen Hotelzimmer am Fenster, schaute in die dunkle Nacht hinaus und überprüfte die Straße auf herumlungernde Gestalten oder parkende Fahrzeuge mit Insassen, die Beschatter sein konnten. Dass sie weder das eine noch das andere entdeckte, beruhigte sie nicht. Dafür gingen ihr zu viele quälende Gedanken durch den Kopf. Zunächst einmal hegte sie Zweifel, dass man ihnen nicht aus Georgien hierher gefolgt war. Die versuchte Intervention des russischen Militärs in Tifils machte ihr mehr Sorgen, als sie Limas gezeigt hatte. Dazu kam ihr Misstrauen gegenüber Limas selbst. Dann war da auch noch ihr ausgesprochen unangenehmes Gespräch mit Alli über die mögliche Wiederauferstehung eines Black Site des US-Verteidigungsministeriums. Und zu guter Letzt hatte sie keine klare Vorstellung davon, wie groß oder mächtig das Netzwerk war, über das Nemesis gebot. In wie vielen Staaten konnte die Organisation sich auf Gefolgsleute stützen? Hatte sie vor Ort oder im weiteren Umkreis Polizei und Politiker in der Tasche? Und apropos Taschen, wie tief waren die von Nemesis eigentlich? Welche Person oder Organisation stand hinter den Neonazis? Wer finanzierte sie? Die Russen? Da Nemesis im internationalen Maßstab operierte, war es extrem unwahrscheinlich, dass es sich selbst finanzieren konnte.

Ruhelos zog sie sich wieder an und ging nach unten. Draußen war der Himmel wolkenlos, doch die Lichtverschmutzung der Stadt machte mit ihrem rötlichen Schleier das Sterneschauen zu einem Ding der fernen Vergangenheit. Allerdings konzentrierte Evan sich ohnehin nicht auf den Himmel, sondern musterte die Straßen, durch die sie ging. Schatten lagen kreuz und quer über ihrem Weg wie die Schachfiguren eines kaputten Spiels. Rundum erhob sich mittelalterliche oder barocke Architektur, ein Überbleibsel der Vergangenheit des Landes.

Vierzig Minuten später kehrte sie in ihr Zimmer zurück; einen Hinweis darauf, dass sie überwacht wurden, hatte sie nicht gefunden. Zuvor schon hatte sie das Zimmer – und natürlich auch das von Limas – auf Wanzen überprüft und ebenfalls nichts gefunden. Alles war in Stille und Reglosigkeit erstarrt, als läge die ganze Welt unter einer dicken Schneedecke.

Sie zog sich aus und schlüpfte schließlich widerstrebend unter die Daunendecke. Eine Weile schaute sie noch zur Decke hinauf, dann schlossen sich ihre Augen zu einem unruhigen Schlaf. Während sie sich hin und her wälzte, wurde sie erneut von fremden und doch eigenartig vertrauten Bildern überfallen, als erleuchteten Blitze diese für Sekundenbruchteile in der mondlosen, sternenlosen Nacht ihres Unbewussten.

In diesen Szenen nahm der rote Backsteinpalast eine prominente Rolle ein, und immer kreisten die Raben pechschwarz vor dem grellblauen Himmel – der sich, wie sie inzwischen vermutete, über den Alpen wölbte. Sie spürte die Nähe des Backsteinpalasts, als würde er eine magnetische Anziehungskraft auf sie ausüben, die mit zunehmender Nähe immer stärker wurde, bis jeder Widerstand zwecklos war. In den tiefsten Tiefen ihres Unterbewusstseins ahnte sie die Gefahr – eine größere Gefahr, als sie ihr je zuvor begegnet war. Doch was sie nicht wusste, was sich ihrer Kenntnis entzog, wie angestrengt sie auch darüber nachdachte, war die Frage, wie diese Gefahr aussah. Sie begriff, dass sie, warum auch immer, die Natur dieser Gefahr erst verstehen würde, wenn sie ihr Auge in Auge gegenüberstand.

Und dann wäre es vielleicht zu spät.

• • •

Brenda hatte es vorgezogen, nonstop acht Stunden nach München zu fliegen und dann eine zweistündige Autofahrt nach Obersalzberg vor sich zu haben, als auf dem Flug nach Salzburg mehrmals umzusteigen. Sie reiste unter dem Decknamen Amy Kendall als angebliche Vizepräsidentin einer Computervertriebskette mit Sitz auf den Kaimaninseln. Sollte jemand dort anrufen, um sie zu überprüfen, würde er von einem elektronischen Anrufbeantworter empfangen, der darum bitten würde, eine Nachricht für die derzeit nicht anwesende Ms Kendall zu hinterlassen.

Der kürzeste Weg von München nach Obersalzberg führte laut Google Maps über die A8. Sie beabsichtigte, am Flughafen ein Auto zu mieten und wie der Teufel zu fahren, um möglichst unter den veranschlagten zwei Stunden zu bleiben, doch wie es so oft im Leben geht, zerschlugen sich ihre Pläne rasch.

Während sie vor dem Mietwagenverleih wartete, traten zwei Anzugträger zu ihr, nahmen sie in die Mitte und forderten sie leise und höflich auf, die Schlange zu verlassen. Sie sprachen Englisch mit einem unüberhörbaren bayerischen Akzent. Als Brenda sich weigerte, erklärten sie ihr klipp und klar, was ihr zustoßen würde, sollte sie nicht gehorchen. Gleichzeitig spürte sie, wie sich eine Pistolenmündung in ihren Rücken presste.

»Okay«, antwortete sie. »Jetzt beruhigen wir uns mal alle.«

»Wir sind ganz ruhig«, antwortete der Mann zu ihrer Linken leise. Er roch nach Kampfer und etwas Beißendem, das sie nicht zuordnen konnte. »Wir bleiben es allerdings nur, wenn Sie jetzt mitkommen.« Der andere stieß sie mit der Pistolenmündung an. »Jetzt.«

Der Mann zu ihrer Linken nahm ihre Reisetasche, während der andere sie mit dem Druck der Pistolenmündung durch das ultramoderne Terminal lenkte. Von allen Seiten fühlte sie sich von verzerrten Gesichtern bedrängt. Der intensive Geruch von gezapftem Bier, Sauerkraut und heißen Würstchen drang so heftig auf sie ein, dass sie beinahe würgen musste. Dass sie von zwei bayerischen Affen Gott weiß wohin abgeführt wurde, mochte auch etwas mit der Übelkeit in ihrer Magengrube zu tun haben.

Draußen, unter einem buttermilchweißen Himmel, der von hohen Spitztürmen und wuchtigen Glockentürmen aus Backstein durchbohrt wurde, verflüchtigte sich der Geruch, von dem ihr schlecht geworden war, rasch, erstickt von Abgaswolken.

Ein großer schwarzer BMW stand mit laufendem Motor am Straßenrand und erwartete sie. Der Mann zu ihrer Linken öffnete die hintere Tür, legte ihr die Hand auf den Kopf und stieß sie praktisch auf den Rücksitz. Dann stieg er hinter ihr ein und schlug die Tür zu. Sobald der Mann mit der Pistole sich neben den Fahrer gesetzt hatte, fuhr der BMW los. Fritz tastete sie ab und nahm ihr das Handy und ihre Armbanduhr weg.

»Wohin bringen Sie mich?«, fragte Brenda.

»Entspannen Sie sich«, antwortete der Mann, den sie bei sich Fritz nannte, mit einer Stimme, die klang, als hätte er den Mund voller Rasierklingen. »Die Fahrt dauert eine Weile.« Seine Lippen erinnerten sie an Scheiben roher Leber.

Der Mann auf dem Beifahrersitz – bei sich nannte sie ihn Hans – wandte sich halb zu ihr um und musterte sie mit einem lüsternen Blick. Seine erschreckend großen Zähne waren wie die Finger seiner rechten Hand vom Nikotin vergilbt. »Du bist ja ein richtiger Hingucker, Schätzchen.«

»Halt den Mund«, sagte Fritz.

Hans zuckte mit den Schultern, drehte sich wieder um und sah durch die Windschutzscheibe nach vorn. Doch es dauerte nicht lang, da summte er das Horst-Wessel-Lied, das alte Kampflied der Nazis.

»Halt verdammt noch mal das Maul«, schimpfte Fritz, und Hans gehorchte. Offensichtlich hatte Fritz das Sagen. Außerdem war er kräftiger gebaut, hatte einen rötlicheren Teint und wirkte ein wenig älter. Er hatte ein Gesicht wie ein Stück rohes Schafsfleisch, mit kleinen schwarzen Knopfaugen, wie man sie einer Lumpenpuppe aufnäht. Ein Bulldoggenkiefer und eine Blumenkohlnase vervollständigten das unerfreuliche Bild. Im Gegensatz dazu war Hans dürr wie eine Zaunlatte und hatte die hohe, gewölbte Stirn eines Professors. Sein allzu früh schütter gewordenes, dünnes blondes Haar wehte wie Stroh im Wind. Über die linke Wange seines schmalen Gesichts zog sich eine Narbe. Seine blauen Augen waren so milchig wie eine seit einem Tag gelagerte Leiche. Soweit Brenda erkennen konnte, sah der Fahrer aus wie für einen Nazi-Spielfilm gecastet.

Sie bogen auf eine Autobahnauffahrt ein, und der BMW beschleunigte. Ein Blick auf den Tacho zeigte ihr, dass sie mit hundertsechzig Kilometern pro Stunde dahinschossen. Kurz darauf begriff sie, dass sie über die A8 südwestwärts in die Richtung von Obersalzberg fuhren. Eine Fahrt Erster Klasse, dachte sie mit einer bemühten Belustigung, die ihr gegen die Angst half. Sie musste nüchtern und entscheidungsfähig bleiben. Das Wichtigste war, dass sie keine Sekunde die Kontrolle über sich verlor. Sie konnte es sich nicht leisten, sich Angst, Furcht oder Verzweiflung hinzugeben. Diese Emotionen waren die eigentlichen Gegner. Solange sie ihre fünf Sinne beisammenhatte, gab es eine Chance, aus beinahe jeder Situation heil herauszukommen – eine weitere von Evans unschätzbar wertvollen Lehren aus ihrer gemeinsamen Zeit in Berlin.

Mit diesem Gedanken lehnte sie sich zurück und schloss die Augen zu Schlitzen, sodass Fritz vielleicht glauben würde, sie sei so entspannt, dass sie ein Nickerchen machte. Unterdessen achtete sie auf alle Autobahnschilder mit Ortsnamen und Entfernungen, um sofort die Orientierung zu haben, sollte sie fliehen können und Hilfe herbeirufen müssen. Sie durfte unter keinen Umständen die Hoffnung aufgeben. Gelegentlich unterhielten sich Fritz und Hans miteinander, und Brenda verfluchte sich dafür, dass sie nicht ebenso viele Sprachen beherrschte wie Evan. Sie sprach ein passables Russisch, Arabisch und Farsi, doch ihre Deutschkenntnisse waren bestenfalls rudimentär.

Das einzige Wort, das sie erkannte, war *»Watzmannhaus«*, da beide Männer es mehrmals wiederholten. Sie wusste, dass der Watzmann der dritthöchste Berg Deutschlands war und in den Berchtesgadener Alpen lag. In Berchtesgaden hatte Hitler früher sein Sommerhaus gehabt, und später, als der Krieg nahte, hatte dort das Herz des Dritten Reichs geschlagen. Auch den Namensbestandteil *»haus«* erkannte sie. Lautete der deutsche Name für Hitlers *Eagle's Nest* nicht Kehlsteinhaus? Ein eiskalter Schauder durchlief sie. In was war sie da hineingeraten? Und genauso wichtig, *wie* war es dazu gekommen? Wie hatte man sie am Flughafen erkannt? Niemand – nicht einmal Butler – wusste, dass sie die

USA verlassen hatte, und schon gar nicht, wohin sie unterwegs war und unter welchem Namen. Wie sie die Frage auch drehte und wendete, sie kam auf keine vernünftige Antwort. Gab es noch einen weiteren Feind, der ihr und Butler bisher verborgen geblieben war? Oder war Peter irgendwie in die Sache verwickelt? Hatte er sie erneut verraten? Derzeit fiel ihr nicht ein, wie er das hätte tun sollen. Sie fühlte sich blind, als stünde sie so dicht vor einem Baumstamm, dass sie den Wald nicht sehen konnte, der um sie herum emporgewachsen war.

Aber praktisch gesehen waren all diese Überlegungen unerheblich. Das eine, was sie ganz bewusst – und geradezu verzweifelt – ausgeblendet hatte, war ihre angeschlagene körperliche Verfassung. Tatsache war, dass sie sich selbst nach der unruhigen Schlafpause während des Flugs wie ein Schrotthaufen fühlte. Ihr Kopf hämmerte, als würde er von einem Presslufthammer bearbeitet, und jeder Muskel ihres Körpers tat mehr oder weniger weh. Dr. Selsby hatte recht gehabt. Sie brauchte eine Auszeit – und zwar eine lange. Unwillkürlich dachte sie an die ehrliche Sorge im Gesicht des Arztes, als er ihr mindestens eine Woche Bettruhe verordnet hatte, wenn sie nicht riskieren wollte, sich bleibenden Schaden zuzuziehen. In dem Moment war sie ganz selbstverständlich davon ausgegangen, dass sie die Anordnung ignorieren würde – etwas anderes war ihr gar nicht in den Sinn gekommen. Doch jetzt, da sie wirklich und wahrhaftig in der Patsche steckte, konnte sie sich des Gedankens nicht erwehren, dass sie einem weiteren langen körperlichen Kampf einfach nicht gewachsen wäre. Und was bedeutete das für ihre Überlebenschance?

44

In Isobels Stadthaus war es unnatürlich still, als Butler durch die Hintertür eintrat. Erst nach einer Reihe langer, schwieriger Stunden war es ihm gelungen, sich von den Lageberichten und den Strategietreffen mit seinen Anwälten frei zu machen, in denen besprochen wurde, wie er vor Brady Thompsons Kongressausschuss auftreten sollte, der nach Butlers Überzeugung einzig zu dem Zweck einberufen worden war, ihm seine Glaubwürdigkeit zu rauben und das MI7 aufzulösen. Er wusste, dass er nah am Abgrund stand und dies wahrscheinlich sein letzter Kampf sein würde. Der Ausschuss würde ihn entweder brechen und in der Geheimdienstgemeinde, der er den größten Teil seines Arbeitslebens gewidmet hatte, zum Ausgestoßenen machen oder seinen Ruf so schwer beschädigen, dass weder seine Kollegen noch seine Mitarbeiter ihm noch vertrauen würden. Er wusste bereits, dass General Aristides sich aus der Angelegenheit zurückgezogen hatte und keinen Einfluss mehr auf das Geschehen nahm. Das zum Thema mächtige Rabbis!

Er hatte keine Hoffnung auf einen positiven Ausgang, und wäre er nicht aus so hartem Holz geschnitzt gewesen, wäre seine Persönlichkeit nicht auf dem Amboss der Agententätigkeit geschmiedet worden, hätte er jetzt vielleicht seine Siebensachen gepackt und wäre nach Berlin zurückgekehrt, wo Zoe und er viele

Freunde zurückgelassen hatten. Es waren solche Augenblicke, in denen er sich die Frage stellte, wieso er sich immer für den harten, dunklen Weg entschied, obwohl es Abzweigungen zu sonnigeren Gefilden gab.

In dieser unruhigen, sorgenvollen Verfassung klopfte er an die Hintertür von Isobels herrschaftlichem Haus. Sie wurde beinahe sofort geöffnet, als hätte der Mann, der ihn hereinließ, auf ihn gewartet. Butler durchquerte die Küche und das Labyrinth von Hinterzimmern und stieg die Wendeltreppe hinauf, die ihn immer an eine geisterhaft bleiche Boa constrictor erinnerte, über die er fast einmal in Nicaragua gestolpert war, als sie aus einem moosbewachsenen hohlen Baumstamm glitt wie Zahnpasta aus der Tube. Als er im Obergeschoss ankam, wünschte er sich, Izzy hätte ihm zumindest einen kleinen Hinweis gegeben, statt nur rätselhaft zu sagen: »Ich habe die Lösung.«

Nichts hätte ihn jedoch auf den Anblick vorbereiten können, der ihn in Izzys privatem Arbeitszimmer erwartete. Bei ihr befanden sich zwei Männer, von denen er schon gehört hatte, die er aber nicht persönlich kannte. Der eine, Roger Hollis, kauerte auf dem Boden und hatte die Hände auf seinen Unterkiefer gelegt, der so stark geschwollen war, dass er wie ein Ork aussah. Er starrte vor sich hin, so tief in seinen Schmerz versunken, dass er nicht einmal den Blick hob, um zu sehen, wer eingetreten war.

Der andere Mann stand neben Izzy und blickte ihm mit erstaunt geweiteten Augen entgegen. Er war jedoch keineswegs so verblüfft wie Butler selbst.

Butler verharrte mitten im Schritt und blickte von Riley Rivers zu Izzy, die unerklärlicherweise so heiter lächelte, als wäre alles in bester Butter, was ganz sicher nicht der Fall war.

»Izzy«, sagte er scharf. »Was zum Teufel ist hier los?« Er deutete auf Rivers. »Das ist das Arschloch, das diese toxischen Fake-Nachrichten über mich verbreitet.«

Rivers riss die Augen noch weiter auf. »Was macht denn *der* hier?«

»Stimmt«, räumte Isobel ein, ohne Rivers' Ausruf zu beachten. »Das liegt daran, dass er von Moskau kontrolliert wird.«

»He!« Rivers zuckte erschrocken zusammen, als wäre er von einem Taser getroffen worden. »Was zum Teufel ...!«

»Halt die Klappe, Riley«, fuhr Isobel ihn an. »Sei still.«

Aber Rivers war viel zu aufgebracht, um den Mund zu halten. »Hast du verdammt noch mal den Verstand verloren?«

Isobel wandte sich ihm zu. Ihre Stimme war so drohend, dass Rivers erstarrte. »Tu, was ich sage, Riley. Glaub mir, dein Leben hängt davon ab.«

Wieder zu Butler gewandt, fuhr sie fort: »Die Sache ist die: Dieser kleine Scheißkerl Riley Rivers ist ein Agent des SVR. Und dieser andere kleine Scheißkerl ...«, dabei deutete sie auf Hollis, » ... hat sich mit Rubicon Solutions beim GRU prostituiert – oder genauer gesagt, er hat sich mit Soul Searcher, dem Netzbot, der dich angegriffen hat, bei General Boyko prostituiert.«

»Soul Searcher«, wiederholte Butler.

»Richtig. Soul Searcher wurde mithilfe von Rubicon Solutions entwickelt.«

»Was geht hier vor sich?« Rivers wirkte wie geschrumpft, und zu Recht, denn unter ihm hatte sich ein Abgrund aufgetan.

»Alles hat sich geändert, Riley«, sagte Isobel.

»Aber ich habe dir doch geholfen!«

»Du bist käuflich, Riley. Das macht dich verletzlich. Schlimmer noch, es macht dich dumm.« Sie tätschelte seine flammend rote Wange, und er zuckte zusammen. »Ich habe dir deine Chance gegeben, Riley. Als ich dich zu Yana Bardinas Beerdigung mitgenommen habe, war das eine Warnung. Aber du hast nicht darauf gehört. Du hattest zu viel damit zu tun, deine Taschen mit dem Geld zu füllen, das dir Moskau auf dein Bankkonto im Steuerparadies geschickt hat.« Sie lächelte durchaus freundlich. »Jetzt siehst du, wie deine Käuflichkeit dich verblendet und dumm gemacht hat.«

Rivers war so außer sich, dass er laut rief: »Du kennst also überhaupt keine Loyalität, gegenüber nichts und niemandem?«

»Meine Loyalität gehört meiner Familie«, erwiderte Isobel. »So war es schon immer, und so wird es alle Zeit bleiben.«

Völlig unerwartet, außer vielleicht für ihn selbst, begann Rivers zu weinen. Stumme Tränen schwammen in seinen Augen, rannen ihm die Wangen hinunter und tropften auf den Boden wie der unerwünschte Erguss eines kaputten Wasserhahns.

Isobel wandte sich Butler zu. »Schau dir diese Männer an. Woraus sind sie gemacht? Aus Pisse und Kacke und allem, was widerlich ist.«

Rivers war vollkommen fassungslos, aber weder Butler noch Isobel schenkten ihm die geringste Aufmerksamkeit.

»Es scheint vielleicht merkwürdig, dass Boyko und Gorgonov direkt in Missionen vor Ort involviert waren«, fuhr Isobel fort, ohne die beiden gebrochenen Männer zu beachten, »doch das erklärt sich, sobald man entdeckt, dass die beiden Russen eine tödliche Auseinandersetzung um die Kontrolle über die Geheimdienstorganisationen ihres Landes führen.«

»Das weiß ich bereits«, antwortete Butler. »Allerdings herrscht eine Feindseligkeit zwischen ihnen, die eine sehr persönliche Ebene zu haben scheint.«

Isobel nickte. »Dem stimme ich voll und ganz zu.«

»Aber was hat das damit zu tun, dass Hollis sich hier befindet, und noch dazu in diesem Zustand?« Butler legte den Kopf schief. »Und wieso siehst du so selbstzufrieden aus?«

Isobel entschlüpfte unwillkürlich ein Kichern. »Ja, zufrieden, in der Tat. Letztlich geht es um Boykos und Gorgonovs Kampf auf Leben und Tod, wie gleich ersichtlich werden wird.« Sie reichte ihm eine Mappe. »Hollis hat für Boyko eine kleine Datensammlung angelegt, und jetzt haben wir das hier.« Sie deutete auf die Mappe. »Halt dich fest. Wie ich eben am Telefon sagte: Ich habe die Lösung.«

Dieses Lächeln bringt Herzen zum Schmelzen, dachte Butler, der bereits in dem Papier las.

»Du wirst niemals vor dem Ausschuss erscheinen, Ben. Und auch sonst niemand.«

»Ben?«, krächzte Rivers. Er hatte sich ausgeweint, war aber verwirrter denn je.

Erneut beachtete ihn keiner.

»Es ist wie im *Manchurian Kandidat*«, fuhr Isobel fort. »Deine persönliche Nemesis, Verteidigungsminister Brady Thompson, ist ein Spielball in den Händen einer fremden Macht, wie man so sagt.«

Butler überflog den Inhalt der Mappe. »Wieder einmal taucht unser alter Freund General Boyko auf.«

Isobel nickte. »Thompson war ein echter Wanderpokal. Gorgonov war hinter Thompson her, als der am verwundbarsten war, und hat ihn sich geschnappt. Und dann hat Boyko ihn Gorgonov geklaut.«

Butler blickte zu Isobel auf. »Kein Wunder, dass der US-Präsident mit dem Souverän auf Kuschelkurs gegangen ist. Er hört auf alles, was Thompson ihm sagt.« Er dachte einen Moment nach. »Aber jetzt ist eine weitere Verstrickung in dunkle Machenschaften hinzugekommen. Boyko hat seine üblichen Bahnen verlassen und leitet Missionen, ohne dass irgendwer innerhalb oder außerhalb des GRU davon weiß.«

»Wie Nemesis?«, fragte Isobel.

Butler nickte. »Ich glaube, Boyko finanziert insgeheim Nemesis als eine weitere Plattform, die die Vereinigten Staaten destabilisieren soll.«

Er hatte die Lektüre der Geheiminformationen beendet, die, wenn er sie öffentlich machte, Brady Thompson vernichten und all seine Erklärungen, Behauptungen und Positionen null und nichtig machen würden. Gleichzeitig würden sie ihn, Butler, von den abscheulichen Lügen und Unterstellungen reinwaschen, die in Moskaus Auftrag von Rivers in die Welt gesetzt worden waren. Dann kam ihm jedoch ein anderer Gedanke. Gab es noch eine Alternative? Einen besseren Weg?

Er klopfte sich mit der Mappe in die geöffnete Hand. »Izzy, ich kann dir nicht genug dafür danken.«

»Moment mal.« Isobel grinste. »Es gibt noch mehr.«

»Wie viel mehr?«

Isobel lachte und reichte ihm die zweiten Unterlagen, die Hollis für sie ausgedruckt hatte. »Das hier zeigt, dass Gorgonov sich in seiner Studienzeit in Sankt Petersburg einen kleinen Fehltritt hat zuschulden kommen lassen. Nun, mehr als einen kleinen Fehltritt. Sein damaliger Liebhaber hat sein Tagebuch aus jener Zeit im Netz veröffentlicht, wo es allerdings im Laufe der Jahre in den Tiefen des Darknets verschwand. Nun hat Hollis es aufgestöbert – zusammen mit diesen kompromittierenden Fotos.«

Butler betrachtete die Fotos aufmerksam. »Damit ist Gorgonov geliefert.«

»Wenn wir es richtig anstellen«, sagte Isobel.

Butler wandte sich Hollis zu. »He du, schaff diese Infos über Gorgonov zu Boyko. Streng geheim, extrem dringend.«

»Ich habe dir doch gesagt, dass meine Hilfe noch wertvoll für dich sein wird«, sagte Hollis in einem derart kläglichen Tonfall, dass Isobel beinahe Mitleid mit ihm empfand.

Beinahe, aber nicht ganz. »Und dann wird es Zeit, den Einsatz zu erhöhen.«

Hollis krümmte sich abwehrend. »Was meinst du damit?«

»Du wirst Alice anrufen, und wir werden ihn mittels der Verbindung orten.«

• • •

Die Bäume waren kahl und der Himmel grau. Donner grollte in den Alpen, und gelegentlich züngelte ein Blitz zur Erde hinunter.

»Wohin fahren wir?«, fragte Peter Limas Evan, die kräftig aufs Gaspedal trat. »Du scheinst ein bestimmtes Ziel im Sinn zu haben.«

»Das stimmt.« Evan betätigte die Lichthupe und überholte mit ihrem Mietwagen einen schwerfälligen Lkw. »Nach Berchtesgaden.«

»Woher weißt du, dass Nemesis sich dort befindet?«

»Du hast es mir gesagt, Peter.«

»Ich? Wie denn? Wann?«

»Erinnerst du dich, dass du mir erzählt hast, deine Tante Lyudmila habe dir zwei oder drei Fotos ihres Bruders gezeigt, deines Vaters?«

Limas runzelte die Stirn. »Sicher. Aber ich dachte, du glaubst mir nicht.«

»Ich habe ein untrügliches Gedächtnis«, antwortete Evan, »und wörtlich hast du mir Folgendes gesagt: ›Aber er war damals viel jünger. Das war, noch bevor er in Parechgadem stationiert wurde, einem Ort, von dem ich nie gehört habe und den ich auf keiner Landkarte finden konnte.‹« Evan warf Limas einen Blick zu. »Du erinnerst dich doch auch, dass du das gesagt hast?«

»Ja, natürlich. Aber …«

»Damals habe ich deinen Worten nicht genug Aufmerksamkeit geschenkt … ganz ehrlich, ich war vollkommen auf die Frage konzentriert, ob ich dir glauben konnte, dass du Lyudmilas Neffe bist. Dass du sie ›Tante Lyudmila‹ genannt hast, hat mich völlig aus der Bahn geworfen.«

Draußen war es so dunkel geworden, als herrschte eine Sonnenfinsternis, und ein starker Wind war aufgekommen. Es schien, als wäre das heftige Unwetter, das sie in Tiflis aufgehalten hatte, ihnen hierher in die bayerischen Alpen gefolgt. Nur dass jetzt kein Regen drohte, sondern Schnee.

»Außerdem sagtest du mir, sie hätte dir erzählt, wo der Ort liegt, von dem sie mich gerettet hat. Und als ich gestern Nacht nicht schlafen konnte, habe ich mir unser Gespräch von neulich immer wieder durch den Kopf gehen lassen und alles genau durchdacht. *Parechgadem.* Das ist der althochdeutsche Name für Berchtesgaden. Witzigerweise bedeutet er ›Heuscheune‹ oder ›Hütte mit nur einem Raum‹.«

Limas schüttelte den Kopf. »Ich verstehe es immer noch nicht. Was hat das mit …«

»In Berchtesgaden lag Hitlers Sommerdomizil, und dort war das Machtzentrum des Dritten Reichs.«

»Ich dachte, das war in Berlin.«

»Ein weitverbreiteter Irrtum«, erwiderte Evan. »Tatsächlich haben die Berliner Hitler und überhaupt die Nazis gehasst. Die Führung des Dritten Reichs vertraute nur den Bayern, die sich Hitlers faschistische Politik ganz zu eigen gemacht hatten, niemals aber den Berlinern.«

Erneut warf sie Limas einen Blick zu. »Fällt dir die Ironie des Schicksals auf, Peter?«

Limas dachte kurz nach. »Du meinst die Parallelen zu den heutigen USA?«

»Genau. Der Faschismus fasst am ehesten auf dem Land Fuß, wo es an Wohlstand und Bildung fehlt. Es sind immer die Großstädte, die am heftigsten gegen jede Form von Extremismus kämpfen. Damals galt das für Deutschland und heute für Amerika.«

»Du denkst also, dass Nemesis nirgendwo einen besseren Ort für sein Hauptquartier finden könnte als in den bayerischen Alpen.«

Evan nickte. »Und zwar irgendwo in Berchtesgaden, um die Atmosphäre von Hitlers dunkler Macht aufzusaugen.«

»Jesus«, stieß Limas aus.

»So kann man es auch ausdrücken«, bemerkte Evan trocken.

Der Schnee begann zu fallen, ein stummer Vorhang, der selbst die leisesten Geräusche der Welt um sie herum erstickte.

45

Der Schnee dämpfte alle Geräusche außer den Stimmen.

»Beinahe da«, sagte Hans mit starkem Akzent auf Englisch. Anscheinend wollte er, dass Brenda seine Worte verstand.

Fritz kicherte fast boshaft. »Massenhaft Überraschungen für die Kleine hier.«

»Überraschungen ist wohl kaum das richtige Wort«, erwiderte Hans, ohne den Blick von der verschneiten Straße zu wenden. Vor einer knappen halben Stunde, nach Brendas ungefährer Schätzung, waren sie von der A8 abgebogen und schlängelten sich nun auf einer Landstraße stetig ins Gebirge hinauf.

»Wie würdest du das, was sie erwartet, denn dann nennen?«, fragte Fritz. Allerdings hatte Brenda das Gefühl, dass er sich kaum für die Antwort interessierte.

»Schrecken«, antwortete Hans bestimmt. »Ich würde es Schrecken nennen.«

Fritz warf einen Blick auf die Gefangene und kicherte erneut. Dieses Kichern klang nun eindeutig boshaft, und Brenda durchlief ein Schauder schlimmer Vorahnungen. »Ich denke, die Spaltung von Körper und Geist könnte man durchaus eine Art von Schrecken nennen.« Er machte ein anderes Geräusch, es klang wie ein blökendes Tier. »Aber natürlich ist da auch noch Major.«

»Ja, zum Thema Schrecken.« Hans schüttelte sich, damit man

sah, dass ihn fröstelte. »Ich mag nicht einmal im selben Raum wie Major sein. Bei seinem Anblick kriege ich eine Gänsehaut.«

Fritz nickte. »Er ist der Stoff, aus dem *Albträume* gemacht sind – wie nennt man das noch mal auf Englisch?« Er schnippte mit den Fingern.

»Nightmares«, sagte der Fahrer.

»Ja, ja, *nightmares*.« Fritz warf Brenda einen lüsternen Blick zu. »Major ist ein lebendig gewordener Albtraum.«

Nach dieser durch und durch inszenierten Plauderei verfielen Fritz und Hans wieder in Schweigen, das nur gelegentlich von kurzen Bemerkungen auf Bayerisch unterbrochen wurde.

Brenda war klar, dass sie versucht hatten, ihr Angst einzujagen, damit sie verletzlicher wurde und sich all die schrecklichen Dinge ausmalte, die sie mit Sicherheit erwarteten. Gegenüber Gefangenen war das eine vollkommen übliche Taktik. Dennoch hallte der Satz *»Beinahe da«* am stärksten in ihrem Kopf nach, vor allem, weil es dabei um etwas Reales ging, das mit Sicherheit stimmte.

Nach etwa zwanzig Minuten gelangten sie zu einer weiteren Abzweigung. Sie befanden sich inzwischen recht hoch oben; seit sie von der A8 abgefahren waren, hatte Brenda dreimal schlucken müssen, um ihre Ohren freizubekommen.

Der Schneefall hatte so weit nachgelassen, dass sie den charakteristischen Doppelgipfel des Watzmanns wie durch einen Spitzenvorhang ihrer Großmutter sehen konnte. Die Straße war von Schnee bedeckt, und die Reifen des BMW machten ein Geräusch, als schösse ein Schlitten einen Hang hinunter.

Während die Straße steiler wurde, änderte sich das Wetter erneut, und Graupelschauer prasselten auf Dach und Motorhaube des BMW, was in Brendas Ohren wie das warnende Rasseln einer zum Zustoßen bereiten Klapperschlange klang.

Aus dem Augenwinkel sah sie, dass Fritz mit einem eckigen Päckchen hantierte. »Was ist das?«, fragte sie, vor allem, um die Nerven zu behalten, und nicht, weil sie es wirklich wissen wollte. »Ein Schnitzel mit Brot?«

Der beißende Geruch traf sie im selben Moment, in dem Fritz ihr das mit einem Betäubungsmittel getränkte Tuch auf Mund und Nase presste. Sie schlug und trat um sich, doch er setzte sich rittlings auf sie und hielt ihre Arme fest. Ihre Augen weiteten sich, und unmittelbar bevor sie in samtiger Schwärze versank, sah sie hoch oben etwas aufragen, das wie eine riesige Burg aus einem Bilderbuch für Kinder aussah. *Das Schloss des bösen Zauberers*, hallte eine Stimme in ihrem Inneren wider.

Dann, wie im eisigen Griff des Winters, war plötzlich alles still.

• • •

»Berchtesgaden«, sagte Limas kopfschüttelnd. »Die ganze Zeit war die Lösung direkt vor meiner Nase.«

»Der beste Ort, um etwas zu verstecken, ist vor aller Augen«, bemerkte Evan, die den Mietwagen durch die Altstadt lenkte. Die gepflasterten Straßen waren von historischen Gebäuden und Fachwerkhäusern gesäumt, die direkt aus dem Film *The Sound of Music* zu stammen schienen. Es kam Evan so vor, als könnten jeden Moment Frauen im Dirndl und Männer in Lederhosen auftauchen und einen Gesang anstimmen. *Deutschland, Deutschland über alles* etwa. Aber vielleicht waren das auch einfach nur Echos der Vergangenheit.

Sie lenkte den Wagen in eine Parklücke, und beim Aussteigen gerieten sie in eine Mischung aus Schnee und Schneeregen. Die Luft war eisig kalt, und vor ihren Mündern bildeten sich beim Ausatmen Wölkchen. Evan ging auf dem Bürgersteig voran, vorbei an einem Kurzwarenladen, einem Tabakladen, vor dem ein Drahtgestell mit schneegesprenkelten Zeitungen stand, und an der Werkstatt eines Schreiners.

»Nun, wir befinden uns ganz in der Nähe von Nemesis' Hauptquartier«, sagte Limas. »Aber wie um alles in der Welt sollen wir es tatsächlich finden?«

»Danach fragen«, antwortete Evan.

Das entlockte Limas ein Lachen. »Das soll wohl ein Scherz sein.«

Evan lächelte und öffnete die Tür zu einer Kneipe. »Wie wäre es mit einem kleinen Happen, Peter?«, fragte sie mit einem perfekten englischen Oberschichtenakzent. »Ich habe jedenfalls Appetit.«

In der schummerigen Kneipe roch es leicht nach Bier. Der Raum war gemütlich, insoweit man irgendetwas auf Hitlers Berg gemütlich nennen konnte. Es war die Zeit zwischen Mittagessen und Feierabendbier, und die Gaststube war nahezu leer. Nur eine Handvoll unverbesserlicher Trinker bevölkerte sie sowie ein paar Touristen, die vor dem Schneesturm Zuflucht suchten.

Evan wählte einen Tisch an der Wand gegenüber der Eingangstür und bestellte bei der drallen Kellnerin, die zu ihnen eilte, zwei Bier und zwei Käse-Wurst-Brötchen. Sie schwiegen, während man ihnen das Bier in großen Zinnhumpen servierte. Gleich darauf kam das Essen.

»Aber jetzt mal ernsthaft«, sagte Limas, während sie aßen und tranken. »Wie sollen wir vorgehen?«

»Das habe ich dir doch schon gesagt.«

Limas schüttelte den Kopf. »Das verstehe ich nicht.«

»Sollst du auch nicht«, antwortete Evan knapp. Sie hatte ihr Bier bereits geleert. »Noch eins?«

»Was? Nein danke. Meines ist noch halb voll.«

Statt die Kellnerin zu rufen, stand Evan mit dem Krug in der Hand auf und trat zur glänzenden Holztheke. Mit der Hüfte an die Theke gelehnt, lächelte sie den Barmann an und verwickelte ihn in ein Gespräch. Limas fragte sich, worüber sie sprachen. Der Barmann hatte keine dreißig Sekunden gebraucht, um Evans Krug wieder aufzufüllen, aber die Unterhaltung dauerte noch immer an. Evan erkundigte sich doch hoffentlich nicht nach dem Weg zum Nemesis-Hauptquartier? Das wäre absurd.

Als sie zurückkam, fragte Limas: »Worüber habt ihr so lange gesprochen?«

Sie setzte sich gar nicht erst wieder hin, sondern legte einfach nur ein paar Geldscheine auf den Tisch und sagte: »Leider kein Resultat. Iss dein Brötchen auf, wir gehen.«

Nach der Wärme der Kneipe spürte Limas die Kälte draußen besonders scharf. Der Schneeregen hörte auf und wich einem eigenartigen Nebel, der sie wie die Tentakel eines Meerestiers umschlang. Limas zitterte in seinem dicken Mantel und schob die Hände in die Taschen.

»Wohin gehen wir jetzt?«

»Hast du keinen Durst mehr? Ich schon«, antwortete Evan leutselig. Sie betraten den Marktplatz von Berchtesgaden, in dessen Mitte ein Brunnen stand, bei dem das Wasser abgestellt war. Scheinbar zufällig entschied Evan sich für eine Gaststätte auf der anderen Seite des Platzes. Der Außenbereich war jetzt, im Winter, geschlossen und wirkte verlassen und einsam.

Auch wenn diese Gaststätte weit größer war als die Kneipe, die sie gerade eben verlassen hatten, unterschied sie sich ansonsten kaum von ihr, und Evan ging genauso vor wie zuvor – mit dem einzigen Unterschied, dass sie diesmal Wurst und Sauerkraut zu ihrem Fassbier bestellte. Nachdem sie ihren Krug geleert hatte, ging sie erst zur Toilette, nahm dann den leeren Humpen vom Tisch, begab sich damit zur Theke und verwickelte den Barmann in ein Gespräch. Diesmal war der Austausch allerdings kürzer und endete damit, dass das Gesicht des Barmanns rot anlief und er Evan wegen einer Bemerkung, die sie gemacht hatte, wütend anschrie. Sie legte ein paar Euro auf die Theke. Limas war bereits aufgestanden, und sie eilten in den nebligen Spätnachmittag hinaus.

»Die Informationsbeschaffung läuft wohl nicht besonders gut?«, fragte Limas und stieß herzhaft auf. »Womit hast du den Barmann so auf die Palme gebracht?«

»Er ist einfach hochgegangen«, antwortete Evan, während sie in eine Seitenstraße einbogen und direkt auf eine weitere Kneipe zusteuerten. »Ich konnte nichts dafür.«

Limas schüttelte den Kopf. »Was sollen die Leute dir denn erzählen? Ich tappe im Dunkeln.«

Evan warf ihm einen Blick zu. »Und das am helllichten Tag.« Beim Eintreten deutete sie in den Raum. »Such dir einen Tisch und bestell, was du willst.«

»Ich kann unmöglich noch mehr essen und trinken.«

»Dann setz dich einfach auf eine Bank neben der Tür und sag, du wartest auf einen Freund.«

Limas nickte. »Okay.«

Diese Kneipe war kleiner als die beiden vorhergehenden. Mit den frei liegenden Deckenbalken, dem großen Kamin, in dem ein knisterndes Feuer brannte, und einem Gestell mit anscheinend antiken Gewehren, das an der Wand hinter der Theke angebracht war, hatte sie etwas von einer Jagdhütte. Eines der Gewehre war eine Mauser 98. Evan lächelte in sich hinein, als sie an die Theke trat. Der Wirt war ein großer, massiger Geselle mit den aufgeschwemmten Wangen und der rot geäderten Nase des unverbesserlichen Trinkers. Evan bestellte in bayerischem Dialekt ein gezapftes Bier und sagte beim Kosten: »Ah, das ist Heimat.«

»Sie kommen von hier, Fräulein von Feuer?«, fragte der Wirt, nachdem Evan sich vorgestellt hatte. Er zog eine seiner raupenähnlichen Augenbrauen hoch. »Ein vornehmer Name.« Von den Augenbrauen abgesehen, war sein Kopf vollständig kahl, und sein Schädel schimmerte im schummrigen Licht.

»Vielen Dank, aber nein. Mein Vater ist jedoch auf dem Berg geboren und aufgewachsen.« »Berg« sagten die Leute hier einfach, wenn sie den Watzmann meinten.

»Was war er im Krieg?«

Wenn die Leute hier »Krieg« sagten, konnte nur der letzte Weltkrieg gemeint sein. Der Erste Weltkrieg war der kollektiven Erinnerung schon zu fern.

»Ein Scharfschütze an der Ostfront.« Evan deutete mit einer Kopfbewegung auf das Gestell mit Gewehren. »Ich erkenne die Mauser 98. So eine hat mein Vater besessen.«

Der Wirt wandte sich ihr halb zu. »Das Gewehr ist vorschriftsmäßig zur Deko-Waffe umgebaut. Ich nehme es jeden Monat auseinander und öle es.«

Evan trank mehr Bier. »Sie würden es mir nicht zufällig verkaufen wollen? Es hätte einen hohen emotionalen Wert für mich.«

Der Wirt schüttelte den Kopf. »Nein, tut mir leid.«

»Mein Vater ist als einer von wenigen zurückgekommen«, sagte Evan. »Ihm waren vier Finger und beide Füße erfroren.«

»Ein wahrer Held, ich verstehe.« Der Wirt nickte weise. »Aber leider lässt sich da nichts machen.« Er breitete die riesigen Hände aus, beugte sich über die Theke vor und senkte die Stimme. »Verstehen Sie, in das Gewehr ist der Totenkopf eingraviert.« Der gefürchtete Totenkopf diente als Zeichen für Heinrich Himmlers Totenkopfverbände, die sowohl für die Bewachung der Vernichtungslager als auch für Überwachungsaufgaben im von den Nazis besetzten Europa eingesetzt worden waren. »Es verstößt gegen das Gesetz, mit Naziausrüstung zu handeln.«

Evan fand es aufschlussreich, dass er das Wort *Ausrüstung* verwendete und nicht *Andenken.* Es bedeutete, dass diese Gegenstände für ihn nichts Nostalgisches hatten. Für einen Nazi wie ihn waren sie noch immer aktuell.

»Man darf nicht einmal das Hakenkreuz verwenden.« Der Wirt zuckte mit den Schultern. »Ich meine, was kann man da machen?«

»Ja, ich verstehe vollkommen«, sagte Evan in klagendem Tonfall. »Trotzdem wird meiner Reise zurück zu meinen Wurzeln und Vaters Heimatland etwas fehlen, wenn ich kein Andenken an jene Zeit mit nach Hause nehmen kann, in der er ein Held war.«

Jetzt stiegen beide Raupen über den Augen des Wirts in die Höhe. »Wollen Sie mir etwa sagen, dass Sie keinen einzigen seiner Orden besitzen, Fräulein von Feuer?«

»Leider ging alles bei den Bombenangriffen durch die Alliierten verloren«, antwortete Evan mit einem kaum spürbaren Hauch von Boshaftigkeit.

»Wie so vieles andere«, klagte der Wirt.

»Nämlich die wahre deutsche Lebensart.«

Der Wirt schlug so heftig mit der Faust auf das Zinkblech der Theke, dass Evans Humpen einen kleinen Hüpfer vollführte. »Haargenau«, stimmte er zu.

Ein Kunde am anderen Ende der Theke rief nach ihm, und er entschuldigte sich, um ihn zu bedienen. Evan blieb an Ort und Stelle stehen, ziemlich angespannt. Sie schaute nicht auf den Wirt, sondern mit unübersehbarer Sehnsucht auf die Mauser 98.

Als der Wirt zurückkehrte, griff er das Gespräch leise wieder auf. »Ich teile Ihren Kummer, gnädiges Fräulein. Ich kann Ihnen nicht helfen, aber ...« Er griff unter die Theke und holte einen

Notizblock und einen Bleistiftstummel hervor, der so aussah, als hätte sich ein Eichhörnchen an ihm ausgetobt. »Aber vielleicht ein Freund von mir.« Er notierte einen Namen, Joachim Wenzel, eine Adresse und eine Handynummer. Beim Abreißen des Zettels, den er ihr über die Theke zuschob, fügte er hinzu: »Sagen Sie ihm, dass Markus Sie geschickt hat. Ich rufe ihn vorher noch an.«

Evan nickte dankbar. »Sehr verbunden.« Sie holte Geld heraus, doch Markus winkte ab.

»Die stolze Tochter des Kriegshelden von Feuer braucht hier nichts zu bezahlen.« Beim Lächeln blitzten ein paar Goldzähne in seinem Mund auf. »So viel kann ich für einen Waffenbruder immerhin tun.«

46

Das Danilov-Kloster im Danilovsky-Bezirk südlich des Moskauer Zentrums war Ende des dreizehnten Jahrhunderts von Daniel, dem ersten Fürsten Moskaus, erbaut worden. Das burgähnliche Äußere des weißen Komplexes war kein Zufall, da Daniel das Kloster ursprünglich als Befestigungsanlage zur Verteidigung der Stadtmauer errichtet hatte. Inzwischen war es der Amtssitz des Patriarchen der russisch-orthodoxen Kirche.

Um exakt zwölf Minuten vor neun durchschritt General Boyko die rosa Torkirche, die dem Säulenheiligen Simon geweiht war. Anschließend betrat er die Kirche der Sieben Heiligen Väter. Seine Schritte hallten von den Wänden wider, die über und über mit Fresken der Heiligen Väter und der historischen Ersten Ökumenischen Konzilien geschmückt waren. Der Gottesdienst würde erst in einer guten Stunde beginnen. Danach würde wie jeden Tag einer dem anderen ohne Pause bis siebzehn Uhr folgen.

Er ging zur kleinen Hauptkapelle, die dem Schützenden Schleier Mariens geweiht war, und betrachtete kurz die reich verzierte Ikonostase. Dabei dachte er darüber nach, wie töricht der Glaube an Gott doch war und wie notwendig gleichzeitig die Religion, um das Volk gefügig und unter Kontrolle zu halten. Er klappte seinen zerschrammten ledernen Aktenkoffer auf, holte eine braune Papiertüte heraus und entnahm ihr eine Schokoladenbrioche, die er genüsslich verzehrte.

Beim Essen dachte er darüber nach, in was für eine vorteilhafte Position er sich manövriert hatte, gerade auch hier und jetzt. Er dachte an seine Geliebte, ermordet auf Gorgonovs Geheiß. Dann dachte er an seine geliebte Tochter, von Gorgonov zu Tode erschreckt. Er dachte darüber nach, was für ein Genuss es sein würde, das Leben seines Feindes noch heute, an ebendiesem Morgen, zu beenden. Es würde blitzschnell gehen. Und dann wäre er, General Boyko, frei, seinen eigentlichen Traum zu verwirklichen, nämlich dafür zu sorgen, dass die Regierungsgewalt für Mütterchen Russland auf ebenjene methodisch und beinahe wissenschaftlich operierende Einheit überging, die sich auf das Dritte Reich Deutschlands berief. Danach würde der wahre Aufstieg der russischen Föderation zur Weltmacht beginnen.

Als er sein Frühstück beendet hatte, leckte er sich die Fingerspitzen eine nach der anderen ab und verstaute die Tüte wieder im Aktenkoffer, den er aufgeklappt neben sich stehen ließ.

Er brauchte nicht auf die Uhr zu schauen. Dass es Punkt neun war, erkannte er am Klang der Schritte hinter sich. Er wandte sich um, um zu beobachten, wie sein gehasster und gefürchteter Feind sich näherte.

»Genug mit dieser Scheiße«, sagte Gorgonov in einem gedämpften, aber scharfen Tonfall. »Mit diesem Mordanschlag hast du die rote Linie überschritten. Und dazu noch nur wenige Straßen vom Kreml entfernt.«

Boyko hob beschwichtigend die Hände. »Davon weiß ich nichts.«

Gorgonov zog die Augenbrauen zusammen. »Hältst du mich für blöd? Alles an diesem Mordversuch deutet auf dich hin.«

»Du verwechselst da etwas. Ich habe nicht ...«

»Einer meiner Männer ist an dem verdammten Gift gestorben, das für mich bestimmt war.«

»Besser er als du.« Boyko holte die braune Tüte erneut aus seinem Aktenkoffer und zog eine weitere Schokoladenbrioche heraus. »Ich habe dir etwas fürs Frühstück mitgebracht. Gerade habe ich selbst eine gegessen. Das sind die besten in ganz Moskau, Ehrenwort.«

Gorgonov musterte den General, ohne auch nur einen Blick auf das Gebäck zu werfen. »Das soll wohl ein Scherz sein.«

»Nein? Du willst sie nicht? Sicher?« Boyko zuckte mit den Schultern. »Na gut. Dann esse ich sie selbst.«

Gorgonov wartete ab, bis Boyko aufgegessen hatte. »Deine joviale Art ist vollkommen unangebracht. Diese Fehde muss hier und jetzt enden, und zwar sofort, bevor einer von uns beiden dabei zu Tode kommt.«

»Ich stimme dir voll und ganz zu«, antwortete Boyko und wischte sich die Finger an seinem Militärmantel ab.

»Du hast angefangen«, sagte Gorgonov, der ihn angeekelt betrachtete. »Du hast mir Brady Thompson abgeworben, den besten amerikanischen Agenten im Dienst des SVR.«

Boyko zuckte mit den breiten Schultern. »Ach, du warst so mit der Suche nach Shokova beschäftigt, dass ich dachte, ich nehme dir ein wenig Arbeit ab«, erklärte er selbstgefällig und saugte an einem Krümel, der zwischen seinen Zähnen steckte. Dann wurde sein Tonfall boshaft. »Nun, es ist, wie es ist, Anton Recidivich. Thompson gehört jetzt mir.«

Gorgonov ballte unwillkürlich die Fäuste. »Du bestiehlst mich, tötest meine Leute, versuchst, mich zu ermorden ... damit ist jetzt Schluss. Ich will Thompson zurück.«

Boyko lachte. »Das sehe ich anders. Ich zeige dir, was bald passiert.« Er knüllte die Papiertüte zusammen, ließ sie in seinen Aktenkoffer fallen und nahm eine schwarze Kartonmappe heraus. Schräg über die rechte obere Ecke zogen sich zwei rote Streifen. Er streckte sie Gorgonov hin.

»Was ist das?«, fragte Gorgonov, der die Mappe misstrauisch beäugte.

»Das Ende«, antwortete Boyko. »Von allem.« Er lächelte wie ein Krokodil, das sein Abendessen vor sich sieht. »Jedenfalls für dich.«

»Ich möchte das nicht sehen.«

»Nein?« Der General klappte die Mappe auf. »Na gut, dann lese ich es dir vor.«

Er hatte gerade erst begonnen, da riss Gorgonov ihm die Mappe aus der Hand. Die Akte enthielt die Abschrift des Tagebuchs eines Studenten, mit dem Gorgonov im Studium befreundet gewesen war. Minutiös wurde Tag für Tag berichtet, wie dieser Student den jungen Gorgonov verführt hatte und es schließlich im flohverseuchten Zimmer eines billigen Hotels zu Schäferstündchen kam. Gelegen war dieses Hotel im ehemaligen Industriegebiet von Sankt Petersburg, in dem sich alte, aufgegebene Fabriken und Plattenbauten drängten, baufällige Hochhausblocks mit Sozialwohnungen, in denen je drei oder vier Familien zusammengepfercht vor sich hin vegetierten.

Das Tagebuch ließ kein Detail der Liebesbegegnungen aus – weder die geflüsterten Koseworte noch den Liebesakt, noch die Minuten danach, in denen der junge, verschwitzte Gorgonov seinem Liebhaber von allem erzählte, was er gerade tat oder einmal zu tun hoffte.

Dann waren da die Fotos von ihnen beiden, nackt und ineinander verschlungen, der Mann, der eindrang, und der, in den eingedrungen wurde, als wären sie griechische Ringer mit eingeölten Körpern und begierigen Augen. Wie waren diese Fotos geschossen worden? Mit einem System, das der Liebhaber vorher aufgebaut hatte, oder vielleicht von einer dritten Person, die sich in einem Wandschrank oder hinter einem Vorhang versteckt hatte? Es spielte keine Rolle; die Fotos waren echt, und das reichte.

»All das haben wir aus dem Darknet geholt, Gorgonov, wo dein Liebhaber es gespeichert hatte, vermutlich weil er es nicht ertrug, sich davon zu trennen. Liebe Erinnerungen und so.« Boyko nahm die Akte aus Gorgonovs erschlafften Händen. »Das wird dich ruinieren, du weißt es.« Seine Häme war jetzt unübersehbar. »Sobald der Souverän erfährt, was ich hier habe, geht es mit dir ab nach Sibirien. Für dich wird es nicht einmal einen Schauprozess oder ein Erschießungskommando geben. Deiner Frau, deiner Tochter und deiner gesamten Familie wirst du einfach abhandenkommen. Es wird so sein, als hätte es dich nie gegeben.«

Der General legte den Kopf schief. »Oder: Ich könnte das hier einfach auf sich beruhen lassen, und du reichst deinen Rücktritt ein. Bewirb dich bei einem Privatunternehmen oder werde Geschäftsmann. Mir ist alles recht, solange du mir hier nicht auf die Nerven gehst. Ich möchte nie wieder etwas von dir sehen oder hören.«

Er schlug sich grinsend mit der Mappe in die geöffnete Hand. »Die Wahl liegt ganz bei dir.«

»Guten Morgen, meine Herren!«

Beim Klang der allzu vertrauten Stimme fuhr Boyko herum.

»Souverän«, sagte er. Er erstickte fast an dem Wort.

»Ich komme immer gern hierher, General«, erwiderte der Souverän. Er trug einen leicht militärisch anmutenden, leger geschnittenen Anzug über einem Hemd mit offenem Kragen. Unübersehbar hing ein Goldkreuz zwischen seinen Brustmuskeln. Den hellbraunen Kaschmirmantel hatte er über die eine Schulter geworfen. »Frühmorgens ist es hier so friedlich, finden Sie nicht?«

»Ja, wirklich, Souverän«, antwortete Gorgonov.

»Was machen Sie beide denn hier, wenn ich fragen darf«, erkundigte sich der Souverän mit nichtssagendem Gesichtsausdruck. »Sie wollen doch gewiss nicht zum Gottesdienst, oder?«

Boyko war zu überrumpelt, um auch nur ein einziges Wort herauszubekommen.

»Wir versuchen, unseren Streit beizulegen«, sagte Gorgonov.

»Ich verabscheue Streitereien zwischen meinen Behördenleitern. Was auch immer es für einen Konflikt gibt, er muss sofort aus der Welt geschafft werden.« Der Souverän trat näher zu den beiden Männern und damit ins Licht. Hinter ihm im Kirchenschiff trafen die Gottesdienstbesucher ein, und ihre Geräusche vervielfältigten sich zu einem Hin und Her von Echos. Die Gläubigen und die weltlich Gesinnten waren sich ganz nah, ohneeinander die geringste Aufmerksamkeit zu schenken.

Als er dicht genug bei ihnen war, sagte der Souverän: »Was haben wir denn da?«, und nahm Boyko die Mappe aus der Hand.

»Eine sehr ernste Situation, Souverän«, sagte der General. »Ich habe aufgedeckt, dass Anton Recidivich Gorgonov nicht dazu geeignet ist, den SVR zu leiten. Tatsächlich ist er als verkappter Homosexueller, wie Sie der Akte entnehmen können, für überhaupt keinen Führungsposten geeignet.«

Der Souverän hob die Augen, und sein durchdringender Blick bohrte sich in General Boyko. »Was habe ich über einen Mordanschlag auf Anton Recidivich gehört?«

»Was?« Überrumpelt trat Boyko unwillkürlich einen Schritt zurück. »Ich weiß nichts über …« Er brach mitten im Satz ab, als der Souverän eine Reihe von Fotos vor ihm ausbreitete.

»Wer ist das, mit dem Sie da sprechen, General«, sagte der Souverän. Es war keine Frage. »Ich glaube, dass es tatsächlich Vilen Vladimirovich Aliyev ist. Korrigieren Sie mich, falls ich mich irre, Anton Recidivich.«

»Sie irren sich nie, Souverän.«

Was für ein verdammter Arschkriecher, dachte Boyko erbittert. Ihm war klar, dass er sehr rasch den Boden unter den Füßen verlor. Doch wie Menschen das eben tun, klammerte er sich an einen letzten Rest von Hoffnung. »Aber diese Information über Gorgonovs Vergangenheit ist unbestreitbar belastend, Souverän.«

»Nein, General, das ist sie nicht. Im Gegensatz zu den Fotos von Ihnen und dem Führer der rechtsextremen Bewegung, den Sie für den Mordanschlag auf Anton Recidivich angeheuert haben, ist die Information, die Ihnen hier vorliegt, gefälscht. Verstehen Sie, ich habe sie bereits gesehen. Vielleicht wüssten Sie gern, wann? Nun, als meine Leute sie fabrizierten und sie in einem sehr dunklen Winkel eines der Sektoren des Darknets lancierten, die der GRU regelmäßig kontrolliert.«

In diesem Moment spürte Boyko, wie das Fangeisen um sein Bein zuschnappte. Es war, als ginge dem gesamten Morgen die Luft aus. Lautlos verfluchte er sich dafür, dass er sich wie ein Lamm zur Schlachtbank hatte führen lassen.

»Du solltest die Information finden«, fügte Gorgonov hinzu. »Und das hast du.« Es ihm noch einmal tüchtig unter die Nase reiben.

Der Souverän nickte. »Das ist vollkommen zutreffend, Anton Recidivich.«

Hinter dem Souverän tauchten zwei Männer aus der Leibwache des Kreml auf. Zwischen ihnen ging der vom General ausgewählte Scharfschütze. Einer der Leibwächter hielt das Gewehr mit dem Lauf nach unten in den Händen.

»Wer ist dieser Mann, General?«, fragte der Souverän in einem

Tonfall, der deutlich machte, dass er die Antwort bereits kannte. »Einer Ihrer Leute?«

Der Geschmack der Niederlage legte sich wie Asche auf Boykos Zunge. »Ja«, antwortete er so leise, dass der Souverän ihn wütend anblaffte. Boyko zuckte zusammen. »Ja«, wiederholte er lauter.

»Und zu welcher Abteilung gehört dieser Mann, General?«

Der Boden schwankte unter Boykos Füßen. »Zur *Speznas*.«

»Zu den Spezialeinsatzkräften, ich verstehe.« Der Souverän fasste Boyko scharf ins Auge. »Und was ist seine Spezialität, General?«

Du weißt es, du weißt es doch genau!, hätte Boyko ihn am liebsten angeschrien. Dieses Verhör so in die Länge zu ziehen, war Folter. »Korporal Levrov ist Scharfschütze.«

»Und wozu haben Sie ihn hergeholt? Um den Mordanschlag, den Aliyevs Leute vermasselt haben, nun doch noch durchzuführen?«

Boykos Zunge lag wie geschwollen in seinem Mund.

»Nachdem Anton Recidivich guten Glaubens hierhergekommen ist.«

Nun rebellierte allmählich Boykos Frühstück im Magen.

Der Souverän nickte einem seiner Leibwächter zu, und der hielt Levrov eine SPS-Pistole hin. Dies war eine der besten Pistolen der Welt, geladen mit 9-mm-Patronen, die kugelsichere Westen durchschlugen. Alle Leibwächter des Souveräns waren mit dieser Waffe ausgerüstet. Diese hier war mit einem Schalldämpfer versehen.

»Nehmen Sie sie, Korporal Levrov«, befahl der Souverän. Als Levrov der Aufforderung gefolgt war, wandte der Souverän sich wieder Boyko zu. »Ich hatte Ihnen gesagt, dass ich Streitereien verabscheue.«

Der Gesang, der beim ersten Gottesdienst des Tages aufstieg, ließ die Luft vibrieren, als stünden sie am Fuße eines Wasserfalls.

»Korporal Levrov, General Yuri Fyodorovich Boyko ist ein Verräter an seinem Souverän und an unserem Mutterland«, begann der Souverän. »Tun Sie Ihre Pflicht.«

Ohne zu zögern, hob Korporal Levrov die SPS, wartete klugerweise noch ab, bis der Gesang zu einem Höhepunkt angeschwollen war, und schoss Boyko dann ins Herz. Es wurde vollständig zerfetzt.

Hinterher erledigte Levrov die Plackerei und schleppte Boykos Leiche nach draußen, auf einem im Voraus geplanten Weg, der es ermöglichte, seinen Tod geheim zu halten. Zwei weitere Männer trafen ein, um den prachtvollen Fliesenboden vom Blut zu reinigen.

Als sie allein waren, blickte der Souverän angeekelt auf die Fotos in der schwarzen Mappe. »Das war knapp, Anton Recidivich.«

»Jawohl.«

»Es ist Boyko beinahe gelungen, denselben Weg wie die Verräterin einzuschlagen.« Damit meinte er Lyudmila Shokova, deren Namen er niemals aussprach. Der Blick des Souveräns bohrte sich in Gorgonovs Augen, als wollte er bis in den hintersten Bereich seines Gehirns vordringen. »Das, Anton Recidivich, war die einzige heikle Situation, die ich Ihnen zugestehe.«

»Verstanden.«

»Dann wäre das erledigt.« Der Souverän legte Gorgonov den Arm um die Schultern. Lächelnd atmete er den Geruch von Stein und Weihrauchdunst tief ein. »Und jetzt wollen wir am Gottesdienst teilnehmen, um für diesen wunderschönen Tag zu danken.«

47

Als Brenda erwachte, starrte sie in die citringelben Augen einer Bestie. Was ganz entschieden merkwürdig war, da sie sich in einem sehr schön ausgestatteten Raum befand, mit glänzenden Chintz-Vorhängen, übergroßen Möbeln sowie Gemälden von ländlichen Szenen, die aus dem Deutschland von einst stammten, einem Deutschland, das seitdem durch zwei Weltkriege zerstört worden war.

Sie ruhte auf einer altmodischen Chaiselongue mit gedrechselten Armlehnen, die mit Fransen von erdbraunem Moiré gesäumt war. Tatsächlich wies fast alles in dem großzügig geschnittenen Raum einen erdbraunen Farbton auf, abgesehen von der Vase mit frischen Veilchen, die auf einem Sekretär an der Wand stand. Aber vielleicht, dachte Brenda, war diese sepiabraune Tönung auch den Strahlen der untergehenden Sonne zu verdanken, die durch die nach Westen gerichteten Fenster hereinströmten. Offensichtlich hatte der Schneesturm sich in der Zeit ihrer Bewusstlosigkeit gelegt.

Doch nun waren da die citringelben Augen, die sie bis ins tiefste Innere zu durchbohren schienen. Sie saßen in einem riesigen, pelzigen Kopf mit langer Schnauze. Kaum dass Brenda die Augen aufgeschlagen hatte, hatten sich die schwarzen Lippen zu einem Zähnefletschen zurückgezogen und lange, gelbliche Zähne entblößt, die so spitz waren wie die Alpengipfel vor dem Fenster. Der Hund – es musste wohl ein Hund sein, denn sie hatte einmal gelesen, dass Wölfe unzähmbar wären – war riesig und kohlrabenschwarz. Die Ohren hatte er flach an den Schädel gelegt. Das war kein gutes Zeichen. Und auch nicht das leise, drohende Knurren, das aus tiefer Kehle aufstieg.

»Guter Junge«, sagte sie automatisch, was reichlich albern klang. »Sei ein guter Junge und bleib, wo du bist.«

»Das wird er«, ertönte zu ihrer Bestürzung eine Stimme. »Solange Sie dort bleiben, wo Sie sind.«

Sie drehte den Kopf und entdeckte einen schmalen Mann mit einem altmodischen Schnurrbart, der gut zu seiner aristokratischen Körperhaltung passte. Sein Rücken war so kerzengerade, dass er durchaus ein ehemaliger Militärangehöriger sein konnte.

»Wer sind Sie?«, fragte sie mit belegter Stimme.

Der Mann ließ sich ihr gegenüber in einem Plüschsessel nieder, der eher zu einer Frau als zu einem Mann gepasst hätte. Er trug einen maßgeschneiderten Dreiteiler, über dessen Brust die Goldkette einer Taschenuhr hing. Im Knopfloch seines rechten Revers steckte eine Blüte, als wäre er auf dem Weg zu einer Hochzeit oder einer Beerdigung. Die linke Seite des Revers war mit einer silbernen Anstecknadel geschmückt, zwei Raben Schnabel an Schnabel.

»Nemesis«, sagte sie. »Nun, wenigstens weiß ich jetzt, wozu Sie gehören.«

Er schlug die Beine übereinander, was seidene Strümpfe zum Vorschein brachte. »Wie geht es Ihnen?«

Brenda musterte ihn, während sie verzweifelt versuchte, die Nachwirkung des Betäubungsmittels aus ihrem Gehirn zu vertreiben. Er hatte ein schmales Gesicht, eine hohe Stirn, eine scharfe Nase und dünne Lippen. In Verbindung mit seinem rabenschwarzen Haar verlieh ihm sein spitzer Haaransatz etwas Teuflisches. »Ich bezweifle sehr, dass die Antwort Sie wirklich interessiert«, antwortete sie in gelassenem Tonfall. »Aber wenn Sie es wirklich wissen wollen, beantworte ich Ihre Frage, wenn Sie die meine beantworten.«

Er legte die gefalteten Hände übers Knie wie ein Bischof, der eine Predigt hält. »Das klingt fair.«

»Ich fühle mich grandios«, antwortete Brenda spöttisch.

Er schenkte ihr ein gequältes Lächeln. »Mit ›grandios‹ meinen Sie wohl ›gut‹.«

»Beantworten Sie meine Frage.« Brenda war sich der Nähe der schwarzen Bestie so bewusst, dass sie sich ständig zusammenreißen musste. Sie hatte wesentlich mehr Angst vor dem Hund als vor dem Mann.

Wieder ein gequältes Lächeln, das diesmal eher wie eine Grimasse wirkte. »Nein, tut mir leid.« Er stand auf. »Ihr Vertrauen in die menschliche Natur ist leider unangebracht.« Er ging zur Tür. »Sie befinden sich nicht an einem freundlichen Ort. Hier wird Ihnen nichts Gutes widerfahren. Das sollten Sie besser früher als später begreifen.«

Als er die Tür öffnete, fragte sie: »Was ist mit diesem ... diesem Tier?«

»Oh, Sie meinen Major. Er stammt von einer langen Blutlinie von Hunden ab, die der Meister selbst gezüchtet hat.«

»Der Meister?«, fragte sie. »Befinden wir uns hier im mittelalterlichen Deutschland?«

»Hier im Watzmannhaus sind Sie nahe daran«, antwortete der Mann mit einem beinahe feierlichen Nicken.

»Lassen Sie mich nicht mit diesem Tier ...« Aber er war bereits hinausgegangen und schloss die Tür hinter sich ab.

Majors citringelbe Augen musterten sie mit einem bestialischen Fanatismus, von dem sie ganz benommen wurde. Sie bekam nur mit Mühe Luft. Ihr ganzer Körper kribbelte.

• • •

Der Schneefall hatte sich gelegt und den Alpenhimmel wolkenfrei zurückgelassen. Die Luft war wie sauber gewaschen und duftete nach Fichtenzweigen und Holzrauch.

Joachim Wenzel, ein Schlosser in Rente, lebte in einem kleinen, hübschen Fachwerkhaus einen Kilometer vor Berchtesgaden. Im Türrahmen empfing sie ein Mann wie ein Hufschmied: Arme wie Popeye, ein gerissenes Lächeln und ein Glasauge, das Evan ohne Lidschlag anstarrte. Er trug eine ölbefleckte Lederschürze über einem Arbeitshemd aus Drillich, dessen Ärmel bis zu den Ellbogen aufgekrempelt waren. Er roch noch immer nach Metallspänen und Schmieröl.

»Gnädiges Fräulein, mein Herr, guten Tag! Wie kann ich Ihnen dienen?«, fragte er mit einer samtweichen Stimme, die überhaupt nicht zu seiner körperlichen Erscheinung passte. Er klang, als sänge er im Kirchenchor.

Evan stellte sich vor. Sie beschloss, dass Limas für diesen Anlass ihren persönlichen Assistenten abgeben würde.

»Ah ja, Fräulein von Feuer. Bitte kommen Sie herein.« Wenzel trat zurück, damit sie das Haus betreten konnten. Sie standen in einer kleinen Diele, von der eine steile Holztreppe zum Obergeschoss hinaufführte. Wenzel führte sie in ein Wohnzimmer mit bequemen Sitzmöbeln, ein paar Dürer-Drucken und einem offenen Kamin, in dem ein munteres Feuer flackerte. Die Mitte des grob behauenen Kaminsimses nahm eine geschnitzte Kuckucksuhr ein.

»Markus hat mich informiert, dass Sie vielleicht vorbeischauen würden.« Er streckte ihnen die schwielige Pranke hin. Als Evan sie ergriff, weiteten sich seine Augen in leichter Verblüffung. »Ich erkenne die Hand eines Handwerkers, wenn ich sie in meiner fühle, Fräulein von Feuer. Was haben Sie für einen Beruf, wenn ich mir die Frage erlauben darf?«

»Ich fertige Segeljachten nach Kundenwunsch«, antwortete Evan ohne einen Augenblick des Zögerns. »Kleine Jachten, selten länger als zwanzig Fuß.«

»Ein Beruf mit Tradition, Fräulein von Feuer. Und ein vornehmer.« Wenzel entblößte beim Lächeln mehrere Zahnlücken. »Alle Achtung.«

Evan dankte ihm.

»Und Ihr Vater. Ein Kriegsheld.« Er nickte anerkennend. »Das hat Markus mir schon erzählt. Ich hoffe, das stört Sie nicht.«

»Gewiss nicht.«

Wenzel legte die Hände zusammen, wie zum Gebet. »Darf ich Ihnen etwas zu trinken anbieten? Ein Bier? Vielleicht einen Schnaps? Nein?« Er deutete auf die Sitzgruppe. »Bitte, machen Sie es sich bequem.«

Evan und Limas wählten das Sofa, während Wenzel sich ihnen gegenüber in einem Sessel niederließ. Zwischen ihnen flackerte das Feuer.

»Nun, was kann ich für Sie tun?«, fragte Wenzel. »Ein Erinnerungsstück aus der Zeit von Berchtesgaden, wie Ihr Vater es kannte? Ist das Ihr Wunsch?«

»Ganz richtig«, antwortete Evan.

»Ich verstehe.«

Wenzel stand auf, trat zu einem mit Schnitzereien verzierten Biedermeierschränkchen mit Aufsatz und öffnete die geschwungenen Türen. Dort, wo einmal die rückwärtige Schrankwand gewesen war, klaffte eine Öffnung. Dahinter war ein Safe in die

Wand eingelassen worden, der durch den geöffneten Schrank zugänglich war. Darauf bedacht, mit dem eigenen Körper Evans Blick abzuschirmen, drehte er die Wählscheibe nach rechts, nach links und wieder nach rechts und bediente dann einen Hebel, woraufhin sich die dicke Stahltür öffnete. Dahinter lag ein Schatz an Nazi-Devotionalien, wie Evan ihn noch nie zuvor gesehen hatte.

Wenzel trat mit einer einladenden Geste zurück. »Suchen Sie sich etwas aus, Fräulein von Feuer. Diese Gegenstände sind keine ausgemusterten Erinnerungsstücke. Ich reinige sie regelmäßig peinlich genau; alles funktioniert noch immer perfekt. Dennoch werden Sie meine Preise alles andere als übertrieben finden.«

Evan trat zu dem geöffneten Safe, um sich den Inhalt genauer anzusehen. Dort lagen Pistolen, Hauptsturmführermützen, Orden, Dienstmarken von der SS und der Kriminalpolizei, Munition, Messer, Scheiden, Bajonette, Gürtel und sogar einige unberührte Päckchen C4-Plastiksprengstoff, zusammen mit Zeitzündern und anderem Zubehör, wie es gegen Ende des Zweiten Weltkriegs von Pioniereinheiten der Waffen-SS verwendet worden war. Besonders makaber war der Anblick von einem Paar Offiziersstiefeln, so tadellos poliert wie an dem Tag, an dem es einem toten Obergruppenführer von den Füßen gezogen worden war. Sie strich mit den Fingern über die Objekte, als wollte sie sich vergewissern, dass sie echt waren, hielt den Blick aber auf die Offiziersstiefel gerichtet.

»Was für eine Schuhgröße haben Sie, Fräulein von Feuer?«, fragte Wenzel, als er die Richtung von Evans Blick bemerkte. »Würden Sie sie vielleicht gern anprobieren?«

Evan schüttelte den Kopf. »Sie sind viel zu groß, Herr Wenzel.« Bei dem Gedanken, in diese Stiefel zu schlüpfen, drehte sich Evan der Magen um. »Ganz besonders suche ich nach etwas, das mit dem Abzeichen der Totenkopfverbände geschmückt ist.«

»Für die interessieren Sie sich im Speziellen?«

»Tatsächlich war es eher ein Interesse meines Vaters«, antwortete Evan.

»Ah, nun, in dieser Hinsicht muss ich Sie leider enttäuschen. Alle Ausrüstungsgegenstände der Totenkopfverbände wurden bis aufs letzte Stück von einer bestimmten Gruppe weiter oben am Berg gekauft.«

»Und von wem, wenn ich fragen darf?«, hakte Evan nach.

Doch als sie sich umdrehte, musste sie entdecken, dass Herr Wenzel Limas den Lauf einer modernen Mauser an die Schläfe presste.

48

Der letzte Tag des Jahres, und, ach, wäre es nicht wunderschön, wenn es schneien würde? Das ging Butler durch den Kopf, als er auf der US-29 nordwärts über die Key-Bridge nach Virginia fuhr. Doch es herrschten mehr als vier Grad, die Sonne leuchtete am bleichen Himmel, und oben flogen Vögel.

Brady Thompsons Landhaus – das Wort Anwesen traf es schon eher, dachte Butler, als er dort eintraf – lag ein Stück südlich von Wolf Trap und war eine stattliche Villa im Kolonialstil, vor deren Front ein Portikus auf vier Säulen die Auffahrt überdachte. Man kam sich vor wie in *Vom Winde verweht*. Wie Butler am Morgen im Büro erfahren hatte, hatte der Verteidigungsminister sich doch noch entschieden, einen oder zwei Tage freizumachen, bevor er im neuen Jahr zurückkehrte, um Butler lebendig zu häuten.

Das Grundstück von einem halben Hektar Größe war von einer hohen Steinmauer eingefasst. Ein schwarzes Stahltor, so eindrucksvoll, wie er noch keines gesehen hatte, hätte den Weg versperrt, wäre es geschlossen gewesen. An beiden Torflügeln hing ein großer Stechpalmenkranz. Butler fuhr hindurch, wurde aber beinahe sofort von zwei Secret-Service-Agenten mit dunkler Sonnenbrille und Knopf im Ohr gestoppt. Wie im Film, dachte er, als er die Seitenscheibe herunterließ.

Einer der Wächter sah ihn an und musterte dann das gesamte

Wageninnere, als vermutete er, Butler könnte etwas Gefährliches auf Thompsons Grundstück schmuggeln.

»Sie sind hier falsch eingebogen, Sir«, sagte er. »Bitte setzen Sie zurück, und wenden Sie.«

Butler zückte seinen Dienstausweis. »Ich möchte gern mit Minister Thompson sprechen.«

Der Wächter wandte sich mit einem Knurrlaut ab und sagte etwas in sein kabelloses Mikrofon. Er hörte kurz zu, sagte: »Verstanden«, und drehte sich wieder Butler zu.

»Tut mir leid, der Minister ist beschäftigt«, erklärte er vollkommen ausdruckslos. »Nach dem zweiten Januar können Sie einen Termin mit ihm vereinbaren. Rufen Sie einfach in seinem Büro an.«

Butler lächelte liebenswürdig. »Ich möchte jetzt mit ihm sprechen, wenn Sie nichts dagegen haben.«

Das Gesicht des Wächters wurde so hart wie gebrannter Ton. »Sir, ich sage es Ihnen jetzt zum letzten Mal. Setzen Sie zurück, und wenden Sie. Sie haben hier nichts zu suchen.«

Butler knipste ein noch strahlenderes Lächeln an. »Oh, da irren Sie sich. Bitte informieren Sie den Herrn Minister, dass Benjamin Butler hier ist …«

»Das habe ich bereits getan, Sir, und man hat mir gesagt …«

»Sagen Sie ihm, dass ich mit General Boyko hier bin.«

Der Wächter spähte erneut in den Wagen. »Sie sind allein, Sir.«

Von einem Moment auf den anderen verfinsterte sich Butlers Miene. Seine Geduld mit diesem Clown war aufgebraucht. »Ich möchte nicht in Ihrer Haut stecken, sollte der Minister verpassen, was ich ihm zu sagen habe.«

Der Wächter schien etwas antworten zu wollen, überlegte es sich aber anders. Achselzuckend rief er erneut seine Zentrale an.

Diesmal dauerte die Wartezeit länger, vermutlich, weil die Person, an die der Wächter sich gewandt hatte, losgegangen war, um Thompson zu suchen und ihm die Nachricht direkt zu überbringen.

Schließlich schien der Wächter einer Stimme zu lauschen, die aus seinem Kopfhörer drang. »In Ordnung«, sagte er. Zu Butler gewandt sagte er: »Fahren Sie weiter, Sir. Der Herr Minister empfängt Sie im Blauen Zimmer.«

Das Blaue Zimmer, dachte Butler. Dieser Mann bläst sich mit seiner übertriebenen Prachtentfaltung genauso auf wie der Souverän.

Er fuhr weiter und parkte auf dem Parkplatz vor dem Haus zwischen einem Porsche Panamera und einem Ford Expedition. Das Innere von Thompsons Landhaus war so herrschaftlich wie das Äußere und voller Kristalllüster, Wandtischchen aus Rosenholz, teuren Möbeln und, was Butler besonders amüsant fand, den Porträts mehrerer US-Präsidenten, darunter Ronald Reagan und Bush senior. Alles war vollkommen symmetrisch: zwei von jedem, als hätte Noah die Einrichtung ausgesucht.

Ein junger Mann, der von Kopf bis Fuß in Ralph Lauren steckte, empfing ihn an der Haustür und führte ihn durch holzgetäfelte Gänge zum Blauen Zimmer, dessen Wände wenig überraschend leuchtend blau gestrichen waren. Das Polster von Sesseln und Couchen war mit saphirblauem Leder bezogen. Selbst die Teppiche hatten einen blauen Grundton. Die eine Wand wurde von zwei Kirschholz-Anrichten eingenommen, in einer anderen öffneten sich drei Fenster, die Blick auf einen Rasen und einen derzeit abgedeckten Pool boten. An der Wand gegenüber stand ein massiver Eichenholzschreibtisch, neben dem eine amerikanische Fahne mit vergoldeter Fahnenstange ihren Platz hatte.

Butler schaute aus dem mittleren Fenster, als er hinter sich ein

Rascheln hörte, bei dem ihn ein Schauer überlief. Es war wie damals als Agent im Einsatz. Er drehte sich nicht um, nicht einmal, als Thompson sagte: »Sie nehmen sich ganz schön was heraus, Butler. Das wissen Sie.«

Als er sich schließlich doch zu Thompson umwandte, lag auf seinen Zügen dasselbe sonnige Lächeln, das er auch dem Wächter am Tor geschenkt hatte.

»Freut mich auch, Sie zu sehen, Brady.«

Stirnrunzelnd trat Thompson einen Schritt auf Butler zu. »Hören Sie, Sie unverschämter ...«

»Halten Sie die Klappe, und hören Sie mir zu.« Er zog eine Mappe hervor, die er unter seinem langen Mantel verborgen gehalten hatte. »Was ich hier habe, ist der hieb- und stichfeste Beweis, dass Sie für den Kreml arbeiten.«

Thompson schürzte die Oberlippe. »Sie sind verrückt.«

»Erst für den SVR und jetzt für den GRU«, fuhr Butler erbarmungslos fort. »Und zwar insbesondere für General Yuri Fyodorovich Boyko vom GRU, der Sie dem SVR irgendwie abgeworben hat.«

Er zuckte mit den Schultern, ohne Thompsons wütenden Blick zu beachten. »Wie auch immer Sie es drehen und wenden, Sie sind ein Top-Spion, den der Kreml in der Bundesregierung platziert hat.« Er hielt die Mappe hoch und wedelte damit, als wäre sie eine Miniaturausgabe der schlaff neben Thompsons Schreibtisch herabhängenden Fahne. »Ich habe alles über Sie in der Hand, Brady, hierin steht jede Bestechlichkeit und jeder dumme Fehltritt auf Ihrem Weg ins Verderben.«

»Geben Sie das her!« Thompson schnappte sich die Mappe aus Butlers ausgestreckter Hand. Beim Durchblättern traten ihm Schweißperlen auf Stirn und Oberlippe. Schweiß rann ihm vom schütteren Haaransatz herunter und lief ihm in die Augen, sodass er rasch hintereinander blinzelte. »Lügen«, sagte er. »Nichts als Lügen. Und ich kann es beweisen.«

Butler musterte ihn ohne ein Quäntchen Mitleid. »Das dürfte Ihnen wohl kaum gelingen, Brady. Alles in dieser Mappe ist verifiziert worden, einschließlich der verschlüsselten Mitteilungen zwischen Boyko und Ihnen.« Er schüttelte den Kopf. »Für Sie gibt es kein Entrinnen, kein Versteck.«

Thompson wischte sich den Schweiß aus den Augen. »Okay, na gut, Sie wollen vermutlich, dass ich zum Ausgleich für das hier Ihre Anhörung absage. Das kann ich machen. Ich pfeife Willis zurück.«

Butler bedachte ihn mit einem mitleidigen Blick. »Mein lieber Brady, Sie denken viel zu klein.«

Thompson erbleichte. »Sie werden doch nicht damit an die Öffentlichkeit gehen. Ich wäre ruiniert. Denken Sie um Gottes willen an meine Familie.«

»An die hätten Sie denken sollen, bevor Sie zum Verräter wurden.«

»Da steckte ich schon viel zu tief drin im Schlamassel. Ich hatte riesige Geldsummen in Moskauer Immobilien versenkt. Man hat mich mit Plänen und Entwürfen geblendet. Es sah aus wie eine todsichere Sache.«

»Das war alles manipuliert.«

»Im Nachhinein ist man immer klüger«, erklärte Thompson erbittert, nicht bereit oder nicht fähig, die Verantwortung für seine eigenen Taten zu übernehmen. Der typische Charakterzug eines Narzissten. »Und Herrgott noch mal, ich wusste, was mir zustoßen würde, sollte ich versuchen, einen Rückzieher zu machen. Ich hatte die Geschichten über den Tod einiger Bundesangestellter im Großraum Washington mitbekommen. Tödliche Verkehrsunfälle gefolgt von Fahrerflucht des Schuldigen, Lebensmittelvergiftung, einmal ein Selbstmord. Bedauerliche Todesfälle, so hieß es, Unfälle, aber ich wusste es besser. Nein, mein Führungsoffizier hat mir keine Wahl gelassen.«

»Es gibt immer eine Alternative.«

Mit hängenden Schultern schüttelte Thompson den Kopf. »Nicht für einen Mann in meiner Position.« Plötzlich wirkte er zu klein für seinen maßgeschneiderten Anzug.

»Dann bleibt Ihnen eigentlich auch jetzt keine Alternative.«

Ein eigenartig flehender Tonfall trat in Bradys Stimme. »Sie werden mich fertigmachen, nicht wahr?« Er war offensichtlich völlig verängstigt.

»Ganz im Gegenteil, Brady. Ich gebe Ihnen Ihr Leben zurück – beinahe. Für Sie habe ich eine andere Rolle im Sinn.«

Thompson starrte Butler an wie vor den Kopf geschlagen. Er wollte etwas sagen, doch die Worte schienen ihm in der Kehle stecken zu bleiben.

»Ich belasse Sie in Amt und Würden«, fuhr Butler fort. »Alles bleibt so, wie es bisher war – abgesehen von der Absage der Anhörung. Ach ja, und natürlich nehmen Sie Ihre bisherigen Aussagen über mich zurück und gewähren mir Ihre volle Unterstützung. Sie machen so weiter, als wäre nichts Widriges vorgefallen. Wie bisher wechseln Sie Nachrichten mit Boyko, und dabei gibt es nur eine einzige Änderung: Sie geben alle Anweisungen, die Sie erhalten, an mich weiter. Und wenn Sie selbst Boyko kontaktieren, dann mit Informationen, die ich Ihnen persönlich übergeben habe.« Er durchbohrte Thompson mit seinem Blick. »Haben wir uns verstanden?«

Thompson wich zurück und taumelte ungeschickt in einen Sessel. Seine Hände waren so schlaff, dass die Mappe mit den Beweisen auf den Teppich fiel.

»Brady«, fuhr Butler ihn an.

»Ja.« Er hob den Kopf. »Ja, Sie haben sich klar und deutlich ausgedrückt.«

»Gut.« Butler lächelte ihn an. »Wie nehmen Sie Kontakt mit Boyko auf?«

Thompson seufzte. »Alle zwei Wochen wird ein verschlüsseltes Wegwerfhandy an ein Postfach geschickt.«

»Das Postfach läuft auf Ihren Namen?«

Thompson schüttelte den Kopf; er sah bereits fix und fertig aus. »Auf den eines Mittelsmannes. Wer das ist, weiß ich nicht. Er – oder vielleicht auch sie, wer weiß – hinterlegt das Handy für mich zu einem genau bestimmten Zeitpunkt an einem genau bestimmten Ort.«

»Wo befindet sich das aktuelle Handy?«

»Hier.« Thompson griff in die Innentasche seines Anzugs. »Ich trage es immer bei mir.«

»Na gut.« Butler streckte ihm die Hand hin. »Geben Sie es her.«

»Was, jetzt?«

»Wann sonst?«

Ohne ein weiteres Wort übergab Thompson ihm das Telefon.

»Ich lasse das Gerät klonen. Wann immer Sie es benutzen, kann ich das Gespräch mithören und alle Nachrichten sehen. Jedes Mal, wenn Sie ein neues Handy erhalten, kontaktieren Sie mich über ein System, dessen Verschlüsselung ich Ihnen mündlich mitteile. Sie werden sie auswendig lernen.«

»Und dann?«

»Dann klonen wir auch dieses neue Handy. Und immer so weiter.«

Thompson warf ihm einen forschenden Blick zu. »Sie meinen, Sie lassen mich nicht festnehmen?«

»Oh nein.« Butler lächelte. »Sie sind jemand, den man umdrehen kann, und damit viel zu wertvoll fürs Gefängnis. Außerdem suchen sich die Russen sonst einfach nur einen Ersatz. Nein, alles bleibt so, wie es ist. Mit der Ausnahme, dass ich von jetzt an über alles Bescheid weiß, was die Russen Ihnen auftragen. Und hin und wieder werde ich Sie bitten, Ihrem Führungsoffizier die eine oder andere Information zukommen zu lassen.«

»Dezinformatsiya«, sagte Thompson jämmerlich.

»Willkommen in der wunderbaren Welt der Doppelagenten, Brady!« Butlers Grinsen wurde breiter. »Und wie wäre es, wenn Sie mich jetzt zum Mittagessen einladen? Ich würde Ihre Familie furchtbar gern kennenlernen.«

49

Sie kamen Brenda holen, bevor die Dunkelheit sich völlig herabgesenkt hatte, zwei bullige Männer mit militärischem Kurzhaarschnitt, blond und blauäugig. Wortlos traten sie in das Zimmer, in dem sie gefangen war. Sie stellten sich zu beiden Seiten der geöffneten Tür auf und verharrten reglos wie Statuen. Brenda entdeckte einen Schatten, der sich hinter ihnen im Gang bewegte. Dann ertönte ein scharfer Pfiff, hoch-tief-hoch, und Major drehte sich um und trottete aus dem Zimmer. Sein Abgang veränderte die Atmosphäre, als wäre ein schwarzes Loch aus dem Weltraum entfernt worden. Unwillkürlich atmete sie auf, holte tief Luft und stieß sie wieder aus, von einem so tiefen Gefühl der Erleichterung erfüllt, dass ihr Tränen in die Augen traten.

Unterdessen waren die beiden Männer zu ihr getreten, hatten sie an den Armen hochgezerrt und marschierten mit ihr nach draußen. Sie standen Wache vor einer kleinen Toilette, während sie sich erleichterte. Es dauerte eine Weile, weil ihre Blase zum Platzen voll war; gegen Ende der Wartezeit hatte sie viel Energie darauf verwendet, den sich steigernden Druck auszublenden.

Hinterher klatschte sie sich Wasser ins Gesicht und auf den Nacken und genoss es, wie das kühle Nass ihr über Brust und Rücken rann. Sie wünschte, sie hätte eine Dusche nehmen können;

sie roch abstoßend. Schlimmer als alles andere war der Gestank von Angst; er beschämte sie.

Nach draußen zurückgekehrt, wurde sie durch ein mit Vergoldungen verziertes Marmortreppenhaus geführt, das an Versailles erinnerte. Im Erdgeschoss durchquerten sie mehrere Räume, darunter eine prachtvoll eingerichtete Bibliothek, die der Stolz eines jeden Herrenklubs in London gewesen wäre.

Durch weitläufige Küchenräume ging es hinten hinaus ins Freie, vorbei an einem Nutzgarten, der jetzt friedlich unter einer halb geschmolzenen Schicht Schneematsch schlummerte.

Vor ihnen lag eine freie Fläche von der Größe eines halben Exerzierplatzes. Auf der Seite, die ihnen am nächsten war, stand ein Holzstuhl. Sie wurde darauf niedergedrückt. Ihre beiden Wächter stellten sich links und rechts von ihr auf.

Die Sekunden vergingen. Mit jedem Moment, der verstrich, wuchs ihre Unruhe. Sie wusste zwar, dass alles, dessen man sie hier unterzog, direkt aus dem Handbuch für Verhörspezialisten stammte, doch sie musste zugeben, dass es ihr allmählich unter die Haut ging. Und als Major plötzlich neben ihr auftauchte, lautlos, weil man ihn im Schnee nicht kommen hörte, blieb ihr fast das Herz stehen. Etwas, was sie in seinen Augen gesehen hatte, ließ ihn als eine Verkörperung des reinen Bösen erscheinen, und das weckte einen urtümlichen Schrecken in den primitivsten Tiefen ihres Gehirns.

Jemand brachte einen großen Drahtkäfig und stellte ihn auf ihrer anderen Seite ab, gegenüber von Major, der unnatürlich reglos und unnatürlich geduldig dasaß. Dann sah sie, wie eine Hand Majors Fell streichelte. Sie wollte sich umdrehen, um den Herrn des Hundes zu sehen, doch einer der Wächter packte sie so heftig an der Schulter, dass sie zusammenzuckte. Die Person, die hinter ihr stand und noch immer eine Hand auf Majors Fell gelegt hatte, schlug ihr kräftig auf die Wange. Der wortlose Verweis war klar: Blick nach vorn.

Einer der Wächter trat kurz von Brenda weg, kniete sich neben dem Käfig nieder und ließ das Tier heraus, das darin gefangen saß. Wie ein Blitz rannte der Fuchs über die verschneite Fläche los, sein dicker, rötlicher Schwanz peitschte hinter ihm her. Gleich darauf nahm Majors Herr die Hand vom Rücken des Hundes, und wie aus der Kanone geschossen raste die Bestie hinter ihrer Beute her.

Major brauchte nicht lange, um den flinken Fuchs zu erreichen. Er packte ihn beim Nackenfell und schleuderte ihn in die Luft. Kaum dass das Tier auf den Boden aufgeprallt war, stürzte Major sich darauf. Er senkte den großen Kopf, und in der eigentümlichen Stille des hereinbrechenden Abends hörte Brenda, wie es zwischen seinen mächtigen Kiefern knackte. Er zerbiss dem Fuchs die Kehle.

»Schauen Sie«, ertönte die Stimme des Mannes hinter ihr. »So machen wir das.«

Und Brenda wusste, dass sie ihr eigenes Ende vor Augen hatte.

• • •

»Seien Sie so freundlich, mir Ihren echten Namen zu nennen, Fräulein.« Wenzel drückte die Mündung der Mauser so kräftig gegen Limas' Schläfe, dass dieser einen leisen Schreckenslaut ausstieß. »Oder ich sehe mich gezwungen, Ihrem Assistenten das Gehirn wegzupusten.«

»Nur zu«, antwortete Evan munter. »Er sieht gut aus, aber seine Arbeit macht er beschissen. Nach meiner Heimkehr wollte ich ihn ohnehin feuern, aber jetzt können Sie mir den Ärger ersparen.«

»Was?«, schrie Limas auf.

Er zuckte so heftig zusammen, dass Wenzel, ebenfalls überrascht, einen Blick auf ihn warf. In diesem Moment schleuderte Evan den SS-Dolch, den sie eben, bevor sie sich umwandte, aus dem Safe genommen hatte, nach dem Deutschen. Er grub sich bis zum Heft in Wenzels Flanke, und der Verletzte brach mit aufgerissenem Mund zusammen.

Limas' Gesicht war bleich und angespannt. »Hättest du wirklich zugelassen, dass er mich erschießt?«

»Was meinst du wohl?« Evan schob Limas aus dem Weg und kniete sich neben Wenzel nieder.

»Wer hat die ganzen Devotionalien der Totenkopfverbände aufgekauft?«

Wenzel hatte einen Schock. Sein Mund klappte auf und zu, doch es kam nichts heraus, abgesehen von einem Geräusch, das an ein Gurgeln erinnerte. Er drückte die Ränder der Wunde mit beiden Händen zusammen. Etwas Blut sickerte heraus.

Evan schlug ihn kräftig auf die Wange, um ihn wieder zu sich zu bringen. »Herr Wenzel, seien Sie so freundlich, mir zu sagen, wer die Sachen mit Totenkopfzeichen hortet.« Als die Antwort ausblieb, legte Evan langsam die Finger um den Griff des Dolchs. »Herr Wenzel, Sie haben Kampferfahrung, das kann ich sehen. Ein altgedienter Held des Vaterlandes, genau wie mein Fantasievater. Sie wissen, was passieren wird, wenn ich Ihnen dieses Messer herausziehe. Sie werden innerhalb weniger Minuten verbluten. Es wird nichts mehr geben, was Sie retten kann.«

Wenzel sah sie an. Er fletschte die Zähne, doch er sagte: »Sie müssen zum Watzmannhaus.«

»Das Hauptquartier von Nemesis?«

Wenzel nickte mit zusammengepressten Augenlidern. Sein

Atem ging inzwischen stoßweise und war so überlaut wie das eingerostete Werk einer Standuhr.

»Und wer ...?«

»Herr Doktor Cuervos«, brachte Wenzel heraus. »Oder sollte ich sagen: ›Señor Doctor Allis Cuervos‘? Ein Rückkehrer aus Argentinien. Ursprünglich jedoch von bester Nazi-Abstammung. Bayerisch durch und durch. Sein richtiger Name ist Allis Riefenstahl.« Seine bleichen Lippen verzogen sich zur scheußlichen Parodie eines Lächelns. »Richtig, Leni war seine Großmutter, die geniale Filmemacherin, von Joseph Goebbels hochgeschätzt.« Er hielt inne, um die Wirkung zu beobachten, die seine Enthüllung auf die beiden Schwindler hatte. Evan ließ keine Regung erkennen, doch Limas zog die Augenbrauen hoch, entweder ungläubig oder erstaunt. Offensichtlich entschlossen, Letzteres anzunehmen, fuhr Wenzel fort: »Heute lebt der gute Herr Doktor in einer alten Backsteinvilla ganz hier in der Nähe. Fahren Sie einen halben Kilometer weiter, und biegen Sie dann nach links ab. Falls Sie glauben, dass Ihnen das etwas nützt.«

Einen Moment lang drehte sich alles vor Evans Augen. Plötzlich sah sie den roten Backsteinpalast ganz deutlich vor sich und roch nur noch den Gestank von Blut, Eingeweiden und Kot, den der stechende Geruch von Karbol und Bleichmittel nicht übertünchen konnte; und sie hörte nur noch eine Männerstimme, die immer wieder *»Aufstehen, aufstehen, aufstehen«* sagte, nicht in einem Befehlston, sondern mit der ruhigen Intonation eines Hypnotiseurs. Evan – *jene* Evan von damals – konnte nur *Aufstehen* denken und weitermachen, konnte nur jeden Muskel und jede Faser ihres Körpers, jedes Quäntchen ihres Seins darauf verwenden, die Aufgabe, die vor ihr lag, zu lösen ...

»Dann wissen Sie also nicht Bescheid.« Wenzel sprach, doch es schien, als käme seine Stimme aus weiter Ferne.

Evan hörte, wie jemand anders, wahrscheinlich Limas, fragte: »Worüber wissen wir nicht Bescheid?«

»Dann sind Sie also nicht deshalb in solcher Eile?« Wieder Wenzel, doch in Evans Ohren klang es wie das Läuten einer Glocke in einem fernen Tal. »Sie haben die Frau.«

Limas bewegte sich und streifte dabei Evans Schulter. »Welche Frau?«

Evan, die langsam zu sich selbst zurückfand, ins Hier und Jetzt, sah, dass Wenzel Limas anstarrte. »Wie hieß sie noch? Ach, ich weiß nicht ... vielleicht ... Nein, das war es nicht.« Sein boshafter Gesichtsausdruck bewies unzweifelhaft, dass er die Enthüllung dieses letzten Rests an Wissen, das er ihnen voraushatte, absichtlich hinauszögerte. Er versuchte, sich zu bewegen, und sank stöhnend gegen das Sofabein zurück. »Aber andererseits kennen Sie sie vielleicht auch gar nicht, und es ist Ihnen egal, was man mit ihr anstellt oder ob sie am Leben bleibt.« Ein Schulterzucken ließ ihn vor Schmerz aufstöhnen, und er atmete mit halb geöffnetem Mund keuchend ein und aus. »Also, vielleicht sollte ich mir gar nicht die Mühe machen, den Namen auszusprechen.«

»Oh doch!« Limas hockte sich vor ihn. »Sagen Sie ihn uns.«

Wenzel lachte lautlos, und in seinen Augen glomm das bleiche Feuer des Fanatikers. »Ah, ja. Er will es wissen. Ihr beschissener Assistent. Aber ich vergesse ja ganz, dass er in Wirklichkeit gar nicht Ihr Assistent ist. Allerdings bin ich mir ziemlich sicher, dass er genauso beschissen ist, wie Sie sagten.«

Limas wollte sich auf Wenzel stürzen, doch Evan hielt ihn zurück.

»Armer Junge«, sagte Wenzel. »Er möchte es so gern wissen.« Sein Blick wanderte weiter. »Und Sie auch, nicht wahr, Fräulein, wie auch immer Sie heißen?«

Doch Evan hörte noch immer die Stimme. *»Aufstehen, aufstehen,*

aufstehen …« Ihr starrer Blick war so unerbittlich, dass Wenzel blinzelte und kräftig schluckte. »Er ist nicht so wie Sie, *gnädiges Fräulein*, nicht wahr? Für einen von Ihnen beiden ist das traurig, doch für wen wohl?« Wieder das lautlose Lachen. »Aber jetzt fällt mir ihr Name wieder ein, wieso es also weiter hinauszögern?« Er sah Limas direkt an. »Myers, nicht wahr? Brenda Myers.«

Als Brendas Name fiel, wollte Limas sich auf ihn stürzen, die Finger zu Klauen gebogen, doch Evan hielt ihn erneut zurück.

»Immer mit der Ruhe, Peter. Er lügt.« Dabei war sie sich durchaus bewusst, dass sie nicht klar denken konnte.

»Hm, oh nein«, entgegnete Wenzel mit lallender Stimme. »Ganz und gar nicht.« Nur mühsam gelang es ihm, mit seiner geschwollenen Zunge zu schnalzen. »Und was man ihr antun wird, nun … das können Sie sich nicht einmal vorstellen.«

Doch Evan konnte es sich sehr gut vorstellen. Sie dachte an die vier Agenten, die man an den Füßen aufgehängt hatte, bevor ihre Kehlen zerbissen worden waren. Von wem oder was? Sie spürte, dass Limas wie Espenlaub zitterte, und wusste, dass er an dasselbe dachte wie sie. Evan ließ den Dolchgriff los. Sie hatte mehr aus dem Deutschen herausbekommen, als sie erwartet hatte. Es war an der Zeit, den Berg zum roten Backsteinpalast hinaufzufahren, zum Watzmannhaus.

Aber Wenzel war noch nicht fertig. Eine Grimasse des Trotzes verzerrte sein Gesicht. Mit gespitzten Lippen spuckte er Evan an. »Heil Hitler«, rief er.

Vor Zorn brüllend, griff Limas an Evan vorbei und riss den Dolch aus der Wunde.

50

Brenda wurde wieder ins Haus gebracht, doch die Erinnerung daran, wie Major zu seinem Herrn zurückgekehrt war, die zu blutigem Matsch zerbissene Fuchskehle im Maul, blieb haften, als hätte sich das Bild in ihre Netzhaut eingebrannt. Sie wurde in die eindrucksvolle Bibliothek geführt und erhielt von einem der Wächter die Anweisung, sich hinzusetzen, wo sie wollte.

Sie entschied sich für einen Ohrensessel schräg vor dem offenen Kamin, in dem ein Feuer prasselte. Sie beugte sich vor und wärmte sich die Hände. Auch für ihre Wangen und Stirn war die Wärme Balsam. Man brachte ihr ein Tablett herein. Ihrer verzweifelten Lage zum Trotz war ihr Überlebenswille so stark wie nie zuvor, und ihr Körper brauchte Nahrung. Beim Anblick des Essens und des Getränks auf dem Tablett lief ihr das Wasser im Mund zusammen. Der erste Bissen in die mit Wildhack gefüllten Kohlrouladen ließ sie fast vor Wonne stöhnen. Vor ihr lagen dicke Scheiben grobes Schwarzbrot, ein großes Stück gelbe Butter, Bratwurst und Sauerkraut, und das alles spülte sie mit kräftigem Kaffee herunter, dem ein Schluck Schnaps beigemischt war.

Sobald sie aufgegessen und sich die Lippen mit der beigelegten Stoffserviette abgewischt hatte, wurde das Tablett abgetragen. Auf ein kleines, rundes Tischchen zu ihrer Rechten wurden eine zweite Kanne Kaffee, ein riesiger Kaffeebecher und ein kleines

Glaskännchen mit Rahm gestellt. Dann ließ man sie allein, aber nicht lange – und gewiss nicht lange genug, als dass sie den Raum hätte erkunden können, von der Suche nach einem Fluchtweg aus dem Haus ganz zu schweigen.

Major kam als Erster in die Bibliothek. Sie hatte sich gerade halb aus dem Sessel erhoben, um zu einem der mit Vorhängen verdeckten Fenster zu treten, und erstarrte mitten in der Bewegung, als sie den Blick der bösen Augen auf sich fühlte. Das Tier stand in der Tür, bereit, anzugreifen, und so ließ sie sich in den Sessel zurücksinken. Dann trabte der Hund über den leuchtend bunten Teppich und legte sich neben den zweiten Sessel, der genauso aussah wie der von Brenda und auf der anderen Seite des Kamins stand.

Wieder war Brenda sich der verstreichenden Zeit überdeutlich bewusst. Sie spürte, wie ihr Herz in der Brust hämmerte und wie sich ihr Magen zusammenzog, sodass sie das leckere Essen, das sie gerade verspeist hatte, fast erbrechen musste. Plötzlich kam ihr der Raum überhitzt vor. Sie konnte nur mit Mühe atmen.

Und plötzlich, scheinbar aus dem Nichts, wie ein Geist, tauchte Majors Herr auf und ließ sich neben dem Hund im Sessel nieder.

• • •

Vielleicht hätte Evan Limas daran hindern können, Wenzel dem Verbluten preiszugeben; vielleicht hätte sie es tun sollen, aber sie unterließ es.

Aufstehen, aufstehen, aufstehen …

Vergeltung? Sie wusste es nicht. Das würde sie erst begreifen, wenn sie wieder im Watzmannhaus war.

»Dieser Scheißnazi hätte mich beinahe erschossen!« Limas

war noch unübersehbar erschüttert von seiner letzten Nahtoderfahrung.

»Ausgeschlossen.« Evan ging noch einmal Wenzels Waffensammlung durch. Sie brauchte einen klaren Kopf. Sie musste sich innerlich gegen die Wellen des Abscheus wappnen, die mit zunehmender Intensität gegen ihr Bewusstsein anbrandeten. »Er wollte etwas von mir.« Sie schnappte sich einige Dinge, die ihr nützlich erschienen. »Solange ich es ihm nicht gegeben hatte, warst du hier so sicher wie in Abrahams Schoß.«

Evan durchsuchte den Raum und fand eine abgenutzte Ledertasche, in der Wenzel wohl immer auf dem Weg zu seiner Werkstatt sein Werkzeug transportiert hatte. Sie roch nach Öl und kaltem Metall. Evan kippte das Werkzeug heraus, steckte die eingesammelten Gegenstände in die Tasche und wandte sich wieder Limas zu. »Wenn ich dich opfern wollte, Peter, dann würde ich dich jetzt zur Haustür hinausgehen lassen.«

Limas spähte in die kleine Eingangsdiele. »Warum? Was meinst du damit?«

»Als Wenzel mir sagte, Cuervos habe alle Totenkopfartikel aufgekauft, wusste ich sofort, dass der Wirt Markus zu Nemesis gehört. In dem Gestell hinter seiner Theke stellt er eine Mauser 98 aus, das Gewehr eines Scharfschützen. Er sagte, dort sei das Abzeichen der SS-Totenkopfverbände eingraviert.«

»Dann gehörte das Arschloch hier also auch zu Nemesis.«

Evan nickte. »Und da er über Brenda Bescheid wusste, hatte er offensichtlich jemanden im Watzmannhaus kontaktiert. Ich bin mir ziemlich sicher, dass Cuervos ein paar seiner Leute vom Berg heruntergeschickt hat und dass sie jetzt draußen auf uns warten.«

»Glaubst du, dass er die Wahrheit gesagt hat?«

»Über Brenda? Das ist sehr gut möglich.«

Limas raufte sich mit beiden Händen das Haar. »Wie bin ich

nur hierhergekommen?«, jammerte er. »Wie ist das alles nur geschehen?« Er schüttelte den Kopf. »Hat Tante Lyudmila das alles geplant? Sie hat mir dein Foto gezeigt und mir geraten, dich aufzusuchen, sollte ihr selbst etwas zustoßen. Dann ist ihr etwas zugestoßen, und ich habe dich gefunden. Und jetzt bin ich hier auf diesem schrecklichen Berg mit seiner furchtbaren Geschichte.« Er sah Evan an. »Ich fühle mich wie eine Schachfigur, die von einer unsichtbaren Hand übers Brett geschoben wird – der Hand meiner Tante.«

Er setzte sich auf einen Stuhl und zuckte zusammen, als er dabei mit dem Fuß gegen die Leiche stieß. »Evan, Evan, was sollen wir bloß tun? Sollte Nemesis Brenda wirklich in der Gewalt haben, dürfen wir keine Zeit verlieren.«

»Andererseits könnte das Ganze auch eine Falle sein.«

Peter sprang auf und marschierte raschen Schritts im Zimmer auf und ab. »Nun, welches von beidem trifft jetzt zu?« Er klang verzweifelt. »Du weißt doch immer, was zu tun ist! Was sollen wir jetzt machen?«

»Halt dich von den Fenstern fern«, befahl Evan. »Wer immer dort draußen lauert, wartet wahrscheinlich auf ein vorher mit Wenzel abgesprochenes Signal.«

Limas hörte auf, hin und her zu gehen, und starrte sie aufgebracht an. »Und jetzt? Sollen wir einfach hier sitzen, während sie Brenda ... ich meine, Gott allein weiß, was sie ihr antun werden.«

»Beruhige dich, Peter.« Bei dem Gedanken, erneut mit ihrem so lange vergessenen Albtraum aus der Vergangenheit konfrontiert zu werden, fiel es Evan immer schwerer, die Nerven zu behalten, doch sie konzentrierte sich auf die unmittelbar vor ihr liegende Situation. »Wir verlassen dieses Haus.«

»Wirklich?« Limas' Versuch aufzulachen verwandelte sich in einen Schluchzer. »Ich wüsste nicht, wie.«

»Und die dort draußen auch nicht. Das verschafft uns einen Vorteil.« Evan lud eine Mauser aus dem Safe in der Wand. »Kannst du mit so etwas umgehen?«

»Mehr oder weniger.«

»Dann wollen wir hoffen, dass es mehr ist.« Evan reichte ihm die Waffe.

»Und jetzt?«, fragte Limas. »Spielen wir jetzt *Butch Cassidy and the Sundance Kid?«*

»Jetzt rufen wir die Telefonnummer an, die wir vor Kurzem auf Amirans Handy gefunden haben.«

»Was denn?«, fragte Limas, als Evan ihm ihr Handy hinstreckte.

»Nimm es.«

»Warum?«

»Du wirst mit Cuervos sprechen.«

»Ich?«

»Ich habe dir ja gesagt, Peter, du bist jetzt ein Teil der Lösung. Gib die Nummer ein.«

»Und dann?«

»Wenn Cuervos dich fragt, wer du bist, sag ihm, du seist Peter Myers, Brendas Bruder.«

»Was? Nein. Er wird es überprüfen.«

»Bestimmt nicht«, versicherte Evan, obgleich sie sich dessen keineswegs sicher war. Doch im Moment hatte sie keine bessere Idee. Es erschien ihr nicht unwahrscheinlich, dass sie mit diesem Trick durchkommen würden. »Das Einzige, was ihm auffallen wird, ist dein glühendes Interesse an Brenda. Das wird er ausnutzen wollen. Er wird neugierig genug sein, dich ins Watzmannhaus einzuladen, wetten?«

»Falls das stimmt«, sagte Limas, »was machst du dann?«

»Ich begleite dich.«

»Ich bezweifle, dass der gute Herr Doktor das zu schätzen wissen wird«, sagte Limas und übernahm Wenzels Ausdrucksweise.

»Oh, gewiss nicht«, erwiderte Evan. »Daran habe ich nicht den geringsten Zweifel.«

In diesem Moment vibrierte Evans Handy. Limas warf einen Blick darauf und reichte es an die Besitzerin zurück. Evan entdeckte eine kurze Textnachricht von Butler: DIE BEIDEN ANGEHÄNGTEN FOTOS HABEN VORON GEHÖRT. BRENDA HAT SIE IN DER WERKSTATT DER BOMBENBAUERIN GEFUNDEN. Als sie zunächst das Bild des jungen Mannes in Uniform betrachtete, erkannte sie die bayerischen Alpen im Hintergrund. Das Foto war in der Gegend aufgenommen worden, in der sie sich jetzt befanden. Als sie das Gesicht des Mannes vergrößerte, meinte sie kurz, darin irgendetwas Vertrautes zu erkennen, doch dann entglitt ihr dieses Gefühl wieder, und das Gesicht sah einfach wie eines unter den vielen aus, die sie kannte. Was den großen, schwarzen, wolfsähnlichen Hund anging, der im Mittelpunkt des zweiten Fotos stand, tappte sie im Dunkeln. Gehörte er dem jungen Mann? Oder hatte er Voron gehört, bevor sie nach Amerika gekommen war? Unmöglich zu sagen. Wann waren diese Fotos aufgenommen worden? Bei ein und derselben Gelegenheit oder ... Erst als sie nun auch das Bild vom Hund vergrößerte, entdeckte sie das breite Lederhalsband. Es war halb im dicken Fell des Tiers verborgen, aber war da nicht ...?

Sie drehte das Handy seitlich und vergrößerte das Halsband noch stärker. Und nun erkannte sie das Schimmern der beiden aufgeprägten Silberraben, des Siegels von Nemesis.

• • •

»Ich heiße Dr. Cuervos«, sagte er mit einem so eigentümlichen

Akzent, dass Brenda die Herkunft nicht erraten konnte. »Und Sie sind Brenda Myers.«

»Wie kommen Sie auf diesen Namen?«, fragte sie.

»Doch da es unser Schicksal sein wird, einander sehr gut kennenzulernen, kannst du mich Allis nennen, Brenda.«

»Ich bin nicht Brenda Myers, wer auch immer das sein mag.«

»Fühlst du dich inzwischen besser?« Dr. Cuervos' Lächeln wirkte äußerst befremdlich. Es ließ ihn wie den freundlichsten Menschen der Welt erscheinen.

»Wenn ich hier rausgehe, werde ich mich sofort viel besser fühlen«, antwortete sie.

Er war ein schlanker Mann, der offensichtlich früher viel Sport getrieben hatte. Er hatte kurz geschnittenes stahlgraues Haar und weit auseinanderstehende, intelligent und neugierig blickende Augen. Er trug Jeans, ein gestärktes weißes Hemd und auf Hochglanz polierte schwarze Stiefel. An seinem Kragen steckte die inzwischen vertraute Nadel mit den beiden silbernen Raben, deren Schnäbel sich berührten. Er saß mit übereinandergeschlagenen Beinen bequem da. Seine Hände ruhten auf den Armlehnen. Die Handrücken waren schwarz von Haaren, die beinahe ebenso borstig waren wie Majors Fell.

»Ich fürchte, so wird es nicht kommen, Brenda. Zumindest nicht so bald, und wenn, dann wirst du nicht mehr in derselben Verfassung sein wie jetzt.«

Er betrachtete sie mit einem durchdringenden Blick, bei dem es ihr eiskalt über den Rücken lief, und genau in diesem Moment erkannte sie etwas sehr Wichtiges. »Ich habe Sie schon einmal gesehen.«

»Das wage ich zu bezweifeln.«

»Doch, wirklich. Auf einem Foto. Als junger Mann.« Sie

stockte und dachte nach. »Und wenn ich es recht bedenke, habe ich auch Major bereits gesehen, ebenfalls auf einem Foto.«

Mit schief gelegtem Kopf behielt Dr. Cuervos sie weiter im Auge – wie ein Rabe.

»Jawohl, die Fotos hingen an der Wand eines Schuppens. Ich habe sie abfotografiert, unmittelbar bevor ich die Frau erschossen habe.«

»Wen haben Sie erschossen?«

Das fragte er mit gepresster Stimme, was Brenda zumindest eine kleine Befriedigung verschaffte. Zumindest, bis sie ihm die Antwort gab: »Voron.«

Im selben Moment, in dem sie den Namen ihres Opfers aussprach, wusste sie, dass es ein Fehler war, den sie wohl nie wiedergutmachen konnte. Allis Cuervos' Gesicht lief rot an. Etwas Eigenartiges, Hässliches schien von ihm Besitz zu ergreifen, als wäre etwas aus einer anderen Welt in ihn eingedrungen oder als hätte ein anderer Teil seines Gehirns die Führung übernommen und ihn in ein völlig anderes Geschöpf verwandelt. Als hätte er plötzlich etwas von Major angenommen, nein, mehr noch, als wäre dessen Persönlichkeit vollständig auf ihn übergegangen. Cuervos öffnete den Mund, und auf einmal konnte sich Brenda vorstellen, dass er die blutige Kehle des Fuchses zwischen seinen Zähnen zermalmte.

• • •

Evan reichte Limas erneut ihr Handy. »Okay. Ruf jetzt Cuervos an.«

Limas sah ein, dass ihm nichts anderes übrig blieb, als sich zu fügen, und schaltete das Display des Handys ein. Sofort erschien das Foto des jungen, uniformierten Mannes vor dem Hintergrund der bayerischen Alpen.

»Dieses Foto hast du gerade erhalten?«, fragte er.

»Ja. Brenda ist kürzlich darauf gestoßen. Es hing in der Werkstatt der Frau, die die Autobombe gebaut hat. Wieso?«

Limas legte vor Konzentration die Stirn in Falten. »Ich habe dieses Foto schon einmal gesehen – oder zumindest eines, das ihm ähnelt.«

»Wie kann das sein?«, fragte Evan.

»Es gehörte zu der Handvoll Fotos, die Tante Lyudmila mir in meiner Zeit in London gezeigt hat.« Er blickte mit aschfahlem Gesicht zu Evan auf. »Herrgott, Evan, das dort ist mein Vater.«

51

Als Cuervos sich aus seinem Sessel erhob, stieß Major ein unheimliches Knurren aus, das ganz und gar Brenda galt. Cuervos beugte sich vor, ergriff die Armlehnen ihres Sessels, als wollte er sie abreißen, und blickte drohend auf Brenda hinunter. So Auge in Auge roch er nach Zigaretten, Holzrauch und einer Feindseligkeit, die zersetzend war wie Batteriesäure. Mit einer boshaften Grimasse, die an den knurrenden Major erinnerte, zog er die Lippen zurück und fletschte die Zähne. Vielleicht – Brenda hielt sich an dem Gedanken fest, um nicht den Verstand zu verlieren – ist das sein wahres, echtes Lächeln.

»Vermutlich fragst du dich, woher wir wissen konnten, *dass* du kommen würdest, *wann* du kommen würdest und *wo* du Bayern betreten würdest. Und vermutlich fragst du dich auch, *wie* wir dir auf die Schliche kommen konnten, da du doch unter falschem Namen reist.« Er beobachtete Brenda aufmerksam, um ihre Reaktion einzuschätzen. »Ja, ich sehe, dass du die Antworten auf all diese Fragen gern wüsstest; du musst ja zwangsläufig neugierig sein.« Seine Zungenspitze kam zwischen den Zähnen hervor, und er befeuchtete damit seine Lippen, als machte er sich über einen heiß ersehnten Teller mit Essen her.

»Du wurdest überwacht, Brenda. Du erinnerst dich bestimmt an Dr. Selsby? An den Arzt, der dich behandelt hat? Er war so nett und verständnisvoll, dass du ihm alles erzählt hast, was dir auf der Farm zugestoßen ist. Und er hat dir einen Rat gegeben, oder?«

»Er hat mir verordnet, zu Hause zu bleiben.« Brenda, die sich allmählich von ihrer Sprachlosigkeit erholte, stellte fest, dass ihre Stimme unsicher und stockend klang, eine Folge dieses neuen Schocks, der noch zu den Traumata hinzukam, die sie jüngst erlitten hatte. »Er sagte, ich bräuchte Bettruhe.«

»Das war keine Lüge. Die brauchtest du wirklich. Und bräuchtest du weiterhin. Aber hast du auf ihn gehört? Natürlich nicht. Du hast genau das Gegenteil getan. Aber so bist du eben, oder?« Als er ihr Gesicht intensiv musterte, erbebte ihr Herz in der Brust. Oder vielleicht kam ihr Herzklopfen auch von seiner Enthüllung über Dr. Selsby. Der Arzt, dem sie sich in einem Moment der Schwäche anvertraut hatte, gehörte zu Nemesis. Ihr Herz, dachte sie, hatte mehr als genug Grund, zu pochen.

»In der Waidmannssprache ist Dr. Selsby das, was man einen Treiber nennt. Er hat auf den Busch geklopft, um dich hierher zu treiben, genau zu dieser Auseinandersetzung mit mir.«

»Warum?«, fragte Brenda. Sie hatte eine trockene Kehle, doch sie würde sich eher schlachten lassen, als ihn um ein Glas Wasser zu bitten – oder um was auch immer. »Warum bin ich Ihnen so wichtig? Ich bin einfach nur ein Rädchen im Getriebe. Im Getriebe eines extrem spezialisierten Apparats, der Sie ins Visier genommen hat.«

Jetzt lächelte er wie ein Eroberer, dem es gelingt, eine Burg zu erstürmen. »Das mag durchaus stimmen, Brenda. Aber du bist nun einmal ein ganz besonderes Rädchen.« Er hielt die Armlehnen ihres Sessels so heftig umklammert, dass seine Knöchel elfenbeinweiß schimmerten. »Du möchtest wissen, was dich so besonders macht? Ja, natürlich möchtest du das wissen.« Er reckte den Kopf vor, bis ihre Nasen sich beinahe berührten. »Was ist dort auf der Farm passiert, Brenda? Du hast jemanden getroffen. Und du hast diese Person getötet.«

»Voron.«

»Ihr Deckname.«

»Sie hat eine Bombe gebaut, die mich beinahe zerrissen hätte. Und sie hat meinen Partner getötet.«

»Deinen *Partner.*« Cuervos sah aus, als wollte er lachen. »Sie hat das Schweineleben eines *Juden* beendet. Das ist ein *heroischer* Akt, der eine Würdigung verdient.«

Brenda sah ihn an, als wäre er eine giftige Vogelspinne. »Sie war eine Mörderin.«

»Von uns ausgebildet. Der Tod ist eine unserer Spezialitäten.«

»Wer sind Sie nun eigentlich wirklich?«

»Dr. Allis Cuervos.«

Brenda lachte. »Oh nein. Sie haben die Augen und Wangenknochen eines Slawen ...«

»Nun ja, es spielt ja jetzt keine Rolle mehr. Der Name, mit dem ich geboren wurde, lautet Arkady Illyich Shokov.«

Brenda blieb fast das Herz stehen. »Moment mal. Was? Shokov? Wie Lyudmila Shokova?«

»Ja, richtig. Meine vermutlich verstorbene Schwester, um die ich kein bisschen trauere. Dr. Allis Cuervos ist unser *Deckname*, er gehört zur Legende eines aus Argentinien stammenden Sprosses des verborgenen Vierten Reichs.« Wieder bewegte er den Kopf, und sie zuckte zurück, als seine Lippen ihr Ohr streiften. »Du hast unsere Tochter ermordet, Brenda. Und das wird dich teuer zu stehen kommen.«

Brenda entfuhr ein Keuchen. »Ihre Tochter? Aber ich kenne Ihre Tochter gar nicht!«

Arkady Shokov stieß ein Zischen aus. Sein Gesicht nahm einen erbitterten Ausdruck an. »›Voron‹ war ihr Deckname. Tatsächlich hast du Illyena Shokova ermordet.«

Das plötzliche Chaos, in das Brenda geraten war, drohte sie zu überwältigen. Sie fühlte sich, als umspülte ein Meer von Panik und Schrecken ihre Oberschenkel. Wenn das Wasser noch höher stiege, wäre sie verloren, wirklich verloren. Dann trat auch noch eine Erinnerung an ihren Vater vor ihr inneres Auge. Natürlich, das war ja unvermeidlich. In ihrer Highschoolzeit war sie von einem Date nach Hause gekommen, das schiefgelaufen war – aus sanften Küssen war plötzlich ein Betatschen und Befummeln geworden. Der Junge hatte ihre Brüste gedrückt, an ihren Nippeln gezogen, die Hand unter ihren Rock geschoben und ihren Slip weggezerrt. Sie hatte die ganze Zeit »Nein, nein, nein!« gesagt. Alan aber, der wie ein Raubtier grinste, hatte erwidert: »Du willst es, das weiß ich. Meinst du, du bist das erste Mädchen, mit dem ich zusammen bin?« Dann hatte sie ihn so kräftig zwischen Daumen und Zeigefinger in die Hand gebissen, dass Blut herausgespritzt war. Wimmernd hatte er von ihr abgelassen. Sie war weinend und keuchend aus dem überhitzten Wagen geflohen. Und gerannt. Den ganzen Weg bis nach Hause gerannt. Und was hatte sie dort vorgefunden? Ihren Vater auf dem Wohnzimmersofa und eine nackte Frau rittlings auf ihm sitzend, während ihre Mutter in Maine war und ihre Schwester und ihre Neffen besuchte.

Konzentrier dich, rief sie sich streng zur Ordnung und unterdrückte den Brechreiz, der sie zu überwältigen drohte. Konzentrier dich darauf, ihm Informationen zu entlocken. »Wenn Sie meinen Tod wünschten, warum haben Sie dann nicht Dr. Selsby die Anweisung erteilt, mich im Krankenhaus zu ermorden? Das wäre doch genau der richtige Ort dafür gewesen.«

»Genau der richtige Ort? Oh nein. Es wäre ein Mord in aller Öffentlichkeit gewesen, und das kam nicht infrage. Dein Tod hätte zu einer sofortigen Untersuchung geführt, in die Dr. Selsby mit Sicherheit hineingezogen worden wäre, und vielleicht hätte man ihn überführt. Ich brauche ihn aber dort, wo er ist, an verborgener Stelle. Er ist einer unserer Raben, die uns von Zeit zu Zeit nützliche Informationen zutragen.

Noch viel wichtiger ist allerdings, dass wir ganz persönlich dafür sorgen möchten, dass deine Tat dich, wie wir es nannten, teuer zu stehen kommt. Denk einmal an einen Bomberpiloten, der eine Bombe aus einem Flugzeug ausklinkt, oder an einen Drohnenpiloten, der einen Drohnenangriff steuert: Der Tod kann entweder anonym oder persönlich sein. Gestatte mir, dir zu versichern, dass an deinem Tod gar nichts anonym sein wird.« Er streckte die Hand aus und streichelte Majors gesträubtes Nackenfell. »Er wird tatsächlich sehr, sehr persönlich sein.«

• • •

»Ich verstehe dieses Foto nicht«, sagte Limas. »Wieso war es im Besitz der Bombenbauerin? Ich meine, unsere Eltern sind doch gestorben, als meine Schwester und ich noch sehr klein waren.«

»An Vorons Wand hingen zwei Fotos«, sagte Evan. »Du musst dir die Aufnahme des Hundes einmal genau anschauen.« Sie zeigte Limas das Foto und vergrößerte den Ausschnitt mit dem Hundehalsband. »Was siehst du dort?«

Limas riss die Augen auf. »Das Zeichen von Nemesis.«

»Genau«, antwortete Evan. Seit sie dieses Symbol an dem Halsband bemerkt hatte, dachte sie fieberhaft nach, stellte alle möglichen Verbindungen her, korrigierte sie und legte sich neue zurecht. Voron. Russland. Bayern. Berchtesgaden. Ein junger Soldat. In Berchtesgaden war Lyudmilas Bruder stationiert gewesen. Der Hund mit dem Zeichen am Halsband. Jetzt war die Zeit gekommen, sich ins tiefe Wasser zu stürzen und zu sehen, was oben schwamm und was unterging. »Also sag mir, Peter, was, wenn der Hund deinem Vater gehört?«

»Was?« Limas' Augenbrauen schossen nach oben. »Das würde bedeuten ...«

»Dass es nicht so ist, wie du dachtest, und dein Vater gar nicht gestorben ist. Es würde bedeuten, dass er noch lebt.«

»Aber warum hätte Tante Lyudmila mir erzählen sollen ...«

»Lyudmila war eine komplizierte Frau mit komplizierten Motiven. Sie war zwischen Ost und West hin- und hergerissen und stand mit jedem Fuß auf einer Seite. Wie ich schon sagte, sie liebte Mütterchen Russland, verabscheute aber die Weise, wie das Land regiert wurde. Das hat sie in eine äußerst gefährliche Lage gebracht.«

Limas schüttelte den Kopf. »Aber was hat das mit meinem Vater zu tun?«

»Es wird immer deutlicher, dass dein Vater genau das Gegenteil all dessen war, wofür Lyudmila stand. In diesem Sinne war er Lyudmilas schlimmste Nemesis. Ich glaube, der schwierige Charakter deines Vaters war der Grund dafür, dass Lyudmila dich aus Russland herausgeschleust und nach England gebracht hat.«

»Aber was ist mit Illyena? Was ist mit meiner Schwester? Wieso ist sie nach Russland zurückgekehrt, obwohl Tante Lyudmila dafür gesorgt hatte, dass wir in England sicher waren?«

»Das bleibt ein Rätsel. Vermutlich kennt nur dein Vater die Lösung, und das Watzmannhaus dürfte der Ort sein, an dem wir ihn finden. Er hat sich gut versteckt. Es scheint, dass er der Anführer von Nemesis ist.«

• • •

»Trink das«, sagte Arkady Shokov.

Brenda drehte den Kopf von der Tasse weg, deren Inhalt wie russischer Karawanentee aussah und auch so roch.

»Es wird den nächsten Teil einfacher machen«, fuhr er fort, »auch wenn du das nicht verdient hast.«

Doch Brenda weigerte sich weiterhin, den gepanschten Tee zu trinken, und presste die Lippen fest zusammen.

»Nein?« Arkady Shokov zuckte mit den Schultern. »Nun, es spielt keine Rolle.« Er richtete sich vor ihr auf. »Du kannst nicht behaupten, dass ich dich nicht gewarnt hätte.« Der Hieb, den er ihr gegen die Schläfe versetzte, kam so überraschend, dass sie ihm nicht ausweichen konnte. Sie spürte einen grellen Schmerz und stürzte in einen tiefen Raum voller hallender Echos …

… und dann war da gar nichts, bis sie irgendwann später wieder zum Bewusstsein erwachte. Nur dass die Welt nun kopfstand. Sie hatte entsetzliche Kopfschmerzen, das Blut hämmerte in ihren Schläfen, und es fühlte sich so an, als würden ihre Augäpfel gleich zerplatzen. Ihre Schultern brannten, und in ihren Fußgelenken loderte ein Feuer, als würden Knochen und Knöchelchen gegeneinanderscheuern.

Alles, was sie sah, stand auf dem Kopf, und während eines Moments der Panik, der ihr wie eine Ewigkeit vorkam, war sie so desorientiert, dass sie keinen einzigen klaren Gedanken fassen konnte. Sie versuchte, sich zu beruhigen, indem sie sich sorgfältig in ihrer Umgebung umschaute. Sie bestand aus grauen Betonwänden und einem glatten Betonboden, in dessen Mitte sich ein Abfluss befand. Soweit sie es beurteilen konnte, war der Raum fensterlos; die Beleuchtung kam von der Decke, die sie nicht sehen konnte. In der Luft hing der Gestank von verwestem Fleisch und Chlorreiniger.

Sie schloss die Augen, was ihr Schwindelgefühl merkwürdigerweise nur verstärkte. Nach mehreren tiefen Atemzügen öffnete sie die Augen erneut, diesmal mit der Absicht, sich auf das Gesamtbild zu konzentrieren. Von Schmerz und Angst ergriffen, erkannte sie, dass sie mit dem Kopf nach unten an den Fußknöcheln aufgehängt worden war. Genau wie die vier Agenten. Der Verwesungsgestank schien von dem glatten Boden aufzusteigen, der, wie sie jetzt sah, voller großer Blutflecken war, die selbst dem energischsten Schrubben widerstanden hatten. Plötzlich rebellierte ihr Magen, und der Mageninhalt kam ihr hoch – oder besser gesagt, quoll nach unten – und ergoss sich aus ihrem Mund. Sie erbrach sich und würgte, bis ihr die Bauchmuskeln wehtaten.

Während sie noch versuchte, wieder zu Atem zu kommen, hörte sie das Klicken von Tierkrallen auf Beton. Sie roch Majors Ausdünstung, bevor das riesige Tier in ihr Blickfeld gelangte. Er ging schnurstracks zu dem Erbrochenen, senkte den Kopf und leckte es auf.

Dann wanderte sein Kopf nach oben, und er sah sie mit seinen funkelnden, citringelben Augen an. Er leckte sich die schwarzen Lefzen, und aus seinem Hals stieg ein widerlicher Gestank auf, als er ihr mit geöffnetem Maul und erhobenem Kopf in die Augen starrte.

52

Sie stürmten schießend durch die aufkrachende Haustür herein. Evan schleuderte dem Vordersten ein brennendes Holzscheit ins Gesicht. Er schrie auf, ließ seine Waffe fallen und stürzte, die Hände vors Gesicht geschlagen, auf die Knie. Dort trat Limas ihn in den Solarplexus, und er landete mit der Nase voran auf dem rauen Holzboden.

Inzwischen konzentrierte Evan sich auf den zweiten Mann, der zur Tür hereinstürmte. Der Angreifer sprang behände über seinen gestürzten Kameraden, als hätte er mit ernst zu nehmendem Widerstand gerechnet. Er hatte es auf Limas abgesehen, doch Evan stand bereits hinter ihm und versetzte ihm einen Hieb in die Halsbeuge, der den Hauptnerv in seinem Arm lähmte. Die Pistole fiel ihm aus der kraftlosen Hand und landete klappernd auf dem Boden. Er drehte sich zu Evan um, und sie brachte einen weiteren Hieb an. Er taumelte einen Schritt rückwärts, griff sie aber erneut an, diesmal mit einem Messer in der unverletzten Hand. Bösartig glomm die gezackte Schneide im Feuerschein auf. Evan wich dem Stoß aus und rammte dem Mann die Faust so kräftig in die Kehle, dass das Knorpelgewebe knackte. Evans Mantel bekam ein zweites Mal einen Schnitt ab, der ihre Rippen nur um Millimeter verfehlte. Sie packte den Angreifer am Handgelenk, verdrehte es und lenkte ihn damit lange genug ab, um ihn mit einem Hieb auf die weiche Stelle unterhalb des Brustbeins außer Gefecht zu setzen.

Der Mann brach zusammen und blieb auf dem Boden liegen. Mit vor- und zurückpendelndem Kopf japste er nach Luft. Zumindest so lange, bis Evan ihn hochzerrte. Von Limas mit einer Pistole in Schach gehalten, folgte er Evans Befehl, sich auszuziehen, und flehte sie dabei an, ihn nicht zu töten. Sie erwiderte nichts, ließ ihn weiterjammern und konzentrierte sich ganz auf den Klang seiner Stimme, während sie sich seine Kleidung überstreifte. Die Sachen passten nicht besonders gut, aber es reichte zur Not – und dies hier war zweifellos eine Notlage. Der Brieftasche des Mannes entnahm sie seinen Namen: Dieter Paull. Nachdem sie ihn angewiesen hatte, ihre eigene Kleidung anzuziehen, schaltete sie sein Handy ein und tippte auf die Schnellwahltasten, bis sie die einzige fand, die vergeben war.

Als am anderen Ende der Leitung jemand das Gespräch annahm, sagte sie mit tiefer, verstellter Stimme, die der von Paull unheimlich ähnlich war: »Ich habe den Mann, der sich Peter Limas nennt.« Evan dachte wieder klar; dies war der richtige Weg zum Ziel.

»Was ist mit Evan Ryder, Dieter?«

»Tot, Chef. Ich habe sie dreimal ins Herz geschossen. Selbst für sie war das mehr als genug.«

»Bring ihre Leiche mit, wenn du Limas herschaffst.«

»Da ist noch etwas«, sagte Evan. »Limas behauptet, sein richtiger Name sei Vasily Shokov.«

»Und du glaubst diesen Unsinn, Dieter?«

»Limas behauptet, Ihr richtiger Name sei ebenfalls Shokov, Chef. Arkady Illyich Shokov. Aber Sie sind doch ein Bayer, genau wie wir anderen, oder, Chef?«

Schweigen am anderen Gerät, nur ein langsames, nachdenkliches Atmen. Dann: »Bring ihn jetzt her.«

Das Gespräch war vorbei.

»Sie werden mich töten, oder?« Dieter Paull stellte die Frage mit einer Stimme, die so klang, als sickerte sie zwischen Glasscherben hindurch.

Evan packte ihn auf den Beifahrersitz des BMW, mit dem sein Kumpel und er vom Berg heruntergekommen waren. Seine Handgelenke waren mit einer Schnur gefesselt, die Evan in Wenzels Küche gefunden hatte. Jetzt fesselte sie auch seine Fußknöchel und schob seine Beine in den Wagen. Limas saß auf dem Rücksitz und drückte Paull die Pistole an den Kopf.

Evan warf die umgewidmete Werkzeugtasche in den Fußraum des Beifahrersitzes, setzte sich hinters Steuer, löste die Handbremse und ließ den Motor an. Der schnurrte wie ein zahmer Tiger. Es hatte wieder zu schneien begonnen, und die Flocken legten sich auf Kühlerhaube und Windschutzscheibe. Evan schaltete die Scheibenwischer ein.

»Um deine Frage zu beantworten, du wirst nicht sterben«, sagte Evan. »Vorausgesetzt, du machst keinen Scheiß und zeigst uns den Weg zum Watzmannhaus.«

»Du glaubst, dass Wenzel uns angelogen hat?«, fragte Limas.

Evan legte den Gang ein und wendete. »Wenn wir Wenzels Anweisungen folgten, wäre die Wahrscheinlichkeit wohl hoch, dass wir vom Berg abstürzen.«

Sie bogen auf die Landstraße ein und fuhren bergauf.

»Du bist dran, Dieter«, sagte Evan. »Enttäusche mich nicht.«

»Noch einen Kilometer«, antwortete Dieter mit einer dünnen, heiseren Stimme.

Evan folgte seinen Anweisungen. Je weiter sie den Berg hinaufkamen, desto schwieriger wurden die Sichtbedingungen. Sie fuhr langsam, obgleich sie beim Gedanken an Brenda am liebsten bergauf gerast wäre. Nun, niemandem war geholfen, wenn sie selbst sich bei dem Rettungsversuch umbrachte – falls Brenda sich tatsächlich im Watzmannhaus befand. Es kam ihr so vor, als wäre wirklich alles, was Wenzel ihnen aufgetischt hatte, eine einzige Lüge.

»Sehen Sie das Fachwerkhaus zur Linken – dort! Danach noch zweihundert Meter weiter und dann rechts.«

»Wohin führt die Abzweigung nach links?«

»Die Straße ist dort in einem extrem schlechten Zustand, voller Schlaglöcher und sehr gefährlich«, kam Paulls heisere Antwort. »Am Abend des ersten Winterschneesturms ist dort ein Fahrzeug hinuntergestürzt. Seitdem war das Wetter so schlecht, dass die Leitplanke nicht repariert werden konnte.«

Evan warf Limas im Rückspiegel einen Blick zu; er nickte. Es war, wie Evan vermutet hatte: Mit seiner Lüge hatte Wenzel sie in den Tod führen wollen.

Die Abzweigung nach rechts kam so rasch, dass Evan sie im Schneetreiben fast übersehen hätte. Beim scharfen Abbiegen geriet der BMW ein wenig ins Schlingern, bis das Profil der Winterreifen griff. Sie fuhren jetzt eher auf einem Schotterweg als auf einer asphaltierten Straße. Eine private Zufahrt. Hier griffen die Reifen besser. Knirschend rollten sie durch den Neuschnee. Der Weg war schmal, zwei Fahrzeuge wären nicht aneinander vorbeigekommen. In regelmäßigen Abständen waren für Ausweichbuchten am Wegesrand Fichten gefällt worden. Der Weg schlängelte sich eine überraschend lange Strecke durch den Wald, und seine scharfen Kurven machten es unmöglich, weiter als bis zur nächsten Biegung zu sehen.

Evan nahm Paull aus dem Augenwinkel wahr. Der Nemesis-

Mann saß inzwischen aufrechter und zog die Schultern nicht mehr hoch. Aufmerksam schaute er durch die Windschutzscheibe. Kurz darauf tauchten zwei Mitglieder der Raben – des Ersten Stammes – in schwarzer Motorradfahrerkluft zwischen den Bäumen auf, hinter sich eine Schneewolke wie Feenstaub aufwirbelnd. Nur dass Feen in der Regel nicht mit Pistolen bewaffnet waren.

Einer der beiden trat vor den BMW, die Waffe direkt auf Evan gerichtet, und zwang sie zum Halten. Der zweite *Rabe* klopfte an Evans Seitenscheibe, und sie ließ sie heruntergleiten.

»Bitte ausweisen.«

»Das hier ist mein Ausweis.« Evan packte seinen Kopf und rammte ihn auf die Unterkante der Fensteröffnung. Dann stieß sie den Schädel, aus dem bereits Blut spritzte, mit solcher Gewalt gegen den Seitenspiegel, dass sowohl Glas als auch Knochen zu Bruch gingen.

»Nicht schießen!«, rief Evan auf Deutsch und riss die Tür auf. Der zweite Wächter war schon in Bewegung und hielt die Pistole auf Evan gerichtet, die mehrere Schritte auf ihn zuging.

»Stehen bleiben!«, sagte der zweite *Rabe*. Er klang verwirrt und versuchte offensichtlich, die unbekannte Person zuzuordnen, die in der vertrauten Kleidung auftauchte.

»Tut mir leid«, erklärte Evan in bayerischem Dialekt. »Dieses Arschloch hat mich eine verdammte Berlinerin genannt. Das lasse ich mir von niemandem bieten.« Bayern hassten Berliner und hielten sie für hochmütig. Und Berliner betrachteten Bayern als Hinterwäldler.

Die Sekunde des Zögerns, mit der der Wächter auf ihre Worte reagierte, verschaffte ihr die Zeit, die sie brauchte, um eines der Messer nach ihm zu werfen, die sie aus Wenzels Safe mitgenommen hatte. Es grub sich in die Kehle des Mannes. Der fuhr sich mit beiden Händen zum Hals, doch der Atemweg war unterbrochen, und schon bald kniete er neben seiner Pistole, die ihm aus der Hand gefallen war, am Boden. Als Evan sich näherte, tastete er im Schnee nach der Waffe. Evan ging neben ihm in die Hocke, zog ihm das Messer aus dem Hals und schnitt ihm die Kehle durch. Dann schleifte sie ihn an den Füßen ins schneebedeckte Unterholz zwischen zwei Fichten.

Zum BMW zurückgekehrt, nahm sie die langsame Fahrt über die kurvenreiche Straße wieder auf. »Fühlst du dich jetzt besser, Dieter?«, fragte sie.

Paull zog den Kopf zwischen die Schultern wie eine verängstigte Schildkröte.

Schließlich gelangte die Straße wie jede Straße an ihr unvermeidliches Ende. Evan sah das Gebäude vor sich aufragen – den riesigen Backsteinpalast. Er sah aus wie die Burg eines Verrückten, der während des Baus ständig die Architekten ausgewechselt hatte. Das Ergebnis war ein Gemisch von Baustilen: klassizistisch, neogotisch und neoromanisch.

»Himmel, der Bauherr hat alles durcheinandergewürfelt«, sagte Limas, der aus dem Fenster schaute. »Was für ein Gruselpalast.«

Damit lag er richtiger, als er ahnen konnte, dachte Evan, die den BMW zum Stehen brachte. Sie blieb sitzen und betrachtete das Haus – dieses Gebäude aus ihrer Vergangenheit. Eigenartigerweise fragte sie sich, wo die Raben wohl sein mochten. Jetzt, da sie wirklich und wahrhaftig vor Ort war, fiel ihr ein, dass die Raben auch etwas Gutes an sich gehabt hatten, dass sie ein Gefühl von Weite und Freiheit ausgestrahlt hatten. Zwei Dinge, die sie nicht genossen hatte, als sie hier in der Falle saß.

In der Falle. Jawohl.

Sie war hier in die Falle gelockt worden – von wem? Von ihren

Führungsoffizieren im Verteidigungsministerium? Aber warum hätte man sie zu einem Black Site des US-Verteidigungsministeriums bringen sollen, in dem normalerweise Abtrünnige, enttarnte Maulwürfe und feindliche Agenten verhört wurden? Und warum erinnerte sie sich an diesen Vorfall nur in einzelnen, kurzen Blitzlichtern? Hatte man auf irgendeine Weise dafür gesorgt, dass sie das Verhör vergaß?

Das alles ergab keinen Sinn. Und doch befand sie sich nun hier, war an den Ort zurückgekehrt, an den sie sich immer noch nicht richtig erinnerte und dessen Funktion sie nicht verstand. Sie fühlte sich wie festgewachsen, als wäre sie hinter dem Steuer des BMW erstarrt.

»Evan, was ist los?«, fragte Limas.

»Schau an, sie ist fix und fertig«, sagte Paull mit einem fiesen Grinsen. »Für euch beide ist die Sache gelaufen.«

Evan reagierte und schlug ihn so heftig, dass sein Kopf vom Seitenfenster abprallte. Blut floss aus einem Riss in seinem Schädel, und sein Gesicht erschlaffte.

Limas fuhr zurück. »Evan, wovon redet er?«

Sie rollten auf den Parkplatz vor dem Gebäude. Evan stellte den Wagen in eine Parklücke zwischen drei weitere BMWs – alle SUVs –, die ungenutzt dort standen. Sie wurden langsam vom Schnee begraben. Vielleicht waren auch die Raben begraben, dachte Evan. Hoffentlich nicht.

»Versteck deine Pistole, bevor du den Wagen verlässt«, sagte sie über die Schulter, während sie mit beiden Händen in Wenzels Tasche hantierte. »Und was auch immer passiert, spiel mit.«

Limas verrenkte den Hals, um einen Blick auf Evans Hände zu werfen, die inzwischen unter dem Armaturenbrett kauerte und dort herumbastelte, als gehörte sie zu einer Pioniertruppe.

»Was machst du?«

Evan überging die Frage. Gleich darauf stieg sie aus, öffnete die hintere Tür und packte Limas so am Kragen, dass er beim Verlassen des Wagens taumelte. In der Rolle von Dieter Paull hielt sie Limas fest im Griff und stieg mit ihm die breite Freitreppe hinauf, zwischen dicken, hässlichen korinthischen Säulen, die zum Rest des Monsterbaus wie die Faust aufs Auge passten.

»Bist du verrückt geworden?«, zischte Limas leise. »Das haut doch niemals hin.«

»Zum Glück war Herr Paull nicht sonderlich groß«, erwiderte Evan ebenso gedämpft. »Und lange muss es ja auch gar nicht funktionieren.«

Sie stieß Limas so vor sich her, dass er sie halb verdeckte, und der Mützenschirm verschattete ihr gesenktes Gesicht.

Die riesige Eichentür mit den Eisenbeschlägen öffnete sich zu einem düsteren Innenraum, bevor Evan auch nur dicht genug herangetreten war, um anzuklopfen. Indem sie Limas gepackt hielt und vor sich herschob, trat sie über die Schwelle.

53

Brenda musste wohl das Bewusstsein verloren haben, denn plötzlich zuckte sie zusammen und geriet dadurch kurz in Schwingung wie ein Pendel. Gleichzeitig wurde sie auf ein Gespräch aufmerksam – oder zumindest auf die eine Hälfte eines Gesprächs. Arkady Shokov sprach in sein Handy.

» … du glaubst diesen Unsinn, Dieter?«, fragte er in einem so scharfen Tonfall, dass sie seine Bestürzung spürte, auch wenn es ihm gelingen mochte, sie vor seinem Gesprächspartner am anderen Gerät zu verbergen. Aber nicht vor ihr.

Dann sagte er: »Bring ihn jetzt her.«

Ihn? Wen?, fragte sie sich. Wen sollte Dieter herbringen? Könnte es Evan sein? Doch ihre Erleichterung war von kurzer Dauer. Schließlich hatte Shokov »ihn« gesagt.

Dann spürte sie plötzlich etwas Kaltes und Feuchtes am Hals und entdeckte Major so dicht bei sich, dass sie beinahe schielen musste, um ihn zu sehen. Er streckte die schwarze Schnauze vor und schnüffelte an der zarten Haut ihrer Kehle.

Sie schrie auf und stürzte erneut in die schwarzen Tiefen der Bewusstlosigkeit.

•••

Ein riesiger Kristalllüster erhellte das kreisrunde Foyer. Links lag die Bibliothek, rechts der Große Salon, wie alle ihn nannten, die im Watzmannhaus arbeiteten, und geradeaus führte eine geschwungene Treppe zum ersten Stock hinauf. Erst im zweiten Stock, wo die Decken niedrig waren und die Fenster so schmal wie Schießscharten, konnte man ahnen, wozu das Watzmannhaus eigentlich da war.

Der Boden des Foyers war mit importiertem weißem Carrara-Marmor ausgelegt – dessen Farbe verwies auf das nahe gelegene Salzbergwerk, das aus einem großen Netz inzwischen überwiegend aufgegebener Tunnel bestand. In die Mitte des Marmorbodens war eine große Steinplatte aus einem lokalen Steinbruch eingelassen, die im Licht des Kronleuchters feurig schimmerte. In diesen Block war das Wort »RAVEN'S NEST« eingemeißelt, »Rabennest«, der wahre Name des Hauses, den jemand im US-Verteidigungsministerium ihm gegeben hatte, als es als ein Black Site ausgewählt worden war.

Beim Anblick der Gravur krampfte sich in Evan alles zusammen. Es war, als ginge eine Falltür auf und sie stürzte in die Vergangenheit. Sie fiel auf die Knie, und ihr Kopf baumelte hilflos herab, als hätte sie die Kontrolle darüber verloren.

»Evan, was ist los?« Limas kauerte sich neben ihr nieder und versuchte, sie auf die Beine zu zerren. »Hat Paull recht gehabt? Ist das unser Ende?«

Und dann war es zu spät. Zu viele *Raben* kamen hervor, mit zu vielen Waffen und von zu großer Feindseligkeit erfüllt, und als Limas einen Schuss abgab, führte das nur dazu, dass man sie schlimm verprügelte.

•••

Vom lauten Knall eines Schusses wieder zu sich gebracht, blickte Brenda sich um, so gut sie es vermochte. Das war doch gewiss nicht die Fehlzündung eines Auspuffs gewesen? Ihre Schultern und Arme brannten, und ihre Füße waren taub. In ihrem Kopf hämmerte es, als wäre sie auf einem Death-Metal-Konzert.

Soweit sie feststellen konnte, war sie allein. Weder ein Wächter war da, noch ein höhnender Arkady Shokov. Nicht einmal den gefürchteten Major konnte sie riechen, hören oder sehen. Etwas im Haus hatte sich verändert, während sie bewusstlos gewesen war – sie spürte etwas Neues, etwas lag in der Luft. Vielleicht der Geruch von Rettung. Oder war das einfach nur Wunschdenken? So oder so, sie wusste, dass sie einen Ausweg aus ihrer gegenwärtigen Lage finden musste, bevor Arkady Major den Befehl gab, ihr die Kehle aufzureißen, und dann lüstern dabei zuschaute, wie sie ausblutete wie ein geschlachtetes Schwein.

Sie fragte sich, ob Evan zu ihrer Rettung unterwegs war, in Begleitung von Peter. Ob die beiden wohl wussten, dass sie, Brenda, ihnen gefolgt war und sich hier befand? Und ob sie es überhaupt bis hierher geschafft hatten? Waren sie auf dem Berg und in der Nähe? Sie wollte nicht über Peter nachdenken; aber natürlich dachte sie über ihn nach. Sie erinnerte sich daran, wie sie in seinen Armen gelegen hatte, an die Lust, die sie ihm verdankte. Und an die Dunkelheit, die sie beide selbst damals schon umschlossen hatte.

Sie erschauderte.

Sie hatte sich niemals als eine Jungfer in Nöten gesehen, nicht einmal in den schlimmsten Momenten ihrer Einsätze, wenn ihr Leben auf dem Spiel stand. Und selbst jetzt, da sie kopfüber an einem Seil baumelte, halb verdurstet und voller Angst vor dem Tod, den man ihr versprochen hatte, weigerte sie sich, dem Gefühl der Hilflosigkeit nachzugeben und die männliche Sicht auf das angeblich schwache Geschlecht zu übernehmen. Schon seit einer ganzen Weile ging sie sparsam mit ihren Kräften um und machte sich bereit. Dass man ihr einen Todesschreck eingejagt hatte, hatte sie eher noch stärker gemacht, als ihr Kraft zu rauben.

Sie war allein, und der richtige Moment war gekommen. Nach mehreren tiefen, meditativen Atemzügen versuchte sie, ihren Oberkörper wie ein Klappmesser nach oben zu katapultieren. Beim ersten Versuch fasste sie daneben, beim zweiten war sie schon näher daran, doch beim dritten ging ihr die Luft aus, und sie kam kaum noch auf halbe Höhe.

Tränen stiegen ihr in die Augen, und sie verfluchte sich leise, weil ihr die Zeit ausging. Ihr Gefühl, dass jemand ins Haus eingedrungen war, verstärkte sich, aber da nur ein einziger Schuss gefallen war, kam sie zu dem Schluss, dass der Besucher – gewiss Evan – gescheitert sein musste. Sollte das stimmen, wäre es nur folgerichtig, wenn Arkady, Major und mindestens ein Wächter Evan zum Verhör in dieses Schlachthaus brächten.

Sie schloss die Augen, sammelte sich, atmete langsam bis tief zum Schambein hinauf und legte einen Vorrat von Sauerstoff in ihrem Muskelgewebe an. Sie stählte sich und schwang sich dann eins, zwei, drei nach oben. Diesmal packte sie ihre Waden und hielt sich in dieser Position fest, während sie an dem heftig pendelnden Strick hin- und herschwang. Jetzt brachte sie erst die eine und dann die andere Hand bis zu den Fußknöcheln hinauf und konnte sie schließlich umklammern. Sie hielt inne, um zu Atem zu kommen, und spürte, wie ihr Herz hämmerte, als wollte es ihr gleich im Brustkorb zerspringen.

Als sie die Lage aus ihrer neuen Perspektive einschätzte, verlor sie den Mut. Es wirkte unmöglich, den Strick zu entknoten, mit dem ihre Fußknöchel gefesselt waren. Dieser Strick führte zu einem dicken Stahlhaken hinauf, der zu einer Reihe weiterer Haken gleicher Form und Größe gehörte, die in der Decke angebracht war. Der Haken unmittelbar rechts von ihr wirkte lose. Während sie sich weiter mit der linken Hand am Fußknöchel festhielt, streckte sie die Rechte nach diesem Haken aus. Sie griff daneben. Nun wiegte sie sich hin und her, wie eine Mutter ihr Baby in der Wiege schaukeln würde. Das machte es noch schwieriger für sie, sich an ihrem Fußknöchel festzuhalten, doch beim dritten Mal Schwungholen gelang es ihr, erst zwei und dann alle Finger um die Biegung des Hakens zu schlingen. Von ihrem Gewicht lockerte er sich, und als sie ein weiteres Mal daran zerrte, kam er heraus.

Sie wollte gerade versuchen, die Fessel um ihre Fußknöchel mit der Spitze des Hakens zu bearbeiten, da hörte sie im Gang vor der Tür Schritte. Rasch verstaute sie den Haken unter dem Bund ihrer Hose. Jetzt hörte sie Stimmen. Die Luft barst aus ihrer Lunge, als sie die linke Hand vom Fußknöchel löste, und dann hing sie wieder kopfüber nach unten.

Ein Blick auf den Boden zeigte ihr Bröckchen des Deckenverputzes, die nach unten gefallen waren, als sie den Haken herausgerissen hatte. Sie versetzte sich erneut in eine schwingende Bewegung. Der Schlüssel wurde im Schloss herumgedreht. Fest entschlossen, bei diesem Schmerz nicht aufzuschreien, biss sie sich kräftig auf die Zunge. Dann öffnete sie den Mund, ließ das Blut auf das kleine Häufchen Verputz tropfen und bedeckte es damit. Mit ausgestreckten Armen bremste sie den Schwung ab, in den sie sich versetzt hatte, bis sie wieder senkrecht herabhing.

Die Tür ging auf.

Vom Geräusch seiner auf dem Boden klickenden Krallen begleitet, kam Major herein, und bevor irgendjemand etwas sagen konnte, leckte das Tier das Blut auf und die Verputzbröckchen, die von der Decke herabgefallen waren, gleich mit. Das alles sah

Brenda wie in einer kurz aufblitzenden Halluzination. Sekundenbruchteile später verschwanden der Raum und alle in ihm unter einem Grauschleier. Die Anstrengungen von gerade eben erzeugten in ihrem ohnehin überforderten Körper einen Kurzschluss, und erneut taumelte ihre Welt ins Nichts.

• • •

»Ich erkenne die Ähnlichkeit«, sagte Evan.

Arkady rümpfte die Nase. »Ich sehe ganz anders aus als meine Schwester. Sie ist das Abbild meiner Mutter. Ich dagegen schlage nach unserem Vater.«

Evan sah ihn unbeeindruckt an. »Lyudmila und Sie haben die gleichen Augen.«

Zwei *Raben* hatten Evan auf einen Holzstuhl gefesselt, bevor sie sie wie einen Sultan auf einer Sänfte in den fensterlosen Raum im dritten Stock getragen hatten, in dem Brenda wie ein noch nicht gehäutetes Stück Schlachtvieh hing. Was Peter betraf, so hatte man ihn mit gefesselten Händen und Füßen in eine Ecke gesetzt, wo Major, der ihn aufmerksam im Schritt beschnüffelte, darauf achtete, dass er sich keinen Zentimeter bewegte.

Arkady hatte seine Männer weggeschickt, und diese hatten beim Gehen die Tür hinter sich abgeschlossen.

»Sie haben Ihren Tod erstaunlich gut vorgetäuscht.«

»So ist das bei Autounfällen«, schnaubte Arkady. »Alles brennt lichterloh. Es wird so heiß, dass selbst die Zähne schmelzen.«

»Und was ist mit Ihrer Frau?«

Arkadys Gesicht verzog sich zu einem geistesabwesenden Lächeln. Er war ein auf düstere Weise gut aussehender Mann von verführerischem Aussehen und charmantem Verhalten, während Lyudmilas Schönheit in Verbindung mit ihrem schockierend »unweiblichen« Ehrgeiz immer einschüchternd gewirkt hatte. Und doch waren sie beide charismatisch, geborene Anführer.

»Was ist es für ein Gefühl, wieder hier zu sein, Evan?«, erkundigte sich Arkady, ohne Evans Frage zu beachten. »Nach Ihrer extremen Reaktion im Foyer zu urteilen, hat es Sie doch ziemlich bestürzt.«

»Was könnten Sie wohl darüber wissen?«, fragte Evan.

»Herrgott noch mal«, warf Limas dazwischen. »Schneiden Sie sie herunter.«

Evan zuckte zusammen. Gegenüber jemandem, der sich in einer Machtposition befand, war das genau die falsche Herangehensweise. Die Angst seiner Gefangenen könnte für Arkady der Beweis sein, dass sie für die Art von Überzeugungsarbeit empfänglich wären, für die Brenda als Opfer dienen könnte. Und genau das wollte Evan vermeiden. Brenda sah ohnehin schon so aus, als hätte sie einiges zu ertragen. Evans unmittelbares Ziel war es, sie aus ihrer Lage zu befreien und hier herauszuschaffen, doch wie sie das bewerkstelligen sollte, war ihr ein Rätsel. Ein Rätsel, das sie innerhalb der nächsten Minuten lösen musste.

Und nun wandte Arkady Limas seine Aufmerksamkeit zu, womit er sich in ein anderes vermintes Gelände begab. Evan wünschte, Peter würde einfach den Mund halten, aber wie hätte man das von ihm erwarten können? Er befand sich von Angesicht zu Angesicht mit seinem Vater, den er glaubte, als Kind verloren zu haben. Wie musste sich das wohl anfühlen? Wie würde Evan sich fühlen, wenn ihr eigener Vater plötzlich wieder auftauchte, wenn er ins Leben zurückkehrte? Und zwar als Ungeheuer? Diese Frage ließ sich natürlich unmöglich beantworten.

Sie beobachtete Arkady, während sie gleichzeitig einen Teil ihrer Aufmerksamkeit darauf verwandte, abzuschätzen, in welcher Verfassung Brenda sich befand. Als Arkady durch den Raum ging, um hinter seinen Hund zu treten, bemerkte Evan, wie Brendas Kopf ein winziges bisschen zuckte. Evan sah sie aufmerksam an. Etwas war im Busch. Brenda versuchte, ihr etwas mitzuteilen.

»Und du«, durchschnitt kalt und schrill wie eine Kreissäge Arkadys Stimme Evans Gedanken. Seine Augen standen so weit auseinander, dass es einen irritierte. Sein Kopf lag leicht schief, als hätte eine vor langer Zeit erfolgte Operation die Sehnen auf dieser Seite des Halses verkürzt. Sein Haar war mit Pomade an den Kopf gelegt und strahlte so wie seine auf Hochglanz polierten Stiefel, die von derselben Machart waren wie jene, die Evan in Joachim Wenzels verstecktem Safe befühlt hatte. Die Stiefel eines Nazioffiziers. Und wie bei einem Nazioffizier steckten die Aufschläge seiner feldgrauen Hose in den Schäften. Die Manschetten seines dicken schwarzen Flanellhemds waren geöffnet und die Ärmel bis zu den Ellbogen aufgekrempelt. Seine Unterarme waren überraschend muskulös und mit demselben drahtigen schwarzen Haar bewachsen, das auch seine Handrücken bedeckte. Das Gesicht von Lyudmilas Bruder schimmerte wie ein gut gepflegtes Kunstobjekt.

Arkady, der sich über den Hund hinweg zu Limas vorbeugte: »Wer zum Teufel bist du eigentlich?«

»Ich bin dein Sohn Vasily, Vater. Vasily Shokov.«

»Nein, der bist du nicht«, fuhr Arkady ihn an. »Du bist ein Lakai des SVR. Gorgonovs Werkzeug. Das ist es, was du bist.«

»Du irrst dich, Vater.«

»Du bedeutest mir nichts. Du bist ein Stück Schmutz unter meiner Schuhsohle.« Als Arkady Limas ohrfeigte, fletschte der Hund die gelben Zähne und knurrte tief in der Kehle. Ein solches Knurren hatte Evan bisher nur gehört, wenn ein Raubtier kurz davor war, seine Beute anzuspringen.

»Ganz recht«, sagte Evan. »Er ist ein Niemand. Ich bin diejenige, hinter der Sie her sind, Arkady.«

Arkady drehte sich auf dem Absatz um. »Und warum sollte ich hinter Ihnen her sein, Evan?«

»Das wollten Sie mir gerade sagen.«

Eine von Arkadys sorgfältig in Form gezupften Augenbrauen wanderte nach oben. »Ach ja?« Seine Absätze klackten auf dem Boden, als er den Raum durchquerte und wieder vor Evan trat. »Daran erinnere ich mich nicht.«

»Oh doch«, antwortete Evan. »Sie haben das Thema aufgebracht. Sie haben mich gefragt, was für ein Gefühl es ist, wieder hier zu sein.«

»Das habe ich, nicht wahr?« Arkady drehte sich um, sodass er Evan den Rücken zukehrte und Brenda ansah. »Hören Sie, ich habe mich noch nicht entschieden, ob ich sie töten soll.« Er sprach zu Evan, als befände Brenda sich nicht mit im Raum. »Und wissen Sie, warum, Evan?«

»Ich kann es mir denken.«

»Wirklich?« Arkady zog ein Messer hervor und schob es mit der flachen Seite zwischen Brendas Oberschenkel. »Nur zu. Sie dürfen einmal raten, aber nur ein einziges Mal. Sollten Sie danebentippen, drehe ich die Klinge zur Seite und schneide ins Fleisch.«

»Evan!«

»Halt den Mund, Peter«, fuhr Evan ihn an.

»Ganz recht, Evan. Peter. Nicht Vasily. Mein Sohn ist in dem Augenblick gestorben, als er Lyudmilas Kreatur wurde und dann wie ein verängstigtes Kind Gorgonov in die Arme gelaufen ist.«

Peter hat also die Wahrheit gesagt, dachte Evan mit einer unerwarteten Aufwallung von so etwas wie Glück. Sie hatte ihm glauben wollen, wie sie jetzt begriff. Er war wirklich Lyudmilas Neffe. Bei dieser Erkenntnis rührte sich etwas in ihrem Inneren.

Brenda hielt die Augen geschlossen. Evan konnte nicht erkennen, ob sie bei Bewusstsein war. Sie hatte auch keine Ahnung, wie lange Brenda schon kopfüber von der Decke herabhing oder wie lange sie das noch aushalten würde. Das musste sie in Erfahrung bringen.

»Sieht gut aus, wie sie da baumelt«, sagte Evan daher. »Wie lange hängt sie schon so?«

»Tja …« Arkady strich mit der Klinge über Brendas Oberschenkel. »Wie wäre es damit? Wenn Sie richtig raten, sage ich es Ihnen.«

»Durchaus fair.«

»Fair?«, rief Limas. »Was an alldem hier ist denn fair?«

»Evan hat dir gesagt, dass du den Mund halten sollst, Peter.« Arkady versetzte Brendas Schenkel einen Stups mit dem Messer. »Ich würde dir raten, auf sie zu hören.«

»Du gibst mir einen Rat!« Limas' Stimme troff vor Verachtung. Dennoch hielt er danach den Mund.

Arkady nickte, als hätte er die Botschaft einer inneren Stimme empfangen. »Machen Sie weiter, Evan. Was könnte mich dazu bewegen, das Leben dieser *Spionin* zu verschonen?«

»Ihr Name«, antwortete Evan. »Der Name Brenda ist mächtig. Er stammt aus der Mythologie der Artussage. Brenna le Fay kam noch vor Morgan le Fay, eine gewiefte Zauberin, die es, glaubt man den Schriften, sogar mit Merlin aufnehmen konnte.«

»Und warum sollte mir das etwas bedeuten?«

»Der Führer des Dritten Reichs war betört von den Sagen der alten Germanen und auch der Kelten, die einst die britischen Inseln beherrschten. Er glaubte an Magie, Arkady, und dasselbe gilt auch für Sie. Brenda oder Brenna ist der keltische Name für

›Rabe‹. Sollten Sie Brenda töten, wird Sie ein schlimmes Unglück treffen.«

Arkady stand noch immer von Evan abgewandt, sodass sie sein Gesicht nicht sehen konnte. Doch er sagte: »Vor Ihrer Ankunft hat sie sechsunddreißig Minuten dort gehangen, doch ich wage zu behaupten, dass sie der jungen *Spionin* eher wie sechsunddreißig Stunden vorgekommen sind.«

»An diesem Wort erkennt man den Russen, Arkady.«

Bei dieser Bemerkung drehte Arkady sich um und sah Evan an. »Russisch. Deutsch. Bayerisch. Argentinisch. Darauf kommt es nicht an.«

»Für Ihre Gefolgsleute schon. Die *Raben*, die bis in die Haarwurzeln bayerisch sind, interessiert so etwas sehr.«

Arkady machte einen drohenden Schritt auf Evan zu. Er hielt noch immer das Messer in der Hand. »Wissen Sie, woher ich die Information habe, dass Sie schon einmal hier waren?«

»Ja.«

Arkady sah sie skeptisch an. »Sie bluffen.«

»Sagen wir einmal, es wäre so«, erwiderte Evan. »Dann hätten Sie durch eine weitere Wette nichts zu verlieren. Wenn ich Ihnen nicht sagen kann, woher Sie wissen, dass ich schon einmal hier war, versetzen Sie mir mit diesem Messer einen Schnitt ins Fleisch. Wenn ich es Ihnen aber sagen kann, schneiden Sie Brenda los.«

»Sind Sie bescheuert? Warum sollte ich bei so etwas mitspielen?«

»Ich tue Ihnen sogar einen Gefallen«, erklärte Evan. Als Arkady lachte, ganz ähnlich dem Bellen seines Hundes, fuhr Evan fort: »Sie müssen der Uthark-Ordnung der Runen folgen, Arkady.« Als Arkady nichts erwiderte, fuhr Evan fort: »Die Theorie wurde 1930 aufgestellt – und von Hitler aufgegriffen und akzeptiert. Ihr zufolge diente die Uthark-Ordnung der Runen, die man im zwanzigsten Jahrhundert aus dem Futhark-Alphabet ableitete, zur Verschlüsselung von Geheimnissen. Aber das wussten Sie natürlich bereits.«

»Was hat das mit irgendetwas von dem zu tun, das ...?«

»Alles, Arkady. Die Dunkle Mutter, jene Göttin, die notwendige, aber schmerzhafte Veränderungen bringt. In Indien ist sie als Kali bekannt, in der proto-jüdischen Kultur als Malka-ha-Shadim und in der indogermanischen Tradition als Maha-Kali. Die Verschlüsselung in der Uthark-Ordnung der Runen enthüllt jedoch, dass ihr Name ursprünglich Mórrigan lautete, was später zu Morgan verstümmelt wurde. Und Brenna, die Rabenfrau, hatte Morgan le Fay alles gelehrt, was diese über Magie wusste.«

Sie deutete mit einer Kopfbewegung auf Brenda. »Vielleicht erinnern Sie sich auch an die Geschichte, in der Merlin Brenna le Fay kopfüber aufgehängt hat, weil sie es wagte, ihm zu trotzen. Eine Stunde darauf wurde König Artus Pendragon, der Mann, den zu verteidigen Merlin geschworen hatte, getötet.«

Evans Augen funkelten. Als wollte sie ihn hypnotisieren, hielt sie Arkadys Blick fest und hoffte, dass dieses Gemisch aus Mythos und frei Erfundenem ihn faszinieren würde. »Nach allem, was Sie mir gesagt haben, hängt sie jetzt schon fünfundvierzig oder fünfzig Minuten dort, Arkady. Ihnen bleibt nur noch sehr wenig Zeit.«

Arkadys rötliches Gesicht war aschfahl geworden. Mit gezücktem Messer trat er auf Evan zu. »Sprechen Sie, Evan, woher wusste ich, dass Sie schon einmal hier waren? Woher hatte ich diese Information wohl, hm? Wer hat es mir verraten?«

»Niemand, Arkady.« Vor Evans innerem Auge stand das Foto von Arkady Shokov, das genau in dieser Gebirgsgegend aufgenommen worden war. Und sie dachte an das, was Lyudmila Limas zufolge gesagt hatte: dass sein Vater in *Parechgadem* stationiert gewesen war. *Parechgadem* war die alte Bezeichnung für Berchtesgaden. »Sie waren damals schon hier.«

Nun strömte das Blut in Arkadys Gesicht zurück. »Wenn Sie alle Antworten schon kennen, warum stellen Sie dann überhaupt noch Fragen?«

»Schneiden Sie sie los, Arkady. Brenda ist ein menschliches Stundenglas.«

Mit einem Knurren drehte Arkady sich um und schnitt den Strick durch, mit dem Brenda am Haken hing. Sie fiel auf den Boden, und Limas stieß einen unartikulierten Schrei aus. Wie eine Pfütze Regenwasser lag Brenda flach ausgestreckt da, so reglos, als wäre sie tot. Evan hoffte, dass sie noch am Leben war; sie hatte ihr etwas Wichtiges zu sagen.

Doch sie musste Arkady noch ein paar Sekunden ablenken. »Ihre Frau, Arkady. Was ist mit ihr geschehen?«, fragte sie. Beinahe hätte sie hinzugefügt, dass Limas ein Recht darauf hatte, Bescheid zu wissen, doch das hätte Arkady nur in Rage gebracht.

»Sie ist den Weg alles Irdischen gegangen. Staub zu Staub.« Arkady hatte Brenda den Rücken zugekehrt, doch bei ihrem Sturz hatte sein Hund sich umgedreht und trottete nun mit bebenden Nüstern zu ihr, um sie zu beschnüffeln. Offensichtlich war das Tier bereits mit ihrem Geruch vertraut, und nun hatte es ungehinderten Zugang.

»Das ist keine Antwort«, sagte Evan.

»Mehr Antworten werden Sie und der Verräter, der Sie begleitet, nicht bekommen.« Er legte dem Hund die Hand in den Nacken, und das Tier setzte sich sofort mit hängender Zunge hechelnd hin. »Den Rest müssen Sie sich einfach vorstellen.«

»Meine Vorstellungskraft ist auch nicht mehr das, was sie einmal war«, erwiderte Evan und zählte dabei die Sekunden.

»Ah, ja, der verlorene Teil Ihrer Erinnerungen. Aber all das hier – das ›Rabennest‹ – kehrt nun in Bruchstücken zu Ihnen zurück, oder?« Wieder das boshafte Lachen, so heiser wie das Knurren eines Hundes. »Ich möchte allerdings wetten, dass Sie sich immer noch nicht an das erinnern, was hier mit Ihnen geschehen ist. Zumindest nicht richtig.« Er trat näher und beugte sich vor. »Warum waren Sie hier, Evan? Was haben Sie hier gemacht?« Seine Augen glommen, und seine Lippen schimmerten so feucht wie die seines Hundes. »Vermutlich haben Sie alle auf die Palme gebracht. Sie müssen immer aus der Reihe tanzen. Das ist Ihre Spezialität, oder?«

Diese Frage blieb unbeantwortet. Denn in diesem Moment ertönte eine krachende Explosion. Die Bombe, die Evan unter dem Armaturenbrett des BMW zusammengebastelt hatte – unter Verwendung von drei Päckchen C4, die sie aus Wenzels Safe entnommen hatte –, zerfetzte den BMW und die beiden Wagen, zwischen denen er geparkt war. Der dritte SUV tanzte auf seiner Geländewagenfederung, die Fenster zerbrachen, und die Alarmanlage schrillte los. Keine siebzig Sekunden später war er ein einziger Feuerball.

54

Arkady stürzte sich auf Evan. »Was haben Sie getan?« Doch es war nur ein Scheinangriff. Mit einer Kehrtwendung marschierte er zur Tür und gab ein Klopfsignal. Als die Tür geöffnet wurde, pfiff er nach dem Hund, und gemeinsam verließen sie den Raum, um der Sache auf den Grund zu gehen. Hinter ihnen wurde die Tür wieder abgeschlossen.

»Brenda!«, rief Limas. Als die junge Frau sich langsam rührte, fragte er: »Alles in Ordnung mit dir?«

Doch sie reagierte nicht auf ihn; sie schaute nicht einmal in seine Richtung. Sie blickte zu der an ihren Stuhl gefesselten Evan auf und robbte auf den Ellbogen zu ihr. Als Brenda bei ihr angelangt war, steckte sie die Hand unter ihren Hosenbund und brachte den Haken zum Vorschein. Wild entschlossen machte sie sich über den Strick her, der Evan mit den Fußknöcheln an die Stuhlbeine fesselte. Sie zerteilte ihn wie Moses das Rote Meer, was Evan die Freiheit verschaffte, mit ihrem Stuhl vor- und zurückzuschaukeln. Mit den Füßen verschaffte sie sich so viel Schwung, dass der Stuhl zerbrach, als sie ihn rückwärts gegen die Steinwand rammte. Danach war es ihr ein Leichtes, ihre Handgelenke zu befreien.

Sie kniete sich bei Brenda nieder, löste die Fessel um ihre Fußknöchel, half ihr, aufzustehen, und hielt die leicht Schwankende fest, während das Blut in ihre bläulich weiß verfärbten Füße zurückkehrte. Brenda stampfte mit den Füßen, um das Stechen und Kribbeln zu bezwingen, mit dem das Blut wieder zu zirkulieren begann.

»Ich hätte nicht herkommen sollen«, flüsterte sie heiser. »Ich war nicht in der Verfassung, es mit alldem hier aufzunehmen.«

»Hinterher ist man immer klüger«, sagte Evan, doch als sie sich abwenden wollte, um Limas' Fesseln zu lösen, hielt Brenda sich an ihr fest.

»Wenn du mich loslässt, falle ich einfach hin.«

Also führte Evan sie, eine Hand um ihre Taille gelegt, in Limas' Ecke. Dort angekommen, musste Evan die Hände von ihr lösen, um sich die Fesseln um Limas' Fußknöchel vorzunehmen.

Brenda packte Limas am Hemd.

»Ich freue mich so, dich zu sehen«, sagte er. »Ich bin so froh, dass du lebst.«

»Wirklich?«, fragte sie und stach ihm den Haken in den Bauch.

»Ah, ah, ah«, keuchte Limas.

»Du hast mich verraten.«

»Ah, ah, ah …«

»Dein Befehl von Gorgonov lautete, dich an Evan heranzumachen, um sie zu töten.«

»Ah, ah, ah …«

Evan war aufgesprungen, ergriff jetzt Brendas Handgelenke und drückte das eine so kräftig, dass diese gezwungen war, den Haken loszulassen. »Was machst du?«, schrie Evan. Sie zog Brenda von Limas weg, der auf den Knien zusammengebrochen war wie ein Büßer. Er krümmte sich über dem Haken zusammen, der aus seinem Bauch herausragte wie ein abgebrochenes Fragezeichen.

Als Evan Brenda losließ, sank diese auf den Boden. Ihr Gesicht war erhitzt, und in ihren Augen glomm ein Anflug von Wahnsinn.

»Ah, ah, ohhh …«

»Ich musste das tun, Evan.« Brendas Stimme bebte von Tränen. »Er hat mir Gewalt angetan; er hatte den Auftrag, dich zu ermorden. Ich habe es für uns beide gemacht. Bei einem Einsatz gibt es Zwänge. Das musst du verstehen.«

Evan machte sich nicht die Mühe, ihr zu antworten. Sie hatte genug damit zu tun, Limas aufzufangen, bevor er aufs Gesicht fiel.

»Peter«, sagte sie. »Peter …«

»Nenn mich Vasily, Evan.« Seine Oberlippe war vor Schmerz gefletscht und gab den Blick auf sein Zahnfleisch frei, das von Blut troff. »Ich war Gorgonovs Botenjunge. In diesem Punkt hatte mein Vater recht.« Er versuchte, Evan anzulächeln, und schaffte es beinahe. »Aber ich hatte niemals den Auftrag, dich zu töten. Gorgonov wollte, dass ich eine neue Lyudmila für dich werde. Er wollte, dass ich dein Freund werde – und das wurde ich doch auch, Evan, oder?«

»Ja, Vasily, das wurdest du.«

»Aber weiter wäre ich nie gegangen. Ich wusste nicht …« Er blickte auf den herausschauenden Teil des Hakens. »Oooh! Oh Gott! Ich wusste nicht – ich … ich konnte nicht wissen –, was es bedeuten würde, dich zur Freundin zu haben.«

»Bleib ruhig, Vasily. Spare deine Energie.«

Doch Vasily hörte jetzt nur noch auf die Stimme in seinem Kopf. »Evan, ich weiß, dass ich gegen diesen Haken hilflos bin. Ich weiß, was geschehen wird, wenn man ihn herauszieht. Ich habe so etwas ja mit eigenen Augen gesehen.«

Erneut blickte er zu Evan auf. Sein Gesicht war totenbleich, und aus seiner Brust drang ein grässliches Rasseln, als hätte er eine Klapperschlange verschluckt. »Ich frage mich …« Sein Blick ging ins Leere. »Ich frage mich …« Das Geräusch von Stimmen vor der Tür erschreckte sie alle, als wären sie seit Arkadys eiligem Aufbruch mit dem Hund weit weg in einer eigenen Welt gewesen.

Und als kehrten sie jetzt erst zurück.

»Eines frage ich mich.« Limas klang so dumpf, als triebe er unter Wasser, was in gewisser Weise auch stimmte, da er an seinem eigenen Blut erstickte. »Ich frage mich, was meiner Mutter zugestoßen ist. Evan, kannst du es bitte herausfinden?«

Dann hörten sie das Knirschen des Schlüssels im Schloss, begleitet vom wilden Bellen des Hundes, der das frische Blut roch. Diese Geräusche brachten Limas noch einmal kurz zu klarem Bewusstsein, lange genug, um den herausragenden Teil des Hakens mit beiden Händen zu packen und ihn laut schreiend aus dem aufreißenden Fleisch zu zerren.

55

Major stürmte als Erster herein, warf einen einzigen Blick auf den blutüberströmten Limas und heftete die funkelnden Augen auf Evan. Blitzschnell stürzte er sich auf sie. Evan schnappte sich ein Bein des zerbrochenen Stuhls. Als Major gegen sie lossprang, hielt sie es waagerecht vor die Brust. Das Stuhlbein war wie ein Pflock, der einem Vampir ins Herz getrieben wird, und spießte den Körper des riesigen Tiers von vorn nach hinten auf. Trotzdem versuchte der Hund noch, mit seinen scharfen Krallen ihre Brust aufzureißen, und schnappte mit den gefletschten Zähnen wieder und wieder zu, um ihr das Gesicht zu zerbeißen. Mochte sie sein Herz auch durchbohrt haben, es schlug weiter, schwarz wie sein Fell. Schwarz wie seine Seele.

Der Hund kämpfte um sein Leben, obgleich sein Leben vorbei war. Aber da er ein Tier war, wusste er es nicht. Er wusste nur eins: Seine Beute hatte ihn verletzt, und er musste sie töten. Das versuchte er auch. Er gab sein Bestes, und Evans Blut floss, überzog seine Krallen und troff ihm ins Maul und auf die leckende Zunge. Doch die Zunge wurde schlaff, als das Tier unter Krämpfen erschauerte. In seinen citringelben Augen, die Evan fixierten, stand ein Hass, der reine Boshaftigkeit überstieg. Dieses Tier hatte etwas in sich, etwas Böses, das aus grauen Vorzeiten stammte. Und dann war dieses Böse weg, löste sich in Luft auf wie eine Rauchwolke.

Der Hund war tot. Endlich tot.

Inzwischen hatte Arkady den Raum betreten, und mit gezücktem Dolch stürzte er sich zähnefletschend auf Evan. Evan wartete bis zum letzten Moment und riss dann den Hundekadaver vor ihren Körper, sodass er den Stich von Arkadys Messer auffing.

Durch dieses Manöver geriet Arkady aus dem Gleichgewicht, und Evan nutzte das aus und rammte ihm das Rückgrat des großen schwarzen Kadavers gegen die Nase. Dann hielt sie Arkady gepackt, befeuert von der Energie, die der Kampf mit Major ihr verliehen hatte, denn noch nie hatte die Entscheidung zwischen Leben und Tod so auf der Kippe gestanden. Sie zog das Messer aus dem Tier und setzte Arkady die blutbeschmierte Klinge an die Kehle.

Die beiden Wächter waren mit erhobenen Pistolen eingetreten.

»Unfassbar.« Ein matter Windhauch in einem verdorrten Feld. »Du hast Major umgebracht.« Arkady brach beinahe in Tränen aus. »Du gemeine Sau! Major war magisch. Major war unbezwingbar.«

Die Wächter blickten von ihrem Anführer zu seinem getöteten Tier. Die beiden blutüberströmten Personen waren ihnen vollkommen gleichgültig; Menschenblut und menschliche Eingeweide hatten sie hier schon allzu oft gesehen.

Evan achtete nicht auf Arkadys Worte und hielt ihn wie einen Schild vor sich. »Jetzt wirst du uns helfen, hier rauszukommen«, sagte Evan so laut zu Arkady, dass die Wächter es hören konnten.

Doch Arkady reagierte noch immer nicht auf sie. »Major«, flüsterte er. »Major war magisch. Er wurde von unserem Runenzauber beschützt.«

»Arkady.« Evan schlug ihn auf den Hinterkopf. »Konzentrier dich, Arkady!«

»Die Autobombe«, sagte Arkady, der sich mühsam zusammenriss. »Wie konntest du die Zeit so einstellen, dass …?«

»Ich trage einen Fernzünder bei mir«, erklärte Evan.

»Ausgeschlossen. Ihr wurdet gründlich durchsucht.«

Evan spuckte eine kleine Kunststoffscheibe aus, die sie innen an der Wangenschleimhaut verborgen hatte. »Nicht gründlich genug.«

»Schlau. So schlau wie das Manöver, Dieter zu ermorden und seine Kleider anzuziehen.« Er schüttelte den Kopf. »Aber all deine vielgepriesene Schläue wird dir nichts nutzen, Evan. Wohin willst du fliehen? Der ganze Berg und all seine Bewohner gehören zu uns. Unsere Leute wimmeln bis an die Zähne bewaffnet überall herum. Keiner wird auch nur einen Finger heben, um euch zu helfen.«

Evan stieß Arkady vorwärts. »Hilf Brenda auf. Wenn du jetzt nett zu ihr bist, wirst du heute vielleicht am Leben bleiben.«

Arkady tat, wie von Evan geheißen, und zog Brenda langsam auf die Beine. Doch seine Muskeln waren angespannt und arbeiteten. Er machte sich für etwas bereit. Für den Kampf oder für die Flucht? Aus Evans Sicht spielte das keine Rolle; so oder so musste sie ihre fünf Sinne beisammenhalten.

Brenda ließ den Kopf hängen, und da ihr die Haare über die Augen fielen, war ihr Gesichtsausdruck nicht zu erkennen. Ihr Atem klang unnatürlich, und das gefiel Evan ganz und gar nicht. Sie hatten keine Zeit zu verschwenden. Sie mussten so schnell wie irgend möglich von hier verschwinden.

»*Zurücktreten!*«, forderte Evan die Wächter auf, die daraufhin ihren Anführer ansahen. Er nickte ihnen knapp zu, und sie verließen den Raum.

Dann kam Evan mit Arkady, der Brenda stützte, aus der Kammer. Unmittelbar hinter der Türschwelle riss Brenda einem der Wächter die Pistole aus den Händen. Das gab Evan den ersten Hinweis darauf, dass sie sich verstellt und bereits besser erholt hatte, als irgendeiner von ihnen ihr zugetraut hatte.

Brenda löste sich aus Arkadys Griff und drehte Evan den Rücken zu, um den Flur zur anderen Seite hin im Auge zu behalten. Sie ging rückwärts und sorgte so für Deckung nach hinten.

Unten im Foyer wimmelte es von bewaffneten *Raben.*

»Und was macht ihr jetzt?«, fragte Arkady. »Dort hinunter könnt ihr nicht gehen; lange bevor wir verblutet sind, werden sie euch überwältigen.«

Doch Evan hatte nicht die Absicht, sich nach unten in den Strudel des Vierten Reichs zu begeben, das der neue *Führer* zu gründen versuchte. Im selben Augenblick, in dem sie das Watzmannhaus – das »Rabennest« – betreten hatte, war sie von einem Gewitter an Erinnerungsblitzen überfallen worden. Im roten Backsteinpalast kannte sie einen ganz bestimmten Raum und hatte sich während einer Zeitspanne, die sich ihrer Erinnerung entzog, darin aufgehalten.

Warum waren Sie hier, Evan? Was haben Sie hier gemacht? So hatten Arkadys rhetorische Fragen gelautet. *Vermutlich haben Sie alle auf die Palme gebracht. Sie müssen immer aus der Reihe tanzen. Das ist Ihre Spezialität, oder?*

Als sie jetzt durch den Flur zum Westflügel des »Rabennests« losmarschierte, waren plötzlich die beiden Raben vor ihrem inneren Auge. Sie flogen vor ihr her, als wären sie ihre Führer, verschwanden mal im Schatten oder verblassten, tauchten aber immer wieder auf. Sie empfand einen Schmerz, für den sie keinen Namen hatte, und spürte ein Gewicht auf sich lasten, das sie nicht sehen konnte. Sie fühlte sich von Gespenstern umzingelt. Mit ihrem inneren Ohr hörte sie Rufe und eilige Schritte. Dann Schüsse und wieder Rufe.

Das Watzmannhaus lag unnatürlich still und reglos da. Es war, als hielte das gesamte Gebäude den Atem an. Und doch belebten Evans halb verschüttete Erinnerungen ihre Sinne und machten, dass sie Bruchstücke der Vergangenheit hörte, sah und fühlte, die sie nicht zusammensetzen konnte. Doch ihre Gewissheit wuchs, dass all dies irgendwie für sie entscheidend war.

Aber wie? *Wie nur?* Wenn sie doch nur den Geheimcode entschlüsseln könnte, der durch ihr Gehirn jagte.

Etwas in ihrem Inneren – ein bestimmtes Wissen, das nun immer wieder kurz in ihr aufblitzte – trieb sie vorwärts. Dabei hielt sie die ganze Zeit Arkady hinten am schweißdurchtränkten Kragen gepackt. Sie kamen an der Treppe vorbei, die zum ersten Stock hinunterführte. Weitere bewaffnete *Raben* stiegen die Treppe hinauf und starrten mit unversöhnlichen, hasserfüllten Augen zu ihr hoch. Sie beachtete sie nicht, ließ die Treppe hinter sich zurück und ging durch den Flur weiter.

Hinter ihr sagte Brenda: »Sie sind uns nah, ganz nah.« Ihre Stimme war so leise und rau, als hätte sie stundenlang geschrien, und vielleicht hatte sie das auch, stumm in den Tiefen ihrer Kehle.

»Halte sie auf Abstand«, sagte Evan, und sofort schoss Brenda zweien von ihnen in die Brust. Sie brachen mit einem Geräusch zusammen, als hätte jemand einen Schreibtisch aus einem Fenster im ersten Stock geworfen.

»Ich hatte dir nur gesagt, dass du sie auf Abstand halten sollst«, bemerkte Evan.

»Und jetzt halten sie selbst Abstand«, erwiderte Brenda. »Sie haben mir nicht viel zugetraut, dachten, ich hätte keinen Mumm. Jetzt, wo sie sehen, dass ich scharf schieße, haben sie Angst, näher zu kommen.«

Evan konnte die Richtigkeit dieser Feststellung nicht bestreiten, doch für ihren Geschmack fiel es Brenda viel zu leicht, einen anderen Menschen zu töten.

Sie waren fast am Ende des Flurs angelangt, da blieb Evan stehen. »Die Tür rechts.«

»Ein Gästezimmer«, informierte Arkady sie. »Ungenutzt. Das Zimmer ist eine Sackgasse, es sei denn, ihr habt vor, aus dem Fenster zu steigen. In dem Fall wird man euch erschießen, sobald ihr das erste Bein rausstreckt.«

»Die Tür aufmachen«, befahl Evan. »Sofort!«

Sie musste ihm einen kräftigen Stoß zwischen die Schulterblätter versetzen, bevor er ihrem Befehl gehorchte. Sie traten über die Schwelle.

»Brenda, bleib in der Tür stehen«, sagte Evan. »Erschieße jeden, der auch nur einen Schritt näher kommt.«

»Mit dem größten Vergnügen«, antwortete Brenda mit derselben leisen, kehligen Stimme wie zuvor. Evan fand diesen Tonfall irgendwie verstörend. Und dann drückte Brenda den Abzug ein weiteres Mal, und wieder stürzte jemand zu Boden. Das schien sie mit neuer Energie zu erfüllen. Evan hatte keineswegs vergessen, wie bedenkenlos Brenda Limas mit dem Haken durchbohrt hatte, doch jetzt war keine Zeit, die Folgen dieses Mords zu bedenken.

Arkady hatte nicht gelogen – der Raum war ein Gästezimmer mittlerer Größe. Darin befanden sich ein Bett, eine Frisierkommode, ein Spiegel, ein Schreibtisch, ein Stuhl und sonst praktisch nichts, abgesehen von der Tür zu einem Wandschrank. Zwei kleine, bleiverglaste Fenster schauten nach draußen. Dort war die Nacht hereingebrochen, und die nackten Zweige einer mächtigen Eiche scharrten im Nordwind an der Wand, als verlangte der Baum Einlass. Einlass zu verlangen in dieses Haus, wie töricht.

Evan trat zum Wandschrank. Sie drehte sich mit Arkady seitlich und öffnete die Tür.

»Was hast du vor?«, fragte Arkady mit scharfer Stimme. »Willst du uns zum Trocknen aufhängen?«

Ohne ihn zu beachten, schob Evan die Ansammlung hölzerner Kleiderbügel mit der freien Hand zur Seite. Tatsächlich, dort hinten an der Rückwand waren sie zu sehen: die beiden Raben, deren Schnäbel sich berührten. Irgendwann in der fernen Vergangenheit waren sie in die Wandvertäfelung geschnitzt worden.

Evan drückte auf das hölzerne Relief, und die Wandvertäfelung klappte auf. Arkady war so verblüfft, dass er keinen Laut von sich gab. Evan schob ihn in die Dunkelheit hinter der Wand. Dann rief sie Brenda.

Brenda schoss ein letztes Mal, trat anschließend ganz ins Gästezimmer und schloss die Tür hinter sich ab.

»Beeil dich«, sagte Evan, streckte ihr einen Arm hin und geleitete sie in den Wandschrank und durch die geöffnete Vertäfelung. Dann zog sie die Schranktür hinter sich zu und schloss das im Gästezimmer herrschende Dämmerlicht aus. Im Stockdunkeln hängte sie die Kleiderbügel an Ort und Stelle zurück, folgte Brenda und Arkady durch die Öffnung in der Wandvertäfelung und schob diese hinter sich zu.

56

Evan betätigte einen Schalter, und ein Licht leuchtete auf – eine Glühbirne, die an einem Kabel herabbaumelte. In ihrem Schein sahen sie, dass sie auf einem kleinen, halbkreisförmigen Treppenabsatz standen. Unter ihnen: eine stählerne Wendeltreppe, deren nach innen schmal zulaufende Stufen sich um einen Mittelpfeiler wanden.

Arkady sah so aus, als würde ihn gleich der Schlag treffen. »Woher wusstest du von diesem Gang?«

Evan nahm eine lange Taschenlampe aus einer Wandnische. »Die Treppe hinunter«, befahl sie. »Du voran, Arkady. Brenda, du hältst uns den Rücken frei.«

»Zu Befehl, Evan«, erwiderte sie im Militärjargon.

»Bist du sicher auf den Beinen, Brenda? Kannst du weitergehen?«

»Vollkommen sicher, Evan. Glaub mir.«

Etwas anderes blieb Evan auch gar nicht übrig.

Schweigend stiegen sie die Treppe hinunter. Evan behielt Arkady genau im Auge, und Brenda lauschte, ob jemand intelligent genug gewesen war, hinter das Geheimnis ihres Verschwindens zu kommen. Sie stiegen immer weiter hinab, vorbei am Erdgeschoss des Watzmannhauses und sogar noch unter die Kellerebene. Und noch immer wand sich die Treppe hinunter, tief hinein, so schien es, in die Eingeweide der Erde.

»So also hast du Lyudmila damals geholfen, mir zu entkommen!« Arkady blieb stehen und drehte sich zu Evan um. »Du dreckige Schlampe. Ihr beide seid direkt vor unseren Augen verschwunden, und so also habt ihr es angestellt.«

Evan versetzte ihm einen kräftigen Stoß. »Weitergehen, Arkady!« Arkady drehte sich wieder um und setzte seinen Weg nach unten fort, von Evan und Brenda gefolgt. »Natürlich wusste keiner, dass du es warst. Du warst in die Rolle von einem von Shokovas Leuten geschlüpft; keiner hat dich erkannt.«

Evan versetzte ihm einen noch kräftigeren Stoß, und Arkady stolperte weiter. Er schaute nicht einmal, wohin er die Füße setzte, so gepackt war er von diesen Enthüllungen.

»Aber wie hast du es geschafft?« Seine Stimme klang anklagend. »Hier hat nie jemand vom US-Verteidigungsministerium trainiert.«

Evan erwiderte nichts. Nicht Peter Limas hatte sie belogen; Lyudmila selbst hatte Peter angelogen und die Tatsachen verdreht, indem sie behauptet hatte, sie, Lyudmila, wäre hierher vorgedrungen und hätte Evan gerettet. Wo es doch in Wirklichkeit genau andersherum gewesen war: Evan hatte Lyudmila gerettet. Diese Erkenntnis traf sie so heftig, dass sie stolperte. Arkady lachte auf, da er glaubte, ihre Kräfte ließen nach. Einen Moment lang verlor Evan das Gefühl dafür, wo sie sich befand – oder, genauer gesagt, in welcher *Zeit* sie sich befand. Plötzlich war es, als ginge sie wieder neben Lyudmila her, während diese sie durch die Tunnel führte. Und als dieses Bild aus ihrem Gedächtnis aufstieg – so deutlich, dass Evan ihrer beider Schweiß zu riechen und das Tropfen des Wassers an den Stollenwänden zu hören meinte –, fiel ihr alles wieder ein. Sie erinnerte sich an jede Einzelheit.

Das Herz schlug ihr gegen die Rippen, und das Blut rauschte in ihren Ohren. Einen Moment lang versank ihre Welt im Chaos. Dann kehrte alles genauso unvermittelt zur Normalität zurück, die sie wie eine Gabe oder ein Geschenk neu empfing.

»Und doch wusstest du von diesem Geheimnis«, sagte Arkady. »Von diesem Weg in die Salzminen. Wie? Woher wusstest du davon?«

Inzwischen war es Evan natürlich klar: Lyudmila hatte sie geführt, war ihr Vergil gewesen und hatte ihr, metaphorisch gesprochen, in der Dunkelheit mit einer hellen Laterne geleuchtet. Lyudmila, die äußerst gründlich recherchiert hatte, hatte sie darüber aufgeklärt, dass die überaus praktisch, um nicht zu sagen paranoid veranlagten Nazis all ihre auf diesem Berg gelegenen Häuser durch Fluchttunnel mit dem Salzbergwerk verbunden hatten, um sich im Fall von alliierten Bombenangriffen unter der Erde in Sicherheit zu bringen. Und um im schlimmsten Fall durch diese Tunnel die Flucht zu ergreifen und sich dem Zugriff der Invasionstruppen zu entziehen.

Doch davon würde sie Arkady nichts erzählen; sollte er doch weiter rätseln. Wie alle Zauberkunststücke hatte auch dieses eine einfache Auflösung. Statt zu antworten, stellte sie selbst eine Frage: »Und du, Arkady? Du warst bereits abtrünnig geworden, als man dich auf diesen Posten geschickt hatte, nicht wahr?« Sie hatte begriffen, dass er nichts mehr liebte, als über sich selbst zu reden. »Du wurdest von uns angeworben – von Mitarbeitern des US-Verteidigungsministeriums.«

»Sie hatten gute Verwendung für unser Spezialwissen«, bestätigte Arkady ihre Vermutung. »Wir boten ihnen einen ganz besonderen Einblick in das russische Geheimdienstwesen.«

»Aber du bist nicht lange bei der Stange geblieben, oder?«

Sein Gesicht verzerrte sich zu einem höhnischen Grinsen. »Ihr verdammten Amerikaner. Ihr glaubt, dass die Welt euch gehört. Ihr glaubt, dass ihr besser als alle anderen seid, obwohl eure einzige Stärke doch darin besteht, euren Scheißdreck in die ganze Welt zu exportieren und uns mit euren Produkten, die mal die Zähne und mal das Gehirn ruinieren, zuzuschütten. Mit eurem grässlichen Materialismus und euren Vorurteilen. Jeden verdammten Tag überzieht ihr uns mit dem Bombenteppich eures blindwütigen Konsumterrors. Ihr mästet uns mit eurem Zeug, stopft es uns in den Hals, als wären wir Gänse, die eine Fettleber bekommen sollen. Wie widerlich!« Arkadys Gesicht war vor Zorn und Gehässigkeit rot angelaufen. »Die Tatsache ist doch die: Ihr hasst alle anderen außer euch Amerikanern selbst – und zwar euch weißen Amerikanern. Und um dem Ganzen die Krone aufzusetzen, wollt ihr auch noch unsere Dankbarkeit! Ihr wollt, dass wir uns vor euch als unseren Rettern verbeugen! Herrgott, ihr seid unerträglich!«

Speichel benetzte seine Lippen und ließ sein Kinn glänzen. »Nun, wir sind diejenigen, die wirklich Mumm haben. Wir untergraben die amerikanische Arroganz. Wir bringen eure schlimmsten Instinkte zum Vorschein. Wir helfen, einen zweiten Bürgerkrieg zu entfachen, der das Land zerreißen wird. Und danach wird uns das gelingen, woran das Dritte Reich gescheitert ist. Unsere Armee wird sich erheben und alles vernichten, was von euch übrig geblieben ist.«

»Im Moment siehst du nicht so aus, als würdest du dich zu irgendetwas erheben«, bemerkte Evan. »Außer zu dem, was ich dir befehle.«

»Du Idiotin! Du verstehst überhaupt nichts, daher buchstabiere ich es jetzt für dich aus wie für ein kleines Kind. Als wären wir hier im Kindergarten. Nemesis wird von einer verschworenen

Gruppe amerikanischer Milliardäre finanziert, die am äußeren rechten Rand stehen.«

Evan war bis ins tiefste Innere erschüttert. Konnte das stimmen? Plausibel war es jedenfalls. Und auch entsetzlich. Verrat im Herzen Amerikas. »Willst du etwa behaupten, dass Russland gar nicht mit von der Partie ist?«

Arkady warf ihr einen mitleidigen Blick zu. »Natürlich sind sie involviert. Aber Herrgott noch mal, sie finanzieren uns nicht. Wie denn auch? Die RNE hat ja kaum genug Geld, um sich selbst über Wasser zu halten, und was den GRU angeht, so ist General Boyko so geizig wie Scrooge.

Nein, finanziert werden wir von den rassistischen Nationalisten, den milliardenschweren Räuberbaronen. Sie eifern den historischen Räuberbaronen wie John Jacob Astor, Cornelius Vanderbilt, John D. Rockefeller, Andrew Carnegie, Jay Gould oder J. P. Morgan nach. Den Männern, die mit Boden spekulierten und durch Eisenbahnen und Schiffe, Holz- und Tabakproduktion, Banken, Erdöl und Kohle reich wurden. Kohle!« Arkady lachte so heftig, dass ihm Tränen in die Augenwinkel traten. »Ist das zu glauben? Am Markt ist die Kohle seit Jahrzehnten tot und begraben. Das weiß sogar der Souverän.« Er schüttelte den Kopf. »Aber diese amerikanischen Milliardäre sehen das anders.«

»Und das Ziel von Nemesis?« Evan wollte, dass Arkady weiterredete, denn sie musste noch mehr über Nemesis herausbekommen. »Abgesehen von dem Plan, die USA ins Mittelalter zurückzubefördern, meine ich.«

»Was für ein großartiges Ziel!«, krähte Arkady. »Aber darum geht es nicht, Evan, ganz bis zurück ins Mittelalter soll es nicht gehen, nein, nein. Nur bis zurück zu den 1930ern. Und genau wie damals versuchen die heutigen Räuberbarone, ihren Profit zu maximieren. Zu diesem Zweck manipulieren sie das politische System der USA auf der Ebene der Bundesstaaten und der Union, um eine für ihre Konzerne günstige Gesetzgebung und Steuerbefreiungen zu erzwingen. Deshalb stecken sie zwei- und dreistellige Millionenbeträge in die Wahlkämpfe der von ihnen kontrollierten Kandidaten. Mit Hunderten von Millionen kaufen sie lokale und regionale Medien – Zeitungen, Radio- und Fernsehsender – und stellen neue Mitarbeiter ein, denen sie ihre Agenda diktieren können. Und eine dumpfe, arme und ungebildete Bevölkerungsschicht, die sich leicht an der Nase herumführen und manipulieren lässt, reißt ihnen ihren Verkaufsschlager geradezu aus der Hand – die Wiederauferstehung des weißen Amerika.

Doch das ist natürlich noch nicht alles. Wissentlich oder unwissentlich kommen ihnen evangelikale Christen zu Hilfe, die auf ihre Weise nicht weniger fanatisch sind als die islamistischen Dschihadisten.« Das teuflische Lachen wurde noch lauter. »Diese Dummköpfe! Siehst du, wie die Religion das Volk versklavt?

Ultrakonservative Milliardäre und mächtige Evangelikale. Sie haben das liberale Amerika satt. Ihr Ziel ist ein Land unter der Herrschaft eines charismatischen Tyrannen, den sie selbst kontrollieren. Und Nemesis mischt eifrig mit.«

Während dieses haarsträubenden Vortrags waren sie am Fuß der Treppe angekommen. Evan betätigte einen weiteren Lichtschalter, und zu ihren Füßen entdeckten sie das bekannte Symbol, zwei in den Boden gemeißelte Raben.

»Wo sind wir hier?« Die leicht benommene Brenda war noch immer damit beschäftigt, das Ausmaß von Nemesis' Einfluss zu begreifen, der viel weiter reichte und tiefer ging, als Butler oder sie selbst sich jemals vorgestellt hatten. Nemesis war nicht einfach nur eine weitere Terrorgruppe oder eine Verschwörung deutscher Neonazis. Es war eine ausgewachsene Revolution katastrophalen Ausmaßes.

»Dieser Gang gehört zum Salzbergwerk, dessen Stollen den Berg durchziehen«, antwortete Evan.

»Es sieht aus wie ein Labyrinth.« Sie starrte nach vorn ins Dämmerlicht, wo Gänge in mindestens sechs verschiedene Richtungen abzweigten.

»Für jemanden, der den Weg nicht kennt, ist es das auch«, antwortete Evan. »Aber es gefällt mir nicht, wie du gehst, du schwankst und taumelst ja. Deine Fußknöchel sind total wund gerieben. Sag mir Bescheid, wenn du nicht mehr ...«

»Was willst du dann tun, mich tragen?« Brenda bückte sich, schnürte ihre Schuhe auf, stieß sie von den Füßen und zog dann auch die Strümpfe aus. Sie seufzte. »Ahh, das ist schon besser.«

Erneut blieb Evan keine andere Wahl, als ihr zu vertrauen. Es würde ihr nicht gelingen, die Kontrolle über Arkady zu behalten, wenn sie Brenda stützen musste. Sie bedeutete den beiden, in welche Richtung es weiterging, und sie ließen die Wendeltreppe hinter sich zurück und nahmen den zweiten Gang zur Linken. Evan schaltete die Taschenlampe ein. Eine Zeit lang herrschte erneut Schweigen. Der mineralische Geruch wurde immer intensiver, und dazu kam eine Kälte, die an einen ungemütlichen Wintertag erinnerte. Gelegentlich liefen sie an dicken Verstrebungen vorbei, die die unter die Tunneldecke gestemmten Stützpfeiler verstärkten.

»Gegen Kriegsende muss das hier ein gutes Versteck gewesen sein«, sagte Brenda.

Evan nickte. »Für die Nazis, die hier die Stellung halten wollten. Auf dem Weg nach draußen verlegten deutsche Pioniere Minen, um das Eindringen der Alliierten zu verzögern.«

Als Arkady das nächste Mal das Wort ergriff, wurde klar, dass er immer noch denselben Gedanken nachhing wie bei ihrer Flucht durch die Raben-Vertäfelung. »So also konntet ihr uns damals entkommen.«

»Euch?« Evan packte Arkady an der Schulter und riss ihn herum. »Dir persönlich? Oder dem US-Verteidigungsministerium?«

»Also ja, natürlich uns. Beiden Beteiligten, könnte man sagen.« Arkady lachte über den bestürzten Ausdruck in Evans Gesicht. »Ah ja, du erinnerst dich immer noch nicht, oder? Na gut, dann wollen wir dir mal auf die Sprünge helfen. Lyudmila wurde von Mitarbeitern des US-Verteidigungsministeriums gefangen genommen und zum Verhör hierhergebracht. Wir sollten das Verhör leiten.«

»Sie ist deine Schwester.« Evan war entsetzt. »Wie konntest du?«

»*Yebat-kopat,* das ist, als fragte man den Mond, warum die Sonne ihm seine Dunkelheit raubt.« Arkady drehte den Kopf zur Seite und spuckte aus. »Lyudmila bekam immer alles auf dem Silbertablett serviert. In der Schule, beim Sport und im Kunstunterricht war sie besser als ich. Und erst die Jungs! *Yoptel-mopsel!* Sie waren alle hinter der Schlampe her. Alle! Sie war wie ein Magnet. Worum es auch ging, sie war die Stärkere. Immer wenn ich einen Fortschritt gemacht hatte, war die Göttin der Schlampen Lyudmila schon da und mir wieder einen Schritt voraus. Schlimm genug, dass wir übertroffen wurden, aber dann auch noch von einem Mädchen! Unserer Schwester! Mein Gott, was für eine Demütigung! Wir sind so glücklich, dass sie nun endgültig von der Bildfläche verschwunden ist, dass sie wie vom Erdboden verschluckt ist.«

Er hob den Zeigefinger. »Oh, wir wissen, was du denkst, aber keiner im US-Verteidigungsministerium hatte die geringste Ahnung, wer wir wirklich waren. Unsere Legende war vollkommen wasserdicht.« Er zuckte mit den Schultern. »Jedenfalls haben wir uns extrem auf das Verhör gefreut. Wir waren bereits Zeuge der Grausamkeiten geworden, die das US-Verteidigungsministerium seinen Gefangenen in den Black Sites antut, und falls es jemals ein echtes Black Site gab, dann ist es dieser Ort hier, das ›Rabennest‹. Selbst im Verteidigungsministerium wusste kaum jemand von seiner Existenz oder hatte eine Ahnung, was dort im Namen der US-Weltherrschaft vor sich ging.«

Sein Lächeln verwandelte sich zu einer Grimasse. »Aber du bist aufgetaucht, bevor wir loslegen konnten. Wer konnte ahnen, dass ihr beide, Lyudmila und du, Freundinnen wart? Wer hätte sich das auch nur vorstellen können? Aber du bist gekommen, und selbst nachdem wir dich wegen Missachtung des Zugangsverbots verdroschen hatten, ist es dir gelungen, sie hier rauszuholen.«

»Was hat Lyudmila hier gemacht?«

»Was denkst du wohl? Sie hat spioniert. Du hast dafür gesorgt, dass sie mit tausend Geheimnissen im Kopf entkommen konnte. Mit *unseren* Geheimnissen. Sie wusste, wer wir waren; sie hat mich auf Anhieb erkannt. Wir haben sie uns geschnappt, bevor sie uns verraten konnte. Doch dann bist du aufgetaucht. Durch welches Zauberkunststück du sie befreit hast und mit ihr in diese unterirdischen Gänge entkommen konntest, ist mir ein absolutes Rätsel.«

»Ich kläre dich auf, wenn du mir erzählst, wie du es angestellt hast, dass ich alles vergessen habe, was mir hier zugestoßen ist.«

Arkady grinste. »Das verrate ich dir gern. Es ist mir sogar ein Vergnügen. Psychotrope Substanzen, meine liebe Evan. Medikamente im Entwicklungsstadium, die wir für dein eigenes Verteidigungsministerium getestet haben.« Sein Grinsen wurde noch breiter. »Und jetzt du: Wie hast du eure Flucht …?«

Evan schlug ihn mit dem Handballen auf die Nase. Sein Kopf kippte nach hinten, und Brenda lachte, als ihm das Blut aus den Nasenlöchern spritzte.

»Ach, Scheiße!« Arkadys Stimme klang halb erstickt, da er sich den Unterarm vor die gebrochene Nase hielt. Und dann auf Deutsch: *»Du Schwanzlutscherin!«*

»Was hat er gesagt?«, fragte Brenda.

»Das willst du lieber nicht wissen«, antwortete Evan.

57

Einen Moment lang schwirrte Evan der Kopf von Arkadys Enthüllungen: Nun wusste sie, wer Nemesis finanzierte, wie es kam, dass Lyudmila und Evan im »Rabennest« gewesen waren, und wie es ihnen dort ergangen war. Für einige Sekunden verirrten sich ihre Gedanken zu Lyudmila und dann zu ihrer eigenen kurzen, aber intensiven Beziehung mit Peter Limas und den Gefahren, die sie gemeinsam durchgestanden hatten. Noch einmal blitzte das Bild von Peters schockierendem, schmachvollem Tod vor ihr auf, gestorben von der Hand seiner Freundin, die er betrogen hatte.

Arkady nutzte den kurzen Moment, in dem sie von ihren Gedanken abgelenkt war, um sich loszureißen und durch den Salzstollen davonzurennen. Unmittelbar bevor die stygische Finsternis des Salzstollens ihn verschluckte, feuerte Brenda die Pistole ab, doch gleich darauf war er verschwunden. Der laute Knall brachte Evan in die Gegenwart zurück, und sie stürmte los, hinter Arkady her. Doch Brenda, entschlossen, diesen Mann zu bestrafen, der ebenfalls ihre Abwehr durchbrochen und ihr seelisch und körperlich Gewalt angetan hatte, raste barfuß an ihr vorbei und wurde bald schon ihrerseits von der Dunkelheit verschluckt.

»Brenda, warte!«

Evan eilte weiter und schwenkte dabei den kraftvollen Strahl der Taschenlampe hin und her. Sie rannte nicht im Höchsttempo wie eben Arkady und seine verzweifelte Verfolgerin; sie hielt Ausschau nach Stolperdraht oder druckempfindlichen Platten, die mit vergrabenen Minen verbunden waren. Seit Ende des Krieges waren viele Minen geräumt worden, doch in den aufgegebenen Bereichen des Bergwerks waren auch viele zurückgeblieben. Es gab gute Gründe, die Bergleute und Touristen von diesen Bereichen fernzuhalten: Bei Minenexplosionen war es zu schweren Stolleneinbrüchen und dem tragischen Verlust von Menschenleben gekommen.

Doch die zunehmende Sorge um Brenda trieb sie vorwärts, und wäre der Strahl der Taschenlampe nicht gewesen, hätte sie den Stolperdraht übersehen, ein schimmernder, todbringender Faden. Der Lichtstrahl wanderte über den Draht hinweg, doch auf dem Boden dahinter entdeckte sie keine Fußspuren.

Sie kehrte um, wandte sich nach rechts und stieß dort auf die Spuren zweier Menschen – Stiefelabdrücke und Hinweise auf nackte Fußsohlen. In diesen Gang bog sie hastig ein.

Vom Licht ihrer Taschenlampe angestrahlt, tauchte Brenda vor ihr auf. »Hierher, Evan!« Ihr Gesicht strahlte vor Glück. So, wie der Lichtstrahl sie erfasste, wirkte es, als trüge sie eine Gloriole um den Kopf. »Hierher, ich habe ihn in die Enge getrieben!«

»Brenda!«, rief Evan. »Brenda, pass auf! Beweg dich nicht! Es gibt hier ...!«

Doch der Rest des Satzes fiel der Explosion zum Opfer, die Evan von den Beinen fegte. Sie landete flach auf dem Rücken. Der Tunnel war in einer dichten Staubwolke aus pulverisiertem Salzgestein und Schutt verschwunden. Mund und Nase in die Ellenbeuge des linken Arms gepresst, sprang Evan auf und drang zum Zentrum der Explosion vor. Die Taschenlampe war wenig hilfreich, da der Lichtstrahl von den Staubteilchen zurückgeworfen wurde. Trotz der schützenden Ellenbeuge musste sie husten.

Je weiter sie sich vorkämpfte, desto dichter wurde der Nebel aus Salzstaub. Das Atmen fiel ihr immer schwerer. Ihre Augen brannten und füllten sich schließlich mit schützenden Tränen. Bei jedem Blinzeln fühlte es sich so an, als würde ihr jemand Dolche in die Augen stechen. Salz überzog ihr Haar, ihre Schultern und ihre Handrücken und färbte sie weiß.

Und dann entdeckte sie Brenda – oder zumindest ihre Hand. Sie ragte aus einem Trümmerhaufen heraus. Evan eilte zu ihr, warf sich auf die Knie und scharrte in dem Schutt, bis Brendas Handgelenk und dann ihr Unterarm freigelegt waren. Doch es half nichts. Brendas Finger waren schlaff und rührten sich nicht. Sie sahen aus, als bestünden sie nur aus Knochen, als wären sie aus Haut und Fleisch herausgeschält worden.

Tief über Brenda gebeugt, arbeitete Evan verzweifelt daran, sie aus ihrem Salzgefängnis zu befreien. Doch Brenda hatte sich wie Lots Weib in eine Salzsäule verwandelt. Sie war zu eilig hinter dem menschlichen Gegenstück von Sodom hergerannt. Sie hatte es nicht geschafft, dem Bösen den Rücken zu kehren, und dafür würde man ihrer gedenken.

Während Evan über Brenda kauerte, sprang der Geist, der in der Tiefe der Salzmine hauste, über den Schuttberg, den die Explosion geschaffen hatte, und stürzte sich auf sie. Er überrumpelte Evan und fiel über sie her, bevor sie sich wehren konnte.

Arkadys Hände umschlossen ihren Kopf mit einem schraubstockähnlichen Griff. Wieder und wieder rammte er ihren Schädel auf den Boden. Sein Mund stand offen, und in dem von einer Salzkruste überzogenen Gesicht erinnerten die lodernden Augen eher an ein Tier als an einen Menschen. Erneut dachte Evan, wie viel Ähnlichkeit Arkady mit Major hatte und wie eng verbunden Hund und Mann waren.

Mit gefletschten Zähnen klaffte Arkadys geöffneter Mund drohend über Evan auf. Knurrend schlug er ihren Kopf immer wieder auf den Boden. Evan sah doppelt, und die Ränder ihres Gesichtsfeldes verfinsterten sich, als würde ihr Blick sich vollkommen auf das verengen, was sich unmittelbar vor ihr befand.

Evan dachte an Lyudmila und Bobbi, sie dachte an Brenda und Peter Limas – eigentlich Vasily Shokov. Vasily, der in Wirklichkeit nichts Reales in sich barg – alles an ihm war anders gewesen, als es schien. Evans Gedanken verwirrten sich, sie vergaß, wo sie sich befand, und begriff nicht mehr, was mit ihr geschah. Wie in einem labyrinthischen Wald hatte sie sich zwischen all denen verirrt, die für sie verloren waren.

Dann aber flogen vor ihrem inneren Auge die beiden Raben auf. Die Raben, die sie geführt hatten, als sie Lyudmila rettete und als in diesem Schmiedefeuer eine Freundschaft für immer entstand. Und auch diesmal retteten die Raben sie. Sie fummelte in ihrer Hosentasche nach der Halskette, die sie Marina Mevedevas Leiche abgenommen hatte. Blindlings riss sie die Hand hoch und schaffte es irgendwie, die beiden Silberraben in Arkadys linkes Auge zu rammen. Mithilfe des Daumens drückte sie sie in den aufplatzenden Augapfel und zerfetzte die Netzhaut.

Arkadys Schrei hallte durch das Salzbergwerk. Seine Hand flog zum zerstörten Auge. Als er sich aufbäumte, schlug Evan ihm die Faust aufs Ohr und warf ihn mit einer Drehung der Hüften ab. Evans Kopf hing herunter und schlenkerte hin und her wie bei einem verletzten Tier. Nun waren sie beide Tiere, die die dünne Firnis der Zivilisation vollständig abgeworfen hatten.

Es gab nur noch sie beide, verletzt und von Schmerzen gepeinigt, gleichermaßen von Leid wie von Rachsucht erfüllt. Nur sie beide, doch trotz all seiner Tricks und seiner Entschlossenheit war Arkady Evan nicht gewachsen, auch wenn er sein Bestes versuchte, das musste sie ihm lassen – das und sonst nichts. Überhaupt nichts. All dies, Tod und Zerstörung, ging auf sein Konto. Er war ein Ein-Mann-Vernichtungslager, in dem Menschen mit Körper und Seele eingeäschert wurden.

Am Ende aber spuckte er Blut, dem Tode nahe, und schleppte sich lautlos wie auf Katzenpfoten näher. Er blickte mit seinem verbliebenen, rot geäderten Auge zu Evan auf und sagte mit einer dünnen, grellen Stimme, die aus jener Hölle zu kommen schien, in die er bald stürzen würde: »Nur eins bedaure ich, dass Vasily schon tot ist. Wir hätten ihm gern erzählt, wie wir seine Mutter getötet haben, diese Schlampe, die uns mit unserem besten Freund betrogen hat. Wir haben uns an ihrer Hinrichtung ergötzt. Wir haben sie aufgehängt ...«

»Genug«, sagte Evan und kauerte sich über ihn.

»Oh nein. Wir haben sie an den Fußknöcheln aufgehängt und geschächtet. Wir haben ihr die Kehle aufgerissen und sie verbluten lassen, bis alles Leben aus ihr gewichen war. Alles Leben.« Er starrte zu Evan hinauf, dem Tode so nah und doch unfähig, einen einzigen Zug von Menschlichkeit zu zeigen. »Wie ich mir gewünscht hätte, sein Gesicht zu sehen, wenn wir ...«

Mitten im Satz ging sein Leben zu Ende, und seine Augen starrten in das unendliche Geheimnis.

Evan warf Arkady zur Seite wie eine Lumpenpuppe. Sie blutete an mehreren Stellen, vor allem am Hinterkopf, der höllisch wehtat. Dennoch versuchte sie die nächsten zwanzig Minuten, Brenda aus ihrem Grab zu befreien, hatte aber schließlich außer abgebrochenen Fingernägeln und blutenden Fingern nicht viel vorzuweisen. Auf Brenda lag zu viel Schutt, ohne ein Räumfahrzeug würde man sie nicht bergen können. Daher bedeckte Evan sie wieder, schüttete sie sorgfältig vollständig zu und bemühte sich dabei, nicht an das zu denken, was Brenda mit Vasily Shokov gemacht hatte.

Danach zog sie den blutigen Rabenanhänger aus Arkadys Auge und wischte ihn ab, bis das Silber im Lichtstrahl der Taschenlampe glänzte. Sobald sie ihn eingesteckt hatte, verließ sie diesen Ort des Grauens und des Todes. Mit Wegmarken, die sie in ihrem nun wieder voll funktionierenden Gedächtnis gespeichert hatte, orientierte sie sich erfolgreich im Labyrinth. Doch irgendwann war sie so erschöpft, dass das Adrenalin in ihrem Blut nichts mehr ausrichten konnte. Den Rücken gegen das Salzgestein der Tunnelwand gelehnt, ließ sie sich auf den Boden gleiten.

Sie versuchte, zu verstehen, wieso Brenda Peter – Vasily – getötet hatte, wieso ihre Reaktion auf das, was er getan hatte, so gewalttätig gewesen war, aber es gelang ihr nicht. Andererseits lag die Antwort vielleicht auch auf der Hand. Das Leben in den Schattenbereichen am Rand der Gesellschaft veränderte einen. Wie konnte es anders sein! Und manche Menschen – zu denen Brenda offensichtlich gehört hatte – ließen sich vom ihnen verliehenen Recht, Gewalt einzusetzen, dazu verführen, den Akt des Tötens auf die leichte Schulter zu nehmen. Wenn man nicht aufpasste, wurde das Töten zu etwas, das man brauchte und *wollte*. Ohne Töten wurde das Leben langweilig und uninteressant. Dann gehörte man zu den Packeseln der Gesellschaft, den Menschenmassen, die acht Stunden täglich in Jobs arbeiteten, die sie hassten, abwechselnd Diät hielten und sich vollfraßen, die *Kardashians* oder die *Real Housewives* von wo auch immer schauten, Kleider kauften, die sie nicht brauchten, ihre Freunde unnötig vor den Kopf stießen und mit Leuten bumsten, die sie kaum kannten und auch nicht näher kennenlernen wollten. Wer wollte denn so was? Brenda gewiss nicht. Für sie war das Töten bereits zur Sucht geworden, und wie bei einer Droge hatte sie eine immer größere Dosis gebraucht und Gründe gesucht, um weiter zu töten. Das galt ganz allgemein für Evans Beruf, aber die Tatsache war so verstörend und entmutigend, dass sie ihre Gedanken einer anderen Wahrheit zuwandte.

Sie vermisste Vasily – unter diesem Namen dachte sie jetzt am liebsten an ihn. Unter seinem wahren Namen. Was für ein eigenartiges Leben er geführt haben musste, als Junge und als Mann, den man über seinen Vater belogen hatte und der die Identität und das Land mehrfach gewechselt hatte. Wie hätte er jemals wissen sollen, wer er wirklich war? Und da lag, wie Evan begriff, der Hase im Pfeffer. Wenn man nicht weiß, wer man ist, ist es unmöglich, ein Zugehörigkeitsgefühl zu entwickeln, und Vasily hatte sich nur seiner geliebten Tante Lyudmila zugehörig gefühlt. Warum hatte Lyudmila ihm nicht die Wahrheit gesagt? Vielleicht hatte sie angesichts dessen, was sie über ihren Bruder wusste, geglaubt, dass Vasily gefährdet wäre, sollte er die Wahrheit über seinen Vater erfahren, und dass er keinerlei Aussicht auf ein normales Leben mehr hätte.

Evan schaltete die Taschenlampe aus und ruhte sich aus. In diesem Moment fühlte sie sich dem Tod so nahe wie noch nie in ihrem Leben.

Irgendwann hörte sie scharfe, laute Stimmen, die einander in bayerischem Dialekt etwas zuriefen, und begriff, dass die *Raben* ins Bergwerk hinabgestiegen waren und ihren Anführer und sie selbst suchten. Sie lauschte ihnen eine Weile, ohne auch nur mit dem Gedanken zu spielen, vor ihnen zu flüchten. Schließlich entfernten die Stimmen sich aber immer weiter, bis sie sich in den Echos der Vergangenheit verloren.

Die Dunkelheit hielt Evan umschlossen. Von ihren langsamen Atemzügen und ihrem stetig schlagenden Herzen abgesehen, herrschte Stille.

Epilog

Sumatra

Februar

Lyudmila Alexeyevna beobachtete gerade einen Orang-Utan, als Evan neben sie trat. Der Orang-Utan war eine Dame, ihr Körper war von den feucht glänzenden, riesigen Blättern des Regenwaldes halb verborgen, und sie erwiderte Lyudmilas Blick. Tatsächlich konnte man unmöglich sagen, wer eigentlich wen beobachtete. Die Orang-Utan-Dame schien einen freundlich willkommen zu heißen, als wäre man bei ihr zu Hause. Evan konnte den Blick nicht von ihr wenden. Ihre Augen wirkten so weise wie die einer Eule, als gehörten sie einer sehr alten Seele, die Geheimnisse kannte, die die Menschen niemals erfahren würden.

»Sie heißt Marie, nach der kleinen Heldin des Nussknackerballetts, die gegen die Riesenmaus die Stellung gehalten hat«, erzählte Lyudmila, ohne den Blick von dem Weibchen zu wenden. »Jedenfalls habe ich ihr diesen Namen gegeben. Sie scheint nichts dagegen zu haben. Sie kommt jeden Tag um diese Zeit, und wir tauschen uns durch Blicke aus. Wie alte Freundinnen.«

Endlich wandte sie sich Evan zu und berührte die halb verheilte Wunde an ihrer Wange. »Du hast mich gefunden.«

Evan brachte die winzige Holzschnitzerei eines Naga Morsarang von Sumatra zum Vorschein. »Das hier war unverkennbar.«

»Nur für dich.«

Evan nickte. »Nur für mich.« Sie betastete die Schnitzerei. »Ich habe die gleiche noch einmal. Ich hatte sie Bobbi geschenkt, als wir zur Feier ihres sechzehnten Geburtstags zusammen auf Sumatra waren.«

»Richtig. Du hast sie mir gezeigt, als wir uns etwas besser kannten.« Lyudmila holte tief Luft. »Du hast mir einmal gesagt, dies seien die glücklichsten Wochen deines Lebens gewesen.«

»Ach ja?«

Lyudmila nickte.

Tränen traten in Evans Augen. »Nun, das dürfte stimmen. London, Paris, Amsterdam, Kopenhagen und dann ganz bis hierher nach Sumatra.«

Doch Evan blieb zurückhaltend, und Lyudmila, die sie so gut kannte, entging das nicht.

»Was macht dir zu schaffen? Da ist etwas …«

»Warum hast du Peter angelogen? Das verstehe ich nicht. Warum hast du ihm erzählt, du seist gekommen, um mich zu retten, wo es doch genau andersherum war.«

»Ah, das.«

»Richtig, das«, erwiderte Evan energisch. »Dein scheinbar unerklärliches Verhalten erfordert eine Rechtfertigung.«

»Das stimmt.« Lyudmila zögerte. »Hör mal, Evan, du hast Peter ja kennengelernt, du weißt, wie er war. Für ein Agentenleben war er nicht geschaffen. Deshalb habe ich ihn nach England verschwinden lassen. Dennoch hat er sich verstrickt, all meinen Bemühungen zum Trotz.

Die Wahrheit ist …« Sie seufzte tief. »Ich wollte, dass Peter seine Tante als unbesiegbar betrachtet und niemals Zweifel an ihr hegt.« Sie sah Evan beschwörend an. »Du musst verstehen, dass ich diese Fiktion um seinetwillen aufrechterhalten musste, um meines lieben Peters willen.«

Sie weinte jetzt offen, und Evan, der das Herz schmolz, zog sie in ihre Arme. Die beiden hielten sich eng umfangen und küssten einander auf die Wangen. Lyudmila mied dabei Evans Narbe.

»Ich vergebe dir«, flüsterte Evan. »Peter war ein ganz besonderer Junge.«

»Angesichts dessen, was du über mich geglaubt hast, freue ich mich umso mehr, dass du gekommen bist.« Lyudmilas eisblaue Augen leuchteten. Das blonde Haar war nach hinten gebunden und gab den Blick auf ihre scharfen Gesichtszüge frei. Ihre Augen sogen Evans Anblick mit einer Lust auf, wie eine durstige Frau ein Glas Wasser leert und um mehr bittet. Evan erschien sie sogar noch schöner, als sie sie in Erinnerung gehabt hatte.

»Nicht zu kommen war keine Option«, erwiderte Evan. »Und du bist tatsächlich unbesiegbar, Lyudmila – oder beinahe.«

Lyudmila lächelte unter Tränen. »Ich nehme an, dass du mir viel zu erzählen hast.«

»Leider ja.«

Lyudmila wischte sich die Augen mit dem Handrücken trocken. »Heutzutage ist alles von Kummer verschattet«, sagte sie. »Nur hier nicht, wo es keine Menschen gibt. Hier sind nur die Tiere. Ein reines und einfaches Leben.«

»Alle hoffen, dass du tot bist.« Evan vertraute darauf, dass Lyudmila ihr berichten würde, wie sie es geschafft hatte, so vollständig von der Bildfläche zu verschwinden, dass nicht einmal der SVR und der GRU sie aufspüren konnten. Zur rechten Zeit würde sie es ihr sicher verraten.

»In gewisser Weise bin ich das auch.« Lyudmila wandte sich wieder Marie zu und lächelte sie an, jedoch ohne die Zähne zu zeigen. Marie erwiderte das auf ihre eigene Weise, und Evan war fasziniert. »Aber ich bin nicht die Einzige, die ein Geheimnis mit ins Grab genommen hat«, fuhr Lyudmila fort.

Evan wandte sich bestürzt um, ihr hämmerte der Puls in den Ohren. »Was soll das heißen?«

Evan sah jetzt erst, dass Lyudmila einen dünnen beigen Umschlag in der Hand hielt. Vor Freude, ihre Freundin zu treffen, hatte sie diesen bis zu dem Moment übersehen, da Lyudmila ihn ihr reichte.

»Du musst das hier lesen.« In Lyudmilas Gesicht stand ein Ausdruck, den Evan dort noch nie zuvor gesehen hatte, eine eigenartige Mischung aus Entschlossenheit und Leid.

Es widerstrebte Evan, den Umschlag zu öffnen. »Was ist das?«

»Schau … es dir einfach an.«

In dem Umschlag steckte eine Akte in einer schwarzen Mappe. Über deren rechte obere Ecke verlief ein roter Schrägstreifen. Evan erkannte diese Art von Aktenmappe. Natürlich. Sie hatte schon einige Akten dieser Art in Händen gehalten. Doch wie sich nun herausstellte, noch keine wie diese.

Als Evan die Akte aufschlug und ein allzu vertrautes Gesicht erblickte, fühlte sich ihr Herz so an, als würde es in Eis getaucht. Mit einem Ruck hob sie den Kopf und sah Lyudmila scharf an. »Das ist eine Fälschung. Es muss so sein.«

Doch Lyudmila schüttelte den Kopf. »Nein.« Sie lächelte Evan bedauernd an. »Für eine Tote war ich recht aktiv und habe mir ein geheimes Netzwerk von Menschen geschaffen, denen ich hundertprozentig vertrauen kann. Einer von ihnen hat mir das hier gegeben. Es stammt direkt von einem zentralen Server des SVR.«

»Aber meine Schwester …«

Evan hatte nicht die Kraft, den Satz zu Ende zu bringen, und so tat Lyudmila es an ihrer Stelle.

»Deine Schwester war eine Schläferin.«

Evan war es, als verlöre sie den Boden unter den Füßen; ihre Welt geriet ins Wanken und stand plötzlich kopf. Nichts ergab mehr den geringsten Sinn. »Ich kann nicht … ich weiß nicht, wie das möglich sein sollte.«

»Genau das werden wir herausfinden.«

Evan war einen Moment lang verwirrt. »Wir?«

Lyudmila trat nah genug zu ihr, um ihren Arm zu ergreifen. »Du wirst meine Hilfe brauchen.« Als Evan den Kopf schüttelte, sagte sie: »Es gibt noch mehr.« Mit einer Kopfbewegung deutete sie auf die Akte. »Lies weiter.«

Evan schloss einen Moment lang die Augen. »Herrgott noch mal, sag es mir einfach.«

»Es ist besser, wenn du es selbst liest.«

»Später«, erwiderte Evan. »Erst einmal will ich es von dir hören.«

Lyudmila seufzte. »Na gut. Deine Schwester gehörte zu einer Abteilung 52 123, vermutlich innerhalb des SVR.«

»Aber im SVR oder auch im FSB gibt es keine Abteilung 52 123, zumindest meines Wissens nicht«, entgegnete Evan. »Die Zahl entspricht nicht einmal der *Nomenklatura* für die Benennung russischer Abteilungen.«

Lyudmila nickte. »Richtig, und deswegen sind wir uns auch nicht sicher, ob die Abteilung 52 123 wirklich zum SVR gehört.« Sie streckte die Hand aus und tippte auf die aufgeschlagene Seite. »Tatsächlich ist diese Abteilung so streng geheim, dass keiner, den ich kontaktiert habe, von ihr wusste oder irgendeinen Hinweis auf sie entdecken konnte. Der einzige Beweis für die Existenz der Abteilung 52 123 ist diese Akte hier.«

»Die aus dem zentralen Server des SVR stammt.«

»Aus seinen tiefsten Tiefen.«

Jetzt überflog Evan die ersten drei Seiten und fand alles bestätigt, was Lyudmila ihr gerade mitgeteilt hatte, und noch mehr. Bobbi war im Alter von sechzehn Jahren in Kopenhagen angeworben worden. Die damalige Entscheidung, nach Kopenhagen zu reisen, war von Bobbi ausgegangen. Sie sagte, sie habe immer den Kindheitstraum gehabt, sich einmal in einen großen, gut aussehenden Nordländer zu verlieben, und wolle dem eine Chance auf Verwirklichung geben. Stattdessen hatte sie sich unerklärlicherweise in Russland verliebt. Wie genau? Ein hochgewachsener blonder Russe? Evan wäre vor Zorn und Verzweiflung fast in Tränen ausgebrochen. Es waren die besten Wochen ihres Lebens gewesen, Bobbi aber war in dieser Zeit dazu verführt worden, ihr Land zu verraten, ihre ureigene Lebensweise.

»Ich ertrage es nicht, nicht zu wissen, wie sie angeworben wurde.« Evans Stimme war brüchig. »Und warum.«

Lyudmila nickte. »Das verstehe ich.«

Evans Augen weiteten sich, und nun flossen endlich die Tränen. Sie zog ihre Freundin in eine Umarmung. »Danke«, flüsterte sie. »Danke!«

»Rache ist zu unserer Lebensweise geworden«, flüsterte Lyudmila. »Jetzt betreten wir das Reich der Dunkelheit.«

Danksagung

Für bestimmte Fakten in diesem Buch muss ich mich bedanken, denn sie stammen aus zuverlässigen Quellen – Quellen, die ich nicht nennen und über die ich schon gar nicht schreiben darf. Dennoch möchte ich diesen Quellen ein weiteres Mal für ihre Hilfe und ihren guten Rat danken. Da es sich hier um ein fiktives Werk handelt, sind Fakten natürlich nur die Basis für Extrapolationen. Alle Ungenauigkeiten gehen also auf meine Kappe, nicht auf ihre.

Ich möchte mich bei meinem Agenten Mitch Hoffman für seine Geduld und Freundlichkeit bedanken sowie für seine klugen Ratschläge. Meiner Verlegerin und Freundin Linda Quinton danke ich, weil sie weiterhin an mich glaubt. Gleichfalls bedanke ich mich bei meinem Verleger und Freund, dem einzigartigen Tom Doherty, weil er mir das Gefühl gibt, ein Mitglied der Tor/Forge-Familie zu sein.

Meiner Lektorin und Ehefrau, der Autorin Victoria Lustbader, danke ich für ihre Liebe und Unterstützung und für ihre scharfsinnigen und ideenreichen Anregungen für das Manuskript. Ohne dich, nun, ich wüsste einfach nicht, wie …